Bİr Arkadaşlık

**Bir Arkadaşlık**

Orijinal adı: Un'amicizia
© 2020 Mondadori Libri S.p.A, Milano
Yazan: Silvia Avallone
İtalyanca aslından çeviren: Eren Cendey

© hep kitap 2021

Bu kitabın Türkçe baskısı MalaTesta Literary Agency, Milano ve Ajans Letra Telif Hakları Danışmanlık Tic. Ltd. Şti. işbirliğiyle yayımlanmıştır.

Bu eserin Türkçe yayın hakları saklıdır. Yayınevinden yazılı izin alınmadan kısmen veya tamamen alıntı yapılamaz, hiçbir şekilde kopya edilemez, çoğaltılamaz ve yayımlanamaz.

1. baskı / Kasım 2021, İstanbul

ISBN 978-605-192-441-0

Sertifika no: 48040

Kapak tasarımı: Selin Pervan

Baskı: Optimum Basım Yayın San. ve Tic. Ltd. Şti.
Tevfikbey Mah. Dr. Ali Demir Cad. No: 51/1
34295 Küçükçekmece / İstanbul
Tel. (0212) 463 71 25
Sertifika no: 41707

**hep kitap**
Caferağa Mah.
Neşet Ömer Sok.
Aydın İş Merkezi
No: 4 Kat: 4
Kadıköy 34710 İstanbul

www.hepkitap.com.tr / info@hepkitap.com.tr

\* hep kitap, TEAS Yayıncılık A.Ş.'nin tescilli markasıdır.

# Bir Arkadaşlık

Silvia Avallone

Çeviren:
Eren Cendey

Babama

*"Hayat neye yarar?"*
*"Bilmiyorum."*
*"Ben de. Ama kazanmaya yaradığını sanmıyorum."*

Jonathan Franzen.
Düzeltmeler

# Günlükler

*Bologna, 18 Aralık 2019*
*Saat 2*

**K**üçük bir kızken karanlığın dibi beni en çok korkutan yerdi. Elektrik düğmesine basmadan garaja inmek, bodrumun kapısını aralamak yetiyordu. İşte oradaydı karanlık; sessiz ve yoğun. Pusuya yatmış bekliyordu. Karanlığın dibinde her türlü tehlike yuvalanmış olabilirdi. Cadılar, korkunç hayvanlar, yüzsüz canavarlar ve aynı zamanda hiçlik: Boşluk. Sanıyorum söylemekten utandığım anlamsız bir yaşa kadar annemin koynunda uyumamın nedeni buydu.

Şimdi, otuz üç yaşımda odamın karanlığının dibine bakıyorum ve sanki günlüklerimin seni yitirdikten sonra canlı canlı gömdüğüm kuytularda çıtırdadıklarını işitiyorum. O uçuşan el yazımla, altı çizilerek ve hatta simli pullarla kayda geçirilerek özetlenen beş yıllık lise, bir yıllık üniversite hayatım şimdi terk edilmiş bir reaktörün içinde kalmışçasına sessiz ve durgun yatıyor.

Arkadaşlığımız sona erdiğinden beri hayatın kaydını tutmaktan vazgeçtim.

\* \* \*

Yatağa oturuyorum. Bir olgunluk coşkusu anında seni anımsama ve seninle yüzleşme zamanının geldiğini anlıyorum. Yoksa seninle ilgili bilgece bir karar almam mümkün olmayacak.

Sandık odasından merdiveni alıyorum, iki basamak tırmanıyorum ama kendimi hırsız gibi hissettiğim için bir an duraksıyorum. "Neyin hırsızı?" diye soruyorum kendime. Bizzat kendi geçmişimin mi?

Tepeye tırmandığımda kalbim deli gibi çarpıyor. Dolabın üzerini kaplayan tozun içine doğru uzatıyorum kollarımı ve karanlığın dibindeki altı günlüğümü alıyorum.

Bunları komodinin aydınlığına taşıyorum. Burada, yanı başımda tutmak tam mideme bir yumruk yemiş gibi hissettiriyor. Pembe, çiçekli, yaldızlı kapaklar karşısında hemen durumu açıklığa kavuşturma gerekliliği hissediyorum: Beatrice, seninle benim aramda huzurun olması mümkün değil.

Elimi 2000-2001 ajandasının leylak rengi kapağına koyuyorum ama açıp açmama konusunda tereddüt ediyorum. Kendimle mücadele ederken parmaklarım kontrolden çıkıyor, kendi başlarına sayfaların arasında dalıyorlar. Günlük açılıyor ve babamın çektiklerinden, rengi solmuş bir polaroit fotoğraf beliriyor.

Alıyorum, lambanın daha ışıklı haresine yaklaştırıyorum. Ufak tefek, kısa saçlı, Misfits kazaklı, ürkek gülümsemeli küçük beni tanıyorum. Ve benim tam tersim olan seni de görüyorum. Muhteşem saçların, kırmızı rujun, mor ojelerinle bana sarılıyor ve güzel güzel gülüyorsun. Bizi böyle görmeye katlanamıyorum.

Fotoğrafın arkasını çeviriyorum. Şöyle yazılı olduğunu görüyorum: "Sonsuza kadar arkadaş." Tarih: "14 Haziran 2001."

Ne zamandan beri olmuyordu; gözyaşlarına boğuluyorum.

# Birinci Bölüm

## Herkes Onu Tanımadan Önce (2000)

# 1

## BLUCİN HIRSIZLIĞI

Bu hikâyenin bir başı olmak zorundaysa, ki elbette zorunda, o zaman blucin hırsızlığımızdan başlamak istiyorum.

O öğleden sonra birbirimizi zaten tanıyor olmamızın, olayların kronolojik sırasına uymamasının önemi yok. Biz ikimiz orada, o motosikletle kaçarken doğduk.

Ama önce bir girizgâh gerekiyor. Bu beni zorluyor ve geriyor ama söz konusu olan Beatrice, sıradan bir Beatrice'ymiş gibi numara yapmak doğru olmaz. Okur sakin sakin okurken söz konusu olan kişinin sen olduğunu anlarsa ayağa fırlayarak şöyle diyebilir: "Ama bu *o mu?*" Ve kendiyle alay edildiğini hissedebilir. Ne yazık ki günlüklerimdeki genç kızın kamuya mal olmuş, herkesin bildiği bir kişi olduğunu gizleyemem. Hatta dünyada senden daha çok bilinen bir kimse yok bile diyebilirim.

\* \* \*

Sözünü ettiğim kişi Beatrice Rossetti.

Evet ya, o.

Onu tüm gezegen tanımadan, günün ve gecenin her saatinde nerede olduğunu, ne giydiğini bilmeden önce Beatrice normal bir kızdı, benim arkadaşımdı.

Tam olarak söylemek gerekirse sahip olduğum en iyi arkadaştı. Bunu hiç kimse hayal bile edemez, ben de bunu açıklamaktan hep kaçındım.

Yıllar önceden başlıyorum anlatmaya; dünya daha o zaman onun fotoğraflarına boğulmamıştı, soyadı anıldığı anda söylentiler, bitmek bilmeyen tartışmalar, vahşi kavgalar çıkmıyordu. O, üzerinde şık bir kıyafetle Burc Halife'nin tepesinde, yanında yakışıklı bir erkekle romantik bir akşam yemeği yerken sergilediği cilveli bakışını kamuya yansıtır yansıtmaz kutuplar, okyanuslar, batık kıtalar titreşmeye başlamıyordu. Hatta büyük çoğunluğumuz için internet diye bir şey bile yoktu.

Arkadaşlığımızı sırladığımız o suskunluk yemini üzerindeki kontrolümü hiç kaybetmedim. Şimdi o kontrolü biraz gevşetmemin nedeni olayları kendim için netleştirmek istemem. Bilmelisin ki bu kapıları kapalı özel odamda benim için itiraf daima yazmak anlamına gelir.

Bunu ortalıkta söylemeyi, hatta daha kötüsü bununla övünmeyi hayal bile etmedim. Zaten kim inanırdı ki bana? Örneğin iş arkadaşlarıma sadece "Rossetti'yi tanırım, sınıf arkadaşıydık" gibi bir cümle kursam bile beni zehirli sorulara boğacaklarından eminim. Ve aramızda birkaç rastlantısal bakışma, belki birkaç merhaba olduğunu düşünürlerdi: *Sen* ve *ben* gibi iki kızın suç ortaklığı yapabileceğini akıllarına dahi getirmezlerdi.

İğneleyici hatta utanç verici ayrıntılarla ağzımdan laf almak isterken onun ilahiliğini günahlara, hilelere indirgeyecek ve şöyle diyeceklerdi: "Söylesene, estetikli mi?" "*Böyle* ünlü olmak için kime verdi?"

Ama bunu yanlış kişiye sormuş olacaklardı çünkü ben "Rossetti" diye birini tanımadım, ben "Beatrice"nin kim olduğunu *biliyorum*. Biyografilerde söylenmeyenleri, söyleşilerde sorulmayanları, hiçbir yerde izi kalmamış olan boşlukları ve yitikleri ben saklıyorum. Onları artık kimseyi ilgilendirmeyecek ama bugün bile tüylerimi diken diken eden çocuksu ve skandallı mutluluğumuzla birlikte koruma altında tutuyorum.

Ondan sonra da arkadaşlar aradım kendime ama hiçbirine bağlanmadım. İçten içe biliyordum ki sırlarımızın büyüsü, gizlendiğimiz in, ciddi yeminler sadece lise dörtte meçhul kişi Elisa Cerruti ve akıllara sığmayacak kadar büyük bir şöhreti olan Beatrice Rossetti arasında yaşanabilirdi. Dışarıda herkes onu idealize ederken, yüceltirken, çarmıha gererken, ondan nefret ederken ve üstelik tanıdıklarını zannederlerken onu yitirmiş olan benim için ne değişir ki?

*Hiçbir şey hakkında hiçbir şey bilmiyorlar*, diye düşünüyorum. Çünkü o benim masum zamanlardaki *en iyi* arkadaşımdı. Ve ben beş yıllık lise, bir yıllık üniversite hayatımızın kayıtlarını okuyarak sabahı buldum. Sonra pencerenin önünde duran yazı masama, bugün sadece iş için kullandığım bilgisayarıma uzun uzun baktım. Onu korku içinde süzerken ayakta kalakaldım. Çünkü küçük bir kızken yazma konusunda yetenekli olduğumu düşünürdüm, hatta yazar olacağımı bile zannederdim. Oysa hedefimi ıskaladım. Beatrice ise bir *hayale* dönüştü.

Kimselerin tanımadığı Bea'nın dışarı çıkmak için baskı yaptığını hissediyorum. Bu boşluğu çok uzun zaman sakladım ruhumda ama şimdi buna yetecek gücüm var mı yok mu bilmesem de umurumda değil. Hiçbir şey kanıtlamaya niyetim yok. Sadece anlatmak istiyorum. 2019 yılında hayal kırıklığımın, öfkemin ve özlemimin hâlâ geçmediğini kabullenmek istiyorum. Bunu söylemek teslim olmak mı yoksa özgürleşmek mi demek, bunu ancak sonunda anlayabileceğim.

Şimdi kendime iade etmek istediğim şey, sadece başlangıç.

\* \* \*

Blucin hırsızlığı diyordum.

2000 yılının 11 Kasım günü –lise bir ajandama böyle not düşmüşüm– can sıkıcı bir cumartesi günü, yağmur pencerenin camlarını dövdüğü için ben ve yaşıtlarımın çıkması, eğlenmesi, pek çok kişiyle tanışması açıktan açığa yasaklanmışken ben odama kapanmış, hiçbir şey yapmadan bunalıyordum. Şimdi saçma görünse de o zamanlar Beatrice de pek ünlü değildi. Hatta benden daha az sayıda arkadaşı olmalıydı ki yemekten sonra saat iki buçuğa doğru ev telefonundan beni aradı.

Son sığınağı bendim. Ben de şehirde yaşamaya başlayalı dört ay olmuştu, buraya alışamamış, kendime bir de amaç bulmuştum: Tek arzum ölmekti.

Okul dönüşü babamla her zamanki sessizliğimiz içinde yemeğimizi yemiştik, sonra odama kapanmış, kulaklıklarımı takmış ve avlunun ortasındaki çınar için "yalnız", "kızıl", "yaşlı" gibi sıfatların listesini oluşturmaya başlamıştım. Hatta yeni sözcükler aramaktan sıkılmış, ajandamı yere fırlatmıştım. Tüm dünyaya karşı kinlenmiş olarak yatakta bağdaş kurmuş otururken babam kapıya vurdu. Ben tabii ki ona yanıt vermedim. Müziği susturdum. O bekledi. Yeniden vurdu kapıya, ben yeniden yanıt vermedim. Bu kim daha inatçı çıkacak yarışmamızdı. Sonunda kapıyı araladı, beni rahatsız etmeyecek şekilde başını uzatarak şöyle dedi: "Telefonda bir sınıf arkadaşın var, adı Beatrice."

Kalbim yerinden hopladı.

Yerimden kımıldamadığımı görünce "Haydi, bekliyor seni" diye uyardı.

Sevindiği belliydi: Arkadaşlar edinmeye başladığımı sanıyordu ama yanılıyordu. O telefondan önce ben ve Beatrice arkadaş değildik. Bir kere ümit vermişti bana ama sonra burnu büyüklük etmişti. Okulda beni görmezden geliyordu. Benimle alay edenlerden de kötüydü bu: Mutlak umursamazlık.

Ahizeyi kulağıma dayamamla, "Benimle şehir merkezine gelir misin?" demesi bir olmuştu. Aslında hayır der kapatırdım. Ama sordum.

"Ne zaman?"

"Yarım saat, bir saat sonra."

Onunla Italia Caddesi'nde yan yana yürümek ne kadar hoşuma giderdi. Kendi kendime ona güvenmemem gerektiğini telkin ederken ahizeyi daha da sıkıyordum. Mantıklı ol biraz: Onun havasını bozarsın. Bunun altında kesinlikle bir tuzak vardır. Hem ayrıca, hangi yüzsüzlükle arıyor beni? Kızgındım. Ne var ki kendime rağmen heyecanlanmıştım da.

"Ne yapacağız şehir merkezinde?" diyerek ayaklarımı yere bastım.

"Telefonda söyleyemem."

"Neden?"

"Çünkü bu bir sır."

"Ya söylersin ya da…"

"Ya da gelmezsin değil mi?"

Sustum, beklemeyi bilirdim. O tereddüt etti ama sonunda dayanamadı ve fısıldadı: "Blucin çalmak istiyorum. Hangisi olduğunu da biliyorum."
Nefesim sıkıştı.
"Tek başıma yapamıyorum, bir gözcüye ihtiyacım var" diye açıkladı. "İnan aklın hayalin almaz: Öyle böyle bir blucin değil bu... Dört yüz bin liret..." diye haykırdı sessizce. Evde sesini duymasınlar diye eliyle ağzını örttüğünü tahmin edebiliyordum. "Gelirsen, bir tane de senin için çalarım. Söz."
Sofrayı toplamaya girişen babam başını mutfaktan koridora uzattı ve telefon sehpasının yanında kaskatı dikilmiş halime bir göz attı. Benim evden çıktığımı, düşman bellediğim bu şehre alıştığımı görmek için neler vermezdi. Oysa benim tek isteğim eskiye, eski hayatımıza dönmek ve onu bir daha hiç görmemekti.
Bana hiçbir şey yapmamış olsa da nefret ediyordum babamdan. Önemli olan zaten o hiç noktasıydı. Ben geldiğim için badana yapılmış odanın çıplak duvarları. Her gece gözlerimi açtığım ve onların elini, dizini aradığım boş yatağım. Onların sohbet ya da kavga etmedikleri, bana seslenmedikleri, var olmamakta direndikleri o evde.
"Varım" dedim sonunda.
Beatrice'nin gülümsediğini görür gibi oldum. Benim gibi biri herkesin gözüne hırsızlıktan âciz görünebilirdi ama ona görünmemişti. O zamanlar normal bir kız olduğunu yazmıştım, öyleydi gerçekten ama bir yeteneği vardı: Okumayı bilirdi. Yüzeyi ve hatta içi de değil, kalbi okurdu. Sözleri, hareketleri ve giysileri okurdu. Dış görünüşüyle servetini edinen o, insanın gerçeğinin de aynen bir kitap gibi suskun ve gizli kalanda olduğunu biliyordu.
"Saat üç buçukta demir kumsalda. Nerede biliyor musun?"
"Evet."
Kapattı. Telefonun kordonu elimde, istemesem de, güvenmesem de dört ay önce ölmüş olsam da o anda hayata döndüm.

*  *  *

Aceleyle giyinirken babama açıklama yapmadan hoşça kal derken ve evden çıkarken demir kumsal çok uzak diye düşünüyordum.

Koyu renk kumu ve eski maden kalıntıları yüzünden böyle diyorlardı kumsala ve kesinlikle şehir merkezinde değildi. Temmuz ayında motosikletimle avare gezdiğim o pek çok öğleden sonradan birinde tesadüfen varmıştım oraya. Yaz ortasında bile kimselerin olmayışı dikkatimi çekmişti. Kayalıkların arasındaki denizin hemen derinleştiği koyda, hüzünlü bir terk edilmişlik havası vardı, turistlerin es geçtiği minik bir kumsalda kendimi görür gibi olmuştum. Ama kasım ayının o cumartesi gününde pantolonum ve ceketim ıslanırken Beatrice'nin bana neden orada randevu verdiğini anlayamıyordum.

Çünkü benden utanıyor, besbelli. Ya da bu bir şaka ve hiç gelmeyecek.

Sahilin bu kısmında ne evler vardı ne de dükkânlar, nerede kaldı dört yüz bin liretlik blucinler. Her trafik ışığında duruyor, arkama bakıyor ve geri dönsem diyordum. Ne var ki karşı konulmaz biçimde yola devam ediyordum.

Ben "yabancı kız"dım. Sınıfta arkamdan öyle diyorlardı hem de bunu bana duyuracak kadar yüksek sesle söylüyorlardı. Sanki Arjantin'den ya da Kenya'dan gelmiştim, oysa sadece başka bölgedendim. Sınıfa giriyordum, baştan ayağa süzüyorlardı, ayakkabılarımı, sırt çantamı, saçlarımı eleştiriyorlardı. E ya da Z harfini onlardan farklı söylediğimde kıkırdıyorlardı. Beatrice de kıkırdıyordu. Beni ne savunmuştu ne teneffüste yanıma gelmişti. Peki şimdi ne istiyordu benden? Ona gözcülük yapmamı mı?

Ne kadar aptalım.

Manzaraya karşı uzanan dönemeçlerde yılankavi ilerliyordum, ruhumla ağır düşüncelerimi geride bırakıyordum. Yağmur kesilmeye başladı, kara bulutların arasından solgun ışık parçacıkları belirdi. Yollar, apartmanlar, kumsallar: Her şey ıslaktı. Onun gibi birinin benimle arkadaş olmak istemesi mümkün değildi.

Makyaj yapıyordu, sanki her gün kuaförden çıkmış gibi görünüyordu. Peki ben? Boş verelim. Birilerinin bana dış görünüme de önem vermem gerektiğini öğretmesi gerekiyordu ama böyle bir şey olmamıştı.

Şehrin sonundaki kavşağa vardığımda kırmızı ışıkta durdum ve kendimi kendi gözüme bile görünmez hissettim, öyle ki dikiz aynasında kendime baktım. Solgun yüzüm çilliydi. Evde makyaja, kadınlığa dair bir şey kalmış olsaydı belki biraz allık, fondöten sürebilirdim ama yoktu. Burnun rüzgârlı ucuna doğru ilerledim ve emin oldum: Bu bir şakaydı. Orada kendimi olduğumdan daha da yalnız hissedecektim ve kendimi kayalıklardan atacaktım. Hata yapmıştım, ben sadece hata yapmayı bilirdim.

Oysa oradaydı. SR Replica motosikletinde oturuyordu. Kurşun rengi şişkin göğün altında, kaskı ellerinin arasında, onu ayaklarına kadar örten yağmurluğuyla oradaydı, yağmurluğun altından sadece sivri topuklu çizmeleri görünüyordu ve hangi yaşta olursa olsun hiçbir fani böyle yağmurlu bir günde, bu topuklarla motor kullanamazdı. Rüzgâr beline kadar inen saçlarına hiddetle dans ettiriyordu; 2000 yılında saçları ne kıvırcık ne kahverengiydi, kestane rengiydi, o zamanki modaya uygun olarak uçları açılmıştı ve düzleştirilmişti. Bana yalan söylememişti, ihanet etmemişti: Gerçekten birlikte çıkmak istediği kişi bendim.

Yavaşladım, babamın bana alabildiği ikinci el Quartz motorumla yakınında durdum; motorum utanç verici çıkartmalarla doluydu, arka farın altında havaya kaldırılmış bir orta parmak, ibikli buldoklar, anarşinin A'sı... hepsi bana ait olmayan punk kalıntılardı.

Akciğerlerim ve kalbim bloke olmuştu, kollarım ve bacaklarım dermansızdı; kaskımı çıkardım, bakışlarımı kaldırdım ve şimdi yirmi yıl sonra bile zihnime kazınmış olan o çehreyi gördüm. Zihnimdeki imge şimdi binalarda asılı olan, dergilerin kapaklarında yer alan, internetin her mecrasından taşan milyonlarca imgeyle aynı değil. Yeniyetmeliğimin o uzak gününde, onu evinin dışında makyajsız görüyordum. Demir kumsalın çıplak zemininedeydik, çevremizde kimseler yoktu, ben ve o karşı karşıya duruyorduk.

Solgun yüzü kızarmıştı, sivilceleri vardı. Özellikle çenesi ve alnı sıkılmış sivilcelerin ve onları saran siyah noktaların izleriyle doluydu. Göz alıcı güzelliğini yargıladığımdan değil ama her zamanki fondöten maskesi olmayınca hatları kusurlu, yuvarlak ve üstelik hüzünlüydü. Hafif bir somurtkanlığa kapanan ağzının dudakları soğuktan soyulmuştu, ruju da olmayınca bayağı sıradan bir kız olmuştu. Ama şimdi tüm gezegenin tanıdığı ya da tanıdığını sandığı gözleri, işte evet onlar gene olağanüstüydü, doğada bulunmayan bir yakut yeşiliydi, rimele ihtiyacı olmayan kirpikleri uzundu, bakışları da suskundu, kendi gizemiyle mühürlenmişti.

"Motorun iğrenç ama çıkartmaların hoşuma gitti biliyor musun?" Düzgün ve beyaz dişleriyle güldü, yanaklarının tam ortasında gamzeleri vardı, insanın gardını düşürmek için nasıl gülümsemesi gerektiğini biliyordu.

"Onları ben yapıştırmadım" dedim samimiyetle, "ağabeyim yapıştırmış." Zaten çıkartmamış olmamın tek açıklaması bu olabilirdi.

"Sana bir yalan söyledim ama bunu sadece seni kandırabilmek için yaptım, yoksa gelmezdin. Merkeze değil S Marinasına gidiyoruz ve senin Quartz fazla dikkat çekici: Burada bırakman gerekiyor."

"Burada mı?" Çevreme bakındım. Fırtınanın yere yatırdığı fundalar ve ardıçlardan başka bir şeyin olmadığı ıssız bir yerdi. Sadece hırçın deniz vardı.

"Gelmiyorum. Buradan on kilometre tutar orası."

"On iki" diye düzeltti.

"Bu elli basanla oraya varmamız mümkün değil. Akşam yemeğinden önce dönmezsem babam polisi arar."

Doğru değildi: Eve gece yarısı dönsem babam normal bir on dörtlük kız olduğumu düşünür ve bundan memnun olurdu.

"Benim SR seksen yapıyor, ne sanıyorsun? Ben senin gibi Biella'dan gelmiyorum. Şimdi yola çıkarsak yedide yeniden burada oluruz. Günlerden beri bunun planını yapıyorum. Neden güvenmiyorsun bana?"

Çünkü o topuklarla on iki kilometreyi seksen km hızla alamazsın da ondan. Çünkü bir kez elini omzuma koymuştun, sonra yok olmuştun. Ve yeniden ortaya çıktığında beni görmezden gelmiş, ötekilerin attığı oklara gülmüştün.

Ama işin fenası ben onu bağışlamıştım.

"Atla haydi" diye emrederken kendi bana yer açmak için selenin ucuna kayıyordu.

Kararsızlık içinde indim Quartz'dan; evet külüstürün tekiydi ama sahip olduğum tek motorumdu ve dış görünüşüne ne kadar önem verirse versin babam bana daha sevimlisini almazdı.

"Neden korkuyorsun, çalarlar mı sanıyorsun?" diyerek güldü.
"Kim çalacak, martılar mı?"
Arkasına bindim. Beatrice SR üzerinde roket gibi fırladı, yalan söylememişti, motoru güçlendirilmişti bunun. Delik deşik yoldan aşağı inerken astronomi gözlem evini ve feneri geçtik; tuz, ıslak toprak, kayalar arasına gizlenmiş vahşi hayvan kokan makilerin arasından slalom yaparak indik.

Utancımı yenerek ona yapıştım, göğsümü sırtında ezdim. Bea korktuğumu hissettiği için bunu yapmama izin verdi. Ben böyle bir hızla tanışmamıştım. Tekerlekler çamurlu asfaltta kaydıkça o, hızı artırıyordu. Sanki her an düşmek üzereydik.

Sonunda anayola çıktık: İki şeritli yol kamyon, otomobil doluydu ama bir tane *scooter* bile yoktu. Saatte yetmiş km hıza çıkarak herkesi geçtik, geçmişteki hayatımın kaldığı kuzeye doğru giderken tepelerdeki evlerin ışıkları yanıyordu.

Batıda, çamlığın ötesinde güneş bulutları yarıyor ve alev alev tutuşarak denize doğru alçalıyordu. Doğuda ise mağaraların deldiği tepeler çoktan kararmıştı. İki yolu birbirinden ayıran devamlı çizginin üzerinden öyle hızlı gidiyorduk ki bütün otomobiller bu gidişin iyi olmadığını söylemek için selektör yapıyor, klakson çalıyorlardı çünkü iki kişinin bindiği motorun ellinin üzerinde hız yapması yasaktı. Gözlerimi yumdum; evden çıktığıma, ona uyduğuma pişman oldum. Bunun üzerine Bea bir elini gidondan çekti.

Yün eldivenli eliyle benim çıplak elimi tuttu. Elimi sıktı.

Birbirimiz hakkında neredeyse hiçbir şey bilmiyorduk, ben onun acısını, o benim acımı bilmiyordu ama bir şeyler sezmiş olmalıydı ki parmakları benimkilerin arasına sızdı, onları okşadı, ben de onunkileri okşadım. Ve belki bu yüzden, belki de soğuktan gözlerim gizliden yaşarmaya başladı.

\* \* \*

Butiğin adı Scarlet Rose idi. Yıllar önce kapanmış olduğuna enimim ama o kış S Marina'da yerli yerindeydi, anacadde boyunca uzanan altı vitrini göz alıyor, Noel süslemeleri özellikle dikkat çekiyordu. O kadar çok ışık saçıyordu ki adeta bir uzay gemisine benziyordu.

Beatrice ve ben biraz ısınmak için bir süre vitrinlerin önünde durduk. Floransa'dan hatta Roma'dan gelen turistler şemsiyelerini silkeliyorlar, üzerlerinde milyonlarca liretle içeri giriyorlardı.

S Marina'da dört bir yanımızda sadece hafta sonları ve yaz mevsiminde rastlanacak türden bir kalabalık vardı. Kalabalık yüzünden geçmek bile mümkün değildi. Dört bir yanda patlamış mısır arabaları, baloncular dolaşıyor, alışveriş torbalarıyla yüklü coşkulu kişilerin önlerindeki şapkaya birkaç liret attığı akordeoncular müzik çalıyordu.

Turistik olmaktan başka özelliği olmayan deniz kıyısı mekânlar beni hep hüzünlendirirdi çünkü denize yakın olmaktan başka bir gerekçeleri yoktu. S Marina tam olarak buydu: Bir dizi mağazanın çevresinde yer alan evler, büyük bir mağaza genişliğinde basit bir limancık vardı, tarih adına hiçbir şey yoktu; bu anonim mekân arada sırada tatlı katmer, bal badem ya da kesme pizza kokularına bulanırdı. Ama o öğleden sonra gözüme güzel göründü.

Beatrice beni yanına yapıştırmış, sımsıkı tutuyordu. Belki de son dakika düşüncemi değiştirmemden korkuyordu ama bu mümkün değildi ki. Cumartesi günü bu alışveriş hengâmesinde bulunmak beni adeta sarhoş etmişti çünkü ilk kez bir yaşıtımla, üstelik de kol kola duruyordum. Sadece bizi kimselerin tanımadığı bir yerde bunun mümkün olduğunu biliyordum; Beatrice özellikle makyaj yapmamıştı, pırlantalar haresine bürünmek yerine uzun bir kaftana sarınmıştı çünkü amacı buydu: Meçhul biri olmak, görülmemek, anımsanmamak. Kapüşonunu başına çekmişti, yağmurluğunun önü kapalıydı. Cesaret topluyordu. Şimdi yeniden düşündüğümde onun müthiş olduğunu anlıyorum: O anın anlamını yalnızca biz ikimiz biliyoruz.

Kararını verdiği anda beni üçüncü vitrinin önüne sürükledi: Tam ortada şıkırtıları dalgalanan ışıltıyı gördüm ve o anda bu blucinin o olduğunu anladım. Her santimetrekaresine Swarovski taşlar kakılmıştı, bir denizkızı kuyruğu gibi inceliyor ve daralıyordu. Mankenin geri kalan kısmı çıplaktı tabii ki: Böyle bir pantolon üzerine ne eklenebilirdi ki?

Gözünü ondan ayırmadan "Annem bunu almayacağını söyledi" dedi, "Noel hediyesi olarak, arzu ettiğim tek şey olarak bile almıyor. Aşağılığın teki." Sonra bana döndü. "Annemin ne kadar aşağılık olduğunu bilmezsin, kimse bilmez."

Sustum çünkü bu benim için tabu bir konu haline gelmişti. Onun için de öyle olduğunu anladım ve konuyla ilgili bir şey söylemedim. Ama bir süre düşündükten sonra gözlerimin içine bakarken yansıttığı kararlılığı bir daha asla unutamadım.

"Bir gün" diye yemin etmeye başladı, "buraya gireceğim ve bütün dükkânı satın alacağım. Kendi paramla, tek başıma kazandığım parayla. Ne varsa hepsini alacağım, talan edeceğim, boşaltacağım burayı. Senin önünde yemin ediyorum. Şimdiye dek hiç hırsızlık yapmadım, bir daha da yapmayacağım. Ama bugün yapmak zorundayım bu rezilliği. Anlıyor musun?"

"Evet" diye yanıtladım. Çünkü gerçekten bu blucini çalmak ölüm kalım meselesiydi, belliydi. Durdurulma, kimliğimin belirlenmesi ve karakolda sorgulanma pahasına onun bunu gerçekleştirmesine yardım edeceğime söz verdim kendi kendime. O zaman babam beni almaya gelirdi, kırk yılda bir ağabeyim değil o gelirdi ve ben onun yüzüne şöyle haykırabilirdim: "Ne hale düştüğümü görüyor musun? Burada ne kadar rahatsızım, ne kadar mutsuzum! Yalvarırım beni Biella'ya geri götür."

Beatrice pardösüsünü çıkarttı, katlayıp çantasına koydu, saçlarını havalandırdı. Ve sanki bir mucize olmuş gibi bir anda görünümü değişiverdi.

İçeri girdik. Satış danışmanlarının tümü pek meşguldü ama bu gene de içlerinden birinin bakışlarının önce Beatrice'ye kaymasını, şaşkınlıkla orada kalmasını, sonra da bana çevrilmesini engellemedi. Böylesine adrenalin yüklü bir anda ne şekilde olduğumu söylememe gerek yok. Sadece o gün değil, her daim elimi dolaba daldırıyor, elime geçen şeyi örtünmek ve yok olmak amacıyla üzerime geçiriyordum. Ne var ki bu türden bir mağazada amacım ters etki yapıyordu. Beatrice de beni süzdü ve Quartz'ım gibi benim de acayip olduğumu çok geç fark etti.

Ama artık dansa başlamıştık. Ve dünyada kimse Beatrice gibi

dans edemez. Dudağını kulağıma yapıştırdı ve fısıldadı: "Sağır dilsiz numarası yap."

\* \* \*

İlk önce Beatrice'nin nasıl giyinmiş olduğunu söylemek zorundayım. Bunu yalnızca tüm geleceğini, şöhretini, zenginliğini bir giysinin ardına gizlenerek tüm izleri yok etme konusundaki sihirli yeteneği için yapmayacağım. Hırsızlık olayı ve onun gerçekleştirilebilir olması da işte bu kılık değiştirme mucizesine bağlıydı.

Annesinin krem rengi kısa mantosunu giymiş, belini gösterişli bir fildişi tokalı kemerle sıkmıştı; bu ona en az beş yaş ekleyen soylu bir hava veriyordu.

Daha önce de andığım çizmeleri parlak, yumuşak, siyah deriydi.

Son olarak da yere kadar uzanan, gene siyah renkte, katlar ve organze eklemelerle bezeli uzun bir etek giymişti; bunun tasarımcısını şimdi anımsamıyorum ama bizi gözüne kestiren ve tuzağa düşen satış danışmanı kız hemen tanımıştı. Öteki müşterisiyle işi biter bitmez Beatrice'ye yanaştı, ona eteğinin şahane olduğunu söyledi ve eteğe uygun bir şey arıyorsa doğru adreste olduğunu ekledi. Beatrice bunu Floransa'dan aldığını, benimle –zavallı, bahtsız, küçük kız kardeşiyle– birlikte orada yaşadığını söyleyiverdi.

Aslında o gün ikimiz de on dört yaşımızdaydık ama o yirmi bense on gösteriyorduk. Doğamız gereği en baştan kahramanın o olmasına karar verilmişti ve bu yasa bizim tüm geleceğimizi belirledi. Bugün buraya kapanmış yazıyorsam ve o şimdi dünyanın merkezinde ve herkesin dilinde yer alıyorsa nedeni buydu.

Satıcı kız önümüze düşüp tezgâhlar arasında ilerledi. Beatrice söze belki bir gömleğe ihtiyacı olabileceğini söyleyerek başladı. Gömleklerin, bluzların, üstlerin sergilendiği masaya uzattı elini. O anda gözlerinin sanki büyü yapılmış gibi yemyeşil ve yırtıcı bir hal aldığını fark ettim.

"Hepsini deneyeceğim" diyerek deneme kabinine girdi.

Uysallıkla peşinden gidip kabinin dışında bekledim. Soyunan bedenini belli belirsiz görüyordum: Bir kol, bir omuz. Elini dışarı uzatıyor, "bu olmadı, hoşuma gitmedi!" diye bağırıyordu. "Şimdi öteki!" Açgözlü ve buyurgandı. Sonra çıkıyordu. Doğrudan aynaya gidiyordu. Hayranlıkla kendini süzüyordu. "Hayır, çirkin durdu." Öfkeleniyordu.

Başka gömlekler, kazaklar, hırkalar, yelekler getirtti. Derken perdenin arkasından "Ah!" diye seslendi. "Bana gösterebileceğiniz şöyle değişik bir blucin var mı?"

Satış danışmanı kız artık serseme dönmüştü. Beatrice deneme kabininin içine ve dışına giysi yığmıştı. Babasının ünlü bir gazeteci olduğunu, halasının Paris'te iyi bir moda atölyesinde çalıştığını anlatıyor, araya da benim bu nadir hastalık yüzünden yavaş geliştiğimi, konuşamadığımı, annemizin bu nedenle bunalımda olduğunu sokuşturuyordu. Bea nakşediyordu, beziyordu, olağanüstü bir anlatıcıydı. Sonunda vitrindeki o blucin getirtildi.

"Bu elimizde kalan son 38 beden."

Beatrice sustu, gözlerini canlı bir varlık gibi satış danışmanının kolunda yatan blucine dikti. Bakışları bir ormanın gece kuytusu gibi kasvetliydi.

"Yok fazla parıltılı" diye bildirdi.

"İnanın bana üzerinizde mükemmel duracak. Basit bir üstle bile yılbaşında giyebilirsiniz, harika bir etki yaratırsınız."

Satış görevlisinin ona siz diye hitap etmesi, yaşıtıymış gibi davranması beni çok etkilemişti. Bu hiçbir mağazada tanıklık ettiğim bir durum değildi.

Zaman geçti.

Beatrice kendini zorlayarak, "Madem ısrar ediyorsunuz..." dedi.

Pantolonu kapıp perdenin arkasına gizlendi. Satış danışmanı uzaklaşır uzaklaşmaz yüzünün yarısını gösterip bana içeri girmemi işaret etti.

Çıplaktı. Üzerinde sadece sutyeni ve tangası vardı. Huzursuzlukla çekim arası karmaşık ama güçlü bir duyguya kapıldım. O bunu fark etmedi. Etiketi tuttu, baş parmağıyla işaretparmağı arasındaki fiyatı bana gösterdi: Dört yüz otuz iki bin liret.

Gözlerini heyecanla açarak "Bak gördün mü?" dedi. "Anladın mı?"

Numara yapmak bir kenara, gerçekten dilim tutulmuştu. Nedeni o nesnenin fiyatı değildi, Beatrice'nin çıplak bedeni son derece sert ve güçlü bir gösteriydi. Samotrake Nike'si, Bernini Dafne'si gibiydi ama aynı zamanda lav gibi, toprak gibi, kirli bir şey gibiydi. Güzelliğin bu kadar can acıtabileceğini hiç düşünmemiştim.

Bakışlarını yere indirerek usulca blucini giydi ve bekledi. Aynen babamın polaroiti çevirmeden önce beklemesi gibi: Canlanmasını, hiçliğin içindeki siluetin gerçekliğini ya da yalanını ortaya sermesini bekliyordu. Yirmi saniye boyunca gözlerini yumarak ayna karşısında durdu. Sonra açtı. Ve duyguyu yüzünde okudum: Haz.

Beyaz spotun gün ışığıyla aydınlattığı deneme kabininin mahreminde az önce beliren sutyenli ve blucinli görüntü bir mıknatıstı.

Hipnoz etkisinde kalmışım gibi bakışlarımı ondan ayıramıyordum.

Onun gibi birinin reddedilmesi mümkün değildi. O ne terk edilir ne görmezden gelinirdi. Evren onu yalnızca sever ve kıskanırdı.

Beatrice düşüncelerimi hissetmiş gibi şöyle dedi: "Herkes bana sinir oluyor, fark ettin mi? Yüzüme herkes gülüyor ama nefret ediyorlar aslında, kimse onlarla çıkmamı istemiyor. Düşünsene bir sabah okula böyle gelsem gözleriyle yerlerdi beni. Hayal edebiliyor musun? Annem de yutardı beni çünkü ben gencim o değil, çünkü ben ondan güzelim. Bunu yapmam neden gerekiyordu anladın mı?"

Aslında hâlâ anlamıyordum ama onun arkadaşı olmak istiyordum.

Beatrice sanki geliniymişim gibi iki elimi tuttu.
"Hazır mısın?"
"Hazırım."
Bana gülümsedi, gözlerimin içine baktı.
"O halde şimdi fenalaşman gerekiyor."

Blucini çıkarmadan üzerine uzun eteğini geçirdi, giyindi, adımı bağırmaya başladı. "Eyvah Elisa!"

Geçmişim hakkında ne biliyordu? Hiç. Gene de benim için en

kolay olanı yapmamı istedi: Ciğerlerime hava gitmiyordu, zemin ayağımın altından kayıyordu; kalbim sanki bir an sonra parçalanacakmış gibi delirmişti. Buna panik atak diyorlar ama benim için sadece yalnızlık kriziydi; anısı yüreğimi dağlamasa, çocukluğumun bir sabahında başlayan olayı anlatabilirdim de.

Boğularak çıktım deneme kabininden. Beatrice Scarlet Rose mağazasına panik havasını yayarak bağırmaya başladı. Titriyordum. Herkes çevreme toplandı. Birisi elinde bir bardak suyla koşup geldi.

"Hava, hava!" diye yalvaran Beatrice beni çıkışa doğru sürükledi. Ağlıyordu. Seslerden biri ambulans çağırmayı önerdi ve o çaresizlik içinde yanıtladı: "Evet, hemen! Anne, baba!" Hayali anne babamıza sesleniyordu. Apne yüzünden mosmor olmuştum. O gizlice ayakkabıları çıkartıp çantasına soktu. Kapıyı açtı. Sonra tek bildiğim koşmaya başladığımızdı.

Gücümüz yettiğince koştuk, insanların geçemediği caddede milleti dirsekleyerek kendimize yol açtık, sonra kötü aydınlatılmış dar sokaklardan, çift sıra ilerleyen arabaların arasından ve duvarlara yapışarak koştuk. Kalp krizinden ölmek üzereyken Aurelia başında bıraktığımız motorumuza vardık.

Beatrice kaskını taktı, benimkini uzattı, motosikleti yere indirdi ve kahkahalara boğuldu.

"Şahaneydi Eli, şahaneydin!"

Eli demişti bana. Sanki aynı öykünün kızlarıydık, öylesine yakındık: Siyam ikiziydik. Kendimle, bizimle gurur duyuyordum. İlkokulu "Pekiyi", ortaokulu "Üstün Başarı" ile bitirdiğimde bile kendimi bu kadar iyi hissetmemiştim.

Filmlerdeki gibi hayatın tam merkezi olan bir cumartesi akşamı otomobillerin farlarının aydınlattığı karanlığa süzüldük. Benzin almak için kısa bir mola verdik ve yetmiş kilometre, yer yer daha da hızla yola koyulduk. Ay kıyıyı ve denizi aydınlatırken demir kumsala vardık. Gökyüzü öylesine duruydu ki boğa ve ikizler takımyıldızlarını ayırt etmek mümkündü.

Onun SR'sinden inip Quartz'a bindim.

Motorunu kapatırken "Senin için de bir tane çalamadığım için özür dilerim" dedi. "Sana benimkileri ödünç vereceğim."

Pantolonu göstermek için eteğini havaya kaldırdı. Ayın soğuk şavkında Swarovski taşlar alev aldı.

Ona ilk kez böyle hitap ederek "Bea" dedim, "ben bunu giyemem ki!"

"Neden?"

"Beni gördün mü?" Özür dilercesine gülümsedim.

Ciddi bir edayla, "Sen hiçbir şey bilmiyorsun" dedi. "Pazartesi günü yemekten sonra bana gel, Lecci sokak 17 numara, ben sana kimsenin görmediği bir şey göstereceğim."

"Gelebilir miyim bilmem..."

"Gelebilirsin."

Geç olmuştu. Başka bir şey söylemeden o önde, ben arkada yokuş aşağı vurduk. Uzun süre böyle olacaktı: Aynanın, fotoğraf makinesinin, bilgisayarın önünde ve arkasında, o ışıkta ben gölgede, o konuşurken ve ben susarken, o var olurken, ben onu seyrederken.

Ama o akşam birbirimizi izliyor, birbirimizi geçme oyunu oynuyorduk. O ateşli SR'si ile, ben külüstürle. Deliklerde zıplayarak, yola taşmış çam köklerine takılarak, çığlık çığlığa bağırıyor, haykırıyorduk. Delirmiştik.

Saat dokuzu geçerken girdik şehre. Orti Caddesi kavşağında o sağa saptı, ben sola. Bir klakson darbesiyle vedalaştık ve bu vaadin iplikçiği bizi birbirimize bağladı: Pazartesi, okuldan sonra.

Sonra rüya sona erdi. Evin önünde park ederken büyücü gelip gene midemin orta yerine oturdu. Birinci kattaki mutfakta ışık vardı, beni bekleyen sadece babamdı.

## 2

## İki Yabancı

Apartman kapısı aralık, daire kapısı ardına dek açıktı, babam ya Quartz'ın sesini tanımıştı ya da daha kötüsü bunca zaman pencere önünde oturup dönmemi beklemişti.

Gidecek başka bir yerim olsaydı, çoktan gitmiştim. Biri dışında sessizliğe terk edilmiş odalarıyla bu karanlık daire ne kadar yalnız olduğumuzu hatırlatıyordu bana.

Konukların başkalarının evlerinde yaptığı gibi adımlarıma dikkat ederek koridoru geçtim. Havada davetkâr bir balık sosu kokusu vardı ve karnım açtı. Çamurlu ayakkabılarımla ve ağabeyimden aldığım montumla mutfak kapısından içeriye uzattım başımı.

Sofra güzelce, özenle kurulmuştu, annemin savrukluğu yoktu. Sofra örtüsü temiz ve ütülüydü, çorba tabağı düz tabağın üstünde duruyordu, yırtılıp atılmış kâğıt peçete değil kumaş peçeteler vardı. Ateşin üzerindeki tencerenin suyu kısık ateşte kaynıyordu, spagettiler tartıldıkları terazide duruyordu. Televizyonda babamın dikkatle izlediği *Super Quark* bilim programı yayınlanıyordu.

Saat ona yirmi vardı.

Sükûnetle bana dönüp sordu: "Atayım mı makarnayı?"

Başımla onayladım. Aylardır dilsizliğe alışmıştım.

O kalktı, tencerenin kapağını açtı, ateşi harladı.

"İstiyorsan ayakkabılarını ve montunu çıkarabilir, ellerini yıkayabilirsin."

Onun bu terbiyesi beni sinir ediyordu, temizlik merakından

hiç söz etmeyeyim. Önceki yaşantımda bana kimse elimi yıkamamı söylememişti. Ağabeyim esrar parası sayar, haşhaşı çakmağın alevinde başparmağı ve işaretparmağı arasında ezer, sonra aynı parmağını cips torbasına daldırırdı. Zaten kimi zaman akşam yemeğimiz sadece cips olurdu.

    Lavaboya yaklaştım, bulaşık sabunundan biraz alıp parmaklarımı ve ayalarımı hızla ovuşturdum. Bunu montumdan ve botlarımdan ayrılmadan yaptım: Mor renkli ve ucunda demir plaka olan lastik botlarımla yürürken Şarlo'ya benziyordum çünkü ayağım 36 olduğu halde bunlar 40 numaraydı; Niccolo'nun en iyi arkadaşı Sebo'nun oldukları için bana burada yarenlik ediyorlardı.

    "Dinle." Babam ekrandan akıp geçen gezegenleri ve bulutsuları işaret ediyordu. "Çok ilginç. Klasik lisede astronominin ancak üçüncü senede okutulması çok yazık."

    Ne zaman astronomi okuyacağımdan haberim yoktu çünkü liseye daha yeni başlamıştım. Onun diyalog kurma, hele de bunu bilimsel konular üzerinden yapma çabası beni nazik hareketlerinden daha da çok sinir ediyordu.

    Tenceredeki spagettiyi karıştırırken "Evrenin sadece yüzde onu hakkında bilgi sahibi olmamız beni çok heyecanlandırıyor" dedi. "Varoluşun geri kalan sonsuz enginliği bizim için bir gizem."

    Ne yazık ki dinliyordum onu. Hatta onun bana yaptığı gibi gözetliyordum da. Çalışma odasının önünden geçerken kaçamak bir bakış fırlatıyordum içeri. Telefonda bir meslektaşıyla konuşurken yaklaşıyor, kulak veriyordum. Aslında hiçbir şey duyamıyordum ya da pek az şey yakalayabiliyordum. Ama onun şansı daha azdı çünkü ben kimseyle konuşmuyordum, odamın kapısı her zaman kapalıydı ve banyoya girdiğimde anahtarı kilitte iki kez çeviriyor, bu da yetmezmiş gibi tüm muslukları açıyordum.

    Baba kızdık ama iki mükemmel yabancıydık. On dört yıl gecikmeyle bir ilişki başlatmamız bayağı zordu.

    2000 yılının o Kasım akşamında üzerimdeki pilot montuyla kızgın kaloriferin yanına ilişmiş oturuyordum. Patlamayı bilmeyen bir mutsuzluk ve kin kabarcığı içinde sipere yatmıştım. Fonda ise Piero Angela eliptik galaksiyle spiral galaksi arasındaki farkı anlatıyordu. Babam bir spagettinin tadına baktı.

"İnternet de aynı böyle" yorumunda bulundu, "şimdilik girilebilen kısmı yüzde bir bile değil." Sonra bir başkasının tadına baktı ve süzmeye karar verdi. "Ama düşünsene, bu yüzde bir bile gezegendeki hayatı nasıl değiştirecek. Size okulda internetin ne olduğunu açıkladılar değil mi? Nasıl bir bilgi kaynağı olduğunu?"

O aylarda internet benim için can sıkıntısı kaynağından başka bir şey değildi çünkü o bağlandığı zaman ben telefonla konuşamıyordum. Onun sohbetleri, siteleri hiç umurumda değildi. Beni daha çok etkileyen gecenin saat onunda deniz ürünlü spagetti pişirmesiydi. Beni duygulandırıyordu. Ama sinirlendiriyordu da. Onunla akşam yemeği yemek işkenceydi.

"Bu günlerde sana da bir elektronik posta adresi almak isterim Elisa" dedi spagettiyi sosa bularken. Ben elektronik posta adresinin ne olduğunu bilmediğim için gerildim çünkü adı bile sevimsiz gelmişti. "Yani iyi olur. Hatta bence bir adres almanın tam zamanı." Sofraya yaklaştı, tabakları doldurdu, boş tencereyi ocağa bıraktı. "Her gün aramasını beklemek zorunda kalmadan annene yazabilirsin, birbirinize daha yakın hissedebilirsiniz."

"İşime yaramaz" diye açıkladım hemen sert ve kararlı ses tonumla.

"Neden? Ne kadar yararlı, ne kadar hızlı olduğunu göreceksin."

"Telefonumuz var zaten" diye yanıtlarken aslında ne kadar az çaldığını düşünüyordum. Babam spagettiyi çatalına doladı. "Afiyet olsun" dedi. Tadına baktım. Lezzetliydi ama bunu ona söylemedim. Gözlerimi sofradan ayırmadım.

"Hepimizin yeniden ve sakince ilişki kurması için iyi bir çözüm olabilir. Ne dersin?"

Aslında içimden kalkmak, tabağı fırlatmak, her şeyi parçalamak, onu öldürmek geliyordu.

"Telefon artık bizler için çok uygun bir araç değil. Konuşmak bazen bize kendimizi iyi hissettirmeyebiliyor. Oysa yazmak farklı. Doğru sözcükleri seçmek, düzeltmek, gerekirse değiştirmek için istediğimiz kadar zamanımız olur."

*Ne hakla söylüyorsun bunları*, diye düşündüm. Sen boktan bir mühendissin, yazmaktan ne anlarsın?

"Bilgisayar şurada duruyor" diye devam etti, "istediğin zaman çalışma odama girebilir, ihtiyaç duyduğun mahremiyete ve zamana kavuşabilirsin. Sanırım Noel için annene de bir bilgisayar hediye edeceğim."

İşte o anda öksürük tuttu, tükürüğüm nefes boruma kaçtı, kusma arzusu duydum. Bu sadece belli etmemek için bir yordamdı, aslında ağlamak geliyordu içimden. Annem ve Noel aynı cümlede kullanılınca kısa devre yapıyordum. Babam bana bir bardak su uzattı. Kalktı, yanıma geldi. Niccolo'nun montunu üzerimden çıkardı, ter içindeki saçlarımı okşadı. Sonra çekti elini. Fazlasıyla duygu yüklüydü bu davranışı.

"Söz veriyorum, güzel bir Noel geçireceğiz. Onların buraya gelmesi ve Epifani yortusuna kadar kalmaları için elimden geleni yapacağım. Olmazsa biz onların yanına gideriz. Dert etmeni istemiyorum."

Olmazsa ben kaçarım ve beni bir daha bulamazsın.
Gidip sonsuza dek Palazzo Piacenza'ya saklanırım.
On sekiz yaşımı doldurur doldurmaz.

Bu düşünce beni rahatlattı. Yetişkin olma düşüncesi ağabeyimi de rahatlatırdı. Bu hedefti; sıkı durmanın, sabretmenin kanıtıydı ama sonunda ana babamızın anlamsız seçimlerinden kurtulacaktık.

Babam dönüp yerine oturdu, ben ona bakmak için başımı kaldırdım. Altüst olmuş olmalıydı. Yüzündeki üzüntü ifadesinden anladım bunu.

Uğraşıyordu. Karşımda duran bu saçına ve sakalına kır düşmüş, siyah ve kalın çerçeveli gözlüklü, tüm *nerd*'lerin atası suratlı kırk yedi yaşındaki adam, kızı için yemek pişiriyor, temizlik yapıyor, ortalığı topluyordu. Benimle ilgilenebilmek ve ev erkekliği yapabilmek için üniversiteden altı aylık izin almıştı.

Ne var ki ben bir yabancının sevgisini istemiyordum. Beni aramayan annemi, kendini uyuşturucuya veren Niccolo'yu istiyordum. Bu eğitimli, ilgi alanları olan, karşımda durup bir tebessümüm, yakınlığım için yalvaran babayı değil. Zavallı adam birdenbire yeniyetme kızıyla yaşamak zorunda kalmıştı.

Üstüne üstlük benim gibi biriyle.

Annem gibi havuç rengi olan saçlarımı erkek gibi kestiriyordum. Fındık rengi gözlerim gibi çillerimi de annemden almıştım. Boyum kısacıktı ve kırk beş kiloydum, zayıftım yani. Kalçam yoktu, memelerim yoktu, bu nedenle ağabeyime olmayan ya da annemin arkadaşlarının dolap temizliği yaparken ayırdığı kıyafetleri rahatça giyebiliyordum. Sonuç olarak özellikle çamaşır suyuyla lekelenmiş bol blucinler, ilkokul çocuğu gibi bisiklet yaka tişörtler, üzerime iki beden büyük Sex Pistols *sweatshirt*'leri ve minik İskoç etekleri giyiyordum. Kesinlikle uyumsuz biriydim. Ama ailemde, farklı şekillerde de olsa herkes böyleydi.

Telefon çaldı, irkildim. O dönemde üzerinde "Telecom Italia" yazan bu beyaz-gri alet hayatımda gayet belirleyici olmuştu. Onun olduğunu biliyordum: Cumartesi akşamı bu saatte başka kim olabilirdi ki? Yıldırım gibi atıldım ahizeye.

"Anne!" diye bağırdım.

Kulağıma yapışmış olan ahizeyi sımsıkı tutarak yere çökmüştüm. Onu iki elimle tutuyor, dudaklarımı bastırıyordum. Sıkı sıkı tutunuyordum. Beni unutmadığına öyle sevinmiştim ki.

"Canım, nasılsın?"

"İyiyim" diyerek yalan attım ve onu soru yağmuruna tuttum: "Ne yaptınız bugün? Kar yağdı mı? Sonia ve Carla'ya uğrayıp selam söyledin mi?" Biella hakkında, orada bensiz yaşadıkları hayat hakkındaki her şeyi öğrenmek istiyordum.

"Niccolo peki, orada mı?"

"Hayır tatlım, Babylonia'da."

Daha Baby derken ben zihnimde uçup Niccolo'nun kulübe içinde zıpladığı, annemle benim onu otomobilin içinde beklediğimiz gecelerden birine gitmiştim. Koltuğu arkaya yatırıp bacaklarımıza battaniye örter, soğuk kış gecesi bile olsa pencereleri aralardık. Annemin pirinç tarlalarının ortasında, şişesinden bira içip sigara tüttürdüğü yerde uyuyakalmak ne tatlıydı.

"Kar yağdı ama sadece Andorno üstüne" dedi. "Dağlar bembeyaz."

Şimdi annemin sesinde dağları yeniden görür gibiydim. Cresto, Camino, Mucrone. Onlar benim için insanlar gibiydiler. Ve özlemden delirmek üzereydim.

"Kütüphaneye gittin mi?"

"Nasıl gidebilirdim ki? Cumartesi, teslimatta gecikme varsa öğleden sonra da çalışıyorum biliyorsun."

Aslında onun Cervo Şapkacısındaki yeni işi hakkında hiçbir şey bilmiyordum. Bir zamanlar Liabel fabrikasının otoparkında saatlerce kitap okuyan, tüm iş arkadaşlarını, çalışma saatlerini bilen ben şimdi kendimi dışlanmış hissettiğim için üzülüyordum.

"Sen ne yaptın peki?"

"Hiç."

"Hiç mümkün değil."

"Dışarı çıktım" diye kabullendim.

"Ama bu harika bir haber! Kiminle?"

Neşesi beni yaralıyordu, kıskanmadığını gösteriyordu.

"Bir okul arkadaşımla, Beatrice."

"Arkadaşlıklar önemlidir, Eli, bunu daima aklında tut. Rica etsem bir dakika babanı verir misin?"

*Şimdiden mi? Yüreğim kırıldı. Paramparça oldu.*

Neden beni bu kadar az seviyorsun anne?

Babamı çağırdım, telefonu ona verdim. Babam haklıydı: Bizim aile için telefon uygun değildi. Çünkü biz bir aile değildik.

Onların ben yokmuşum gibi tartışmalarını duymak istemiyordum, gidip odama kapandım.

Taşınma kutularının bazıları hâlâ yerde, duvara dayalı, bantla yapıştırılmış halde duruyordu. Onları açmamak burada kalışımın geçici olduğu duygusunu veriyordu; annem ve ağabeyim bir gün gelip beni buradan alacaklardı. Kendimi yatağa attım ve *walkman*'imi aldım. Bu da mont ve kazaklar gibi Niccolo'nun attığı döküntülerden biriydi. Kendine taşınabilir CD çalar aldığı için bunu bana hediye etmişti, yoksa atacaktı zaten. Ben parmaklarımı kasetin içine daldırıyordum, oyun olsun diye manyetik bandı çekiyordum. Onu okşayamadığım için Blink-182'nin *Enema of the State*'ini okşuyordum.

Dolapta, yola çıkmadan kütüphaneye iade etmediğim romanı aradım. Annem dönmeden önce bavulundan yürüttüğüm kalpli pijamasını. Hepsini topladım, sarıldım, onların emdikleri kokuları ve sesleri iade etme konusundaki güçlerini deneyimledim.

Anıları şimdiye getirme yeteneklerini.
Artık hiçbir şeyim yoktu, hiçbir şeyim.
*Walkman*'i, romanı ve pijamayı yorganın altına soktum, sanki hayatın sona erdiği kazadan bir tek bunları kurtarabilmiştim. Üçümüzün mutlu olduğunu kanıtlayacak birlikte çekilmiş bir tek fotoğrafımız bile yoktu. Sadece kilitli bir günlüğüm vardı ve hiç olmazsa kelimelerin içinde bana bir şey kalsın diye bazı düşüncelerimi, duygularımı oraya kaydediyordum.

Anahtarını şiltenin altından çıkardım ve açtım.
Nereye gelmiştim? Sayfaları karıştırdım. "Yaşlı."
İyi de bir ağaç için kullanılabilir miydi bu sıfat? Penceremin karşısında duran çınarı saatlerce ve günlerce seyretmiş, onun hakkında elli iki sıfat saptamıştım, gene de hangisini seçeceğimi bilmiyordum.

Bu çınar nasıl Elisa?
Bilmiyorum.
Onu göremeyen biri için tanımlaman gerekse, ne derdin? Üzgün olduğunu söylerdim, diye düşündüm. Kupkuru, neredeyse çıplak, orada arka avluda, betona gömülü ve yapayalnız.

Üzgün, evet. Yoksa üzgün olan sen misin?
*Acaba Beatrice'nin de günlüğü var mıdır*, diye düşünüyorum. O penceresinden ne görüyordu, kaçıncı katta oturuyordu? Pazartesi öğrenecektim bunları. Kalbim canlandı, yeniden hızlandı. Lecci Sokağı 17 numaranın nerede olduğunu anlamak için kalkıp o karışık haritayı aldım. Sokağı tepede, uzak bir semtte buldum. Kalemle evimden evine uzanan yolu çizdim ve yüzümde kendiliğinden bir gülümseme belirdi. Şimdi bir amacım vardı. Acım diniyordu. Çok az fark etmişti ama hafifliyordu.

"Sararmış" diye yeniden başladım. "Yarı çıplak." Hatta: "Yalnız." Sınıfta bir kişi de çıkıp bana "Biella nerededir? Oranın nesi ünlüdür?" diye sormamıştı. Motor rotu anlamındaki *biella*'yı söylüyorlar, hiçbir şey bilmeden benim rotumun ayarsız olduğunu söylemek gibi saçma şakalar yapıyorlardı. Bakışlarımı günlüğümden kaldırdım, öteki odalardan yayılan sessizliği dinledim. Babam çaresizce kapatıvermişti telefonu. Konuşma sona ermişti. Annem benimle bir daha konuşmak istememişti. Abajur ışığında boş du-

varlara baktım: Parmaklık gibi görünüyorlardı, sanki bir yetimhanenin kapalı kutusundaydım.
Nasıl bırakabildin beni?
Niccolo'yu yanında götürdün ve beni bıraktın.
Neden anne?

## ③

## BİR BAKIŞTA ELVEDA

Başlangıçta T kentine üçümüz birlikte taşınmıştık. 29 Haziran 2000 günü üç valiz ve dört gram haşhaşı yanımıza alarak Alfasud ile yola çıkmıştık. Annem Liabel fabrikasındaki işini kaybetmiş ve aynı anda babamla yeniden denemeye karar vermişti.

Annem söz konusu olunca karar sözcüğü yersiz olur: Daha çok dürtüleriyle hareket ediyordu. Bir nisan ya da mart ikindisinde eve döndü, kendini benim ödevlerimi yaptığım, Niccolo'nun dövmesini yaptırmak istediği ejderhayı çizdiği salonda divana attı. Son derece iyi anımsıyorum onu: Arsız, havuç kırmızısı, tek bir beyazı olmayan kasket model saçlarını, kalkık burnunu, çillerini, genç kızlar gibi mora boyadığı solgun gözlerini. Ufak tefek, sinirli ve gergin bedeni nedeniyle yaşının yarısını gösteriyordu. Bir sigara yaktı ve şöyle dedi: "Çocuklar, gidiyoruz."

Ben orta üçteydim, ağabeyim lise dörtte.

O anda anlamak bir yana hayal bile edemedik.

Dumanı üfleyerek "Beni işten attılar" dedi, "birkaç don yüzünden." Şaşkınlıkla gülümsedi. "Talihsizlik gibi görünebilir ama biz bunu fırsata çevireceğiz."

Sonra kalktı, doğruca koridora girdi, biz de peşinden gittik çünkü kafamız karışmış ve telaşlanmıştık. O ise sanki mutluluğun anahtarını bulmuş gibi çılgınlaşmıştı. Telefon ahizesini kaldırdı, numarayı çevirdi. Her şey gözümüzün önünde gerçekleşti.

"Düşündüm" dedi, "bir kez daha deneyelim Paolo. Daha genciz ve bunu hak ediyoruz. Çocuklarımızın bize, sana ihtiyaçları var.

Hava değişimine, hayat değişimine. Yalvarırım sana."

Ve sonra telefonu enerjik bir şekilde sallayarak bizim için Paskalya ve Noel günlerinde sessiz varlığının dışında daima telefondaki bir ses olmuş olan babamızla konuşmamızı istedi. "Haydi, siz de bir şey söyleyin!" Önce Niccolo, sonra ben. O kadar sersemlemiştik ki her zamanki özet nakaratı – "Her şey yolunda, okul da yolunda" – bile yineleyemedik.

İşin aslı şu ki annem böyle ani karar aldığında, doğduğumuz şehri, büyüdüğümüz evi bırakıp varoluşumuzu yarıda kesmeye ve beş yüz kilometre öteye taşınmaya karar verdiğinde babamızın kim olduğu hakkında bir fikrimiz yoktu. Bize para gönderen, pazar sabahları arayan, teoride sevmemiz gereken bir adamdan başka neydi ki?

Yokluğunu asla hissetmemiştik.

T şehrini de pek bilmiyorduk: Yaz tatilinin on beş gününde annem bizi ona gönderdiğinde gittiğimiz uzun kumsaldı, her öğle ve akşam yemeğinin işkence olduğu evdi; palmiyeler ve zakkumlar arasında gezintiydi, daimi restorasyonda olan kaleydi. Kışın asla mektuplaşmadığımız iki ya da üç kumsal arkadaşımızın adresini bilirdik, her yaz onları karşımızda bulduğumuzda bir yabancıymış gibi hissederdik. Ama o öğleden sonrasında telefonu elinde tutan beni ve ağabeyimi en çok korkutan, o ikisini *birlikte* görmekti. Çekingen, üniversite hocası adamın annemiz gibi birine takılması, iki çocuk yapması; bu adama çocuklar küçükken ve belki onları okuldan alabilecek bir babaya ihtiyaç duydukları zaman değil de şimdi ikinci bir şans veriyor olması kesinlikle anlaşılmazdı.

Karşı koyduk, tüm gücümüzle.

Daima benden daha atik olan Niccolo telefonu duvara fırlattı. "Delisin sen! Arkadaşlarım, basketim, *her şeyim* burada!" diye bağırdı. "Okulu bitirmeme bir yıl kalmış ve sen benim okulumu değiştirmemi mi istiyorsun? Aklını mı kaçırdın? Sen git yaşa *onunla*! Artık oraya buraya çekiştirilecek bir çocuk değilim ben. Siktir git anne."

İskemleyi devirdi, odasına sığındı, sofrada yemek yemeyi, okula gitmeyi bıraktı, sınıfta kaldı. Ben sessizlik oyunumla yetindim: Sorularda susuyordum, sohbetlerde susuyordum. Her zaman kazanıyordum.

Birkaç gün sonra yatağımı –somyayı, şilteyi, yastığımı– şimdiye dek uyuduğum annemin odasından aldım ve tek başıma Niccolo'nun odasına sürükledim. Annemin kokusu, nefesi olmadan uyuyamıyordum, çok özlüyor ve ağlamak istiyordum ama direniyordum. Niccolo her gece geç saatte, ot kokarak geliyor, eşyalara çarpıyor, beni uyandırıyordu. Sabah kalktığımda horluyor oluyordu. Evimiz yavaş yavaş kutu deposuna dönüştü; bizler temizlik, sözcük, iyilik grevine sığındık. Annem bizi kucaklamak için elinden geleni yapıyordu, biz atlatıyorduk. Kıskanıyorduk, var gücümüzle kıskanıyorduk.

Bir cumartesi akşamını anımsıyorum: Ağabeyim gelmeyi reddetmişti, biz de annemle istasyonun karşısındaki pizzacıdaydık. Canı yemek pişirmek istemediğinde sık sık gelirdik. Sigara içilen bölümde, Maradona dönemindeki Napoli posteri altında karşılıklı oturuyorduk, annem bardağıma iki parmak şarabından koydu. Kâkülünü gözlerinin önünden çekerek şöyle dedi: "Eli, sonu nasıl olur bilmiyorum ama babanızla hiç yaşamamış olmanız adil değil. Bunu şimdi için söylemiyorum, daha sonra bazı şeylerin eksikliğini hissedeceksiniz ve o zaman çok geç olacak. Onunla bir ilişki kurmanız gerekiyor: Gerçek ve gündelik bir ilişki. Bunun farkında olmasanız bile buna *çaresizce* gereksinim duyuyorsunuz."

O iki bardak şarabı içtim, hemen başım döndü. Haksızsın, haksızsın, haksızsın diye isyan ettim içimden.

"Nasıl başaracağımızı merak etmiyor musun? Dördümüz bir arada?"

Susuyordum, daha fazla susulmazdı. Bakışlarımı indirmiş, *margherita* pizzama bakıyordum, düşünmeye devam ediyordum. Aramıza bir yabancı sokmaya ihtiyacımız yoktu. Demek ki annem onu bize yeğliyordu. Aslında biz üçümüz bir arada gayet iyiydik. T yazın dolu kışınsa bomboş olan bir deniz şehriydi ve ben oraya gitmek istemiyordum. *Yalan ve Büyü* kitabımı çıkarttım ve kendimi izole ettim.

Okurmuş gibi yaparken annemin eğlenirmiş gibi söylendiğini işitiyordum. Bir garsona takıldı: "Entelektüeldir kızım, nereye götürürsen götür kitabını açar: postanede, Standa'da. Harika bir arkadaştır!"

Lucciola pizzacısı evimiz gibiydi. Her yılbaşını orada kutlardık. Annem, Niccolo ve ben: Ayrılmaz üçlü. Pembe örtülü masaları, uyumlu sandalyeleri, içinde pirinç taneleri olan tuzlukları, Piemonte'nin kuzeyindeki bir şehirde Vezüv ve Napoli körfezi tablolarıyla egzotik hava sunan bu yeri bir daha görmeyecektim. Bu öyle büyük bir adaletsizlikti ki içimden haykırmak geliyordu.

Ama sessizliğime sadık kaldım.

Okul bitti, ortaokul bitirme sınavları başladı. Evimiz perişan bir hal almıştı: Gönderilmeyi bekleyen kutular, duvarlardan indirilmiş tabloların izleri, benim ve Niccolo'nun odasının eşyaları dışındaki her şeyin ambalajı ortadaydı. Benim ve Niccolo'nun odasında ise tek bir bavul bile yapılmamıştı ve iki aydır aynı çarşafta yatıyorduk.

Ben ve ağabeyim hiç o süreçte olduğumuz kadar yakınlaşmamıştık: Bir duvardık ama annem külotuyla ve sutyeniyle, giysilerle yüklü kollarıyla aramızdan geçiyordu. "Sizce bu paltolar işimize yarar mı orada?"

Mobilyaların bir bölümü özensizce satıldı, ötekiler plastik örtülerle örtüldü. Bir anda çocukluk oyuncaklarımı kaybettim. Annem onları bir kenara yığdı sonra da hayır kurumu Caritas'a hediye etti. "Artık büyüme vakti Elisa" dedi. Ama bu benim en son isteyeceğim şeydi.

Sınav sonuçlarının açıklanacağı gün geldi ve okula annemle gittim. Yanında kazık gibi kapkara bir suratla dikiliyordum. Ama başka kimle gidebilirdim ki?

Kız arkadaşlarım yoktu. İlkokulda bir iki cılız arkadaşlık kurmuş olsam da ortaokulda onları da silip atmıştım. Çekingendim. Yaşıtlarım mor rujlar sürüp, burunlarına *piercing*'ler takıp, erkeklerle yapılacak şeyleri konuşarak Italia Caddesi'nde piyasaya çıkıyorlar, bütün bunlar bana anlaşılmaz geliyordu. Yakınımda kuzenim, teyzem dedem yoktu. Ağabeyim gibi bir takımda oynamıyordum. Kimse beni müzik, tiyatro kursuna yazdırmamıştı. Evin dışında takıldığım tek yer çocuk kütüphanesiydi. T şehrinde "yabancı" olmadan önce Biella okullarında "asosyal" idim.

O gün Salvemini ortaokulunun girişinde yüzleştiğimiz veli topluluğu bize hem bir santim mesafedeydi hem de sonsuz uzaklıkta. Hiçbiri selam vermeye tenezzül etmedi. Anlaşılır bir durumdu: Öteki anneler pastel renklerdeki yazlık tayyörlerini, ipek gömleklerini giymişlerdi, incilerini takmışlardı; benimkinin üzerinde dizleri yırtık bir blucin, ayağında Converse vardı. Ötekilerin babaları beklerken oyalanmak için çocuklarıyla gülüşüyorlar, şakalaşıyordu; benimki merkezde bir delikti. Olasılıkla bakımsız, yorgun, kötü giyimli veliler de vardı ama ben onları görmüyordum.

Hademeler kapıları açtıklarında ve bizi içeri aldıklarında listeler camekânların içine henüz asılmıştı. Herkes kendi notunu görebilmek, bir başkasınınkiyle karşılaştırmak, notun haksız olduğunu ve daha iyisini hak ettiğini iddia etmek için üst üste yığıldı. Bir de ben vardım.

Ben en üstteydim. Asosyal, annesi deli, kareli pantolon ve mokasen giyen, kimsenin doğum günü partisine çağırmadığı, bir oğlanla öpüşmemiş yegâne kız bendim. Ama "Üstün başarı ve teşekkür" derecesiyle mezun olan da bir tek bendim.

Annem beni okşamak için eğildi.

"Ne hediye istersin? Büyük bir hediyeyi hak ediyorsun" dedi.

Düşünmeye gayret ettim. Hayallerim yoktu. Ben hediyeden, sende kalan, sahip olabileceğin eşyalardan ne anlardım? Ödünç kitaplarla, seçmeye asla ilgi duymadığım ödünç giysilerle yaşıyordum. Gerçeklikleri, sadece yerleri seviyordum: İstasyonun sarı kulübesinin göründüğü Lucciola vitrinini, annemin işinin bitmesini beklediğim Liabel otoparkını, Trossi Sokağı *üçüncü kattaki evimizi ve her şeyden daha* çok Palazzina di Piacenza'yı seviyordum.

Ağlamanın eşiğinde olduğumu hissettim: Neden biz yetmiyoruz sana?

"Her şeyi isteyebilirsin" diye ısrar etti annem.

Sessizlik grevini bıraktım.

"Kalmak" dedim.

O anda yüzündeki tebessüm silindi, bakışları karardı; ben adeta felç oldum çünkü bu belirtilerin neyin işareti olduğunu biliyordum.

Herkesin önünde sanki sınıfta kalmışım gibi beni çeke çeke sürükledi. Önce otomobile, sonra merdivenlerden yukarı sonra hepimizin sığıştığı o oda denen pisliğe sürükledi. Ağabeyimi yatağından kaldırdı, tokatlamaya başladı. Beni saçlarımdan yakaladı. Karşı koymaya çalıştık ama nafileydi. Sabrını yitirmişti. Anneannemin çişini halıya yapan kedilere yaptığı gibi yüzümüzü bavullara bastırdı. Bizi tırmaladı. Temiz kirli tüm eşyamızı toplamamızı, çantalara doldurmamızı söyledi. Hemen, hızla. Hayatımın ilk ve en kötü taşınması boyunca tekrar edemeyeceğim, tekrar etmek istemediğim sözler haykırdı.

\* \* \*

Devam etmeden önce, yürek paralayıcı anımla yüzleşmeliyim.
Bu konuyu hiç kimseyle, hatta Beatrice veya babamla bile konuşmadım. Her şeyi yazmaya karar verdiğim andan itibaren kendimle aramda bir sır tutmanın ne anlamı vardı ki? Yazı dünyasının insanlarıyla aramda bir yakınlık olduğunu hissederim: Çok okurum. Sayfaların arasında pek çok yetim, bahtsız, berbat zorbalıkların kurbanı olan, gene de kötülüğün elini sürmediği kızlar tanıdım: Işıltılıydılar, yetenekliydiler, belli ki kısmetlerinde kurtuluş vardı. Kabul ediyorum, kendimi o küçük kahraman kızlardan biriymiş gibi anlatmak pek cazip geliyor.
Ne var ki geleceğimi biliyorum artık ve burada son derece kusurlu bir kefaret var. Öte yandan roman yazmıyorum zaten. Masal anlatmadan, kim olduğumu tam odak noktasında görmek istiyorum. Ansızın kendime şunu sormaya kalksam: Elisa, Beatrice ile ilk buluşman neden tüm yaşamını belirleyecek kadar önemli oldu?
Dürüst olmam gerekirse şöyle yanıtlamam gerekir: Çünkü ondan önce yapayalnızdım.
Karanlıktı, erkendi, kıştı. Anaokulunun sondan bir önceki yılıydı. Niccolo mutfakta kahvaltı ediyordu, ben üşütmüştüm, titriyordum, annem beni kime bırakacağını bilemiyordu. Telefona yapıştığını, şunu bunu aradığını, ağlayarak yalvardığını anımsıyorum: "Yalvarırım, sadece bugün! Bütün gün uyur zaten..." Her seferinde çaresizce kapatıyordu. Ama sonra iki kolu yana düştüğünde aklına bir düşünce geldi: "Gel, çıkıyoruz."
Kat kat giydirdi beni: iki kazak, kaz tüyü montum, berem, atkım. Hem yanıyor hem donuyordum. Beni kucağına aldı, Niccolo

garaja inerken üç adımda bir durup yerden kar alarak kartopu yapıyor, annemi kızdırıyordu. Otomobilde beni yanındaki koltuğa oturttu. Motorun çalışması çok uzun zaman aldı. Kar yeniden başlamıştı. Yollar tuz ve buzla örtülüydü. Ağabeyimi okula bıraktı. Sonra Lamarmora alanına kadar sürdü, hiç görmediğim büyük bir yapının önüne park etti. İlk katın ışıklarının yanmasını bekledi, o zaman beni aldı, merdivenleri çıkmama ve buzlu camın arkasına geçmeme yardım etti. İçeride boğucu bir sıcak vardı, neon ışıkları gözlerimi aldı. Annem beni bir yastığa oturttu, kat kat soydu, son parasetamolümü verdi. Sonra parmağını dudağına dayayarak, "Şşşş" dedi.

"Ben işe gidiyorum, sen sakince otur burada, saat birde döneceğim."

O anki halimi, içimde güm güm atan ve bomboş kalan kalbimi hâlâ hatırlıyorum.

Göğüs kafesimi dolduran terk edilmişlik hissi, korkudan titreyen bacaklarım, sonsuz çaresizlik duygusu.

Ağlayamadım bile. Ellerimin arasına gizlediğim başımı avuttum, bademciklerim yanıyordu, düşüncelerim ve duygularım buz kesmişti.

Kütüphane ıssızdı çünkü herkes ya sınıftaydı ya da evinde hasta yatıyordu ama hepsinin başında biri vardı. Annemin bir daha geri gelmeyeceğinden emindim.

Kütüphanecilere ne yalan söyledi, onları nasıl ikna etti bilmiyorum. Belirsiz bir süre sonra içlerindeki en yaşlı hanım ateşim düştü mü diye elini alnıma koydu, susadım mı ya da tuvalete gitmek ister miyim diye sordu. Hiçbir şey istemiyordum. İlaç etkisini gösterince kendimde doğrulup oturma gücü buldum, çevreme baktım ve onlardan nefret ettim: Kitaplardan.

Ne sanıyorlardı kendilerini: Annemin yerini tutabileceklerini mi?

Daha sonra çok seveceğim Carla ve Sonia ellerinde Basile'nin *Tüm Masallar* kitabıyla geri geldiler. Şimdi içimi dolduran muhabbet duygusuyla Sonia'nın kırk yaşını biraz geçmiş olduğunu, hiç çocuk istemediğini, benim yaşımda bir çocukla ilişkiye nereden başlanabileceğini bilemediğini hatırlıyorum. Carla ise altmış yaşlarındaydı, siyatiği vardı, topallıyordu. Ansızın çalışma saatlerinde kucaklarına düşüvermiştim. Onlar, jandarmayı çağırmak yerine benim elime Basile kitabını vermişlerdi.

Birkaç dakika boyunca ne yapacağımı bilemeden karıştırdım: Okumayı bilmiyordum. Resimler minicik, kelimeler kocaman ve düşmancaydı. Kapattım ama iki elimle sarıldım ona çünkü düşmemi engelleyecek başka bir şey yoktu.

Panik, daha doğrusu yalnızlık son derece ilkel ve basit bir haldir, bir yanda ölçüsüz tehditkâr, bilinmeyen dünya vardır, bir yanda bir hiç olan sen. Annesi olmayan hiç kimse hayatta kalamaz. Çok iyi deneyimlediğim bir gerçeklik bu ve bunun yara izlerini her bir hayati organımda ömür boyu anımsayacağım. Nitekim annem o günden sonra buna alıştı.

Oranın varlığını nereden keşfetti, bir broşür mü gördü, biri mi söyledi bilmiyorum. Onun bir kütüphane müdavimi olduğundan şüpheliyim. O halılarla, yastıklarla, çocuk boyuna uygun masa ve sandalyelerle döşenmiş renkli oda, benim için ideal bir park yeri olarak görünmüş olmalıydı gözüne, üstelik bedavaydı: Her soruna çözüm sunuyordu. Böylece bahaneler uyduruyor, dramlar yaratıyor, gizlice kaçıyordu. Carla ve Sonia sanırım durumu anlamışlardı, bana acıyorlardı, sosyal yardım görevlilerine haber vermekten kaçınıyorlardı çünkü küçük bir kız gibi görünen o kadın sonunda geri geliyor, beni öpücüklere boğuyordu. Belki de seviyordu beni.

Bunu her zaman yapmazdı. Kız arkadaşlarıyla çıktığında barda Niccolo'yu ekran oyunlarının karşısına oturtur, beni de yanındaki tabureye tünetirdi ve ben parmaklarımı arkamda gizlice düğümleyerek konuşmalarını dinlemeyeceğime yemin ederdim. Kuaförde, süpermarkette peşinden gidebilirdim. Ama sonra ya ben hastalanıyordum ya onun bir yere gitmesi gerekiyordu. Yalnız mı? Biriyle mi? Bunu asla bilmedim. İşte o zaman Palazzina Piacenza önüne park etme zamanı geliyordu.

Ağabeyim arkadaşları ve spor sayesinde normal bir ergenlik yaşayıp kendini kurtarabildiyse bunun nedeni demir gibi bir bağışıklık sistemi ve erkek olmasıydı. Onun sevme yeteneği anneme bağlıydı ama kimliği değil.

Aylar boyunca kitapları açmadım bile.

Uzun sabah saatlerini camların arkasındaki Cresto, Bo, Mucrone, Camino dağlarını seyrederek geçirirdim: Daima yerinde duran tek fiziksel varlıklar onlardı. Sonia ve Carla mümkün olduğu anda gelip büyük minderde yanıma oturuyorlar, bana önce bir harfi sonra ötekini gösteriyorlardı. Bu A, bu O, bu C, bu D, bu M. Kabuğuna sığınmış ben yavaş yavaş teslim oluyordum.

Okumayı ve aynı zamanda koşmayı, kendimi yok etme gerçekliğini öğrendim. Kendimi unutma, korsan, canavar, cadı, prenses olma özgürlüğünü yakalamıştım. Zor anımda bir sincap ya da bir peri yardımıma koşuyor, yalnızlığım diniyordu. Annem sinyal verip Lamarmora alanında yavaşlayınca sevinmeye başlar olmuştum.

Onu okuyarak bekliyordum. Yıllar boyunca, saatlerce. Ötekiler büyüyordu, boyları uzuyordu, sesleri çatallaşıyordu, sınıftaki kız arkadaşlarım *âdet* görmeye başlıyorlardı. Bense büyü yapılmış gibi olduğum yerde sayıyordum. Dış görünüşüm aynı kalıyordu, içimdeyse mucizevi dönüşümler gerçekleşiyordu. Kimseyle dostluk kurmuyordum ama yüzlerce hayali arkadaşım vardı. Korkunç bir varoluşum, kor gibi kızgın bir hayal dünyam vardı. Bunlar sadece gözle görünmeyen gerçeklikte oluyor, biri bana ancak kelimelerin arkasından seslenebiliyordu. Bu nedenle de çok yıllar sonra Beatrice'yi ilk görüşümde onu hemen tanımıştım. Dış görünüşünü değil, *içini*.

Annem beni okumaya terk ediyordu.

Ben annemi istiyordum, okuma yazma bilmeyen biri olarak kalmak için neler vermezdim.

Edebiyat annemin boşluğunu doldurmak istediğimde karşıma çıkan tek yol olmuştu. Öncesinde boşluk olmayan bir tutku var olmuş mudur acaba?

Bea ünlü olduğunda bu soruyu anımsamam gerekecek.

\* \* \*

*Kızmıyorum ilkbahara*
*Geri geldi diye.*
*Suçlamıyorum onu her yıl*
*Görevini yerine getiriyor diye.*
*Anlıyorum benim hüznüm*

*Durdurmayacak yeşilliği.*
*Ot salınıyor*
*Yapayalnız rüzgârda.*

Wislawa Szymborska'nın "Bir Bakışta Elveda" şiiri böyle başlar ve benim çocukluğum da böyle sona erdi. Yirmi yıl önce bir sabah dışarıdaki dünya soğukken, seherin turuncu ışığıyla ve kapalı pencerelerle.

Bulantı, boş mide. Önde oturan ağabeyim *walkman*'inden *Enema of the State* kasetinin A ve B yüzünü dinliyor, kızgın bakışlarıyla yolu gözlüyordu. Kimse konuşmuyordu. Cresto ve Bo, Mucrone ve Camino arka pencerede yarım saat daha göründüler sonra yok oldular.

Alfasud'un arka koltuğunda oturuyor, Alp dağlarının oluşturduğu o duvarın artık arkamda kaldığını ve bensiz var olmaya devam edeceğini hissediyordum. Bunu kabul edemiyordum. Annem beni zor kullanarak bu manzaradan ayırırken kütüphaneden ödünç alıp bir daha iade etmediğim *Yalan ve Büyü* kitabını sımsıkı tutuyor, göğsüme bastırıyordum; aslında defalarca yeniden başlamış ama bir türlü okuyamamıştım.

Başımı çevirip bakmayı denediğim o Haziran perşembesinde Biella görünmez olmuştu. A26 otoyolunun ikiye böldüğü ova bana tekdüze, sıradan bir şerit gibi görünmüştü. Gezegenin geri kalanı camların dışında yabancı akıyordu.

Büyümek bir kayıptır.

Annem gülümseyerek sürüyordu. Ovada'ya yaklaştığımızda direksiyonu kırdı ve bir servis istasyonuna girdi. "Kahvaltı edelim mi?" diye haykırdı motoru söndürürken. Sanki geziye gidiyormuşuz gibi neşeliydi. Kruvasanınızı kremalı mı çikolatalı mı istersiniz?

Niccolo kapısını açtı, kendini dışarıya sürükledi. "Bu boktan heyecanını alıp kıçına sokabilirsin." Kapıyı mümkün olabildiğince hızlı kapattı.

Sonra tezgâh önüne yerleşip annemin aldığı çörekleri yerken uzun uzun bakıştık: Annem mini eteğiyle yüksek tabureye tünemiş, ergen gibi çiklet çiğniyordu, herkes onu seyrediyordu. Kendini aynada kontrol etmeye doyamıyordu, hiç durmadan çantasından çıkarıp bakıyordu. Rujunu tazeliyor, saçını eliyle kabartıyor, babam için hazırlanıyordu. Bizimse yüzümüz kıpkırmızıydı, hiddetten kabarmıştık ve her an patlayarak bin parçaya ayrılabilirdik.

Çıkmadan önce Niccolo beni durdurdu. Bana bakarak anneme "Tuvalete gidiyorum" dedi.

"Ben de" diye uydurdum.

Merdivenlerden aşağı koştuk, ikimiz de erkek tuvaletine girdik.

Gözlerimin içine baktı ve "Kaçalım" dedi.

"Ne zaman?"

"Şimdi."

"Nereye gidelim peki?"

"Biella'ya dönelim. Kamp kurarız. Önümüz yaz."

Kalbim şahane bir çarpıntı tutturdu: Olasılık.

"Ben bir çadır ödünç alırım" diye devam etti, "Hava zaten sıcak. Cervo yakınına gideriz, yıkanabiliriz de orada!"

"Ama buz gibidir. Nehir o" diye karşı koydum.

"Kimin umurunda! Pazarlar, panayırlar var, daima yiyecek, ot buluruz, hiç yalnız kalmayız. Hem ben ekimde on sekiz yaşımı bitiriyorum, Babylonia'da çalışmaya başlarım, sen de hiç dert olmadan benimle yaşarsın."

Bazı adamlar girdi ve bize fena baktılar: Ben bir kızdım ve Niccolo lavabonun kenarına bacaklarını yayıp otururken sigara yakıyordu.

"Evet ama nerede?" diye ısrar ettim. "Kışın nerede yaşayacağız?"

"Bir ev işgal ederiz, anneanneminkini mesela."

"Isıtmasız mı?"

"Minik ocaklar var. Tencerede su kaynatırız.

Bir an ama sadece tek bir an bu bana kabul edilebilir gibi geldi: Koşarak otoyolun karşısına geçmek, servis istasyonu Autogrill'in karşı şubesine gitmek ve bir TIR'a otostop çekmek. Cervo vadisinde balık tutarak, hayvan avlayarak yaşamak. Eylül ayında döküntülüğü yüzünden ne satılabilen ne kiralanabilen anneannemizin evine sığınmak, İtalyan devletinin beni sahipsiz kabullenmesi ve liseye bu şekilde gitmek: Sahipsiz. Üstelik bu ilk sefer olmayacaktı.

"Tamam" dedim.
"Mükemmel" dedi ağabeyim sigarasını yakarken.
"Delikanlı" diye gürledi bir ses. "Burada sigara içilmez. Söndür onu."
Orta yaşlı adam bize doğru yaklaştı. Niccolo gülerek tepki verdi ve dumanı adamın yüzüne üfledi. Adam duraksayabilirdi ama yapmadı.
"Terbiyesiz, baban sana saygıyı öğretmedi mi?" İşte bu noktaya dokunulduğu her sefer olduğu üzere Niccolo yumruğunu sıkıverdi. Başka adamlar girdi içeriye. Ben bir kenara çekildim. Bu sahneyi bin kere seyretmiştim ama bir türlü alışamamıştım. Hep bir kavga çıkıyordu, pazarları kışlaya gidip hakaret, tutukluluk, saldırı yüzünden içeri alınan Niccolo'yu kurtarıyorduk. Her seferinde onun umursamazlığını gözlemliyordum, annem onu savunmak için alttan alıyordu, bacaklarımın arasında tuhaf bir duygu hissediyordum: Sanki idrar kesem kendiliğinden boşalmak istiyordu çünkü benim hiçbir şey üzerinde gücüm yoktu.
O sabah Autogrill'de bağırışlar üst kata kadar çıkmış olmalı ki pek çok kişi koşup geldi; annem de tabii. Ona baktım, kaçma planımızın saha tuvaletinin kapısında yok olduğunu anladım. Onun kavgaya canavar gibi dalışını gördüm. "Bırakın çocuklarımı pislik herifler!" Tatlı hatları böyle anlarda tanınmaz bir hal alıyordu.
Utanç ailem yüzünden sık sık tattığım bir duyguydu. Bir kütle gibi, benim suçummuş gibi peşimden sürükledim. Yıllarca.
Üçümüzün de çekip gitmesi *rica edildi*. Yeniden bindik otomobile: Ağabeyim küfrediyordu, annemin saçı başı dağılmıştı, ben ağlıyordum. Annem dördüncü viteste gaza bastı, motor gürledi, lastikler öttü. "Ver o dinlediğin şeyi bana!" Gözleriyle bakmadan elini Niccolo'ya uzattı. Kaseti otomobilin teybine taktı ve bir daha asla dinleyemediğim bir şarkı çalmaya başladı: "All the small things."
Evet: O Alfasud'un akıntısına kapılmış küçük şeylerdik.
Ağabeyim bir harita, bir çakmak ve ot çıkardı ve onu yumuşattı. Şöyle düşündüm: İşte artık her türlü sınırı aştık. Annem ona yan gözle baktı ama istifini bozmadı: "Şu meretin sana iyi geldiğini sanmıyorum. Beni bir keresinde bayıltmıştı."
"Al iç haydi."

Niccolo sigarasını ona uzattı. Annem başını salladı: "Delirdin mi sen? Araba kullanıyorum." Sonra bir nefes çekti. Ve sonra bir tane daha. Sanki "o meret" onun için bizi inandırmak istediği kadar geçmişte kalan bir şey değilmiş gibiydi.

"Haydi Eli, sen de çek içine." Ağabeyim arkaya dönmüştü.

"Şaka mı yapıyorsun?" diye yanıtladım. Sigara bile denememiştim.

"Ne yapacağını sanıyorsun sana? Ot bu!"

Ben de alıp içime çektim, az daha kusacaktım. Ama sonra filtre kalana kadar sigarayı aramızda dolaştırdık.

Başımı arka koltuğa dayadım ve gülerek şunu düşündüm: *Ne kadar gereksiz kişileriz*. Yol kenarındaki bariyerlere çarpsaydık, eksikliğimizi hissedecek hiç kimse yoktu. Belki ağabeyimi evet, bir sevgilisi, pek çok arkadaşı vardı. Ama onlar Biella'da kalmıştı, zaten yitirmişlerdi onu. Basketi de uzun zamandan beri oynamaz olmuştu. Çantasını hazırlıyor, gidermiş gibi yapıyor sonra spor sahasının arkasından dolaşıyor, Italia Caddesi'ndeki küçük kilisenin yamacına, çayırdaymış gibi uzanıyor, ot sigarasını punk arkadaşlarıyla elden ele geçiriyordu. Hayatta hiçbir şey beceremeyeceği şimdiden belliydi. Ya ben? Okulda başarılıydım, günün birinde üniversiteye gidebilirdim. Ama gene de yerine oturmayan bir şey vardı, kimsenin hoşuna gitmiyordum. Ya annem?

On beş yıldan bu yana kim bilir işyerinden kaç bin don çalmıştı.

O da sevmeyecek bizi, o da kurtaramayacak. O derken *yazılım* kelimesinin pek çok kişi için bir anlam taşımadığı bir dönemde, mühendislik fakültesinde yazılım hocası olan Profesör Paolo Cerruti'den söz ediyorum.

Biz üçümüz pazar günleri öğleye kadar yorganın altında yatarken son derece mutluyduk. Annem bizi hâlâ bebekmişiz gibi sıkıştırırdı. Yatağın içine kırıntı döker, patlamış mısır torbalarından döke saça altı saat boyunca MTV seyrederdik. Yanlış bir şekilde mutluyduk, bizimki gibi sorunlu ve yıkıntı bir ailede kimsenin tahmin etmeyeceği şekilde mutluyduk. Ama hikâyemizin bizi nereye sürüklediğini bilerek söylemek istiyorum ki o gerçek bir mutluluktu. Şimdi bu otomobil koltuğunda çaresizlik içindeydim çünkü bizi birbirimize bağlayan o uyuşuk ve aydınlık şey T'ye vardığımız zaman sona erecekti.

Sonra Genova'ya vardık ve deniz bizi şaşırttı. Bir tünelin sonunda mavi bir hilal. Sonsuz ufkuyla önümüze serildi. Bugün var olmayan o köprünün üzerinden sersemlemiş olarak, giysilerimiz haşhaş kokarak, otomobil kasetçalarında Blink-182 çalarak geçerken darmadağınıktık. Ama deniz bizi gülümsetti.

Yolculuğun geri kalan kısmını Niccolo ve ben uyuyarak geçirdik çünkü sonucu artık umursamaz olmuştuk. Oraya ha dirimiz varmıştı ha ölümüz, hiç fark etmeyecekti.

## (4)

## PORTRELER ODASI

On üç Kasım Pazartesi okuldan sonra hava yaz gibi berraktı; Pascoli'nin yazdığı *"Ölülerin* soğuk yazıydı" satırlarını anımsadım, gelip geçenler paltolarına sarınmıştı, dallar iskelet gibiydi. Lecci Sokağı'na o ilk gidişimde, güneş mavilik içinde tepedeydi, hava neredeyse ılıktı.

Sakin bir çıkmaz sokaktı, yolun iki yanında yan yana dizilmiş beyaz villalar öğleden sonra ışığında ışıl ışıldı. Quartz'ımla süzülerek girdim sokağa ve hepsi birbirinin aynısı olan demir parmaklıklar üzerindeki numaraları okuyabilmek için yavaşladım. 17'yi bulunca fundaların önüne park ettim, yaprakların arkasında makul boyutlarda bir bahçe ve garaj görünüyordu. Aslında bozuldum: Beatrice'nin iki katlı sıradan bir evde değil de kim bilir hangi görkemli villada oturduğunu hayal etmiştim.

Motoru durdurdum. Kimi hâlâ satılık olan yeni evleri saran sessizlik beni etkiledi. Çevrede hiçbir şey yoktu, sadece tepeler vardı. Kaskımı çıkardım. Hafif bir çarpıntıyla zile yaklaştım. Burada Avukat Riccardo Rossetti yazıyordu. Çaldım, parmaklık kapısı açıldı. Bahçe yolunu aştım, kapalı kalmış kapıyı mümkün olan en nazik şekilde tıklattım.

Beatrice'nin ailesini bir kez görmüştüm, pahalı bir restoranda büyük bir sofra çevresinde toplanmışlardı ve sanki Clinton Ailesi'ni görmüşüm gibi müthiş heyecanlanmıştım. Onların şık giysilerini, sonra bindikleri ayna gibi parlayan siyah otomobillerini anımsıyordum ama bu arada kapıyı açan yoktu. Daha sertçe vurmaya niyetlenmişken elinde toz bezi olan bir kadın kapıyı ardına dek açtı. Girdim.

Ve müthiş bir kavganın ortasına düştüm. Saklanabileceğin holler, koridorlar, merdiven altları yoktu. Bea'nın evine giriyordun ve kendini tablolar, halılar ve yastıklarla döşenmiş geniş bir salonun ortasında buluyordun. Kendimi son derece yersiz, son derece ortalıkta hissettim. Ama yanılıyordum: Kimse benim varlığımın farkına varmamıştı.

Anne öfke patlaması yaşıyordu. Ona bakmamla taş kesmem bir oldu. Sanki televizyonda haberleri okuyacakmış gibi giyinmiş, boyanmış, taranmıştı. Böyle bir kadını canlı görmek olacak iş değildi: Bir kilo altın, fondöten, rimel ve krem, spor salonlarında ve diyetler sayesinde kusursuzca şekillendirilmiş bedeni örtüyordu. Kızına bağırıp duruyordu: "Ben sana bir soru sordum, yanıtla! Oksijenli su mu sürdün? Öyle mi? Saçlarını yaktığını biliyor musun? Peki şimdi sıfıra mı vurduracaksın? Tanrım bu nasıl bir renk! Neden sürekli hayal kırıklığına uğratıyorsun beni?"

Bea, bir köşede, pervaza dayanmış, kararsızlık içinde duruyordu. Omuzlarında naylon bir örtü vardı, saçları fuşya ya da turuncu görünen –anlaşılmıyordu– bir boyaya bulanmıştı ve boya damlacıkları alnına, blucinine, her yanına akıyordu.

"Enzo'yu aramaktan ve akşama kadar bir boş zaman bulmasını istemekten başka çarem yok. Bu şekilde ortalığa çıkamazsın. Sana bakamıyorum bile."

Büyük cam masaya dağılmış dergiler, kolyeler ve binlerce nesne arasında telefonu aramaya başladı. Beatrice'nin ablası Costanza az ötedeki divana uzanmış sevimli ama sinsi bir edayla gülümsüyordu. Kimya kitabı dizlerinin üzerinde açık duruyordu, siyah bir dik yakalı kazak, siyah tayt giymiş, sarı saçlarını tepesinde topuz yapmıştı. "Boş ver anne, ümitsiz vaka bu." Sonra Bea'ya dönerek "Gerçekten iğrençsin" dedi. Dedi ve mutlu oldu.

Bea'nın on bir yaşındaki erkek kardeşi Ludovico da divanda oturmuş, gözlerini televizyona dikmişti, elindeki mitralyözle zombi ordusunu yok etmeye girişmek üzereydi. Camları silerken birkaç kez dönüp bana bakan hizmetçiden başka kimse bana merhaba demedi, eve kim girdi diye merak etmedi.

Beatrice bakışlarını bana çevirdiğinde gözleri yaşlıydı. Bana yanına gitmemi işaret etti, tüm cesaretimi kuşanarak salonu geçtim. Ablasının bana yönelttiği bakışların anlamını kelimelere dökersem "Ne cins bir hırpani çağırdın bu eve Beatrice?" diyordu. Telefonun yanında ayakta duran anne beni odağına almadan şöyle bir baktı. Tırnaklarını masa üzerine vura vura telefon etti, güvenilir kuaförü Enzo'ya yalvardı, hemen o gün ne kurtarabilirse kurtarmasını, durumun ümitsiz ve trajik olduğunu söyledi. Annenin gözlerinin o yeşil irislere sahip olmadığını, ablanın da erkek kardeşin de gözlerinin koyu renk olduğunu fark ettim. Buna karşın üç santim uzunluğundaki kırmızı ojeli tırnaklarıyla öyle el hareketleri yapıyordu ki telefon ahizesini idare etmekten başka bir şey yapamıyordu. Öfkeyle çirkinleşmesi yazıktı, aslında pek güzel bir kadındı. Kendinin olmayan saçlar için neden bu kadar kızdığını anlayamıyordum.

Telefonu kapattığı zaman "Merhaba" diye fısıldadım.

Beatrice beni takdim ederek "Adı Elisa, Biella'dan gelen kız" dedi, "bugün ödevlerimizi birlikte yapacağız."

"Saat dörde kadar, sonra çıkmamız gerekiyor." Bakışlarını benden Beatrice'ye çevirmişti. "Oyuncu seçiminden önce böyle bir şey yapmayı nasıl düşünmüş olabilirsin? Çok korkunçsun."

Beatrice beni elimden tuttu ve çekip uzaklaştırdı. Merdivenlerle üst kata çıktık, odası çiçekli duvar kâğıdı ve gri halıyla kaplanmış koridorun sonundaydı. Kapıyı anahtarla kilitledi. Sonra beni banyosuna sürükledi, güvenlik açısından onu da kilitledi.

"Ondan nefret ediyorum" dedi.

Musluğu açtı, başını lavaboya sarkıttı; saçları gerçekten biraz fuşya biraz turuncuydu. Boya suyla akıyor ama renk değişmiyordu: Leke lekeydi.

Beatrice saçını havluyla kuruladı, aynanın karşısında salladı. "Senin saçının renginde olmasını istemiştim" diyerek gülümsedi.

Ve ben içimden şöyle düşündüm: *Sen bana mı benzemek istedin? Deli misin?*

"Bu nedenle iki rengi birbirine karıştırdım ve berbat ettim." Pişman olmuş görünmüyordu.

"Benim saçlarım çok çirkin" dedim, "seninkiler ne güzeldi."

"Benim değildi o saçlar. Benimkiler kıtık gibi kıvırcık, korkunç ve hiçbir şeye benzemeyen bir kestane renginde. Ortaokuldan beri

Enzo onları düzleştiriyor ve *Vogue* dergisinin kapağındaki renge uygun olarak boyuyor."

Fönü prize taktı ve ağabeyimin bayıldığı *Streaptease* filmindeki Demi Moore gibi onunla oynamaya başladı. Ben küvetin kenarına oturmuş, hayretle onu seyrediyordum. Doğruydu: Kıvırcıktı saçları. Kuruttukça, her sabah okulda gördüğüm o disiplinli modelle ilgisi olmayan vahşi bir çalılığa dönüşüyordu. Öte yandan mükemmel bir makyaj yapmıştı. Yaşıtlarım gibi acemice boyanmak yerine yüzünün oval hatlarını ortaya çıkaran, elmacıkkemiklerini belirginleştiren, gözlerini ve dudaklarını büyüten, burnunu incelten, ona farklı ve yaşsız bir görünüm veren bir maske kondurmuştu yüzüne. Elbette sivilcelerin gölgesi bile kalmamıştı.

"Biliyor musun kimi zaman böyle uyuyorum."

Benim sessizliğimle sohbet ettiği her seferinde olduğu üzere irkildim.

"Sabah uyandığımda aynadaki yüzümden nefret etmeyeyim diye öyle yapıyorum. Fondötenimi, allığımı temizliyorum. Suya dayanıklı rimel sürersen ve enseni yastıktan ayırmadan kımıltısız yatarsan makyaj bozulmuyor, dayanıyor."

Hırsızlık yaptığımız gün bana makyajsız yüzünü göstermekle nasıl bir samimiyet sergilediğini şimdi anlayabiliyordum. Bir an ona derin bir sevgi hissettim ama dindirdim. Dolabın üzerindeki müzik setini açtı. Niccolo'nun tereddütsüz "boktan" diye niteleyeceği türden bir şarkı patladı. Banyo öylesine çok makyaj malzemesi, parfüm, krem, banyo köpüğüyle doluydu ki bunca malzeme neye yarıyor acaba diye merak ettim; benim dış fırçam ve diş macunumdan başka bir şeyim yoktu.

Bir deodoranı yakalayıp dudaklarına yaklaştırırken "Baksana bana" dedi, "Paola'ya benzemiyor muyum?" Şarkı söyler gibi yaptı: *Vamos a bailar, esta vida nueva! Vamos a bailar, nai na na!*"

Şehvetli bir dans uydurdu, gelip poposunu benim dizlerime sürttü. Beni de nakarata katmayı, kalçalarımı gıdıklayarak kaldırmayı denedi. Çekindim: Ben asla böyle aptalca bir şeye bırakamazdım kendimi.

"Sen sevmiyor musun Paola ve Chiara'yı?"

"Hayır" dedim.

"Peki ne seviyorsun? Bu yaz her yerde onları çalıyorlardı!"
Kendimden söz etmek hiç yapamadığım bir şeydi. Kimsenin ilgisini çekmeyeceğinden emindim. Onlarca yıl sonra psikoloğum kendime karşı hissettiğim bu güvensizliğin altında annemin pençesi olduğuna karar vermişti. Benim o gün tek bildiğim annemin yüzlerce kilometre uzakta olduğu ve ona güvenebileceğimi hissetmemdi. Beatrice'nin –az önce alt kattaki kızın değil, bu teşhircinin– beni anlayabileceğini hissediyordum.

"Biella'da bir yer var" diye anlattım, "adı Babylonia, orada kızların ve erkeklerin saçları yeşildir, mavidir, senin gibi turuncudur, fuşyadır ama kenarlardan tıraşlı, tam tepeden ibiklidir, oldukları yerde kudururlar ve ot içerlerken The Offsppring söyler, herkese karşı ortaparmaklarını havaya kaldırırlar."

"Kudurmak ne demek?"

"Dans etmemek yani. Kalabalığın arasında bir kişinin sallanması, zıplaması. Omuzlar, kafalar çarpışır. Ponderano pirinç tarlaları ortasında Rancid gelip çalmıştı. Biella, T'den çok değişiktir" diye bitirdim sözümü.

"Peki senin en sevdiğin şarkıcılar kim?"

"The Offspring. Bir de Blink-182."

"Ağabeyin mi dinliyor bunları?" diye sordu fesatça. "Çok iyi ya, adı ne?"

"Niccolo."

"Onunla tanışmak istiyorum. Cumartesi günü beraber çıkalım mı?"

Belli belirsiz onayladım. Ağabeyimin gittiğini söylemeye cesaretim yoktu. Bunu yüksek sesle söylemek kabullenmek gibi olacaktı. Hem zaten Niccolo Bea ile karşılaşsa onun boktan bir şıllık, boktan bir burjuva, her neyse ama illa boktan olduğunu söylerdi.

"Haklısın, T'de punk yok. Hepimiz aynı şekilde aptal ve banaliz."

"Ama sen hiç de banal değilsin. Hele şimdi neredeyse punk oldun."

Kahkaha attı: "Tepemde ibikle, burnumun ortasında *piercing* ile kaçıp Babylonia'da kudurmayı çok isterdim."

Ansızın sevinçle "Gidelim o halde" diye önerdim.

"Deli misin!"
"Neden?"
"Şimdi açıklarım sana."

\* \* \*

Adımlarımızın ses çıkarmadığı koridora götürdü beni. Ailesi hâlâ aşağıdaydı, sesleri geliyordu. Ablasının ve erkek kardeşinin kapıları açık odalarını geçtik. Bea son kapıyı aralayınca öylesine soğuk ve karanlık bir yere girdik ki sanki uzun bir hastalıktan sonra bu odada biri ölmüş gibiydi. Siluetini izleyerek el yordamıyla ilerledim ve o kepengi açtığı zaman nefesim kesildi.

Sanki müzede ya da adak şapelindeymişiz gibi duvarların her yerine fotoğraflar asılmıştı. Devasa büyütülmüş olanlar, portreler, çerçevelenmiş ve cam altına konmuş polaroit kolajlar vardı. Kornişlerin yerinde numaralandırılmış albümlerle dolu raflar yer alıyordu; her birinin üzerinde adlar yazıyordu: Costanza, Beatrice, Ludovico. Beatrice hepsinden fazlaydı.

"Ludo birkaç defileye katıldı ama sonra çabuk sıkıldı. Zaten babam da karşı çıktı, 'Erkekler bazı şeyleri yapmaz' dedi ve annem de pes etmek zorunda kaldı."

Işığı arkasına alarak pencere pervazına oturdu. "Costanza güzeldir ama gözleri ve boyu benim gibi değildir. Küçükken pek çok reklamda oynadı. Hatırlar mısın bilmem *Miny Pony*'de bile vardı. Sonra regl olmaya başladı ve benimkinden beter sivilceler çıkarıp kalçaları genişleyince çağrılmaz oldu." Şeytan tırnağını kemirdi, kanattığı yeri emdi. "Öyle olunca bir tek ben kaldım."

Bunu hem mahkûmiyet hem seçimmiş gibi muğlak bir sesle söyledi. Ortamı kaplayan kendine ait görüntüler seli onu mutsuz mu ediyordu gururlandırıyor muydu anlayamadım.

Cam yününe dönmüş saçlarıyla öylece duruyor, sanki bir yabancıya aitmiş gibi hayranlıkla kendi portrelerine bakıyordu. Bea bu tatlı çocukluk fotoğrafında başının çevresinde sarılmış kurdelesiyle, örgülü saçlarıyla –ünlü bir allık firmasının reklamını yaptığı için– kırmızı yanaklarıyla görünüyordu. Belki on iki yaşındandayken Bea koyu renkli saçlarıyla bir mayo defilesinde görünüyordu. Saçları gene kusursuzca düzleştirilmişti. Tüm dünyada ünlü bir gülümseme: Mona Lisa'nın internette sonsuz kez karşımıza çıkan o sağlam, anlaşılamaz tebessümüyle karşılaştırılabilirdi. Ama çiviyle duvara raptedilmiş ve sadece benim gördüğüm bu resimler solmuştu, devinimsiz ve ölü gibiydi. Belki de beni tedirgin eden bu duvarların mezar taşlarına benzerliğiydi. Onlara bakıyor, annesinin az önce neden o kadar kızdığını anlayabiliyordum.

"Senin günlüğün var mı?" diye sordum.

"Ne günlüğü?"

"Bir sır, düşüncelerini, günlerini yazdığın gizli defter."

"Ben yazmıyorum."

Bazı resimlerde üç çocuk bir aradaydı, bazılarında anne ve baba, Noel'de, Paskalya'da, Paris'te, Maldivler'de bir araya gelmiş aile vardı. Hepsinde ön planda, doğru ışıkla, açık gözlerle, tam odakta yer alıyorlardı; berraktılar, gülümsüyorlardı, kusursuzca mutluydular. Bir karşılaştırma yapmadan edemedim. Benim ve ailemin bir çekmecede karmakarışık duran az sayıdaki fotoğrafını düşündüm. Çarpık kareler, kesik kafalar, gözleri kıpkırmızı, yüzleri korkak baykuş gibi gösteren yanlış çakmış flaşlar vardı sadece. Kimsenin bakmak istemediği o dikdörtgenler şu anda kalbimi sıkıştırıyordu. Babam hiçbirinde yoktu, annem ya da ağabeyim ya da ben bazılarında bir yokluk olarak yer alıyorduk.

Kendimi tutamadım: "Annen ne iş yapıyor?"

"Hiç."

Sorgularcasına baktım ona.

Beatrice alaylı gülüşüyle "Ev kadını" dedi, "ama onu ütü, temizlik yaparken, yemek pişirirken hiç görmedim. 1968 yılında Miss Lazio ödülünü almış. Taş Devri'nde, birkaç ay boyunca biri olmuş. Sonra babamla evlenmiş, kendini bir azize gibi ona adamış, o da karşılığında annemi her önüne gelen sekreteriyle, iş arkadaşıyla boynuzlamış."

\* \* \*

O gün kitap kapağı açmadık. Ben bile dikkatimi toplayamazdım. O odanın ağırlığı tüm düşüncelerimi ezmişti, Beatrice daha sonra bir söyleşisinde, bir televizyon yayınında o odadan hiç söz etmedi.

Alt kata indiğimizde ablası da kardeşi de yok olmuşlardı, anne Ginevra dell'Osservanza divanda oturmuş, dergi karıştırıyordu. Gün batımının solgun ışığı pencereden doğruca giriyor, onun yüzüne vuruyor, fondöten altındaki çizgilerini, hassasiyetini, elli iki yaşını gösteriyordu.

Bu görüntü kalbimi yumuşattı; belli ki Beatrice de aynı şekilde hissetmişti ki ona yaklaştı, yanına oturdu ve özür dilercesine sarıldı. Bunun üzerine annesi de perişan saçlarını okşadı: "Her şeyi düzelteceğiz" dedi. Tatlı bir sesi vardı, sanki şimdi bambaşka biri olmuştu.

Şaşırmadım, alışıktım. Her annenin iki zıt ucu olduğunu ve hiç uyarı vermeden birinden ötekine geçtiğini biliyordum. Ondan istediğin kadar nefret edebilirdin ama sonra kucaklanmak ve kabullenilmek ihtiyacı ortaya çıkıyordu. Sen basit, o dev olunca bazı durumlarda engellenemez bir eşitsizlik yaşanıyor –benimle Beatrice arasındaki gibi– ve bu hayatı tehlikeye sokuyordu.

Birbirine kenetlenmiş iki beden sanki ben orada yokmuşum gibi bir süre öylece kaldı. Onlara bakmak kötü hissettiriyordu ama gene de gözlerimi alamıyordum, sanki öksüz kalmışım gibi içim kıyılarak yoksunluk çekiyordum. Bunu biliyordum çünkü annem gitmişti. Beni yanına almadan yani. Onun Biella'da yeni yaşamını hayal edebiliyordum. Rahatlama, yeniden fethettiği özgürlük. Tek anlayamadığım beni neden dünyaya getirdiğiydi.

Beatrice ve annesi birbirlerinden ayrıldılar. Ginevra ayağa kalkarak "Tamam kızlar, şimdi gidiyoruz" dedi. Sonra beklenmedik bir nezaketle bana döndü ve "Bizimle gelmek ister misin? Elisabetta? Elena?"

"Elisa, anne!"

"Elisa, Enzo ile tanışmak ister misin, belki senin de saçını yapar."

"Hayır teşekkür ederim, eve dönmem gerekiyor."

Eşzamanlılıkla ve eş devinimlerle son derece şık ayakkabılarını, mantolarını giydiler, markalı deri çantalarını aldılar. "O halde hoşça kal Elisa, ne zaman istersen kapımız sana açık. Beatrice sen beni kapıda bekle, gidip otomobili alayım."

Çıktık, Bea motosikletime kadar bana eşlik etti. Tam kaskımı alıp takacakken "Bugün sana pek çok sırrımı açıkladım ama sen bana neredeyse hiçbir şey söylemedin. Arkadaş olmak istiyorsak, böyle olmaz. Aramızda mutlak eşitlik olmalı" dedi.

Nereye varmak istediğini anlayamadığımdan sıkıntılı bir şekilde bakıyordum yüzüne.

"Sevgilin olup olmadığını söylemedin!"

Kaskım elimden düştü, kaldırıma yuvarlandı.

Cildim ya kıpkırmızı olmalıydı ya bembeyaz.

Bea gülmeye başladı: "Demek sevgilin var!"

"Neden soruyorsun bunu bana?"

"Gayet şeffaflaştın şu anda, görüyorum. Söyle bana kim o?"

"Doğru değil, kimse yok."

Annesi korna çalarak BMW ile geldi. Yumuşaklık parantezini kapamıştı, artık acelesi vardı, yeniden gerginleşmişti. Bea istemeden ayrıldı yanımdan: "Anlatırsın zaten sonra." Kaderine razı olmuş gibi annesinin yanına bindi, ben koca kara arabanın yolun sonunda gözden kayboluşunu seyrettim.

Sonra Quartz'ı çalıştırdım. Eve dönmek yerine, inşa edilmeye başlanmış ama bitirilememiş, çalışmayan vinçlerin, açık temellerin, boş arsaların olduğu bu mahallenin yeni sokaklarında enlemesine ve boylamasına zikzak çizerek gezdim. Sonra bir kurtuluş duygusuyla orayı arkamda bıraktım. Pırnallar ve ardıçlarla dolu tepeler boyunca deniz kenarına doğru indim, sağa saptım ve yeni şehri geçtim: Küp gibi bir bina, bir alışveriş merkezi, bir park, sonra bir küp bina daha derken o adsız ve anısız sokaklarda gaza bastım; her şey o kadar yabancıydı ki sanki Piemonte'den değil, Asya'dan, dünyanın gerisiyle asla ilişki kurmamış olan Pasifik adalarından birinden geliyordum.

Limana vardım. Bir saat boyunca kış günlerinde benim kadar hüzünlü olan deniz kenarında ilerledim.

Bir sevgilim vardı, evet.

Vardı.

Deniz dalgalıydı. Öğleden sonranın aldatıcı ışığı rıhtımların, kargo gemilerinin, takım adalara hareketi geciktiren vapurların ötesinde soluyordu. Hava soğuktu. Yeniden yapayalnızdım.

En sonunda bir bankın önünde durdum. Dalgalar kayalara çarpıp kırılıyordu. Keskin ve tuzlu rüzgâr yüzümü kamçılıyordu.

Şiddetle o çocuğu hatırlamaya koyuldum.

## ARADAKİ YAZ

İki hayatım arasındaki yazı büyük çoğunlukla o erkeği aramakla geçirmiş, kendimi kıyı boyunca amaçsız ve anlamsız dolaşmalara vermiştim. Boş bir kumsal arıyordum: Yoktu. Yeniden yola çıkıyordum, bir kilometre sonra bir sahil tesisi önünde duruyordum; gene yoktu. Temmuz güneşi altında uzun blucinimle, kareli gömleğimle Quartz'da oturuyor, şezlong, havlu, kabin ve duşları gözden geçiriyordum. Başka bedenler arasında batağa saplanıyordum.

Bir meme ucu, tüyler, erkeklerin slip mayolarındaki kabartılar. Önümden erkek çocuklar ya da yaşlı adamlar geçiyordu; kaslı ya da pörsümüş bedenleri parlak ışığın altında beliriyordu, kimi üzerinden sular damlayarak kumsaldan dönüyor, kimi oraya varmak için çıplak ve sabırsız yürüyor oluyordu. "Ne demeye bakıyorsun sen iğrenç şey!" "Sapık yosma!" Tespit edildiğim an motoru hareket ettiriyor, kasksız kaçıyordum.

Onu yeniden görmek istiyordum. Aşağıda, büyük şemsiyelerin altında, kız ve erkek arkadaşların arasında. Beni ondan ve denizin kumu yaladığı şeritte defile yapar gibi yürüyen, tırnakları ojeli, bikinileri özellikle popolarının arasına sıkışmış, ayak bileklerinde uğurlu halhalları olan, bir şeylere davet olduğu aşikâr şekilde Chupa Chups ya da Algida Cornetto yalayan kızların olduğu o dünyadan ayıran uzaklığı ölçmeye çalışıyordum. Tabii o bir şeyler de benim için meçhuldü ve benim becereceğim bir şey değildi. Zaten onun gibi bir erkek neden onlardan biri yerine beni tercih etsindi ki?

Ergenliğin ve bununla birlikte taşınmanın üstesinden gelmem mümkün olmayacak diye düşünüyordum. Ama önce bir adım öncesini anlatmalıyım.

\*\*\*

T'ye geldiğimiz gece annem ve babam bizi ayırdılar. Bu yeni evde adam başı bir oda olacağı gerekçesiyle Niccolo'yu koridorun sağındaki, beni de solundaki odaya yerleştirdiler. Annem benim yaşıtım gibi babama sarılmış, parmaklarını onun arka ceplerine sokmuş gülümserken "Siz artık büyüdünüz" dedi. O ikisi ise birlikte yattılar. Banyodan dönerken kapının arkasından gelen ve bastırmaya çalıştıkları gülüşmelerini işittim. Sonra bir daha gözümü yumamadım.

Seslerini yeniden duyma dehşetiyle karanlığı gözlüyordum. Neyi işitecektim ki? Bunu bilmemek dehşetimi büyütüyordu. Her gıcırtıya kabarttığım kulaklarımla sanki ormandaki av gibiydim. Aralık pencereden deniz giriyordu içeri. Tek duyduğum buydu: Dalgaların boğuk hırıltısı.

Saat dörtte, belki beşte daha fazla dayanamayıp ağabeyimin yanına kaçtım.

"Uyumuyor musun?"

Üzerinde fabrika kat yerleri duran yeni çarşafın örttüğü yatağa oturmuş, sırtını duvara dayamış bir halde başını salladı. "Neredeyiz Eli? Başımıza gelene inanamıyorum." Rüzgârın her üflemesinde abajurun kısık ışığı titreşiyordu ve bana şu ninniyi anımsatıyordu: "Alev dans ediyor, inek ahıra giriyor." Annem küçüklüğümde bana bunu söylerdi. Ya şimdi?

Artık annemiz yoktu.

"Burası midemi bulandırıyor." Niccolo ot bittiği için sigara yaktı. Oda hemen Biella'da olduğu gibi Marlboro koktu. "Bu deniz zıkkımıyla uyuyamam, üstelik hava camı kapayamayacağım kadar da sıcak."

Benim daha küçük yatağım gibi çevresi el değmemiş valizlerle ve çantalarla dolu olan bir buçuk kişilik yatağa çıktım.

"Yarın nerede ot bulacağım?"

"İstersen ben aramana yardım ederim."

Niccolo gülmeye başladı. Üzerinde bir *boxer* ile atlet vardı. Onu binlerce kez çıplak görmüştüm tabii, küvette karşımda oturur, üzerime köpük fırlatırdı. Çocukluğumuzda yaptığım gibi ayak ucumla onun ayaklarına dokundum. O da beni gıdıklamak için kulağımın içini öptü. Planlar yaparak bir ya da iki saat geçirdik. Trenle kaçacaktık: Bilet almadan tuvalete kapanırsak altı yedi saat gidebilirdik. Cinayet: Nihayetinde bir adam öldürmek o kadar da zor değildi; uykusunda yastığı yüzüne bastırmak, neye alerjisi olduğunu bulursak anafilaktik şok yaratmak mümkündü. Derken bir terlik sesi işittik ve kapıya koştuk. Niccolo görebilecek kadar araladı: Babamızdı. Evlilik odasından sıvışıyordu. Uykuluydu, suçluydu, pijamalıydı. Ne anılarım vardı onunla? Ne bir şımartma ne omuzlarında gezdirme yapmış adam şimdi mutfağa gidiyordu.

Işığı yaktığını, kahve yapmaya giriştiğini duyduk; tahminimce mahallede bir tek o pencere aydınlıktı. Niccolo kapıyı örttü, tek söz etmeden yatağa girdik. Onu dinlemeye devam ettik: Banyo musluğu, çiş ve sifon sesi. Sahiden yaşayabilir miydik onunla? Babam tatilden önceki son sınav dönemi için altı buçuk trenine binmek üzere çıktı ve biz ancak o zaman uyuyabildik. Gün ışığı panjurun deliklerinden odayı ışık lekelerine boğarken biz birbirimize sarıldık ve çarşafın altında uyuduk. Sonra annemiz gelip uyandırdı.

Bir başka kadın gibiydi. Hemen şehri dolaşmayı önerdi, "Şehri keşfedelim!", "Sahiplenelim!" gibi ünlem işaretli ve cıvıltılı cümleler kuruyordu.

Niccolo "Sen git!" dedi, "bizim başka planlarımız var."

Annem kızarmış ekmeğe tereyağı sürerken, "Ne gibi planlar?" diye sordu. Babam oteldeymişiz gibi donatmıştı sofrayı bizim için. Bisküviler, marmelatlar, soyulmuş ve dilimlenmiş meyveler vardı, üzümlerin çekirdeklerini bile çıkarmıştı. Niccolo ve ben şaşkınlığımızı belli etmemeye çalıştık.

Annem ekmeğine bir de reçel ekleyerek "Söylesenize, nedir planlarınız?" diye yineledi.

"Bir torbacı bulmak, çok merak ediyorsan."

Annem ekmeği ısırmaktan vazgeçti, onu havada tutarak ağabeyime doğru uzattı: "Artık yeter, Niccolo. Baban bir şey bilmiyor. Kızacak, öfkelenecek. Bana tabii."

"Çok umurumdaydı sanki!"

"Ot sana iyi gelmiyor. Uzun vadede beyninde hasar bırakabilir."

"Normal annelik yapmaya mı çalışıyorsun? Hiç boşuna enerjini harcama."

Uykusuz gecenin bitkinliğiyle araya girerek "Kavga etmeyin" dedim, belki yalnız geçirebileceğimiz bu son günü korumak istiyordum: "İki amacı bir araya getirebiliriz: Şehri dolaşmak ve torbacı bulmak."

Annem Niccolo'yu bir kez daha süzdü: "Baban ot içmiş halde enselerse, yemin ediyorum, seni ben öldürürüm."

İşte gene kurallarımızla, alışkanlıklarımızla bizdik. Burada bir geçiş dönemi yaşıyoruz diye kandırdım kendimi. Bu sadece saçma bir yaz olacak, o kadar.

Lavabonun içine yığdığımız fincanları ve tabakları yıkamadan, sofra örtüsündeki kırıntıları silkelemeden arkamızda bırakıp çıktık. Aynı anda banyoya girdik. Ben dişlerimi fırçaladım, annem duş aldı, Niccolo saçlarını jöleledi. Sonra elimize geçeni üzerimize geçirdik ve Alfasud'a atladık. Camları açtık, döküntü radyomuz, *The cruelest dream, reality* diye bağırıyordu.

Ağabeyim hayalleri yarıda kalmış bir ifadeyle dışarı bakarken "Bir punk görürsen, dur hemen anne." Sahil boyunca uzanan yolun trafiğinde yavaş yavaş ilerlerken bir şeyi net biçimde anladık: Burada ne Babylonia ne Murazzi di Torino ne sosyal merkezler, ne sinema müzeleri, ne *rave* partilere terk edilmiş ambarlar bulabilecektik. Ne dikkate değer sanayi ne duvar resimleri ne anarşinin A'sı vardı burada. Devinimsiz, kendi sıradanlığına mahkûm bir şehirdi T.

Dramatize ediyordum: Koca bir kasabaydı. Güzel bir denizi vardı ama tek bir lüks oteli yoktu, kumsalın şurasına burasına batırılmış şemsiyeler vardı ama düzenli sahil tesisleri pek yoktu; bir de çevresinde iskeleleriyle ünlü sur vardı. Bana buranın nerede bulunduğunu, tam adının ne olduğunu sormayın. Beatrice orada doğmuştu, biyografisini her yerde okuyabilirsiniz. Ama benim anlattığım T, bana aittir. Kimsenin şu itirazlarda bulunmaya hakkı yoktur: "O sokak orada değildir", "Burada uyuşturucu yoktur",

"Kızlar bizim oralardaki gibi kolayca soyunmazlar".
Şimdi sizin içine sızdığınız, benim ruhum.

\* \* \*

Annem Alfa'yı Gramsci Meydanı'nda park etti, kapıları çarparak indik, bar önünde oturan ihtiyarları, barista kızı, *gazete bayisini*, Coop marketin kasiyerlerini ve müşterilerini dün gibi anımsıyorum çünkü hepsi dönüp bize bakmışlardı.

Ağabeyimin saçında yeşil ibiği, yüzünde ve kulaklarında on kadar *piercing*'i, boynunda dikenli köpek tasması, üstünde de yırtık bir tişört vardı. Bense, annemin yıllar içinde topladığı stok yüzünden sadece dizlerime kadar inen erkek gömlekleri giyiyordum. Annemse sutyensiz, yarı saydam leylak rengi bir iç elbisesi giymişti.

Sanki UFO'dan inmiş gibi bir giriş yaptık T'ye.

Ne var ki şaşkınlık ya da anlaşılmazlık karşılıklıydı. Bunu açıklayamıyorum ama gene İtalya sınırları içinde ve beş yüz kilometre uzakta olan bu yerde insanlar gerçekten çok farklı giyiniyorlardı, el kol hareketleri değişikti ve üstelik daha konuşmalarını bile işitmemiştik!

Sabahın o saatinde gençler ya denizdeydiler ya da buradan göçmüşlerdi. Turist sayısı pek azdı, birkaç soluk benizli Alman aile vardı. Yakın bölgeler çok daha ünlü ve olasılıkla daha donanımlıydılar. Burada yaşlılar kalmıştı, onlar da iskambil oynuyor ve bizi kesiyorlardı.

Niccolo on metre yürüdükten sonra heyecanlandı: "Video oyunları salonu var!" Biella'da uzun zamandan beri yoktu. Bir torbacı bulmak umuduyla müşterilerin yüzünü inceledi ama hiçbiri on iki yaş sınırının üstünde değildi. O zaman annemiz ikimizin birden koluna girdi ve bizi yolun sararmış palmiyeleri, henüz açılmamış dondurmacıları, kızartmacıları, kolye dükkânları arasında yürütmeye koyuldu. Cadde bittiğinde ara sokaklar başladı. Onlara girdik. Islak taşların, gün ışığının geçmesine izin vermeyen evlerin oluşturduğu bir örümcek ağıydı burası. Pencerelerden tencere tıkırtıları geliyor, balkonlardan insanların sohbetleri dökülüyordu.

Ansızın güneşe kavuştuğumuzda doğrudan denize açılan geniş bir meydana girmiştik; sandallar karaya çekilmişti, üstlerinde de kediler pinekliyordu. Ve Tiren denizine hâkim tepede, havanın aşındırdığı, tuzun yüzyıllardır pencereleri kapladığı üç katlı bir bina vardı. Terk edilmiş bir kale gibi duruyordu.

Tabelayı okudum: "Devlet Lisesi."

Yeniden okudum: Giovanni Pascoli Devlet Lisesi.

Şaşkın gözlerle yaklaştım. Kuzeybatı rüzgârı çarpıyordu.

Giovanni Pascoli. Buna inanamıyordum.

Eylül ortasında okulum burası olacaktı.

Bunun içine kapanacaktım. Ve bir anlamda –bunu ancak bugün anlıyorum– bir daha asla çıkamayacaktım.

Bakışlarımı ayırdım. Sonra hemen sorgulamaya başladım: Sıradan bir kat ve pencere seçtim. Nasıl arkadaşlarım olacaktı? Nasıl öğretmenlerim? Böyle bir yerde kim benim arkadaşım olurdu ki?

Annem ve Niccolo bir şeyin farkında değildiler. Birbirlerine iskelede yere tezgâh açmış çakma çanta ve CD satan adamları gösteriyorlardı. Onlara klasik lisenin orası olduğunu ve benim oraya gitmek istemediğimi söylemeye zaman bulamadan ikisi el ele tutuşup uzaklaştılar. Tasasızca, beni aralarına almadan. Ancak halatların üzerine basarak gözlükleri değerlendirmeye başladıkları o uzak noktada bana seslenmeyi akıl ettiler.

Bağırarak ya da belli belirsiz fısıldayarak "Sonra gelirim" dedim.

Ne fark ederdi ki?

Aradan çok yıllar geçti ve ben bunu kabullendim: Benim için her şey olan ailem aynı zamanda –ve ağırlıkla– onlar arasındaki sevgililik haliydi. Ağabeyim ve annem. Lanetli ama aynı zamanda çekiciydi Niccolo: Annem gibi biri için üstün olan oydu. Onun ilk çocuğuydu, erkekti, daha balayında çıkmıştı ortaya. Ya ben? Bu yaz gibi bir şeydim: Annemlerin başarısızlığa uğrayan yeniden bir araya gelme çabalarının ürünüydüm. Elbette, sadece bu kadar değil, dahası da vardı. Ama ne?

Büyü artık Elisa.

Onlara arkamı döndüm. Marina meydanını geçtim, gözlerimi liseye çevirdim, ona ortaparmağımı gösterdim ve yürümeye devam ettim. İçimden ağlamak geliyordu ama gidiyordum. Onları seviyordum, nefret etmek istiyordum ama başaramıyordum. Devam ediyordum. Yüz, iki yüz metre daha yürüdüm. Sonra olan oldu.

\* \* \*

Bekâretimi aylar sonra yitirecektim. Parçalanan kızlık zarı, yeni bir acı, kasıklar arasındaki kan: Bu daha olmamıştı. Ama duygularımın saflığının, beni çocukluğuma bağlayan son iplikçiğin kopuşu o gün karşımda beliren T Belediye Kütüphanesi'ni keşfimle gerçekleşmişti.

Kapıyı açtım, kullanılmış kitap kokusu beni hemen sarmaladı ve sakinleştirdi. Palazzina Piacenza ile karşılaştırmak mümkün olamazdı, burası sadece çok büyük bir salondu. Gri duvarlar, metal raflar, çini zemin taşları: Daha çok eski bir arşiv ya da mahkeme salonuna benziyordu. Ama okumaya ayrılmış bir salonu daha vardı ve inlerin kokusunu almaya yetenekli ben, orayı da hemen keşfetmiştim.

Camlı bir kapının arkasında belli belirsiz seçiliyordu: Ayrı ve sessiz bir ortam. İçeri sızdım. Tahminimden daha genişti, cılız bir ışıkla aydınlatılmıştı, uzun kiraz ağacından masalar, dağılmış rahleler vardı ve bomboştu. O anda sanki bana aitmiş gibi bir sandalyeye attım kendimi. Dışarıya ödünç verilmeyen kitapların doldurduğu ahşap duvarlara hayranlıkla baktım ve gülümsedim. Hatta belki de lastik botlarımı sehpa üzerinde üst üste dayayarak "Bak sen şu işe" gibi komik bir yorumda bulunmuş da olabilirim. Gözlerimi karşı köşeye çevirdiğimde öleceğimi sandım.

Hiç de yalnız değildim.

Orada oturan biri vardı ve beni gözlüyordu.

Hemen toparlanıp bacaklarımı indirdim. Bakışlarımı onu göremeden önce ondan uzaklaştırdım. Utanmıştım, rahatsız olmuştum: Şimdi raflara saldırmayı düşünürken edeplice kalkmam, yavaşça rafların birine yürümem, popomu nasıl hareket ettirdiğime dikkat ederek etiketleri incelemem gerekiyordu.

Birinin dikkat alanına girmeye henüz hazır değildim. Beceriksizdim, yanlıştım, fazlasıyla göze çarpıyordum. Nerede kalmıştı iç çamaşırlarıyla milyonlarca kişinin gözünün önüne çıkabilen Beatrice gibi olmak. Ben tek bir kişi karşısında bile kendim olamıyordum.

Ş harfinde Şiir bölümünü aradım.

Bakışlarım bir an kontrolümden kurtuldu ve onun başına değdi.

Bu bir erkek çocuktu. Yeniden okumaya eğildiğinden ve sarı saçları yüzünü örttüğünden kaç yaşlarında olduğunu anlayamadım.

Ne önemi vardı ki? P harfinde Penna'yı aradım.

Kötü giyimli, çirkin ve uyumsuz görünmüyordu. Ama 30 Haziran günü benden başka kim kütüphaneye gelirdi ki?

Penna ve *Bütün Şiirleri* kitabını buldum.

Önceki sandalyeme döndüm. Ona arkamı dönecek şekilde ve birkaç masa uzaklıkta başka bir sandalye seçebilirdim ama bunu yapmadım.

Bir sayfa açtım, bir dize okudum: *"Hayra ve Şerre hafifçe düşüyor".*

Okuduğum yoktu. Onun beni incelediğini hissediyordum. Loş ışığın salonda hafiften dalgalanışını, kâğıdın hışırtısını, tozun düşüşünü. İstemiyordum, yapamazdım ama ben de onu gözetledim.

Bakıştık.

Ve ben hemen şiire döndüm.

*"Hayra ve şerre hafifçe düşüyor*
*Onların tatlı haz telaşı."*

Kendime bedenim bir sığınakmış gibi sabit durmam, gizlenmem gerektiğini söylüyordum ama alev alev yanıyordum. Aşikârdı. Gördü.

Kim bilir o ne okuyordu?

Boş versene Elisa.

Ama hemen çekip gidersem, mahsus yapmış gibi olurum.

Beş dakika daha dayan. Sonra kaç.

Gözlerimi kapıya diktim. *Annem ve Niccolo beni arıyorlardır,* diye düşündüm. Yeniden ona baktım. Elmacıkkemikleri, baldırları, tişörtü. Böyle bir genci ilk görüşüm değildi: Atletik, düzgün profilli, güzel dudaklı. Okulda, sokaklarda onlarcasını görmüştüm ama hiçbiri beni heyecanlandırmamıştı. Ömrüm boyunca evde kalacağıma inanmıştım. (Annemin yanında mı?) Ama kütüphanedeki bu çocuk gibi kimseleri görmemiştim. Rastlantı beni altüst etmişti çünkü kendime itiraf etmesem de milyonlarca kez bu hayali kurmuştum.

Dikkatimi toplayamıyordum. Gene onu inceliyordum. Sonra ansızın utandım. "Onların tatlı haz telaşı." Anlamadım.

Oda biraz, yavaştan dönüyordu.

Kitabını alıp ayağa kalktığında gitmek üzere olduğuna emin oldum ama o masanın çevresini dolaştı, gelip yanıma oturdu.

"Sen T'li değilsin."

Tepki vermedim. İşte o anda buralıların nasıl konuştuğunu duydum, e ve i harflerini nasıl açık söylediklerini. Onun ağzından duydum.

"Bu salonda altmış yaşından daha genç birine hiç rastlamamıştım, hele de yazın."

Taş gibi durmayı, kendimi dışta tutmayı başarıyordum.

Ama içim bir felaketti. Heyecanlıydım ve bu heyecanın doğası sızıyordu. Giydiğim gömlek, gömleğin sakladığı ve zaten var olmayan memelerim ve kalçalarım yüzünden kaygılanıyordum, kim bilir neye benziyordum. İyice sersem oldum. Ve gereksiz, gereksiz şeyler yüzünden tasalanan bir gereksiz.

"Ne okuyorsun?" Elimden kitabı kaptı. "Ah, Penna!"

Tanıyordu onu.

"Ama sen konuşabiliyor musun?"

Hayır, dinlemeyi yeğliyordum. Yıllardan beri tek başıma oynuyor, tek başıma okuyordum, okuldaki sıram her zaman bir ada olmuştu. Sözlü için tahtaya çağrıldığımda sesim boğuk, kırçıllı çıkıyordu, kendi sesimi işitmeye bile alışık değildim.

O sabah da "Adım Elisa" dediğimde aynı şey oldu.

"Ben Lorenzo."

Kendini takdim etmek için eliyle elime dokundu. Benim elim tepki vermedi, taş gibi kaldı masada. Ama elini çektiğinde mantıksızca bunu gene yapmasını diledim ve bu kez elimi kaldırıp onunkine değdirmeye heves ettim.

"Biella'lıyım, Piemonte'de bir şehir."

"Nerede olduğunu biliyorum, bir kez babamla gitmiştim, onun iş seyahatine eşlik etmiştim. Oropa'yı anımsıyorum."

Gülümsedim sanırım.

"Peki T'de ne yapıyorsun, tatile mi geldin?"

"Korkarım hayır."

"Ne demek istiyorsun?"

Kalk Elisa: Öğle yemeği saati olmuştur, annenin tepesi atmıştır.

"Tatilde misin değil misin?" diye ısrar etti.

"Hayır değilim ama bundan söz etmek istemiyorum."

*Şimdi çekip gider,* diye düşündüm. Özel bir yanım olmadığını anlar ve veda eder.

Oysa kaldı. "Tamam konuyu değiştirelim, ders çalışmak için mi geldin buraya?"

Başımı iki yana salladım.

"Okumaya mı?"

Başımı evet anlamında salladım.

"Nasıl kitaplar seviyorsun?"

"Şiir."

Gülümsedi: "Benimkine bak."

Kitabının kapağını gösterdi bana: Osip Mandelştam.

"Tanımıyorum."

"Rus, sürgüne gönderilmiş ve Vladivostok'ta karlar içinde ölmüş."

Gözleri maviydi, saçları gibi bal rengi kirpikleri uzundu. Omuzları yüzücü gibi genişti, kollarındaki damarlar seçiliyordu. Sanki her gün denize gidiyormuş gibi bronzdu. Elleri büyüktü. Onun bedenine bakıyor ama o anda kendi bedenimde olduğumu hissediyordum.

Hiç yoktan onu öpme arzusu duydum. Normal şekilde değil, sınıf arkadaşlarımın okul tuvaletinde konuştukları gibi: "Dilini ağzıma soktu, onu tükürüğüyle ıslattı, dişlerini hissettim." Bu konuşmalardan tiksinirdim ama şimdi kendim istiyordum.

Boşluk olmayan bir sessizliğe gömülerek sustuk. Sanki o da benim aklımdan geçeni hissetmişti. Ve o düşünce hoşuna gitmişti.

"Sen de mi şiiri romana yeğliyorsun?"

Samimi davrandım: "Evde *Yalan ve Büyü* var, bin kez başladım ama bir türlü ilerleyemiyorum. Kalıyorum. Oysa Leopardi okur-

ken öyle olmuyor. Antonia Pozzi ile de öyle. Saba. Sereni."
Lorenzo büyülenmiş gibiydi.
"Kaç yaşındasın?"
"On dört. Sen?"
"On beş. Kimse bilmez Sereni'yi. Sen biliyorsun."
"*İnsani Enstrümanlar.*" Bunun benim değil de Biella Kütüphanesi'ndeki Sonia'nın başarısı olduğunu söylemedim elbette. O İtalyan şiirine tutkundu: Kendi de yazar, kendi yayımlar, kendi dizelerini yaşayan tüm şairlere yollar ve yanıt vermelerini umut ederdi. Sadece hesabından para eksilirdi.

Biella yoktu artık, eskiden diye bir şey yoktu.

"*Bir tatil yeri*" diye saymaya devam ettim arsızca, "*Sınır*". Sanki konuşmuyor, soyunuyordum. "*Değişken yıldız.*"

"Tüm seçkilerini biliyor olman inanılır gibi değil."

Gördün mü anne kitaplar ne işe yarıyormuş?

"Peki müzik ne dinliyorsun?"

Tereddütle gülümsedim. Ama artık oyuna katılmış, tadını almıştım.

"Metal rock, hardcore punk." Abarttım.

"Hardcore mu?" Çok şaşırdı.

"The Offspring, Green Day, Blink-182. Ve Marilyn Manson."

"Sereni okuyorsun ve Marilyn Manson dinliyorsun, öyle mi?"

Birbirimize sadece bakıyorduk ama bu doğru değildi. Düğmelerin ilikleri, kemerler, fermuarlar hepsi çözülmüştü. Çırılçıplaktık. Öylesine benzer bir halde.

"Bana Penna'dan bir şiir oku" dedi.

Rastgele açtım. "Ağır öküzler geçiyor sabanla/ parlak ışıkta. Bir öpücüğe kapat beni."

"Bir başka."

Söz dinledim. "Güzel çocuğun çeşmeden içmesi gibi / öyle işledik günahı ve öyle işlemedik."

"Şu deminkini okusana."

Ona baktım ve sadece son satırı okudum. "Bir öpücüğe kapat beni."

Sanıyorum birbirimizin içinde, birbirimizin kalbinin çarptığını duymayı başardık.

"Belki iki saatten beri Mandelştam okuduğum ve sarhoş olduğum için, belki Penna'nın kabahati bilmiyorum ama sana bunu söylemem gerekiyor. Hep buraya girmeyi ve senin gibi tek başına okuyan bir kız bulmayı hayal ettim. Seni böyle, senin gibi hayal etmiyordum ama... Sen... Gerçekten osun. Oldu işte..."

Soluğu kesilmişti.

Lorenzo bana doğru uzandı. Geri durmayı, kaçmayı düşündüm. Ama bedenim öylece duruyor, hatta onu bekliyordu. Lorenzo yüzümün bir milimetre yakınına gelsin diye bekliyordum. Diliyle o şeyi yaptığında hamile kalıp kalmayacağımı daha bilmiyordum. Ama umurumda değildi. Her türlü tehlikeyi göze alıyordum. Aptalca, bilinçsizce.

Ağzıma değdi. Dudaklarımız birbirine değdi. Açıldılar. Birbirleri içine kapandılar. Sanki tüm ömrüm oracıktaydı, bütünümle oradaydım, o sıcak ve tuhaf noktadaydım.

Lorenzo aniden ayrıldı. "Bağışla beni." Elini saçları arasında dolaştırdı, bakışlarını yere indirdi. "Delirmiş olmalıyım."

Kalktı. Bana veda bile edemedi.

Kaçan o oldu. Ben oracıkta, sandalyede kalakaldım. Ağzımı yokluyordum, onun tükürüğüne dokunuyor ama kurulamıyordum. İçimdeki o yabancı, o utangaç kızı düşünüyordum, benim sandığımdan çok farklıydı.

Biriyle öpüşmüştüm. Bir yabancıyla. Dışarıya çıktığımda sersemlemiştim. Tepedeki güneş gözlerimi kör etti, beni sendeletti. Bir sesin bağırışını duydum. "Hanımefendi, hanımefendi! Şu mu kızınız?"

"Nerede?"

"Orada, kütüphanenin önünde!"

Sahneyi netleştirdim: Adamın biri beni gösteriyordu. Yolun sonundan annem ve ağabeyim koşarak geliyorlardı. Niccolo'ya bakmadım, sadece anneme baktım. Ve o bir TIR gibi geldi. Yaklaştı, yaklaştı ve yüzüme koca bir tokat aşk etti. Tek bir tokat. Yüzümü çarpıttı.

"Sakın bir daha cesaret etme buna. Sakın!" diye haykırdı.

Başka bir şey eklemedi. Mutlak dilsizlik içinde döndük arabaya. Eve gelince öğle yemeği yemedim. Herkes kendi başına odasına kapandı: Bu hiç olmamıştı.

Ancak akşamüstüne doğru Niccolo gelip kapıma vurdu ve kaç saat boyunca kaybolduğumu anlattı: Neredeyse üç saat yok olmuştum. Beni nerede arayacaklarını, kime soracaklarını bilememişlerdi. "Annem delirmişti, sokakta herkesi durduruyor, 'Elisa!' diye bağırıyordu. O kadar yüksek sesle bağırıyordu ki insanlar pencereden başlarını uzatıp bakıyorlardı. Oyun salonuna kadar geri gittik."
"Babama haber verdiniz mi?"
"Hayır. Annem polisi aramak istedi ama sonra kütüphaneye saklanmış olabileceğini düşündü. Ama onun nerede olduğunu öğrenmek için turizm ofisine gitmek zorunda kaldık çünkü tütüncü başka adres veriyordu, dondurmacı başka, felaketti."
Annem beni o kadar iyi tanıyordu ki gözlerime yaşlar doldu. Ona aittim, ona olan sevgim benzersizdi. Her şeye rağmen.
Artık bakire değildim.

\* \* \*

Son sınavını bitirip dönmüş olan babam, bölgenin beyaz kumsallarını ve doğal vahalarını yüceltir ve annemi bölgenin en büyük şehrine ve ders verdiği üniversiteye götürme vaadinde bulunurken annem saçlarını kıvırıyor, onlarla oynuyor, çatal kaşığı düzeltiyor, altdudağını ısırıyordu: Sabah Lorenzo karşısındaki halime benziyordum. Niccolo onları duymamak ve görmemek için başını tabağına gömmüş halde yerken kulaklarına taktığı *walkman*'i dinliyordu.

Sonra bulaşık makinesini çalıştıran, fırının üstünü temizleyen babam, anneme dışarı çıkmayı önerdi. Annem hemen evet dedi. Sonra "Ya siz?" diye sordu bize. "Siz de gelmek ister misiniz? Şu yakına dondurma almaya gidiyoruz."

Aslında yalnız gitmek istedikleri açıkça belliydi, dondurma bahaneydi. Ağabeyim mosmor olmuştu. İkimiz de yanıt vermedik.

Odalarında üzerlerini değiştirirken şakalaşmalarına kulak verdik. Bize hoşça kal demek için mutfağa geldiklerinde kıkırdıyorlardı, bizse başımızla şöyle bir işaret yapmakla yetindik. Annem sabahki elbisesini ve topuklu ayakkabılar giymişti, bir de ruj sürmüştü. Babam da gayret göstermişti: Bermudasının üstündeki kolsuz yeleği pek matah görünmüyordu. Hiç uyumlu değillerdi ama çok mutluydular. "Az sonra görüşürüz!" diyerek veda ederlerken babam gülen annemin omuzlarına sarıldı.

Kapıyı kapattıkları anda, Niccolo bir sandalyeyi tekmeleyip parçaladı. Bana baktı ve şöyle dedi: "Eli, ben bu boktan yerde beş dakika daha kalamam. Ondan, onlardan nefret ediyorum, siktirsinler. Kalk istasyona gidip trenlere bakalım."

Haklıydı ama yerimden kımıldamadım. Burası korkunç bir yerdi ama gelişimizin üzerinden yirmi dört saat geçmeden benim başıma duyulmamış bir güzellik gelmişti, bir masal yaşanmıştı... Evet bunun ilk günde olması inanılır gibi görünmüyordu. Ama on dört yaşında hayat böyle işliyordu. Zamanı hissetmiyordum, çok hızlı akıyordu. Olaylar havai fişekler gibi birbirini izliyordu. Fikir değiştirmek için bir an yetiyordu.

Artık kaçmak istemiyordum.

## DESTAN SAATİ

Sekiz yirmi ziliyle sınıfa son giren ve uzun, kırmızı, düz saçlarını yüzümüze savuran Beatrice oldu.

Doğrudan, adını bile anımsamadığım, ürkek, kargaburunlu ve telaffuz sorunu yaşayan sıra arkadaşımın yanına geldi. Ondan yerini değiştirmesini, artık Biella'nın yanına kendinin oturacağını söyledi.

Benim için bir zafer anı oldu. Çünkü şaşkınlıkla bize dönmüş olan herkesin gözü önünde yaşandı bu; bizim en iyi arkadaşlar olduğumuzun kamuya ilanı oldu. İleride onu eleştirecektim, seçimlerinin pek çoğuna katılmayacaktım, onun tam zıddı köşede yer alacaktım ama tek bir şeyi kabul etmeliydim: O her zaman cesur davranandı.

Sırt çantasını, mantosunu çıkardı. Yerine oturunca da çevresine meydan okuyan ve "Ne oldu, şaşırdınız mı?" diyen bir bakış fırlattı.

Resmen Süper Saçlı Barbie ve göçmen kızdık.

Daha fazla dayanamayıp saçlarına dokundum: Öylesine yumuşak ve parlaktı ki ilkokulda oynadığım bebeğimin saçlarını anımsatmıştı. Bir önceki günün tel tel olmuş hali gözümün önünde olduğu için sordum: "Nasıl bu hale getirdi kuaförün ya? Sihir yapmış sanki."

"Hayır, bu peruk" dedi. "Enzo saçlarımı epey kesmek zorunda kaldı. Ayrıca iki hafta boyunca yağlı bir bakım kremi sürmem gerekecek. Annem *insan içine çıkamazsın* dedi. Ağladı bir de." Güldü.

Sınıf mutsuzlukla hayranlık arası bir duyguyla gizlice onu süzmeyi sürdürüyordu. Gözkapaklarına parıltılar sürmüştü, diskoteğe gitmeye hazır gibiydi. O zamanlar kapıda bekleyen fotoğrafçılar yoktu ama o gene de okula böyle geliyor, dikkatleri üzerine çekiyor ve bunu sadece kendi zevki için yapıyordu. Anımsadığım kadarıyla başkalarının giydiği ayakkabıları hiçbir zaman giymedi, moda olan montları bir kez bile denemedi. Eğer 1993 yılının Barbie'sine benzemek istiyorsa, annesinin izniyle, o oluyordu.

"Bakışlarını hissediyor musun?" Dudaklarını kulağıma yapıştırıp bir eliyle örttü. "Seni de teşvik etmiyorlar mı?"

Hayır. Onun kulağımdaki nefesi, dizime değen dizi etkiliyordu beni, bir de ansızın ve açıkça benim tarafımı seçmesi.

"Seninki gibi havuç rengi istiyordum, çok ısrar ettim. Ama annem ve Enzo reddettiler, kiraz kırmızısına razı olmak zorunda kaldım."

Marchi Hoca geldi, sustuk. Kürsüye oturdu, sıra ve saç değişimini anında fark etti ama sadece şöyle dedi: "Sayfa 220, *Odyssea*, VI. Kitap."

Sert bir kadındı, yakınlık kurmazdı. "Ben sizin arkadaşınız değil Latince ve Antik Yunanca öğretmeninizim." Otuz yaşındaydı ama elli gösteriyordu.

Beatrice ve ben uslu uslu sayfayı aradık. Marchi okumaya, biz de dikkatle satırları takip etmeye başladık. "Ölümsüz tanrılar sever bizi canı gibi / başka insanlar da karışmaz bize / otururuz biz çok uzak kıyılarda / en ucunda çok dalgalı denizin."

Ben altını çizmek için ucu sivriltilmiş bir kurşunkalem kullanıyor, beni etkileyen dizler üzerinde duruyordum. Bea ise iri bir fosforlu kalemi almış, dizeleri renklendirmek için onu rulo gibi kullanıyordu: Başlıkları, metni, yorumları, her şeyi işaretliyordu. Sonra önemli kısımları nasıl seçip ayıracaktı anlayamıyordum. Ama onun yanımda olduğunu hissetmek beni umutlandırıyordu, onun kalem kutusunu süzüyordum, şeftalili kreminin kokusunu ayırt edebiliyordum.

"Bu zavallı adam gelmiş buraya dek sürüne sürüne / kucağımızı açmalıyız biz ona / az da olsa candan bir şey vermeliyiz / bütün yabancılar, dilenciler gelir Zeus'tan."[1]

---

[1] *Odyssea*, çev. Azra Erhat ve A. Kadir, Can Yayınları, İstanbul, 1998, s. 120.

Marchi okumayı kesti, yüzüne bakmamız için başımızı kitaptan kaldırmamızı bekledi: "Antik Yunan'da konukseverlikten daha önemli bir görev yoktur. Bu ahlaki ya da siyasi değil dinsel bir zorunluluktur. Nausikaa, Odysseus'u çıplak ve berbat bir halde görüyor 'Deniz kirine bulanmış', hizmetçi kızlar kaçıyorlar ama kendisi Zeus'un armağanı olmaktan öte onun kim olduğunu anlıyor."

Gülüşmeler: "Biella da Zeus'un armağanı. Kire bulandığı kesin!" Arkadaşlarımın sözü nereye vardıracaklarını biliyordum, bu dizeleri seçtiği için Marchi'den de nefret ettim. "Çıplak! Çıplak!" İskemlenin arkasından geliyordu sesler. "Peki Mazzini nasıl söyler bunu? Ah, ah Mazzini!" Bu bir yenilik değildi ama utandım: Onlardan değil, kendimden utandım. Bakışlarımı kitaptan kaldırdım ve pencereye çevirdim.

Pascoli Lisesi eskimişti; rutubete yenik düşmüş, boyaları kalkmıştı, öyle ki beş yıl sonra onu işlevsizlik ve öğrenci yetersizliği yüzünden kapatacaklardı. Ama şahane bir konuma sahip olmak gibi çok ayrıcalıklı bir özelliği vardı, belki de İtalya'nın en güzel manzaralı okuluydu. Her penceresinden deniz görünüyordu.

Onu seyrederken kendimi yitiriyordum. Ders ilgimi çekmediğinde ya da başkaları benimle alay ettiğinde denize dalarak yok oluyordum. Bir boşluğu doldurarak girmişti hayatıma, sternum kemiğimle kalbim arasına ektiğim terk edilmişliğime şekil veriyordu. Daha sonra içine bir delik kazıp adlandıramadığımız duyguları gizleyeceğim yerin orası olduğunu öğrenecektim.

Beatrice bir elini defterime uzatarak beni sınıfa döndürdü. Belli etmeden sayfanın köşesine yazdı: "Kim o?"

Anlamadım. Marchi gene Odysseus ile Nausikaa arasındaki buluşmayı okumaya başlamıştı. "O çocuk? Kim?"

Bunu düşünmek için destan saatinden yararlandım. Zor geliyordu, hiç de basit değildi. Ama benim şimdiye dek kız arkadaşım da olmamıştı. Üstelik böyle bir Saç Güzeli ile arkadaş olmayı hayal bile edemezdim. Şimdi ise yanımda oturuyordu: Bunu hak etmeli, ona anlatmalıydım.

Onun defterinin köşesine mini minicik yazdım: "Teneffüste gösteririm sana."

Daha önceki teneffüslerimi sınıfta yiyeceğim kek dilimiyle baş başa kalarak, alnımı pencereye, ellerimi kalorifere dayayarak geçirmiştim. On dakikalık aralar bana beş saatlik derslerden daha ağır geliyordu. Kimi zaman eski sıra arkadaşım da kalırdı: O da başını öne eğer, üzgün suratıyla derslerin üzerinden geçiyor gibi yapardı. Ben kendimi ona, o da bana yansıtmış hissediyorduk, sessizce duruyorduk.

Ama o salı günü Beatrice beni kenardan merkeze çekti. Onunla kol kola koridora çıkarken yaşadığım heyecan engin ve özgürleştiriciydi. Binanın geri kalanını da öğrendim: Merdivenleri, katları gördüm. Bea *çocuğu* bulana kadar her köşeye girmeye, her tuvalete burnunu sokmaya kararlıydı.

"Her şeyi anlat bana" diye buyurdu. Ben de kekimi dişleyerek, her zamanki gibi aç kalmaya kararlı onun arkasından koşuyor ve emri yerine getiriyordum. Herkes benim varlığıma şaşırarak ya da öfkelenerek ona bakıyor ve sonunda yapmacık bir sesle "Ne güzel saçların var, müthiş yakışıyor sana!" diyorlardı.

Onun ne kadar az sevildiğinin farkına varmaya başladım. O zaman bir metre yetmiş beş santim boyu vardı, beli ve karnı dümdüzdü, poposu sertti, bacakları uzun ve düzgündü; sanıyorum hayatında bir dilim kek bile yememişti. Fazla tepeden bakıyordu, herkesi dışlıyordu. Sinir ediyordu herkesi ve bunu en azından burada, bu uzak kasabada başkalarının yüzünde okuyabiliyordum, hepsi güzel kızları televizyonda görüp yüceltmeye hazırdılar ama aralarında biri olduğu zaman onu mahvetmeye can atıyorlardı.

İçecek satan makinenin önündeki kuyrukta Bea yine sordu: "Burada mı? Görüyor musun?"

"Hayır" demeye devam ediyordum içim rahatlayarak.

En sonunda o da para attı, koyu kahve aldı. Şekersiz içti. "Acaba evde mi kaldı bugün?"

"Motoru vardı sabah!"

"İyi, içeride değilse, dışarıda görürüz."

İşi sıkı tuttuğunu anlayınca onu dizginledim. "Boş verelim." Teneffüsün bitmesine üç dakika kalmıştı. Bea benim çekingenliğimi fark etmezden geldi ve beni ikinci bir kapıya sürükleyerek acil çıkış kolunu itti. Rüzgâr almayan, büyük öğrencilerin çember halinde ya da yangın basamaklarına oturmuş sigara tüttürdükleri iç avluya çıktık. Beni basamakların birine çıkarıp "Bul onu!" dedi.

Hava soğuktu, ceketi olmayan bir tek bizdik. Tepede ellerini ovuşturan iki kızıl kafaydık.

Bir o kümeye, bir şu kümeye baktım ve onu gördüm. Onun sarışın başını Beatrice'ye gösterdim. "İşte şuradaki."

"Şaka mı yapıyorsun!" diye bağırdı. "Lorenzo Monteleone bu!"

Şimdi soyadını da öğrenmiştim. Ama bir işime yaramıyordu.

"Acayip havalı bir aile. Annemle birkaç kez onlara akşam yemeğine gittik ve annemin ağzından sular aktı, kıskançlıktan eridi. Babası belediye başkanı olmuştu, şimdi de bölge yönetiminde. Annesi de savcı ya da öyle bir şey. Tek çocuk. Hmmm başka? Roosevelt Meydanı'nda oturuyor..."

Benim aylarca süren sessizliğimi ve hayallerimi şimdi onca bilgiyle dolduruvermişti. Ve o hayal ettiğim üzere bir Robin Hood değil "Şu kişinin oğluydu". Yetim, yaşlı bir kitapçı tarafından büyütülmüş çocuğun hayatını bir Dickens romanı gibi yazmıştım zihnimde, oysa gerçek bambaşkaydı ve şöyle özetlenebilirdi: "Bir yaz bir anlığına belirip kaybolan hayal." İlahlar, fanilere öyle görünürdü: Kuğu formuna girip onlarla çiftleşirler ve sonra yok olurlardı.

Öpücükten sonra her gün gitmiştim kütüphaneye. Sabah gitmiştim, öğleden sonra gitmiştim, kimi zaman annemler arabayla bırakmıştı kimi zaman yürümüştüm. Israrla bir canavar gibi dönüp durmuştum. "Gitmem gerekiyor, *gitmeliyim!*" Ailem olasılıkla pazar günü kütüphanenin kapalı olacağını söylerken biraz da şaşırıyordu. Belki de bu nedenle babam bana küçük bir motosiklet bulmak için harekete geçmişti.

Kart çıkartmış, Mandelştam şiirleri kitaplarını iki aylığına ayırtmıştım. Hepsini defalarca okumuş, ezberlemiştim. Bütün bir temmuz ve ağustos boyunca. Kapının her gıcırdayışında bakışlarımı kaldırmış ve gelenin o olmasını dilemiştim.

Oysa hayır.

Bir daha hiç.

O zaman kalkıyordum, onu aramak için dışarı çıkıyordum, iskelede top oynayan ve güneşlenen normal çocukların arasına bakıyordum. Onu bulmak için dua ederken bir yandan da bulmamak için dua ediyordum. Onu barda arkadaşlarıyla, kumlu ayaklarıyla, bir kayalığın arkasında bir kıza sarılmışken görmek istemiyordum. Sahil şeridini baştan başa yürüyordum. Hatta demir kumsala kadar varmıştım. Sonra okul açılmıştı.

Babam temmuz ortasında bilmem nereden –"internetten" diyordu ama ben o zaman internetin ne olduğunu bilmiyordum– Quartz'ı bulmuştu. 97 model, üretimden kalkmış başarısız bir hantal olan ellilik. İlk kez lisenin önüne park ettiğimde eşi benzeri olmayan tek motorun benimki olduğunu fark ettim ve kendimi çok kötü hissettim, babama çok kızdım: Görmüyor musun beni nasıl küçük düşürdüğünü, zaten yeniyim, zaten benimle alay ediyorlar, sen de tutup bana bu külüstürü alıyorsun!

Sanırım babam bunun farkında değildi. Onun için bir insanın nasıl giyindiği, saçının nasıl olduğu, hangi ulaşım aracını kullandığı hiçbir önem taşımıyordu. Önemli olan bir tek zekâydı, sadece birinin zeki olup olmadığını söyleyebilirdi. Ama sen git de bunu dünyaya açıkla baba, bu dünyaya! Sonra Niccolo benim iyiliğim için gazete bayisine gitmiş, bir defter dolusu çıkartma almıştı; aklı sıra yama yapacaktı ama onu bir "punk-motor"a çevirerek son darbeyi indirmişti.

Bir eylül sabahı tam motosiklet parkında yavaşlarken Lorenzo'yu yeniden, siyah bir Phantom üzerinde görmüştüm. Daha kaskını çıkarmadan tanımıştım onu. O da beni tanımış, donup kalmıştı. Hüzünlü gözleriyle selam niyetine iki parmağını kaldırmıştı havaya. Ben tam tersini yapıp ona en uzak parkı aramıştım. Ne için, kim için çekmiştim bunca acıyı? Onu tanıyor muydum? Hayır. Sadece adına hayaller kurmuştum. Zaman geçmişti ve hayal kırıklığı hiçe dönüşmüştü.

"... ve söylemek istemezdim ama sevgilisi var."

Ötekilerle içeriye giren Lorenzo'ya bakarak "Açıklaması bu işte" dedim Beatrice'ye. Zil çalmıştı. "Gerçekten hiç önemi yok."

"Ama bana öpüştüğünüzü söylemiştin."

"Doğru değildi."

Bana dirseğiyle vurdu. "Valeria salağın teki. Sevgilisi yani. O kötü bir çocuk değil, tanıyorum onu: Acayiptir, biraz şair ruhludur. Kız boynuzlanmayı hak ediyor."

Valeria denen kız kimdi, bilmiyordum. Boynuz olayını anlamıyordum. Annem ve ağabeyim beni yanlarına almadan Biella'ya döndüklerinden beri kütüphaneye gitmeyi bırakmıştım. Okul sonrası bitmek bilmeyen öğleden sonralarımda ödevlerimi bitiriyor, karanlık inmeden önce Quartz'a beş bin liretlik benzin koyuyor ve yola koyuluyordum; tek amacım onu düşünmemekti. Gene duruyordum kumsalların önünde ama artık hepsi boşalmıştı.

Bu arada bizim dışımızda herkes girmişti sınıflarına, dersler başlamıştı. O sabah ben de Bea da sınıf defterinde işaretlenecektik.

"Eğer bir şeyi istiyorsan, organize olmalısın" dedi. "Blucin konusunda yaptığımız gibi. Kazanmalısın."

"Neyi kazanacağım?" Güldürmüştü beni.

Beni inceledi. Ciddi ve dikkatli bir şekilde. Pascoli Lisesi'nin iç avlusunun yangın merdivenlerinde "Sen ne yapmayı biliyorsun?" diye sordu.

Bilmiyordum.

"Neden *hoşlanıyorsun?*"

Düşünmeye çalıştım.

"Ne olduğun, nasıl olduğunu sandığın, seni başkalarının nasıl gördüğü değil ama sen bu hayatta ne istiyorsun?"

Dilim tutuldu. Bu merdivenler üzerinde pek dengede durmuyor sayılmazdık. Ben ona yanıt vermekten âcizdim onunsa içi alev alevdi. Şimdi şöyle düşünüyorum: *Daha on dört yaşındayken başkalarının içinde gizlenen arzuları tutuşturmayı nasıl bilebiliyordu?*

"Yazmak, değil mi? Günlük tuttuğunu söylemiştin."

Öylesine güçlü bir utanç duydum ki sanki tüm sınıfın karşısında giysilerimi yırtıp atmıştı.

"O halde ona bir mektup yaz." Bizi aramak üzere gönderilen hademeler nihayet bulduklarında ve bize "Hemen, içeri girin" diye işaret ettiklerinde o bana söz verdi. "Ben sana yardım edeceğim. Önce bana okut, sonra ben çaresine bakacağım."

* * *

İşte böyle başladık: Defterlerden yırttığımız sayfalarla. Ne e-posta vardı ne ek dosya ne floppy disc ne CD ne anahtar: Sadece kâğıt ve kalem.

O gün sersem gibi döndüm eve. Babamla her zamankinden daha da kasvetli bir yemek yedik. Odama kapandım, öğleden sonra boyunca kitaplara elimi sürmedim. Yazı masamın başında, önümdeki beyaz kâğıda kitlendim.

Tek bir sözcük yazabildim: "Lorenzo"; sanki bir bendi yerle bir etmiştim.

Onu yüreğimden çıkardığımı sanmıştım oysa orada kalmıştı. Sırlanmıştı, kuluçkaya yatmıştı. Belki o, belki yazma ihtiyacım, her şeyi anlatmak istediğim, benim, sadece bana ait olan ama var olmayan bir kişi.

Başlangıçta içten davrandım, utangaçlık etmedim. Üzerimdeki her şeyden soyunmak, rahatça içimi dökebilmek istiyordum. Kalemim kâğıdın üzerinde sayfa kenarına kadar akıp gidiyordu. Ona günlerimin nasıl geçtiğini yazdım: Sessizlik. Öğle yemekleri, akşam yemekleri, pazar günleri. Ben odamda, babam çalışma odasında. Ona Biella'yı tasvir ettim: Dağları, Liabel'i, Palazzina Piacenza'yı. Bunu yaparken terliyordum, terlediğime şaşıyordum: Başarabiliyordum. Ona yazları Sestia'ya, kışları Oropa'ya yaptığımız gezileri anlattım. Karlara gömülmüş Oche çayırlarına attığımız ve ağabeyimle tek bir şeymiş gibi onun içinde ezildiğimiz kızağımızı. Annem elleri arasında tuttuğu sıcak şarabıyla bize bakıp gülerdi. Terk edilmişliğin yürek yakıcı boşluğu.

Yeniden okumadan, mektubu sırt çantamın bir gözüne soktum. Ertesi sabah kendimden emin bir şekilde ve gururla Beatrice'ye götürdüm. O yutarcasına okudu ve açıkladı.

"Hayır" dedi gözlerini kaldırarak sonunda. "Yanlışlarla dolu, tekrarlar var. Acıklı, insanın içinde sosyal yardım derneklerini arama duygusu doğuruyor. Her şeyi anlatmak zorunda mısın, kendini kontrol et. Ayıkla biraz."

Derin bir fiziksel acı hissettim. Devasa bir ret duygusuydu bu çünkü benimle ilgiliydi. Giyimimle, aksanımla, saç kesimimle değil. Benimle.

Gene de söz dinledim. İkinci öğleden sonramı da oturup yazmaya ayırdım. Onlarca yıl sonra Beatrice'nin üzerimdeki gücünü fark etmek beni duygulandırıyor. Ve işin çelişkili yanı, o olmasaydı, asla yazma cesaretini bulamazdım.

Bu kez ayıklamaya, kendimi denetlemeye, keyfim için yazmamaya çalıştım. İskemlemde belim, elimde kalemim kaskatıydı. Bir sözcük yazıyor, siliyordum, bir başkasını yazıyor, onu da siliyordum. Kâğıt israfı, benzersiz bir zahmetti. Bütün İtalyan sözlüğü bana tehlikeli, aşırı, yetersiz geliyordu; *ben* öyleydim.

Cuma sabahı Beatrice'ye yarım sayfalık, kısa ve öz mektubu verdim.

"Bu da ne?" diyerek öfkeyle iade etti. "Hiçbir şey yazmamışsın ki. Bir aşırı uçtan bir ötekine geçiyorsun. Onu baştan çıkartmalısın, canını sıkmamalısın."

Üçüncü öğleden sonramda anladım ve yalan söylemeye başladım. İlk versiyonda kaldım, yeniden okudum, yırttım. Daha çok yalan söyleyerek yeniden yazdım. *Yalan ve Büyü* kitabını açtım: Otuz sayfadan ileri gidememiştim ama gene de onu talan ettim. Rastgele tek tek sözcükleri, tam cümleleri kopyaladım: Böyle yaptım çünkü okuyunca hoşuma gidiyordu.

Asla yaşamadığım geçmişimle ilgili hikâyeler uydurdum. Evimi yeniden yarattım: Trossi Sokağı'ndan şehir merkezine aldım. Hırsız ve işçi annemi dertli bir ressam yaptım. Niccolo'nun ibik saçını, *piercing*'ini attım, onu siyah giydirdim, deri ceketi, uzun saçları, beyaza boyalı yüzüyle benim gözümde en çekici olan metalcilerden biri yaptım. Hoşuma gitti bu, bütün tereddütlerimden kurtuldum. Cumartesi ve pazar günümü hayatımı değiştirmeye adadım.

Beatrice "Onu baştan çıkartmalısın" demişti. Ben yazıyordum ve yazdıkça Elisa olmaktan çıkıyordum. Örtünüyordum, maskeleniyordum, sıfatları abartıyordum. İç çamaşırlarımı ve benzersiz ayrıntıları nakşediyordum. Hayal bile edemeyeceğim şeyler konusunda atıp tutuyordum: Açıkça söylemiyordum, beyaz boşluklar arasında havada bırakıyor, ima ediyordum. Gene de ürkek Elisa'dan kurtularak bunu milyonlarca kez yapmış biri gibi içimde varlığından habersiz olduğum bir yere giriyordum ve belki de gerçek buydu.

Kesin olan bir şey varsa, Beatrice benim için en iyi yazı okulu oldu. Bugünlerde okumanın bir zaman kaybı olduğunu, yönetmesi gereken bir imparatorluğu olduğunu ve romanların tümünün saçmalık olduğunu söylese bile öyledir. Yalan söylüyor çünkü. Benim yalan söylediğim gibi. Ve hiçbir şey yalandan daha erotik değildir.

Pazar günü yatakta altı günlük çalışmamın ürününü okudum. Sanki yazan ben değilmişim gibi heyecanlandım. Peki, kim yazmıştı? Yanıt beni heyecanlandırıyordu. Telefon etmek için çıplak ayakla koridora çıktım. Çekinmiyordum. Ahizeyi kaldırdığımda hat sesini değil internetin metalik sesini işittim. Babam kim bilir kaç milyar bitlik üniversite dosyaları yüklüyordu. Tepem attı. Onun kapısını ardına kadar açıp bağırdım: "Kapat şu illeti, telefon etmem gerekiyor."

Artık edebiyatın bir parçası olduğumu hissediyordum. Korkumu alt ederek gecenin dokuzunda Beatrice'nin evine telefon ettim, okulla ilgili acil bir soru uydurdum, annesi telefonu kızına verir vermez yalvardım: "Yarın yedi buçukta. Okuldan önce buluşalım ne olur. Çok önemli!" Telefonu kapattım ve gözüme uyku girmedi.

Ertesi sabah okul ıssızdı, avluda sadece sırt çantaları ve montlarımızla ben ve Bea vardık. Ortamızda da mektup. O okuyor, ben onu gözlüyordum. Yüzünde beliren en ufak bir mimik, bir kaş kalkması, bir dudak seğirmesiyle çırpınıyor, titriyor, inliyordum. Ölüyordum.

"Güzel" dedi sonunda. "Gerçekten güzel olmuş Elisa."

Onun gözleri parlıyordu, ben saadete varan ölçüsüz bir mutluluk diyarındaydım.

Bea mektubu katlayıp zarfa koydu, bir hademeden kalem istedi, üzerine bir şey yazdı, merdivenleri çıktı. Ben de peşinden. Ne var ki bizim sınıfa girmeyip bir yukarı kata tırmandı.

Telaş içinde "Ne yapmak istiyorsun?" diye sordum.

Bana yanıt bile vermedi. Öteki öğrenciler yavaş yavaş gelmeye başlamıştı. Beatrice ikinci kat koridorunu yürüdü, en sondaki sınıfa yöneldi: V-C.

"Hayır" diyerek durdurdum onu. Elinden mektubu kapmaya çalıştım.

O kolunu kaldırdı, yetişmem mümkün değildi. Benden çok daha uzundu. İçimden ağlamak geldi. "Onun bunu okumasını istemiyorum."

"Neden yazdın o zaman?"

Onun için. Beatrice'nin bana aferin demesi için yazmıştım.

Kendim için. Kendime bir değerimin olduğunu göstermek için.

Lorenzo ise vardı, gerçekti. Bu yalanlarla hiç ilgisi yoktu.

"Hayır, yalvarırım sana."

Beatrice bakışlarıyla yaktı beni. "O zaman artık arkadaş değiliz."

Taş gibi kalakaldım.

"Karar ver: Ya gidip sırasına bırakacağız ya da yemin ederim bir daha seninle konuşmam, gider eski yerime otururum ve insanlar yüzüne tükürür."

İşte şeytan.

Şeytan dışarı çıkmıştı. Okulun ilk günü gibi dengesiz Biella'lı kızın yüzüne güldüğü her sefer gibi.

Şeytan kazanmak istiyordu. Ahlaki, toplumsal, uygar hiçbir alanda tereddüdü yoktu. Arkadaşlık: Boş versene sen. O sadece sonuç elde etmeye yönelikti.

Ve kazandı.

V-C sınıfına girdik. Bilgi toplamıştı, hazırlanmıştı, nereye gideceğini biliyordu: Pencere kenarında son sıra. Sıranın tahtasına yazılar kazınmıştı, alt rafta unutulmuş bir kitap vardı. Kapağını okuyabildim: "Vittorio Sereni, *Değişken Yıldız*." Buz gibi bir soğuk bedenimi sardı; kollarımda, bacaklarımda kaz tüyleri belirdi. Beatrice, üzerinde "Lorenzo için" yazan zarfı kitabın yanına bıraktı.

Ve kaçtık.

# (7)
# AĞUSTOS TATİLİ,
## B. HAYATIMI KURTARDIĞI ZAMAN

"*Ve bakışlarıyla yiyorlar birbirlerini, evet / arıyorlar ve tutuyorlar ellerini / masanın keten örtüsünde gizliden.*" Lorenzo ve ben değiliz ama bu dizeler Değişken Yıldız kitabından. Birbirlerini arayan, yiyip bitiren, bunu gizliden yapmaya çalışan ama beceremeyenler annemle babamdı.

Bu şiirin adı "Savaş Sonrası Pazar Günü" ve içinde bir soru var: "*Savaş sonrası bir pazar günü / buluşan iki kişi için / mümkün müdür / deniz çölü çiçeklenebilir mi?*"

Annem çiçeklenmişti, bu kesindi. Babamsa çalışma odasına daha az kapanır oldu, yüzüne biraz renk geldi.

Yedi yıllık evlilik, on bir yıllık ayrılıktan sonra –ben anlamlı cümlelerimi kurmaya başladığım zaman ayrılmışlardı– 2000 yılının o saçma ve yıkıcı yazında kendilerini ikinci ergenliklerini yaşarken buldular.

Akşamları dondurma kaçamağı alışkanlık halini aldı. Zamanla "Siz de gelir misiniz?" şeklindeki formalite soruyu da sormaz oldular. Babam akademik işlerini bitirince denize gitmedikleri tek bir gün olmadı. Her seferinde yeni bir kumsal, yeni bir doğal vaha. Öğle yemeğinden sonra ağabeyim ve ben yatağa uzanıyorduk; ben okuyordum, o marihuanadan baygın uyuyordu. Annemle babamsa güneş kremi kokularına bulanarak çıkıyorlardı: Annem sarı hasır bir şapka takıyor, havalı bir sarı plaj tuniği giyiyordu; babamsa bir beysbol şapkası takıyor, kolunun altına Stephen King romanı alıyor, boynuna da hiç ayrılmadığı kuş gözlemi dürbününü geçiriyordu.

Babamın pislik içindeki Passat arabasıyla aylak aylak dolaşırlarken bagaj acayip bir şekilde tıka basa dolu oluyordu: kuşları gözlemlemek ve fotoğraflamak için cihazlar, annemin portrelerini çekmek için polaroit fotoğraf makinesi, annemin şişme deniz yatağı, şezlongu ve havluları.

Ne konuşuyorlardı? Bunu tahmin etmek mümkün değildi. Annem gökkuzgun, akça cılıbıt, bayağı kocagöz kuşları hakkında hiçbir şey bilmezdi, hayatında hayvanlara hiç ilgi duymamıştı. İnternet ve yazılım? Asla ve asla bilmezdi. Galaksiler? İtalya'nın hangi bölgesinde bulunduğunu bilmesi bile bir şeydi. Babam üniversiteden üstün başarı derecesiyle mezun olmuştu, doktora tezi Birleşik Devletler'de yayımlanmıştı; anneminse diploması bile yoktu. *Sorrisi e Canzoni* adlı magazin dergisini okurken bile ilk cümlede sıkılırdı. Bir felaketti. O yaz onun ataklığına, İtalyancasına öfkeyle bakan gözlerimin gördükleri, yetişkin gözlerime de aynı görünüyor. Gene de onu öyle mutlu görmek için neler vermezdim.

Fotoğrafta değil, 2000 yazının herhangi bir Temmuz ya da Ağustos öğleden sonrasında kumsala gitmek için çıkarken gülüşünü yeniden görmek için. Ufak tefek, çilli, dağınık ve gözlerine kadar inen kâküllere sahip kadını. Adı gibi hafif ve havai: Annabella.

Arada sırada, öğle uykusundan sonra Niccolo gel git duygusundan sıyrılıyor, yanıma geliyordu ya da ben bin birinci Mandelştam okumamı bitiriyor ve gidip onun kapısına vuruyordum. Mutfakta yalnız başımıza oturuyor, ikindi kahvaltısı yapıyor, Biella ile ilgili eski ve kötü alışkanlıklarımızı eşeliyorduk: MTV, patates kızartmaları ve sofraya dayanan ayaklar. Burada alçaltılmış panjurun arkasından T'nin gürültüsü sızıyordu; canlı, kayalıklardan denize atlama yarışlarının yapıldığı, sahilde raket oyunlarının oynandığı şehir.

Bizlerse solgunduk, kızgındık. İhtiyarlar ve bebekler gibi ancak beşten sonra burnumuzu dışarıya çıkartmaya cesaret ediyorduk. Ben huzursuz bir ruh gibi kütüphaneyle ev arasında gidip geliyordum, o yeni sefil arkadaşlarıyla haşhaş ve anfetamin avına çıkıyordu; annem ve babam onu artık görmezden geliyorlardı.

Onları olmadıkları gibi göstermek istemem: Duyarsız, ilgisiz değillerdi. Bizim için kaygılanıyorlardı. Niccolo'nun irileşen gözbebeklerini, benim zayıflayan yüzümü görüyorlardı. Ama şimdi anlıyorum, ne gelirdi ki ellerinden?

Birbirlerine âşıktılar.

Onların zamanıydı, bizim değil.

Arada sırada bizi de yanlarına katmayı deniyorlardı, daha çok babam. Bir sabah çalışma odasında duran 586 Olidata'nın nasıl işlediğini göstermek istedi; bu gri dikdörtgen prizma bir televizyondan daha büyüktü, bombeli ekranıyla bugün herkesi güldürecek bir nesneydi ama o dönemin Pentium 3 işlemcisiydi ve babam gelecekle aydınlanan bakışlarıyla herkese "Bir Pentium 3'üm var" demekten bıkmazdı. O sefer heyecanlandı, coştu. Söylemem gerekir ki o her zaman iyi bir öğretmen oldu, öğrencilerin yüreklerinden asla silmedikleri öğretmenlerden biri. Ama malum ya insanın evladı başka türlü olur: Dinlemezler. Fareyi oynattı, internete nasıl bağlanabileceğimizi, dünyayı önümüze nasıl sereceğimizi gösterdi. Bizlere birer kullanıcı adı, şifre, parola, ISP numarası alıp bir kâğıda yazdı: İşlemler işlemler. Bizse sessiz ve donuktuk, on dakikadan fazla dayanamadık.

O zaman öteki büyük tutkusunu paylaşmayı denedi: Kuşlar. Onunla birlikte seherle uyanabilir, doğru botlarla ve dürbünlerle donanabilir, San Quintino Doğal Parkı'nda onunla birlikte kerkenezlerin uçuşunu, akça cılıbıtların çiftleşmesini seyredebilirdik. Ne var ki duraksamadan odadan çıkarak onun bu projesini de havada bıraktık.

Annem değişmişti, bize eskisi gibi bakmıyordu. Kendini kocasına, denize, özgürlüğünü yeniden bulmuş olmanın coşkusuna kaptırmıştı.

Gülerek, kinlenmeden "Her şey çok eski moda bu evde" diyor ve çıkıyordu. Kimi zaman birkaç saat, kimi zaman bütün bir sabah yok oluyordu. Sonra elleri kolları aldıklarıyla, saçları kumla dolu, hatta bazen çayırda yuvarlanmış gibi yeşil ot lekesi olmuş şortuyla eve dönüyordu ve her zaman düzgünce kurulmuş sofrayı, ocağın başında duran kocasını ve televizyon karşısında oturan çocuklarını buluyordu. Bizse mum gibi bembeyazdık.

Yanımızda hiç öpüşmüyorlardı, hatta birbirlerine dokunmuyorlardı. Ama her şey ortadaydı. Konuşacak bu kadar az ortak konusu olan iki kişi, zorunlu olarak öteki yana kayıyordu. Odaları koridorun sonundaki odaydı, bizimkilere uzaktı. Annem artık tuvalete girdiğinde anahtarla kilitliyor, bizi içeri almıyordu. Her zaman parfüm kokuyordu; makyajlı, saçları derli toplu oluyordu. Kendini bizden yalıtmıştı çünkü o eski "biz" artık yoktu. "Onlar" vardı.

Biz gene başlangıç sorusuna dönelim: "Peki deniz çölü yeniden çiçeklenebilir mi?" Otuz üç yaşımda yanıtı artık biliyorum ve yanıtım hayır.

\* \* \*

Annemle babam arasındaki peri masalının sona ereceği konusundaki ilk uyarı Meryem Ana yortusu akşamı, Beatrice ile tanıştığım akşam yaşandı. Bu bir uyarıdan çok korku veren, kulakları sağır eden, bazı bölgelerde tsunamiden önce duyulan türden bir gümbürtüydü.

O gün bizim onlarla çıkmamız için ısrarcı olmadılar, bunu emrettiler: Dördümüz birlikte, denize bakan şık bir restoranın terasına yemeğe gidecektik. Babam iyi bir sofra bulabilmek için bir ay önceden yer ayırtmıştı. "Şık giyineceğiz, havai fişekleri bekleyeceğiz, deli gibi eğleneceğiz." Annem bunu bir ültimatom tonunda söyledi ve uyulmazsa tokadın geleceği yüzünden belliydi.

Bayramlardan her zaman nefret etmiştim. Kendimi marjinal hissetmiyorum, kırıldım, yıkıldım demiyorum, her aile bu türden belirli günlerde bir sınav yaşar. Noeller de bizim için her zaman bir işkence olmuştu: Babam tüm sıkılganlığıyla ve elindeki panettone kekiyle zili çalar, hiç ait olmadığı evimizde bize bir şeyler söylemek için çabalardı.

Ağustos'taki Meryem Ana yortusu da hemen hemen aynıydı ve buna bir de kızgın sıcak ve T şehrinde olmamız ekleniyordu. Üstüne üstlük annem şimdi bir eş olarak hazırlıklara katılıyordu. Aslında eskiden bu kutlamayı umursamazdı: Öğle yemeğini yedikten sonra babam gidince hemen eşofmanını giyer, mutfağı dağınık bırakır, bizimle divana oturup Manu Chao şarkıları söylerdi. Oysa şimdi beni de yanına kattı ve birlikte kuaföre gittik.

"İkimize de punk kesim" dedi.

Salonun sahibi olan adam "Affedersiniz anlayamadım?" dedi.

Bu Enzo değildi, onun –Beatrice'nin deyimiyle– "süper" salonuna çok zaman sonra gidecektim, orası anormal pahalıydı ve saçın boyanırken kahve bile ikram ediyorlardı. Hayır, annemin beni götürdüğü hiçbir özelliği olmayan, duvarlarda demode saç modellerinin asılı olduğu, belli bir yaş üzeri hanımların kaskların altında saçlarının kurumasını beklediği bir kuafördü.

"Kısa ve çılgın" diye tercüme etti annem, "önemli olan kızımla benim bir örnek görünmemiz."

Yan yana oturmuş, el ele tutuşmuştuk. Zayıf ve aldatıcı bir mutluluk parantezi. Ayna iki benzer görüntüyü yansıtıyordu: İki havuç. İki genç kız ellerinde makasla saçlarımıza net bir kesim uygulamaya çalışırken annem bana göz kırpıyor, gülümsüyordu; öyle bir gücü vardı ki sadece biz ikimiz olduğumuzda ve beni sevdiğinde ben bir erkeği, bir aşkı, geleceği, okumayı ve yazmayı tümden unutuyordum; sadece yeniden küçük bir kız çocuğu olmak istiyordum.

Hatta alışveriş bile yapmıştık. Parfümeride, tuhafiyede ve zincir giyim mağazasında: Külot ve sutyen stokladık, yeni hayatımız için yeni giysiler aldık. Babamın kredi kartıyla annem beni duygulandırıyordu. Alışkanlıktan hep ucuz zincir mağazalara giriyorduk. Ama T'de annem heyecanlanıyor, coşuyor, topuklu sandaletler, siyah, lame, dore, Beatrice'ye bile yakışmayacak taytlar denememi istiyordu: Evrensel olarak malumdur ki Beatrice'ye her şey yakışır!

Meryem Ana Yortusu akşamı saat sekizde hepimiz hazırdık. O an çekilmiş bir aile fotoğrafımızın olmaması büyük şans: Akşam yemeğinden çok karnavala hazırlanmış gibiydik. Annem uzun ve göz alıcı pembe elbisesiyle ancak Balkanlar'daki bir düğünde dikkat çekmezdi. Babam takım elbise ve gömlekle hiç kendi gibi durmuyordu. Annemin ısrarıyla Passat arabayı yıkatmaya bile vermişti. Niccolo gene Niccolo'ydu: Ona nasıl giyinmesi gerektiği söylenirse üçüncü sayfa haberi çıkabilirdi. Ve ben, Tanrım, sahiden daracık, yırtmaçlı ve göğsü açık siyah bir elbise giymiştim. Restorana giden yolda beni bu halde görmesi korkusuyla Lorenzo'ya rastlamamak için dua ettim.

Neye toslayacağımızdan henüz habersizdik. Babam hız sınırları dahilinde, dikkatli bir şekilde sürüyordu. Toprağın altından çıkartılmış bir savaş aygıtı gibiydik: Patlayacak mıydık? Evet, hayır. *Basket Case* dinledik. Bazı kâhince sözlerini hatırlıyorum: "Grasping to control / So I better hold on." Annem şarkıyı mırıldanıyordu, sadece Mozart seven babam bu şarkıdan olumlu çağrışımlar yakalamaya çalışıyordu. Yollar acayip kalabalıktı, kumsallarda şenlik ateşleri hazırlanıyordu, çevresindeki gençler otlarını tüttürerek gece yarısını bekliyorlardı. Otomobilin pencerelerinden rüzgâr ve ışık giriyordu. Topuklu sandaletlere hayır demeyi başarmış ve botlarımı giymiştim. Niccolo sinirini boşaltmak için elimi tutuyordu. Daha önce annem ve babam önde, biz arkada arabaya binmişliğimiz var mıydı? Asla.

\* \* \*

Günün birinde biyografisini yazdırmak için birini aramak aklına gelebilir: Beatrice'den söz ediyorum. Tabii ki gelip benden isteyecek değil: On üç yıldır tek bir kelime konuşmuyoruz. Zaten ben kabul etmeyi asla düşünmem: Son kavgamızı, o her şeyi bitiren anı çok iyi anımsıyorum. Gene de biliyorum ki bu dünyada o kitabı yazabilecek bir kişi varsa o da benim.

O Meryem Ana Yortusu'nda, dördümüz bir anda, ürkekçe ama rezervasyonumuzun verdiği rahatlıkla La Sirena restoranının eşiğinden içeri adımımızı attık. Şimdiden dolmuş salonu geçtik, gerçekten harika manzarası olan, denize uzanan terasa vardık.

Yıldızların titrek yansımaları suya vuruyordu; dalgaların nazlı hareketi, müşterilerin sohbet sesiyle birlikte fondaki tek uğultuyu oluşturuyordu; her sofra keten örtülerle, peçetelerle, gümüş çatal bıçak takımlarıyla kurulmuştu; başlarımızın üzerinde sadece göğün gece kubbesi vardı ve pergolanın kenarından etkileyici kâğıt fenerler sarkıyordu. Annem mutluluktan bayılmak üzereydi, Niccolo ise nefret etmişti. Beni etkileyen ise olağanüstü parıltıda, uçları sarışın olan kestane rengi saçlarıyla, zümrüt gözleriyle, beyaz dantel elbisesiyle ve mükemmel ailesiyle çevrili olan bir kız oldu.

Neden etkiledi beni peki? Son sandalyesine kadar tıka basa

dolu restoranda takılıp kaldığım yüzün onun yüzü olması mümkün müydü?

Görünmez ve efsanevi kahramanların betimlemelerini o kadar çok okumuştuk ki onu tanımam kolay oldu. O efsunluydu buna hiç şüphe yoktu: Bakışlarından büyüleme gücü yayılıyordu, gülümseyişi sihirdi. Ve ben o anda onu mimledim.

Annemle babam bizim soframıza hizmet edecek birini bekledikleri ve tüm garsonların sadece onların emrinde olduğu zaman boyunca gözlerimi o kızdan ayıramadım: Anne, baba ve üç çocuk tam ortada ama ötekilerden belli bir mesafede, manzaranın en iyi görüldüğü noktada yer alan, sayısız çiçekle bezenmiş, şampanyanın buz kovasında durduğu yegâne yuvarlak masada oturuyorlardı.

Ginevra dell'Osservanza şık ama ağırbaşlıydı: Dik yakalı siyah bir giysi giymişti. Saçları hoş bir biçimde toplanmıştı. Sadece mücevherleri abartılıydı: Boynunda; kulaklarında, parmaklarında, bileklerinde hep pırlantalar vardı. Kuaförde karıştırdığım *Novella 2000* dergisinde gördüğüm Monako prensesleri ve başkanların eşleriyle kıyaslanabilirdi ancak. Riccardo Rossetti'de zaten muzaffer adam duruşu vardı. Omuzları dimdikti, çocuklarının sözlerini dinlerken elini çenesinin altına dayamıştı. Babamda gözlemlediğim sıkıntının tersine takım elbisesini ve gömleğini rahatlıkla taşıyordu. Hepsi incelendiklerinin farkında olarak ve aileleriyle gurur duyarak tebessüm ediyordu. Küçük erkek çocuğun kasket biçimli saç kesimi Küçük Lord'u anımsatıyordu. En büyük kız üzerini kirlettiği zaman kardeşine sevimlilikle müdahale ediyordu; onun da giyimi ve makyajı kusursuzdu; tek aşırılığı sağ burun kanadında bir pırlanta olmasıydı. Ve nihayet Beatrice: Henüz olgunlaşmamıştı ama potansiyel belliydi. Bugün onun hakkında fesat sözler söyleyenler, tüm yüzünün estetikli olduğunu söyleyenler keşke o akşamki güzelliğini görselerdi.

Ailesi gerçeği mi yansıtıyordu yoksa rol mü yapıyordu daha ileride anlayacaktım ama o anda bunca güzellik karşısında büyülenip kalmıştım. Sanki açıktan açığa ve neşeyle "Kıskanın bizi" diyorlardı. Çocuklar anne babalarıyla şakalaşıyorlardı, o sofrada herkes birbiriyle dosttu.

Ben bizimkilerle kenarda, kare biçiminde, çiçeksiz masaya

oturduğumda bir kendimize dışarıdan baktım, bir de yeniden Rossetti Ailesi'ne. İki aileyi karşılaştırmak öylesine korkunç bir deneyim oldu ki gururumun yerle bir olduğunu hissettim. Biz çirkindik, birbirimize söyleyecek tek sözümüz yoktu. Babamızla yeni tanışıyorduk, annemiz eline peçeteyi, çatalı alıp çocuk gibi yemek beklemekten başka bir şey yapamıyordu. Hatalıydık biz: İçten, kökten. Dışarıdan da: Soytarı gibiydik. Kalçalarım dar elbisenin iki yanından çıkıyordu, göğsümü örtmek için elimi yakamdan indiremiyordum. Hem sonra...

Her şey çok fazlaydı orada: menüdeki fiyatlar, yemekler, akşamın ilerleyen saatlerindeki piyano. Biz böyle şeylere alışık değildik. Sanırım, annem, babam ve Niccolo da kendilerini kusurlu ve baskı altında hissediyorlardı. Belki de aramızdaki sürtüşmeye bu neden olmuştu.

Gözlerimi o masal kahramanı kızdan ayıramadan yedim yemeğimi. Kaç yaşındasın? diye sordum ona sessizce. Hangi okula gidiyorsun? Hangi kitapları okuyorsun? Hiç üzülüyor musun? Soframızda her şey devam ederken ben ona beni oyalaması için yalvarıyordum.

Annem şarabı fazla kaçırdı, bu zaten alışıldık bir durumdu. Niccolo başlangıçlardan hemen sonra kalktı, tuvalete kapanıp çok uzun süre orada kaldı. İşte o zaman başkalarının dikkatini çekmeye başladık: Annem yılışık yılışık gülmeye, utanç verici anekdotlarını yüksek sesle anlatmaya başladığında, Niccolo yüzü bembeyaz ve sendeleyerek tuvaletten döndü.

Babam durumun farkına vardı.

Sakin bir sesle "Aşkım, daha fazla içme" dedi.

Annem "Bırak da hayatta bir kere eğleneyim!" diyerek itiraz etti.

Niccolo yerine oturunca babam ona dönerek: "Ciddi biçimde kaygılanıyorum" dedi.

Ağabeyim tepki vermediğinden, babam yeniden anneme döndü: "Annabella bana bir iki ottan söz etmiştin ama sanırım durum giderek ciddileşiyor; bence bir uzmana danışmalıyız."

"Uzman" kelimesini duyar duymaz annem ve Niccolo bir ağızdan gülmeye başladılar. Kendilerini koyuvermişlerdi, ikiye katlanarak gülüyorlardı. Tüm salon bize bakıyordu şimdi. Babam bembeyaz oldu. Midemdeki kasılmanın göğüs kafesime doğru yükseldiğini hissediyordum. Artık yiyemiyordum, kimse yiyemiyordu. Sadece annem içmeye devam ediyordu.

"Gülünecek fazla bir şey olduğunu sanmıyorum." Babam ortamı yoluna sokmaya gayret etti. "Uyuşturucunun ciddi yan etkileri vardır, bilişsel yetenekleri köreltir" derken sesini yükseltti. "Niccolo geleceğini tehlikeye sokuyor ve sen bunu benden sakladın."

Annem toparlandı, bu konuya uygun yanıt vermeye çalıştı. Onun zihninde bir anlam, bir yön, boş da olsa bir açıklama aradığını, İtalyanca herhangi bir söz aradığını hissediyordum. Uğraştı ama sonunda ancak kocaman bir kahkaha patlatmaktan başka bir şey yapamadı. "Paolo ne kadar can sıkıcısın. O bir ergen, onun yaşında kuralları çiğnemek *sağlıklıdır.*"

"Peki ya senin yaşında?" Eski bir kin, çok eski bir bölgeden, kilitli tutulduğu yerden kurtularak yüzeye çıktı, üstünlüğü ele geçirdi. "Her zaman böyle oldun. Ben seni bildim bileli, bilinçsiz, bencil, olgunluktan uzak oldun. Ama artık kırk iki yaşındasın Anna."

"Haydi ya, gel gidip bir köşede sevişelim." Annem sanki sahiden yer ararmış gibi çevresine bakındı. Ona göz kırptı: "Sinirin geçer o zaman."

Babam ona değil bana baktı. Ciddiydi, utanmıştı. Galiba o anda gözyaşlarımı zorlukla bastırabilmiştim. Evet, biz birbirimize benziyorduk. O sofrada ayık ve yalnız olan bir tek biz ikimizdik. Kışın T şehrinde sadece o ve ben kaldığımız zaman bana dijital devrimin temelinde var olduğunu öğrettiği 0 ve 1 gibiydik. Bir boş, bir dolu. Yoksun, varsın. Bana güvenebilirsin, bana güvenemezsin. Annem ve Niccolo öyleydiler: Ruhuma saplanmış bir sıfır, bir noksanlık, bir hayal kırıklığıydılar. Sadece bu da değil, *hem de.*

Babam konuyu kapatarak "Sanırım gitsek iyi olacak" dedi.

"Neden? Daha sadece ana yemekteyiz. Ben havai fişekleri görmek istiyorum."

"Niccolo'nun acil servise değilse de iyi bir uykuya ihtiyacı var."

"Haydi canım sen de, gayet iyi o."

Ağabeyim kendi içine çökmüştü, arada sırada kendine geliyordu. Sayıklıyordu. Annem artık bağırmamayı, ellerini kollarını oynatmamayı, gösteri malzemesi sağlamamayı başaramıyordu.

Şimdi herkes daha da yoğun bir şekilde bizi seyrediyordu. Ortadaki masada oturan ideal aile de dönmüştü, nezaketle bu çökmüş, mutsuz aileme tahammül ediyordu.

"Çocuklarımı mahvetmene izin verdim!" Babam da artık kontrolünü yitirmişti. "Mahkemenin kararına karşı çıkmalıydım: Sen daha kendine bakmaktan âcizsin, nerede kalmış başkalarına bakmak. Tüm anlaşmaları yeniden gözden geçireceğim" diyerek öfkeyle annemi tehdit etti, "en azından kızı bozmana izin vermeyeceğim" derken beni gösterdi.

Tek bir şeyden emin oldum: Kabahat benimdi.

"Peki o halde neden beni sevdiğini söyledin? Annem gözyaşlarına boğuldu. "Beni unutamamıştın hani, sen..." Cümlesini tamamlayamadı: "Alçak!"

"Sevgi sorumluluktur. Ama bak şunlara, ne hale getirmişsin onları!"

Alkol nehrinde yüzen annem tek tek bize baktı. Önce Niccolo'ya, sonra bana. Bakışı beni fena yaptı. Ne vardı içinde? Hiç. Ama sadece hiçlik söz konusu olsaydı daha iyi olacaktı. İçinde aynı zamanda muhabbet vardı, onun beklenmedik, gelişli gidişli, anarşik, abartılı ama sorumlu olmayan –asla olmayan– sevgisi de vardı.

Onun düşüncelerini, enerjisini toparlamaya, saçlarını düzeltmeye çalıştığını gördüm.

Ağır makyajıyla, siyah rimel lekeli elbisesiyle "Peki sen neredeydin?" diye yüzledi babamı. "Sonuçtan yakınıyorsun, hoşuna gitmiyor mu? Peki sen ne yaptın? Onların karnını *ben* doyurdum, onları okula *ben* götürdüm, popolarına termometreyi *ben* soktum, cumartesi ve pazar günlerimi *ben* heba ettim. Onları öptüm, tokatladım, onlara katlandım, sevdim. Sen sadece üniversitede kariyer yaptın adi herif!"

Babam elinde peçete, kaskatı oturuyordu. Bumburuşuk edene kadar sıktı onu. Yüzünde vicdan azabı, adaletsizlik, âcizlik duygularını gördüm. Ağzını açıp kendini savunmaya yeltendiği anda bir garson gelip utanarak "Her şey yolunda mı efendim?" diye sordu.

İskemlemi devirerek ansızın ayağa fırladım. Ağlayarak, insanların bakışları altında –aslında onu da bilmiyordum çünkü utançtan yüzümü kapamıştım– beni engelleyen o elbiseyle dışarıya koştum.

Çocuklar. Saklanacak bir yer arayarak kıyı boyunca rastgele yürümeye başladım. Suç daima çocukların oluyor. Bir deliğin içine girip orada yok olmak istiyordum. Alçak bir duvarın üstünden atladım, kumsala indim, ansızın gitarlardan, şenlik ateşlerinden, başkalarının mutluluğundan uzakta, ıssız ve karanlık bir yerde buldum kendimi.

Kuma oturdum, dizlerime sarılıp ağlamaya başladım. Çocuğu olmayan ebeveynler belki de hiç kavga etmiyorlar, hiç ayrılmıyorlardı.

Ölmek istiyordum. Açık bir zihinle ve mantıkla istiyordum. Hiç kimse ailesiz yapamazdı, benim zaten ailem yoktu, bunu hak etmiyordum. Önümde denizden başka hiçbir gelecek görmüyordum.

Virginia Woolf gibi suya gömülmek istiyordum, düşüncem buydu. Geri dönmek, yürümemek, konuşmamak, çekilmek, soluk almamak, doğmamak, içeride kalmak, suyun dibine saplanmak.

Bir elin omzuma konduğunu hissettim.

\* \* \*

Oydu.

Başımı kaldırıp o kızı gördüğümde altüst oldum. Uykusuz yaşlı bir adam, kötü niyetli bir adam, beni aramaya gelmiş olan babam, her şey gelirdi aklıma. Ama orta masadaki kız asla.

Tatlı ve bembeyaz bir gülümsemeyle, yanaklarında beliren ve insanın içine parmağını sokası gelen gamzeleriyle "Ağlama" dedi bana. Dudaklarını oynatırken gamzeler beliriyor, yok oluyordu. Ay ışığı onu sime buluyordu. Benimkini tanımak için kendi gezegeninden ayrılmıştı.

Yalan söyleyerek "Barışacaklardır" diye avuttu beni.

Sandaletlerini çıkardı; çıplak ayaklarını, kırmızı ojeli tırnaklarını kumun altına sokarak yanıma oturdu. Üşüyordum. O bunu fark edip elimi ellerinin arasına aldı.

Nasıl olur bu? diye sordum sessizce. Bu karanlık köşede yanıma gelmek için dünya güzeli aileni mi bıraktın? Hiçbir anlamı yok bunun.

"Seni anlıyorum" diye yanıtladı. "Benimkiler insan içinde asla böyle bir sahne sergilemezler, evde yaparlar. Önce tüm pencereleri kapatırlar, sonra neler yaşandığını tahmin bile edemezsin."

"Toplum içinde kavga etmiyorlarsa, bu da bir şeydir" diye yanıtladım onu.

"Neden, ben ve kardeşlerim toplum değil miyiz? Bizim önümüzde orospu, pezevenk diyorlar, birbirlerini tırmıklıyorlar, onları görmemizi hiç umursamıyorlar. Ama başkalarını evet, işte bundan ölesiye korkuyorlar."

Saçlarını atkuyruğu yapmıştı, kulak deliklerinden aynı gözlerinin renginde iki zümrüt sarkıyordu: Karanlıkta parladıklarını görüyordum. Yüz ifadesinde bir sır vardı. Bir an üzgün görünüyordu, bir an sonra muhteşem.

"Sen dışarı çıktığında, ilk bakışta iki delinin kızı olduğunu anlamıyorlardır" diyerek içimi döktüm, "Autogrill'de, restoranda. Özgürsün."

"Ben numara yapıyorum."

Bu bana doğru göründü: Kendine bir hava vermek, içinde kopan fırtınaları gizlemek. Daha iyiymiş gibi görünmek, gerçeği umursamamak.

"Senin yerinde oturuyor olmak için neler verirdim bilemezsin" diye itiraf ettim ona, "hayatımı senin hayatınla değiştirmek için yani."

"Öyle mi? İşte o zaman annemin indirdiği tokatları yerdin!" Gülerek bir yanağına dokundu. "Bir keresinde mosmor etti buramı, sonra da fondöten ve kapatıcı sürmek zorunda kaldı. Daha ilkokul dörtteydim. Öğretmen beni makyajlı görünce azarladı: 'Karnavala geldiğini mi sanıyorsun? Çabuk git yüzünü yıka!' Yıkayınca daha kötü olacaktı tabii.

"Ne yaptın?"

"Kaçmayı denedim."

"Okuldan mı?"

"Evet ama mümkün değildi. O zaman hademelerin telefonundan annemi aradım ve gelip beni almasını söyledim. Bana bir Barbie bebek aldı."

Beni çarpan hikâye kadar ses tonuydu da: Duru, hiç kin hissi olmayan.

"Benimki de odanın öteki tarafına fırlatır." Ona çok zaman önce olan yara izini göstermek için sırtımı döndüm."

"Güzel bir dövme!" diye yorum yaptı.

Birbirimizi tanımadan nasıl böyle konuşmuştuk, bilmiyorum. Belki tüm yeniyetmeler annelerinin açtığı yaraları göstermek için giysilerini açıyorlar ve bununla övünüyorlardır.

"Deli olabilir ama sevimli seninki" dedi gülerek. "Siz gelince annemle babam ne dediler biliyor musun? Romanlar geldi" diyerek onların taklidini yaptı. "Bizim buralarda bile var Çingeneler. Gülmekten bayılacaktık. Ağabeyin de komik bir tip. Bütün akşam yemeğin boyunca sizi gözetledim. Gerçek bir uyuşturucu bağımlısı hiç görmemiştim."

"Sen bizi mi inceledin?"

"Sen bakmadığında, ben bakıyordum."

Karşımızdaki deniz petrol gibi kara ve yoğundu. Uzakta, gençler suya dalmak için soyunup koşmaya başlamışlardı. Çıplaktılar, suda ıslak saçlarıyla öpüşüyorlardı. Ağustos ayıydı. Gökyüzü ikimizi "yıldızların gözyaşlarıyla yıkıyordu".

İçimden gelerek "Sen güzelsin" dedim.

"Sen de, ama elbisen berbat!" dedi.

Sonra yeniden, heyecanla gülmeye başladı.

Artık ölmek istemiyordum.

"Sarıl bana" dedim.

Ve bugün nasıl oldu da böyle bir girişimde bulunabildim diye soruyorum kendime. Annem veya ağabeyim dışında –en azından Biella'da– kimsenin bana dokunmasına izin vermeyen ben fiziksel temastan ölesiye korkardım. Oysa T'de büyüme hevesine kapılmıştım.

Olay şu ki Beatrice efsunlu bir varlıktı ve ben –bir romanın kahramanı olan yetim kız gibi– bunu anlamıştım. Bir masaldan geliyordu, beni kurtarmak için inmişti yeryüzüne. *Dokun bana*, diye düşündüm, *arzularımı gerçek kıl*. O "Gel buraya" dercesine, kollarını, bacaklarını açtı. Gittim. Ona sığındım. O kendini bana kapattı, bana sarıldı. Çenesini omzuma dayadı ve şöyle dedi: "Bir yıldız kaymasını bekleyelim."

Belki on, belki on beş dakika öyle bekledik: Sessizlik içinde ve dikkatle. Sonra gerçekten bir yıldız kaydı, evrendeki bir kibritin ateşi bir an içinde söndü. İkimiz de irkildik, güçlü bir düşünceyle gözlerimizi yumduk, sonra ardına açtık ve "Oldu!" diye bağırdık. O ne dilemişti bilmiyorum ama ben gerçekleşmediğine göre artık açıklayabilirim: Sonsuza dek arkadaş olalım diye dilemiştim.

Bu bir parantez oldu. Tüm özünü kavramalar, tüm beklenmeyen armağanlar, sürprizler gibi bir an sürdü. Kayalıkların öteki tarafında ateşler yanmaya başlayınca kalktı, gitmesi gerektiğini söyledi.

"Adın ne?" diye sordum, onu biraz daha yanımda tutabilmek ve öğrenebilmek için.

"Beatrice. Senin?"

"Elisa."

"Yeniden buluşacağız Elisa, söz veriyorum."

Ama yok oldu, Lorenzo'nun yok olması gibi.

Kendi parlak gezegenine döndü, onu bir daha görmedim.

18 Eylül'e kadar.

## (8)

## Değişken Yıldız

"**D**eğişken": Değişen, kararsız, oynak.
Okulun ilk günü korkunçtu.
Endişeden bir haftadır uyuyamıyordum. Annem ve ağabeyim hâlâ T'delerdi ve bir ay sonra beni bırakıp gideceklerini bilmesem de evdeki hayat çoktan berbat olmuştu.
Annem ve babam kavga ediyor, başka da bir şey yapmıyorlardı. Öyle fırtınalar ve naralar kopmuyordu ama alttan alttan, ufaktan ufağa birbirlerine laf sokuyorlar, zehirli imalar yapıyorlar, iç çekiyorlardı. Ben kıskanıyordum. Babamı değil, Niccolo'yu kıskanıyordum çünkü o bütün gün annemle divanda oturabilirken ben dışarı çıkmak ve T ergenlerinin tehditkâr dünyasıyla yüzleşmek zorundaydım.
18 Eylül günü ilk andan belirlenip damgalanacağımdan emin olarak Marina Meydanı'na vardım. Nitekim de öyle oldu: Pascoli Lisesi'nin eşiğini aştığım anda iki metre uzunluğunda, çenesinde üç tek sakal kılı bulunan bir genç kahkahalar atarak öne eğildi: Benim ayağıma dört numara büyük mor lastik botlarımı arkadaşlarına göstererek "Nasıl ayakkabılar bunlar!" dedi. Başımı öne eğerek koridorları arşınladım ve başkalarının bakışlarını görmezden gelmeye çalışarak sınıfımı aradım. Bulduğum ve yerimi aldığım zaman –ne ön ne arka, herhangi bir sıra– kimse gelip yanıma oturmadı.
Arkadaşlarım içeriye giriyorlardı, hepsi birbirini bir ömürdür tanıyordu. Ortaokulu birlikte okumuşlar; dansa, yüzmeye, yuvaya hep beraber gitmişlerdi. Bense hiçtim, üzerimde bir Misfits tişör-

tüyle oturuyordum. Birbirleriyle selamlaşıyorlar, kucaklaşıyorlar, kıkırdıyorlardı: "Şu da kim?" Aklıma şu şarkı geldi: "Perdido en el corazon / De la grande Babylon / Me dicen el clandestino." Acaba bir yabancı daha girecek miydi sınıfa? Dua ediyordum. Benden daha değişik, daha ezik biri gelip benim yerimi alsaydı keşke.

Ne var ki Beatrice girdi içeri.

Beatrice!

İçgüdüsel bir şekilde gülümsedim, ona doğru koştum.

Bir adım ötesinde durarak heyecanla "Merhaba" dedim.

O ise bir şey olmamış gibi davrandı.

Bana baktı: Sanki hiç karşılaşmamıştık, sanki bana annesini, yanağındaki morluğu anlatmamıştı, hiç sarılmamıştı. Arkasını dönerek geçti. Daha önceden tanıdığı kızları yanaklarından üç kez öperek selamladı ve gidip benim karşımdaki sıraya oturdu.

"Değişken": Kararsız, çılgın, kaprisli. Hayır, alçak.

Bu bana uygulayacağı binlerce zorbalığın daha ilkiydi. Değişken yıldızın öyle olma nedeni siyah olmasıdır. Donuk ve sönük bir yüzü daha vardır. Ölmüştür çoktan, çökmek üzeredir. Ama hâlâ parlar, parlamaya devam eder. Çünkü öteki yüzü öylesine aydınlıktır ki göz kamaştırır, aldatır. Ben iki yüzünü de iyi bilirim.

İki ay sonra beni o mektubu Lorenzo'nun sırasına bırakmam için tehdit ederken kendimi öylesine derinden ihanete uğramış hissettim ki gerçekten tüm ilişkimizi koparmayı düşündüm. Saat biri yirmi geçe zil çaldığı anda sert bir şekilde kalktım, montumu giydim, çantamı aceleyle topladım ve ona veda etmeden sınıftan çıktım.

Peşimden koştu. Yanıma geldi. Yadsımak onun tarzıydı. Gülümseyerek bana şöyle dedi: "Bugün ders çalışmaya sana geleyim mi?"

Silmek. Es geçmek. Bir hata yapıyordu ve onu tarihe gömüyordu. Orada bir delik kalıyordu. Onu hemen iyi bir öneriyle dolduruyordu.

"Senin evine hiç gelmedim, Latince ödevini beraber yapalım mı?"

Yalnızlık, hayaletler, hiçbir yere gitmesem de harçlığımı Quartz'ın benzinine yatırmam ya da bin birinci kez Sereni okumak bana daha iyi, daha güvenli görünüyordu. Ama geri dönebilir miydim? Kitapların içinde yaşamaktan bıkmıştım.

\* \* \*

Babam kahvesinin son yudumunu içti, uzaktan kumandayı aldı ve *Oops! I did it again*, diye şarkı söyleyen Britney Spears'ı susturdu. Pembe renkli lateks tayt giymiş, memelerini sıkıştırmış, dudaklarına kışkırtıcı bir hava vermiş halde şarkı söyleyen bu kız benden sadece beş yaş büyüktü. Bense yoğurdumu karıştırırken punkların, metalcilerin, ciddi insanların çıkıp gelmelerini bekliyordum ama bu arada göz kırpmaları, imaları çalışıyor, bir dişi beden içinde böyle de olunabileceğini anlıyordum. Sonra babam düşüncelerimi yarıda keserek şöyle dedi: "Pastaneye gitmem gerekiyor."

Televizyon saatlerimi sınırlama konusundaki sert kararlarından sıkılmıştım zaten, ona anlamayan gözlerle baktım.

"Sizin için kurabiye, tuzlu bir şeyler alayım" dedi.

Amacını anladım ve bir bomba fitili gibi tutuştum. "Bu çocuk doğum günü değil Paolo." Ona Paolo diye hitap ettim. Onun heyecanlarını boğmak, zayıflatmak, acıtmak arzuma öyle bir fesatlık bulayarak konuşuyordum ki gerisini de o anlıyordu. Şimdiye dek hiçbir doğum günümde yanımda değildin, şimdi ne istiyorsun: Bunu telafi etmeyi mi? Biraz geç oldu.

O ise daima ciddi düşündüğünden itiraz etti: "Nasılsa ikindi kahvaltısı edersiniz. Ders çalışınca acıkır insan."

İlkokuldaki bir arkadaşımın annesini anımsattı bana. Hayatı felaketti: İşsizdi, boşanmıştı, oğlu herkesi dövüyordu, gene de sınıfta yapılacak doğum günü partilerini beklemekten vazgeçmezdi. Keklere krema sürerek, sandviçlere kürdan takarak, balonları şişirerek o derin boşluğu dengeleyeceğini zannederdi.

Hınçla, "Sen neden üniversitene dönmüyorsun?" diye sordum.

"Döneceğim Elisa" diyerek kahve kaşığını kenara bıraktı. "Sadece bir iki küçük pizza alma niyetim vardı, saldırma bana."

Annemse o partilere peçete bile getirmezdi. Benim gezilere katılmam için para vermeyi bile unuturdu, öğretmenler verirdi.

Ama dürüsttü: Düşünecek başka şeyi vardı. Oysa o kadın hep öteki annelerin önüne geçmeye çalışırdı. Babam da aynıydı.
"Beatrice senin pizzalarını yer mi sanıyorsun? O bir dilim elma bile ısırmıyor."
"Neden peki, besin direnci mi var?"
"Şişmanlamaması gerekiyor" diye bağırırken yoğurdumu devirdim.

Babam gözlüğünün arkasındaki bir kaşını kaldırdı: Sınırı aşmıştım. Kalktı, fincanını lavaboya koydu, şeker kalıntıları kurumasın diye içini suyla doldurdu. Öfkelenmiştik, içimden kavga edelim diye dua ettim. Ama o ellerini havluya kuruladı. "Ben gene de alışverişe çıkıyorum. Mutfağı da bir seferlik sen toplarsın."

Şimdiye dek parmağımı kımıldatmamıştım: Biella'daki evde öyleydi çünkü o evde zaten egemen olan kaostu; T evinde de işleri hep babam üstleniyordu. Sofra örtüsüne leke yapan yoğurdu, bulaşık dolu lavaboyu ve bulaşık makinesini, hiç tanımadığım nesneleri inceledim. *Tam da bugün*, diye düşündüm. Bedenimde yükselmekte olan ateşi kontrol etmek için gözlerimi yumdum.

Kapıyı her zamankinden sert kapatarak çıktığını duydum.

Saldırdım sana, bu doğru ama biliyor musun? diye içimden söylenirken perdenin arkasından onun otoparkı geçişini, bir metre doksan santim boyuna alışamamış birinin hantal yürüyüşünü seyrettim; başını çarpmamak için Passat'a eğilerek bindi, normal hatta biraz saf bir adamdı. Hayır baba sen bilmiyorsun, bir karnaval partisinde benim dışımda herkes bir maske takıp kostüm giymişti ve De Rossi'nin annesi yüzünü sahte bir merhamet ifadesiyle buruşturup yüksek sesle şöyle dedi: "Bazı kadınlar, çocuk doğurmamalı."

Sen yoktun.

Karar verdim. Lavaboyu su ve deterjanla doldurdum, bıraktım tabaklar kendi kendilerine yıkansınlar. Süpürgeyi kaptım, kırıntıları dolabın altındaki çatlağa süpürdüm. Sofra örtüsünü balkondan bir otomobilin üzerine silkeledim ve bir köşeye tıktım. Sonra gidip giriş kapısının önüne bağdaş kurup oturdum ve Beatrice'nin zili çalıp kapıdan girerken, "Ah ne hüzünlü bir ev burası!" diye bağırmasını bekledim.

Onun SR motorunun geldiğini, durduğunu işittim. Az sonra

zil sesi beni yerimden sıçrattı. Evde yokmuşum gibi davrandım. Ama Quartz kapının önünde duruyordu. Bea'yı kandırmak mümkün müydü, ısrarla çalıyordu. O zaman açtım. O file çorabı, mini eteği ve 20 Kasım günü açıkta olan göbek deliğiyle sahanlıkta belirdi. Paspasa ayaklarını sildi. Bakışlarını giriş kapısının önündeki duvarlara çevirdiğinde "Ne çok kitap var!" dedi.

Biella'dan buraya yaptığımız uzun yolculuğun sonucunda benim bile hayran olduğum bir özellikti bu. Kitaplıklar mutfak, banyo dahil her yerdeydiler ve cilt cilt tavana kadar yükseliyorlardı. "Bizim evde *Gülün Adı*, Oriana Fallaci ve bir de adını bilmediğim bir kitap var" dedi. Sonra başını salona uzattı: "Ama burası da dolu! Peki kimin bunlar?"

"Hepsi onun."

Mutfağı da merak etti: "İnanmıyorum!" Eğlenmiş görünüyordu. "*Onun* kimin? Uyuşturucu bağımlısının mı?" Başını benim odama, sonra da üç aylığına Niccolo'nun olan odaya uzattı. Doymak bilmiyordu.

"Peki burada ne var?"

"Hayır, açma, babamın çalışma odası."

Beatrice kapıyı hemen açtı ve ışığı yaktı.

Büyük bir şaşkınlık içerisinde "Wow!" dedi.

Onunla PC arasındaki ilk karşılaşma tahmin edileceği üzere önce sağduyulu, sonra coşkulu oldu. Kitaplar onu eğlendirmişti ama bunların Pentium 3 işlemciyle bir araya gelmesi bir anda hayranlık ve saygı duygusuna yol açtı.

"Bu bilgisayar, babamınki gibi değil."

"Eh, benimkinin işi bu."

"Evet, benimkinin de."

Sesimde denetleyemediğim gururla atılarak "Hayır" diye düzelttim onu, "demek istediğim babamın işi tam olarak bilişim. Yazılım mühendisi ve üniversitede bunun dersini veriyor."

"Sahi mi?" Beatrice dönüp ilgiyle baktı yüzüme.

İlk kez bir aile üyem adına utanç değil gurur duyuyordum. Ne yazık ki o da benim tüm suçları yüklediğim kişiydi.

"Bana hediye edilmesini çok istiyorum, bir bilgisayarım olmasını bekliyorum."

"Peki ne yapacaksın onunla?" diye sordum kuşkuyla.
Bea sessizlik içinde durdu: Bilmiyordu.
Heyecanla "Açalım haydi" dedi.
"Hayır, hayır." Onunla makine arasına girmeyi denedim.
Bea beni itti, babamın yazı masasının başına oturdu. Tuşları okşayarak klavyeyi inceledi. Sanki bana Karayipler'e ya da Ay'a gitmeyi önerirmiş gibi şöyle dedi: "Haydi, internete girelim."
"Boş ver" dedim sıkkın ses tonumla. Bu gri kasaya karşı gerçek bir nefret besliyordum, şimdi onun buna takmasına da sinir olmuştum.
Beatrice açma düğmesine bastı. PC bir fil yürüyüşü hızında canlandı. Siyah ekran ışığa kavuştu, benim şaşkın bakışlarım altında pikseller bir araya gelerek ekranda annemin yüzünü oluşturdu: Bulanık, deniz kenarında, rüzgârla uçuşan saçları çıplak omuzlarına dökülüyor. Annemin üzerinde hiçbir şey yok muydu? "Kapat şunu!"
Bea annemin yüzündeki çilleri gösterdi. "İşte ne yapabileceğimi buldum, fotoğraflarımı yükleyebilirim. Bilgisayarda solmazlar."
İmleci körlemesine hareket ettirdi. İçgüdüsel ya da rastlantısal bir şekilde Explorer'ın E'si çıktı karşısına. Okulda bize bilgisayarın ne işe yarayacağını anlatmışlardı ama anlatan kimya öğretmeni benden daha az bilgi sahibi olduğu için hiçbir şey anlamamıştık.
Beatrice iki kere tıkladı. Orada bir kullanıcı adı ve şifre yazmamızı isteyen bir maske belirdi. "Senin şifren vardır Eli, yalvarırım söyle."
"Ah, o kâğıdı kim bilir nereye tıktım."
"Bul onu, bul haydi."
Yalvarıyordu. Sanki hayatı buna bağlıymış gibi sabırsızlanıyordu. Ve aslında ikimiz de bunun farkında olmasak da aslında öyleydi.
Bezmiş bir şekilde babamın bana ve Niccolo'ya aylar önce bir post-it üzerine yazdığı şifreleri bulmak için kalktım; bulabileceğime ihtimal vermiyordum, en azından öyle umuyordum. Oysa tam karşımda rafa yapışmış olarak duruyordu.
Okudum: "Ghiandaia, kullanıcı adı bu. Şifre de Marina. Numara 056..."

Bea yazmayı tamamladı, emri verdi ve modem ansızın canlandı, kırmızı ve yeşil ışıklar yandı, korkunç sesler yaymaya başladı ve sanki bir boru tıkanmış gibi, okulun arkasındaki tütüncünün bozuk faks makinesi, alçalan uçak gibi bii bii biip sesi bizi yerimizden sıçrattı.

Her şey otuz saniye sürdü, sonra sessizlik oldu. "Bağlısın" yazısı ekranda belirdi. Beatrice'nin yüzünde beliren gülümseme sanki kendi derinliklerinden gelen bir parıltıydı, gizli bir bilinçlilikti. Yineliyorum: Yıl 2000 idi, T şehrinde yaşıyorduk, babam evinde 56 K'lık bağlantı olan nadir kişilerden biriydi. O ve üniversitenin dört başka üyesi sadece kendilerinin ziyaret ettikleri internet siteleri kuruyorlardı. Aradan on dokuz sene geçti, ama sanki Etrüsk Mezarları'ndan söz eder gibi hissediyorum kendimi. Virgilio sitesinin ana sayfasına marjinal bir sınıf arkadaşımın elindeki manga çizgi romanı gibi ve on dört yaşında Sandro Penna okuyan birinin sonsuz üstünlük duygusu ve kibriyle baktığımı hatırlıyorum. Devrimin gözlerimin önünde durduğunu aklımın ucundan bile geçirmiyordum, çağ değişiyordu, dünyanın önlenemez sonu yaklaşıyordu.

Oysa Bea o gün evimde hemen tarihle flörte başladı. Onu sezinledi, onu ele geçirdi.

\* \* \*

Fareyi elinden kaptım, toprağın altına gömmek istermiş gibi işaretparmağımı kapatma düğmesine sertçe bastırdım ve "Haydi, ders çalışmaya gidelim" dedim. Madem bu kadar kötü ayrıldılar, babam neden her gün bilgisayarını açınca annemin fotoğrafına bakıyor diye soruyordum kendime. İskemleyi ittim, Beatrice'yi de kalkmaya zorladım.

Teslim olurcasına ellerini havaya kaldırdı ve "Tamam ya anladım!" dedi, "ama babandan bana öğretmesini isteyeceğim. Düşün, benim babam işyerinden akşam onda eve dönerse bunu erken sayıyor."

"İste, sevinir. Ben ve ağabeyim her öğretmek istediği gün kaçtık yanından."

"Ağabeyin" diye hafiften gülümsedi Bea, "nerede?" Sonra o

anda fark etmiş gibi sağına soluna bakındı ve "Herkes nerede?" diye sordu.

Yokluk, çağrılmış bir şeytan gibi odanın zemininden patladı. "Gittiler" dedim. Babamın çalışma odasının ışığını söndürdüm, kapıyı kapamak için çıkmasını bekledim.

"Ne anlamda?"

"Babam bize atıştırmalık almaya çıktı. Annem ve Niccolo Biella'ya döndüler."

Beatrice bana baktı ve hiçbir şey söylemedi. Ona minnet duydum. Koridora attığı sırt çantasını aldı, peşimden odama geldi, ben fazlasıyla düşünceli bir şekilde anahtarı kilitte döndürdüm ya da sadece bunu yaptığımı hayal ettim. Öğleden sonramızın orta yerine, iki yeniyetmenin idare edemeyeceği kadar büyük bir çıkartma yapmıştım. Utana sıkıla ayakkabılarımızı çıkarttık, yatağımda karşılıklı oturup bağdaş kurduk, Latince dilbilgisi kitabını dizimize dayadık.

Bea durumu ele aldı: "Sen mi başlarsın, ben mi başlayayım?"

"Sen" dedim, "*us* ile biten erilleri çek."

"*Lupus, lupi, lupo*" diye saydı, "*lupum, lupe, lupo.*"

Kimseler bilmez ama Beatrice Rossetti ders çalışma konusunda sistemliydi. Matematik, Yunanca, coğrafya: Onun için fark etmezdi. 8 alması gerekiyorsa, alırdı. Oyalanmazdı, benim gibi bir ağaca bakıp sözcük düşünmezdi. Günlüğü de yoktu, sadece okul ajandası vardı: Spor salonu, cilt bakımı, fotoğrafçı buluşması, defilesi... Her şey yolundaysa geceleri altı saat uyuyordu ve ortalaması, benimkiyle birlikte sınıfın en yükseğiydi. Sonraları güzeller güzeli ve inek olduğunu asla dile getirmedi. Çünkü insanlar çelişkilerden hoşlanmazlar. Bu anlamda benim gibiydi, ben de Marilyn Manson dinliyor ve Sereni okuyordum. Aslında ikimiz de beğenilecek gibi değildik.

"*Lupi, luporum, lupis...*"

"Sence bu çınar ağacı nasıl?" diyerek saymasını yarıda kestim.

"Hangisi?" Şaşkınlıkla baktı bana.

"Şu pencerenin dışındaki. Bana bir sıfat söyle, tek bir sıfat."

Bea yüzünü buruşturdu, sonra ciddiye aldı. "Hüzünlü" diye açıkladı.

Gülümsedim: Dünyayı aynı şekilde görüyorduk.

"Ama sen sahiden yaptın mı?" diyerek soğuttu beni.

"Ne?"

"Seks."

Gülümsemeyi kestim. Bu kelimeyi tek bir kere kullanmıştım mektupta. Ama anlamını bilmeden yazmak bir şeydi, bunu gerçekmiş gibi söylemek, dinlemek bambaşka.

"Nasıl olduğunu göster bana" dedi Beatrice. "Külotunu indir, benimle aynı mısın anlamak istiyorum."

Hayretle "Delisin sen" dedim.

"Lütfen. Hatalı mıyım, değil miyim nasıl bilebilirim? Yardım et bana. Sen biliyorsun, yazmıştın." Şaka yapmıyordu. "Mayoyla yüzlerce fotoğraf çektirdim, nasıl bir etki yarattığımı biliyorum. Ama çıplak? Bakire olduğum anlaşılıyor mu acaba?"

"Gösteremem."

"Neden? Arkadaşız biz. Bunu yaparsak, en yakın arkadaşlar oluruz. *En iyi arkadaşlar*" diye yineledi. "Bundan *sonra* asla ayrılmayacağımız, birbirimize her şeyimizi söyleyebileceğimiz, asla bozulmayacak bir kan bağı kurmuş gibi olduğumuz anlamına gelir. *Sonra*."

Gözlerini üzerime dikti. Bea sana bir şey satmak için hangi tele dokunması gerektiğini daima iyi bilirdi. Öneri hoşuma gidiyordu ama *sonra* fazlasıyla yüksek bedel demekti. "Nasıl güvenebilirim sana?" deme cesaretini buldum. "Daha bu sabah tehdit ettin beni."

"Okuduğu zaman Lorenzo sana âşık olacak, inan bana."

"Bu konuda şüphelerim var."

"Dinle beni. Bir şey yapmak zorunda değiliz, sadece bakacağız."

Kalktım. Ayakta durdum ve bedenimin ağırlığını, varlığını hissettim: Gizemli ve tehlikeli. Gönülsüzce ve yavaştan kot pantolonumun önünü açtım. Önce ilk düğmeyi, sonra fermuarı. Bir kez daha yenilmiştim ona. Belki ben de dibe vurmuştum, bu şeyi yapmak istiyordum.

Beatrice kalktı, mini eteğini indirdi, çıkarttı. Bakışlarımızın karşılaşmamasına özen göstererek aynı hareketleri yaptık. O külotlu çorabını çıkarttı, ben pantolonumu. O tangasını, ben slipimi.

Sonra çok yüksek bir tramplenden atlayacakmışız gibi elimi tuttu. Beni duvara asla raptedilmemiş, sadece dayanmış olan kare aynanın önüne götürdü. İkimiz de nefeslerimizi tutarak yansımamıza baktık.

İki Kimera'ydık. Yarı giyimli, edepli, düzgün. İki kız evlat. Ya öteki yarı? Öteki yarı nasıldı?

Beatrice elimi daha kuvvetle sıkarak "Neredeyse aynıyız" dedi. Bana döndü. "Senin kızlık zarın yırtıldı mı? Ben kendim denedim ama başaramadım."

"Nasıl denedin?"

"Ablamın tamponuyla."

İkimizin de içimizde böyle meçhul ve kapalı bir yer olması ve amacını anlamadan çözülmesi gereken bir sorun olarak görmemiz beni ansızın ona yakın, hem de çok yakın hissettirdi.

Bunun mümkün olacağını ona söylemek üzereydim. Mektupta yalan söylediğimi ve öğrenecek çok şeyim olduğunu söylemek istedim. İşbirliği yapmak ve bundan, bunun utancından kurtulmamız gerekiyordu. Uzanmalı, doğru pozisyonu bulmalı ve nasıl işlediğimizi anlamalıydık. Tam bunu önermek üzereyken kapının çalındığını, kulpun yavaşça aşağı indiğini fark ettim. "Girebilir miyim?"

Yerimizden sıçradık. Dehşet içinde anahtara baktım. Şöyle bir oynadı ama açılmadı, bizi kurtardı. Telaş içinde birbirimizin külotunu giydik, giysilerimize atladık. Çoraplar, cinler birbirine karışırken dört yüz otuz iki bin liretlik ganimetimizle Scarlet Rose mağazasından kaçarken yaşadığımız adrenalini hissediyorduk. İşte Beatrice bana bu duyguyu yaşatıyordu. Kimsenin kızı gibi. Yani özgür. Ben.

\* \* \*

O ikilinin karşılaşma anını yeniden düşündüğümde inanılmaz diye niteliyorum.

Babam bugün bile Beatrice'nin başarılarını izlemek için internete girmekten bıkmıyor. Anlıyorum da bunu: Suç ortağı oldu onun. Ona her telefon edişimde ısrarla bu konuyu açıyor ve bu da beni rahatsız ediyor. Uzak oturuyoruz, telefonda çözmemiz gereken önemli işlerimiz oluyor –mesela onun sağlığı– ama o ne yapıp edip konuyu Beatrice'ye bağlıyor. Dün Tokyo'daydı, bugün Londra'da, diyor. O zaman sabrım taşıyor, kavga ediyoruz; artık arkadaş olmadığımızı, onun yolculuklarının hiç umurumda olmadığını ona anımsatmam gerekiyor; sen bir zamanlar ciddi ve derin makaleler okurdun, ne oldu da şimdi magazine düştün diyorum. Şimdi sakinleşeyim de o günü anlatayım.

Kapıyı açtığımda ve babam alışveriş torbalarıyla kapıdan başını uzatabildiğinde ilk gördüğü eteğini ters giymiş, incecik bir fileye sarınmış iki metrelik bacaklarıyla saçı başı dağınık Beatrice oldu; o an ya rahatsızlık hissetti ya şaşırdı. Sıcak bir ses tonuyla yalan söyledi: "Elisa bana senden çok söz etti, hoş geldin."

Cilveli bir ses tonuyla "Merhaba" dedi o, "Bilgisayarların çok ilgimi çektiğini biliyor musunuz? Bana ders verir misiniz?"

"Ne zaman istersen!" Babam zafer bayrağını kaldırmıştı. "Bu arada burada atıştırmalıklar var kızlar."

Sanıyorum sezgisel bir durumdu: Bea'nın da babamın da sezgileri son derece gelişmişti. İkisi de gelecekte yaşıyorlar, değişimlerden korkmuyorlardı. Oysa ben, şiir kitaplarım, kilitli günlüğümle, on dört yaşımda kendimi çoktan sırlamıştım. Kelimelerin arkasına, kâğıdın içine. Geride kalıyordum, ürkekçe ve kuşkuyla onları bir çatlaktan izliyordum. Benim kaderim buydu.

"Bana bir dakika izin verin, sonra mutfağa gelin."

Babam kapıyı örttü, Bea şöyle bir yorum yaptı: "Çok havalı ya!" Bırak cilve yapmayı! İçimde böyle bağırmak geldi ama sustum. Mutfağa gittik. O ocağın başına oturmuştu, sakalının arasında cömert bir gülümseme belirmişti ve önündeki masayı hiç kutlamadığım doğum günü partim için donatmıştı.

Beatrice çocuksu bir neşeyi bastırdı. Ardından gelen sahne bir daha hiç yaşanmayacaktı: Bir kurabiye aldı, bütün olarak attı ağzına. Bir dilim erikli kek aldı, iki ısırıkta yuttu. Sonra tuzlulara geçti: İki minik pizza yedi. Bir avuç cips. Yanaklarının şişişine, gözlerinin hazdan parlayışına bakıyordum. Çiğnerken "Sakın kimseye söylemeyin" diye mırıldandı. Peçeteyle, dudaklarını ve çenesini utanç içinde sildi. Banyoya gitmesi gerektiğini söyledi ve koştu. Sanıyorum her şeyi kustu.

Ben babamla yalnız kaldım. Keke, üzerinde alevi dalgalanan

hayali muma baktım. Anne, diye geçirdim içimden, iki haftadır aramıyorsun beni. Babam yaklaştı, bana sarılmak istediğini anladım. Bir cips kaptım ve odama kaçtım.

Beatrice yeniden ortaya çıktığında, makyaj yapmıştı, giysilerini ve saçlarını milimetresine kadar düzeltmişti. Bu sefer cidden ders çalışmaya başladık. Sonraki beş yıl boyunca her gün okuldan sonra yapacağımız üzere: Saçlarını tokalarla topluyordu, sözlükleri yatağa seriyordu, parmakları tükenmez kalem lekesi oluyordu. Tam iki saatimizi *lupus, lupi* ve *er* ile biten erilller, *ir* ile biten eriller ve *um* ile biten nötr isimleri çekmeyi öğrenerek geçirdik. Sonra gitmeden önce ona bir anda soruverdim: "Adı ne onun?"

"Kimin?"

"Bu işi yapmak istediğin kişinin."

Bea tam Latince dilbilgisi kitabını sırt çantasına koymuştu. Hayret ifadesini engelleyerek, "Hiç kimse" dedi.

"İnanmıyorum sana."

"Bir sevgilim olması mümkün değil, annem izin vermiyor. Önce moda ve okul geliyor. Haklısın, sonunda ben de onun gibi bir kasaba gelini olacağım."

"Ama bekâretini yitirmek istiyorsun."

"On dört yaşında hâlâ bakire olmak ezikliktir."

Zaman kazandım, onun toparlanırken oyalanmasını, sallanmasını, sırt çantasının dış cebinin fermuarını kapatamamasını seyrettim.

Yazar olmak için ilk kural nedir? Okumak. İkincisi? Gözlemlemek. Önemsiz detayları titiz, kedinin gergin bıyıkları, ihanetin önüne arkasına, içine yerleştirilmiş radar gibi izlemek.

"Senin motorunu kim modifiye etti?"

Yüzünün bembeyaz olduğunu gördüm.

"Şeytansın sen!" diyerek suçladı beni.

Bu da üç numaralı kuraldı.

Ailesi yedek parçacılarda dolaşacak tipler değildi. Erkek arkadaşları yoktu, evine gelip giden tek tük tanıdıkları da onunla susturucu değil makyaj malzemesi değiş tokuşu yapardı. *Bea*, diye düşünerek gülümsedim derin tatmin duygusuyla, sen bana çok şey öğretiyorsun.

"Külotlarımızı çıkarttık" diye anımsattım, "kan kardeşliğine girer bu."

Bunu bana söylemelisin: Başkalarının asla keşfetmemesi gereken, bizi utandıran ama ölümüne hoşumuza giden bu şeyi. Gerçek, günlüğümde gizlenen suç. Edepli görünümün altında yatan korkunç hayat. İşte tam bu noktada Bea ve benim kaderlerim sonsuza dek ayrılacaktı. Ama o lise dört kışında ikimiz de aynı sırlara bulaşmıştık.

"Annemler öğrenirse gebertirler beni."

"Adı ne?"

"Annem beni bir bütün gece bodruma kapatır, yapar inan bunu."

"Adı."

Tırnaklarını, tırnak etlerini yoldu. Bana söylemek istemiyordu.

"Motorunu modifiye etti mi?"

Kabul etti.

"Lisede mi okuyor?"

"Hayır, motokrosçu."

"Ya okulu?"

"Gitmiyor."

"Kaç yaşında?"

"Yirmi bir."

"O la la!" Çok eğleniyordum.

"Hayır, ne kadar tehlikeli olduğunu anlamadın. Bunun bilinmemesi gerekiyor, bir daha evden çıkamam, babam yakar beni."

Korkmuştu. Onun o cılız, âciz halini gördüm. Acıdım. Kendimi güçlü hissettim. Onu alt edebilirdim. Ben de istediğimde adileşebiliyordum. Birbirimize iyilik de edebilirdik kötülük de; birbirimizin hassaslığına batırabileceğimiz anahtarları ele geçirmiştik. Ve anahtarlar erkeklerdi.

"Adı ne?" Israr ettim.

Beatrice köpek dişiyle işaretparmağının ojesini soydu, kırmızı bir oje parçacığı beyaz zemine düştü. Teslim oldu.

"Gabriele."

## (9)

## ALICI BULUNAMADI

Günler geçti. Her sabah öğrencilere ayrılmış otoparka giriyor, dönüp duruyordum; park etmeden önce de tereddüt ediyordum. Midemde bir boşluk vardı, hiç tanımadığım bir karıncalanma şakaklarımdan kasıklarıma iniyordu. Gözümün ucuyla öteki motosikletleri tarıyordum, onunki burada mıydı? Sahillerde kışın olduğu üzere havanın duru olduğu günlerdi. Kıyı şeridi bu mevsimde sakindi, soğuk ve berrak ışık zarifçe rıhtıma vuruyordu. Hayatımın yüzeyi bir santimliğine bile kırışmamıştı. Saatler, geliş gidişler: Hiçbir şey değişmemişti. Sıralar ve sınıflar hâlâ yerlerinde duruyordu.

    Okula girip çıkarken çarpıntı tutuyordu. Sınıftan tuvalete giderken ona rastlamayacağımı bilsem bile korkunun pençeleri beni ele geçiriyordu. İkinci kattan, sigara içenlerin avlusundan uzak duruyor ama onu görmekten başka bir şey de istemiyordum. Takıntı haline gelmişti. Duyularım bitkin düşecek kadar alarm halindeydiler. Beatrice derslerde beni dirseğiyle dürtüyor, defterime soru işaretleri çizip duruyordu: "Ne haber?"

    Hâlâ bir haber yoktu. O mektubun sahiden işe yarayacağını mı sanmıştım? Lorenzo belki farkına bile varmamıştı. Belki temizlikçi kadınlar ondan önce görüp yok etmişlerdi. Ya da zarfı açmışlar, kâğıdı bulup ilk satırdan kahkahalara boğulmuşlardı. Sonra da çöp sepetine atmışlardı: Basket! Daha beteri yüksek sesle tüm sınıfa okumuştu. Birkaç dakika sonra arkadaşları IV B sınıfımın kapısına gelecek ve "Orospu! Orospu!" diye bağıracaklardı. Maskemi düşüreceklerdi.

Tanrım, nasıl bir riske girmiştim.

Ama bir şey olmadı. Lorenzo zamanının büyük bölümünü sınıfta değil, öğretmenler odasında siyaset konuşarak, her zamanki tiplerle yangın merdivenlerinde sigara tüttürerek geçiriyordu. Bu haberleri, benim arzum dışında ısrarla onu takip eden, soruşturan, kulaklarını dört açan Beatrice'den alıyordum. Saat biri yirmi geçe çıkıyor ve kara Phantom üzerinde tasasızca uçup gidiyordu. Salı, çarşamba, perşembe, cuma ve cumartesi.

Pazar günümü aptallığıma yanarak yatağımda geçirdim. *Acaba nerededir, ne yapıyordur, kiminledir,* diye düşündüm durdum. Babam daha dönmelerine üç ay olmasına rağmen yaklaşan alakarga mevsimine hazırlanmak için dürbününü ince ince temizliyordu, ben odama gömülmüş, gözlerimi tavana dikmiş, alevler içindeki bedenimle "Adam's Song" dinliyordum.

Lorenzo kitap kahramanı ya da hayali arkadaş değildi. Gerçekti, sevgilisi vardı. Belki de sevdalı çift şu anda resmen nişanlanmış olarak anacaddede geziniyordu. Ya da bir kayalığın arkasına, bir odada çarşafın altına gizlenmişlerdi. Neler karıştırıyorlardı? Soyunuyorlar mıydı? İşte bu düşünce karşısında deliriyordum. Ben değil, kalbim, karnım, bacaklarım bir sabırsızlıkla, onu görme ihtiyacıyla kavruluyordu.

Kalktım, babama Beatrice ile buluşacağım yalanını uydurdum. Quartz'a bindim ve onu aramaya çıktım.

Sahilde. Yosunlarla kaplı kumsallarda, demir kumsalda. Limanda. Anacaddeye çıkan ve yaşıtlarımın toplandığı ara sokaklarda. Onları gözetliyordum: Kimi piyasa yapıyordu, kimi beceriksizce cilveleşiyordu; ellerinde kızartmacıdan aldıkları külahlar ya da doğru dürüst tutamadıkları sigaralar vardı. Onlardan ayrı, bir duvarın arkasında duruyordum. Ben kimsenin sevgilisi değildim. Onu bulmak için dua ediyordum. Tek başına, bir bankta oturmuş halde. Böyle bir şey olsaydı, yemin ederim tüm cesaretimi toplayıp yanına oturur, onu öper, Valeria denen o kıza dönmemesi için elimden geleni yapardım. Kız ona ne yapıyordu? Neler yapabiliyordu? Neler geçiyordu aklımdan. Motoru sürerken buz gibi hava kaskımın içine doluyor, gözlerimi yakıyordu. Karşıdan gelen her kara Phantom ile canlandığımı hissediyordum, fazlasıyla hem de. Esso'da durdum, birkaç litre kurşunsuz süper doldurdum ve hakkında şair Sereni dışında hiçbir şey bilmediğim bir kişi için ağlayarak uzaklaştım.

Eve öylesine gergin döndüm ki o akşam zamansızca erken âdet gördüm. Odama koşup iç çamaşırı çekmeceme sakladığım pedi aradım. Bulamadım, bitmişti. Çantamı bıraktığım koridora koşup cüzdanıma baktım: Boştu. Bütün paramı benzine vermiştim. Kaç saat dolaşmıştım?

Babam çalışma odasından çıktı. Benim altüst olmuş halimi gördü: "Bir şey mi oldu?" Ona basitçe "Bana biraz daha para verebilir misin?" diyebilirdim. "Ne gerekiyor?" diye soracaktı. Ona gerçeği söyleyebilirdim. "Eczaneye uğrayıp ped alacağım. On dört yaşındayım, regli oluyorum, senin bildiğin o küçük kız değilim artık" diyebilirdim.

Yüzüne bile bakmadan "Hiç" dedim. Banyoya girdim, kapıyı kilitledim, pamuk aldım, onu tuvalet kâğıdına sarıp güzelce külotumun içine yerleştirdim.

Anne. Tuvalette otururken ona yalvardım. Burası karmakarışık. Dayanamıyorum artık.

Koridora çıktığımda telefona, ahizeye baktım. Aramadım. *Yanıt vermezse bu geceyi geçiremem*, diye düşündüm.

Geçirdim. Pazartesi mektubu hademelerin bulmuş olduğuna inanmıştım. En iyisi bu olurdu: Sıranın altına gizlice bırakılmış bir mektuptan daha acıklı bir şey olamazdı. Bu tam da annesi olmayan ama Beatrice gibi iğrenç bir arkadaşı olanlara yakışır bir hareketti. Kâğıt hassas bir araçtı, sözcükler güvenilmezdi. Onun gibi okul temsilcisi, göz önündeki bir ailenin oğlu benim gibi bir tipe neden baksındı ki? Kalçalarını kıvıran, oynak Britney Spears'ı düşündüm yine. Benim bacaklarımın arasında ev yapımı ped vardı!

Bir hafta daha geçti. Bea beni sorgulamaktan, aralarda Lorenzo'yu izlemekten vazgeçti. Fırtına dinmişti: Yıkıcı bir meteorolojik olay yaşanmıştı ama her şey içimde olup bitmişti, aslında hayal kurmaktan başka bir şey değildi benimki.

Bir aralık günü kompozisyonumu yazmak için saat bir buçuğa kadar uğraştım. Çok titiz davrandım, iki kez yeniden okumak istedim. Sonunda beni bekleme lütfunda bulunan Marchi'ye teslim ettim: "Ne çok yazıyorsun Cerruti. Senin büyüyünce ne yapacağını anladım ben." O biliyordu, ben bilmiyordum. Herkesten sonra çıktım okuldan. Parkta bir tek Quartz kalmıştı. Cebimden anahtarımı çıkartırken seleme beyaz bir şey bırakıldığını fark ettim.

Yavaşladım. Sanki ayaklarımın yerini iki kum torbası almıştı. Kalbim başka bir şey yapamadığından sanki boş göğüs kafesimin içinde gümbürdüyordu.

Umuyordum. Ummaya cesaret edemiyordum.

Bunu bütün kalbimle istiyordum. Korkuyordum.

Bu bir zarftı. Kapalıydı.

Adrenalinin buğulandırdığı gözlerimle, kesilen nefesimle, titreyen ellerimle açtım. Bir not vardı.

*Yarın, saat üçte*
*Ripamonti Sokağı'nın sonunda çakıllı yol başlıyor. Motorunu orada bırak ve yürüyerek devam et. Bir noktada ortasında koca bir meşe olan yeşillik göreceksin. Seni orada bekleyeceğim.*
*Lorenzo*

Kapattım. Notu sırt çantamın dibine soktum. Quartz'a bindim, çalıştırdım, hızlandım. Hiçbir şey hissetmiyordum, sadece gülümsüyordum, o kadar. Tepeler ve deniz yokmuşlar gibi kayıp gidiyorlardı yanımdan. Eve dönerken sanki T sokaklarından değil de cennetten geçiyordum.

\* \* \*

"Bana cevap verdi!"

Hattın öteki ucundaki Beatrice coştu: "Biliyordum. Ne diyor?"

Yerde dertop olmuştum; babamın kitap okuduğu salona tek bir harf bile ulaşmasın diye ahizenin üzerinde kirpi gibi kıvrılmış halde fısıldadım: "Yarın görüşelim diyor."

Nerede olduğunu söylemedim.

"Ne giymeyi planlıyorsun?"

Aklıma bile gelmemişti bu.

"Eli, giyeceğin şey *belirleyici* olacak."

"İyi de benim bir şeyim yok ki."
"Her zamanki yetimhane kıyafetlerinle çıkamazsın karşısına. Bu bir dildir, insan seçtiği giysiyle iletişim kurar."
Sesimi o kadar alçaltmıştım ki iletişim kurmam zorlaşmıştı.
"Ne yapmalıyım?"
Rujum yoktu, tangam yoktu, topuklu ayakkabım yoktu. Ansızın bu buluşmayla yüzleşemeyeceğimi hissettim. Ben ve gerçeklik birbirine hiç uymayan iki şeydi. O anda Lorenzo'nun beni görmek istemesinin tek nedeninin ona mektupta yazdığım yalanlar olduğunu anladım: Zokayı yutmuştu, benim deneyimli, arsız, hazır olduğumu sanmıştı. Ne büyük felaket!
"Ona gitmeden önce bana uğramalısın. Bir sihir yapacağım!"
"Gitmeyeceğim..." Çaresizliğim beni cesaretlendirdi. "Bakireyim, yazdıklarımın hiçbiri doğru değildi."
Onun içini çektiğini, sessizleştiğini hissettim. Lorenzo bunun blöf olduğunu anladığında nasıl bir hayal kırıklığına uğrayacaktı! Beni orada sonsuza dek terk edip gidecekti. Bir daha asla evden çıkamayacaktım.
"Tabii ki gideceksin yalancı" diye yüreklendirdi beni Bea. "Kendini göstermek istediğin kadar aptal değilsin sen. Başaracaksın. Hem benim ne mucizeler yaratabildiğimi bilmiyorsun. Nefesini keseceksin onun. Valeria düşecek gözünden."
Böyle işliyordu, o her şeyi daima bir rekabete dönüştürüyor, küçük düşürüp yok edecek bir hasım arıyordu. Kimsenin onu sevimli bulmamasının şaşırtıcı bir yanı yoktu. Ben sayılmazdım çünkü zaten yarış dışındaydım. Gene de o gün telefondu Valeria'dan söz ederek beni ikna etti. Ben de onun gibi, herkes gibi yaşayabilirdim. Deneyebilirdim.
Ertesi gün saat ikiyi on geçeye randevu verdi. "Yarım saat içinde ezik gelecek, diva olarak çıkacaksın." Bana garanti verdi.
Ama ben annemi istiyordum. Bir önceki gün on dakikacık konuşabilmiştik ve bir şeylerin yolunda gitmediğini hissetmiştim. Dalgın dalgın, cümleleri birbirine bağlayamadan konuşmuştu, sanki içmiş gibiydi. Babam da bu telefon görüşmesinden benim kadar üzgün ve endişeli çıkmıştı. Onun ağzından bir vaat olasılığı kapmıştı: "Noel'de gelecek misiniz? Birlikte geçirmemiz Elisa için

çok önemli. Yılbaşına, epifaniye kadar, istediğiniz kadar kalabilirsiniz. Lütfen."

Hemen ardından "Ne dedi?" diye sordum.

Babam beni rahatlatmaya çalışarak üzgün bir ifadeyle zoraki gülümsedi ve "Belki olabilir" dediğini söyledi.

Belki kısmını boş verip olabilir kısmına tutundum. Çok zordu, anneme ihtiyacım vardı. Kaburga kemiklerim kadar, belim kadar, zemin kadar hissediyordum yokluğunu: Uçurumdan düşmekte olduğumu hissediyordum. Annemin salonda oturduğunu, elinde kumandayla kanalları dolaştığını görebilsem ona Lorenzo'yu anlatır mıydım? Öğüt ister miydim? Dizlerine oturup boynuna sarılmak yeter miydi? "Beni seviyor musun?" Onun sesinin böyle bir doğrulama yapmasının yerini hiçbir şey tutmazdı.

Ama o yoktu. Beatrice vardı.

İki Aralık günü budanmış ağaçların artıklarının arkasında garajın köşesine saklandım ve bana verdiği yönergeleri uygulayarak bekledim. Saat tam ikiyi on geçe garajın elektrikli kapısı benim emekleyerek girebileceğim kadar yükseldi, sonra hemen kapandı. Bea beni bornozla, yüzüne uyguladığı arındırıcı kil maskesiyle karşıladı. Çok acelesi vardı. Bana usulca, sessizce onu takip etmemi söyledi çünkü evde seyahat hazırlıkları vardı. Odasına kapandık, içinde iki mağazanın alacağı kadar giysinin bulunduğu gardırobun kapakları açıktı. Beni ayna karşısındaki sandalyeye oturttu. Onun yazı masası değil, makyaj masası vardı. Zaman kazanmak için onlarca farı, fondöteni, göz kalemini, ruju dizmişti.

"Ben bir şey istemiyorum" diyerek karşı koydum.

Bea aynadaki görüntümü bana gösterdi ve onu dikkate almamı buyurdu.

"Kendini görüyor musun? Tek bir sivilcen bile yok" diye özetledi durumu. "Sadece bunun için bile kendini şanslı addetmelisin ve gerektiği gibi makyaj yapmayı öğrenmelisin. Gizlenme, ortaya çık. 'Ben bütün kızlardan daha havalıyım' demen gerekiyor kendine. 'Lorenzo bana bir bak, ondan sonra öl!'"

Önce solgun yüzüme sonra rujların göz alıcı renklerine baktım. Kuşkuyla itiraz ettim: "Palyaçoya benzeyeceğim, ben senin gibi değilim."

"Herkes benim gibi olabilir."
Bu cümle üzerinde durmalıyım. Beatrice bunu gerçekten söyledi, işte burada duruyor: Günlüğümde. Sanki şimdi karşımda duruyor, yeşilimsi maskeyle sıvadığı yüzüyle ama gene de otoriter, kararlı ifadesiyle şu andaki sağduyumla bana en utanmazca gelen palavrayı söylüyor.

Herkes senin gibi olabilir mi Beatrice? Alay mı ediyorsun? Dünyada seni taklit eden, peşinden koşan ama kesinlikle sana benzemeyen o kızları gözünün önüne getir şimdi. Büyüdüklerinde senin gibi olmayı hayal eden küçük kızlar var, bilmiyorlar ki bu mümkün olmayacak. Her zaman karşı çıktığım için hiçbir zaman bir *selfie* yapamadık çünkü aramızdaki fark fazlasıyla acımasızdı.

Ben gene o günün öğleden sonrasına döneyim. İskemleye oturdum, sırtımı dik bir şekilde yasladım, kollarımı kavuşturdum. "Değişmek istemiyorum, sadece biraz daha iyi olabilir miyim bilmek istiyorum."

"İyi olamazsın. Sana bir *blush* gerekiyor."

"Nedir o?"

"Bu." Eline alıp gösterdi. "Isırmaz merak etme, biraz elmacıkkemiklerine süreceğim." Sabırsızlanmaya başlamıştı. "Bu bir *gloss*, bu da rimel: Eğer biriyle çıkacaksan bunlar en gerekli malzemeler. Tabii eğer dönüp odanda küflenmeye devam etmeyeceksen."

"Onu kandırmış olacağım."

"Neden, o mektupla ne yaptın ki zaten?"

Teslim oldum, gözlerimi kapattım ve bıraktım ne istiyorsa yapsın. O dudaklarıma, yanaklarıma, kirpiklerime bir şeyler sürdü. Alt kattan ablasına kimin eşlik etmesi gerektiği, kimin evde kalacağı, hangi çantanın alınacağı, Play Station'ın kapatılması gerektiği konuşmaları geliyordu. Karşı koymalar, hakaretler, öfke patlamaları. "Bea, hep Bea, her hafta sonumuzu onun yüzünden harcıyor olmamız doğru değil!"

"Şimdi bakabilirsin kendine."

Hiçbir beklentim yoktu, sadece arkadaşımın kaprisine boyun eğmiştim. Ama kendimi gördüğüm zaman derin bir şaşkınlık yaşadım.

"İyi iş çıkarttım değil mi?" Beatrice bana göz kırptı. "Seni ilk gördüğüm andan biliyordum. Hatırlıyorsun değil mi, restoranda. Anlamıştım: Bu kız da *bir şeyler* var. Al işte, bir şeyler karşında."

Kaç yaşındaydım şimdi: On yedi, on sekiz?

Dudaklarım Britney Spears gibi anlamlı olmuştu, siyah sürmeli gözlerimde çocukluğumun kırıntısı bile kalmamıştı. "Ben hepsinden havalıyım" diyeceksin sözü yalan değildi demek ki.

"Şimdi geri kalana bakalım, çünkü iki dakika sonra yüzümü yıkamam gerekiyor. Kalk ve ne giydiğini bir göster bana."

Ayağa kalktım, Bea beni çiğ ışık seli altındaki boy aynasının karşısına dikti. Sonra karşıma oturup inceledi. "Kazağın fena değil."

"Pennywise marka."

"Kimin umurunda. Gene de saldırgan ama kabul. Pantolon olmaz."

Ayağa kalktı, çevremde bir dolaştı. "Popon belli olmuyor, popo belirleyicidir. Bana seçenek bırakmıyorsun."

Onu asla unutmayacağım: Bu süre içinde kurumuş ve burun ve dudak kenarlarında çatlamaya başlayan maskesiyle Beatrice sandalyeyi aldı, dolabın karşısına çekti, üzerine çıktı, en üst raftan torbalara konmuş kazakların, çocukluğundan kalma kayak tulumunun, dans yarışmasının parıltılı taytının arasına daldı. Sonunda onu bulup çekti.

"Yapamazsın bunu" diyerek engellemeye çalıştım.

"Sana söz verdim."

"Bunlar senin, sadece sana yakışır."

Beatrice gözlerini yüzüme dikti. "İlk kez sen giyeceksin, doğrusu da bu."

Hırsızlık malını yatağa serdi. Birkaç saniye sessizlik içinde hayranlıkla seyrettik. Gözlerimizi alıyordu, başımızı döndürüyordu, iliklerimize kadar bizi birbirimize bağlıyordu ve değişiyorduk.

Merdivenlerden buyurgan bir ses geldi: "Beatrice hazır mısın?"

"Evet anne!" diye bağırdı. Sonra bana döndü: "Giy haydi!"

Karşı koymadım. Biella'dan gelen pantolonumu çıkardım, yere bıraktım, o pantolonu giydim. Metamorfoz gerçekleşti.

Beatrice beğendi. O Frankenstein'dı, ben de canavarı.

Kolumdan tuttu, beni yeniden alt kata sürükledi, garajın elektrikli kapısını biraz kaldırdı, beni dışarı itti. Parmaklıklara, çalılara sürünerek, annesi benimle arkadaşlık etmesine sinir olduğu için üç ev ötede gizlediğim Quartz'ıma ulaştım. Kızının dikkatini gerçek hedeflerden saptırıyordum. Ne giyinmeyi ne taranmayı biliyordum. Acaba benim bu dönüşümümün ardında ne gibi bulanık nedenler gizleniyordu? Kaçamak sürdürdüğümüz arkadaşlığımız daha da onarılmaz bir hal almıştı. Ve ben motoruma binerken ona teşekkür bile etmediğimi fark ettim.

\* \* \*

Bir kulübe, terk edilmiş bir ev, sonra hiçbir şey; ormanlar ve çayırlar. Ripamonti Sokağı'nın nerede olduğunu görmek için haritayı incelemiş ve hatta ezberlemiştim: Şehrin sonu, son kavşak.

Oraya vardığımda, neredeyse soluksuz biçimde saptım. Hızlanarak, yavaşlayarak, tepeye doğru kıvrılan yola çıktım. Pırnarlar, ardıçlar; kıştı ve çiçek yoktu. Sadece dökülmüş yaprakların yakıcı kokusu vardı. Doğru yolda olup olmadığımı bilmiyordum. Şimdi hatırlarken o duyguyu özlüyorum: GPS, kamera, kaçışımı ve arayışımı engelleyecek cep telefonu olmadan atıldığım o serüven duygusunu.

Sert havalar yüzünden bitkilerin öldüğü bir açıklık ve hepsinin ortasında bir gerçeklik olarak onun Phantom motoru.

Ben de park ettim, motoru kapattım. İşte belki de tam o anda hayatın en iyi koşullarda da en büyük risklerde ve tehlikelerde de küçük bir ölüm olduğunu idrak ettim.

Patikayı gördüm ve çalıların arasından Swarovski pantolonumla, yazın annemle gittiğimiz kuaförde kestirmeyi sürdürdüğüm kısa saçlarımla ama yetişkin gibi boyanmış yüzümle yürüyordum. Yola devam ettim. Bitkiler sıklaştı, birbirine dolandı, alçaldı, sanki kurşunkalemle çizilmiş gibi bir yol oldu. Ne olacağını sanıyordun Elisa? Ne istiyorsun? Hâlâ zamanım vardı, arkamı dönüp kaçabilirdim. Ama ben bu bekâreti yitirmek zorundaydım. Tek bildiğim buydu. Aşk soyutlamaydı, karmaşık ve ıstıraplı olduğunu sezdiğim karanlık bir olaydı. Bedenim buradaydı ve gayet somut bir gerçeklikti.

Makiler seyreldi. Beni ürperten sert rüzgârlardan korunaklı, güneşli, dik bir açıklığa vardım.

Onu, çınarı hemen tanıdım. Neredeyse yüz yaşında görünen yüksek ve gururlu her dem yeşil. Altında sırtını onun gövdesine dayamış olan Lorenzo.

Beni gördü ve kımıldamadı.

Ben de.

Mesafeye rağmen bakışlarının yoğunluğunu hissettim, giysinin kenarında dolaşan, onu kaldıran bir parmak gibiydi, aynı kütüphanedeki sabah gibi. Ne var ki şimdi kilometrelerce çevremizde kimse yoktu.

Yok olmakta özgürdüm. Onda ve onunla.

Lorenzo ayağa kalktı, bana doğru yürüdü. Karşıma geldi ve "Beni bir daha görmek istemediğini sanmıştım" dedi. Nefeslerimiz arasında beş altı santim vardı. Canlıydım, öyle ki bana dokunduğu anda patlayabilirdim. Ve o bana dokunuyor, elimi elinin içine alıyordu. "Gel." Beni yüksek ve kendi haline bırakılmış otların arasına, ağacın yanına götürdü.

Köklerin üzerine bir battaniye sermişti. Bunun çevresinde dağcılık sırt çantası, kıvrılmış uyku tulumu, şeftalili votka şişesi ve iki plastik bardak vardı.

"Biliyorum, çok romantik değil" dedi çatlayan soluğuyla, ansızın kızaran yüzüyle, terden şakaklarına yapışmış birkaç saç lülesiyle. Gerçekten bu sözcüğü mü kullanmıştı: Romantik.

Önce dizlerinin üstüne oturdu, sonra bağdaş kurdu. Onun benimkini andıran tutukluğunu çok iyi anlıyordum. Aynı hata yapma, baştan çıkarmak yerine itme korkusu. Lâl olmuş, ayakta kalakalmıştım.

"Yalvarırım, bugün konuş benimle." Savunmasız görünmemek için gülümsedi. "Ve otur, yoksa kendimi rahat hissedemiyorum."

İskoç fantazisini, onun üzerine düşen yaprakları, kenarından tırmanmaya çalışan iki karıncayı inceledim.

Oturmayı başardım. Lorenzo bana batıda, tepenin sınırını gösterdi. Baktım ve denizi gördüm. Hareketli, lacivert bir kırıntı. Ellerim titriyordu, popomun altına gizledim. Swarovski taşlar ellerime batıyor ve acıtıyordu.

"Sana bu kadar geç yanıt verdiğim için bağışla. Mektubunla beni sersem ettin, kendimi çok aşağılık hissettim. Binlerce mektuba başladım ama hiçbiri seninki gibi olmuyordu. Hepsini yırtıp attım."

"Önemi yok" dedim ve der demez pişman oldum. Konuşmamalıydım: Ağzımı açar açmaz fazlasıyla saçmalıyordum.

Dirseği istemsizce benimkine çarptı. Olduğu yerde dönerken oluşan hava hareketini, kulağıma diktiği gözlerini fark ediyordum. Ben de döndüm ve bakışlarımı yüzüne kadar kaldırmaya gayret ettim.

"Çok iyi yazıyorsun, biliyor musun?" Yutkundum. "Kıskandım seni. Ben de seni tanımadan önce çok iyi olduğumu zannederdim. Hayallerimi yıktın." Güldü, sonra yeniden denize döndü. "Senin kabahatin değil. Babam her gün yazmanın bir meslek olmadığını tekrarlayıp duruyor."

Acılıydı. Orada olmak ve birbirimizi tanımamak. Dünyanın tüm sözleri şu anda solmuş, işe yaramaz olmuştu. Ona babasını, annesini, onlar da kavga ediyor mu, diye sormak istiyordum. Ama bir yandan da beni hiç ilgilendirmiyordu. Sadece bana dokunmasını, benim manasızca onu yanımda hissetme ihtiyacımı gidermesini istiyordum. O olmasını.

"Haydi, aç şu votkayı."

Lorenzo şişeyi almak için uzandı. Hiç içmemiştim ama ağabeyim ve arkadaşlarının bunu içip acınacak hale düştüklerini görmüştüm. O bana titreyen eliyle bir bardak uzattı. Yarıya kadar doldurmuştu. Dudaklarıma yaklaştırdım, kokusu bile midemi bulandırdı. Sonraki yirmi yıl boyunca süpermarketteki votka raflarına, hele şeftalili olanlara yaklaşamayacaktım ama 2 Aralık 2000 günü, öğleden sonra saat dörtte o tepede tadına baktım ve yüzümü buruşturdum. Lorenzo beni cesaretlendirmek için gülümsedi. Önce onun içmesini bekledim, sonra yeniden denedim ve daha da mide bulandırıcı olan ikinci yudumu yuttum. Ve sonra devam ettim, Lorenzo da. Belki on yudum sonra deli gibi gülerek kendimi sırtüstü yere attım.

Heyecandan öğle yemeği de yememiştim. Lorenzo yanlamasına yattı ve üzerime eğildi. Hâlâ güneş vardı, dallar arasından eriyor, turuncu bir sıvıya dönüşüyordu. "O kadar güzelsin ki!" Yüzüyle görüşümü kapattı. "Güzelsin" diyerek işaretparmağını tükürüğüyle ıslattı, bir gözkapağımın, bir elmacıkkemiğimin, dudaklarımın üzerinden geçirdi ve "Bunca boya olmadan da güzelsin" dedi.

Kendimi savunmayı denedim. "Buraya gelmemi neden istedin?"

Lorenzo yeniden oturdu. Ciddi bir ifadeyle yanıtladı: "Geri gelmek, o günkü kaçışım yüzünden senden özür dilemek istiyordum ama başaramadım. Defalarca kütüphanenin önünden geçtim ve sonra oraya park etmiş olan Quartz'ı fark ettim ve senin olduğunu anladım. Kumsalları dolaşırken izledim seni, hatta birkaç akşam peşinden evine kadar geldim. Ama yemin ediyorum, tehlikeli biri değilim."

Ben onu ararken peşimden geldiğini hayal etmeye çalıştım.

Bu açıklama karşısında ağlayabilirdim.

Teslim olmak yerine ısrarcı davrandım: "Neden?"

İşte o zaman Lorenzo –benim ya da onun fark etmez– bir bardak aldı, kalan votkanın tümünü bir yudumda içti. Beni de oturup aynısını yapmaya zorladı. Sözüne uydum, nefessiz kaldım, boğazım alev alev yandı, gökler ve ağaçlar kâğıt perde gibi tutuştu.

Sarhoş kafa "Çünkü sen farklısın" dedi bana, "T'deki kızlardan, tatilde tanıdıklarımdan çok farklısın. Çünkü okuyorsun, saçların kısa, demir burunlu lastik çizme giyiyorsun. Çünkü beni çekiyorsun ama beni korkutuyorsun ve senin karşında kendimi kontrol edemiyorum." Bir elimi yakaladı, bacakları arasına bastırdı. Bu benim pipisiyle oynayan ağabeyim değildi. Büyümüştü, sertleşmişti. Ona dokundum.

"Sevgilin var."

"Biliyorum."

Elimi çektim. Derin bir nefes aldım. Filmlerde ne dediklerini hatırladım.

"Beni becermek istiyorsun."

Lorenzo kararsızlık içinde gözlerime baktı. Suçlamamın içinde gerçeklik payı olduğunu anladım. Şimdi daha büyük görünüyordu, âdemelması vardı, sarı sakallarını tıraş etmişti, blucininin fermuarı şişkindi. Bunlar benim bilmediğim, görmediğim şeylerdi;

beni etkiliyor, gene de cezbediyordu.

"Becermek yanlış kelime" dedi ve öpmeyi denedi.

Neden? Ben başka ne istiyordum ki?

"Şüphenin ve pişmanlığın olmadığı yerde" ben çoktan kendimi ona teslim etmeye karar vermiştim; onun içinde kaybolacağı, benim değişeceğim bir yer olmayı istiyordum. Ne yazık ki hâlâ tam olarak okuyamamıştım *Yalan ve Büyü* kitabını.

"Sana yalan söyledim" diye itiraf ettim. "Hiç yapmadım."

Yüzünün aydınlandığını gördüm. "Ben de."

Güneş Korsika'ya doğru uzaklaşıyordu. Rüzgâr yükseliyordu. Lorenzo ağzımı tükürüğüyle ıslatıyordu, ben korku verici şekilde mutluydum. İlki olmaktan. Eşit silahlarla karşılaşmaktan. Montumu, kazağımı çıkardım. Onunkini de çıkardım. Memmemi ellerken, şimdiye dek kimsenin dokunmadığı yere dokunurken kendimi özgür hissediyordum.

"Uyku tulumunu alayım" dedi. "Ve votkayı bitirelim."

Onun kalktığını, şişeyi aldığını, sırt çantasından bir şey çıkardığını gördüm. Anlaşmıştık. Sarhoştum ama kendimdeydim. Bu anlaşmaya sessizlik içinde varmıştık. Yoksa kolay değildi. Çünkü o bir erkekti, ben kızdım, farklıydık, çaba göstermeliydik. Ama ben bu sefer duygu değil ihtiyaç olan bu boşluğu, içimi, o aşağıyı hissediyordum. Ve o oraya girecekti. Bu yükü üzerimden alacaktı. Artık küçük bir kız değil, farklı, aşırı uçta biri olmak istiyordum. Bütün bunları düşündüm, sonra Lorenzo geri geldi, uyku tulumunu yuvarlayarak açtı ve üzerimize serdi.

\* \* \*

O akşam annemi aradım.

Saat yedi buçukta girdim eve ve doğruca mutfağa gittim. Hiçbir şeyi, ellerimi bile yıkamadan doğruca dolabı açtım. Bir kavanoz fındıklı kremayla bir paket hazır kızarmış ekmek buldum. Örtüsüz sofrada, televizyon açmadan, bakışlarımı perdelerin çiçekli desenine dikerek tıkındım, akşam yemeğimi yedim. Babam bir yandan bana makarna, çipura, düzgün bir yemek pişirmek için önerilerde bulunuyordu. Ben orada değildim.

Açlığımı dindirince koridora döndüm. Üzerimde toprak, çimen lekeli giysilerim olduğu halde telefonu açtım. Önce 015 kodunu, sonra da numarayı çevirdim. Hat boştu, sekiz kez çaldı: Saydım.
"Alo?"
"Merhaba anne."
"Canım benim, nasılsın?"
"Kötüyüm."
"Ne diyorsun?"
"Dönmeni istiyorum. Yoksa ben geleyim, hiçbir şey umurumda değil. Senin yanımda olmanı, seninle aynı evde yaşamayı istiyorum."
Sessizlik.
Babam mutfak kapısının pervazına yanaştı, bir süpürge gibi işlevsiz dikildi. Umurumda değildi. Duyması.
"Yarın Biella'ya geliyorum."
"Canım, ben ve baban bunu konuştuk. Senin iyiliğin için bir karar aldık."
"İyiliğimin canı cehenneme."
"Elisa sen orada eğitim almalısın, senin geleceğin için önemli bu. Normal, sakin bir hayat yaşamalısın, ödevlerini takip edecek biri olmalı yanında."
"Beni terk ettin" diye kestim sözünü, "benden kurtuldun. Noel'de de gelmek istemiyorsun. Ama neden? Neden bu kadar az seviyorsun beni?" Ağlamaya başladım.
Babam yaklaşmaya çalıştı, onu elimle durdurdum.
"Seni seviyorum Elisa. Ne kadar çok sevdiğimi bilemezsin. Benim için senin evde dolaştığını görememek kolay mı sanıyorsun? Divana bacaklarımı uzattığımda, senin oradaki yerinde olmadığını hissetmek ne büyük ıstırap, biliyor musun? Sana Fonzie's alamamak, seninle *Chi l'ha visto?* izleyememek. Seni özlemediğimi mi sanıyorsun? Alışverişi seninle yapmaya, akşam yemeğini seninle yemeğe, orada olduğunu ve okuduğunu bilmeye alışmıştım. Ağabeyin hiç yok evde, hep yalnızım."
"Benim kadar üzgün olamazsın" diye yanıtladım onu öfkeyle. "Beni kendinle eş tutamazsın, sen annesin."
"Evet, pek iyi bir anne olamadım." Onun beş yüz kilometre

öteden gelen, teslim olmuş sesiyle hafiften gülümsemesini işittim.
"Farkına bile varmadan senin hayatına bin türlü sorun yarattım, bu benim suçum. Senin lise hayatını da mahvetmek istemiyorum. Baban, seni yetiştirmek için doğru insan."

"Rahatına geldi tabii!" diye patladım. "Senin alaverelerin umurumda değil. İki aydır görüşmüyoruz."

"Noel'de geleceğim. Söz veriyorum sana."

"Yetmez. Annem olmaktan vazgeçemezsin."

Ağladığını duydum.

Babam gelip bana sarıldı.

## 10

## NORMAL BİR KIZ

Anlattığım dönemde Beatrice için güzellik her şeyden önce bir seçimdi. Doğa onun dikkat çekmesine yardımcı olmuştu ama mükemmellik için her gün ve ciddi emek harcaması gerekiyordu. Rahat giyinemezdi, sivilcelerin görünmesi riskini göze alamazdı; bugün yaptığının tam tersine asla doğrudan gelen ışık önünde durmazdı, özellikle de pencerelerden uzak dururdu. Bir saat boş zaman geçirse, tek bir saat, vicdan azabı çekerdi. Daha on dört yaşında kozmetik malzemelerine, estetik uygulamalara ve modaya öylesine hâkimdi ki *Cosmopolitan* dergisini yönetebilirdi. Galiba –galiba diyorum çünkü bunu bana önce itiraf etmiş, sonra reddetmişti– annesi onu 2000 Haziranı'nda estetik müdahale için İsviçre'ye götürmüştü; bütün doktorların on sekiz yaşından önce yapılmasına itiraz ettiği bir durumdu. Ginevra dell'Osservanza hırslı bir kadındı, Beatrice'yi bir amaçla getirmişti dünyaya: Bir hayali taçlandırmak. Beyaz bir villa, siyah BMW, kariyer sahibi koca, birbirine bağlı bir aile ve annesi sayesinde bir periye dönüşecek dünya güzeli bir kız. Bea'nın bu hayalden kaçışı, kurtuluşu söz konusu değildi.

Bunu kanıtlamaya çalışıyorsam, şunu açıklamalıyım ki sorumluluk benim bilinçsizliğimindir. Onu bağışlamıyorum. Onun bozulmakta olan gezegen, suçlar, eşitsizlikler yerine önem verdiği işine ciddi takıntısını, delice bencilliğini, dünyanın onun giysileri, akşam yemekleri, röportajları çevresinde dönmesi arzusunu kesinlikle paylaşmıyorum.

Bununla beraber onunla suç ortaklığı da yaptım. Arkadaşlığımızın sürdüğü yılları yeniden düşününce onun küçük kız kardeşi rolünü üstlendiğim için kendime kızıyorum, itiraz etmeden ona Scarlet Rose'da yataklık eden kardeşi. Beatrice Rossetti'nin bugün olduğu ilahe -ya da bazılarının tanımıyla canavar- haline gelmesine ciddi ölçüde katkıda bulunma konusunda kendimi sınırlamadığım için pişmanım.

Öyle görünüyor. Neden peki?

Çünkü o beni seviyordu.

Beni savunuyordu, bana sarılıyordu, bana bir sırrını veriyordu ve beni böyle kandırıyordu.

Bize saldırdıkları gün örneğin, hangi gündü?

Kilitli günlüğümü alıyorum elime. Karıştırıyorum: Noel'den önce, sondan bir önceki çarşamba. Okul çıkışında Beatrice ve ben Fen Lisesi'nin Amazonlarından oluşan bir grup tarafından karşılandık. Kimse bilmez bu hikâyeyi, oysa ben yazmış, kırmızı kalemle altını çizmişim.

Parlak motorlarının selelerinde, omuzlarına dökülen saçlarının üstüne taktıkları ve yüzlerini örten kasklarıyla beş kişiydiler. Ansızın ortaya çıktılar ve çevremizi sararak yolu kapattılar.

Biri, motorunu kapatırken zorbaca "Nereye gittiğini sanıyorsun?" diye saldırdı bana. Ben ne yapacağımı bilemediğim içir bakışlarımla Beatrice'yi sorguladım.

"Sen Rossetti" diye müdahale etti başka biri, "sen gidebilirsin. Ama bu yosma kalacak."

Yosma bendim. O zamana kadar hiç kimse bana bu kadar önem vermemişti. Klasik lisenin öğrencileri motorlarına binip evlerine döneceklerine olayı izlemeye başladılar. Uzak bir mesafeden seyirci grupları oluşturdular.

Beatrice'nin yanıtı "Ağzını yıka sen!" oldu. "Arkadaşıma bir daha yosma de, ben de seni güzel bir şamarla güzelleştireyim." Elimden tuttu, bir çamurlukla arka tekerlek arasından geçmeye çalıştı ama Amazonlar yolu kapattılar ve kasklarını çıkarttılar.

"Çekilin!" diye emretti. Kızlar yerlerinden kımıldamadılar. Küçümseyerek tek tek önlerinden geçti: "Biraz daha fazla Topexan[2] kullanmanız gerekiyor!"

---

[2] Sivilce ilacı (ç.n.)

Ses tonunu yükseltmek bana iyi bir fikir gibi gelmemişti ama bunu ona nasıl söyleyebilirdim ki? Ortam fazlasıyla gergindi. Korkuyordum.

"Rossetti, nasıl oluyor da zaman geçtikçe sen daha da adileşiyorsun? Seni tanıdığımdan beri kendini Miss İtalya zannediyorsun ama bildiğime göre kazanmış değilsin." Bu esmer bir kızdı, fazla kiloluydu, kalın kaşları, ağır bir *eyeliner*'ı vardı. "*Cristal Ball* reklamına çıktığın zaman daha iyiydin bence."

Gülüşmeler: Beş kız gülüyordu, bir yandan da geride duran sınıf arkadaşlarımız elleriyle ağızlarını örterek kıkırdıyorlardı; bunlar Pascoli Lisesi'nin asla ortaya çıkıp Beatrice'ye hakaret etmeyi göze alamayacak ama bunu ancak hayal edebilecek kızlarıydı.

Endişeyle dönüp arkadaşıma baktım. Bea gayet sakindi.

Duomo'nun çan kulesi 13.30'u haber veriyordu, motosiklet parkı hâlâ doluydu. Sadece öğretmenler gitmiş gibiydi. Apartmanların pencereleri kapalıydı. Sert rüzgâr kâğıtları ve naylon poşetleri rıhtımdan beri önüne katmış uçuruyordu, havayı nemle ağırlaştırıyor, deniz pusa bulanıyor, adalar görünmüyordu. Meydanda sadece gençler kalmıştı, sanki kıyamet romanı kahramanlarıydık.

Beatrice'nin yüzü aydınlandı ve "Senin kim olduğunu anladım!" dedi. "Sen şu annesi ve ablası da şişko olan, iki yıl önceki gösteride Girelle'leri yutup sonra sahneden yuvarlanan kızsın. Nasıl oldu da seni bir daha dansta görmedik?" Kalabalık şöyle bir sarsıldı, hemen güçlüden yana oldu. "Sen koca götlü Valeria Lodi'nin arkadaşısın."

Bu isim beni dondurdu. Hakarete uğrayan kızın motorundan indiğini, Beatrice'ye doğru yürüdüğünü gördüm ama Beatrice daha çevik olduğundan onu yakaladı, tam yanağının ortasına bir tokat indirdi, sonra bir tane daha, bir tane daha; beni korkutacak şekilde acımasızlaşmıştı. O sırada Marchi Hoca'nın Twingo'suna binmek üzere olduğunu gördüm. Okuldan daima en son o çıkardı, sanırım, kendi başına sofra kurmak, tek başına yemek yemek bunca sene sonra ona zor geliyor olmalıydı. Şaşkınlık içinde durdu, hemen bize doğru yürüdü. İçimden ona minnet duydum. Onun koşmasına, kızarmış yüzüne, gri çoraplarına bakarken içimden *acaba hâlâ bakire midir*, diye düşünmeden edemedim.

Bir anda kavgayı bastırdı. "Siz hangi okuldan geliyorsunuz? Ne işiniz var Pascoli'de? Amazonlar bir iki açıklama, karşılaşma sözcüğü geveledilerler, seslerini ve gözlerini oldukça indirdiler. Sonra öğretmen Beatrice'ye döndü: "Yaptığını gördüm, sınıf defterine işlenecek bu" dedi.

"Neden? Okul dışında istediğimi yaparım!"

"Öyle mi?" Marchi ilgiyle kaşlarını kaldırdı. "Dinleyelim bakalım neymiş sana bu yetkiyi veren?"

"Yalvarırım karşılık verme" diye fısıldadım Beatrice'ye.

Marchi duvara karşı dikilen, bankta oturup sigara içen seyirci öğrencilere dönerek "Siz de beni iyi dinleyin" diye bağırdı; "burada fazladan uygarlık eğitimi ya da dilerseniz ahlak felsefesi alıyorsunuz."

Öğrencilerin büyük bölümü yok oldu. Geç oluyordu, yemek soğuyordu, ahlak felsefesi ya da daha kötüsü uygarlık dersi, kadın işi bir yumruklaşmayla rekabet edemezdi.

"Sen yasaların üzerinde olduğunu mu sanıyorsun, Rossetti?"

Beatrice en berbat bronz suratını takındı: "Yasa tokat atmayı yasaklıyor mu? O halde ailemi konudan haberdar etmelisiniz çünkü bunu bilmiyorlar. Ve bu meydanın parasını da vergileriyle babam ödedi."

Marchi onu sessizce dinledi ve sonra şöyle dedi: "Anayasa, medeni hukuk, ceza hukuku gibi yazılı yasalar vardır. Bir de yazılı olmayan ahlak vardır ve bu sadece toplumu değil, hayatlarımızın anlamını da düzenler."

"Gözle görünmüyorsa" dedi Beatrice, "yoktur."

O halde yarın Antigone'yi okuruz ama önce sen müdürlüğe uğra."

Marchi alçak topuklu ayakkabılarıyla hızla uzaklaştı; dizlerinin altına uzanan eteğinden, düşük maaşını belli eden ucuz mantosundan yalnızlık akıyordu; bana öylesine güçsüz göründü ki o anda. Arabasının kapasını açtı, bindi, kapattı ve motoru çalıştırdı. Beatrice şöyle bir yorum yaptı: "Keşke şu Twingo'da olsun düzüşse birileriyle."

Orada bulunanlar, hatta yanağında onun beş parmağının izini taşıyan esmer bile gülüştüler. Ben üzüldüm: Marchi'de kendimin yansımasını, yirmi yıl sonraki halimi görüyordum. Onu dirençli, manevi gücü olan bir kadın, biçime değil anlama önem vermenin timsali olarak görüyordum. Ama orada onu savunma gücünü bulamadım.

Yeter, diye düşündüm, önemli olan her şeyin bitmiş olmasıydı. Ama saat 13.45'te Valeria çıktı ortaya.

\* \* \*

Motosikletinden inerken "Orospu" dedi.

Amazonlar beni parmakla göstermişlerdi: "İşte şu. Ve ben ancak o anda, onu ve ön çamurluğunda Vale '83 yazan lacivert Typhoon'unu görebilmiştim. Lorenzo'dan iki, bizden üç yaş büyük diye hesap yapmama kendim de şaşırdım; aslında o anda ödlek yerine konmamak için Quartz'ıma doğru koşmamaya çalışıyor ama bir yandan da hızla ona atlamaya çalışıyordum.

Valeria Lodi, ah, tam cici kız görünümü vardı onda. Yakın zamanlarda öğrendiğime göre, liseden sonra Pisa'da okumuş, dönmüş ve bugün T Hastanesi'nde ürolog olarak çalışıyormuş. Evliymiş, iki çocuğu varmış. Daha 2000 yılında hayatta her şeyi doğru biçimde yapacağı belliydi. Az makyaj, toplu saçlar, kırmızı kazak, temiz blucin, bej mantosunun altında ne bir yırtık ne tuhaflık. Ama o gün delirmişti.

Beni omzumdan yakalayarak ve kendisine dönmeye zorlayarak, "Bana meşe ağacının altında yaptıklarınızı anlattı" dedi. "O kişi ben olmalıydım, sıra benimdi, orası bizim yerimizdi. Ve sen her şeyi mahvettin!" Gözyaşlarını zor tutuyordu, yüz hatları nefretten çirkinleşmişti: On yedi yaşındaydı ve şimdiden ihanete uğrayan kadının duygusuyla tanışmıştı. Acıdım ona, üzüldüm ama aynı zamanda içimin uzak ve itiraf edilemeyen bir köşesinde seçilen kadının ben olmamdan ötürü gurur duydum.

"Hiçbir şeyi mahvetmedim" diyerek onu sakinleştirmeye çalıştım. "Emin ol." Ama onun beni dinlemeye niyeti yoktu. "Neden" dedi, "geldiğin yere dönmüyorsun? Bu kılığın ne böyle? Bir bak şu haline. Islahevinden mi çıktın?"

"Yavaş ol" dedi Beatrice. "O benim arkadaşım."

T şehrinde Biella'da hiç işe yaramayacak teatral haller var, diye düşündüm.

"Senin konuyla ilgin yok" dedi Valeria.

Bea devam etti: "Neden bu kadar öfkelendiğini anlamıyorum. Lorenzo Elisa'ya âşık, artık seni hiç takmıyor. İkisini rahat bırak."

"Bana âşık değil" diye itiraz ettim. Valeria sadece Beatrice'yi dikkate alıyordu; o ise fen lisesinin yardımcı güçleri, klasik lisenin son seyircileri karşısında cesaretle dikiliyor ve keyifle devam ediyordu: "Kızıştın mı sen? Ne bu ilk komünyonunu alan kızlar gibi giyinmişsin böyle, belki de bugün hayatının ilk küfrünü ettin, öyle mi? Sen onu sertleştirmeye değil ancak annesine takdim edilmeye yararsın. Oysa Elisa punk, Lorenzo'nun seninle değil, onunla sevişmesi gayet doğal."

O anda Beatrice'nin insanın düşmanı olmasının ne anlama geldiğini anladım.

O Kant'ı öğrenir, insanın içindeki ahlaki yasayı kavrar, Antigone ve onun ailede saygı konusunda Kreon ile çatışmasını bilir ve her durumda not olarak 8 alırdı. Ama merhamet denen şey yoktu onda. Ötekini karşılıksız anlamak, kendini onun yerine koymak, bağışlamak, bu gibi duyguları hiç tanımamıştı. Çünkü Beatrice, benden ve Marchi'den farklı olarak kültürün altında doğanın bulunduğunu, doğanın da içgüdü, çökertme, başkalarının acısından zevk alma olduğunu biliyordu. Bu kazanmaktı.

Valeria ağlamadan önce onu uzun uzun süzdü. Onunla dayanışma isteği duydum ama burada sadece yokmuşum gibi davranabilirdim. Artık olayın kahramanı olmaktan çıkmıştım. Beatrice o sıfatı bana yarım gün bile layık görmemişti.

Valeria meydanı koşarak aştı ve deniz kenarına gitti. İskeleden bir şeyler aldı, bir şeyler yaptı. Tekrar yukarı geldiğinde elinde ağzına kadar su dolu olan bir kova vardı, boyun kaslarının gerilmesinden ne kadar ağır olduğu belli oluyordu, su tenis ayakkabılarına damlıyordu.

Arkadaşlarına ya da eve saat ikiden sonra döneceği için ailesinden zılgıt yiyecek, makarna tabağını üzerine bir başka tabak kapatılmış olarak bulacak olan arkadaşlarımıza değil, doğrudan bize yöneldi: Beatrice ve bana.

Valeria beni görmezden gelerek elinde kovayla onun karşısına dikildiğinde Beatrice "Ne yapmak istiyorsun?" diye sordu.

"Arkasında ne var görmek istiyorum" diye yanıtladı elleri titreyerek, "o bir kilo boyanın arkasında, gerçek yüzün nasıl merak ediyorum. Gerçekten ne olduğunu."

Ve bunu yaptı. Bir kova deniz suyunu, sanırım en aşağı dört litre suyu onun yüzüne fırlattı.

III A ve I C öğrencileri, fen lisesinin kızları ve hatta gitmek üzere motora binmiş olanlar bile koşarak geldiler: Şaşkındılar, et kokusu almış sırtlana dönüşmüşlerdi.

Suya dayanıklı olduğu için rimeli bozulmadı. Göz kalemi ve göz kapaklarındaki kat kat far suya dayanamadı. Kaşlarını daha yoğun gösteren boyayla birlikte aktı. Dudak parlatıcısı silindi. Hem gözleri hem dudakları küçüldü. Gözlerinin çevresi mosmor ve çukur oldu, sanki şiddet görmüş gibiydi. Ama en kötüsü fondötendi: Kapatıcıyla, allıkla, *blush* ve parlatıcıyla birlikte yok olunca elmacıkkemikleri dümdüz oldu, çenesi büyüdü; daha fenası sivilceleri ortaya çıktı. Bu da yetmezmiş gibi artık peruktan kurtulmuş ve yeniden pırıltısına kavuşmuş olan saçları suyla hemen kıvrıldı. O disiplinli kütlenin altından yabani lüleler çıktı, tıpkı evde yanlışlıkla gördüğüm halini aldı.

Denizin geri çekilmesiyle arkasında plastik şişeler, çocuk bezleri, katran parçaları bırakması gibi o bir kova su da Beatrice'nin inatçı normalliğini ortaya çıkardı.

Valeria hiçbir yorum yapmadan çekip gitti; onu cinayetlerden, depremlerden sonra ortamı görmek için birbirini dirsekleyerek yolu engelleyen yabancılar misali öteki kızlara bıraktı; Beatrice omuzları, başı dik, derin düşünceli bir şekilde duruyordu. Montu ve ıslak saçları vahşileşmesini bekliyordu.

Biraz sonra üşümeye başladı. Herkes çekip gitti, bir serseme dönmüş halde ben kaldım. "Neden bu noktaya kadar savundun beni?"

Beatrice yanıt vermedi. Bakışları suyu havadan ayıran ufka, belki Korsika, belki Capraia adasına dikilmiş kalmıştı.

"Gün gelecek" dedi, "bugün burada gördüğün herkesin, Valeria dahil, öyle acıklı işleri ve aileleri olacak ki ve ben Elisa, sana yemin ediyorum, öylesine inanılmaz bir şey yapacağım ki bütün dünya bunu öğrenecek ve kimse benden başka bir şey konuşmayacak ve bu zavallılar beni daima karşılarında görecekler ve beni kıskanacaklar. O kadar çok görecekler ki mutlu olmayı başaramayacaklar."

\* \* \*

Ertesi gün okula gelmedi. Bea'nın yokluğu birinci kattan üçüncü kata, her sınıfa uğrayarak yayılan ikinci haber oldu. İlk haber ise Lorenzo Monteleone'nin Biella'nın bekâretini bozduğuydu.

Kendi sıramın çerçevesi içine sığınmış olarak gevezelikleri ve sırıtmaları görmezden, duymazdan geldim. Orta üçte hiçbir oğlanla öpüşmemiş olmakla, lise dörtte bekâretini yitiren tek kız olmak arasında fark yoktu: Kabul edilemeyen kişi oluyordum.

Marchi kolunun altında Sofokles ile girdi sınıfa, yanımdaki boş sandalyeyi süzdü. Gene de çıkar için değil, ahlak için doğru eylemde bulunmayı öneren yasa hakkında genel bir konuşma yaptı. Onu dinlerken şunu düşündüm: *Kimi değiştirmeyi düşünüyorsun sen? Şu çevremde oturanları mı?*

O Antigone'yi okuyor, ben kendimi onun yerine koyuyordum. Yalnız başına, bir mağaranın dibinde tutuklu, cezalı biriydi. Sıradışı bir şey yapmamıştım ama içimde bir itaatsizlik olduğunu biliyordum ve bu bana genlerimin mirasıydı. Annemdim. Uyumsuz, anormal bir doğa. Ve aynı şey Beatrice için de geçerliydi. Sanki peşimiz sıra gizli ama herkesin gördüğü bir kabahati sürüklüyorduk.

"Ben küstah bir adamın korkusu yüzünden tanrıların cezasını üzerime çekemezdim. Senin fermanın olmasa da ölümün beni beklediğini çok iyi biliyordum; ne sanıyordun?

Ne kadındı, uyaklara uyarak nasıl da yanıt veriyordu. Ona benzeyebilir miydim? Ben de ağabeyim olacak o suçluyu onurumla gömmüştüm, onun ot almasına yardım etmiştim. Peki bende tutku yaratan, inandığım şeyleri savunmak için topluma karşı çıkma cesaretini gösterebilir miydim? Sofokles beni Yunanistan'a götürdü, iki saat boyunca hayatta kalabilmeme yardım etti. Arada Marchi'den kitabı ödünç istedim, belirgin bir mutlulukla verdi, sabah saatlerinin geri kalanlarını fen ve matematik notlarını tutarmış gibi yapıp aslında gizlice onu okuyarak geçirdim. Ötekiler hükümleriyle külotumun içine kadar girmişler, benim kendimi savunamayacağım yeri eleştirebilmişlerdi. Utançtan ölüyordum, o eski, hiç olduğum duygusuna yeniden kapılmıştım, boğazım tıkanmıştı ve hava geçmez olmuştu, sıranın altında artık zemin değil bir krater vardı. Son zilde tüm arkadaşlarımın çıkmasını bekledim, sonra kalktım ve pencerenin yanına gittim.

Açtım, dirseklerimi denizliğe dayayarak dışarı sarktım. Bir petrol gemisinin yola çıktığını gördüm, nereye gidiyordu, acaba Cenova'ya mı? Bir deniz otobüsü onu geçiyordu. Martı sürüleri Giglio'dan gelen ve giden gemilerin peşine düşmüş haykırıyorlardı. Sanki her şeyin bir yolu vardı, yolunda yürüyordu, oysa ben olduğum yerde duruyordum. Artık ben olmamak, ötekilerle aynı olmak ne çok hoşuma giderdi, diye düşündüm. Biraz daha sarktım, karnımı pervaza dayadım, ayaklarımı yerden kaldırdım.

Ve onu gördüm.

Park boşalmıştı, bir tek Quartz ve kara Phantom oradaydı. Ve üzerine oturmuş olan Lorenzo, mavi gözlerini bana dikmişti.

Başıyla sakin bir şekilde, hayır işareti yaptı.

Hayır mı? diye yanıtladım onu sessizce. Ne yapmam gerekiyordu peki? Böyle devam etmeli, hayat boyu kendimden nefret mi etmeliydim? Yaşamak ne anlama geliyordu? Hoşlanmak mı? Sevilmek mi? Birazcık olsun mutlu olma hakkını hissetmek mi?

Ben bir Yunan kahramanı değildim, genç bir kızdım. Bu yaştaki herkes gibi belirgin şekilde dramatik bir mizacım vardı, ölümü basit ve katlanılmaz bir geleceğe alternatif olarak görüyordum.

Ama şimdi kendimi onun önüne atamazdım.

Pencereyi aniden ve huzursuzluk içinde kapadım. Montumu giydim, çantamın fermuarını çektim, merdivenlerden aşağı koştum. Dışarıya çıktığımda ona bakmadan Lorenzo'nun önünden geçip Quartz'a bindim. O günden sonra bir daha ne yazışmış ne konuşmuştuk. Kaskımı taktım, motoru çalıştırdım. İkimiz için de herhangi bir söz söylemek olanaksız görünüyordu. Yola koyuldum, dar sokaklara daldım, Martini meydanına çıktım, deniz kenarına indim.

Dikiz aynasından Lorenzo'nun peşimden geldiğini fark ettim.

Hızlandım, o da hızlandı. Sola döndüm, o da döndü. Manzara terasına yöneldim. Yokuş, virajlar derken onu görebilmem için tam arkamdan ayrılmıyordu. Durmamı mı istiyordu? Nasıl durabilirdim ki?

Uyku tulumunun altında olmuştu bu. Belden yukarımız çıplaktı ve ben korkuyordum. Örtüyü başlarımızın üzerinden iterek "Sana bakmak istiyorum" demiştim. Onun yüz hatlarının, dudaklarının yeniden ortaya çıktığını görmüş, onları yalama ihtiyacı hissetmiştim. Çünkü bendim, artık ben değildim. Kaçmak istiyordum ama aynı zamanda beni yesin istiyordum.

Blucinimi, Swarovski işlemeli pantolonumu çıkarmış, paçavra gibi otların üstüne atmıştı. Bir an için ona bakıp kalmıştım ve şaşırmıştı: Bea, senden önce yapıyorum bunu, inanabiliyor musun?

Lorenzo'nun ellerinin külotumu çıkarttığını da hissettim. Küçüklüğümde annem dışında kimsenin yapmadığı bir hareketti bu. Önemli miydi peki? Çocukluğum, Noeller, kavgalar, okşamalar, bu andan önce önemli miydi? Ona kendime nasıl dokunduğumu göstermemi istemişti. Utanarak onu yönlendirmeye çalışmıştım. Hızlıydı, beceriksizdi ama vardı: Benimle, birlikte. Onunla aynı şeyi yapmamı söylemişti, ben hata yapmıştım, her şeyi mahvetme noktasına gelmiştim, belki de gelmemiştim.

Konuşmakta başarılı değildim, nerede kalmış bedenimi kullanmak çünkü bana yabancıydı ama şimdi vardı, arzuluyordu, ihtiyaç duyuyordu. Lorenzo o kadar güzeldi ki onun her türlü kötülüğünü bağışlayabilirdim, ağzımın abartılı itiraflarla dolu olduğunu hissediyordum. Kendimi satardım, yok ederdim, yeter ki Lorenzo beni tüketip bitirsindi.

Öteki kızlar gibi olmak istiyordum. Hatta ötekilerden daha da güzel olmak. Bu bağışlanamaz bir arzu muydu? O kolunu uzatmış, pantolonunun cebinden prezervatif çıkartmıştı. Bu kesinti beni kuşkulandırmıştı. Kendime sormuştum: Emin misin? Buna mecburdum. O zaman içime girmiş ve itmişti. Ve ben yere serilmiş, başımın üzerindeki o gökyüzüyle, beni ezen bedeninin ağırlığıyla öylesine güçlü, öylesine adil olmayan bir acı hissetmiştim ki.

Gözyaşlarımın elmacıkkemiklerinden süzüldüğünü fark etmiştim.

Şimdi motoru sürerken her şeyi hatırlıyordum. Ne kadar beceriksiz davranmıştım. Hiç değerim yoktu. Ben saklamak istesem de o canımı yaktığını fark ediyordu ve bu onun için de güzel olmamıştı.

Kaçmıştım. Bir ağacın arkasına gizlenip votka kusmaya başlamıştım, kendimi o kadar hakir görüyordum ki bir kayalıktan aşağı, bir trenin altına atlayabilirdim ama sonunda her zamanki gibi Quartz'a binmiş, şimdiki gibi kendimi şehirde kaybetmek için yola koyulmuştum. Ama üzerimde Beatrice'nin kanlanmış pantolonuyla.

Dikiz aynamı kontrol ettim. Lorenzo hâlâ peşimdeydi. Saat ikiydi: Babam bu sefer sahiden kızacaktı. Yavaşladım, o da yavaşladı. Kenara çekip park ettim. Gidip manzara terasının son bankına oturdum. Dizlerime sarıldım, Elba adasına baktım.

Yanıma otururken "Valeria'yı bıraktım" dedi.

Dönmedim.

"Senin için bıraktım."

Onu sevdiğimi düşündüm. Bu fiilin abartılı olup olmamasını önemsemiyordum, anlamını bilmiyordum. Bedenimin artık önemi yoktu, en azından önemi olmayan sadece o değildi. Kelimelerin, adına şiirler yazılan, eylemler yapılan ruh dediğimiz o sonsuzluk kavramının önemi vardı. Onu sonsuza dek ve sadece kendim için seviyordum, başka bir şey öğrenmeye ihtiyacım yoktu, bana bir şey vaat etmesine, geri gelmesine ihtiyacım yoktu. Ben onu seviyordum.

"Birlikte olamayız" yanıtını verdim.

\* \* \*

Aynı saatlerde, Padella Meydanı'na bakan asansörsüz bir apartmanın iki odalı çatı katında Beatrice, Gabriele ile bekâretinden kurtuluyordu.

Daha fazla bekleyemezdi: Benden on iki gün sonraya kalmış olmak bile bir utançtı. O gün utandığı, küçük düştüğü için okula gelemediğine dair zehirli oklarla imalarda bulunanları hatırladıkça gülmem geliyor. Bea mı? Yok canım! Şehrin eski mahallelerinin rutubetli ara sokaklarına dalmış, üstüne kalemle "Masini" yazılmış zili çalmış, ilk belki de tek aşkının kiralık tavan arası katına çıkmış ve o fabrikada vardiyaya başlamadan önce evine girmişti.

Şimdi, daha bu noktada bile, böyle hassas konuları İtalyan, Fransız, Amerikan hatta Rus dedikodu dergilerine açıklasam, yayımlamak için bana altınla ödeme yaparlar diye düşünüyorum. Aslında bu, sayfanın mahremiyetinde bile nakletme niyetinde olduğum sadece anlatıya işlev kazandırmayı amaçlayan birkaç noktadan biri. Bea'nın bana anlattığı hassas ve duygusal anları, ona özel ayrıntıları bir kenara bırakıyorum: Bunlar ona aittir ve ben onları gizlemeye devam edeceğim. Çünkü ondan farklı olarak ve Marchi gibi kültürün doğadan mucizevi bir kurtuluş olduğuna, ün ve para sağlamayan şeyin daha değerli olduğuna inanıyorum.

Sekizinci kattan sonra bir kata daha çıkılıyordu. Taş merdivenler, rutubet lekeli duvarlar. Beatrice bunları tırmanırken büyük bir riski göze almıştı çünkü bundan sonra onun en sevdiği alışkanlığı bu olacaktı.

Bu eski balıkçılar apartmanında Gabriele, az ışıklı ve tuzlu duvarlı evinde ağabeyiyle birlikte yaşıyordu. Havanın en duru olduğu günlerde odasının penceresinden Montrecristo adacığı görünüyordu. Mutfaktaki eğimli pencere, sanırım İtalya'nın en küçük meydanına bakıyordu: Benim salonum büyüklüğündeki bu yer öylesine gözlerden ıraktı ki orada oturmayanlar asla bilmezdi. Mahalleli onu çiçek saksılarıyla ve çamaşır askılarıyla süslemişti. Bayılıyordum oraya. Büyürken o tepedeki dairede hatırladığım en güzel cumartesi akşamlarını geçirecek, ne akşam yemekleri verecektik. Gabriele gitarını tıngırdatırken "Albachiara" şarkısını söylüyordu, ağabeyi Salvatore bize *Carbonara* soslu makarna pişiriyordu, bardaklarımızı kırmızı şarapla dolduruyordu. Ama bu sözünü ettiklerim bir sene sonra yaşanacaktı.

2000 yılının 14 Aralık günü –günlüğüme kaydettiğime göre– Bea gidip Gabriele'nin kapısını çaldı, Gabriele çıplak ayak, üzerinde bir tek *boxer* ve atletiyle kapıyı açtı; henüz uyanmıştı ve uyanır uyanmaz yaptığı üzere, sigarasını dudağının ucuna kondurmuştu. Beatrice onun için deli oluyordu. Yedi yaş fark vardı aralarında: Tutuklayabilirlerdi genci. Ama Gabriele efendi bir çocuktu. İkisi için kahvaltı hazırladı, herhalde saat dokuza gelmişti; *öncesinde* de divana sarmaş dolaş uzanıp Japon çizgi filmi izlemişlerdi.

Livorno'luydu, c harfini öyle yutarak telaffuz ediyordu ki her seferinde güldürüyordu beni. On altı ya da on yedi yaşındayken okumaktan bıkmıştı, T şehrindeki ağabeyinin yanına taşınmıştı. Anne ve babası örnek insanlar olmayabilirlerdi, oğullarıyla her türlü ilişkiyi kesmişlerdi. Müsrif de olduğundan hep parasızdı. Bazı gaz borçlarını, bir iki yarışa katılım ücretini, reşit olmadığı halde iyi para kazanan Beatrice ödemişti. Ama onu anlıyordum: Yolda dönüp bakılmak hoş bir şeydi. Esmer, kara gözlü, iri dudaklı, Arap ya da Kuzey Afrikalı sanılacak kadar esmer bir gençti. Ağabeyim gibi çok ot tüttürüyordu. İleride motokros şampiyonu olma hayaliyle yaşıyordu ama para kazanmak için küçük ölçekte de olsa taşıma bantları ve dişli kuşaklar imal eden bir fabrikada çalışıyordu.

Ginevra duysa kızını öldürürdü.

Bir dönem Beatrice onu ailesiyle tanıştırabilmek ve onunla bir gelecek kurmak amacıyla, onu modellik yapmaya teşvik etti. "Tanıdıklarım var" diyordu, "bir prova tamam, sonra iki deneme çekimi yapacaklar, sadece olduğun gibi durman yetecek." O kulak asmıyordu. "Ben karı severim" diyordu gülerek, "kıç değil." Dili böyleydi. Beatrice'nin de yukarıdaki özelliklerini seviyordu. Evin duvarları meme ve motosiklet resimleriyle kaplıydı. Salvatore, bazı şeylerin yoksunluğunu hissetse de gemilerde çalışıyordu. Dört bir yanda her pozisyonda çıplak kadınların resimleri vardı. Ama bizim yanımızda, tekrar ediyorum, hep nazik davrandılar.

*Komşum Totoro* filminin bir bölümünü seyrettikten sonra – Gabriele kafayı Miyazaki'yle bozmuştu – öteki tarafa, onun odasına geçtiler. Ağabeyi yoktu, denizdeydi. Bir hafta boyunca mükemmel bir hayat yaşayarak yalnız oturabilirlerdi. Ama sabah ışığında soyunmakla yetinmişlerdi. Erkek onu sabırla ve zorlamadan aylarca beklemişti. Ve şimdi Beatrice bir gösteriydi, kendini örtüler altına saklamaya hiç niyeti yoktu, tam tersine!

Herkes işte, okuldaydı, çevredeki evlerin sessizliği onları bir pazar günüymüş gibi sarıyordu. Sadece birkaç komşu çiçeklerini sulamak için pencereye çıkmıştı, uzaktan bir santrifüj sesi geliyordu, postacı kapıyı çalıyor, alt kattaki emekliye telefon geliyordu. Zamanı gelince perdeleri biraz indirdiler. Sonra hep yatakta kaldılar, öğle yemeği için pizza istediler, çarşaflarda oturup yediler. Böylece öğleden sonra saat dörtte bir telefon kabininden beni aradı ve "Bugün sendeydim tamam mı?" dedi. "Şimdi senin evinden çıkıyorum." Ve kapattı.

Benden daha rast gitmişti onunki. Fazlasıyla değil, hayale gerek yok ama Gabriele, Lorenzo'dan daha deneyimliydi, Beatrice bedenini kullanmayı biliyordu; daima hoşa gitmek, beğenilmek üzere ehlileştirilmiş bir bedene sahipti. Blucininin lekesini özellikle kendisi çıkarmıştı. Hizmetçiye vermemiş, kirli sepetine atmamıştı. Onu kendi beyaz sabunla çitilemiş, kendi küvetine asmıştı. O da benimle aynı nedenle giymek istemişti, benim lekemi çıkarıp kendininkini ona eklemişti. İşte sonuç olarak hırsızlığımız buna yaradı.

Bildiğim kadarıyla daha sonra bu dört yüz otuz iki bin liretlik pantolon dolabın en üst rafının derinliklerine döndü ve orada gömülü kaldı.

# Liabel

Saate bakıyorum: İki. Evi toplamadım, yapmam gereken alışverişi yapmadım, hatta öğle yemeği bile yemedim. Yazarken olduğum yerde kayboldum, geçmişe daldım ve şimdi ayağa kalkarken o kadar sersemlemiş haldeyim ki kendi hayatımı tanıyamaz oldum.

Pencereye yaklaşıyorum, revaklara ve gelip geçenlere bakıyor ama onları görmüyorum. Kendime şunu soruyorum: "Lisede Lorenzo için kavga etmiş olmamız mümkün mü? Valeria'nın intikamını almak için Fen Lisesi'nden kuvvetlerin gelmiş olması?" Kendi kendimi gülerken yakalıyorum. Dönüyorum ve sanki odam hiç durmadan daire çizen motosikletlerle, kaskların dışında uçuşan saçlarla, çamurluklardaki yazılar ve etiketlerle doluymuş gibi hissediyorum. Bir erkek için dövüşmek, o şekilde dalaşmak, aç dişi aslanlar gibi kapışmak... Başımı sallıyorum, dolabımı açıyorum, çıkmak için giyecek bir şey arıyorum. Ama sezgisel bir şekilde yeniden dönüp açık kalmış bilgisayarıma bakıyorum.

Anlatmazsan yaşanmamıştır söylemi doğru değil. Hepsi yaşandı, hem de nasıl. Ve bu hikâyenin ilk başından beri sakındığım bir bölüm var, ona değiniyorum, sonra atlıyorum, ipucu veriyorum ama ilerliyorum ve anlatı benim yerime karar veriyor, benden daha güçlü davranıyor. Artık yeter. Elimi çabuk tutarsam bir saat içinde bundan kurtulurum ve sonra işe gitmeden Baraccio'da bir tost bile yiyebilirim, daha hafif bir şey belki de.

Bir erkek için dövüşen, birbirinden kopan kadınların –burada kendimi ilk sıraya koyuyorum– sadece saçma değil trajik halleri de vardır. Adam yara almadan çekip yoluna gider, özgür hayatını yaşar ve biz yara izleriyle dolu boş ellerimizle geride kalakalırız.

\* \* \*

Annem ve Niccolo 6 Ekim 2000 sabahı, bir cuma günü, saat on sularında T şehrinden temelli ayrıldılar.

Bir önceki gün ikindi saatlerinde annemin o kadar canı sıkıldı ki aklına okumak geldi. Niccolo yoktu, salonda yalnızdık, ben ders çalışıyordum, o düşünüyordu. Derken divandan kalktı, hayatında hiç kitap okumamış biri gibi rafları inceledi –nasıl oyalanacağını bilmiyordu– ve alfabetik şekilde sıralanmış yüzlerce kitap arasından *Güneş de Doğar* adlı kitabı seçti.

Hemingway ekonomik cep boya sığmıştı, onlarca yıl içinde sararmıştı, annem rahatsız etmeye kalkışmasa o köşecikte kalacaktı. Annem alıp yastıkların arasına gömüldü, açtı ve o anda kucağına bir polaroit fotoğraf düştü.

İşte ben bu nedenle nefret ederim fotoğraflardan.

Çünkü içine saklandığı ya da unutulduğu kitaptan daha fazla solmuş bu fotoğrafta saçları örgülü, memeleri çıplak bir kız vardı. Tarih 23 Nisan 1981 idi, annemle babamın düğününden tam beş ay önce çekilmişti ve arkasında şöyle yazıyordu: "P. aşkım, senin R."

Yunan alfabesinin üzerinden geçerken annemin "Alçak!" diye söylendiğini işittim ve dersi bıraktım. Bakışlarımı ona çevirdim; yüzünün sarardığını, gözlerinin fotoğrafa kilitlendiğini gördüm. Hayatını, bir duruşunu, bir anını, sadece yanlış anlamaya yol açacak bir imgenin içinde kalmaya zorlamak neye yarar ki? Ben bilmem, bunu Beatrice Rossetti'ye sorun.

R.'nin kimliğini açıklamayacağım çünkü saygısızlık olur, o şimdi fizik alanında kütleçekimsel dalgalar konusunda saygın bir araştırmacı. Tek söyleyebileceğim, daha sonra da anlayacağım üzere o ve babam üniversitede sınıf arkadaşıydılar ve elbette o kadarla da kalmadılar.

"23 Nisan'da nişanlıydık" dedi annem, "iki aydan beri. Demek o hâlâ bununla buluşuyordu."

O dönemde nadiren evden çıkıyordu. Ağustostaki şenlikli

kavgadan sonra sanki sönmüştü, Temmuz ayındaki o ergen mutluluğu yok olmuştu ve öylece kalakalmıştı. Annemle babam söküğü dikmeye çalışmışlar, köşeleri yumuşatmayı denemişlerdi ama hepimiz köşelerden ve sivri uçlardan oluşuyorduk, bu nedenle birbirimize çarpıyorduk. Baş başa lokantaya, pazar günleri korunmuş bir vahada denize girmeye gidiyorlardı ama kavga ederek dönüyorlardı eve çünkü konu hep aynıydı: Çocuklar.

"Tabii ya" dedi annem o gün, "ne sanıyordum ki ben? Ben hep meme ve popoydum, o kız ise beyin."

Babam Niccolo'nun okula yazılmasını istiyordu: Akşam okulu, özel okul da olabilirdi. Annem bunun boşuna olduğunu, *kendisinin* onu tanıdığını, *kendisinin* oğlunun başında erkek olmadan büyüdüğü için yolunu belirlemekte zorlandığını çok iyi bildiğini söylüyordu. Babam sinirleniyordu, kıvranıyordu, dilini ısırıyordu, karşı saldırıya geçiyordu: "Peki elinde bir diploma olmadan nasıl bir yol belirleyebilir ki? Uyuşturucu kullanmaya devam ediyor. Neden onun bir psikologla konuşmasına izin vermiyorsun?"

"Sen ve senin temelden şık lükslerin" diye çıkışıyordu annem, babamla alay ediyordu. Saatlerce odaya kapanıp kavga ediyorlardı, uyumuyorlardı. Sonra işte annem o fotoğrafı buldu.

"Şuna bak Elisa. Yüz tane diploması var ama gene şırfıntı."

Polaroiti verdi. Annem edepsiz konuştuğu zaman ondan hoşlanmıyordum. Küçük düşürücüydü. Utana sıkıla resme baktım, kimsenin memelerini görmek istemiyordum ama o beni zorluyordu. "O zaman sormuştum da: 'Neden onu bana yeğliyorsun?' Nişanlandığımızda daha hamile değildim, kızı niye bırakmıştı ki? Eminim bana başka gözle bakıyordu, nitekim haklıydı da."

Polaroiti masaya ters olarak bıraktım. Ne diyeceğimi bilemediğim için annemin bakışlarıyla karşılaşmamaya çalıştım. Onun duygusal hayatı bizim konularımıza dahil olamazdı, annem hakkında her şeyi bilmek istemiyordum ama o ayrıntılarla övünüyor, ben utanıyordum.

Fotoğraflardan nefret ederim diyordum; sanki ben bu dünyada hiç yaşamamışım gibi internette çok az fotoğrafım vardır. Bir iş arkadaşım ya da dostum fotoğraf çekmeye kalkıştığında hemen kenara çekilir, yok olurum. R.'yi gözlükleriyle artık kır ve gri olan saçlarıyla televizyon haberlerinde ya da bilimsel yayınlarda gördüğümde gözümün önüne onun hippi saç örgüleri, meme başları geliyor ve ne kadar zorlarsam zorlayayım kendimi, onu ciddiye alamıyorum.

Annem ve babam arasındaki ilişkinin kırılgan olduğunu zaten fark etmiştim. Onları birbirine bağlayan hatalı ve temelsiz bir çekimdi, biliyordum. Bir daha bir araya gelmelerini asla istemezdim ama şimdi hepimiz T'de yaşıyorduk, neredeyse bir aile olmuştuk ve birbirlerini terk etmelerini istemiyordum.

Çaresizlik içinde şöyle dedim: "Anne, babam seni seviyor."

O kahkahalarla gülmeye başladı.

Üniversiteden döndüğü zaman babama saldırdı. Daha annemin bazı gizli çekmecelerini açmamıştım, benim için hayal bile edilmesi mümkün olmayan geçmişine ilişkin malzemeyi görmemiştim ama bugün onun babamın üzerine yürüyüşünde, ona tokat atışındaki enerjinin nasıl *rock* olduğunu anlıyorum. Babamla hayat kurmak için kendi hayallerine veda etmişti, babam Paris'e, Berlin'e gidiyor, o evde bakması gereken çocuklarla kalıyor, çamaşır makinesi dolduruyordu. Normal olmadığı gibi annem için ayrıca berbat bir hayattı. Sonra dayanamadıkları için babam üniversitede kürsü sahibi oldu, annem de fabrikada işe girdi, bu bütün gün evde oturup tek amacının çocukları okuldan almaya gitmek olmasından iyiydi.

Sahnede Led Zeppelin çalan basçı kadının düşüncesi bile yüreğimi burkuyordu. Ve o iğrenç polaroit anneme mal oldu.

"Her şeye katlanabilirim ama senin ezelden beri bir başkasına âşık olmana hayır!" diye yüzüne vurdu o akşam, "bu çok büyük bir yalan, demek ki hayatımın yirmi yılını bir riya çürüttü."

Babam delirmişti ama güçsüz bir şekilde ona bakıyordu. Ona asıl yalan olanın o fotoğraf olduğunu nasıl söyleyebilirdi: Yüzündeki ifadeden aslında R.'ye âşık olsaydı daha iyi olacağı anlaşılıyordu çünkü onunla hayat daha sorunsuz akardı. Oysa onun aklını başından alan aşk olmuştu ve hâlâ aşk onu kandırıyordu.

"Annabella, bunlar üniversite yıllarının saçmalıkları. Eğer orada duruyorsa belli ki önemi yok. Demek ki o vermişti bunu bana, ne bileyim? Çok saçma bu."

Annem onu dinlemek istemiyordu. R.'nin şimdi kariyer sahibi bir kadın, kendininse bir hiç olması ağırlığını kaldıramıyordu. Bugün onun o fotoğrafla münakaşasını ele alıyorsam ve bunu benim Valeria ve bir noktada anlatmam gerekecek olan çok daha ağır bir benzeriyle yaşadığım kavgamla karşılaştırıyorsam, işte o zaman hayatımı mahveden erkek için bunca tartışmanın ne kadar saçma olduğunu anlıyorum. Ve kendimizle aramızda ne çok açık bırakılmış sorun ne çok vazgeçiş var ve ne çok atıyoruz içimize.

Akşam yemek yemedik. Niccolo geç geldi. Onlar hâlâ kavga ediyorlardı. Bana ne olduğunu sordu, anlattım, o da odasına kapanacağını yoksa kaptıracağını söyledi.

Ben ve ağabeyim –elbette ilk kez olmuyordu bu– gece yarısı açlıktan midemize kramplar girdiği için mutfakta buluştuk. Annem ve babam saat on birde çıkmışlar, arabayı da almışlardı. Yok olmuşlardı. Ev tedirgin edici bir sessizliğe gömülmüştü.

Buondi hazır kek paketini bölüşürken "Bir daha dönmeyeceklerinden korkuyorum" dedim.

Ağabeyim "Babamda onu öldürecek bir tip yok" dedi, "tersi daha muhtemel."

Daha sonra hatırladığım ise binlerce kez uyandığım bir uyku oldu. İrkilerek uyanıyordum, mutfağa koşuyordum, perdeyi aralarken Passat'ın balkonumuzun altına park ettiğini görmeyi umuyordum. Saat birde, ikide, üçte. Yoktu.

Sabahın altısında döndüler.

Motorun sesini, anahtarların şıngırtısını, koridorda ayak seslerini, odalarının kapısının açılmasını, kapanmasını duydum ve hemen gidip kulağımı kapıya dayadım.

Sesleri kesilmişti, bütün bir gece kayalığa çıkıp rüzgâra karşı bağırmış gibi tükenmişti. Babamın anneme söylediğini duyduğum son söz şu oldu: "Elisa senden kopmalı, onun gelişmesini engelleyen hastalıklı bir ilişkiniz var. Onun başkalarına, huzurlu bir ortama, bilgi ve kültür almaya ihtiyacı var. Niccolo'yu kaybetmişiz zaten, kızı da kaybedemeyiz."

Bu sözleri duydum ve öleceğimi zannettim, içimden çaresizce haykırdım: "Hayır anne. Diren, yalvarırım sana."

Ama onun şu yanıtı verdiğini duydum: "Haklısın."

*  *  *

Sabah saat onda, tam kapatılmamış valizlerle, arka camın önüne tıkıştırılmış çantalarla, aceleyle ve kötü yüklenmiş Alfasud'un bir çalılığın arkasında gözden kayboluşunu seyrettim. Annem direksiyondaydı, Niccolo yanındaydı, arka koltukta Hiç Kimse yoktu. Kendimi mutfak penceresinden ayırdım ve annemin kalpli pijamasını sıkı sıkı tutarak odama kapandım.

Az önce onunla evlilik yatağına atılmış tekerlekli bavul arasına girerek "Bunu yapamazsın!" diye haykırmıştım. "Beni yalnız bırakamazsın!" Annem bavulu dolduruyor, ben boşaltıyordum, "Seninle geliyorum ben de!" diyordum. En sonunda mantıklı olmadığı zamanlarda olduğu üzere yüz hatları gerildi, gözlerini bana dikti ve "Hayır" dedi. Elindeki bir avuç sutyeni kapmış, yere fırlatmıştım. Yüzüme o meşhur tokatlarından birini indirmiş, konuyu kapatmıştı. O zaman bir köşede babamın pantolonunu unuttuğu sandalyeye kıvrılıp ağlamaya başlamıştım. Ama bu halde, gözyaşlarına boğulmuşken bile onun Biella'ya hemen dönme kararını engelleyememiştim.

Sanki ortada bir suç varmış gibi "Sen kalıyorsun!" diye bağırdı. Üzüntümü sınırlamak için tek yapabildiğim onun yastığının altında duran ve birkaç gece giydiği pijamasını kapmak oldu.

Odama kilitledim kendimi, burnumu onun tişörtüne, ensesinin değdiği yere soktum. Gözyaşlarıyla örtülmüş gözlerimle okudum: "Liabel."

Bir cuma günüydü. Hastalanmamıştım ama okulda değildim. Babam üniversiteye telefon edip dersini iptal etmişti. İkimizin yalnız kaldığına inanamıyordum. Dışarıda hava sıcaktı, ışıl ışıldı, bazı insanlar hâlâ yüzmek için denize iniyordu. O sabah kendimi o eve ait hissetmiyordum. Acaba babam okula götüreceğim mazeret defterime ne yazacaktı? "Rahatsızlık?" "Soğuk algınlığı?" Şunu yazabilir miydi: "Terk edilmişlik."

Güneş odama yayılıyordu ve bu beni rahatsız ediyordu. Yan apartmanın onarım çalışmaları, balkondaki komşular, çalıların üzerinde zıplayan kargalar: Hayata ilişkin tüm işaretler beni sinir ediyordu. Panjuru indirdim, tam o alçalırken arka avludaki çınarın varlığının farkına vardım. Avlu amaçsız, beton dökülmüş bir kareydi, iki kenarda apartmanlarla çevrelenmişti, öteki iki kenarındaki çukurun sınırına da tel çekilmişti. Bu ağacı bin kere görmüştüm ama hiç dikkate almamıştım: O kadar yüzeyseldi. Panjuru sanki onun üzerine bir balta indirmek zorundaymışım gibi tüm dünya üzerine indirdim. Işığı yaktım, alçak lamba soğuk ışığını odaya dökerken ortam bir sığınağa dönüştü. İşte istediğim buydu.

Pembe tokmaklı beyaz dolabımı, kız çocukları için seri halinde üretilmiş romantik mobilyalarımı inceledim, dört mevsim giysileri için yatağın kenarına ve üzerine yerleştirilmiş bölümleri vardı. Bunca acıyı ne yapacaktım ben? Tutabilir miydim içimde? Boğazımda patlıyordu. Dolap kapaklarını açtım, her şeyi yere indirdim. Kazakları, gömlekleri, blucinleri birbirine kattım. Her bir çekmeceyi aldım, yere döktüm: fanilalar, donlar, pijamalar. Sonunda içinde bir şey kalmayınca yatağımın üzerine yığılmış bu giysi dağına baktım ve huzuru buldum.

Elimi yığının içine soktum, parmaklarımın ucuyla rastgele bir eşofman takımının altını aldım. "Aferin Elisa, bakalım, bunun üstünü de bulabilecek misin? Kolumu dirseğe kadar batırdım ve el yordamıyla bir külot çıkarttım. "Hayır, bunlar yaramaz işimize, biraz daha ara." Sanki fabrikanın kokusunu duyuyordum. Penceresiz ve neon ışıklarla aydınlatılmış ortamın aynısını yaratmıştım. Cumartesi günü fabrika çalışanlarına yapılan indirimler büyük bir sevinçti, saatlerce annemin "eşeleme sepetleri" dediği kutularda doğru boyu, numune üretim parçalarını, pirinç tarlasının kuru demetleri gibi bağlanmış giysilerini karıştırırdık.

Çocukluğumun mutlu anlarının çoğunluğunu o sepetleri eşelerken yaşadım. Bugün hâlâ Biella'dan geçerken, Liabel fabrikasının önüne park ediyorum, kokuyu içime çekiyorum ve içeri giriyorum. Hiçbir şeye ihtiyacım olmasa da bir çocuk tulumu, bir yün fanila çekiyorum sepetten ve bunu o mükemmelliğin hayaletini görebilmek için yapıyorum: Ben ve annem bir arada. Babam olmadan. Niccolo olmadan. Erkek olmadan. Biz, ayrılmayan ikili.

Üzgün olduğu bir gün Beatrice bana giysilerin onun için maske anlamı taşıdığını itiraf etmişti: Arkasında gizlenebildiği bir kuytu. Gergin olduğu bir başka sefer de bana dolabını ardına kadar açıp birbirine hiç uymayan giysilerle takımlar yarattığında kendini güçlü zehir ve büyü yaratan bir cadı gibi hissettiğini söylemişti.

Babam için giysiler hiçti, öteki her şey gibi hayatta kalmaya yarayan araçlardı.

Benim için annemin ellerinin gölgesi, onunla geçirdiğim zamanın dokusuydu.

O çaresiz sabahımda eşeleme sepeti oyunuyla ne kadar oyalandım bilmiyorum. Sanırım abartmış olmalıyım ki babam kapıyı tıklattı ve "her şeye rağmen" öğle yemeği yememiz gerektiğini, "konuşmamızın" iyi olacağını bildirdi. *Ah, öyle mi,* diye düşündüm, ne hakkında konuşacağız? Adı konmayan parçalanmayı korumaya, annem hiç gitmemiş gibi parmaklarımın arasındaki kumaşı tutmaya, pamuğun kalitesini ölçmeye niyet ediyordum ben. "Bulalım, ganimeti biz bulalım!"

Babam ısrar etti, sonunda açtım kapıyı. Ortadaki çöp yığını karşısında gözlerini fal taşı gibi açtı. Benim ona açıklama yapasım, onun soru sorası yoktu.

Birlikte, sessizce her şeyi yerine yerleştirdik.

## 2000 NOELİ

İki buçuk ay sonra, 23 Aralık Cumartesi günü babam ve ben tren istasyonunun iki numaralı peronunda bir banka oturmuş, Cenova'dan kalkan Intercity treninin geliş saatini kontrol etmek için gereğinden fazla sıklıkla büyük tabelaya bakıyorduk.

Ortam gece gibi karanlıktı, eczane işaretinin yanındaki termometre bir dereceyi gösteriyordu. T istasyonunun dört peronu her zamankinden biraz daha kalabalıktı ve bardan, bana La Lucciola'yı anımsatan sıcak minik pizza kokuları yayılıyordu.

Demiryolunun ötesinde oğlanlar bir lambanın ışığı altında top oynuyorlardı. Bir kadının pencereden "Çok soğuk Tito, terleme!" diye bağırdığını işittim ve annemin bize hiç böyle demediğini düşündüm. Başkalarının anneleri hiç durmadan bir şeyler tembihlerlerdi ve ben bunun nasıl olabileceğini merak ederdim: Durarak mı, yavaş koşarak mı? Nasıl terlemeyecekti? Annem bizi parka götürür ve bir daha hiç ilgilenmezdi. "Gidin haydi" derdi, "ben de biraz nefes alayım." Güneşlenmek için banka uzanırdı, bir daha yüzümüze bakmazdı, çocukları gözetleyen ve yasakları sırayla seslenen kadınlarla konuşmazdı. Ben salıncakta sallanır, Niccolo acayip terlerken o herhalde hayallere dalardı.

"I. C. 503 saat 17.47", on bir dakika kalmıştı. Trenin ansızın yok olmasından ya da varmasından ama içinin boş olmasından korkuyordum. Ellerimi, ayaklarımı, gerginliğimi ne yapacağımı bilmiyordum. Babam *Corriere* gazetesini karıştırıyordu, onun için de kolay olmamalıydı. Hangi sıfatla bekliyordu annemi? Eski koca, çocuklarının babası mı yoksa hâlâ gizli sevgilisi mi? Acaba o da son anda trene binmekten vazgeçmiş olmalarından korkuyor muydu? Asla var olmamış bir ailenin can sıkıcı yarısıydık. Ama çaba göstermiştik. Son günlerde okuldan sonra kitaplıkların tozunu almıştık, perdeleri yıkamıştık, balıkçıya Noel menümüzü, pastaneye de annem sevmediği için kuru meyvesiz Panettone kekini sipariş vermiştik. Bu iki haftayı düzenlemek, günleri hep birlikte huzur içinde geçirebilmek için yatak düzeninin nasıl olacağını konuşmuştuk.

Ben hemen "Annem nerede uyuyacak?" diye sormuştum.

"Benim odamda" demişti, "ben divanda yatabilirim."

"Hayır" demiştim, "benimle uyuyacak. Niccolo da kendi eski odasına dönecek."

O başını sallamıştı. "Neredeyse on beş yaşındasın Elisa."

Evet ama onu yetmiş sekiz gündür görmüyordum. Saat 17.39. Babam hava durumunu kontrol eder gibi yapıyordu. Hoparlör neyse ki bizi ilgilendirmeyen bir gecikme anonsu yaptı. Uzaktaki gazete bayisinde asılı olan *Cioe* dergisini gördüm, geçmişte anneme onu alması için yalvarırdım çünkü tüm kız arkadaşlarımın sözünü ettiği "petting" denen şeyi, sevdiği makyaj ürününe göre karakterini hep o dergi açıklıyordu. Rimel mi? Romantik. Fondöten? Güvensiz. Ruj? Kararlı. Sayfalarını ergenliğe giriş kuralları olarak okurdum ama annem şansımı elimden alır, testleri hep o çözerdi. Kutucukları karalayıp sonra bana sonucu açıklamak ne çok hoşuna giderdi: "Sence ben güvensiz miyim?" Kendi hakkımızda ne kadar az şey biliyorduk.

Saat 17.47'de top oynayan çocuklara, babamın gergin yüzüne, *Cioe* dergisinin kapağındaki, bana Lorenzo'yu anımsatan sarışın ve güler yüzlü gençlere bakmayı bıraktım. Kuzeye döndüm. Peronların sona erdiği tünele diktim gözlerimi ve uykusuz gecelerimde yaptığım gibi saymaya başladım: 1, 2, 3 çünkü aksi takdirde zihnimi kemiren sorular, anılar, içinden nasıl çıkacağımı bilemediğim hikâyemin bilincinde delirebilirdim. 120, 121 derken Intercity'nin farları karanlığı deldi. Yeşil yüzlü, onlarca kirli, eski, hurda vagon bana o anda sonsuz, hatta muhteşem göründü; aynen annemin beni 1987 ya da 1988 yılında Biella istasyonunda veda etmeye götürdüğü tren gibi.

\* \* \*

İki ay önce, annemin Trossi Sokağı'ndaki evinde, odasını toplarken bir rastlantı sonucu, nüfus kaydındaki adıyla Annabella Dafne Cioni'nin on sekiz ve yirmi iki yaşları arasında bir rock grupta bas çaldığını öğrendim.

Bunu değil bilmek, hayal bile edemezdim.

Şimdiye dek gördüklerim ve duyduklarımı temel alarak hayat öyküsünü özetlemem gerekseydi şöyle bir şeyler yazardım: "Onu en azından torunlarının yanında asla sevip okşamayan yaşlıca bir çiftin tek kızı olan Annabella İtalya'nın en küçük ikinci köyü olan Miagliano'da doğup büyümüştü. Pek parlak bir öğrenci olmadığı gibi ilgi alanları da yoktu; okulu evlenmek, kaçmak, yeni bir aile kurmak için erkenden bırakmıştı, kurduğu aile de kendi ailesi kadar berbattı."

Miagliano'da sokağa bakan odasındaki can sıkıcı öğleden sonralarını, pazar günleri kiliseden arkadaşları olan yaşıtlarıyla köy meydanında buluşmalarını hayal ediyordum. Ne yapıyorlardı acaba? Taş mı oynuyorlardı? Lisede sınıfta kalınca okul değiştirmişti, sonuç değişmemişti. Bunun üzerine deneme okuluna geçmiş ama diploma alamamıştı: On sekiz yaşı gelince, eğitimi yarıda bırakmış, büyük annem ve babam da artık ona söz söyleyemez olmuşlardı.

Tecla Nine'm kelimenin tam anlamıyla deliydi; ailemizin kadınları üzerine kim bilir kimin yağdırdığı lanetin varlığını bana kanıtlayan kişilerden ilki oydu. Ama Ottavio Dede'm daha beterdi: Yakın köylerde ilkokul öğretmenliği yapardı, son derece ciddiydi, hayatında ne bana ne de ağabeyime bir kerecik hediye verecek kadar cimriydi, karısını ve kızını bir kerecik olsun denize götürmemiş, annemin akşamları dışarı çıkmasına bir kere bile izin vermemişti. Partiler, danslar, pizzacılar hep yasaktı. Ama tek bir konuya takmıştı: Müzik dersi. Solfej, gitar, piyano. Annem beş yaşından sonra Andorno'da Bayan Lenzi'nin müzik derslerine devam etmişti. Dedem, evde de pratik yapabilsin diye ona kuyruklu piyano bile almıştı. Her ne pahasına olursa olsun kızının müzisyen olmasını istiyordu ve sonuçta annem reşit olur olmaz üzerinde sutyeniyle, başında bandanasıyla, bol paça pantolonuyla Camandona, Camburzano ve Graglia panayırlarında AC/DC ve Led Zeppelin şarkıları çalarak intikamını almıştı.

Ama ben bunu ancak onun son çekmecesini açtığım bu 2019 yılında öğrendim.

Tamamen kızlardan oluşan grubun adı Violaneve idi. *Biellese*, *Eco di Biella*, *La Stampa* gazetelerinden kesilerek bir dosyada toplanmış kupürlerden, grubun dört kız üyesinin o tepelerde ne kadar büyük yankı yarattıklarını anlayabiliyorum: Uçarı, yarı çıplak, hatta bazı yorumculara göre yetenekli, yenilikçi ve "başarı vaat eden" kızlardı.

Bir ayakkabı kutusunda yüzlerce fotoğraf ve negatif buldum. Pek çok kare ortalanamamıştı, odaklanamamıştı, parmak objektifin üzerine gelmişti ama profesyonel olanlarda, annemin yakın plan çekimlerinde onun güzelliği ve ünlü kişilere özgü doğaüstü aurası dikkat çekiyordu. Fotoğrafların birinde annem bir yandan çalıyor bir yandan da dudaklarını mikrofona yaklaştırmış şarkı söylüyordu; dolu dolu gülümsüyordu, mutluydu, onu böyle gülerken hiç görmemiştim. Bir başkasında da sakallı ve kıvırcık, kabarık saçlı bir adama sarılmış, bira şişelerini havaya kaldırarak kalabalık içinde öpüşüyordu.

Yere oturup bu keşifleri yaparken derinden sarsıldım. Bakışlarımı benim bu halimden on üç yaş daha küçük olan o asi kıza diktim; o kız sahnede, ışıklar altında bu onun için çok normal bir şeymiş gibi duruyordu. Bu Courtney Love ya da Janis Joplin olabilecek bir yabancıydı ama aslında annemdi. Üzerinde tarih ve konser mekânı yazan onlarca VHS kaset vardı ama şimdilik seyretme cesaretini bulamadım.

Belki başarılıydı. Belki, 1980 yılında Violaneve grubu 1 Mayıs konseri için Torino'ya gelebilseydi annem bugün *biri* olabilirdi, bizim arkamızda kaybolduğu değil, kendine kalan bir hayat yaşayabilirdi. O bize bundan hiç söz etmedi ama fotoğrafları ellerimde tutarken, '76 ve '80 yılları arasında yayınlanmış haberler ve mektupları okurken hayatının bu parantezine ne kadar değer verdiğini anladım. Onun gibi düzensiz biri bu çekmecenin içinde her anısını düzgünce, tozlanmadan saklayabilmişti.

2000 Noeli arifesinde onu Intercity treninden inerken gördüğümde kim olduğu beni hiç ilgilendirmiyordu. Sadece onu yeniden sahiplenmek istiyordum. Ve benden öncesinin sadece bir boşluk olduğuna, benim doğumumun onun hayatının en önemli bölümü sayıldığına inanmak istiyordum. Ona doğru giderken, koştum, boynuna atladım, kendimi zorba ve acımasız hissediyordum.

Annem bana uzun uzun, sıkı sıkı sarıldı. Niccolo iki koca bavulu sürükleyerek indi, babam beceriksiz haliyle ona yardım etmeye çalıştı. Onları hiç görmüyordum. Annemin mantosunun önünü açtım, başımı onun kazağına dayadım, kalbinin sesini dinlemek için kulağımı göğsüne yapıştırdım. Artık aynı boydaydık, farklı hikâyelere sahip iki beden birbirini tamamlıyordu ama o benim beşiğimi sallamıştı, bezimi değiştirmişti, süt vermişti ve geçmiş bir yerdi, mekândı; La Lucciola gibi, Mucrone gibi, La Palazzina Piacenza gibi, Liabel gibi.

Şimdi Biella'ya dönüşünün belki de sadece benim iyiliğim için olduğunu düşünüyorum: Beni özellikle geride bırakmış, onun yanı başında çürümemi istememişti; ben burada yeniden doğma fırsatı bulabilirdim. Ama o zamanlar bu türden düşünceler aklımın ucundan geçemezdi.

Intercity'nin gürültüyle Roma yönüne yola çıkışını, topu tekmeleyerek avluyu terk eden çocukları ve gülerek, birbirimizi gıdıklayarak Passat'a doğru yürüyüşümüzü, sonra da arka koltukta üçümüzün birbirimize sarılışımızı anımsıyorum.

Babam istasyondan eve kadar, bir taksi sürücüsü gibi bizi izleyerek sürdü arabayı.

* * *

Noel arifesi öğleden sonraki vaktin tamamını ocak başında geçirdik. Başta gergindik, bir dolap kapağını, bir çekmeceyi açarken birbirimize çarpıyorduk, bakışlarımızı yere indirerek birbirimizden özür diliyorduk, yeniden mutfakta bir araya gelmiş olmanın tedirginliğini paylaşıyorduk. Aslında ben mutluydum. O üçü pek o kadar değildi ama sonra oldukça yüksek sesle eşlik eden Rancid'in ve saat üçte açılan şarap şişesinin yardımıyla –annemin fikriydi: "Haydi kutlayalım!"– hepimizin buzları erimeye başladı.

Menümüz deniz ürünlü risotto, kızarmış balıktı. Babam hepimizi yöneterek, şunu bunu karıştırarak, tuz ve kırmızı biber ekleyerek büyük işi üstlendi. Annem midye kabukları açık mı değil mi diye kontrol etti. Ben kızartma için karışımı hazırladım, dört bir yanı una ve yumurta akına buladım ama kimse bana çıkışmadı. Niccolo da bizi şaşırtarak yardım etmek istedi. Olduğu yerde sallanarak ve "I'm a hyena fighting for lion share" şarkısını söyleyerek yumurtalarımı çaldı, önlük taktı ve havuçlu kek yaptı.

Ağaç süslememiştik, numara yapacak değildik, saat dörtte üçümüz de sarhoş olmuştuk bile. Durup annemle babamın ve Niccolo'nun eğlenmelerini gözetlerken belki de sadece böyle –raydan çıkarak, kendimize "aile" dışında başka bir isim yakıştırarak– mutlu olabileceğimizi düşündüm. Akşam yemeğinde *risotto*'nun dibi tutmuştu, kızartma çıtır çıtır değildi ama kimsenin aklına yakınmak gelmedi. Şampanyayı açtık, panettone'mizi bitirdik, ilk kez geç saatlere kadar konuştuk, sohbet ettik. Annemizin bizi A-O mağazasında kaybedip adımızı hoparlörden anons ettirdiği, bizim ceketimizin altına bir Pan di Stelle bisküvi paketi saklayarak ortaya çıktığımız o cumartesi gününü hatırladık. Niccolo'nun ilkokul üçte dönme dolaptan düşüşünü, kolunu kırışını ve alçıyla mücadelesini andık. Annemin beni Palazzina Piacenza'dan almaya geldiği bir günü anımsadık: "Onu iki dakika, park yeri bulana kadar bırakmıştım" dedi, dört buçuk yaşındaki ben bir kâğıdın üzerine hatasız "Seni seviyorum anne" yazmıştım. Babam çocukluğumuzu, kaçırdığı hayatı ışıltılı gözleriyle dinliyordu. Ama şimdi buradaydı, yanımızdaydı ve ben onu bağışlayabileceğimi düşünüyordum.

Ertesi gün Noel'di, öğleye doğru uyandık. Bu saatte geleneksel öğle yemeğini hazırlamak pek anlamlı görünmüyordu, dışarıda güneş vardı, masmavi gökyüzünde tek bir bulut yoktu. Hızlıca kahvaltı ettik ve bir hedef belirlemeden Passat'a doluştuk. İlk trafik ışıklarında benim aklıma geldi: "Demir kumsala gitsek?" Babam bunun harika bir fikir olduğunu söyledi.

Saat ikide vardık oraya. Tüm dünya sofra başındaydı ve biz ıssız köşede rüzgârdan saklanmaya çalışıyorduk. Kuma bir örtü serdik, mürekkep balıklarının karaya vurmuş kemikleri misali tek söz etmeden güneşin altına yattık, sanırım artık hak ettiğimiz mutluluk ve sıcaklık duygusuyla öylece durduk.

Bir süre sonra Niccolo ve ben ayakkabılarımızdan, çoraplarımızdan ve hatta blucinlerimizden kurtulduk ve iç çamaşırlarımızla denize doğru koştuk. Dizimize kadar suya girdik, su buz gibi olduğu için geri kaçtık; kum sıcaktı, onu alıp saçımıza, ağzımıza, sırtımıza sürdük; bu arada annemle babam kendi aralarında, kendilerini ilgilendiren konuları gülümseyerek ve bizim oynayışımızı uzaktan seyrederek konuşuyorlardı, artık öyle olmasak bile normal ailelerin normal ebeveynleri gibi izliyorlardı çocuklarını.

Sanırım hayatımın en güzel Noel'iydi. Belki de bütün öncekilerin zararı ödenmiş oldu.

Eve döndüğümüzde o kadar açtık ki saat altı buçukta buzdolabını ardına kadar açtık ve kalan her şeyi çıkardık: Kalan yemekler, salamlar ve bir mozzarelladan sonra ağabeyimin kekinden iki dilim yedik; hepimiz içinde farklı bir tat olduğunu ama lezzetli bulduğumuzu söyledik. "Ne koydun içine, baharat mı?" diyorduk, o da "Eh evet" diyordu. Babylonia'da işe gireli beri kendini gerçekleştirdiğini hissediyordu. Kapıda bilet kesiyor, bira dağıtıyordu ve bize şunu yinelemekten hoşlanıyordu: "Misfits'i canlı dinleyebilmek için para ödüyorlar bana!" Büyük Yılbaşı Partisi için birkaç günlüğüne Biella'ya dönecekti. Eski sevgilisiyle yeniden barışmış, adını ejderhanın kalbine dövme yaptırmıştı ve birkaç kez çizip bozduktan sonra dövmesi gerçek olmuştu. Akşam yemeği de bitince göstermek için sofradan kalktı, kazağını çıkardı. İlk olarak babam hafiften başının döndüğünü söyledi.

Ejderha kırmızı ve mor alevler saçıyordu ağzından; sol omzundan başlıyor, kuyruğu slipinin lastiğinin içine giriyordu. Dövmeyi daha önce gören annem pek heyecanlıydı. Ben abartılı olduğunu düşündüm ama güzel olduğunu söyledim. Babam gözlüğünü burnunun üzerine yerleştirdi ve ancak çabalayarak alnını kırıştırıp onaylamakla yetindi.

Sofrayı toplarken sanki yumurtalar üzerinde yürüyormuşum gibi hissettim. Hepimiz biraz sersemlemiştik: Takılıyorduk, düşüyorduk, çatal kaşığı düşürüyorduk, olur olmaz kıkırdıyorduk. Ama ancak salona geçip saat dokuzda başlayacak *Pinokyo* filmi için televizyon karşısına yerleştiğimizde gerçek ve ciddi belirtileri hissettik.

Konuşan çekirge kitabı açtı, yağmurlu bir gece Geppetto ustanın kapısının altından nasıl içeriye sızdığını anlattı ve ansızın o çekirge bir oraya bir buraya zıplamaya, bir ekrandan bir bizim tavandan konuşmaya başladı. Babam şaşkın bakışlarıyla Niccolo'ya döndü ve öfkeyle "Ne koydun sen o kekin içine?" diye çıkıştı. Fal taşı gibi açık gözleriyle babam kızmaktan da âcizdi, kendini toparlamaktan da. Ve ağabeyim gayet neşeli, mutluluğun doruk noktasında şu yanıtı verdi: "Şu yolculuğun tadını çıkar baba. Yedi gram süper *skunk (kokarca)* vardı." Parmaklarını öptü ve "Şahane" dedi.

* * *

Beatrice'nin evinde bayramlar çok başka kutlanırdı.

Tatil başlamadan önce bir öğleden sonra, evde kimsenin olmadığı bir saatte Bea beni davet etti; iki metre boyundaki ağacı, süslerle ağırlaşmış ve beyaz pırıltı püskürtülmüş dallarını, bahçe ve salonda göz alıcı ışıklı süslemeleri gözlerimle gördüm. Şaşkınlıktan ağzım bir karış açık kalmıştı. "Kim bilir sizin evde ne güzel kutlanıyordur Noel..." yorumunu yapmıştım.

Bea ölü gibi kendini divana atıp içini çekmişti: "Keşke öyle olsa." Bana yanına uzanmamı, başımı bacaklarına dayamamı söyledi: Masaj yapmakta mahirdi ve bana bunu göstermek istiyordu.

"Her sene aynı plaklar çalınıyor" diye anlatmıştı kulaklarımın arkasına küçük dairevi hareketler yaparken. "'Stille Nacht' ve Pavarotti. Yakmak istiyorum onları. Bir önceki gün, babam ve Ludo dahil Enzo'ya gidiyoruz, 25'i sabahı kışlada gibi saat yedide kalkıyoruz. O en rahatsız giysileri getir gözünün önüne, evde giymek isteyeceğin en son giysileri: İşte onları giymeye mecburuz. Kırmızı kadife, saf yün giysiler ve evde sonuna kadar yanan kaloriferle sauna etkisi. Bizi salonda kapının önüne dizip akrabalarımızı gülümseyerek karşılamamızı istiyorlar. Zaten onların yarısından annem de nefret ediyor. Ve nazik konuşmak zorundayız, yoksa annemiz bizi cezalandırır, hem de neyle?"

Ben dinlerken insanın akrabalarının olmasının güzel olacağını düşündüm ve ona söyledim: İçimi dökebileceğim kuzenler, annemlerin münakaşalarından uzaklaşmamı sağlayacak neşeli ve genç amcalar; mutfağa giren, çıkan, bulaşık yıkarken birbirine yardım eden kalabalık aile havasını içime çekmek güzel olurdu.

"Evet, mutfakta Svetlana var. Onun Noel'ini Ukrayna'da çocuklarıyla geçirememesine üzülüyorum ama gene de yemekleri hazırlarken yanına gidip içimi dökebildiğim için varlığından mutluyum."

"Abartıyorsun" diyerek gülmeye başlamıştım.

"Şehriye, lazanya, rosto et oluyor; benim de içinden *yemlenmeye* iznim oluyor: Yemin ederim annem böyle diyor. Sofrada o ve Nadia Teyze kimin çocukları daha güzel, daha başarılı, daha sportmen, daha zeki, daha bilmem ne diye diye yarışıyorlar..." Onu dinlemek, ensemdeki parmaklarını hissetmek, 15 Ağustos günü gördüğüm ailesini yerin dibine batırması hoşuma gidiyordu. "Bütün bunların annem dışında hepimiz için ne büyük bir cehennem azabı olduğunu bilemezsin."

Kabul etmem gerekir ki Ginevra dell'Osservanza'dan hoşlanmıyordum. Tanıştığımız zaman beni boşa umutlandırarak öğle yemeğine davet etmişti ama sonra sözünü tutmadığı gibi Beatrice'ye evden kaçmış bir kız gibi göründüğümü söylemişti. Eve girmemi yasaklamıştı. Bugün düşünüyorum da acaba biraz kıskanıyor muydu? Kızını çalıyordum ondan: Mümkün olan her an ders çalışmak için bana geliyordu. Ya da kızının mükemmel geleceğinin inşasında onun hayallerini yıkacağımdan mı korkuyordu? Ne kadar yanılıyordu.

20 ya da 21 Aralık'ta Bea "İnanmayacaksın ama" diye devam etmişti söze, "Noel'de en nefret ettiğim şey fotoğraf çekim anı. Annem bu konuda takıntılı" derken masaj yapmayı bırakmış ve onu maksimum dikkatle dinlemem için beni karşısına oturtmuştu, "Bir milyon liretlik Canon makinesiyle hepsini kendi çekiyor, sekiz dokuz makara bitiriyor bir gecede. Durumu kurtarmak için babamın akrabalarını üç poz çekiyor ama sıra bize gelince abartıyor. Bizi şöminenin önüne dikiyor, ağacın çevresinde yere oturtuyor, bahçede kar varsa elimizde İsa'nın doğum sahnesine ait parçalarla, yanan mumlarla dışarı çıkarıyor ama hiçbirinde tam olarak memnun olamıyor. Bu iş yemekten önce saatlerce sürüyor çünkü yemekten sonra rujlarımızın bozulmuş, göbeğimizin hafif kabarmış olacağını düşünüyor annem; biz de acıktıkça acıkıyoruz. Sonra babam onun fotoğraflarını çekiyor ve nihayet olay sona eriyor. Saat iki, iki buçuktan önce öğle yemeği yiyemiyoruz."

Beatrice bunu bana gerçekten komik değil ciddi bir tavırla anlatmıştı ve ben her şeye rağmen onun Noellerinin benimkilerden daha iyi olduğuna kanaat getirmiştim. Bayram telaşının ağır kısmını sindirmeye ve yılbaşından önceki ölü günlerden birinde görüşmeye, kale meydanında ya da kumsalda yürüyüş yapmaya karar vermiştik; annem de bize katılacaktı çünkü onu tanımayı çok istiyordu.

Ne var ki 26 Aralık günü sabah dokuz buçukta aradı beni.

Tam da babam delirmiş gibi "Sen bize uyuşturucu verdiğinin farkında mısın? Uyuşturucu bu Tanrım!" diye bağırdığı sırada. Ağabeyim mutfak masasının kenarına oturmuş, kahvaltıda yediği bisküvi kırıntılarıyla oynuyordu; CD çaların kulaklıklarını takmayı da denemişti ama babam elinden kaptığı gibi duvara fırlatmıştı. Onu hiç bu kadar öfkeli görmemiştim. Annem pencere kenarına oturmuş, tırnaklarını kemiriyordu çünkü kimin tarafını tutacağını bilmiyordu.

Bu yüzden telefon çaldığında yanıtlayabilecek tek kişi bendim. Ahizeyi kaldırdım ve Bea başka bir şey söylememe fırsat bırakmadığı için ancak "Alo" diyebildim.

Şaşkınlık içinde "Bugün mü?" diye sorarken aslında bir an önce mutfağa dönmek istiyordum çünkü babamın yeniden annemle kavga etmesinden ve onun acilen Biella'ya dönmeye karar vereceğinden korkuyordum.

Beatrice bana şöyle bir yanıt verdi: "Hemen, *acil*."

Onun bu sözcüğü kullandığını hiç duymamıştım. Söyleyeceğini telefonda söyleyemez misin, bizim evde de acil bir durum yaşanıyor. Ama bunu söyleyemedim: Sesinin tonunu duymak yetmişti.

*\*\*\**

On beş dakika sonra manzara seyir terasında buluştuk. Oraya vardığımda SR gelmişti, arkadan saçlarını atkuyruğu yapmış, dipteki son bankın sırtına oturmuş Bea'yı tanıdım; Lorenzo ve benim sevgili olma noktamıza geldiğimiz banktı bu.

Yanına gittiğim zaman kanımın donduğunu hissettim. Yüzü

darmadağındı, elmacıkkemiğine yakın bir morarma vardı. Fondöten ve dudaklarına sürdüğü ruj olanı örtmeye pek yaramamıştı. Gözleri öylesine şişti ki boyayamamıştı bile. Bütün gece ağladığını anladım.

Ayakta durduğum yerde "Ne oldu?" diye sordum.

Beni görmezden geldi. Batıdan gelen soğuk cepheye dikmişti bakışlarını. Kara bulutlar denizdeki adalar kadar büyük gölgeleri yayıyorlardı denize ve dalları eğecek kadar şiddetli bir rüzgâr esiyordu.

"Fotoğraf çekimi anında babamı ve dedemleri neden görmezden geldiğini anlamam gerekirdi" dedi.

"Kim? Alnına ne oldu?"

"Kadrajı odaklamadan bizim dört ya da beş fotoğrafımızı çekmekle yetindi. Babamdan onun tek portresini değil, sadece bizimle tek bir fotoğrafını çekmesini istedi. Bize sarıldığında gözünde yaşlar varmış gibi geldi bana. Ama hani insan görmek istemez ya, işte öyle oldu. Düşünmemeye çalışmak için gidip başımı duvara vurdum."

Sakin, nötr bir ses tonuyla konuşuyordu, sanki başkalarına ait haberleri, sıradan yönetim haberlerini aktarır gibiydi. "Ve babam Canon'u kaldırdığında ansızın bir fotoğraf daha istediğini söyledi. Benimle." Dönüp bana baktı. "İkimizin yalnız fotoğrafını."

Annesiyle o son fotoğrafın, Beatrice'nin hikâyesinde o görüntünün nasıl bir ağırlığı olduğunu şimdi, bugün yeniden düşünüyorum.

Yanına oturdum. Ona bakmak yürek paralayıcıydı. Her zaman, hatta küçümsendiğinde, makyajsız olduğunda, normal halinde bile etkileyici olan Bea ilk kez bende acıma duygusu uyandırıyordu.

Bir eline dokundum, çekti.

"Köpüklü şarap değil şampanya patlatmakta ısrarcı oldu, dilekler konuşmasını kendi yapmak istedi. Bizi her şeyden daha çok sevdiğini, evlatların her şey olduğunu, her şeyin karşılığını verdiklerini, bizim özel ve ileride önemli kişiler olacağımızı söyledi. Yemeğe elini sürmedi, Nadia Teyze'mle konuşmadı ve..." Burada sustu.

"Akşam altıda herkes, hatta Svetlana bile gitti, biz de divana oturup haberleri seyrettik. Annem kumandayı alıp sesini alçalttı ve bize 'Güzel bir gündü, değil mi?' diye sordu. Kimse ona cevap vermedi." Anlatmakta zorlanıyordu. "Sonra sesi daha da kıstı, babam ve Ludo itiraz ettiler. O hepimize baktı ve şöyle dedi: 'Size bir şey söylemem gerekiyor.' Gözlerinden yaşlar indi ama gülümsemeye devam etti. 'İstemezdim ama mecburen söylemek zorundayım.' Şöyle dedi: 'Bağışlayın beni ama bedenimde bir tümör var.'"
Midemde bir yarık açıldığını hissettim.
"Aynen böyle dedi, 'Bağışlayın beni'. Ve bu tümör memesindeymiş, ertesi gün ameliyat olacakmış, onu alacaklarmış, sonra da radyoterapi ve kemoterapi görecekmiş..." Beatrice gözyaşlarına boğuldu. "Ve Noel'imizi mahvetmemek için bunu söylemek için bugünü beklemiş."

Yeniyetmelerin şaşmayan altıncı hissiyle her şeyin sonsuza dek değişmek üzere olduğunu anladım. Beatrice'nin annesi benim annem değildi; altüst olacak olan onun ailesiydi. Ama arkadaştık. Ne kan bağım vardı ne hukuki ve zorunlu bağlarım ama bu bankta onun yanına oturmuştum ve içimde bir göçük oluşmuştu. Ona olabildiğince sıkı sarıldım. Gözyaşlarını kuruladım, çaresizliğini dindirmeye gayret ederken isyan ediyordu: "Bu hiç âdil değil Elisa" ve elleriyle yüzünü örtüyordu, acısını duymamak için ellerini ısırıyordu, "ölüyor annem" diyordu.

Yalan söylediğimin bilincinde olsam da "Hayır, her şey yolunda gidecek" dedim. Böyle sözler ummaya, kandırmaya, güzelleştirmeye ve düzeltmeye yaramazlar çünkü gerçek başkadır ve bizim arzularımızı hiç umursamaz.

Darbeyi hafifletmek için Beatrice'yi sıkı sıkı tuttum, onu kaslarımla, kemiklerimle korumaya çalıştım, bana tutunabileceğine ikna etmeye çalıştım: onun düşmesine engel olacaktım, ben de onunla birlikte yuvarlanacaktım aşağı. Günün birinde onu yeniden mutlu görebilmek için elimden geleni yapacağıma içten içe söz verdim; belki de arkadaşlık işte bu sözdür.

"Önceden gidip peruğunu seçtiğini ve harika bir model bulduğunu söyledi; yazın o kadar iyileşmiş olacakmış ki birlikte New York'a gidecekmişiz; ayrıca hastane için sadece ipek sabahlıklar istiyormuş ve hemşirelerin başını döndürecekmiş. Ama biliyorum, bunlar hep boş laflar. O iyileşmeyecek, bunu biliyorum, hissediyorum."

Yere yığılmadan önce beni yumrukladı, ayağa kalktı, kendi motorunu yere devirdi, benimkini devirdi. Çünkü esas kötü kısım daha sonra gelmeyecekti, şimdiydi: Bilmek ve beklemek. Neyi? Adını bile koyamadığın şeyi. Kapalı pencereler, ilaç kokusu, odaların bir hastalığın çevresinde yıkıldığı sessizlik, neşenin adım adım kaybolması.

İnsanın hayatını paramparça eden daima bir haberdir ve ancak sonra derin bir nefes alabilirsin, düzelebilirsin, hâlâ umut olduğuna inanabilirsin, analizlerdeki sıfır virgül iyileşmeleri okuyabilirsin, çözümün bin birinci yeni araştırma sonucunda olduğuna ikna olabilirsin çünkü hayat bu kadar da kötü olamaz.

Oysa öyledir. Noel'in ertesi günü manzara seyir terasındaki o çok rüzgârlı sabah, deniz kapkarayken, vapurlar Elba'ya doğru giderken Beatrice ve ben daha on dört yaşımızdaydık ve gene de geleceğin alan ama vermeyen bir zaman dilimi olduğunu biliyorduk.

# İkinci Bölüm

# Mutsuzluk ve Sevgi
# (2003-2006)

## (13)
## "Sonsuza Dek Sahiplenme"

O günceleri okumamdan bu yana iki gün geçti, peki sonuçta hayatımda ne değişti? Hiçbir şey. Ama bugün işten nedensizce erken çıkmak için izin istedim, sadece canım öyle istediği için. Sonra kuru temizleme dükkânının önünden geçtim ama almam gereken iki ceket olmasına rağmen girmedim. Hatta kendimi kanun kaçağı hissetmeden ödemem gereken faturayı da ödemedim.

Kendimi tanıyamıyorum, bu itaatsiz kişi ben değilim. Gerçek şu ki o iki küçük kızdan, T şehrinde geçirdiğim o iki binlerin başındaki birkaç yıldan başka bir şey düşünemiyorum. Onları, anıları o kadar uzun zaman bastırmışım ki şimdi zehirli gaz gibi patlıyorlar. Üstelik ne solmuşlar ne karışmışlar: Fazlasıyla canlılar.

Evin yoluna sapmak yerine yolu uzatıyorum ve rotamın dışına çıkıyorum. Kendimi cüretkâr hissediyorum, şehrin hiç gitmediğim semtlerine doğru uzanıyorum. Farkına bile varmadan hepsinden daha yabancı olan bir mahalleye geliyorum: Galleria Cavour. Aşırı yüksek fiyatlı ürünlerin sergilendiği vitrinlerin önünde duruyorum, giysilerin ve mücevherlerin ışıltısını seyrediyorum. Yanımda Beatrice'nin yansımasını görüyorum, bana önce bir çantayı gösteriyor, sonra şüpheli bir şekilde tek kaşını kaldırıyor, sonra da bir eşarba işaret ediyor ve evet bu onu ikna ediyor.

Bir şarap dükkânına rastlayınca kutlama yapmak için bir şişe şarap alma konusunda ani bir istek duyuyorum. Kiminle? Neyi? Hiçbir fikrim yok. Ama saat daha beş buçuk. Zamanım var. Kapıyı itiyorum, iyilerinden bir *pino grigio* istiyorum; paramı öderken, çıkarken, ışıklı süslemelere bakarken gülümsediğimi hissediyorum.

Büyük A ile yazılan arkadaşlarım olmasa da gene de üst katımda oturan ve sevimli bulduğum üç komşu kadına güvenebilirim. Şarabı onlarla içmeye karar verince dönüyorum. Telefon etmeden, hiç düşünmeden. Annem gibi sezgileriyle hareket eden biri oluyorum.

Zili çalıyorum, Debora açıyor.

"Çıkıyor muydunuz?" diye soruyorum. "Rahatsız ediyor muyum?"

"Çıkmak mı? Sen bizi tanımadın mı daha?"

2016 ya da 2017 yılında buraya taşındıklarından beri görüşüyorum onlarla. Başlangıçta birbirimizin kapısını şeker, bir yumurta, pazar akşamları bakkallar kapandığında dolapta eksik olan bir şey için çalıyorduk. Sonra çene çalmaya başladık, hepimizin başka yerden gelen kasabalılar olduğumuzu anladık ve bu benzerlik bizi birbirimize bağladı.

Mantomu çıkartıyorum, daha çok öğrencilere ve çalışan gençlere kiralanan kent merkezinin bu eski apartmanlarına özgü olan dar ve karanlık koridorunu geçiyorum. Debora dışarıdan antropoloji okuyor ve ürün tanıtıcı olarak yarı zamanlı çalışıyor, sanırım yirmi yedi yaşında. Nintendo şapkası başında olduğuna göre eve yeni dönmüş olmalı.

Mutfağa giriyoruz; Claudia ve Fabiana'nın her işgününün sonunda olduğu üzere eşofmanları ve terlikleriyle masa başında oturduklarını görüyorum. Makyajlarını silmişler, saçlarını bir tokayla toplamışlar, önlerinde dumanı tüten birer fincan bitki çayı var.

"Kızlar şarap getirdim" diyorum.

Canlanıyorlar. Claudia bitki çayını hemen lavaboya döküyor, dolabı açıp bardakları çıkarıyor.

"Neyi kutluyoruz?" diye soruyor. Ne yanıt vereceğimi bilmediğim için susuyorum. Olay şu ki son kırk sekiz saatte yüz sayfa yazdım. Bu bana olabilecek bir şey gibi görünmüyor; ne görülmüş ne duyulmuş. Sadece kendimle eski hesapları görüyorum. Gene de.

"Hiç, Noel yaklaşıyor!" diye geveliyorum.

Fabiana "Dünyanın en kötü Noeli" diyor, "bir günlüğüne bile eve gidemiyorum. Ayın 26'sında çalıştırıyorlar beni bu kan emiciler."

Claudia bana şişe açacağını veriyor. Açıyorum, bardaklara döküyorum: "Başka iş ara ve istifa et" sözü kaçıyor ağzımdan. Cesur öğütler veren biri değilimdir ama bugün bir başka Elisa oldum: Bombacı!

"Her şeyi boş ver, Puglia'ya geri git ve kendini yeniden yarat."

Üçü birden biraz şaşırmış gözlerle bana bakıp susuyorlar. Kendini yeniden yaratmak mı? Otuz yaşında mı? Bu İtalya'da mı?

Televizyon açık ama sesi kısık. Kendimize ve hayatta kalışımıza kadeh kaldırıyoruz.

Claudia gevşeyerek, "Patronumdan nefret ediyorum" diyor.

"Dün gece onu rüyamda gördüm, dondurucu odasına hapsediyordum. Öteki canavarla şarküteride çalışmayı yeğliyordum" diyor Fabiana, "en azından gözlerini memelerime dikmiyordu."

Debora şarabın keyfini çıkartıyor, pazarlamacı şapkasının hâlâ başında olduğunu fark ediyor, onu yakaladığı gibi mutfağın öteki ucuna fırlatıyor. Bacaklarını divana uzatıyor. "Ben de eski sevgilimi öldürmek istiyorum, tüm kız arkadaşlarımın cilveli fotoğrafları altına kalpler konduruyor."

Claudia "Ama sen kendini ihmal ediyorsun" diye çıkışıyor ona, "Seni bıraktığından beri perişan haldesin. Bir bak şu haline! Taytın delik."

"Ne olacak yani? Ben Rossetti miyim?"

Buna alışmış olmam gerekirdi: Katıldığım her türlü sohbette, özellikle de burada 4 numaralı dairede belli bir noktada onun adının anılmaması mümkün değil. Her defasında mutlaka bakışlarımı yere indiriyorum, bedenimi saran utanç ürpertisini hissetmemek için dudaklarımı ısırıyorum ve sonra geçiyor. Sanki onlarca yıl önce bir hırsızlık yapmışım (hâlâ mı o blucin meselesi?) ve yakalanmaktan korkarmış gibiyim. Saçma bir korku ama dinmek bilmiyor. Çünkü her yerde, her gün birileri Beatrice'den söz ediyor. Herkes onu iyi ya da kötü anlamda örnek gösteriyor. Herkes onun ne dediğini ne yaptığını sanki onları çok ilgilendirirmiş gibi biliyor.

Sonra Debora divana atlıyor, kumandayı kapıyor ve sesi yükseltiyor. Fabiana ve Claudia da gözlerini fal taşı gibi açıyorlar. Ekranda, Daniele adında güneş yanığı, keçi sakalı bakımlı, saçları belli ki fönlü bir genç beliriyor. Kim bilir hangi programın konuk koltuğunda oturuyor ve kırık bir ses tonuyla konuşuyor.

Sunucu onun sözünü kesiyor ve "Anlamadım" diyor, "sizin evlenmek üzere olduğunuz doğru mu değil mi?"

Çocuk bize, evdekilere bakıyor. Heyecanla açıklıyor: "Ben bunu kimseye söylemedim Barbara, asla, inanmalısın bana. Ama ağustos tatilinde, Formentera'da ona evlenme teklif ettim."

"Peki o?"

"O bana evet dedi."

"Yalancı!" diye atlıyor Debora.

"Bir ay mı, iki ay mı?" diye katılıyor ona Fabiana. "O ve Rossetti ne kadar beraber oldular ki? Şimdi sanki onun nişanlısıymış gibi kanal kanal geziyor."

Şimdi ağlamaya başlayan, spor salonu ürünü bu gence karşı birleşiyorlar. Bu üçlü Beatrice'nin nişanlılarını, basit flörtlerini yakından takip ediyor. Ve onun tek bir sevgilisini bilen ben ansızın Gabriele'yi düşünmeye başlıyorum.

O asla bunu yapmaz, gelip bir kamera karşısına oturmaz, geceleri mayosuz yüzmelerini, günler boyunca otel odasından çıkmadıklarını millete çerez yapmazdı. Bildiğim kadarıyla bunca zaman boyunca Gabriele değil basına, hiç kimseye Beatrice ile birlikte olduğunu söylemedi. Bir iki ay değil, yıllardan beri yapmadı bunu. Üstüne üstlük onun ilk erkeği olduğunu sakladı. Aynen benim gibi ağzını sımsıkı tuttu, sırrın bekçiliğini yaptı. Boğazımdan yukarı bir özlem, bir suç ortaklığı, bir aidiyet duygusu yükselmeye başlayınca sandalyeden kalkıyorum, acilen akşam yemeğimi hazırlamam gerektiğini söylüyorum.

Yarısı içilmiş şarabımı orada bırakarak kaçarken, son iki gündür sanki ansızın sevgili bulmuşum gibi bu türden yalanlardan sıkça söylediğimi fark ediyorum.

\* \* \*

Evimin kapısını açıyorum, soyunuyorum, çantamı, şalımı, her şeyi karmakarışık şifoniyerin üzerine atıyorum. Odama koşuyorum, bilgisayarın başına oturuyorum ve başlıca sosyal medya sayfalarına "Gabriele Masini" yazıyorum. Benim de profillerim var ama hepsi boş: Ne bir fotoğraf ne bir kelime. Bu beni bulmalarına değil, benim başkalarını bulmam için daha iyi saklanmama yarıyor.

T şehrinden bir Gabriele Masini çıkmıyor, hatta Gabri Masini bile yok. Hesap yapıyorum, kırk yaşında olmalı. Motor merakı olan birini de bulamıyorum; zaten hâlâ o merakı sürüyor mu bilmem. Buradaki adaşlarının hepsi ya çok ihtiyar ya çok genç, sarışın, kumral, kır saçlı. Zaman azalıyor ve ben onu bulamıyorum. Bozuluyorum ama şaşırmıyorum.

Gabriele hiçbir zaman kendini göstermek isteyen bir tip olmadı. Hatta Bea'nın çok ısrarcı olduğu o deneme çekimlerine göndermesi için tek bir kare bile çektirmedi. Şu Daniele denen tipten yüz kat daha yakışıklıydı, güneş gibi güzeldi. Bunu söylüyorum: Beatrice dünyanın tüm enlemlerinde *Esmer Kız* olarak tanınmadan önce o T şehrinde, eski mahallenin dar sokaklarında Esmer Delikanlı olarak tanınıyordu. O fabrika tulumuyla evden çıkarken tüm anneler ve kızlar sessizce, bakışlarıyla onu izlerlerdi. Parmağını şaklattığı anda bir defileye, televizyona çıkabilirdi. Bu dünyanın tüm kadınlarına sahip olabilir, pek çok evliliği yıkabilir, zengin Milanolu kadınların Toscana tatillerini kabul edebilirdi. Oysa bir köşede kalıp, otunu tüttürüp Miyazaki seyretmeye devam etti, taklit edilemeyen, kopyalanamayan, yalanı ve büyüsü olmayan hayatını yaşadı ve başlangıçta on dört yaşındaki bir bakire olan o küçük kızla olduğu köşede kaldı.

İnterneti kapatıyorum, Word'ü açıyorum. Sevgilime dönüyorum. Evet bu doğru, sevgilim var: Ve onu yazıyorum. Adını henüz bilmiyorum –iç dökme, günlük, roman– ama tanımlar hiçbir zaman önemli olmadı.

*Rossetti* diye birinin henüz var olmadığı bir öğleden sonrayı anımsıyorum; mevsim başlamadığı için bomboş olan kumsalda bikinisiyle yanımda uzanan Beatrice vardı o zaman. "Sivilcelerini kurutmak için" güneşleniyordu, bense her zamanki gecelik gibi uzun ve bol tişörtüme sarınmış Thukikidis'i bir kez daha gözden geçiriyordum. Deniz karşımızda huzursuzca açılıyordu, ufukta adalar ve gemiler vardı, tarih sadakatle yazmak gerekiyorsa Thukikidis'e göre "sonsuza dek sahiplenme"ydi. Ama belli bir noktada ertesi günün sözlüsü için *Pelepones Savaşları*'nı okumaktan sıkıldım ve ona sordum: "Sen ve Gabriele, nasıl tanıştınız?"

Bea efsanevi gözlerini açtığında ışığın yoğunluğundan elma yeşili bir renge bürünmüştü. "Damiano'nun tamirhanesini biliyor musun?" diye başlamıştı anlatmaya. "Geçen yaz SR'nin frenlerinde sorun oldu, onu yaptırmaya gittim. Annem otomobilde kaldı, motoru bile kapatmadan beni kapıda bekledi. Ben girdim ve girmemle karşımda bu civanı bulmam bir oldu, Eli, muhteşemdi. Tişörtü yoktu. Elleri yağ içindeydi, bir motorun altına yatmıştı, Damiano'ya yardım ediyordu. Bu nedenle annemin görüş sahasının dışına gizlendim."

Şimdi düşünüyorum: Ne kolaydı on dört yaşındayken. Bir yere giriyordun –tamirhane, kütüphane hiç fark etmez– ve bir aşk hikâyesi başlayıveriyordu ve bu bütün ömrünü mahveden bir aşk olabiliyordu.

Gabriele, o kuralsız İtalyancasıyla, sözde bitirdiği orta üç bilgisiyle sanırım bu kızda olağanüstü bir şeyler olduğunu anlamıştı. Bea bana "birbirlerine baktıklarını ve dünyanın dönmekten vazgeçtiğini" söylemişti. Sonra açıkça konuyu işlemeye, yeni ayrıntılar eklemeye, olayları abartmaya başlamıştı çünkü o bir olayı anlatamazdı ama harika roman yazardı.

İyi hatırladığım –belki de o hikâyedeki tek gerçek parçacık– Ginevra cadısıydı, karartılmış camın arkasında pusuya yatmış, klimayı sonuna kadar açmış, en sevdiği butiğe bir an önce kavuşma huzursuzluğuyla onu bekliyordu. Bea ise bu anı kaçırmamalıydı, bunu biliyordu, böylece Damiano'nun ofisine girmiş, bir bloknottan kâğıt kopartmıştı. Üzerine adını, ev telefonunun numarasını yazmış ve özellikle belirtmişti: "Aradığın zaman Barazzetti fotoğraf stüdyosundan Vincenzo olduğunu söyle." Ardından ertesi gün o anda bulunduğumuz kumsalda buluşmak için randevu vermişti.

"Affedersin, sen mi ona buluşma teklif ettin yani?" diye sormuştum hayretle.

Beatrice doğrulup oturmuş, ciddiyetle yüzüme bakmıştı: "Elinin altında pırıl pırıl parlayan bir şey varsa, onu neden yakalamayalım ki?"

\*\*\*

Şimdi konuyu dağıtıyorum, Gabriele'ye takıldım. Bu anlatıyı bir düzene sokmalı, pusulayı bulmalıyım.

"Ayıkla" diye uyarırdı Beatrice olsaydı. Ve gerçekten de şimdi oturup bütün 2000 ve 2001 yıllarını, tüm yeniyetmeliğimizi anlatamam.

"Baştan çıkar onu" diye korkuturdu beni. Ama burada kendi başımayım, kimseyi baştan çıkarmak zorunda değilim. Günlükleri açıyorum, şöyle bir üzerinden geçiyorum. Noel ertesi seyir terasında buluştuğumuz o günden 2003 yılına kadar kayda değer bir şey olmadı. Ben ise sadece annem olmadan büyümeyi öğrendim.

O boşluğu dolduran, oyalayan Beatrice vardı. Çünkü o –bunu şimdi fark edince çok duygulanıyorum– her zaman yaşadığım gibi ve onunla kavga ettikten sonra da yaptığım üzere uzaktan yaşamamı engelliyordu. Ondan nefret ettiğime inanıyordum. Ondan hâlâ nefret ediyorum.

Gene de şimdi o lanetli 2003 yılında onun için yerçekimi kuvveti olmayı –o güne kadar onun bana olduğu gibi– dilediğimi fark ederek şaşırıyorum.

## (14) ALAKARGALARIN DÖNÜŞÜ

Tanrım, ne olur o olsun.
Ne kadar düşük bir olasılık olduğunu biliyordum ama gene de okuldan çıkmadan bir an önce onu karşımda görmeyi umdum. Otomobilinin kaportasına dayanmış, sigarasını dudağının ucuna takmış olarak. Gözlerimi yumdum, soluğumu tutarak aştım eşiği. İki basamak indim ve belki bir olasılık olabilir, diye düşündüm.

Gözlerimi açtım, karşımda babamı gördüm.

11 Nisan'dan nefret ediyordum çünkü her yıl ne kadar önemsiz biri olduğumu ve arzularımın asla gerçekleşmeyeceğini yüzüme vuruyordu.

Babam oradaki tek ellilikti. Ötekiler ehliyetlerini yeni almış, sevgililerini dillerini kullanarak öpme heyecanındaki gençlerdi. Babam da onlar gibi dörtlüleri yakmış, ikinci şeritte park etmişti ama o kır saçlıydı ve o zamanlar pek de formunda olmayan Bin Laden sakalı vardı; elinde yirmi kadar gül tutuyordu, bir sürpriz yapmaya cesaret eden kişinin muğlak gülümsemesi vardı yüzünde.

Yılın herhangi bir gününde de deneyimleyeceğim utanca o gün bir de özel, kin yüklü ve öfkeli bir hayal kırıklığı eklenmişti. Onu görmezden gelerek doğrudan motosikletime doğru yürümeye kalkıştım. Ama yapabilir miydim bunu? Gençliğin ortasında eğri ve savunmasız bir şekilde dikiliyordu. Aslında yüreğimde bir merhamet duygusu da uyandırıyordu.

Ona doğru yürüdüm. "Ne işin var burada?" dedim. Alıngan bir sesle.

Bana çiçekleri uzatarak "Seni bir yere götüreceğim" dedi, "ne de olsa senin doğum günün bugün."

Evet ama ben kutlamak istemiyordum. Her ne şekilde olursa olsun: Tembihlemiştim onu. Mum, minik pizzalar, gelmeyecek olan davetliler listesi. Yüzüne bakmamaya çalışarak aldım gülleri. Kırmızıydılar.

"Sana parti yok" demiştim.

"Yok zaten."

Dönüp bize bakan kimse var mı diye kontrol ettim: Yoktu. Ama o yeniyetmeliğimin orta yerinde herkesin her an beni incelediği takıntısını taşıyordum. Hem hiç değerim olmadığını düşünüp hem de nasıl böyle bir benmerkezcilik yüklendiğime bugün şaşıyorum.

Kız arkadaşlarım öğle yemeğine gitmek için toplaşıyorlardı: Kimi sevgilisiyle cilveleşiyordu, kimi motosikletine biniyordu. Kimse çiçeklerin farkına varmamış, kimse beni kutlamamıştı.

"Dışarıda öğle yemeği ve sonra sürpriz, tamam mı?"

Cılız gerçeklik şuydu ki başka seçeneğim yoktu.

Gülleri arka koltuğa bırakarak bindim Passat'a; aslında bir de kart olduğunu fark ettim ama okumadım. Babam motoru çalıştırdı, ben pencereyi araladım: Harika güneşli bir gündü. Oyalanmak için Radio Radicale'yi ayarladım.

Bu anlatıya ara verdiğim iki yıl ve dört ay içinde hiçbir şey olmadı değil.

12 Eylül 2001 günü ilk kez gerçekten bilgi alma amacıyla gazete bayisine inmiştim çünkü ansızın tarih kavramını ve bununla birlikte benim de tarihin bir parçası olduğumu keşfetmiştim. Boeing 767'nin İkiz Kulelere yandan dalışını, yüzüncü kattan havaya fırlayan bedenleri, bütün bunların olduğu anda çelik ve betonun bir duman sütununa dönüştüğünü gözlerimle seyretmiştim. O gün doğmamış olan internette konuyla ilgili video bulabilir ama benim gibi bunu o anda seyreden herkes, kendi günlüğünden kopartıldı ve ilk başta film olabileceğini sandığı devasa ve korkunç bir gerçekliğin içine yuvarlandı.

Daha önce hiç gazete okumamıştım; hangisini seçeceğimi bilmiyordum. Attığı "Kıyamet" manşeti yüzünden Il *Manifesto*'yu aldım. Ve o günden sonra her sabah sınıfa kolumun altında gazeteyle girdim; çünkü bu bana kendimi erişkin hissettiriyordu ve hatta birkaç bakışa neden oluyordu. Her gün televizyon haberlerini izliyor, yorumları dikkatle dinliyordum. 11 Nisan 2003 günü de babam beni on yedinci doğum günümü kutlamak için şehir dışına götürürken Radio Radicale'de Irak savaşı, Saddam Hüseyin ve demokrasinin yıkılması olasılığı tartışmalarını dinledim; bir yıl sonra oy verebilmeyi heyecanla bekliyordum. Ayaklarımı torpido gözüne dayadım, kemerimi takmadım, dilimin orta yerine taktırdığım *piercing*'imle gizlice oynamaya başladım.

Değişmiştim: Radikal bir değişiklik değildi bu ama biraz değişmiştim. Yine söylüyorum, bazı yılları sessizce geçtiysem bunun nedeni yazı ve hayatın her zaman tutarlı akmamasıdır.

Beatrice'nin bana öğrettiği üzere, romanın sabrı boş gibi görünen günlere, olayları uzatmaya, milimetre ve gram olarak değişen bedenleri anlatmaya yetmez. Roman hemen ivme kazanmak, gerilimi artırmak ve ana sahneye ulaşmak ister.

Anne: Az sonra geleceğim oraya.

\* \* \*

Babam Follonica sahilinde yer alan ünlü Cesari lokantasının önüne park etti. Radyoyu kapattım, onun inmesini bekledim, sonra güllere doğru uzandım ve notu okumaya karar verdim.

"Sevgi dolu dileklerimle Elisa" yazıyordu, "Baban."

Sevgi ve baban kelimelerindeki zorlama üzerinde durdum. Romanda hoşa gitmeyebilir ama yüzlerce gece divanda babamla yan yana oturup televizyon izlemiştik; üzüm mevsimi olduğunda, sabahın erinde trene binmeden üzümlerimi soyup bırakmıştı, süpermarkette birlikte pek çok kez sepet doldurmuş, adam başına tek kırmızı şarap kadehiyle haberleri yorumlayarak akşam yemeğimizi yemiştik ve haftalarca, aylarca hiçbir şey olmamıştı ama belli ki bunca şeyin toplamı olağanüstü bir durum yaratmıştı ki bu not beni bu kadar duygulandırabilmişti.

Kartı cebime soktum, babamın peşinden koştum. Restorana girdim, onun ikimiz için bir masa istediğini gördüm ve içimden gerçekten koşup ona sarılmak geldi. Sonra babam döndü ve ben kaskatı kesildim.

Saat ikiydi, orada bulunanlar tatlılarını yiyor, kahvelerinin şekerini karıştırıyorlardı. Biz denize bakan bir köşeye oturduk. Plaj tesisleri açılmamıştı, Paskalya'ya kadar açılmazdı. Kumsal boştu, şemsiyeler olmayınca çıplak görünüyordu. Öteki masalara göz attım: Çiftler ya da aileler vardı. Biz neyiz? diye sordum kendime.

Gülleri ima ederek "Teşekkür ederim" dedim.

Aynı yemekleri ısmarladık: Midyeli makarna ve tuzda levrek. Babam bardaklara su koydu, o peçetesini açarken, ben grissiniyi kemirirken bir süre sessiz kaldık. Sonra babam konuşmaya karar verdi.

"Hediyen konusunu ele almak istiyorum."

"Bir şeye ihtiyacım yok." Il *Manifesto* okuyordum ve tüketim konusundaki tavrım son derece katıydı.

"Belki de motosikletini yenilemenin zamanı gelmiştir."

Gözlerimi kocaman açıp ona baktım: Bana bu türden bir öneride bulunma noktasına geleceğini ummamıştım. "Hayır, bir anlamı olmaz. Bir yıl sonra ehliyet alacağım."

"Seni üç kez yaya bıraktı ama."

Gülümsememi engelleyemedim. Belki notu, belki on yedi yaşın hedefi galebe çaldı ve ona şöyle dedim: "T şehrinin tek Quartz'ını, en çirkin motosikletini aldın bana, onun yüzünden herkes benimle alay etti ama sen bunun hiç farkına varmadın."

Babam da gülümsedi: "Harika bir alışverişti, sağlam ve güvenliydi."

O bunaltıcı sıcağın nemine bulandığımız o akşamüstünü anımsadım. T'ye taşınalı iki hafta olmuştu, kapımı çalıp benim için bir haberim olduğunu söylemişti. Annem kim bilir neredeydi, Niccolo uyuyordu. Merdivenleri inerek onu izlememin, sonra da avluya inmemin tek nedeni can sıkıntısıydı. Bana gururla Quartz'ı göstermişti. Ben darbe yemiş çamurluğu, paslanmış egzoz borusunu gördüm, aklımı başımdan alacak kadar çirkin buldum.

"Sen 'Teşekkür ederim ama istemem' demiştin, 'Biella'da kimsede yok bundan. Neyse ki ağabeyin inmiş, denemen için yüreklendirmişti, çünkü o bu konuda çok heyecanlanmıştı."

Spagettimiz geldi. Tabağıma eğildiğimde artık babamla benim ortak anılarımız olduğunu idrak ettim.

"Onu değiştirmeyeceğim" diyerek sonlandırdım konuşmayı. O külüstür benim bağımsızlığımın başlangıcını belirlemişti. "Sen haklıydın."

Öksürdü, peçeteyle ağzının kenarlarını temizledi. Ama ben duygulandığını fark ettim.

\* \* \*

Yemekten sonra yola çıktık. Babam nereye gittiğimizi gizlemekte inat ederek güneye doğru sürdü arabayı. Aurelia sapağından çıktı, bozuk bir yola girdi. Evler, çiftlikler, distribütörler: Her türlü insani iz bittikten sonra pırnalların kapladığı düz bir ovaya çıktık. Manzara bataklık bir hal alınca gerildim: "Nereye götürüyorsun beni?"

"Güven bana, az kaldı."

On dakika sonra büyük kahverengi tabela haberi verdi: "San Quintino Doğal Parkı."

Teslim oldum.

"Her şeyi düşündüm" dedi babam motoru kapatırken.

Saydım, park yerinde bizimkinin dışında iki küçük otomobil daha vardı.

"Sana 8x42 dürbün, siperlikli şapka ve onları rahatsız etmemek için kamuflaj tulumu aldım."

"Kimi rahatsız etmemek için?"

"Kuşları."

Şaka mı yapıyordu? Ben o zaman dünyayı siyah ya da beyaz görüyordum: Şiirin karşıtı matematik, doğanın karşıtı kültür. Şimdilerde çelişkiler konusunda sözüm çoktur ama onu kabul etmeyenlerin başında geliyordum. Lise üçte fen derslerini böcek toplayan eziklerin dersi olarak görürken, şairlerin her şeyi anladığını savunurdum.

Babam bana kendininkinin aynısı, üzerinde "Bird Watcher" yazan yeşil bir şapka uzattı. Ben duruma isyan ederek, "Sen git, ben seni beklerken Yunanca çalışırım" dedim.

Babam indi, Passat'ın çevresini dolaştı, gelip kapımı açtı. "Haydi" dedi ciddi bir tavırla, "senin hayırlarından bıktım. İçine kapanıksın, kapalı bir zihniyete sahipsin, bu iyi değil."

Öfleye pöfleye dışarı sürüklendim. O bagajı açtı, bana üzerinde etiketi hâlâ duran bir eşofman takımı verdi, yepyeni bir çift trekking ayakkabısı da almıştı: O da şapka gibi yeşildi.

Yerimden kımıldamadım. Babam kararlı bir şekilde hazırlıklarını tamamlıyordu. "Zaten en kötü saatte geldik, bir alakarga görme fırsatı yakalar mıyız bilmem. Üzerini değiştir, sırt çantanı boşalt ve sadece dürbünle mataranı al, rica ediyorum, geri kalanı otomobilde bırak. Haydi!"

Kuş gözlemciliği onu fanatikleştiriyordu. Çevreme bakındım, soyunabileceğim bir kafe ya da tuvalet göremedim. Yeniden otomobile bindim, koltukların arasına sıkışarak yeni giysileri giydim. Kan bağımız ne olursa olsun babamın karşısında donla görünmek istemiyordum.

Paraşütçü gibi giyinmiş olarak çıktım. Babam şapkamı taktı, alçak sesle konuşmamı, en fazla fısıldamamı ve gürültü yapmamamı söyledi. Sonra bir mantar ormanına daldık. Hava nemden ağırlaşmıştı. Onların diliyle hedef türümüz yuva kurmak ve üremek için Afrika'dan dönmüş olan alakargaydı. Sevda yüzünden temkini elden bırakabilir ve ortaya çıkabilirdi: Bir yere gizlenmeli ve beklemeliydik. O kadar.

Ben kedileri kuşlara yeğlerdim. En azından okşamana izin veriyorlardı ve çağırdığında yanına geliyorlardı. Alakargalar ise hiç yoklarmış gibi saklanıyorlardı. Yarım saat boyunca, hiç konuşmadan, ayakta bir mersin ağacının altında bekledik. Tüm dikkatini işitmeye vermiş olan babam, elinde dürbünüyle mükemmel yoğunlaşmış haldeydi. Derken bir akça cılıbıt ile bir kocagöz gördü ve fısıldadı: "Bak! Hemen!" Ben *on yedi* yaşındaydım: Şu anda bambaşka bir yerde, bambaşka bir şey yapıyor olmalıydım. Daha o dürbünü nasıl tutacağımı bile bilmiyordum. Yarım saniye boyunca bir çalıyı izledim.

Mersin ağaçları altında sonsuza dek dikildik. Saat altı buçukta bir alakarganın gölgesini bile görmemiştik ve benim tek arzum eve dönmekti ama babam o kadar hırslanmıştı ki bunu söylemeye cesaret edemiyordum.

Kuşları fotoğraflamak için bir kulübeye gizlendik. Babam çantasından yepyeni dijital ve teleobjektifli Contax N fotoğraf makinesini çıkardı –bu üzerinde dikkatle durmak gereken bir nesneydi çünkü sonrasında anahtar bir rol oynayacaktı– ve onlarca kez soyu tükenme tehlikesi altında olan kuşu ölümsüzleştirdi: Deniz alakargası dışında.

Nehre döndük. Kuş cıvıltısı, kuş ötüşü, böcek vızıltısı dinlemekten bıkmıştım. Sözcük yoksunluğu beni de yoksunlaştırıyordu; çamur ve sinek sokmaları da fazladan sıkıntı yaratıyordu. "Klasik işte" dedi babam kıyıda durarak "bir hedef belirlemek ve ulaşamamak."

Bir çiçek gördü. Contax'ı kaldırdı, bir zamanlar annemi ölümsüzleştirmek için kullandığı Polaroid'i çıkarttı. Işık ve açı belirlemek için dakikalarca uğraştı. Sanki o zavallı çiçek isyan edebilirmiş gibi saydığını duydum. Sonra çekti. Renksiz çıktı. Babam onu aldı, defterinin arasına soktu. Renklenmek için on beş dakikası vardı ama o daha da fazla bekleyecekti: Eve dönecek, uzun süredir yalnız uyuduğu yatak odasına kapanacak, kendine yeni bir duygusal hayat kurmamakta inat eden bütün bekârların yaptığı gibi onlarca pantolonu üst üste yığdığı sandalyeye oturacaktı. Ve resmi çevirecek, güzel çıkmış olması için dua edecekti.

"Şimdi eve gidebilir miyiz?"
"Dur bir tane daha çekeceğim."
"Hayır." Sabrım taşmıştı. "Bu benim doğum günüm, senin değil."

Babam durup bana baktı, belki de geç kaldığımızı o anda fark etti.

"Tamam, dönelim."

Arkamızı dönmemizle kanat hışırtıları duymamız bir oldu. Bir seslenme ve yakın bir ağaçtan ona verilen yanıt. Babam dürbününü yakaladı, yakınlaştırdı. Yüzünde kendinden geçmişçesine bir gülümseme belirdi: "Eli, alakargalar. Bir dişi, bir erkek."

Ben de yakınlaştırdım, uğraştım. Kımıldamadan hatta nefes almadan merceğin ucundaki mavi tüyleri, kara gagayı, hiç bilmediğim, gizemli bir güzelliğin dikkatli gözlerini gördüm. Mucizeyi idrak ettim.

Ve işte tam o anda cep telefonum çaldı.

***

Silah patlamış gibi, çevrede hiçbir şey kalmadı.

Sırt çantama saldırdım, telefonu susturma telaşına girdim.

"Lanet olasıca rezil!" diye bağırdı babam. Marihuanalı kek olayından sonra ilk kez küfrettiğini duyuyordum. "Telefonunu kapatmanı söylememe gerek var mıydı? Yanında getirmesen olmaz mıydı? Kahrolsun ya! Takıntılısın şu alete!"

Bulamıyordum telefonumu. Dış cebimde, iç cebimde yoktu. Alakarga bir süre önce gitmişti. Onu gördüğümüzü sandığımız bir süratle uçmuştu. Buldum sonunda. Babam büyük hayal kırıklığıyla gözlerini bana dikmişti. Ben telefonumu elimde tutuyordum, çalmaya devam ediyordu.

"Beatrice bu" dedim özür dilercesine, "yanıtlamam *gerekiyor.*"

Koşarak büyük bir ağaç gövdesinin arkasına gizlendim.

"Alo?" Az çekiyordu. "Bea, duyuyor musun beni?"

"Neredesin ya, çok kötü geliyor sesin."

O sabah görüşmemiştik, o dönemde sık sık olduğu üzere okula gelmemişti.

"Annem seninle konuşmak istediğini söyledi."

"Nasıl?" Yanlış anladığımı düşündüm.

"Annem" dedi yasaklı kelimenin üzerine basarak, "Yarın öğleden sonra. Ne olur gel."

İnanamadım buna. "Tabii ki gelirim."

Doğum günümü unutmuştu; bunu düşündüm ama sonra hemen pişmanlık duydum. Şu anda nelerle uğraşıyordu: "Utanmalısın Elisa."

"Kutluyorum" dedi, "Bugün zor bir gün oldu ama seni unutmadım. Küçük bir hediyem de var."

Gözlerim yaşardı.

"Yarın görüşürüz" diyerek söz verdim.

"Saat üçte, inde."

"Tamam."

Kapattım. Mesaj gelmiş mi diye baktım, yoktu. Niccolo kesin unutmuştu. Annem sabah vardiyadan önce bir SMS yollamıştı, sonra bir tane de öğle yemeğine çıktığında: Bayılıyordu mesajlara, hiç durmadan "SÇS" yazıyordu.

Ağacın arkasından çıktığımda babam "Kaldır onu" dedi. O elbette SMS'lerden nefret ediyordu.

Sonra da hınçla ekledi: "Kapat onu. Şunu sana aldığım güne lanet olsun!"

Kapatmadım, sesini kıstım. Herkesin sahip olduğu Nokia 3310'lardan biriydi. Babama onu alması için yalvarmıştım çünkü punk geçiniyordum ama başkalarından farklı olma cesaretim yoktu. Ve o karşı olsa da bir önceki Noel'de razı gelmişti. Şimdi de kavga etmiştik.

Üzüldüm. Dönüş yolunda tek kelime konuşmadık. Babam başka bir şey görmemişti, gözlemcilik defterinde o güne ilişkin sayfa yarı boş kalmıştı. Kendimi sorumlu hissettim.

Otomobilde radyoyu açmaya bile cesaret edemedim. Telefonumu sessizce cebimde tutuyordum. Göstermeden dokunuyordum, arada sırada bakıyordum: Keşke ışığı yansaydı... Bir mesaj, tek bir zil sesi yeterdi! *Ondan, sevgilimden!* Babam telefonumun sesinin açık olmasının, hele de doğum günümdeki önemini neden anlayamıyordu?

Eve döndük, odama kapandım. Her şeyden önce, çamurlu ayakkabılarımı, terli eşofman üstümü çıkarmadan, kirli ellerimi yıkamadan ve susuzluğumu gidermeden bilgisayarımı açtım. Kendiminkini. Babamın cömert bir armağanı daha.

Sabırsızlıkla ekranın canlanmasını bekledim. Her zarf imi bende acı, haz, umut, korku yaratıyordu. Artık her akşam gece yarısına kadar bunu yapıyordum. Derslerimi, yemeğimi, babamla televizyon seyretmeyi bitiriyordum. Sonra saklanıyordum ama artık yalnız değildim.

"Belgeler" başlığı altında gösterişli sıfatlar, kullanımdan kalkmış isimler, bugün okunsa az çok utandıracak metaforlar gizliydi ama o zamanki bakışımla ben bir yazar olmuştum. Ona sarınıyordum, onun kılığına giriyordum, mest oluyordum. Yazı konusunda hiçbir şey bilmiyordum ama kendimi baştan çıkartıcı hissediyordum. Dosyanın adı, yazarın mektuplarıydı.

Değişmiş olduğumu söylemiştim: Teknolojik olmuştum, artık kâğıt üstüne kalemle yazmıyordum. Hatta internete ADSL ile bağlanıyordum, bu aygıt ses yapmıyor, telefonu kesintiye uğratmıyordu; zaten artık sabit telefon kullanan da kalmamıştı. Ama ben sitelerde gezmiyordum. Duruyordum. Başka yerler benim için geçmişti, gelecek değildi. Ve gene de hayatımda bir posta kutum olmuştu. Elektronik.

Babam bir pazar günü kendime bir takma ad belirlemem konusunda ısrar etmiş ve Virgilio'dan bir adres almıştı. Web konusunda sadece bu biricik adresi kullanıyordum ve bu adresten bana tek bir kişi ulaşabiliyordu.

Her gece yazışıyorduk.

Tekrarı olmayacak, tehlikeli şeyler.

Eğer birimiz geç kalırsak, telefon titreşiyordu. Yastığın altında, yatağın yanında saat üçe, dörde kadar titreşiyordu, uyuyamazdık; birbirimizi düşünmemiz gerekiyordu, kalkmalı, gene yazmalıydık birbirimize. Ve bu Nokia bir işkence aletiydi.

Gün boyunca birbirimizi kusursuzca görmezden geliyorduk. Ama saat 22.30 oldu mu mektubumuzu bekliyorduk. Ekranın ardında her şey kabul edilebilirdi: Her türlü açıklama, her türlü eylem. Sözlerle öyle bir noktaya varıyorduk ki ondan sonra uyku tutturamıyorduk. Ve devam etmemiz gerekiyordu. Telefonla, bilgisayarla.

Uzak bir iz olarak şimdi zihnimde onun adresi beliriyor, sevgiyle tebessüm ediyorum: moravia85@virgilio.it

\* \* \*

Ben morante86 idim, memelerim vardı.

Memelerim büyüyeli beri okulda bana Elisa der olmuşlardı.

İki yaz içinde boyum beş santim uzamıştı, ağabeyimin blucinlerinden artık popom ve kalçalarım belli oluyordu.

2003 yılında T şehrinde kimsenin dilinde *piercing* olmadığını da ekleyeyim: *Hiç kimsenin.* Ben onu dışarı çıkartabilir, dişlerime vurarak oynayabilir, kendimi acayip havalı sayabilirdim. Genellikle de erkeklerden gelen ve pek orijinal olmayan espriler şuydu: "Kim bilir şimdi nasıl güzel alıyorsundur ağzına!" Küçümseyici bir tavırla tepki gösteriyor, ortaparmağımı kaldırıyordum. Makyaj yapıyordum, Il *Manifesto* okuyordum, kâkülüm yoktu. Enzo saçlarımı kasket modeli kesmiş, kâkülümü kısaltmıştı. Bea *Pulp Fiction* filmindeki Uma Thurman ile birebir aynı olduğuma yemin ediyordu. Bir devrimdi bu!

Ama gene de ben, ben kalıyordum.

Ruhuma gömdüğüm Palazzina Piacenza, annemin umursamaz kanıyla, tutarsız, delik deşik hikâyemizle ben bendim işte: Memeler de bu işi çözemeyecekti, *piercing* de.

Cumartesi öğleden sonralarını bir kayaya oturup, anlarmış gibi yaparak *Böyle Buyurdu Zerdüşt* okuyarak geçiren, sonra da eve dönen bir eziktim. Akşamları çıkmak, bir küpün üzerinde geç saatlere kadar dans etmek, sarhoş olmak, tuvalete kapanıp ot içmek, biriyle öpüşmek yerine evde oluyordum. Biriyle değil, Moravia ile elbette; sözü çok dolandırdım ama anladınız siz kim olduğunu.

Lorenzo ile çıkmak yerine onun Valeria'ya dönmesini de seyretmiştim, sonra bir başkasıyla birlikte olup ona da ihanet etmesini de ama olaya dahil olmak için parmağımı bile oynatmamıştım. Hayaller kuruyordum, hayaller kuruyordum, hayaller kuruyordum, limanda, iskelenin ucunda, yüksek ve düz bir kayanın üzerinde. Rüzgâr sayfaların, saçlarımın arasından eserken kendimi roman kahramanı gibi hissediyordum. Gerçeklikten çaresizce kaçan kahraman.

İki yıl önce çınar ağacının altında yaşadığım felaketi, utancı, güvensizliği, kendim olmanın içimden sökemediğim suçunu aşabileceğimi sanmıyordum. Arzuladığım hiçbir şeyi yaşayamıyordum: Seyir terasında onun otomobilinde oturmak, dilimi ağzına sokmak, kabaran kasıklarla el ele olmak, parmakları birbirine geçirmek. Ve bunu herkesin bilmesi.

O artık sevişiyordu, başkalarıyla.

Ama her akşam yazdığı kişi bendim.

Ve her akşam ben ona cevap veriyordum.

O Moravia, ben Morante.

Parantez içinde ikimiz de bu yazarları okumamıştık. Hatta sadece o ikisinin birlikte çekilmiş fotoğraflarındaki tutku aurası yüzünden seçmiştik bu adları. Fotoğraflar! Boşluk... Edebiyatçı olma oyunu oynuyorduk. İnternette herkesin adının "Kedicik 86" veya "Lore84" olduğu dönemde biz başkalarından farklı olduğumuzu sanıyorduk, sanki gerçekliğe bir tek biz adım atmıştık. Ağırdık, biliyorum ve biraz da eziktik.

Susuzluktan ölmek, tuvaletimi altıma yapmak üzereydim

ama gene de değil akşamın 22.30'unu, bir dakika daha bekleyemeden 11 Nisan gününün postasını açtım.

Tanrım, ne olur yazmış olsun. Sayfa o zamanlar olduğu üzere, zar zor yüklendi. Kalbim durmak üzereyken ekrana eğildim: OKUNMAMIŞ bir mesajın var.

Hatırlamıştı. Şiddetli bir mutluluk boşalması yaşadım. E-posta saati 15.05'ti, konu: "Doğum günün kutlu olsun aşkım."

Okulun kapısında dikilip beni beklememiş, beni ailesinin on sekiz yaş hediyesi olan Golf ile uzaklara götürmemişti. Zaten neden yapacaktı ki bunu? Onlar benim koyduğum kurallara uymayan bayağılıklardı: Bedenler değil sözler olacaktı aramızda.

# GİN

Beatrice ile benim artık bir yerimiz vardı: "İn." Belki haciz gelmiş, belki el konmuş bir evdi, bilen yoktu, Lecci Sokağı'nın sonunda, yabana terk edilmişti. Biz ikimizden başka kimse giremezdi.

12 Nisan günü oraya vardığımda, onun bir divandan geri kalan şeyin üstünde oturduğunu gördüm: Bu sadece bir süngerdi. Hiçbir yeri aramadan elinde tuttuğu telefonuna eğilmişti; sadece bekliyordu.

O da değişmişti ve o kadar kötüye gitmişti ki onu tanımlayıp tanımlamama arasında kararsızım şimdi. Çünkü onu yayımlanması mümkün olmayacak bir portreden sakınıyorum ama aynı zamanda da dışarıdaki dünyadan intikamımı almak istiyorum: Numara yapmak o kadar kolay ki. Poz vermek, gülümsemek. Maldivler'de, kendi düğününde, bebeği doğduğunda. Kendini teşhir etmek ve bunu insanların yüzüne vurmak. Peki ya öteki günlerde? Korkularda, hastalıklarda, cenazelerde, insanlık nasıl davranmayı planlıyor? Ben bir ezik ve örümcek kafalı olabilirim ama bırakın şunu da söyleyeyim: Hayata gerekli olan edebiyattır.

Sonuç olarak Beatrice çirkinleşmişti. Fondöten artık ne sivilceleri, ne uykusuz geceleri ne bir süre önce yüzleştiği derin acıyı örtebiliyordu. Şişmanlamıştı, buzdolabının önünde tıkınıyordu ve artık diyetini kontrol edecek kimse kalmamıştı. Spor salonu bitmişti, dansı bırakmıştı, Enzo'ya aylardan beri uğramıyordu. Onu bu halde görmek ne çok insanı mutlu ederdi ama görüntülerden farklı olarak sözler merhametli ve edeplidir.

Girdiğimi duyunca bakışlarını bana doğru kaldırdı ve şöyle dedi: "Morfin vermeye başladılar. Dün akşam."

Ayakta kalakaldım. Odada bir de masa vardı ama sandalye yoktu, çökmüş divan ikimiz için yeterince büyük değildi.

"Ama o bunu bilmiyor" diye devam etti Bea duygusuz bir sesle, "bu nedenle rica ediyorum, iyileşeceğine inanması gerekiyor."

Dondum kaldım.

Bea bir kez daha telefonunu kontrol etti: "Hemşirenin bana uyanacağı zamanı söylemesini bekliyorum, o zaman gideriz."

Yanda bir mutfak, bir ocak ve dolap kalıntısı vardı, bunun yanında da var olmayan davlumbazın izi kalmıştı. Banyoda bide ve duşakabin yoktu ama lavabonun üstünde, bir bardağın içinde iki diş fırçası duruyordu.

"Korkuyor musun?" diye sordu bana. "Kim bilir ne söylemek istiyor sana?"

"Annenden korktuğumu biliyorsun."

Bea gülümsedi. Bakımsız saçlarını bir lastikle topladı, önceleri zorla evcilleştirilmiş olan saçlar doğal kıvırcıklığına kavuşmuştu. "Benim tek korkum onun ölmesi. Ve bunun da anlamı yok çünkü artık ölmek üzere olduğunu biliyorum."

Durdum... *Durmaktan* başka ne yapabilirdim bilmiyordum: Aynı pozisyonda, kımıltısız, sessiz. Ölüm utanç verici bir olaydı, hele de on yedi yaşındayken: Ezikliğin, kabahatin, boşluğun en üst düzeyiydi. Beatrice de farkındaydı bunun, bu nedenle konuyu değiştirmeye çalıştı: "Yukarı çıkalım mı?"

Kabul ettim, peşinden basamakları tırmandım. Aktarmayı unuttuğum bir ayrıntı şuydu ki başının tam ortasında beyaz bir saç uzamıştı. Tek bir taneydi ama koyu kestane saçlarının tam ortasında yaşlı bir kadına aitmiş gibi görünen beyaz saç. Nasıl olup da fark etmemişti bilmiyordum, ben de söylemeye cesaret edemiyordum.

Üst katta iki yatak odası vardı, birindeki evlilik yatağı dokunulmamış haliyle duruyordu. Sadece dolapta giysiler eksikti. Bea hava ve güneş girmesi için arkadaki pencereyi açtı; sokağa bakan pencereyi hep kapalı bırakıyorduk: Birileri evdeki hareketi fark ederse polis çağırabilirdi.

Arkadaşlığımız sıradışıydı. El ele tutuşarak kendimizi yatağa attık, yüz kilo tozu havaya savurduk, burnumuzu yastıklara, kapitone satene, kullanılmış ama artık bizim olmuş çarşaflara gömdük. Ne kokuyorlardı?

Duruyorum, parmaklarımı klavyeden kaldırıyorum, üzerinde yazdığım çalışma masamdan, çevremi saran düzenli duvarlarımdan kendimi soyutlayarak o odanın ışık huzmesine, hediyelik eşyalarda kar görüntüsü veren plastik gibi yağan toza ve her seferinde beni saran kalp çarpıntısına dönmeye çalışıyorum.

Geçmiş yılların kokusuydu sinen. Gediklerden içeri sızmış sporlar, bitki tohumları, yumuşatıcıların eski molekülleri ve küfleri, bir kavgadan sonra yapılan barış, başkalarının görmediği aşk, her şeyi sonlandıran sessizliğin kokusuydu bu; Bir de Beatrice'nin kullandığı şampuan.

Birbirimize sarıldık. Bir dizimi bacakları arasına soktum, o da başını benim çenemle köprücük kemiğim arasına koydu. Böylece birbirinin üzerine kapanmış olarak kalabilir, kendimizi dünyanın kabalığından saatlerce sakınabilirdik. "Deliler sokak, numara sıfır" evimizin adresiydi. Burada her şey adildi. Kimi zaman ödev yapıyorduk, kimi zaman ben geç saatlere kadar bilgisayar başında, o da annesinin hasta yatağının yanında oturduğumuz için uyuyordu; bazı öğleden sonralarına ait anılarımı kendi sırlarım arasında bırakmayı yeğliyorum, o anların duygusallığının veya iffetsizliğinin benimle yaşlanmasını, benimle, tanık olmadan eriyip gitmesini istiyorum.

Beatrice o gün hıçkırarak ağlamaya başladı. Yüzünü ellerinin arkasına gizledi. Yanına yanaştım, öpmek için eğildim.

"Ölmesi ne anlama geliyor?" Gözlerini kuruladı. "Geleceği hayal bile edemiyorum. Erkek kardeşim, ablam, babam, ne yapacağız biz? Artık bizi bir arada tutacak kimse olmayacak."

Beni dinlemedi bile. "Hazır değilim buna, daha çok erken."

Dudağını ısırarak duvara döndü. Söylemeye cesaret edemediği düşüncelerini dinledim: "Diploma törenimde, üniversite mezuniyetimde, düğünümde, bebeğim olursa hastanede yanımda olmayacak. Onun yerinde daima bir krater boşluğu göreceğim ve artık bir daha hiç mutlu olamayacağım.

Babam her şeyi üstlenmesi için Svetlana'ya para ödeyecek,

kendi zaten şimdiden ofisinde yaşıyor. Costanza bir daha üniversiteden eve gelmeyecek, bayramlarda bile orada kalacak. Ludo ise daha on dört yaşında."

Karşılıklı oturduk.

"Ben varım" diye yineledim ellerini tutarak. Ama Bea bu kadarcık şeyle yetinemezdi.

"Ölüyor demek, ne anlama geliyor, *sahiden* biliyor musun?" Kimselerde olmayan yeşil irislerini gözlerime dikti. "Yalnız olacağım." Benden gerçek sözler bekledi: "Yazan sensin, o halde güzelce söyle. Yalnız olacağım, öyle mi? Böylece artık hiçbir şeyim olmayacak, Noel'de ne yapacağımı bilemeyeceğim, okula gitmek için bir nedenim kalmayacak, iyi bir not aldığımda kimse umursamayacak."

"Yalnız değil" diye düzelttim onu, "öksüz olacaksın." Bütün sözlükten cesaret alarak sözümü sürdürdüm: "Noel'i, pazar günlerini, eve dönüp sekiz aldığını söylemek istediğinde onu karşında görmeyi düşünmemelisin. Karşılaştırma yapamazsın. Çünkü eğer geriye bakarsan bir daha hiçbir şey bulamazsın. Ama önünde uzanan gelecekte her şeye sahipsin Bea. Tüm hayat onu ele geçirmeni bekliyor."

Gözleri yeniden yaşlarla doldu.

"Ele geçirmek değil, *yitirmek*."

Benim de gözlerim yaşla doldu.

"Gün gelecek, her şey değişecek. Yemin ediyorum, bunun intikamını alacaksın."

"Hayır Eli" diyerek başını salladı. "O benim annem."

\* \* \*

Kasım başında olmuştu: Ginevra dell'Osservanza, elinde alışveriş torbalarıyla eve dönerken ayağı bir şeye takılmamasına rağmen yolda ansızın düşüvermişti. Bir patates çuvalı gibi yere yığılmış, femür kemiğini kırmıştı.

Elli beş yaşında.

İlkyardımda ona tedavi görüyor mu, tümörü nerede diye sormuşlar o da şu yanıtı vermişti: "Evet memeşdeydi ama artık her şey çözümlendi." Kendi, kocası, çocukları bacaklarındaki geçmek bilmeyen ağrıların ilaçların yan etkisi olduğunu yineleyip duruyorlardı. Öte yandan ameliyat iyi geçmişti, tümör alınmıştı; kemoterapi ve radyoterapi seansları sona ermişti, sonuçlar temiz çıkmıştı: Besbelli ağrının nedeni ilaçlardı.

Ama o sabah, ilkyardım servisinde çekilen bir MR'de gerçek ortaya çıkmıştı: Metastaz o kadar ilerlemişti ki leğen kemiğini ve bazı başka kemikleri de kemirmişti. Femür toz haline gelmişti. 11 Eylül günü iki kuleyi yerle bir eden iki sorti gibi burada da iki sorti yetmişti.

Artık ayağa kalkamayacaktı.

İyileşmesi söz konusu değildi.

Beatrice ailenin geri kalanıyla birlikte delirdi. Kendilerini kandırmışlar, mutlu sona inanmışlardı ama gerçeklik hayalleri paramparça etmeyi sever ya da hiç umursamaz. Babamla birlikte Bea'nın yanında olmak için hastaneye koşuşumuzu hatırlıyorum. Üçüncü katın soğuk koridorları sarıya boyanmıştı. Canımızı acıtacak kadar sıkı sıkı sarılmıştık birbirimize, karşımda ama biraz uzakta, Riccardo'nun Costanza'nın, Ludovico'nun mahvolmuş yüzlerini görmüştüm. Belki de Ginevra'ya iyi bir arkadaş olduğumu onlar söylemişti. Tedavisi süresince, yani bir ay boyunca her gün gidip onun odasının dışında, duvara çivilenmiş plastik sandalyede oturmuş, haberlerini almak, Beatrice'ye ödevlerinde yardım etmek için orada kalmıştım. Evlerine girmeme henüz izin verilmemiş olsa bile her ihtiyaç olduğunda, herhangi bir saatte, herhangi bir ihtiyaç için Lecci Sokağı 17 numaranın kapısına koşmuştum. Ve belki de bu nedenle 12 Nisan günü, ömrünün son haftasında Ginevra benimle konuşmak istemişti.

Beni bağışlamak için. Ya da mahkûm etmek için.

Bilmiyordum, korkuyordum ama gene de bana böyle hak tanımasına, böyle bir fırsatımız olmasına seviniyordum. Çünkü o dönemde dünyada Beatrice için deli olan bir tek o ve ben vardık.

"Ne aptalım, hediyeni vermeliyim!" Bea silkelendi, yüzüne akan rimel karasını bir kâğıt mendille sildi ve ayağa kalktı. "Hiç tahmin edemeyeceksin!" Dolabı açıp aramaya başladı. "Onu burada bir yere sakladım, bakalım beğenecek misin?"

Buldu ve uzattı: Kâğıda değil de seloteybe sarılmış minicik bir paketti, belli ki kendi işiydi bu.

"Ah böyle güzel bir paketi bozacağım!"

"Aç şunu aptal!"

Dişlerimle ancak açabildim. İçinde bir başka kâğıt, onun içinde de bir başka kâğıt vardı.

"Bir şey çıkacak mı yoksa bu bir şaka mı?"

"Bana güvenemiyorsun hiç, değil mi?"

Güvenmiyordum ve sonra anlayacağım üzere iyi de yapıyordum. O trajik ve karmakarışık dönemde, saçlarında eski boyaların kalıntılarıyla kahverengi lüleleri varken, yanaklarına şöyle bir allık sürmüşken, ta dipte, bu acının en temelinde o büyülü varlık gene vardı, gömülmüştü ama uyanıktı, ansızın uyanıp zamanı ele geçirebilecek bir gücün emanetçisiydi.

Bir *piercing* bulana kadar açtım paketi: Fosforlu yeşil, şahane bir şeydi. Heyecanla boynuna atladım.

"Bunu bulabilmek için S Marina'ya kadar gittim."

"Çok teşekkür ederim."

"Hazır gitmişken bir tane de kendime yenisini aldım. Bak!"

*Sweatshirt*'ünü ve tişörtünü kaldırdı. Artık dümdüz olmayan ve geçen yazdan beri yanak yanak olan göbeğinde fuşya bir *piercing* parlıyordu.

"Muhteşem!" Ona dokunmuştum.

"Şimdi sen de değiştir."

Alt kattaki banyoya koştuk, burada bir parçacık ayna kalmıştı ama yeterdi. Bea ellerimi lavabonun üstündeki bir şişe suyla sözde yıkamama yardım etti. Eski metal renkli çelik *piercing*'imi çıkarttım, bir an için elimde tutup şöyle bir baktım.

Bunları ağustos tatilinde yaptırmıştık. Çünkü 15.08.2002 ikinci yıldönümümüzdü. Beatrice, göbeğini deldirmeyi yeğlemişti, o en yaygın modaların öncüsü olmuştu hep, bense Mayalar ve Aztekler gibi dilimi. S Marina'da, kilometrelerce uzaktaki tek *piercing* dükkânında, ebeveynlerimizden gizli yapmıştık bunu. Bedenimizin neresini evde gizleyebilir, okulda gösterebiliriz diye kafa yormuştuk. İğne bizi delmişti, acı sızısı hissetmiştik. İkinci kez kan dökmüştük, kızlık zarından sonra yani. Arkadaşlığımız belli ki ıstırabın ölçüsüzce kullanılmasına dayanıyordu. "İşte şimdi punk olduk" diye güvence verirken onun motorunun arkasına binmiştim. Motoru hareket ettirmişti. İki kişi saatte yetmiş kilometreyle otobana çıkmıştık, aynı hırsızlık yaptığımız günkü gibi. McDonald's yemek için mola vermiştik. Akşam yemeğinden sonra kimsenin seyretmediği şenlik ateşlerini görmek için demir kumsalda buluşmuştuk. Sonra parmaklarımızın ucunda dönmüştük evlerimize; ne ertesi gün ne sonraki günlerde ailemiz bir şeyin farkına varmıştı. Ama Eylül'de sınıfa muzaffer bir giriş yapmıştık. O kısacık bir tişört giyerek belini açıkta bırakmıştı, ben de her dakika dilimi çıkartıyordum. Herkesin ağzı bir karış açık kalmıştı.

Yeni *piercing*'imi takıp kendimi o üçgen aynada incelerken, başkaları ölebilir ama biz hayır, diye geçirdim içimden. Belki de tarihe geçecek büyük bir olay yaşamak vardı kaderimizde. Ya da küçük bir olay sonucu ikimiz de evde kalmış, herkesçe unutulmuş ama gene beraber iki kadın olarak huzur evinde yaşlanacaktık. Ve arada bir fark yoktu: kazanmak, kaybetmek. Yeter ki o *birliktelik* hep devam etsindi.

Tam bunları ona açıklayacakken telefon çaldı. Tam o anda bu müdahaleden nefret ettim. Ama Beatrice bundan başka bir şey beklemez gibiydi ve hemen yanıtladı: "Tamam, geliyoruz."

* * *

Sanki içeride bebek vardı ve onu uyandırmamam tembihlenmiş gibi hiç gürültü yapmadan girdim. Tek başıma, çünkü Ginevra böyle istemişti.

Panjurlar indirilmişti, dört bir yanda ilaçlar duruyordu, kalkamayan, hareket etmeyen bedenin ekşi kokusu havaya yayılmıştı. O anda portreler odasının tümör odasına dönüştürüldüğünü anladım.

"Gel yaklaş bana" dediğini işittim. Çarşafa ve yastığın şişkinliğine saklanmış olarak yan yatıyordu. Yanına gittim. Binbir zorlukla yüzüme bakmak için döndü. Ben de ona baktım ve kalbim duracak gibi oldu.

Ginevra *tanınmaz bir hal almıştı.*

İskelet gibiydi, yüzü buruşmuştu, rengi hayalet gibi beyazdı. Çıplak başında birkaç beyaz saç vardı; sanki ansızın üç yüz yaş ihtiyarlamış gibiydi. Bu bedende, benim tanıdığım o güçlü ve şık kadından geriye hiçbir şey kalmamıştı. Hastalık onu bugün bile kabullenemediğim bir şekilde aşağılamıştı. Gene de yanına yaklaşınca sabırsızlık ve arzuyla parlamaya başladı gözleri.

"Bak sen, güzelleşmişsin!"

Gülümsemek için zorladım kendimi.

"Ama bakışından benim korkunç bir hal aldığımı anlıyorum."

"Bu doğru değil..." derken cılız bir ses zorlukla çıkabildi ağzımdan.

"Dinle, seninle bir anlaşma yapalım: İkimizin arasında yalan olmasın. Burada bana fazlasıyla yalan söylüyorlar ve ben de yutuyormuşum gibi yapıyorum. Benim için değil bu yalanlar, onlar kendilerini daha iyi hissediyorlar herhalde. Ama sen akıllısın ve seni çağırttığıma pişman etme beni. Bunu isteyen rahip de olmadı, bilesin." Nefes aldı. "Otur şimdi."

Sözünü dinledim. Gözümün ucuyla duvarları dolduran çerçevelerde Beatrice'nin ve tüm ailenin güler yüzlü çehrelerini gördüm. Bakışlarımı kaçırdım.

"Biz ikimiz birbirimizi anlamamıştık ama şimdi her şey değişti." Uzanmaya çalıştı. "Gözüm pek iyi görmüyor ama galiba ruj sürmüşsün."

"Evet" diye yalan söyledim.

"Tamam. Bu bazılarının düşündüğü gibi yüzeysellik değildir. *Onurdur*. İnsan her türlü ortama en iyi haliyle göstermelidir kendini."

Renkleri artık ayırt edemediğini biliyordum. Bir ya da iki gün içinde tamamen kör olacaktı. Kemiklerdeki metastaz beyne yayılmıştı ve görme sinirlerini kemiriyordu.

"Şimdi asıl noktaya geliyorum: Beatrice ile ilgilenmelisin."

Yutkundum.

"*Sen* onunla ilgilenmelisin çünkü ben olmayınca kimse ilgilenmeyecek. Yaşadığı hayatı değiştirmemeli, kendini kabul ettirmeli. Sen onun derslerini çalışmasını, moda dünyasında var olmasını, defilelere çıkmasını, reklam ve moda çekimlerine gitmesini sağlamalısın. Liseden sonra her ne pahasına olursa olsun Milano'ya gitmeli, Elisa. Bana söz vermelisin."

"Size söz veriyorum."

"Tereddütlü görüyorum seni."

"Hayır, hayır..." Kendimi yapayalnız, alabildiğine rahatsız hissediyordum.

"Sana güveniyorum böyle bir durumda. Ona ihanet edemezsin."

Yemin ederim bugün bile dalgınlaştığımda, bir kitaptan başımı kaldırdığımda, gözüm daldığında, duş yaparken ve kaynar suyun altında gözlerimi yumduğumda o ses kulaklarımda yankılanıyor; kimi zamansa gecenin bir yarısında öyle net duyuyorum ki uyanıveriyorum.

Bedeni bitmişti, yok olmuştu, insanı ağlatacak bir görünüm almıştı; bense burnumu çekiyor, bu cadıyı kandırmak için sürekli öksürüyordum ama sesi, sağlam ruhunun yansımasıydı. Müthiş bir kararlılığa, yırtıcılığa sahipti ve Beatrice kesinlikle ona çekmişti, DNA'sının ilk kromozomunda bu özellikler vardı.

"Ne hale düştüğünü görüyorsun değil mi?"

"Evet..."

"Ben de annemi küçük yaşta kaybettim, insanın kendini nasıl hissettiğini bilirim. Beatrice cesurdur, benim gibi sağlamdır. Buradaki bütün çete içinde" derken elini kaldırıp parmağını havada dolaştırdı, "bir tek o benim oturağımı boşaltma cesaretini buluyor. Ama onun sonu benim gibi olmamalı. Onu T gibi hiçbir şeyin olmadığı, sonunda buharlaşıp yok olduğun bir şehre götürmeyecek biriyle evlenmeli. Onu bir köşeye tıkıp boynuzlamak için çalışmasını engelleyecek biriyle evlenmemeli. Elisa yemin et bana, bunları yapmasına izin vermeyeceksin. Buna asla dayanamam."

"Size yemin ederim."

"Gördün mü ben başaramadım. Ben gençken fotoğraflar çektiriyordum, şahane fotoğraflar. Olağanüstü. Bunlar gibi şeyler değil." Küçümseyici bir tavırla duvarları işaret etti. "Latina'nın tüm fotoğrafçıları bana şöyle derlerdi: 'Gin, sen Vogue, Elle, Glamour, gezegenin tüm dergi kapaklarını ele geçireceksin. Paris'te defileler yapacaksın, film gibi, roman gibi kıskanılası bir hayat yaşayacaksın..."' Gözlerini yumdu. "Öfkemden hepsini yaktım biliyor musun?"

Birkaç saniye sessizce durduk. Onun eş ve anne portrelerini yeniden inceledim, o görüntülerin ardında saklanan ve gözle görünmeyen hüsranları ve vazgeçişleri gördüm.

"Yalvarıyorum sana, cenazemden sonra onu Enzo'ya götür. Başlangıçta çok zor olacak ama onu lütfen yeniden rejime sok. Makyaj yapması için zorla, provalara giderken eşlik et, telefonlar et. Ajandamı şurada bulursun, bak." Bana bir çekmece gösterdi, açtım ve aldım. "Temasta olduğum tüm fotoğrafçılar, ajanslar orada yazılı: Bu benim bir ömür süren işim oldu. Tek işim. Sen ara onları. Beatrice gevşemeye meylederse, müdahale et. Sert ve etkili ol. Her şeyi orospulara kaptırmak o kadar kolay ki, ah çok kolay, ben bunu çok iyi bilirim! Ama o kazanmalı! Çünkü ben onu yukarıdan seyredeceğim!" Burada ağlamaya başladı, "ve onun..." derken bazı kelimeleri yuttu, "özgür, ünlü olmasını istiyorum." Son gücüyle gözyaşlarını kuruladı, karşılık istemeyen ses tonuna büründü: "Bunu başaramazsan, intikamımı senden alırım."

Daha fazla sürdüremedi. Bitkin düşmüştü. Bu konuşma onun son enerjisini tüketmişti. Onu ünlü yapabilmek için tüm varlığıyla bir kız büyütmek ve bunu göremeden ölmek çok adaletsizdi.

Kalktım, ona sarılmayı denedim. Bilmem neden ama seviyordum onu. Bedeni o kadar kırılganlaşmıştı ki ne yapacağımı bilemedim. Beceriksizce öptüm. O duygulandı, heyecanlandı, yanağımı okşadı.

"Yeniden görmeye gelebilirsin beni" dedi odadan çıkmadan, "belki yaktığım fotoğraflardaki kız, o Gin hakkında bir şeyler anlatmaya zamanım olur. Kızım bana yazma konusunda çok yetenekli olduğunu söylüyor."

O kadar şaşırdım ki sadece ve çaresizce tebessüm etmekle yetindim.

"Rahibe günah çıkartmak, ilahi bağışlanma almak istemiyorum" derken güldü. "Ama Beatrice benim hakkımda, ona hiç söylemediğim bir şeyleri bilmeli. Bir dahaki gelişinde yanında bir defter getir."

## (16)

## MORANTE VE MORAVIA

E ve perişan döndüm. Babam çıkmıştı. Mutfak ışığını yaktım, elimde Gin'in ajandasıyla masa başına oturdum.

Kırmızı deri kapağını, ortadan çıkan ayracını okşadım. İçimden önce açmak, sonra da atmak geldi. Beatrice'nin geleceği parmaklarım arasında karıncalanıyordu ve ben kendimi hem korkmuş hem de güçlü hissediyordum.

Karanlık basana, motosikletler yanan sokak lambaları altında gümbürdemeye başlayana, apartman avlusunda aileleriyle kim bilir nereye gitmek için sabırsızlanan makyajlı on üçlük kızlar toplaşana kadar kımıldamadan oturup kararsızlık çektim.

Sonunda karar verdim. Ajandayı aldım, odama girdim, bir taburenin üstüne çıkıp parmak uçlarıma kadar yükseldim ve onu dolabımın tepesine, en arkaya, duvara doğru ittim. Onu bir yumak tozun içine soktum.

Cumartesi akşamıydı. Ben en kötü arkadaştım, belki de en iyi.

Saate baktım. Beatrice bu saatte Gabriele'nin yanına kaçmak için SR'a atlamış olmalıydı. Bu onun tek şansıydı: On kilo fazlası vardı, sivilceleri çıkmıştı, saçları kıvrılmıştı. Mutluluğu, onu asla aldatmayacak olan bir işçiyle yaşadığı kasaba aşkında buluyordu. Ginevra, dedim ona uzaktan, size katılmıyorum. Dolabımın üstüne son kez baktım: Bir şey görünmüyordu. Bu iş gerçekten bana bağlıysa, diye kendime söz verdim, Beatrice özgür olacak. Üniversiteyi ister Napoli'de okur ister Torino'da; ister mühendislik, ister tıp eğitimi alır, isterse de Gabriele ile evlenip on çocuk doğurur ve hiç kimse olarak yaşar.

Böyle gitmiş olsaydı, ne büyük bir kayıp olurdu.

Ya da ne üzücü bir şiir.

Bu arada onun sevgilisi vardı, benim yoktu. Bu nedenle mutfağa döndüm, yiyecek bir şeyler bulmak için dolabı açtım. Babam bile bir akşam yemeğine ya da bekârlığa veda partisine davet edilmişti: Kaçamak davranmıştı, anlamamıştım. Acaba elli yaşında yeniden mi âşık oluyordu?

Bir grisini kemirerek gazete okumaya çalıştım.

Peki ya annem? Acaba onun bir sevgilisi var mıydı? Bunca kilometre uzaktan bunu anlamam zordu. Ama bir süredir akşamları daha az arar olmuştu. Niccolo onu vadide çok içilen bir *pub*'da, sadece erkeklerin olduğu bir masada, elinde *Genepi* içkisiyle yakaladığını söylemişti; bir keresinde de evin önünde bir motordan indiğini, arkadaşına öpücük yolladığını ama o kişinin kaskını çıkartmadığını anlatmıştı.

Dikkatimi dağıtmaya çalışarak Il *Manifesto*'yu karıştırdım. Denedim ama olmadı: Petrole bağlı sonuçlar ve savaşlar, bol bol atılan bombalar, çevre felaketleri bu cumartesi akşamı hiç ilgimi çekmiyordu. Dışarıda dünyanın gürültüsü fazlasıyla yüksekti. Bana şöyle demeye çalışıyordu: "Çıkmazsan, var olacağını nasıl düşünürsün?" Israr ediyordu. Benim suçlu bulduğum Batı dünyası katil, hatalı, düşüşe geçmiş kapitalizmiyle dışarıda hâlâ ışıldıyordu. "Neden eğlenmiyorsun Elisa? Çok ağırsın, hafifle biraz. Hayat neye yarar sanıyorsun?"

Babam fırında parmesanlı ve soslu patlıcan yemeği bırakmıştı, onu bulunca alıp salona geçtim ve babamın bana yasakladığı şeyi yaparak televizyondaki hiciv programının karşısına oturdum: Hem televizyon karşısında yemem yasaktı hem de bu hafif eğlence programlarını seyretmem. Biri sarışın biri esmer iki kızın kalçalarını, popolarını sallayışlarını izledim. Daha fazla kendimi ve dertlerimi düşünmeyeyim diye onlara yalvardım. Oysa onlar o saçlarıyla, o memeleriyle beni tümör odasına, Ginevra'nın kel başında örümcek ağı gibi görünen tek tük beyaz saça, gri cildine, ortaya çıkmış kemiklerine, aşırı hızda çoğalıp onun yıkımına yol açan kötü hücrelerine yeniden götürüyorlardı.

Ölen ilk şey güzellik oluyordu, demek ki değeri yoktu. Peki ya sonuncusu?

İşte o zaman hatırladım o romanı.

\* \* \*

Aradan yıllar geçmişti ama gene de televizyonu kapattım ve çekmeceleri çekerek, dolap kapaklarını açarak ivedilikle onu aramaya başladım.

Bir kitabın kapağını açmanın içinde hiçbir soylu çağrı gizlenmez. Açık konuşalım: Özgürce Beatrice ya da Elisa, kahraman ya da tanık, ünlü ya da meçhul olmayı, bir cumartesi gecesini bir erkekle kaçamakta ya da unutulmuş olarak tek başına bir odada geçirmeye karar veren kişi, bu konuda hiç şüphe duymamıştır. Okumak için gereklilik ve çaresizlik gerekir: Bu hapishanede, yalnızlıkta, yaşlılıkta, toplum dışına itilmişlikte; televizyon ya da internet seni bu hayatta hiçbir şeyin kaybolmadığı ve her şeyin kaybolduğu düşüncesinden uzaklaştıramadığında; tanıdığın herkes mutlu göründüğünde, kendini kıskançlık içinde kemirdiğinde; tek çözüm bu işe bir son vermek ve bir başkası olmaya karar vermek olduğunda okur insan.

İşte böylece o ılık Nisan akşamında, apartmanın ışığı yanan tek penceresi önünde *Yalan ve Büyü* kitabını okumamın zamanının geldiğini anladım.

Onu yatağımın altında, taşınmamdan beri açılmamış tek karton kutunun içinde, müzik kasetlerinin, *walkman*'in, mor lastik çizmelerimin arasında buldum. Palazzina Piacenza Kütüphanesi'nin verdiği sıra sayısı üzerine parmağımla dokundum. Çocuklar için olan kütüphanede bu nasıl geçmişti benim elime? Sanırım yanlışlıkla ve benim için konmuştu oraya.

Binbirinci kere ama o akşam yeni bir kararlılıkla açtım kitabı. Girişteki şiir her zamanki gibi karanlık göründü gözüme. İlerlemeye çalıştım ama bu da zor oldu çünkü anlatıcı bana sevimsiz geliyordu. Onu tanıdığımı hissediyordum; adının Elisa olduğunu ve kendini "yaşlı bir kız çocuğu" olarak nitelediğini öğrendiğimde işin nedenini anladım. İlk bölümün şaşkınlığını atlattıktan sonra roman etkilemeye başladı.

Beni benden, kendi hikâyemden aldı, kaygılarımı eritti, arzu zerk etti. Bambaşka bir yere, aileye ve yüzyıla sürüklendim.

Akşam geceye evirildi, beni çarşaflar arasında ter içinde kitap okurken buldu. Babam dönmüyordu, kimse yüzüme bakmıyordu. Okumakla seksin aynı şey olduğunu söyleyebilirdim ama kim inanırdı ki? 2019 yılında? Keyif almak için görünmeyenin gerektiğine?

Elisa'nın annesi Anna'nın peşinden gidiyor, onun Edoardo ile kaçamak buluşmalarına tanıklık ediyor, yaşadığı heyecana kulak veriyor, en utanç verici arzularına burnumu sokuyordum: Kendini lekeletmek, bekâretini yitirmek, Lorenzo gibi sarışın, mavi gözlü ve aslında Lorenzo *olan* Edoardo tarafından mahvedilmek istiyordum. Cümleleri atlamaya, sayfaları çevirmeye, bitirmek konusunda fiziksel bir ihtiyaç duymaya başladım. Morante'nin sözleri –gerçek olanları artık fotoğrafı değil– o kadar iffetsizdi ki beni kendi bedenimden koruyamıyor, baş aşağı yuvarlanmama neden oluyordu. Kasığımın, belimin alev aldığını, tutuştuğunu hissediyordum. 192. sayfaya geldim ve daha fazla dayanamadım.

Kitabı kapattım, cep telefonumu kaptım.

İsimlere baktım. M'de Moravia'yı buldum.

Artık motosiklete binip tüm T sokaklarında onu bulamayacağımı bile bile aramak zorunda değildim; bu büyü halinin arsızlığını kullanabilme şansım vardı.

Tek bir sözcük yeterdi: "Buluşalım."

Tek bir tuş ve yolla.

Hemen ardından şaşkınlık içinde telefonu yatağa attım. Parmaklarımı kemirerek pencerenin önüne koştum: Ne yapmıştım ben? Çınarı seyrettim, dolunay vardı ve onu gündüz gibi aydınlatıyordu. Bana asla yanıt vermeyecektir, kim bilir kiminledir şimdi. Cumartesi akşamları yazışmama kararı almıştık. Çünkü o çıkıyor, yaşıyordu, bense bunu yapmıyordum.

Ama telefon titreşti ve ben irkildim.

Döndüm. Mümkün müydü bu? Ekran aydınlanmıştı. Korku içinde yaklaştım. "Bir mesajın var."

Yanıtlamıştı beni: "Ne zaman?"

Defalarca hata yaparak yazdım: "Şimdi."

Bir dakikadan daha az geçti: "Nerede?"

Aklıma bir fikir geldi: Evden kaçmak. Sonra daha kötü bir tane daha.

Tüm noktalamaları kullanarak sevdiğim gibi bir cümle yazmak için beni engelleyen harf sayısının kısıtlılığına rağmen şunu yazdım: "Bende, arabayı değil, motoru al, evin arkasına gel. Birinci katta ışıklı ve mavi perdeli bir pencere göreceksin, benim pencerem."

İki dakika geçti ve yanıt geldi: "Yarım saat içinde oradayım."

Delirdim. Ellerime, ayaklarıma, bedenime baktım aynada: Çirkindim. Eşofmanımı, sutyenimi, külotumu çıkarttım: Korkunçtum. Birkaç saat önce güzellik hakkında ne karara varmıştım: Değeri yoktu. Bok yoktu: O *her şeydi*. Ruj sürdüm, saçlarımı dağıttım, Beatrice'nin verdiği kırmızı ojeyi sürdüm ama ellerim titrediği için hep taşırdım. Dolabı açtım, yalvardım: Beni başkasına dönüştürecek sihirli bir elbise ver. Ve tam o anda babam girdi.

Lanet olasıca, bu bir felaketti. Işığı söndürdüm, yorganın altına girdim. Bir dakika sonra babam bakmak için başını uzattı. *Lanet olasıca* diye düşündüm yeniden. Gözkapaklarımı kapattım ve uyurmuş gibi yaptım. Ne sanmıştım: Beni bir akşamcık olsun serbest mi bırakacaktı?

Kapıyı kapatır kapatmaz saate baktım: Saat bire çeyrek vardı. Kalktım, sağlam olsun diye anahtarla kapıyı kilitledim. Panjurlar açıktı, ayın şavkı odama vuruyordu, gürültü yapmadan, bir yere çarpmadan hareket etmemi sağlıyordu: Babamın nerede olduğunu anlamak için kulağımı kapıya dayadım: Koridordaydı. Yatağa gir! Ve yaklaşıyordu. Onun kitaplarını aldığını işittim. Bırak okumayı, uyu artık! Bu sefer mutfağa girdi, bir bardak su aldı. Kalbim şakaklarımda hızla çarpıyordu çünkü başımı büyük derde sokmuştum. Cep telefonumu aldım ve Lorenzo'ya "Gelme" yazdım. Sonra hiç duyulmamış bir şey yaptım. Telefonu kapattım.

Başımı yastığın altına soktum ve kendime şunu yineleyerek sakinleşmeye çalıştım: Zaten gelmezdi, hiç gelir miydi, asla gelmezdi. Ve bu işe yaradı çünkü bitkin düşüp uyudum.

\* \* \*

Bir saat sonra bir karabasan yüzünden sarsılarak uyandım. Saçlarım terden ıslanmıştı, üşümüştüm, çıplaktım. Aklımda hâlâ pencerenin dışına asılmış, beni seyretmeye niyetli o kara siluet vardı.

Gözlerimi ovuşturdum: Perdelerimin arasından gerçekten biri bana bakıyordu.

"Elisa" diye fısıldadı, yavaşça cama vurarak.

Çarşafı başıma çektim.

Gene tıklattı.

Yatağa oturdum, donakalmış halde ben de ona bakmaya başladım.

Ben ay ışığına karşıydım, o ters yöndeydi.

Hatlarını seçebiliyordum: Kimisi yabancıydı, kimi tanıdık.

"Elisa."

Babam duyacak diye korktum, çarşafı bedenime sarıp aniden kalktım. Pencerenin yanına gittim, usulca açtım. Yüzümün bir karış ötesinde Lorenzo'nun yüzünü gördüm.

Ayaklarını duvara dayamış, elleriyle parapete tutunmuştu.

"Nasıl tırmanabildin buraya?"

"Motosikletin üstüne çıktım ve zıpladım, görmüyor musun ama sonra motosiklet devrildi, daha fazla dayanamıyorum, içeri al beni."

"Babam içeride" dedim sessizce bağırarak.

"Yalvarırım, ellerim parçalandı, her yerime kramp girdi."

Gözlerinin parıldadığını, saçlarının ay ışığına bulandığını görüyordum. Başımı döndüren, aklımı başımdan alan kokusunu duydum.

Pencereyi açtım. Lorenzo bir hamle yaptı, sıçradı ve içeri düştü. Ben geriledim. Gecenin yarısı onu odamda gerçek ve canlı olarak karşımda buldum.

"Saat kaç?"

"Gecenin ikisi" dedi gerinerek.

"Peki sen ne zamandan beri oradasın?"

"On beş dakikadır inan bana. Seni otuz kere aradım ama telefonun hep kapalıydı. Motorun çıkardığı gürültü bile uyandırmadı seni."

"Yavaş konuş."
Lorenzo bana doğru bir adım attı.
"Duymayacak, yemin ediyorum sana."
Beni uyurken seyretmişti. Buradaydı.
"Hemen git."
"Gelmemi söyleyen sendin, Morante. Eğer uyanmasaydın, gün doğana kadar bekleyecektim."
Üzerime dolanmış çarşafla, dudağımda bozulmuş ruj iziyle duruyordum.
"Kimleydin, ne yapıyordun?"
Yanıtlamadı. Çevresine baktı: Bir köşeye atılmış eşofmanım, dolapların üstündeki kitaplarım, yazı masamdaki ojem, duvara asılı Piemonte haritam ve Babylonia'da yapılmış Rancid konserinin posteri.
Ona anlaşmamızı anımsattım: "Bir şeyi ima etmeden her şeyi söylemeliyiz."
"Sox'a girmek için sıra bekliyordum. Hemen geri gittim, dediğin gibi otomobili bıraktım, motoru aldım. Arkadaşlarımı da Follonica'da ektim."
"Benim için mi?"
"Senin için."
Bir adım daha attı, ben bir adım daha geriledim.
Lorenzo bilgisayarı gösterdi. "Kırgınım Elisa. Bir seneden fazla süredir yazışıyoruz. Bekâretimizi birbirimize verdik, sen bana siktir ol dedin ve yok oldun. Sonra e-posta adresimi buldun, yeniden ortaya çıktın. Beni sevdiğini söyledin, arada bir ekran olması koşuluyla birlikte olabileceğimizi söyledin. Ama ben bir yıl içinde liseyi bitiriyorum ve sonra gidiyorum."
Telaşımı gizleyemeden "Nereye?" diye sordum.
"Uzağa, Bologna'ya."
"Bologna mı?" Bir anda ıstırap çekerken buldum kendimi. Bir yıl sanki bir sonraki gün, önümüzdeki hafta, hemen demekti oysa benim zihnimde bir sonsuzluktu.
"Ve buraya mümkün olduğunca az döneceğim, nefret ediyorum buradan. Sakin olabilirsin, artık görüşmeyeceğiz."
Çarşafa sıkı sıkı sarıldım: "O halde gelmiş olmanın bir anlamı yok."

Sonunda sabrı taştı: "Kelimeleri sadece kendini savunmak ya da kendini kandırmak için kullanıyorsun ki ikisi aynı şey. Ve ben sürekli benimle alay etmene izin veriyorum. Baban uyanana kadar burada kalacağım, her gece geri geleceğim, ta ki sen bana gerçeği söyleyene kadar. Bana bunu borçlusun."

Onunla okul koridorlarında rastlaşmayacağım, onu kitaplıkta veya kumsalda gözetlemeyeceğim; bana ait olmayan ama benim yalanlarımla dolu mektuplarımı birkaç kilometre uzaklıkta okuyamayacağı bir gün geleceği düşüncesi beni paramparça ediyor, parça parça kırıldığımı hissediyordum. Ben *Uyuyan Güzel* masalındaki gibi yüz yıl boyunca zamanın duracağını sanıyordum. Ve uzak bir günde, onun bölgedeki bir üniversiteye yazılacağını, babam gibi her gün trenle gidip geleceğini, onu asla kaybetmeyeceğim boş hayalini kuruyordum. Kendimi savunmuştum evet ama bunu o çok güzel olduğu için yapmıştım, güzellik bir duvardı, aşılamayan, askeri bir duvar.

"O halde elveda demek için buradasın."

"Hayır. Ama bana yazdıklarının şimdi yüzünde gerçekleştiğini görmek istiyorum. İkimiz de gözlerimizi açık tutalım istiyorum."

Çarşafı çekti, onu durdurdum. Beklenmedik bir cesaretle süzdüm onu: Boyu beni aşacak kadar uzundu, gök mavisi gözleriyle, uzun kirpikleriyle, tıraş edilmiş sakalıyla artık bir adam olmuştu ve masallardaki tüm prensler, romanlardaki tüm kahramanlar, Dostoyevski'nin Budala'sı, Elsa Morante'nin Edoardo'su, Bel Ami ve Edmond Dantes oydu. Son yıllar içinde okuduğum kitaplar zihnimden geçerken ben de kendimi yalnızca Elisa değil ama aynı zamanda Emma Bovary gibi pervasız, Karenina gibi çılgın, Lucia Mondella gibi kırılgan ve inatçı, bütün bu kadınların toplamı, büyüğü ve güçlüsü gibi hissettim.

"Ben biricik olmak istiyorum" dedim. Ve onu öptüm.

"Daha da fazlası" dedim kendimi ondan kopartarak, "benimle evlenmeni istiyorum."

Lorenzo gözlerini kocaman açtı. Durdu ama sonra gülmeye başladı. Ağzını tıkadım, onu okşadım. "Şaka yapmıyorum."

Hassas yerlerimi okşayarak "Delirmişsin sen" dedi.

"Buraya gelip bedenimi, ruhumu alıp, beni tanıyıp sonra çekip

gidemezsin, sanki hiçbir şey olmamış gibi yaşayamazsın."
"Daha on sekiz yaşımdayım, sen de on yedi."
"Bana yemin etmelisin."
"Ne için?"

Çarşafı bıraktım, düştü, *Yalan ve Büyü* kitabını aldım, kaldığım sayfayı açtım. Çıplak, yatağa oturdum, en alçak sesimle Lorenzo'ya okudum: "*Benimle evlenerek mutlu olacağını sanma. Evlendikten sonra ben gezmeye, ziyaretlere, eğlencelere gideceğim, dünyayı dolaşacağım; ama sen burada evde kapanacak ve beni bekleyeceksin.*" Tepkisini görmek için gözlerimi yüzüne çevirdim; hiç de etkilenmemişti. İşaretparmağımı kâğıda vurdum: "İşte ikimizden söz ediyor." Ve devam ettim: "*Şişmanladığın, yaşlandığın zaman seni seveceğimi sanma; tam tersine... Bu çirkinliğin senin güzelliğinden daha çok benim olacak ve bu nedenle beni aşktan çıldırtacak.*"

Bakışlarımı kaldırıp ona baktım.

"Korkunç" yorumunda bulundu.

Romanı kapattım. Sanki kitabı defalarca okumuşum hatta yıllarca incelemişim, her şeyini kaybetmiş, her şey için kumar oynamış birinin çaresiz küstahlığıyla ona meydan okudum: "Sen ister Bologna'ya, ister Roma'ya gidebilirsin. Şu anda yaptığın gibi kiminle istersen onunla olabilirsin. Lorenzo, ben bu kitaptaki Anna gibiyim. Seni sonsuza dek bekleyeceğim. Aynı zamanda Edoardo gibiyim çünkü ben herkesin sende gördüğü yüzeysellikle ilgili değilim" derken büyük yalan söylüyordum, "Ben sadece bana yazdığın sırları görüyorum. Eğer bir kazada yaralansan, ağır hasta olsan, yaşlansan, mecburen çirkinleşsen ben seni hep seveceğim, hatta daha çok seveceğim. Ve tüm ömrüm boyunca saklayacağım mektuplarını."

Gecenin rengi lacivertti, siyah değil. Seslerle doluydu: Deniz, rüzgârın savurduğu yapraklar, gececi hayvanlar. Lorenzo sarsılmıştı, böyle bir açıklama beklemiyordu: Bu kadar edebi, bu kadar kahramanca; şimdi aradan onlarca yıl geçtikten sonra bir yandan gülümsetiyor beni. Tam bir genç kız palavrasıydı ama öte yandan içimi acıtıyor. Çünkü ilk aşkını tutmak için kurban rolü oynayan Elisa aslında bir öngörüde bulunuyordu.

"Kalırsan ve aşk yaşarsak ya da sevişirsek bunun önemi yok,

oyunun aslını ortaya koyacak bir kelime kalıyor gene geride. Sen her zaman bana geri geleceksin: Otuz yaşımda da altmış yaşımda da. Çünkü ben senin ilkin oldum. Ve şimdi bir bebek yapmak, kendimizi mahvetmek tehlikesini göze alırsak, senin dediğin gibi birbirimizin gözlerinin içine bakarsak, sonra hiç kaçışımız olmayacak."

Lorenzo beni öpmek için kalktı. Onda etki yarattığımı anlamıştım. Kaba davranmıştım evet. O zamanki benim için seks denen o çetrefilden daha karmaşık bedenlerden, arzudan daha kaba bir şey yoktu. Çınar altındaki o anıyı aşmak, yok etmek istiyordum. Ona artık tanıştığımız günkü T'ye yeni gelmiş göçmen kız olmadığımı göstermek istiyordum, değişmiştim, büyümüştüm. Aslında ikimizin de binlerce kere hayalini kurduğumuz, bizi birbirimize bağlayan, birbirimizin karşısında tutan tam da o kütüphanedeki karşılaşmanın silinemez büyüsü olduğunu görmezden geliyordum.

Uzandım. Lorenzo bana sırtını dönerek giysilerini çıkardı. Yatağımda, iki oda ötede uyuyan babama rağmen olabilecek en alçak sesle, benimle evleneceğine yemin etti. Bunu bir daha, bir daha yineledi. En son ölen şey neydi?

Artık biliyordum: Bir bedene bırakılan ve geri dönüşü olmayan iz, yazılı kalan söz.

# Bir Gül Bir Güldür

Anneler asla ölmemeli. Öldüklerinde geriye bakıyorsun ve sanki artık bir hikâyen, bir yerin, hiçbir şeyin kalmamış gibi oluyorsun.

Ginevra buluşmamızdan beş gün sonra gitti. Yakılmış fotoğraflardaki gizemli Gin hakkında notlar almak için defterim ve kalemimle onu bir daha ziyarete gitmem mümkün olmadı.

Cenaze töreni baygın manolya kokuları, arı vızıltıları arasında 19 Nisan sabahı yapıldı; parlak ışık, göğün mavisi ona hiç yakışmayan siyah giysilerle, mezarlığa gitmek üzere bekleyen koyu renk maun tabut yüklenmiş cenaze arabasıyla dayanılır gibi değildi.

Beatrice annesinin üzerine kapanıp onu tüm bedeniyle kucakladığında yanındaydım. Kıpkırmızı ve şiş gözlerini, beyaz güllerin üzerine akan rimelini, burnundaki sümüğü, yüzünü mahveden gürültülü hıçkırıklarını gördüm ve hep yanında kaldım. Babası, kardeşleri, akrabaları arkadaydı, ben yanındaydım: Ben onun gerçek ve tek ailesiydim.

Mercedes yola çıkmaya hazırdı ama Beatrice onu engelliyordu. Annesinden bir tırnak, bir saç, elinde tutabileceği, sevebileceği bir hatıra almak istiyordu. Kimse ona bir şey demeye cesaret edemiyordu; ne sürücü, ne rahip ne oradaki yüzlerce kişi: kocasının tanıdıkları yanı sıra bizim bütün sınıf ve Marchi, Lorenzo, Gabriele, Salvatore ve babam da oradaydı. Beatrice annesinden ayrılmamak için, gittiğini görmemek için vahşice çırpınıyordu ve ötekiler onu bir kenarda hüzünle izliyorlardı.

Elimi omzuna koydum. Yavaş yavaş, uzun uzun konuşmak zorunda kaldım ama sonunda beni dinledi. Önce yanağını, sonra kollarını, sonra bedenini ayırdı annesinden. Çelenkten bir gül aldı, cebine koydu.

İç parçalayıcı bir sahneydi. Öyle ki şimdi anımsarken bile yazacak gücü zor buluyorum. Geri kalanı söylemeden önce, bir an soluklanmak için geri gitmek, zamanın içindeki sığınağı andıran karanlığın son, aydınlığın ilk ışıklarında Lorenzo ile yatağımda biraz daha kalmak istiyorum: O anda herkes uyuyordu, kimse seni görmüyor, dinlemiyordu ve sen tam olarak sen olmakta özgürdün.

13 Nisan tarihli günlük sayfamda, on yedilik ben şöyle yazıyordu: "Hayatımın en mutlu gecesiydi."

\* \* \*

Lorenzo yediye kadar kaldı, sonra babamın uyandığını, koridorda terlikleriyle yürüdüğünü, banyoya kapandığını duyduk. O zaman vedalaştık. Yeniden giyindi, pencereyi açtı. Bana denizlikte bir öpücük verdi ve "Sevgiliyiz artık" dedi. Yere atladı, Phantom'u kaldırdı, kaçtı.

Pencereye dayandım, motorunun uzaklaşma sesini duydum, sonra pazar gününün sessizliği geri geldi. Öpüşmekten perişan olmuş dudaklarımda o cümleyi sımsıkı tutarak şaşkınlıkla ve bitkin düşene dek yineledim: *Sevgiliyiz, sevgiliyiz, sevgiliyiz, sevgiliyiz.*

Onaylanmıştı, o günden sonra *her şey* değişecekti: İtalya Caddesi'nde yan yana yürüyecektik ve herkes bize bakacaktı; okula el ele tutuşarak birlikte girecektik, iki ders arasında tuvaletlerde gizlice bulaşacak, aceleyle sevişecek sonra cesurca ve dağınık saçlarla sınıfa dönecektik. Her cuma ve cumartesi akşamı Golf ile gelip beni alacak ve yemeğe çıkartacaktı. Nihayet ben de dünyayla tanışacaktım: restoranlar, diskotekler, buğulu camların arkasına sığınabileceğimiz otoparklar, bir battaniye altında kumlanabileceğimiz kumsallar.

Bir daha hiç yazışmayacaktık.

Babamın mutfağa girdiğini, kahve mokasını ateşe koyduğunu duydum, pijama giydim. Çarşafı inceledim: Kirlenmişti.

Daha sonraki saatlerde ilgileneceğimi düşünürken ilk kez çamaşırını başkasına yıkatan bir kız çocuğu değil de kendi evliliğini yönetmeyi ve sahiplenmeyi bilen bir ev kadını gibi hissettim kendimi. Hamile kaldıysam, tutarız bebeği. Karar verdim: Bologna'da üniversite okuyarak birlikte büyütürüz. Sonra yatağa döndüm çünkü bu kadar erken uyanmam babamı kuşkulandırabilirdi ve zaten uykusuzluktan ölüyordum.

Bütün bir gece boyunca ağızlarımız birbirine değecek kadar yakınken konuştuk, bıkmadan aşkımızı yineledik, birbirimize her türlü sırrımızı anlattık ve onlardan arındık.

Lorenzo o gece ilk kez bana ağabeyi Davide'den söz etti.

Beatrice'nin okulun yangın merdivenlerinde bana Lorenzo'nun tek çocuk olduğunu söylediği geldi aklıma.

"Herkes öyle biliyor, en azından beni eskiden beri tanımayanlar. Çünkü annem babam onun artık adını anmıyorlar, ölmüş gibi davranıyorlar. Ama bende telefon numarası var ve gizlice konuşuyoruz."

"Kaç yaşında?"

"Otuz."

"O kadar büyük mü? Nerede yaşıyor?"

"Canı nerede isterse. İki sene Hindistan'da, bir sene Brezilya'da kaldı. Ama dönüp dolaşıp geldiği yer Bologna: Üniversiteyi mezuniyete tek sınav kaldığı zaman terk etti ama okuldan pek çok arkadaş kaldı ona."

"Bu nedenle mi sen de oraya gitmek istiyorsun?"

"Antik diller okuyordu. Her zaman üstün yetenekli biri oldu. Kral Oidipus'u ezberden Yunanca okurdu, daha lisedeyken Sokrates gibi giyinir, T sokaklarında insanları durdurup felsefi sorular sorardı. Üzerine çarşaftan yapma bir tunikle bara girip emekli liman işçilerine "Mutluluk nedir?" diye soran bir genç düşün." Burada gülmeye başladı ve ben bu gülüşten duyduğu gururu hissettim. "Onlar da şöyle yanıtlar veriyorlardı: 'Süper lotoyu kazanmak' veya 'güzel bir kadın'. O zaman onların yanına oturuyor ve Platon'u anlatıyordu." Şöyle bir gülümsedi. "Aileme Bologna Üniversitesi'ni seçtiğimi söylediğimde annem mutfaktan dışarı fırladı, babam kıyameti kopanttı. Mühendislik bölümüne kaydolmam şartıyla kabul ettiler: Elektronik, enerji sistemleri, henüz karar vermedim."

"Ama bu haksızlık" diye karşı çıktım, "Sen filoloji okumak istiyordun."

Güldü: "Nasılsa yazar olan sensin."

Oda yavaş yavaş ışık doluyordu, Lorenzo'nun yüzü renk ve ayrıntı kazanıyordu: elmacıkkemiğinde bir ben, dudağında bir soyulma. Bir insandan nasıl on sekiz yaşında vazgeçilebildiğine inanmıyordum.

"Ailen neden o kadar nefret ediyor ağabeyinden?"

"Ot içtiği için."

"Eh, benim ağabeyim de öyle..."

"Dünyanın öteki ucunda, bizimkilerin avarelik dediği gelip geçici işler yapmasını kabullenemediler oysa o uyuşturucu kaçakçıları ve reisleriyle ciddi mücadele etti, köylerdeki çocuklara okuma yazma öğretti. Ama her şeyden önce benim hiç inanmadığım bir nedenle suçladı ailem onu. Davide'in, örümcek ve sinek bile öldürmeyen, kimseye kötülük yapacağına inanmadığım ağabeyimin bir yangın suikastında isyancı anarşistlerle işbirliği yaptığını düşünüyorlar."

Başımı kaldırdım, onu hayretle süzdüm.

"Gene de bizimkiler mahkeme masraflarını üstlendiler ama her şeye rağmen olay medyaya yansıdı. O zaman anarşist oldu, sanırım hâlâ öyledir. İki sene önce G8 toplantısına karşı ilk sıradaydı ve babam da –bilmem biliyor musun– eyalet başkanı. Davide'yi seçim kampanyasına giderken tutukladılar, sonra hemen hapisten çıkarsalar bile inanılmaz bir skandal yaşandı. Evimizde kimselere dilemeyeceğim türden günler yaşandı. Annem de yargıç. Onları bu noktaya kadar rezil edecek bir oğul yetiştireceklerini hayal bile edemezlerdi. Ağabeyim de kendisine inanmadıkları için onları asla bağışlamadı. Sadece soyadı bile kaygılanmasına neden oluyor."

Ona ilişkin karanlığın kaynağını anlamaya başlamıştım: Gözlerinde uysallığın tortusu vardı. Kötü çocuktan sonra gelen iyi çocuk olmaya mahkûm edilmişti. "Yani hata yapman yasak senin."

Lorenzo başını salladı, "Öyle" dedi.

"İsyan da edemezsin."

"Vicdan azabı çekerim."

Yanaklarını, çenesini okşadım, işaretparmağımla tüm hatlarını dolaştım ve onun hayalleri adına kendi hayallerimden vazgeçebileceğimi idrak ettim. İçimde mantıksızca ama kuvvetle, binlerce yıldan beri süregelen kölelikle ilgisi olan ve özellikle parçalanmaya, gebeliklere ve doğumlara, başkalarının mutluluğunun ağırlığına tahammül etmek üzere tasarlanmış bu bedenle o kadınsı şehadet çağrısını hissettim.

Ne var ki Lorenzo gerçekten doğru insandı ve benden daima ve sadece tek bir şey bekleyecekti: Yazı. Özellikle sert zamanlarda okumam, öğrenmem, ben olmam konusunda beni yüreklendirecekti. Ve ben bizi daima dışa iten tarihin ve evrimin farklı bir sonucuydum. Gözyaşlarımı kuruluyorum, bu sayfayı kaydediyorum, bilgisayarı kapatıyorum. Çünkü Lorenzo da Beatrice gibi beni yaralamış ve yarası iyileşmemiş bir aşk anlamına geliyor.

\* \* \*

Gin'in defnedildiği mezarlık Balıkçılar Meryemi tapınağına yakın, demir kumsalla sonlanan kıyının o yüksek ve rüzgârlı parçasında, yapıların uzağında, bembeyaz, küçük ve gözlerden uzak bir yer.

19 Nisan günü öğle saatlerinde, cenazeyle ilgilenen görevliler tabutu toprağa indirirlerken Beatrice kimsenin elini sıkmıyor, kimsenin baş sağlığı dileğini dinlemiyor, kimseyle, hatta Gabriele ile bile konuşmuyordu.

Artık ağlamıyordu da.

Babam, sınıf arkadaşlarımız, Lorenzo dahil ayine katılan pek çok kişi kiliseden ayrılmışlardı ve sanırım bunu mezar başındaki mahremiyete saygı göstermek için yapmışlardı. Çakıllı daracık yolda yürüyenler sadece akrabalar, en yakın arkadaşlardı.

İşte o zaman bir köşede toplaşmış, oldukça dikkat çekici ve kesinlikle kötü giyinmiş bir öbek insan dikkatimi çekti; bunların şapkaları siyahtı, giysileri de siyah ama yaldızlı kapitoneydi, ayakkabılarının topukları da abartılıydı. Durum benden daha güçlü çıktı: Telefonumu motorumda unuttuğum ve geri gitmem bahanesiyle yanlarına yaklaştım. Önce konuşmalarına kulak verdim, benzersiz, ağır Lazio aksanını tanıdım. Kalbim duracak gibi oldu.

Evet onlardı: Birer birer hepsini tanıdım. Slot makinesi meraklısı sıska erkek kardeş, "tombul ve kıskanılası" iki abla, kronik bronşit yüzünden öksüren, sigara içen demiryolundan emekli baba, boyalı kaşlarıyla estetisyen kuzen ve umursamazca telefonlarıyla oynayan kız ve erkek torunlar.

Beatrice'nin bana sır olarak anlattığı Ginevra'nın ailesiydi bunlar. Mezarlığın demir parmaklıklı kapısının arkasına gizlendim; kilisede, dua konuşmasında, iki gün önce evde haberi aldığımda dökmediğim gözyaşlarımı dökmeye başladım. Beatrice annesinin ailesine ilişkin bilgileri alçak sesle yapılan telefon konuşmalarından, babasıyla yaptığı hınç yüklü kavgalardan çıkartabilmişti ve gerçek şuydu: Ginevra, varoş değilse de öyle sayılan yerde, büyük bir halk apartmanının giriş katında, seksen metrekarelik tek banyolu evde öteki beş kişiyle birlikte büyümüştü. Sonra genç kızlığında resmen yarışmaların ve defilelerin Gin'i olmuştu. Ve ondan sonra meşhur "Fregene" plajlarında geçirilen yazlar başlamıştı, kocası bunları onun yüzüne vurmak için "Orospuluk yazları" derdi; o çok öfkelenir, Romalı mahalle kadını ağzını devreye sokarak şiddetli bir karşılık verirdi: "Roma'nın *büyük başları* gelirdi oraya, siyasetçiler, yapımcılar, televizyon yöneticileri, hepsi *bana asılırlardı*, bana gökteki ayı teklif ederlerdi. Ben ne yaptım da senin gibi bir kasaba avukatı parçasına kurban edildim bilmem?"

Ailesinin en güzeli oydu ve "düzenini kurmayı" hedef haline getirmişti, kader ona Loren gibi şanlı bir gelecek bahşetmişti: Doğru adamı seçmesi gerekiyordu. Oysa seçtiği adamın yanlış adam olduğu ortaya çıkmıştı.

Riccardo Rossetti'yi inceledim. Kilisede ayinin sonunda ayrılanlarla veda ederken, acının ifadesi, kravatının düğümü, ütülü takım elbisesi yerli yerindeydi çünkü hayat dünyevi bir etkinlik olmayı sürdürüyordu, burada güçlü duran ve işbirlikleri kuran, ilişkileri sürdüren kişi olarak fark yaratıyordu. Ama şimdi tabutun yanında tek başına dururken durumun vahametinin farkına varmıştı ve ağlıyordu.

Bea'nın yanına döndüm ve "Dayın, anneannen ve dedenler buradalar" dedim.

Belli belirsiz onlardan tarafa dönüp "Fark etmiştim" dedi.
"Onlara merhaba demek gelmiyor mu içinden?"

"Hayır, onları tanımıyorum" derken sesindeki küçümseme bana çok acımasız geldi. Israr ettim: "Ama annen sana, baban onları kaba saba bulduğu için Noel yemeğine çağıramamanın kendisine ne kadar ağır geldiğini anlatmıştı. Nasıl büyüdüğünü göstermek için seni Latina'ya götüremiyordu. Eminim" dedim tüm cesaretimi toplayarak, "annen şimdi gidip onlara merhaba desen çok mutlu olurdu."

Beatrice hiddetle yanıtladı beni: "Bundan sonra hep böyle mi olacak?" Tepe rüzgârlıydı, uçurtma gibi havaya asılı duran martılar başlarımızın üzerinden geçiyorlardı. "Annemin hoşuna gidecek şeyleri mi yapacağım?"

Yaşları kurumuş gözleri yeniden parıldadı.

"Gel gidip bir merhaba diyelim" diyerek elini tuttum ve onu sürükledim.

Mezar kazıcıları çukuru kazmak için uğraştıkça uğraşıyorlardı. Beatrice yarı yola kadar geldi. Akrabaları onun yaklaştığını görünce kendilerinin nihayet dikkate alındıklarını hissettiler ve perişan halde gülümsemeye çalıştılar, mendilleriyle gözlerini kuruladılar. Ama Beatrice onların yanına kadar gitmek yerine ansızın Ginevra dell'Osservanza tarihine sırtını döndü; yıllar sonra Ginevra'nın asıl soyadının Raponi olduğunu keşfedecektik.

Hakkında başka bir şey öğrenemedik. Palazzina Piacenza Kütüphanesi'nin daracık koridorlarında Carla bana hiç durmadan "Yazılmamışsa, geriye hiçbir şey kalmaz" derdi. Bu sessizlik belki ölümden de beterdi.

Beatrice o gün malayla kirecin sürüldüğünü, taşın dikildiğini, tabutun mezar çukuruna indirilişini seyretti. Bu son anlara sımsıkı tutundu. Sonra mezarın üzeri örtüldü. Ginevra yoktu artık.

Ardından herkes gitti. Sadece ben ve Beatrice gün batımına kadar orada kaldık. Babası bilmem ne kadar süre onlarla eve dönmesi için ısrar etmişti ama o reddetmişti; aslında o sabah da cenazeye gitmemek konusunda ısrarcı davranmıştı. Biz ikimiz motosikleti almıştık. Orada istediğimiz kadar kalmakta, denizi, mezarlığın duvarlarını seyretmekte özgürdük.

Bir mezar taşının üstüne bağdaş kurmuş otururken, "Bu gece gelip sizde kalabilir miyim?" diye sordu. "Ben artık o evde oturmak istemiyorum."

"Babanın, ablanın ve Ludo'nun sana daha çok ihtiyaçları vardır diye düşünüyorum" diye yanıtladım.

"Ben sana bir soru sordum."

Ciddiydi, paramparçaydı ama kararlıydı. "Sence ben her sabah o evde uyanabilir, mutfağa gidip annemi görmeden yaşayabilir miyim? Bir dolabı açıp onun kullandığı fincanları, onun bana ödünç vermek istemediği Yves Saint Laurent parfümünü görmeye dayanabilir miyim? Bir odaya girip boşluğu hissetmek, onun artık var olmadığını her dakika hatırlamak kolay mı?"

"Peki" dedim.

"Ya da ikimiz gidip inde birlikte yaşayalım."

"Daha reşit olmadık, sanırım buna izin vermezler."

Aynen böyle söyledim. Öyle bir anda bile itaatsizlik edemiyordum.

Mezarlık ıssızdı. Mezarların üstünde plastik, soluk, tozlu çiçekler ya da yaprağı kalmamış kuru saplar vardı. Sıcak ve nemli güney rüzgârı esiyordu. Birlikte Bea'nın seçtiği bir mezar taşının üstüne uzandık; adını hatırlamıyorum ama 1899 doğumlu bir kadındı. Uzun uzun sessizlik içinde akıp giden bulutlara, Gin'in henüz isim ve fotoğraf konmamış mezar taşına baktık.

Bea bana "Ben de öldüm" dedi.

Elini sıktım ve yanıtladım: "Tam olarak değil."

"Artık okula gitmek, Gabriele'yi görmek istemiyorum."

"Ne yapacaksın peki?"

"Akışa bırakacağım kendimi."

Bea, şimdi bütün dünya bunlardan haberdar mı? Sen ve ben vardık, kayaların altında çırpıntılı deniz, başımızın üzerinde de gökyüzü. O gün hiçbir yerde yazılı değil, ölülerden başka tanığımız da yok. Canlıların hiçbirinin aklına fotoğraf makinesini yanında getirmek gelmemişti, sen de bu konuda bir daha konuşmak istememiştin. Gene de hayatlarımızın en önemli günlerinden biriydi.

Şu dışarıdaki insanlar seni tanıdıklarını, hakkında her şeyi bildiklerini sanıyorlar ve sen de buna inanmalarına izin veriyorsun çünkü işin de edebiyat gibi: Yalan –bunu bana sen öğrettin– ve büyü. Ama gerçek şu ki kimse senin kim olduğun hakkında fikir sahibi değil, onlar yüzeydeki pırıltılarla yetiniyorlar, bana kalan ise sadece karanlık. Seni internetten takip ediyorlar, bense anımsıyorum. Onlarda senin fotoğrafların var, bende senin kendin.

Bugün yaşadığın –abartılı partiler, kıtalararası yolculuklar, binlerce avroluk giysiler– hayat hakkında seninle karar birliğine vardığımız tek bir nokta var: Gerçeklik, geçmiş ve benim hakkımda mutlak sessizlik. Anneni, arkadaşlığımızı, lise yıllarımızı, demir kumsalı, Padella meydanını yorumlardan ve dedikodulardan sakındığın için mutluyum. Yoksa senin ihmalin sadece unutkanlık mı?

Her ne olursa olsun, anılarımızın burada, bildiğim en emin yerde, bir kitapta kalması iyi olacak. Çünkü bu bir masal değil.

Bizim hayatımız.

\* \* \*

Akşam yemeğinde eve döndük. Apartmanın önünde motorlarımızı yan yana bıraktık, merdivenleri tırmandık ve ellerimizi yıkamak için tuvalete girdik. Babam bize soru sormadı. Sofraya tabak, bardak, sandalye ekledi ve Beatrice bir yıldan daha uzun bir süre bizimle yaşadı.

Sofraya oturmadan az önce babasına telefon edip eve dönmeyeceğini bildirdi: Annesi hayatta olsa, böyle bir karar alması mümkün olmazdı. Ona eşyalardan, fotoğraflardan, anılardan uzak kalmaya ihtiyacı olduğunu, her gün onları görmenin katlanamayacağı bir işkence olacağını söyledi. Babası sonunda pes etti, bu da Ginevra'nın artık var olmadığının kanıtıydı. O olmadan herkes daha özgür ve daha yalnız kalmıştı.

Akşam yemekten sonra babam dolaptan temiz çarşaflar, havlular çıkardı, Niccolo'nun odasını hazırladı ve oda bundan sonra Beatrice'nin odası oldu. Ona bir takım pijama, kendi diş ve saç fırçamı verdim çünkü şu anda denize düşmüş bir kazazededen farksızdı. Sonra o gece ve bir ay boyunca ışıklar söndükten sonra her gece odama sızdı, birlikte uyuduk. Uykusunda ağlıyor, bana sarılıyordu.

Başlangıçta çok zor oldu, aslında her geçen gün daha da zor bir hal alıyordu ve her bir gün aynı yokluğu hissettiriyordu. Hayat devam eder, başlı başına bir yalandı. Bea cep telefonunu eline alıyor, annesinin numarasını bulana kadar hepsini gözden geçiriyor, sonra onu bugün de arayamayacağını idrak ediyordu; yarın ve sonraki gün de arayamayacaktı: Sonsuza kadar.

Okula dönmesi iki hafta sürdü. Sabahları uyanmak, kahvaltı etmek istemiyordu, ben onu zorluyordum. Sonra sırf o makyaj yapsın diye ben de boyanıyordum, o da aynısını yapsın diye giysi seçimi için zaman ve emek harcıyordum. Gin'in ajandası dolabın tepesinde kalmıştı, bir daha bakmamış, asla göz atmamıştım; gömülü kalması gereken radyoaktif bir nesne gibiydi, felaket yayıyordu. Ama öteki vaatlerimi yerine getiriyordum.

Diyet yapma konusunda ısrara gerek kalmadı: Ginevra'nın hastalığı sırasında aldığı on kiloyu kısa sürede verdi. Bu sefer sorun ona yemek yedirmeye çalışmak, dışarı çıkmaya, Enzo'ya gidip saç kestirmeye, Gabriele'yi görmeye, antrenman için yeniden spor salonuna gitmeye ikna etmek oldu.

Her pazar günü belirgin biçimde çirkinleşmiş olan babasını görmesi için ona eşlik ediyordum: Saatlerce televizyon karşısında oturan adam artık tıraş olmayı, aynaya bakmayı unutmuştu. Svetlana sayesinde hâlâ ütülü ve kolalı giysiler giyiyordu ama yüzü bakımsızdı ve orman adamı gibi bir ifade edinmişti. Ludovico akran zorbası olmuştu: Yıl sonunda sınıfta kalacaktı. Costanza, Beatrice'nin öngördüğü üzere üniversiteye dönmedi, okumayı bırakarak eve yerleşti. Binbir zahmetle yenen öğle yemeğinden ve birkaç zorlama sohbetten sonra Bea odasına çıkıyor, bir CD, kitap, bir blucin, kazak alıyordu. Portreler odasına giriyor, raflardan bir albüm indiriyordu. "Zaten" demişti bir seferinde, "Benden başka kim bakacak ki bunlara?" Onlarla kahve içiyor, sonra Bovio Sokağı'na dönüyorduk.

Ben bu arada bir anne ve ağabey kaybetmiş ama bir baba ve kız kardeş kazanmıştım. Ve yas hafiflemeye başladığı zaman bu işten hoşlanmaya başladığımı hissettim. Duş konusunda Beatrice ile dalaşmaya bayılıyordum: O saatlerce suyun altında kalıyordu; babamın yazdığı listeyi okumaya çalışarak birlikte markete gidip alışveriş yapıyorduk; birlikte odalarımızı temizliyorduk, birlikte sofrayı toplayıp televizyon seyrediyorduk. Sadece cuma ve cumartesi günleri ayrılıyor, sevgililerimizle buluşuyorduk. Onun evi bana yasaklanmıştı ama şimdi ben onun yuvası olmuştum. Yürek paralayıcı ama aynı zamanda gizemli biçimde güzel bir dönemdi; bizi –dönüşü olmayacağını sandığım şekilde– birbirimize bağlamıştı.

Zamanla ve babamın da bir fikri sayesinde Bea'nın yeniden gayretle ders çalışmaya başladığını, yeniden dansa yazıldığını ve söylediğim üzere yeniden Gabriele ile birlikte olduğunu gördüm.

Ama.

Cenaze arabasının kapısı kapanmadan annesinin çelenginden kaptığı gül vardı. Bir iplikle baş aşağı dolabının içinde karanlık bir köşeye asarak kuruttuğu, hem el altında hem gizli beyaz gül.

Beatrice seneler boyunca bu beyaz gülün fotoğrafını çekti. Artık kaskatı olmuş, iskelete dönmüş olsa bile odaksız Polaroid fotoğraflarla, aynı gülün solgun görüntüleriyle albümler doldurdu. Bu satırları yazan kişiye her gün onlarca fotoğraf çektirmeden ve yüksek çözünürlüklü fotoğrafları plastik misali tüm gezegene yayılmadan çok çok önce –tümünde aynı tebessüm, aynı bakış, aynı o çiçek gibi hiç değişmeyen– o çiçek vardı dolabında, onun kökü oradaydı. Belki hâlâ oradadır.

## 18

# BLOG

Sanırım babam onu oyalama düşüncesiyle attı blog konusunu ortaya. Beatrice'nin bütün gün divana uzanıp siyah beyaz film seyretmesi, hayata dönmekle ilgili tüm önerileri reddetmesi babam için de üzücü oluyordu.

Yaz tatili başlayınca önümüzde boş ve miskin bir zaman dağıyla yüzleştik. Haziranda Yunanca ve Latince çevirileri bitirdik, Marchi'nin verdiği roman listesini hatmettik, hatta fizik ve matematik ödevlerini bile tamamladık. Bundan sonra daha iki ay uzanıyordu önümüzde ve derken Afrika'nın antisiklon kuşatması başladı.

Bizim için büyük bir tehlike temsil etmiyordu: Beatrice dışarı çıkmayı reddediyordu, 30 Haziran günü ikimiz de İsveçli kızlar gibi bembeyazdık ve denize yaklaşmamıştık bile. Sanıyorum 2003 yazını herkes hatırlar. Bazı öğleden sonra saatlerinde biraz serinleyebilmek için ıslatılmış taşların üstüne yatmak gerekiyordu. 12 Eylül günü Il *Manifesto* gazetesinin başlığı doğruydu demek ki: Kıyamet kopmuştu ve kaçınılmaz olarak devam ediyordu.

Temmuz ortasında Bea kumsala inmeyi kabul etti ama bunu sadece sabahın yedisinde kimse yokken yaptık. Son dubaya kadar yüzüşlerimizi, sessizliği ve insanların akınından önce temiz olan durgun suyu dalgalandıran kulaçlarımızı hatırlıyorum. Boncuklu iplere tutunup nefesleniyor, tek söz etmeden nemde kristalize olmuş adalara bakıyorduk. Saat dokuzda plaj tesisleri dolmaya başlarken biz eve kaçıp görünmez oluyorduk.

Onu hiç bırakmadım. Beni Giglio'ya, Elba'ya götürmek isteyen Lorenzo ile kavga ediyordum çünkü Beatrice'den ayrılmak gelmiyordu içimden. Sanki evde tutukluymuşum gibi onunla kapının önünde yarım saat, bir saat buluşuyordum. Sonra içeri giriyor, uzun günler boyunca kendimi onunla birlikte eve gömüyordum. Sıcağı içeri sokmamak için pencereler ve kapılar kapalıydı, panjurlar geceymiş gibi inikti: Hayatımın o dönemindeki kadar çok kitap okumadım bir daha, söylemem gerekir ki Bea da katıldı bana.

*Duygusal Eğitim* gibi orta uzunluktaki bir kitabı iki günde hatmediyorduk. *Savaş ve Barış*'ı bitirmemiz dokuz günümüzü aldı. Divanda karşılıklı oturuyor, bağdaş kuruyor, vantilatörü üzerimize çeviriyorduk. Donla ve sutyenle olsak da ter döküyorduk. Bir kitabı bitirince değiş tokuş ediyorduk, etkiliyorsa gece yarısına kadar onun hakkında konuşuyorduk. Benim tek dinsel ve siyasal imanım olan kitap konusunda şunu kabullenmem gerekiyor: Kitaplar Beatrice'yi kurtarmıyordu.

Evet yutuyordu onları ama sadece düşünmemek için yapıyordu bunu. Onların zırhını yumuşatmasına, içine bir kuşku düşürmesine, bir değişim yaratmasına izin vermiyordu. Sanki daha en baştan kitapların sayfaları arasında sadece masalların saklandığına karar vermiş gibiydi ve ona göre gerçeklik başka yerdeydi: Eylemlerdeydi, mümkünse başkaları üzerinde ciddi somut etkisi olan şeydeydi. Görünendeydi.

Yazları böyle geçirmek benim için sıradandı: Herkes deniz kıyısında soyunup kendini teşhir ederken ben eve kapanıp sanattan yardım istiyordum. Ama Bea öyle değildi: Onun için yazlar yarışmalar, kıyılarda bikinili defileler, yerel gazetelerde küçük haberlere konu olmak anlamına geliyordu. Annesiyle birlikte küçük kasaba modasının dünyasıyla tüm temasını da yitirmişti. Her şeyden önemlisi motivasyonu ve arzusu ölmüştü. Ajandayı ortaya çıkarıp onu bu kış uykusundan uyandırmayı düşünmedim değil; küçümsemeyin beni. Ama gördüğünüz üzere, annesi olmayınca onun sahiden bana benzemesini ciddiyetle umuyordum.

Ağustos geldi, kitapların yerini DVD'ler aldı. Beatrice sinema tarihini incelemeyi sevmişti, klasik, ölümsüz filmleri takıntı haline getirmişti. Belki de hayat ona böyle sert bir darbe indirdiğinden yapısı daha sağlam bir dile ihtiyaç duyuyordu. Belki de içten içe planlarını bozmamıştı ve bu da onun gelişim süreçlerinden biriydi. Dâhice kendi kendine öğrenme gibi bir içgüdüsü vardı: Onu ilgilendiren estetiği ya da ikonu yaratmak için "ciddi işlerle" uğraşması gerekiyordu.

Beni Blockbuster dükkânına Sergio Leone'nin kovboy filmlerini, Fellini'nin tüm filmlerini hatta yeni gerçekçiliğin bazı başyapıtlarını kiralamak için gönderdiğinde ben mayomla Quartz'a atlıyor, yemek sonrasının boş sokaklarında kızgın asfaltın üstünde, kaskıma vuran göz kamaştırıcı ışık altında yol alıyordum. Her sefer elimde üç filmle dönüyordum, hemen oturuyor, hepsini üst üste seyrediyorduk.

Ama böyle devam edemeyeceğimiz belliydi.

On beş ağustos Meryem Ana Yortusu'ndan iki gün önce babam kararlı bir şekilde salona girdi, *Mamma Roma* filmini durdurdu, divanın üzerine görünürde masum olan bir soru bıraktı: "Neden bir blog açmıyorsunuz?"

Ben dönüp bakmadım bile. Belki pöf dedim, belki babamın her buluşunda yaptığım gibi onu küçümseyerek gözlerimi yuvalarında çevirdim. Ama Beatrice'nin içinde yuvalanmış olan sihirli hayvan bakışlarını Anna Magnani'nin çaresiz imgesinden ayırdı ve "Blog mu? Nedir o?" diye sordu.

"Bir tür günlük" diye yanıtladı rahatça "ama gizlenmeyi ve içine kapanmayı amaçlamayan türden. Başkalarına anlatmak, onları tanımak ve yeni ağlar kurmak; dünyaya açılmak için yazılıyor."

Bea hemen ilgisini yitirdi: "Ben yazmaktan hoşlanmıyorum."

Ben kumandayı alıp filmi devam ettirmek için kalktım. Konu burada kapanabilirdi. Ve o zaman Beatrice bugün olduğu evrensel fenomen olmayabilirdi. Acısından gene kurtulurdu evet ve benim arkadaşım olarak kalabilirdi.

Babam üzerine gitti: "Homeros şiirleri yazacak değilsiniz ya! Birlikte açabilirsiniz, şehrinizi tanıtabilir, kendinizi, seyrettiğiniz filmleri anlatabilir, uzaklarda yaşayan kızlarla görüş alışverişi yapabilirsiniz."

"Baba" diyerek DVD'yi oynatmaya başladım, "rica ediyorum."

Babam ekranın önüne dikilerek görüşümüzü kapattı: "Sicilya'da, California'da, Çin'de oturan insanlarla arkadaşlık edebilirsiniz."

Bea da benim gibi dinlemekten vazgeçmişti. Anna Magnani her zamankinden daha yalnız, sokak lambaları arasından sonsuz gecenin içinde yürümeye başlamıştı. Sonra babam o sözcüğü ekledi. "*Fotoğraf*ta yayınlanabilir. Ben kuşlarla ilgili bloğumda yapıyorum bunu."

Bu sefer o sihirli hayvan bakışlardaki bir ışıltıyla yetinmedi ve Loch Ness, Scylla ve Carybdis canavarları gibi muhteşem ve korkunç bir şekilde bütünüyle ortaya çıktı. Bea ayağa kalktı: "Göster bana" dedi. Sonra dönüp bana baktı: "Bu şeyi birlikte yapacağız." Ben ona "Olmaz, sen unut bu işi" demek isterdim ama gözleri hırsızlığımızdan sonraki anlarda olduğu üzere parlamaya başlamıştı.

Babamın çalışma odasına girdik. Kim bilir kaç kez "Ben sadece bakacağım" diye yineledim. Babam Beatrice'yi tekerlekli koltuğuna oturttu, artık dizüstü olan bilgisayarı getirip onun karşısına koydu. Açtı. Ben arkada duruyordum, aralık kapıdan hâlâ *Mamma Roma*'nın sesi geliyordu. Sonra babam o dönemde şehirde ilk belki de tek olan Wi-Fi'ı açtı ve bugün her genç kızın arama motorlarına danışarak aradığı çareyi, gazetecilerin her şeyin başlangıç noktası olarak gördükleri sayfayı başlattı.

"Beatrice Rossetti nasıl başladı?"

\* \* \*

İşin başlangıcı böyleydi. Ama hiç kimse "Bea&Eli'nin Bloğu"nu bilmez.

Babam kaydı oluşturup ana sayfamızı tasarladıktan sonra Beatrice'nin yüzüne renk gelmiş, sesi canlanmış, buyurganlaşmıştı ve soruların ardı arkası gelmiyordu: "Şu nasıl yapılıyor?" "Bu neye yarıyor?" Arzunun mekanikleşmiş hali fareyle birlikte klik sesi çıkarmaya başlamıştı.

"Bea&Eli" sayfasını bile isteye kaldırdım ama eğer dikkatimi yoğunlaştırırsam gene onun ne kadar çirkin olduğunu anımsayabilirim: Fonda samansarısı hüzünlü bir sayfa, solgun leylak rengi harfler, niyet olarak sevimli bir de yazı vardı: "Daima kavga eden iki kız arkadaş." Babam anlayışlı bir öğretmen oldu; bize bloğun amacını açıklamak için kendininkini değil ama profesör arkadaşlarının ya da *nerd* bilgisayarcıların daha çok kendi çocuklarını anlatan bloglarını gösterdi: Uykusuz geçen geceleri, sütten kesme zorluklarını anlatıyorlardı. Ben hâlâ bloğun amacını anlayamamıştım. Babam sonra günden güne hastalığını anlatan bir adamın kamuya açık günlüğünü gösterdi. Bea burada donuklaştı. Babam bunun üzerine yazıya hasredilmiş bir bloğa uçtu: "Bu senin için Elisa." Bundan başka binlerce bloğa nasıl ulaşılabileceğini, onlarla nasıl iletişim kurulabileceğini, yorum yapılabileceğini, link eklenebileceğini gösterdi çünkü internetin ruhu onun ifadesine göre buydu: Bağlantı.

Bea sabırsızlıkla, "Peki fotoğraf nasıl yükleniyor?" diye sordu. "Moda bloğu var mı?"

Babam tereddütle baktı ona: "Tahminimce vardır."

Bea odaya koştu ve kucak dolusu albümle geri geldi. Heyecanla karıştırdı, aradığını buldu: Ağır makyajlı yüzüyle, göğsünde güzellik kraliçeliği nişanı olan kuşakla kendi fotoğrafıydı bu. Onu plastik kılıfından çıkardı, bayrak gibi havaya kaldırdı ve ancak o zaman babamın şaşkın bakışları altında bu nesneyi doğrudan bilgisayara yükleyemeyeceğini anladı.

Evet daha dün gibiydi bu ama sanki tarihöncesi gibi geliyor şimdi. Babam dijital fotoğraf makinesini ortaya çıkarmak, o fotoğrafın fotoğrafını çekmek, bazı kabloları birbirine bağlamak, görüntüyü yüklemek, küçültmek ve şimdi burada merhametimden kısıtlı tuttuğum işlemleri yerine getirmekle uğraştı ama ben ve Bea sonraki aylarda bu işlemi binlerce kez yapacaktık.

O gün öğleden sonra, yarım saat içinde babam bloğun "Biz kimiz" adlı bölümüne Beatrice'nin bu fotoğrafını yüklemeyi başardı. Kendini hangi terimlerle sunmak istediğini sordu ve Bea rahatça şu yanıtı verdi: "On yedi yaşında, inatçı biri; en önemli özelliği: Çok güzel."

Deli gibi güldüm. Babam çekinerek "Acaba daha ılımlı bir tanım bulsak mı?" dedi.

"O halde şöyle yapalım: 'En önemli özelliği: Özgür ruhlu!'"

Babam cidden zor durumda kalmıştı.

Büyük internet profesörü babama göre olayı şimdiden kavramış olan Beatrice "Ama eğer dikkat çekmek istiyorsam..." diye karşı çıktı. "Paolo, şöyle özetleyelim: 'Okulun en güzel ve en kıskanılan kızı.' Elisa'nın fotoğrafının altına da şunu yaz: 'İnek.'"

Ben öfkeyle araya girerek, "Hey! Ben fotoğraf koymuyorum" dedim "ve istiyorsan sen kendin için de inek yaz çünkü bütün notların 9!" Annesini yitirmiş, benden başka arkadaşı olmayan bir kızın "En çok kıskanılan kız" olmasının manasızlığını ona anımsatmadım.

"Oysa eğlenceli olurdu ya, hep kavga eden iki arkadaş değil miyiz? Farklıyız, zıt karakterleriz."

Bugün olsa uyuşamayan, uzlaşamayan diye eklerdim.

Çünkü sen bir hainsin, ben değilim.

"Ben senin maskaran değilim, oturup da en şahane kızla en ezik kız bloğu yapmayacağım."

Babam durumu ele aldı, Bea'yı daha uysal bir noktaya getirdi: "On yedi yaşındayım, klasik lisede okuyorum, en büyük tutkum modadır" ve sonra beni de yüzümün yerine kitaplığımın bulanık bir fotoğrafını koyma konusunda ikna etti; kütüphanemin üzerinde yazan "Okumayı Seviyorum" ibaresi kamu spotu gibi duruyordu.

Peki biz ne mi yazdık o bloğa? Ah, hiç anımsamıyorum, eminim bir sürü saçmalık. Ben kendim hakkında hiçbir şey anlatmıyordum, zaten kendi günlüğüm vardı ama Bea'nın palavralarını metaforlarla süslemesine yardım ediyordum ve o her gün babamın PC'sini açmak için can atıyor, uydurma sırlarını bir fotoğrafla süslüyordu.

Başlangıçta annesinin çekmiş olduğu fotoğrafları kullanıyordu ama sonra genellikle benim çektiklerimi kullandı. Avukat Rossetti'nin cömert ödemeleri sayesinde yeniden üç günde bir kuaföre gitmeye, babamın ödünç verdiği Contax karşısında bana poz vermek ve "Üçe kadar say ve beni ölümsüzleştir" demek için yeni giysiler satın almaya başladı. Ama bu da yetmiyordu: Kumsalda ya da stüdyoda, bikinili ya da tuvaletli pozlar için T'nin fotoğrafçılarına da başvuruyordu. Ve onlar bu çekimleri kâğıda basmak yerine CD'ye aktarmalarını söylediğinde donup kalıyorlardı.

Bunları B&E sayfasına yüklemek için saatlerce uğraşıyorduk,

oysa Bea&Eli sayfasını kimse ziyaret etmiyordu, postlar yorumsuz kalıyordu ve olur da birinin sayfaya yolu düşerse en sık soru şu oluyordu: "Neden sadece Bea görünüyor? Eli nerede?" Ya da: "Eli, sen ne okumayı seversin? Nasıl olur da bu türden bir kızla arkadaş olursun?" Şimdilerde inanması zor olabilir ama bloglar yayılmaya başladığında henüz Bea gibiler değil, benim gibiler için bir fetih sahasıydı. 2003 yılında sayfalar arasında dolaşanlar moda ve giysi meraklıları değildi. Yazar olma heveslileri, babam gibi "belli bir konunun meraklıları" vardı ve bunlar kendi tutkularını paylaşarak yeni keşifler ve dostluklar kurma peşindeydiler. O zamanlar gereken teşhir etmek değil, paylaşmaktı.

Bea&Eli başarısız bir oluşumdu, bu belliydi ama Beatrice heyecanlanmaktan hiç vazgeçmedi.

Hatta bu sayede yeniden doğdu. Tedavisi bulunmuştu, işe yarıyordu. Ziyaretçi sayısı, nadiren sessizlik yerine aldığı narsisizmiyle ilgili eleştiriler hiç umurunda değildi. Ekranla kurduğu gizli diyalog onu büyülemişti, aklını başından almıştı; o zamanlar –gerçi şimdi de pek değişmedi– bu durum bana anlaşılmaz ve komik görünüyordu. Annesini mi arıyordu: Yoksa kendini mi? Ajandayı saklayarak, onu Rus ve sanat filmlerine boğarak ortadan kaldırmaya çalıştığım Beatrice şimdi yeniden su yüzüne çıkmanın yolunu mu bulmuştu?

Sadece babam ve ben bunun masum bir hobi olduğuna inanacak kadar saftık. Oysa bu sessiz bir silahtı.

Blogların yerini eski gazetelere daha az benzeyen aygıtların alması, dünyayı onların ele geçirmesi Bea için yeterli olacaktı, teknoloji onunla aynı hızda gelişiyordu.

"Nasıl Beatrice Rossetti olunur?"

O, antrenmana on beş yıl önceden başlamıştı.

\* \* \*

Bir anlığına bloğun açıldığı güne dönelim. Babamın çalışma odasından çıktığımızda gece olmuştu. Bea artık sabrı taşan Gabriele ile konuşmak için odaya kapandı. Bir saat sonra bana müjdeyi vermek için koşarak yanıma geldi: "Barıştık. Bayramda hepimizi çağırıyor, Lorenzo'yu da davet ediyor."

Bea&Eli'ye rağmen şimdi yaşadığım en güzel anılardan biri gözümün önüne geliyor ve kendime soruyorum: "Nasıl oldu da sonunda olan oldu? Ertesi günü sabahtan akşama kadar yağlanarak, midye gibi kayalara yapışarak ve güneşlenerek geçirdik. Yandık. Eve döndüğümüzde Foille yanık merhemiyle sutyensiz dolaşmaya başladık, babam bize bakmamaya çalışıyordu. Gözümüze uyku girmedi. 15 Ağustos sabahı hemen hazırlıklara başladık: "Kremler, maskeler, meyve suları; babam saatlerce banyoyu kullanamadı. İçeriye kamp kuran Beatrice kendi bedeniyle eşit süreyi benim bedenime harcamaya ayırdı ve ikimizin de "parıltısını" yerine getirmek için uğraştı. Tırnaklarımızı törpüledik, kaşlarımızı aldık, aynı küvete girerek omzumuzu, kalçalarımızı, koltukaltlarımızı iyice sabunladık.

Akşam saat sekizde motorlarımıza atladık ve nihayet deniz kıyısına indik. Otomobiller arasında slalomlar yaparak, kaldırımlara çıkıp herkesi geçerek hızla ilerledik. O önde, ben arkada. Yeniden mükemmelen düzleştirilmiş saçlarının omuzlarına dökülüşünü, çıplak sırtını, dikiz aynasından bana bakışını görüyordum. Ona yetişeyim diye gaza bassam da faydası olmuyordu, hayatın hep bu şekilde akacağına inanmıştım.

Padella Meydanı'na geldiğimizde Quartz ve SR'yi yan yana bıraktık, basamakları ikişer ikişer tırmanarak dokuz katı çıktık. Soluduğumuz onca ölümden sonra acıkmıştık. Kapı açıktı, Salvatore, Gabriele ve Lorenzo mutfaktaydılar, şort giymişlerdi, üstleri çıplaktı. Sofra şarap şişeleriyle doluydu, ateşte midyeler pişiyordu. Meryem Ana Yortusu'ydu, bizim tanışma yıldönümümüzdü. Beatrice ve ben ayakkabılarımızı ve elbiselerimizi çıkarttık, mayolarımızla sevgililerimize koştuk.

Başlangıçta Lorenzo ile herkesin gözü önünde öpüşmek bana tuhaf geldi, sanırım onlar da aynı şeyi hissettiler. Hepimiz ilk kez bir araya geliyorduk, Lorenzo ve Gabriele kadar farklı iki kişi olamazdı. Ama şimdiden arkadaş olmuş gibi görünüyorlardı. Ayrıca şarap boldu: Benim ve Bea'nın her türlü çekingenlikten sıyrılması için birkaç kadeh yetti.

Akşam yemeğinden önce koya bakan pencerenin yanına gittim. Şehrin bu eski mahallesinde bütün pencereler ardına kadar açıktı, ışıklar yanmıştı, sofralar mutfaklara ya da balkonlara kurulmuştu. Bir terasa asılmış çarşaflar arasında koşturan çocukları, önlüklerinin etekleriyle kendilerini yelleyen bir grup kadını, sandalyeleri yerleştirip toplaşan aile bireylerini seyrettim. Sonra bakışlarımı limandaki tezgâhlara çevirdim; Niccolo ve annem üç yıl önce ot aramak için oraya gitmişlerdi; onların artık benimle olmadıklarını fark ettim. Ne hayaletleri kalmıştı annemle Niccolo'nun ne benim onlara duyduğum özlem. Ben artık T'ye aittim.

Zilin sesi düşüncelerimi bölünce içeri girdim. Salvatore'nin sevgilisi Sabrina gelmişti; Upim mağazasında çalışıyordu, otuz yaşından büyüktü, bize göre *ihtiyardı*. Görür görmez hoşlanmadı bizden, haklıydı: Sarhoştuk, serbesttik, teşhirciydik. Erkekleri güldürmek için buzları alıp memelerimizin arasına koyuyorduk, bikinimizin üstü düşmüş gibi yaparak arkadan bağlarını çözüyorduk. Bunlar Bea'nın fikirleriydi, ben sadece onu taklit ediyordum. Ona benzeme esrikliğiyle peşinden gidiyordum.

Akşam yemeğinin ortasında o ve Gabriele kalktılar. Hiç bahane aramadan odaya kapandılar. Ben de ayağa kalkarak Lorenzo'ya baktım ve o da peşimden banyoya geldi. Çünkü mutlak arkadaşlık bunu da gerektirirdi: İncecik bir duvarın iki tarafında, aynı anda sevişmek.

İşte tam o anda, o yeşil fayanslara karşı aklımdan bir düşünce geçti: Okulları bitirmeden sonsuza dek T'de kalsaydık. Bu gece ikimiz de gebe kalırsak ve onlar bizimle evlenirlerse bir ömür birlikte yaşardık; sen üstteki dairede, ben alttakinde, ya da tersi. Bir yere gitmemek, yazmamak, işe başlamamak. Çocuklarımız kardeş gibi bir arada büyürlerdi, biz evde bütün gün bir şey yapmadan otururduk. Bölünmez ikili olurduk: Tıpatıp aynı olurduk.

Sonra çatıya oturup havai fişekleri seyrederken Lorenzo'nun değil Beatrice'nin elini aradı elim. Onu tutup sıktım. Şehrin tarihi merkezi, adalar, kale sürekli yeşil ve kırmızı ışıklara boyanıyordu. Mutluydum. Dudaklarımı Bea'nın kulağına yaklaştırdım ve sordum: "Sen ve ben hiç ayrılmayacağız değil mi?"

Bunu yanıtlamadı. Belki duymadı, çok gürültü vardı.

Gece yarısı yüzmek için havluları alma niyetiyle tekrar çatı katına indiğimizde, daha doğrusu tam çıkmaya hazırlandığımızda, Beatrice telefonunu çıkardı ve ansızın şöyle dedi: "Benim blog için bir fotoğraf çekelim!"

Taş kesildik. Gabriele, Salvatore, Sabrina daha bloğun ne olduğunu bile bilmiyorlardı. Lorenzo ise şöyle böyle haberdardı konudan. Beatrice dışında hiçbirimizde fotoğraf çekebilen bir cep telefonu yoktu. Babasının ona son armağanı, daha doğrusu onunla yeniden ilişki kurma konusundaki son çabasıydı bu. Elime tutuşturdu, bana nasıl yapacağımı gösterdi. Fotoğrafta yer almaması gereken kişinin ben olduğuma karar vermişti. Çok bozuldum, öyle bozuldum ki hâlâ bugün bile ne olduğunu anlamamış olmama kızıyorum.

Olan şey nasıl oldu? Besbelliydi. Tüm işaretler gözümün önündeydi ama görmek istemiyordum.

İnternete baktım ve o cep telefonunun özelliklerini buldum: 0,2 megapixel. Görüntü gayet pusluydu. Gene de ertesi gün *kendi* bloğunda yayınlamak istiyordu.

Ginevra'nın çektiği iki portreden sonra üçüncüsü bu olacaktı.

Ben gidip içimi günlüğüme döktüm, neyse ki ömrü kısa olan B&E için ağzıma geleni savurdum. Ama bizi ayırmaya başlayan o & işareti oldu.

\* \* \*

Bir an duruyorum ve o on yedilik kızı düşünüyorum; Bea ile birlikte T'de şişmanlayarak ve hiçbir iş yapmayarak yaşlanmayı hayal eden kızı: Kızsam mı acısam mı bilemiyorum.

Elbette hayalleri gerçek kılmak kolay değildir. Rossetti'den farklı olarak ben hayallerimi gerçekleştirme konusunda başarısızlığa uğradığımı biliyorum.

Bugün sevdiğim bir işim var, bağımsız bir kadınım ve bununla gurur duyuyorum. Her türlü hırsımı feda ederek T şehrinde araziye uymak basit bir yazarlık hayaliydi oysa şimdi hep erkeklerin kazandığı bir dünyada herkes gibi ben de geliştim. Bir kadının kendi adına değeri, sesi olduğunu anlamak için büyümek zorunda kaldım.

Peki ama hangisi benim değerim?

Kalkıyorum, girişteki aynaya bakıp kendimi inceliyorum. Öylesine sıradan bir insanım ki gerçekten Marchi Hoca'ya benziyorum. Alnım geniş, burnum ince, çillerim soluk, tenim kışları ay gibi solgun. Dudaklarım da ince. Gülümsemeyi deniyorum: Dişlerim normal, oldukça sivri ama küçük; gamzem, hiçbir özelliğim yok. Ciddiyken daha iyi görünüyorum.

Günlerden beri lanetlenmiş gibi yazıyor olduğumdan makyaj yapmaya zamanım olmadı. Ama boyandığımda da hafif bir şey yapıyorum, yoksa ona benzemekten korkuyorum: "Kime?"

Saçlarım gibi kaşlarım ve kirpiklerin de kızıl. Saçlarım evet: Dikkat çekiyor. Omuzlarıma kadar uzatıyorum, dalgalı ve gür, öylesine belirgin bir kızıl rengi var ki kin duygusuyla sorasım geliyor: Özel kişi rolü kızıllara düşmüyor muydu? Cadı, peri, kraliçe gibi.

Hayır çünkü gri görünüyorum. Büyü daima Beatrice'ye ait oldu. Bana değerek beni ilginç kılan oydu. O çevresinde yıldızlar varmış gibi ışık saçardı. Aklıma sihirli değnek gibi ışıldayan o blucin geliyor. Benim için, benim zihnimde büyük bir önemi vardı, şimdi acaba nerede? Çöpte mi? Bodrumda mı? Birine mi verildi? Yoksa hâlâ Lecci Sokağı'ndaki evdeki dolabın en tepesinde mi?

Şimdi burada, elimin altında olsaydı bile artık işime yaramazdı.

\* \* \*

Bu bölümü sonlandırmadan önce 2003 yılına ilişkin, buraya yazmak, geleceğe taşımak istediğim bir anım daha var.

Lambalardan ve ötekilerden uzakta, karanlık bir koyda ben ve Lorenzo denize girdik. O elimi tuttu, bana kapkara suyun içinde aynen şöyle dedi: "Nasıl güvenebiliyorsun ona? Sana nasıl davrandığını fark etmiyor musun? Hor görüyor, seni kullanıyor. Sen ondan yüz kat, bin kat daha değerli olduğun halde o kendini ne sanıyor? O sadece bir çadır tiyatrosu fenomeni."

## (19)

## Bir İznin İadesi

Yaz sonunda ağabeyim telefon etti.
"Otur önce" diye başladı söze.
Dediğini yapmadım ama korktum. "Ne oldu?"
"Delirdi, kafayı yedi, iyice üşüttü."
"Niccolo, söyle bana ne yaptı?"
"Evleniyor."
Oturdum, daha doğrusu yığıldım; bütün bedenim, düşüncelerim, ruhum yandı tutuştu. Ağabeyim konuşmayı sürdürüyordu ama ben artık duymuyordum.
"Babam biliyor mu?" diye sorabildim.
"Tabii ki hayır, annem senin söylemeni istiyor."
"Ben mi? Peki ama ne zaman?"
"İki hafta sonra, 13 Eylül'de. Kimle evleniyor diye sormaya cesaret edemiyorsun değil mi? İyi yapıyorsun. Şimdiden eşyamı toplamaya başladım: Onunla yaşamaktansa kendimi öldürürüm daha iyi. Şimdi kapatmam lazım, hoşça kal."
Yüzlerce kilometre ötede beni öylece bıraktı; bir sandalyenin üzerinde ölmüştüm, üzerime yığılan enkazın altına gömülmüştüm. Nasıl yani, annem evleniyor muydu? Ne demekti bu? Neden kendi söylememişti bana? Ben hâlâ ikinci sınıf çocuğuydum. Ağlamak geldi içimden. Ağladım. Niccolo beni öylece, aldığım haberle mahvolmuş bir şekilde bırakmıştı ve haberi babama vermem bana abartılı bir işkence olarak görünüyordu.
Bugün bile Biella'da bir şey olsa, Niccolo telefonunu çıkarır,

beni endişelendirir. Sonuçta annemizin yardımına koşmak hep uzakta yaşayan, işinden izin almak zorunda olan, otomobille yollara düşen bana kalır.

Geçen ekim ayında yanına gittiğimde öfkeden deliye döndüm. Ağabeyim gene işsizdi, suratına binbirinci *piercing*'i taktırmıştı, saçındaki ibik maviye boyalıydı, dişleri çürümüştü. Ona "Neredeyse kırk yaşındasın, şu haline bir bak!" dedim. "Buzdolabın bomboş, ev leş gibi, böyle yaşanmaz." Bana şöyle cevap verdi: "Haklısın, gidip alışveriş yapayım." Gecenin dokuzunda daha dönmemişti. Ben de otomobile binip şehri, civar köyleri dolaştım: Pralungo, Tollegno. İki saat sonra onu Andorno'daki bir barda buldum, uyuyakalmıştı, çocukken Pan di Stelle bisküvisi çaldığımı A&O marketine ait iki poşet masanın altında kalmıştı; masanın üstünde de iki boş şarap şişesi duruyordu.

Biz gene 2003 yılında kalalım. Haberi aldığım sabah evde yalnızdım. Babam üniversiteye gitmek için seherle çıkmıştı evden. Beatrice Enzo'ya gitmişti. Annemin son mesajlarının tümünü bir ipucu bulma umuduyla okudum: Belki de ima etmişti ve ben anlamak istememiştim. Yoktu. Mesajlarının hepsi aynı tondaydı: "SÇS minik farem." "Seni düşünüyorum civcivim." "Özledim." Bunlar dilin sıfır derecesiydi, sönük bir lastikti. Bizim ilişkimiz buydu: Devasa bir alaycılık. Daha fazla bakmadım. Koridora gittim, ahizeyi kaldırdım, kendine yeni bir hayat kurmak için beni attığı Trossi Sokağı'ndaki eski evin telefon numarasını çevirdim.

Telefonu açmasıyla bağırmam bir oldu: "Bana söylemek için neyi bekliyordun?"

Durakladığını hissettim. Fonda zorba ve sevimsiz bir erkek sesi olduğunu ve ona şöyle dediğini fark ettim: "Kim bu saatte can sıkan?" Saat sabahın onu, on biriydi. Altısı değil.

"Ben senin kızınım, söyle ona! Benim varlığımdan haberdar mı?"

"Aşkım!" diyerek sözümü kesmeye çalıştı.

"Bok aşkım! Beni sakın bir daha arama. Senden nefret ediyorum."

Kapattım. Telefonu prizden çektim, cep telefonumu kapattım, motoruma atladım ve çaresizce demir kumsala gittim. Orada saatlerce oturup gemilerin geçişini seyrederken hayatta asla çocuk sahibi olmayacağıma yemin ettim. Karnım acıkmaya başlayınca eve döndüm. Beatrice mutfaktaydı, kara ruj sürmüştü, mor bir peruk ve takma kirpiklerle süslenmişti. Musluk altında salata yıkıyordu. Beni görür görmez "Ne oldu sana?" diye sordu.

"Annem hayatımı mahvetmeye devam ediyor."

\* \* \*

Akşam babam eve döndüğünde ona söylemeye cesaret edemedim. Nadiren meslektaşlarıyla akşam yemeği yemesi dışında evden hiç çıkmazdı. Telefon çaldığında konunun daima işle ilgili olduğunu artık biliyordum: Dinlemiştim onu gizlice. Saatlerini çalışma odasında derslerini hazırlayarak, akademik makaleler yazarak geçirirdi. Sadece bilgisayarını Beatrice'ye ve onun lanet olası bloğuna vermek için çıkardı odasından. Bizimle ilgilenirdi ama biz giderek evde daha az zaman geçirir olmuştuk; alakargaları, akça cılıbıtları görmeye gitmek istemiyorduk. Okuyordu, evi temizliyordu, alışveriş yapıyordu. Elli yaşında saçları kırlaşmıştı ve şişmanlamıştı. İnsanın yüreğini burkacak kadar yalnızdı.

Ertesi akşam yemek yerken Beatrice en iyi numarasını sergiledi: Kendi bildiği gibi davrandı. Öncesinde beni uyarmadan, birdenbire babama şunu sordu: "Paolo, doğruyu söyle, sen karına hâlâ âşık mısın?"

Çatalım elimden düştü. Babam bir anlık şaşkınlıktan sonra toparlandı: "Artık değil, altı ay önce boşandık."

Saymıştı.

"Evet ama ona karşı bazı hisler besliyor musun?"

"Kes şunu Bea."

"Hayır Eli, sen de ona bebek gibi davranmayı bırak."

Babam şaşkınlık içinde izliyordu bizi.

"Yoksa hayatında başkası mı var? Yeniden âşık olmak ister miydin?"

Babam öksürdü. "Artık bu yaşta sanmıyorum." Kafası iyice karışmıştı.

Annemin bilgisayardaki resimlerini yok etmişti, gizli bir albüme saklamıştı. Adını anmıyordu, telefonda ona söyleyecek bir söz bulamıyordu. Ama annem, işte o anda anladım ki onun asla iyileşemeyecek hastalığıydı.

Neden? Bugün gene soruyorum bu soruyu kendime; belki bazı okurlar da merak ediyordur: Böyle saygın, mantıklı, çalışkan bir adamın bir deliye gönlünü kaptırması nasıl mümkün oluyordu? Gerçek şu ki ben de bilmiyorum. Sadece varsayımlarda bulunabilirim.

Babam on altı yaşındayken, trafik kazasında hem annesini hem babasını aynı anda kaybetmişti. Elbette bu felaket onu çok etkilemişti: Boşluklar hep yapar bunu. Tanımadığım ninem ve dedemi elbette anlattıklarından, bana gösterdiği fotoğraflardan biliyorum; onlar da önemli kişilerdi. Dedem kendi yöresinde de olsa belli bir ün kazanmış mimardı. Babaannem –işte bu gerçekten harika bir şey ve bu kitabı, günlüğü, eğlenceyi, her neyse yazıp bitirdiğimde onu araştırmama değeceğini düşünüyorum– bir tiyatro oyuncusuydu. Sanatçı, havai bir ruhtu, Biella gibi tam Piemonte ruhu taşıyan, ciddi bir kasabada yapmıştı bunu. Kim bilir belki de bu kadar erken yaşta ölen kadının ruhu, onun gizemi babamın ruhunda savunmasız, yaralı ve uysal bir köşeye neden olmuştu.

O akşam öfkeden titreyen sesimle "Baba" dedim, "onu aklından çıkarman gerekiyor. Kendine eğitimli, zeki, sana layık bir kadın bul."

Babam sözlerime anlam veremeden bakıyordu bana. Zaman kazanmaya çalışıyordum. Çünkü yaşlanmakta olan bir adamın kalbini kırmak cesaret istiyordu.

"Söyle haydi."

"Sen kendi işine bak Beatrice."

"Ne söyleyeceksin? İkiniz de yordunuz beni."

Gözlerimi yumarak doğru sözcükleri aradım: En hafif, en saygın ve sakin olanları. Ama Beatrice 6 Ağustos günü Amerikalıların Hiroşima'ya yaptığı gibi bombayı bırakıverdi. Çünkü ilk kare, dikkat çekici sahne, başrol daima onun olmalıydı.

"Annabella yeniden evleniyor, Paolo." Ve bugün hâlâ hem sosyal medyada hem söyleşilerde kullandığı o içi boş kelimelerle dolu diliyle şöyle dedi: "Sayfayı çevirme zamanı geldi."

Gözlerimi açtım, babamın solduğunu, söndüğünü, ıstırap çektiğini gördüm; La Sirena lokantasında olduğu gibi gene elindeki peçeteyi didikliyordu. Beatrice ayağa fırladı ve gidip benim yerime ona sarıldı.

"Biz buradayız, senin ayakta kalmana yardımcı olmaya devam edeceğiz" dedi.

Onu öldürmek istedim. Saçlarını yolmak, boğmak.

"Ve yeni insanlarla tanışmana, onu unutmana." Sonra onu öptü. Babamı, alnından. Benim hiç konduramadığım o öpücüğü o kondurdu.

Babam masanın öteki ucunda, sersemlemiş halde kımıldamadan oturuyordu. Gözlerini bana dikip sordu: "Kimle?"

"Bilmiyorum."

"Söyle bana!"

"Yemin ederim doğru bu. Niccolo biliyor."

Babam kalktı. Sofrayı, tabağındaki makarnayı –ya da risottoyu, hatırlamıyorum– yarım bıraktı. Cüzdanını, otomobilin anahtarını kaptı; nereye gittiğini, ne zaman döneceğini söylemeden kapıyı vurup gitti. Passat'ın hızla, kaçarcasına uzaklaşmasını seyrettim. Camdan ayrıldım, Beatrice'nin yanına gittim ve ona bir tokat attım. Doğrudan, kuvvetle, tam yüzünün orta yerine. O bağırdı. Ama ben daha yüksek sesle bağırdım: "Neden söyledin bunu?"

"O aptal değil!"

"Sen ne karışıyorsun? Babam, annem, biz hakkında sen ne biliyorsun? Burası senin evin, bu senin ailen değil!"

Bir elini kızaran yanağına dayayan Beatrice, şaşkınlık içinde bembeyaz oldu. Ama hemen toparlandı. Gururlu, ciddi bir sesle tısladı: "Bana kalan tek aile *sendin!*"

O da çıktı. SR'nin anahtarını, çantasını aldı, Bovio Sokağı'nın sonuna doğru lastiklerini gıcırdatarak gitti. Sofrayı topladım, bulaşık makinesini doldurdum, yeri süpürdüm. Sonra bir sandalye alıp mutfak penceresinin önüne çektim. Annemin kaprisleri bizi mahvetmeye devam ediyordu.

Bilmem ne kadar süre boyunca ikisini bekledim ama ikisi de geri gelmek bilmediler.

O zaman kendimi suçlu ve değersiz hissettim. Aralarında bir

hikâye olduğuna, belki de şimdi bir köşede öpüştüklerine, daha da kötüsünü yaptıklarına karar verdim. Kim istemezdi Beatrice gibi bir sevgili, Beatrice gibi bir âşık, Beatrice gibi bir evlat?

O sandalyede, pencereye yapışık olarak kızın babama sarıldığını, ikisinin birlikte öldüğünü kurdum ya da ben ölüyordum, küvet perdesinin çelik borusuna bir ip bağlayarak kendimi asıyordum. Kıskançlık bu kitapta hiç kullanmak istemediğim bir kelime: Bu nedenle kullanmak aşırı rahatlık olur. Ama onun tüm ötekilerden daha korkunç, cehennemlik bir duygu olduğu doğru; o anda karnıma tsunami gibi saplandı, tüm organlarımı altüst etti, beni bitkin düşürdü. Odama sürüklendim, derin bir uykuya daldım. Sabaha karşı üç ya da dörtte babamın döndüğünü duydum. Birkaç saat sonra gün ışığı odama doldu, aniden uyandım, koşarak Beatrice'nin odasına gittim: Yoktu. Yatak bozulmamıştı, giysileri kancalara asılıydı, makyaj malzemeleri yaz ödevleriyle masasının üstündeydi ve cep telefonumda ne bir mesaj ne bir arama vardı. Sabahın yedisi olmasını umursamadan hemen Gabriele'yi aradım. Defalarca, bana yanıt verene kadar inatla aradım: "Evet burada. Ama artık seni görmek istemiyor."

Bugün yazarken babamla Beatrice arasında bir şey olmasının mümkün olmadığını biliyorum; bunu düşünmüş olmam bile delilik. Gene de aşikâr olana, mantıklı olana, sağduyulu olana karşı sağır olan yanım, şöyle bir inanca sıkı sıkı tutunmuştu: O gece o ikisi arasında onarılması mümkün olmayan bir şey yaşandı. Benim sonumu belirleyen bir birlik, gizli bir anlaşma.

Ben yedek kızdım. O arzunun kızıydı.

* * *

Babam iki gün bekledi, sonra gelip kapımı tıklattı.
"Gidip onu almalıyız."
"Hayır."
"Elisa, babasıyla özel anlaşmalar yaptım ve bunlara uymak kararındayım. Giyin, seni otomobilde bekliyorum."

Padella Meydanı'na kadar ona yolu göstermek zorunda kaldım; o donmuş gibi camdan dışarıya bakıyordu, bense yanındaki koltukta iki büklüm telefonuma. Oraya vardığımızda emniyet kemerime tutundum ve arabada kalmak için ısrar ettim.

Babam arabanın kapısını açtı: "Sen de geliyorsun." "Haberi" aldığından beri bariz biçimde üzgündü. Daha fazla bilgi edinmek ya da evliliği engellemek için annemi ya da Niccolo'yu aradığını sanmıyorum. Gene de gülümsemiyordu, dinlemiyordu, şiddetli bir suskunluğa batmıştı. Onu tanıyamaz olmuştum.

Zile bastığında diyafonda kendini tanıttı: "Elisa'nın babasıyım."

Gönülsüzce son kata kadar peşinden tırmandım. Zili çaldığında arkasına gizlendim.

Kapıyı Gabriele açtı ama bizi içeriye davet etmedi. Beatrice tüm kibriyle sutyen ve tangayla belirdi karşımızda. Yüzüme bakmadı bile. Ama ona emir veren babamı dinledi: "Giyin hemen. Henüz reşit olmadın, burada yaşayamazsın. Baban bana güveniyor ve senin yaşadıklarından sorumluyum. Eşyanı toplayıp bizimle geliyorsun."

Ne o ne Gabriele itiraz ettiler. Bea bacaklarının arası yırtılacakmış kadar dar bir blucini giyerken Gabriele kahve yapmaya girişti; Bea sonra özenle, acele etmeden taradığı saçlarını atkuyruğu yaptı, aynada alnını inceledi. Babam ve ben gergin biçimde onu sahanlıkta bekliyorduk. O kavganın ağırlığını taşımak benim için dayanılır gibi değildi. Beatrice orada, bir adım ötemdeydi ve beni görmezden geliyordu. Tüm bedeni bana karşı açılmış bir kin manifestosuydu. Ben de ondan nefret ediyordum, tiksiniyordum ama iyi niyetli kısa bir bakış için de neler vermezdim. Oysa yoktu öyle bir şey.

Gabriele'yi öptü. "Yakında ararım seni" dedi. Mağrur ve üzgün biçimde arkamızdan geldi.

Passat'a bindiğimizde indirdi ölümcül darbeyi.

"Paolo beni Lecci Sokağı'na götür lütfen."

Boğulacağımı hissettim. Babam yavaşladı, gözünü bile kırpmadan kenara yanaştı. Sonra tepeye doğru tırmanmak için U dönüşü yapabilmeyi bekledi.

"Giysilerimi ve geri kalanı almak için gelirim bir gün" diye ekledi Bea sakince. "Şimdi tek arzum ailemin yanına dönmek."

Aile kelimesinin üzerine vurgu yaptı. Sanki bu sözcük keskin bir bıçaktı ve o bıçağı sadece kaburgalarımın arasına saplamakla yetinmek istemiyordu, burdukça burmak istiyordu. Ben arkada, o önde oturuyordu. Son heceyi, neredeyse gülümseyerek söylerken, bugün onlarca far, allık, gündüz kremi reklamında karşıma çıkan okyanus yeşili gözleriyle dikiz aynasından bana baktığından emindim. Eminim içinden de tam olarak şunları geçiriyordu: "Geber seni çirkin pislik."

Hiç ayrılma derecesine gelecek kadar kavga etmemiştik. O arka koltukta paramparça olmuş otururken beni geriye götüren o panik krizinin başladığını hissettim: O kış, o sabah, Palazzina Piacenza'nın yazınsal konularına göre düzenlenmiş kitap raflarını anımsadım. Bea'nın Passat'tan indiğini, zili çaldığını, bahçe kapısının açıldığını gördüm. Arkasına bakmadan, bir filmin son karesindeymişiz gibi daracık blucinin içinde poposunu sallayarak bahçede yürüdü gitti. Onun evine girerek gözden kayboluşunu gördüğüm anda gerçeği idrak ettim: Ben o olmadan bir hiçtim.

*  *  *

Babama, onun varlığına tutundum sıkı sıkı. Gene de 2003 Eylül'ünün ilk haftasını hayatımın en acılı haftalarından biri olarak anımsıyorum.

Annem günde yirmi kere arıyordu, açmıyordum. Onun evliliği, daha doğrusu ihaneti artık ikinci planda kalmıştı, Beatrice'nin yokluğunun gölgesine düşmüştü.

Üç yıl önce annemle Niccolo'nun kaçışında olduğu gibi şimdi de ev bomboş, ıssız ve endişe vericiydi. Babam o kadar perişandı ki sadece yemek yemek ve işe gitmek için çıkıyordu odasından. Öyle değersiz bir insandım ki herkes terk ediyordu beni.

Lorenzo da yoktu, ailesiyle Cortina'da tatil yapıyordu. Dediklerine inanırsam onu tutuklu tuttukları lüks otelde can sıkıntısından patlıyordu. Ama ben kuşkulu, güvensiz biri olmuştum. Onun akşamları otelin barında onun gibi sıkılmış kızlarla arkadaşlık kurduğunu, ailelerinden kaçarak bir havuz arkasında ya da soyunma odasında buluştuklarını hayal ediyordum. Böylece günlerimi telefona yapışmış olarak, annemin aramalarını es geçerek, Lorenzo'nun aramasını bekleyerek geçirir olmuştum. Gece gündüz açık tutuyordum. Sofrada tabağımın, yatakta yastığımın yanındaydı. Okurken, saçlarımı yıkarken. Gergin bekleyiş halinde telefon sesinin ıssız hayatıma can vermesini bekliyordum.

Bir süre sonra okumayı, yemeyi, yıkanmayı da bıraktım. Ruhumu tamamen Nokia 3310'a bloke etmiştim. Yılan oynuyor, bekliyordum, hepsi buydu. Lorenzo'nun kaçışı olmayan dağ yürüyüşünden dönmesini, restoranda akşam yemeğini bitirmesini bekliyordum. Sürekli bir gerginlik ve başka türlü dindirilemeyen bir ıstırap halindeydim. Kontörümü yarım günde bitiriyordum, ceplerimde, çekmecelerde para arıyordum, bazen babamınkileri karıştırıp çalıyordum; koşarak tütüncüye gidiyor, sonra daha kısa sürede bitirdiğim kontörleri alıyordum. Bütün bunu da onu kontrol ettiğimi sanarak Lorenzo'yu iğrenç sorularımla bezdirmek için yapıyordum. Sanırım sonunda onu da kaybetme noktasına geldim. Ama içten içe beni asıl kıvrandıran Beatrice'den mesaj beklemekti.

Gazetelerde Rossetti'nin şu ya da bu meslektaşı, şu gazeteci, hatta şu siyasetçi tarafından saldırıya uğradığını okusam gülümsüyordum çünkü onun – hemen değil, bir süre sonra– bunu o kişiye nasıl ödeteceğini biliyordum. Daima katbekat fazlasına ve son bir kereliğine ödetirdi. Çünkü Bea böyleydi: Kıyım yapmaktan hoşlanırdı.

Beni de yok etmişti. Onu bugün olduğu kadar iyi tanımıyordum, eninde sonunda bana yazacağını, bir şekilde arayacağını, bunu kendini göstermeden de olsa yapacağını umuyordum: Belki penceremin denizliğine, motosikletime bir not yapıştıracaktı. Motorumun selesini, panjurları, paspasın altını kontrol edip duruyordum, ondan bir pes etme işareti dileniyordum. Odasına giriyordum, yatağına uzanıyordum, henüz almaya gelmediği rujlarını sürüyordum. Bir hafta direndim ama sonra yaptım.

Telefonumdaki isimleri gözden geçirip onunkinde durdum. Hayır Elisa yapma bunu. Ama işin gerçeği şu ki bunu istiyordum. Aklıma ona söylediğim korkunç sözler geliyordu: Benim suçumdu, ben hata yapmıştım, onun yokluğuna son vermek için kendimi mahkûm etmekte bulmuştum çareyi. Bir akşam telefonunu çaldırdım. Hatta bir değil yarım zil sesi kadar çaldırdım. Param yoktu zaten ama asıl neden bu değildi: Hiçbir telefon, mesaj, hiçbir sözel hatta kısaltılmış, ya da x ve k harfleriyle çarpıtılmış ifade bile benim ona söylemek istediğimi aktarmaktan âcizdi. Bu iletişimin içeriği olanaksızdı, söylenemezdi, rezildi ve böyle olunca ancak yarım zil sesiyle örtüşebilirdi. Telefonu parçalayacak kadar sımsıkı tuttum elimde. Bir yanıt dilenerek diktim gözlerimi ona: hemen, şimdi. Barışalım! diye yalvardım.

Ekran siyah, telefon cansızdı. Bu obje tüketiyordu beni, ondan kopamıyordum. Tüm boşlarımın ve dolularımın sonar cihazıydı, aldığım evet ve hayırların, 0 ve 1'lerin, seni kabul ediyorum, seni reddediyorum, varım, yokum, Elisa kaybediyor, Beatrice kazanıyor ifadelerinin amplifikatörü olmuştu. Sessizlik büyüdü ve alaya dönüştü.

İki gün ıstırap çektirdi bana cadı. Sonra bir gece yastığımda başımı sağdan sola çevirip dururken, odama ufo inmiş gibi aydınlanıverdi ekranım. Baktım: Bir cevapsız arama. Kimden? "Bea." Oturdum. Okudum, defalarca okudum bu ismi. Hayatımdaki büyük gücünü ölçtüm. Hemen yanıt verdim. O da. Sonsuza kadar çaldı telefon.

Barışmıştık.

\* \* \*

Ertesi sabah saat sekiz buçukta Bea çaldı kapıyı. Ben gözlerimi bile açamadan kendimi yataktan aşağı attım çünkü onun olduğunu biliyordum.

Kapıyı ardına dek açtım. Bir an sanki aradan yıllar geçmiş ve birbirimizi tanıyamıyormuşuz gibi bakıştık. İçgüdüsel şekilde hemen sordum: "Benimle Biella'ya geliyor musun?" Gülümseyerek kabul etti.

Birbirimize sarıldık. Memelerimiz, kalçalarımız, bacaklarımız, dudaklarımız birbirine bile isteye değe değe sarıldık. Mutfak masasına oturduk, kahve yaptım, kızarmış ekmeğe marmelat sürdük. Biz birbirimizin eşiydik. Ben yıkanırken küvetin yanında durup arkadaşlık etti. Beş dakikalığına olsun yeniden ayrılmak bile olanaksız geliyordu. Sırt çantalarımızı ağzına kadar doldurduk, tren saatlerini bilmesek de babamdan bizi istasyona götürmesini istedik.

10 Eylül Çarşamba'ydı. Babam girişe park etti, sırt çantalarımızı taşımak için ısrar etti. Birlikte bilet gişesine gittik: yirmi dakika sonra hareket edecek bir Intercity treni vardı, buna binebilir, Alessandria'da hızlı olmayan trene aktarma yapabilir, sonra da Novara'da tren değiştirebilirdik. Bu sonsuz tren yolculuğunun birbirimizi yeniden sahiplenmemiz, arkadaşlığımız için yeni bir mevsim başlatmamız için bir yol olduğunu şimdi anlıyorum. Meğer en kötüsüymüş ama o zaman bilmiyordum.

Babam pazar günü döneceğimiz şekilde biletlerimizi satın aldı: Pazartesi günü okul açılıyordu, daha sonra dönmemize izin veremezdi. Adam başı yüzer avro verdi –her ihtimale karşı– ve bardan iki sandviç, *Il Manifesto* gazetesi ve *Donna Moderna* dergisi aldı. Peronda tembihledi: "Bir sorun olursa hemen arayın. Passat'a biner, hemen sizi almaya gelirim. Dikkatli ol Elisa, acayip bir şey hissettiğin anda..."

Intercity geldi. O çantalarımızı yerleştirmek için bizimle bindi, biraz daha para verdi, ayrılamıyordu, gözleri yaşlıydı. Sonunda hoparlör eşlikçilerin inmesini emredince kendiyle mücadele ederek bizi bıraktı. Kapılar kapandı, tren yola çıktı. Beatrice ve ben babamın ve T'nin yok olana kadar küçülmesini izledik. Sonra birbirimizin gözlerinin içine baktık.

İlk kez özgürdük.

Boş bir kompartımanda karşılıklı oturuyorduk; aynen *Budala*'nın başlangıç satırlarındaki gibiydik: "İki yolcu pencere kenarında karşı karşıya gelmişlerdi." Bütün cümleyi anımsamıyordum ama: "İkisi de nihayet konuşmaya başlayabilme arzusu duyuyorlardı." Ama bizim o anda söyleyecek sözlerimiz yoktu. Saf arzuyduk. Ben ve o başımızda büyüklerimiz olmadan bir trene binmiş olmayı bahane ederek deliler gibi güldük. Aynı ürperti, aynı istek, aynı çarpıntı ikimizi de sarmıştı. Pencerenin dışındaki yabancı dünya ve denizi, köyleri, tarlaları bizimdi.

Beatrice kalktı, perdeleri açtı. Sadece yabancılar, sadece dış görünüşümüze bakarak bizi birbirimizden farklı zannedebilirlerdi. Şer boyutunu atlattığımızı, bundan sonranın giderek "kreşendo", tazminat olacağını hissediyordum. Heyecanla ona "Seni Palazzo

Piacenza'ya götüreceğim" dedim, "eski okulumu, Oropa'yı, Liabel fabrikasını göstereceğim." Beatrice ve Biella kesişmesi bir kurtuluş gibi geliyordu. "Dövme yaptırırız, bir başka *piercing* taktırırız, ot içeriz!" Bea on yedi yaşında muhteşem görünen bu planlarıma heyecanla tebessüm ediyordu.

Sonra kontrolör geldi, beni susturdu. Biletlerimizi gösterdik ve yeniden geleceğe daldık. Manzaranın değişimini sessizlik içinde seyrederek uzun zaman geçirdik. Toscana yükseldi, bozlaştı ve Liguria oldu. Cenova'da aktarmayı az daha kaçıracaktık; Intercity rötar yapmıştı, bizler istasyonlara alışık değildik, onca peron, tabela, hoparlör bizi iyice şaşkına çevirdi. Nefes nefese koştuk, aktarma trenimize son anda atladık ve sonra Alessandria ve Novara yoluna koyulduk. Günümüzde bile Biella'yı gezegenin geri kalanına bağlayan o iki vagonlu, doğalgazla çalışan Minuetto trenine atladığımızda terli, mutlu ve bitkindik. Ve ben o yolculuğun heyecanını, onu yeniden yaşayabilme arzusuyla yazmak isterdim. Ama gerçek şu ki tükenmiş bir arkadaşlığın yası kolay çözülmüyor. Onu şifalandırmanın, işlemenin, kapamanın ve ilerlemenin yolu yok. Orada, boğazımda takılı, kin ve özlem arası bir yerde duruyor.

Yedi saat ve dört tren değişiminden sonra Biella San Paolo'ya geldiğimizde güneş batmaya başlamıştı, ışık pembeleşmişti. Beatrice'yi beklemeden indim. Meydana çıktım, çeşmeyi ve yolun öteki tarafındaki La Lucciola'yı yeniden gördüm. Bakışlarımı dağlarıma kaldırdım ve tek tek, çocukluğumdaki gibi adlarını yüksek sesle söyleyerek saydım: Mars, Mucrone, Camino, Mologne. Geriye döndüm. Beatrice yetişiyordu bana. Onun benim hikâyemle hiç ilgisi yoktu ama beni evime geri getirmişti. O ilk kez görüyordu Biella'yı, ben yuvama dönüyordum.

Sırt çantamı yere attım.

Üç yıl geçmişti.

Ağlamaya başladım.

# SALLY

Annemin ikinci ve son kocası olan Christian Ramella'nın adı resmi belgelerde Carmelo olarak yazılıydı ama o hayatının oldukça hassas bir döneminde Christian isminin başını beladan kurtaracağını ve "o büyük sıçrayışı yapabileceğini" hissetmişti. 10 Eylül 2003 günü onu ilk görüşümde oksijen sarısı saçlarını minicik bir atkuyruğuyla toplamıştı, fosforlu yeşil spor ayakkabılar ve havlu çoraplar giymişti; üzerinde Hawaii desenli bir gömlek vardı, kırk yedi yaşındaydı.

Daha sonra keşfedeceğim üzere, kimliğinde meslek hanesine "sanatçı" yazdırmıştı. Tam olarak Cerrione ve Gattinara arasındaki dans salonlarında piyano çalıp şarkı söylüyordu; Moira Orfei ve yerel siyasetçilerinkileri bile geride bırakacak türden cafcaflı afişlerinde yüzü son derece yanıktı. Bütün bunlara ek olarak Christian'ın Vasco Rossi şarkılarını sevdiğini de keşfettim. *Albachiara, Siamo soli* şarkılarını yüreğini katarak söylerken piyanoyla gitarı sırayla çalıyordu. Ama kasabalarda sevilen Ricchi e Poveri, Baglioni, Dik Dik gibi klasik repertuvarı da ihmal etmiyordu. *Anima mia* panayırlarda insanları masalarından kaldırıyor, yemeklerini bırakıp avazları çıktığı kadar onunla birlikte söyletiyor, çakmakların alevlerini havada dalgalandırıyordu.

Adına kayıtlı sanırım bir tek Harley Davidson motoru vardı; bununla yaşlıları, kargaları uyandırarak, eski evleri dolduran göçmenlerin çocuklarını korkutarak, onların sokakta top oynamalarını engelleyerek vadiler arasında dolaşıyordu. Geri kalan parasını solaryum ampullerine, diş beyazlatıcılara, son moda spor ayakkabılarına ve alkole, bol bol alkole harcıyordu. Tüm evlilik yıllarında annemin onu şapkacı fabrikasındaki vardiyalı çalışmalarıyla geçindirdiğinden eminim. Kendini "Ben bir hayalperestim" diye tanımlamayı seviyordu, "bana bir nehir kenarında yıldızlardan örtü, eğreltiotlarından yastık yeter." Kötü bir insan olduğunu söyleyemem. Ağabeyim Oidipus kompleksini çözemediği için ondan nefret ediyordu; bir de Cugini di Campagna grubu şarkıları yüzünden. Ama ben ilk şoku atlattıktan sonra onu anlamaya ve hatta sevmeye başladım.

10 Eylül akşamı, yıllar sonra evime döndüğümde, taşların serinliğini hissetmek için ayakkabılarımı çıkardım. 2000 taşınmasından canını sağ salim kurtarmış her eşyayı görmemle dans etmeye başlamam bir oluyordu. Ufukları ve ayrıntıları seçme konusunda bakışlarımı keskinleştirdiğim pencereden dışarı baktım: Tarlalar ve traktörler, gökyüzü ve sığırcıklar, uzaktaki fabrika damları ve demiryolundan başka bir şey görünmüyordu. Üzerini toz kaplamış ilkokuldaki hayat bilgisi kitaplarımın, saçları kesilmiş iki Barbie bebeğin durduğu şifoniyer karşısında benimle aynı heyecanı hissedecekmiş gibi Beatrice'nin elini sımsıkı tutuyordum. Sonunda balkona çıktım ve onu gördüm.

Donla. Killi göğsünü açıkta bıraktığı gömleği ve boynuna asılı haçı ile oturuyordu. Bir kamp iskelesinde salınırken bira içiyordu, bakışlarını mısırlara ve uzaktaki peronlara dikmişti. Dilim tutuldu. Niccolo istasyonda beni karşılayıp evin anahtarlarını vermişti ama müstakbel damadı evde bulabileceğim konusunda uyarmamıştı. Adam bakışlarını gelmekte olan son Minuetto'dan ayırdı, kaşlarını çattı ve beni dikkatle inceledi.

"Bak sen" dedi, "annenin kopyasısın." İyi niyetle ve utana sıkıla bana gülümsemeye çalıştı. Ayaklarını korkuluktan indirdi, dingildek sandalyeden kalkmaya niyet etti ve takılıp düşecek gibi oldu. "Memnun oldum, ben Christian. H harfiyle!"

Mutfağa döndüm. Çarpıntım tutmuştu. Annemin böyle bir tipe âşık olabileceğini aklım almıyordu: Jöleye buladığı boyalı saçlar, mafya tarzı altın zincir, yaşıtım gençlerin arasında moda olan türden ayakkabılar. Dışarıdan bakınca tam ona uygundu ama onu babamla mukayese edince sonuç çok acımasızdı.

Beatrice gülmemek için altdudağını ısırıyordu, çok komik bulmuştu. Ona hınçla bakıp "Nedir seni bu kadar eğlendiren?" diye sorduğumu anımsıyorum.

"Gördün mü ya?"

Görünmemek ve duyulmamak için giriş holüne gizlenmiştik: Kendimizi rahat hissetmediğimiz için alçak sesle konuşuyorduk.

"İnanılır gibi değil, sanki o romandan fırlamış gibi bir tip... Neydi adı? Hani yazın okuduğumuz?"

"Kes şunu."

"Bezelye yeşiline kaçan bamya rengine boyamış saçlarını. Neydi kitabın adı ya, biliyorsun sen, hani şu kabadayı..."

"*Graziano Biglia*."

"Doğru! Gerçek hayatta rastladığım en kazma adam."

Benim de öyleydi. Ama annem onunla evlenmeye karar verdiyse, onu savunmam gerekirdi: "Saçını ne renge boyadığının ne önemi var? Sen kendi zayıf yanlarını bir düşün. Her zamanki gibi alçaklık ediyorsun."

Ağabeyim döndü ve ansızın kapıda durdu. Bea ve benim yatacağımız şişme yatağın rulosunu omzuna dayamıştı, elinde de pompası vardı. İstasyonda Alfasud'un penceresinden anahtarı verirken Beatrice'ye selam vermemiş; bakmaya bile tenezzül etmemişti. Şimdiyse gözlerini tamamen ona dikti. Eleştirel bakışları kesin suçlamalarda bulunuyordu: tüketici, benzerlerinin kopyası, sistemin kölesi. Arkadaşımsa tam tersine ona imalı ve alaycı bir bakış fırlattı; ağabeyimdi, yüzünde on kadar *piercing* vardı, ayrıca meme başlarındakiler de tahtakurtlarının yediği tişörtünün altından belli oluyordu. Bea çok uzun zamandan beri onu kızıştırmayı hayal ediyordu.

"Annem nerede?" diye sordum.

"Sanırım aşağıda, gülleri suluyor. Ama sen önce bana yardım et."

Kompresörü kucağıma bıraktı. Onun odasına üçümüz birden girdik, izmarit dolu küllüklerin, boş şişelerin, dertop edilmiş çorapların, bir pipo ağızlığının üzerinden atladık. Şilteyi şişirmesi için ona yardım ettim, dolapta temiz çarşaf aradım, onun yatağından mümkün olduğunca uzak bir yere kurmaya çalıştım. Bea parmağını bile kımıldatmadı ve Niccolo onu görmezden gelmeye çalışırken kıkırdayarak onu seyretti.

İkisini yalnız bırakarak çıktım.

\* \* \*

Çocukluğumun dünyası olan yedi katlı tuğla yapı bana küçülmüş ve eskimiş göründü. Tırabzana tutunarak merdivenleri hızla indim ve bahçeye açılan demir kapıdan çıkıverdim: Ben küçükken uçsuz bucaksız görünen avlu annemin daima yapacak bir işi, Niccolo'nun beni küçümseyen yaşça büyük arkadaşları olduğundan ve apartmanda benden başka çocuk olmadığından yalnız günlerimde benim oyun, okuma, hayal kurma yerimdi.

Üstelik o sınırsız avlu şimdi bir deliğe dönüşmüştü. Zamanın aramıza soktuğu ve geri alınamaz mesafeyi ölçerek yürüdüm. Şurada burada ip atlayan, yaprakları karıştıran, kütüphaneden ödünç alınmış kitapla alçak duvara oturan küçük Elisa'yı gördüm. Sonra hayaletler arasında annemi tanıdım. Arkası dönüktü, çiçekleri suluyordu.

Ne zamandan beri görüşmüyorduk? Paskalyadan beri: Dört ay olmuştu. İş –ya da belki Christian– yüzünden gelemeyeceği için beni her davet edişinde buna cesaret edememiştim.

Üzerinde lacivert bir salopet vardı, çillerini artırmamak amacıyla yüzünü güneşten sakınmak için hasır şapkasını takmıştı. Güllüğü ve bostana diktiği domatesleri lastik hortumla suluyordu. Durup onun oynamasını seyrettim: Havaya fışkırttığı suyla daireler çiziyordu, suyu içmek için ağzına yaklaştırıyordu. Hiç büyümemişti, üstelik daha da narinleşmiş, sırtı biraz bükülmüştü. Neredeyse otuz dört yaşındayken hayatı en iyi tanımamız gereken kişileri deşifre ederek geçirdiğimizi anladım: Ebeveynimizi, çocuklarımızı, çünkü daima birbirimiz için bir gizem olarak kalıyorduk. Ama on yedi yaşımdayken öyle düşünmüyordum.

"Anne" diye seslendim.

Şaşkınlıkla döndü. Ona nefretimi açıkladığım günden beri

bir daha telefonda konuşmamıştık. Bea ile Biella'ya geleceğimi de trene binmeden iki dakika önce Niccolo'ya yazmıştım: Belki duysa da inanmazdı. Musluğu kapattı, bana doğru koştu, ben de başka türlüsünü yapamadım. Bir yanım gene onun göğsüne kapanmak istiyordu ama öteki yanım gerçekleri görüyordu ve farklı bir annesi olmadığı için üzülüyordu.

Normal bir annesi: Sorumlu, sakin, güven veren, saçlarımı örmeyi, kek yapmayı bilen bir anne. Benden başka hiçbir sorumluluğu, hiçbir kusuru olmayan bir kadın olsaydı. Beni büyütseydi, ömrümce yanımda yöremde olsaydı. Tutkuları, sevgilileri, sırları, uçurumları olmasaydı. Bana karşı daima ve sadece güler yüzlü ve her dilediğimde hazır olsaydı. Bir insandan böyle bir fedakârlık beklenebilir mi? Hayır çünkü bu mümkün değil. Üstelik, âdil de değil. Ama o zamanlar benim içimde korkak bir zorba, sümüklü bir kız vardı. Tek bir kasımı oynatmadan onun bana sarılmasına izin verirken içimdeki çelişkiler beni felç etmişti. Onu seviyordum, onu reddediyordum. Ona acıyordum, ona kızıyordum. Zavallı bir kadındı, insanüstü bir ilaheydi.

Beni öpücüklere boğarken "Teşekkür ederim" diyordu, "Sen olmadan asla mutlu bir şekilde evlenemezdim."

Gözlerinin içine bakmak için geriye çekildim: "Anne mecbur musun buna?"

Gözlerinde hiç görmediğim mutsuzluk çizgileri vardı, gene de irisleri yeni doğan bebeklerin ya da ölmeden önce şairlerin gözlerinde beliren ışıkla parlıyordu. Çalışma odamda Mario Luzi'nin 2005 yılında çekilmiş bir fotoğrafı var: O gün annemin yüzünde olan o bakışta yaratılmışa mutlak yakınlık, gökyüzüne, toprağa, hayvanlara ve bitkilere laik bir fanatizm duygusu.

"Daha önce de vazgeçtim, Elisa..." Duygulandı, sözünü bitiremedi. O zamanlar Violaneve grubundan haberim yoktu, ama bugün onu ima ettiğini anlıyorum.

"Siz ikiniz artık büyüdünüz, Cervo şapkacısındaki bu işim bana kendimi yararlı hissettiriyor. Şapkaların içine astar dikmeyi becerebiliyorum, hem de nasıl! Ama bana yetmiyor."

"Ne zamandan beri tanıyorsun onu?"

"Noel öncesinden beri."

"Dokuz aydan mı söz ediyorsun?" diye sordum ters ters.

"Ama öyle güzel çalıyor ve söylüyor ki" diye karşı çıktı coşkuyla, "Dinlemen lazım onu! Ben başka türlü yaşamayı bilmiyorum, arada sırada delilikler yapmam gerekiyor. Yoksa boğulacağımı hissediyorum."

Ne yanıt verebilirdim ki? Onun deliliklerinin bedelini biz ödemiyor muyduk?"

"Lütfen" diye yalvardı bana, "benden taraf ol."

Akşam yemeği için domates toplamasına, henüz açılmamış güllerden küçük bir buket yapmasına yardım ettim. Babamın T'de çaresizce tek başına olduğunu hayal ettim. Onu aramak ve şöyle demek isterdim: "Sen hiç olmazsa boşayabildin onu. Bir de beni düşün, bunu asla yapamayacağım."

Eve girdik. Annem beni mutfağa sürükleyerek Christian ile tanışmamızı istedi. O Telebiella kanalını seyrediyordu, söylediğine göre geçen cumartesi sahneye çıktığı Graglia şenliğini göstereceklerdi az sonra.

Annem ona "Ne güzel bir kızım var gördün mü?" dedi. "Karnesindeki tüm notları 9-10."

"Bir çiçek" dedi o, "senin gibi nadir ve mis kokulu."

Annem kızardı, dudaklarına öpücük kondurdu. Ben öleceğimi sandım ama dayandım. Bana gösterdiği sandalyeye oturdum: Ortaya. Christian bira dolu buzdolabını açtı; bir tane bana, bir tane anneme verdi, üçüncü ve dördüncüyü de kendine olmak üzere aldı. Hemen içkiyle sorunu olduğunu anladım ama o anda boyutlarını tahmin edemedim. Çünkü alkol onu saldırgan ya da kederli yapmıyordu, sadece berbat benzetmeleri abartıyordu. Bana ne tür müzik dinlediğimi, Vasco'yu sevip sevmediğimi sordu. Onu tanımadığımı söyledim çünkü sahip olduğum yegâne CD'ler Niccolo'nun bana verdikleriydi. İçini çekti: "İtalyan, İtalyan müziği dinlemen gerekiyor. Hiçbir ülke bizim sahip olduğumuz yorumculara ve şairlere sahip değil."

Bu fırsatı kaçırmadım, ben de ona hangi şairleri sevdiğini sordum. Düşündü, tereddüt etti, sonra yanıtladı: "Neruda." Boş verdim. Konu bu sefer öteki uzmanlık konusuna geldi: Motorlar. Ona ulaşım aracımın bir Quartz olduğunu söyleyince uzun süre ne diyeceğini bilemedi: "Ama onu üretimden kaldırdılar, o kadar çirkindi ki." Gene de motorun niteliklerini yükseltmem konusunda bana öğütler verdi.

Bu arada göz ucuyla anneme bakıyordum: Neşeliydi, bu üçlü sofra onu çok mutlu etmişti. Bunun üzerine Peroni'den birkaç yudum içmeye gayret ettim, onların cilveleşmelerine tahammül ettim, utancımı ve rahatsızlığımı bastırdım ve o bana ömür boyu ve miras olarak sadece sorun yaratmışken ben neden onu mutlu etmeye gayret ediyorum diye düşünmemeye çalıştım.

Bugünse Biella'ya her dönüşümde, onun acı çekişini, giderek kötüleşmesini gördükçe o gün sergilediğim davranışla gurur duyuyorum. Hiçbir yoksunluğumu yüzüne vurmadım, hatta aslında bana hiçbir borcu olmadığını anladığımı da: Onun hayatı bana ait değildi. Gene de bana yiyecek vermiş, o ünlü Meryem Ana Yortusu kavgasında babamın yüzüne vurduğu üzere popoma termometre sokmuştu; beni şımartmış, benimle ilgilenmek ve kusurlu varlığını hissettirmek için pek çok cumartesi ve pazarını yakmıştı.

Birayı bitirdiğimde başım dönüyordu. Beatrice neredeydi? Sofradan kalktım ve sezgisel olarak, belki de sarhoşluktan, annemin elini okşadım. Her şeye rağmen çekingen bir minnet gösterisi. O da hâlâ hatırladığım bir tatlılıkla gülümseyerek karşılık verdi.

Birbirimizi kabul etmeye başlamıştık.

\* \* \*

Odaya döndüm, şiltenin çarşafla örtüldüğünü, benim gösterdiğim yere değil, ağabeyimin yatağının yanına yerleştirildiğini gördüm. Niccolo ve Beatrice bağdaş kurarak ve neredeyse yan yana üstüne oturmuşlar, Sid Vicious'un biyografisini inceliyor ya da inceler gibi yapıyorlardı; fonda Sex Pistols çalıyordu.

İkisinin yüzünde bir kızarma hali, saç baş dağınıklığı yoktu. Ağabeyim ona punk'ın başlangıcını anlatıyor, *Anarchy in the U.K.* metnini yorumluyordu ve Bea ilgiyle dinliyordu. Çarpık gülüşler, dirseklerin, dizlerin teması hemen dikkatimi çekti. İkisi de o kadar sahte ve yalancıydı ki beni ve kendi sevgililerini hor görecek her şeyi yaparlardı.

Bundan rahatsız oldum mu? Hayır.

Beatrice'yi benim başarısız olduğum noktada başarılı görmeye, ailemin üyelerini sırayla baştan çıkarmasına alışmıştım. Babamın onda ne bulduğunu anlıyordum: Merakını ve girişkenliğini. Niccolo ise kapitale tam uyum sağlama ve "şahane bir kız". Ama yanıtlanamayan soru şuydu: Bea onlarda ne buluyordu? Ellilik bir *nerd* ve avare bir punk! Yalan söylüyordu, bloğunda sevgilisinin model olduğunu yazıyordu ama o bir işçiydi; sevgilisiyle Elba ve Castiglioncello'nun en seçkin mekânlarında eğlendiğini söylüyor ama aslında Padella Meydanı'ndaki çatı katında oluyordu; kraliyet ailelerinin ve ünlü kişilerin magazin dergilerindeki hallerini inceliyor, onların görünümlerini ve davranışlarını çalışıyor ama sonra gidip bir *borderline*'a, eziğe, bir yeniğe kaptırıyordu kendini ve grubun en başında elbette ben geliyordum.

Bugün Rossetti'nin zor durumda demeyeyim ama sıradan insanlarla çekilmiş bir fotoğrafını göremezsiniz. Dağıtılan fotoğrafta yakın planda yalnızca kendi yüzü yoksa, o anda oradan uzaklaşmakta olan bir Hollywood yıldızı, bir süper model, uluslararası şöhret sahibi bir rejisör vardır. Gene de anlıyorsunuz siz –bu çözmek istediğim bulmacalardan biri– hayatta sahip olduğu tek gerçek arkadaşı, karşınızdaki kişi. Bayan Hiç Kimse.

Ama ağabeyimle çevirdiği dalavereyi anlatıyordum.

Niccolo'nun odasında uyuduğumuz ilk akşam ikisinin aceleyle giyinip dışarı süzüldüklerini işittim ama o kadar yorgundum ki yeniden uyudum. İkinci geceyse onlar giriş kapısını kapattıkları anda Trossi Sokağı'na bakan salon penceresine koştum. Suçüstü yakaladım: Birlikte Alfasud'a kapanmış, koltukların arasında öpüşmeye başlamışlardı, sonra dağlara doğru dördüncü viteste yola koyuldular. Üçüncü gece zaten düğün vardı, aklım başka düşüncelerle meşguldü. Gün doğumundan biraz sonra döndüler eve. Sabahları öğleye kadar uyuyorlardı. Ben de saatlerce Biella sokaklarında yürüyordum, Palazzina Piacenza'ya, ortaokulum Salvemini'ye, ilkokulum San Paolo'ya gidiyordum, geçmişimin ayrıntılarını birbirlerine ekliyordum, otların ya da bir kaldırımın kenarında bağdaş kuruyor ve zamanın benim için öldürdüğü yerlerin karşısında sessizce oturuyordum. Bütün bunları arzu ettiğim üzere Beatrice ile birlikte değil, tek başıma yapıyordum.

Geceleri Niccolo ile birlikte nereye gittiğini hiç sormadım; neler karıştırdıkları belliydi. Onu sevindirmemek için sormadım. Beni etkilemek için ağabeyimi kullandığı belliydi ve on altı yıl sonra nedenini anlayamamış olsam da fikrimi değiştirmedim. Ama o günlerde beni asıl altüst eden Beatrice ve annemin tanışması oldu.

Tam iki zıt kutupta olan iki insan daha tanımadım. Annem ne kadar ihmalkâr, hiçbir şeyi sonuçlandıramayan, irade gücü olmayan bir kadınsa öteki de mükemmel tırnaklarıyla, sonsuz hırsıyla bir tırtıldı. Akşam yemekte tanıştırdığımda sanki ikisini de yıldırım çarptı. Annem, böylesine sofistike bir şıklık karşısında ürktü; Beatrice de onu böyle bir anne büyütseydi başarısızlıklarını ne kadar kolay halledebileceğini anladığı için duygulandı. Birbirlerine ellerini uzattılar, gülümsediler. Bu resmi temasın yeterli olmadığını hissettiler, birbirlerini yanaklarından öptüler.

Kıskandım mı? Evet, kesinlikle.

Annem, "Elisa senin bu kadar güzel olduğunu hiç söylememişti bana"; Bea ise "Elisa senin bu kadar genç olduğun konusunda uyarmalıydı beni" şeklinde birbirlerine övgüler yağdırırlarken onlardan yana bakmamak için Christian'a yardım ederek sofrayı kurmaya başladım çünkü yükselerek artan methiyeler bunlardan yoksun ve ihmal edilmiş benim canımı acıtıyordu.

Hep birlikte yedik akşam yemeğimizi. Niccolo ve Bea az önce banyoda el yıkama bahanesiyle öpüşmemiş gibi yapıyorlardı; Christian şarkı söylediği bir panayır haberi çıktıkça Telebiella ya da Telecupole kanallarının sesini yükseltiyordu; annem kendini gerçekleştirmiş olarak nihayet hayatından memnundu; bense her zamanki gibi ortama uyum sağlayamayan bir dışlanmıştım.

Çocukluğumun klasik tereyağlı ve parmesan peynirli makarnasını –annem kek yapmayı bilmediği gibi soslu bir makarna, bir omlet yapmayı bile bilmezdi– ve bahçeden topladığımız domateslerin salatasını yedik. İki yüz şişe bira içtik. Sonra, Beatrice bir öneri attı ortaya: "Annabella izin ver cumartesi günü makyajını ben yapayım."

"Ah" diye şaşırdı annem, "düşün ki daha giyeceğim giysiyi almadım."

Bea buna inanamadı: "Eli ile ben sana yardım ederiz! Yeni koleksiyonların hepsini biliyorum. Yarın sabah? Ya da daha iyisi yarın öğleden sonra."

Ertesi gün yani düğünün arifesinde annem Beatrice ile Alfasud'a bindi ve gitti. Bana salon penceresinden uzaklaşmalarını seyretmek kaldı. Onlarla büyük mağazalara, sanayi artıklarına, çocukluğumun özel eğlencesi olan sepetlerin içini karıştırmaya gitmeye katlanamazdım. Ve zaten itiraf etmeliyim ki onlar da bu konuda pek ısrarcı davranmadılar. "Elisa geliyor musun bizimle?" Çocuksu hıncımla ikinci kez hayır deyince onlar da beni evde bırakıp çıktılar.

Sonuç olarak annem gelinliğini almaya benimle değil onunla gitti. Bu asla sindiremeyeceğim bir olay oldu. Tabii ki benim kabahatimdi: Kendimi zorlamalı ve Beatrice ile mukayese edilmeye izin vermemeliydim. Ama ben nasıl önerilerde bulunabilirdim ki? Ben ne anlardım ki giyimden kuşamdan?

Bea yerimi gasp ederek ben olmaya çalışırken ben Sonia ve Carla'yı görmeye gittim. Onlara sarıldım, beni biraz olsun kurtardıkları için sessizce teşekkür ettim. Carla artık emekli olmuştu, Sonia'nın saçları kırlaşmıştı. Büyük bir yastığın üstüne oturdum, çevremde dört beş yaşındaki çocuklarla beraber Basile'nin *Tüm Masallar* kitabını okudum.

Eve döndüğümde annem gayet coşkulu bir şekilde yanıma geldi ve Beatrice ile birlikte giyeceği giysiyi önceden görmemi istedi. Sadece beni ne kadar yaraladığını anlamasın diye pes ettim. Annem evlilik odasının kapısını kilitledi. Bea esrarengiz bir havayla dolabın kapısını açtı. Onu kılıfından çıkardılar. Yeşildi. Beatrice "Elbette beyaz giymeyecekti" diye bildirdi, "Bu onun ikinci evliliği. Ve yeşil, saçlarının rengini ortaya çıkarıyor."

Annem heyecanla "Evet? Beğendin mi?" diye sordu.

Bedenimin içinde dolaşan kederle yumruklarımı sıktım ve "Evet, gerçekten çok güzel" diye yanıtladım.

\* \* \*

Annem ve Christian 13 Eylül Cumartesi günü saat 17'de Andorno Nikâh Salonu'nda evlendiler. Gelinin şahidi bendim. Damadın şahidiyse motosiklet maceralarından bir arkadaşıydı. Yirmi kadar davetli vardı: Hiçbir akraba yoktu, sadece arkadaşlar gelmişti. Hanımların giydiği payetli göz alıcı elbiseleri, bazı beylerin dizleri yırtık blucinlerini ve atletlerini anımsıyorum. Davetlilerin yaşı kırk ila altmış arasıydı, genç olarak sadece ben, Beatrice ve Niccolo vardık. Gene de efendiliğimiz ve terbiyemizle en yaşlılar biz görünüyorduk.

Eğlence hemen başladı. Pirinç ve şampanya yerine başlarına ne gelirse atıldı: su baloncukları, kremalar, mısır patlakları. Yeni evlilerin aracı elbette Christian'ın balonlarla ve kalpli etiketlerle süslenmiş Harley'iydi. Rosazza'daki bir lokantada kutlama yapıldı. Menüde yerel yemek olan bol peynirli mısır püresiyle geyik yahni vardı. İçki olarak da büyük şişelerde kırmızı şarap ve şampanya seçilmişti. Beatrice'nin bu kadar eğlendiğini hayatımda görmemiştim: Kimi bulursa onunla içtenlikle sohbet ediyor, miktarını hesaplamadan yiyip içiyordu; bu sarhoş ve böylesine ünlü olmayan insanlık onu rahatlatmış gibiydi. Ben de içimdeki sıkıntıya rağmen o günün çok eğlenceli olduğunu anımsıyorum.

Akşam yemeğinin ortasında Christian ayağa kalktı, özel olarak yerleştirilmiş orgun ve ses sisteminin yanına gitti. Mikrofonu ayarladı: "Bir, iki, üç prova" dedi. Öksürdü ve ciddiyetle sessizlik rica etti. "Şimdi karıma bir şarkı ithaf etmeme izin verin" dedi.

Annem yeniden ve ilk kez bu sıfatla anıldığını duyunca kızardı. Herkes beklenti içinde sustu. Bu aile lokantasının neşeli işletmecileri bile durdular, toparlandılar. Işıklar kısıldı.

Christian gözlerini yumdu ve "Sally"yi söylemeye başladı:

*"Sally yere bakmadan*
*Yürüyor sokakta*
*Sally artık arzu duymuyor*
*Savaşmaya."*

Hiç dinlememiştim, dokunaklı geldi. Tabii sonradan Vasco'nun özgün yorumunu dinleyince şarkının değerini tam olarak anladım. Ama o akşam Sally annemdi, Christian, dikkatli, tek bir notada bile yanılmadan şarkıyı bana tanıttı. Annemin gözyaşlarını kuruladığını, Bea'nın yaptığı makyajın yüzüne aktığını, kocası şarkıyı söylerken eridiğini fark ettim:

"*Belki de hayat tümden yitmiş değildir.*"

O kadın beni duygulandırdı: Sally/Annabella, hatalı ve masum. Annemin, anlamadığım, belki farklı yorumladığım ya da gözden kaçırdığım hiç de kolay olmayan hayat hikâyesinin içinde gezinişini seyrettiğimi fark ettim. Şarkının ardından gelen coşkulu alkış bitmek bilmedi. Sofra başındaki herkes aynı anda sanki La Scala operasındaki bir gala gecesindeymiş gibi ayağa kalktı.

Sonra o anda ne benim ne ağabeyimin anlayabildiği, görülmemiş, duyulmamış, hiç beklenmedik bir şey oldu.

Christian yerine döndü, annemi tutkuyla öptü, sonra annem kalktı. Tüm şaşkın bakışlar arasında klavyenin başına oturdu. Belli ki sarsılmıştı, çekingendi ama hiç de beceriksizce olmayacak şekilde tuşlara bastı.

Ben ve Niccolo hemen "Hey anne!" diye bağırdık. "Ne yapıyorsun? Sen çalmayı biliyor musun ki?" Bizi duymazdan geldi. Tuşları okşadı, kendini ona bıraktı, dudaklarını mikrofona yaklaştırdı. Şöyle bir açıklama yaptı: "Ben de kocama bir şarkı ithaf etmek istiyorum."

Christian şaşırmış görünmüyordu. Bugün anlıyorum ki bizden farklı olarak o biliyordu. Birkaç ıslık onu yüreklendirdi. Annem baştan biraz karıştırdı, hata yaptı, güvensizlikten ya da aradan geçen yıllar yüzünden detone oldu. Ama sonradan Led Zeppelin'in "Stairway to Heaven" şarkısını giderek daha iyi çalarak ve söyleyerek yorumladı. Çocuklarının hiç tanımadığı, bütünüyle özgür bir Annabella çıkıp gelmişti geçmişin içinden. Herkes duygulu duygulu alkışladı, o ağladı. Tekrarını istediler, seyircisinin arzusunu yerine getirdi. Niccolo kapıyı vurarak sigara içmeye çıktı. Çünkü işte o anda ilk kez onu mutlu edenlerin sadece biz çocukları ve babam olmadığını anladık. Her zaman bir *başkası* olmuştu.

\* \* \*

Gecenin geç saatlerinde hep birlikte Babylonia'ya gittik. Niccolo düğün armağanı olarak hepimizi bedava aldı içeriye. Cumartesi gecesiydi: Park yeri Milano ve Torino plakalı arabalarla doluydu ve girişteki kuyruk yaz mevsiminde Uffizi Müzesi'nin önündekini aratmıyordu. Artık içeri girmek ve birileriyle çıkabilmek için yaşım tutuyordu. Arkadaşım Beatrice dizi filmden çıkmış gibi görünüyordu, herkes ona bakıp ıslık çalıyordu.

Bir kavramı açıklamak istiyorum: Belki güzel değildi. Bazı fotoğraflarda dikkatle incelenirse, ağzı hafiften çarpıktı. Muhteşem gözleri, doğru makyaj yapılmazsa biraz patlaktı. Ama o sanki daima mükemmelmiş gibi davrandı ve bizler de yuttuk.

Baby'de seyircilerin "Oooo!" nidalarını kaptı, kimi de dalga geçti. Ben her zamanki anarşinin A'sı tişörtümü giymiş, düğün için de bir mini etekle alçak sandaletler seçmişken Bea her zamanki gibi abartmıştı: Yüksek topuklar, ipek elbise, yapılı saçlar; kesinlikle içinde bulunduğu ortama aykırıydı. Saçlarının rengini hatırlayamıyorum şimdi: Çoktan esmer olmuş muydu, yoksa platin sarı dönemi miydi ya da acaba röfleli kestaneye dönmüş müydü?

Düğün fotoğraflarına bakmamı önereniniz olacaktır. Ama yok öyle bir şey.

Benim anımsadığım benimle birlikte ibikli, zincirli, zımbalı kalabalık içine girerken çok heyecanlı bir şekilde gülümseyişiydi: "Sanırım hep buranın hayalini kurdum. Sen bana evimin banyosunda anlattığın ilk günden beri." Çevresine bakınarak "Şahane burası!" diye ekledi.

Aslında Biella'da değil, üç bin nüfuslu Ponderano'da tarlalar ortasında bir hangardı burası. Ama California'dan bile buraya müzik yapmaya gelirlerdi, Blink-182, Misfits, Casino Royale ya da Africa United dinlemek isteyen yetişkin ve ergenler de büyük şehirlerin plakalarını taşıyan otomobillerine doluşup gelirlerdi. Baby bir efsaneydi: Kasabada bile hayallerin gerçekleşebildiğinin, istersen dünyanın merkezinin bile yerini değiştirebileceğinin kanıtıydı.

O akşam Punkreas çalıyordu; *Paranoia e Potere* albümündeki şarkıların hepsini ezbere biliyordum; sahnenin önünde durup deli gibi şarkıları haykırarak ter içinde kaldım. Niccolo ve Beatrice'nin uzaklaştıklarını gördüm ama sarhoştum ve umurumda değildi. Kendimi başkalarının önünde parçalamayı, tanımadığım insanlarla aynı şarkıyı söylemeyi, gözlerimi dönen ışıklarla, burun deliklerimi gizli köşelerde içilen ot kokusuyla doldurmayı ne çok seviyordum. Artık kendimi böylesine kaptıramadığım için çok üzülüyorum.

Saatlerce olduğum yerde sallandım, sonunda annem beni kolumdan tuttu, kulağıma bağırarak şöyle dedi: "Dışarı gel! Sana bir şey söylemem gerekiyor, sadece bir dakika!"

Sersem sepelek gittim peşinden. Dışarıda gece havası ılıktı, tarlalar kımıltısızdı. Baby hangarı sanki müzik yüzünden titreşiyor, gümbürdüyordu ama şimdi sessizlik, rüzgâr ve cırcır böcekleri daha baskındı.

Gidip ayın solgun ışığı altında Alfasud'un kaportasına oturduk. Annem Marlboro kutusundan sarılmış ot çıkarttı, yaktı, bana uzattı. İçmesem de aldım. Bir nefes çekmek bile beni eritip kafamı karıştırmaya yetiyordu. Çevremizdeki minik ışıklar öpüşmeye, haşhaş ısıtmaya meyilli kişilerin varlığına işaret ediyordu. Annem şöyle dedi: "Mükemmel bir gün oldu, çok teşekkür ederim."

Utancımı yenerek "Ne için?" diyebildim.

"Baban başkası olsa da şahitlik yaptığın ve Biella'ya geldiğin için... Bazen benden nefret ettiğini biliyorum."

"Bu doğru değil, sana nefret ettiğimi söylerken de öyle düşünmüyordum."

"Elisa bana açıklama yapmak zorunda değilsin. Ben ilk sevgilimi görmek için pencereden atladığım zaman anneannen gelip beni Miagliano meydanında buluyor ve herkesin önünde saçlarımdan çekerek eve sürüklüyordu. Kötü not aldığımda, yani her zaman kıyamet kopartıyordu. Âdet görmeyi bana sıra arkadaşım anlattı çünkü annem sadece ormanda zehirli mantarları ayırt etmeyi ve kestane toplamayı öğretirdi. Ben insanın anne babasını en büyük düşmanı olarak görmenin ne anlama geldiğini bilirim, onları bağışlamam yıllar aldı. Ama şimdi annelik yapmanın ne kadar zor olduğunu biliyorum."

Otu tüttüremiyordum, otun külleri toprağa dökülürken annemin profili ay ışığında şimdiye kadar görmediğim bir güzellikte parlıyordu.

"Neden söylüyorsun bunu bana?"

İkimizin de sarhoş, kafamızın iyi olması hayatımda bir daha eşi benzeri olmayan o konuşmayı kolaylaştırıyordu.

"Çünkü bugün kendimi çok mutlu hissediyorum ve ne bir daha kimseden nefret etmek ne de suçu başkasına yüklemek istiyorum. Çünkü sana şunu söylemek istiyorum."

Elimdeki sigarayı aldı, son bir nefes çekti. Dönüp bana baktı.

"Kendimi çoğunlukla boktan, beceriksiz, hatalı bir anne olarak hissettim. Belki pek çok dert yarattım. Ama şundan emin olmalısın ki seni hep çok sevdim."

\* \* \*

Sabahın üçünde konser bitti, kimi zaman dans müziği kimi zaman tekno çalan DJ sahneyi devraldı. Pistte artık pek az kişi kalmıştı ve birbirine sarılmış, yanak yanağa dans eden tek çift Christian ile annemdi.

Bir sandalyeye oturdum, uzaktan onları izlerken "Sally"nin sözlerini düşündüm: *"Belki de her şey yanlış değildi."* Ağabeyim ve Beatrice kim bilir neredeydiler, düğünün davetlileri yok olmuşlardı. Ben yeniden bir köşede tek başımaydım ama şimdi kendimi boş ve marjinal hissetmiyordum: Ben şahittim. Onların dans edişini izliyordum; bu ani karar olabilecek en iyi karardı, hafta sonları Christian ile birlikte lokantaları, pizzacıları, panayırları, Komünist Parti'nin yıllık şenliklerini dolaşacak, ona kordonlar, amplifikatörler konusunda yardım edecekti, arada sırada sesini de katacaktı, klavyede nöbeti devralacaktı ve böylece gerideki hayatını telafi edecekti. Christian, babamdan farklı olarak, ona en uygun adamdı.

Nitekim on üç yıl boyunca mutlu oldular.

Sonra 2016 güzünde Christian siroz yüzünden öldü. Annem son anına kadar ona baktı, işinden ayrıldı ve tüm ruhunu onu iyileştirmeye adadı. Ama o gene de öldü ve annem bir daha toparlanamadı.

Annemin yataktan kalkacak hali bile olmadığı için cenazeyle ilgilenmek bana kaldı. İşte Christian'ın kimliğinde gerçek adını ve meslek hanesinde "sanatçı" yazdığını o zaman gördüm: Fosforlu yeşil Nike Air, sarı atkuyruğu. Ama annemin onun yanındayken nasıl güldüğünü, Valle Mosso diskoteğinde nasıl eğlendiğini gördükten sonra o gerçekten sanatçıydı ve hayat yapısal olarak adil değil, yoksa bitmezdi demek istiyorum.

    Yazma lüksü, anıları kurtarmak anlamına gelir diyor şimdi başkaları, ben de akşam yemeğine bir şey hazırlamak için yazı masasından kalkmıyor, biraz daha oturuyorum bilgisayar başında; damadın bir tür smokinle, annemin kat kat uçuşan yeşil giysisiyle, Babylonia'nın loş ve yarı boş pistinde dans ettikleri o mutluluk yüklü anda biraz daha oyalanıyorum. Carmelo'nun ölemeyeceği, annemin acı çekmeyeceği, zamanın buraya, şu bulunduğum yalnız ve sessiz ana kadar uzanacağı bir cümle yazıyorum. Şimdiki zaman.

# Mumya

"**P**eki ama nasıl Beatrice Rossetti olunur? Bize bunu açıklamadın!"
"Tabii ya, Rossetti evet, öteki yüz bin tanesi hayır, öyle mi? Onu bu kadar özel kılan nedir?"
Sınıf bizim lisedeki yaş grubumuz kızla dolu. El kaldırıyorlar, tehditkârlar, sandalyelerin üstüne çıkıyorlar, yanıt *bekliyorlar*. Derken kırmızı saçlı, ötekilerden daha keskin zekâlı biri çıkıyor ve maskemi düşürüyor: "Anlamadınız mı? Kendi de bilmiyor ki!"
Aslında biliyorum ama anlatamıyorum. Yanıt boğazıma takılıyor, bağırıyorum, sesim çıkmıyor, sırf gayret kesiliyorum. Kaburga kemiğimin altındaki boşluktan krizin yükselmeye başladığını hissediyorum: Midemi ele geçiriyor, akciğerlerimi eziyor. Kız öğrenciler hepsi birden ayaklanıyorlar, boyalı saçlı *Erinye* kitlesi bana doğru yürüyor. Uyanıyorum.
Sanırım birkaç yıldan beri daha doğrusu Beatrice çok izlenen bir televizyon programına çıkalı ve o günden sonra bütün İtalya'da ondan başka şey konuşulmaz olalı beri bu rüyayı sık sık görür oldum. Gazetelerde, kuaförlerde, barlarda konuşulduğu gibi sıcak içecek aldıkları otomatların önünde sıraya giren meslektaşlarım bile Merleau-Ponty ve onun *Algının Fenomenolojisi* kitabını konuyla ilintilemişlerdi. Ben bu hırs karşısında şaşkına dönmüştüm ve dilim tutulmuştu: O gün programdaki söyleşide Bea ne kendi ne siyaset hakkında konuşmuştu; göçmen akınları, vergiler, insanların iliğini kemiren sorunlar hakkında ağzını açmamıştı. Ama onun ak-

şam en çok izlenen saatte ekrana çıkması yığınla nefret toplamıştı. Bu ne kıskançlık, ne kızgınlık, ne alaycılık ne de küçümsemekti. Daha derin bir rahatsızlıktı.

Bu konuyla ilgili bir sabah otobüste yaşadıklarımı hatırlıyorum: Annem yaşlarında iki hoş hanım kapağında Beatrice'nin fotoğrafı olan dergiye acımasız yorumlarda bulunuyorlardı. İkisinden biri parmağını onun gözüne sokar gibi yapıyor ve tiksinerek şu yorumu yapıyordu: "Şunun peşine takılan ahmağın tekidir." "Aynen öyle" diye katılıyordu arkadaşı, "Beş para etmez." Bu türden suçlamalar ve yargılarla devam ettiler ve neredeyse katil olduğunu bile söyleyeceklerdi. Ben de istemeden onlara kulak misafiri oldum ve içimden yanıt verdim: *Evet bunu ben de söyleyebilirim. Peki ama size ne gibi bir kötülük yaptı?* "Hiç, hiçbir şey yapmayı bilmiyor, bir mesaj vermiyor." Sonra edepli sesleriyle, mantoları, manikürleriyle ona fahişe demeye başladıklarında oradan kalkmak ve kıyamet koparmamak için derin bir dürtü duydum; yoksa en büyük düşmanımı onlara karşı savunmaya girişecektim. Gerçekten isyan eden, başarılı olan kişileri neden bağışlayamıyoruz bilmiyorum. Ya da biliyorum ama korku fazlasıyla geniş bir konu ve bu bir inceleme kitabı değil. O iki kadın hemen susmalı, ses tonlarını, düşüncelerini değiştirmeliydiler. Sesim çıktığı kadar bağırmak, adaleti sağlamak geliyordu içimden. Ama sessiz kaldım, dişlerimle şeytantırnağımı kemirmeye giriştim.

O geceden sonra ana kaygım *o hiç* oldu: Onu her şeyden önce, kendim için parça parça sökmeliydim. Dergi kapağındaki rötuşlu görüntünün arkasında hâlâ bir insan var mı anlamalıydım.

\* \* \*

Bea ile birlikte Biella'dan döndüğümüz 14 Eylül 2003 günü babamı üzerinde pijama, gözünde kırılıp seloteyple yapıştırılmış gözlüğüyle mutfakta bulduk. İstasyona bizi karşılamaya gelmemişti. Pantolonu kahve lekeliydi, sakalı bakımsızdı, gözleri kızarık ve şişti, sanki bu dört gün içinde bir saat olsun uyuyamamış gibiydi.

Ayağıyla bize doğru ittiği kocaman kutunun içinde kuş fotoğraflamak için kullandığı her türlü donanım vardı; bunların artık işine yaramadığını iletiyordu bize. Biella, düğün, annem, oğlu hakkında tek bir soru bile sormadı. Bundan sonra onun çalışma odasına giremeyeceğimizi ve onun bilgisayarını kullanamayacağımızı bildirdi çünkü bundan sonra ruhunu ve bedenini *onu ilgilendiren belli bir şeye* hasredecekti. Ama bu büyük kutunun içinde onun kelimeleriyle "bütün gerekeni" bulabilecektik.

Bea ile kutuyu odama sürükledik, kapıyı kapattık. Karton kutunun kapaklarını usulca kaldırdık ve Contax'ın, katlanmış tripotun ve teleobjektifin siluetini gördük. Nefesimizi tuttuk. Bu konuda kaygılanmam, babamın yanına gitmem ve sorunla yüzleşmem gerektiğini anladım. Ama içimden gelmiyordu. Kapıyı tıklatması, sorması, can sıkması gerekenler anne ve babadır, çocuklar değil. Bea heyecanını koruyordu: "Şuraya bak, portatifi de vermiş bize." Ve nitekim işte o koca kutu ya da babamın depresyonu, akne örtücü fondöten, elma aromalı ruj ve evin onun yüzüne çevrilmiş tüm ışıkları sayesinde Beatrice'nin kaderi belirlenmiş oldu.

Kendimden söz etmeyi unuttum: Eylül sonundan lise dört ve lise beş yılları boyunca sanırım iki milyon fotoğraf çekmişimdir. Başlangıçta elimde Contax ile her yerime kramp giriyordu ve gerçekten beceriksizdim –o da öyleydi ya bir süpürgenin yanında ya da süslenip püslenip ayağında terlikle poz veriyordu– ama aylar geçtikçe ikimiz de az çok, sonra çok başarılı olmaya başladık.

Fotoğrafta yer alma hakkını kazanabilecek her şeyi kontrol etmeyi öğrendik. Kışın her şeyi yeniden görmek, gözden geçirmek, sonra sanal âleme fırlatmak için rastgele mitralyöz gibi çekim yapmaktan vazgeçtik. Zamanı kullanmaya başladık. Bugün beni hâlâ güldüren şöyle bir uygulama geliştirdik. "Ön toplantı"da yatağımın üzerine oturuyorduk; titizlikle ışık ve gölge arasındaki sınırları, aleni ve gizemli olanı tartışıyorduk. Gabriele'nin yaptığı morluk: Gölge. Latincede 9 beklerken 7 aldığı için ağlamanın izi; açıkçası abartıyordu: Gölge. Yeni sutyenle vurgulanan memelerin hacmi: Işık. *Rouge ipnotic* ruj: Yüksek ışık. Her ayrıntı bir buzdağının ucu oluyordu: Anlatmıyor, bir gizemi *ima ediyordu*. Ve cephede benim danışmanlığım belirleyiciydi: "Bea, başını biraz eğer, çınarı inceler gibi yaparsan... Dur, şu mektup gibi duran kâğıdı eline al. İşte bununla terk edildiğini *ima edersin*." Kameradan doğruluyordum. "Bu ışıkla çok iyi çıkıyor." "Peki ama üzgün olmayayım mı?" diye endişeleniyordu. "Hayır" diye güvence veriyordum şeytanca, "empati yapacaksın, ne oldu diye merak edecekler, sende kendilerini görecekler."

Saate ve güneşin konumuna göre mobilyaların yerini, duvardaki posterleri değiştiriyordum. Hoşuma giden buydu: Fotoğrafı çekmek değil, onu tasarlamak. Bea gardırobundaki giysileri gözden geçiriyor, aynı giysilerle yeni eşleştirmeler yaratmaya çalışıyordu çünkü babası ona milyarlar değil dört yüz ya da beş yüz avro veriyordu. Bu arada ben duvarları inceliyordum, farklı göstermeye çalışıyordum, kimi zaman asi kimi zaman nostaljik dekorlar hazırlıyordum: Yazma cesaretini bulamadığım romanımın giriş cümleleriydi bunlar aslında.

Gerçek mi? Eğleniyordum. Çünkü o uzak deneysel geçmişte ikimiz bir takım oluşturmuştuk: O kahramandı, ben yazardım. Tek bir fotoğrafı düzenlemek için saatler harcıyorduk, sadece benim bildiğim bir hikâyenin bağımsız sahnelerini yaratıyordum. Sınıf arkadaşımız olan kızlar derslerden sonra gezmeye, alışverişe, oynaşmaya gidiyorlardı, biz de eve kapanıp ışıkları ayarlıyor, makyajın üzerinden geçiyorduk. "Burnun parladı, git pudra sür!" Ciddiydik, profesyoneldik.

Arkadaşlığımız bir şantiyeye dönüştü. Perdeleri söküyorduk, sandalyeleri üst üste diziyorduk, saatte on iki giysi değiştiriyorduk, Bea'nın hayatının dönüşeceği asıl gösteri için provalar yapıyorduk. Tüylerle, zımbalarla abartıyorduk. Hatta odaksız ve çarpık da olsa bir iç çamaşırı çekimi yaptığımızı bile anımsıyorum. Livorno'ya bağlı T kasabasında cesur olmalıydık, cesur olabilirdik.

Otobüsteki o iki hanım bunu bilmiyorlar: Hiçbir şey duygulardan yoksun olmadı. Ocak 2004 ile başlayan o kış. Gece boyunca tonlarca kar yağmıştı. Uyanır uyanmaz Bea ve ben bunca beyazlık karşısında dilimiz tutulmuş gibi pencerenin önünde kalakalmıştık. Tüm sesler bu dondurucu soğukta yumuşuyordu. Bea bana sarıldı: "Şurada bikinimi ve ayağıma kar botlarımı giysem, bomba olmaz mı?"

"Nerede?"

"Çınarın altında."

O bizim biricik ağacımızdı.

Ve siz şimdi, ne saçmalık, diyeceksiniz. Oysa sonradan komşularımın bana gösterdiği bir fotoğrafta pek ünlü Kendall Jenner on dört yıl rötarla Los Angeles'ta karlı bahçesinde aynı dâhice fikri kullanacaktı.

Kahvaltı bile etmeden banyoya koştuk. O makyaj yaptı, ben objektifimi temizledim. Çıktık. Beatrice, çıplaktı ve kara batıyordu. Eğiliyordu, kartopu yapıp yüzüme atıyordu. Babam başını sallayarak camın arkasından bizi izliyordu. Ne yapıyor bu ikisi? Deli kızlar.

Sonra poz verdi. İyi bir kadrajla çınar ağacı Cortina, Sankt Moritz gibi görünebilirdi. O hareketsiz duruyor, ben titriyordum. Sadece bir oyundu bizimki. Ve ben kendimi bu oyuna kaptırıyorsam nedeni masum olduğunu düşünmem ve onu mutlu görmemdi. Canlı ama gerçekdışı bir varlığı bilinçsizce de olsa yönetmeyi öğreniyordum. Tanımadığım ama sevdiğim bir varlığı.

Sevgimin sonuçlarının nereye varacağını hayal edebilen en son kişiydim bu dünyada.

*  *  *

22 Şubat günü Bea on sekiz yaşını doldurdu.

Sabah dokuz buçukta yatağına girdim ve onu uyandırdım. Pazardı, önümüzde uzun bir gün uzanıyordu.

"Rahat bırak beni" diye homurdandı, "uyumak istiyorum."

Bir önceki akşam Gabriele ile çıkmış, Garibaldi Innamorato'ya yemeğe gitmiş, sonra sabahın dördüne kadar kim bilir nerede takılmıştı. Şimdi sıra bendeydi.

"Haydi, reşit oldun artık!" Gıdıklayarak işkence ettim ona. Oda buz gibiydi, pencereler buğuyla örtülmüştü. Kalktım, güneşi içeriye doldurmak için önce panjuru, sonra pencereleri açtım. "Şahane bir gün" dedim, "sana muhteşem bir fotoğraf çekimi armağan edeceğim."

Bea, gözünü hafifçe aralayarak "Sadece bunu mu hediye edeceksin?" diye sordu.

"Neden, Gabri ne verdi?"

Elini yorganın altından çıkardı, üzerinde yeşil bir ışığın parladığı yüzük parmağını salladı: "Beyaz altın ve yakut: Üç maaş."

Lafı uzatmadan "Ah, nişanlandınız demek" dedim.

Sonunda gözlerini tam açtı: "Peki sen?"

Alçak, diye geçirdim içimden. "Benim tek bir maaşım bile yok."

Odama gittim, elimde dikdörtgen bir paketle geri geldim. Beatrice doğrulup oturdu, bakışlarıyla tarttı. "Uf ya, kitap bu!"

"Aç hiç olmazsa."

Kâğıdı yırttı, *Anna Karenina*'nın ciltli, bulabildiğim en güzel kapaklı versiyonuydu, T'nin sadece emekliler ve benim gibi ezikler tarafından ziyaret edilen tek, karanlık ve tozlu kitapçısında, bir sepetin dibinde bulmuştum. Bir aylık harçlığıma mal olmuştu.

"Peki ben ne yapmalıyım bu tuğlayla?"

Yaşama döndüğünden beri okumayı bırakmıştı.

"Nankörsün, bari sana yazdığım ithafı oku."

"Beatrice'ye" diye okudu yüksek sesle, "arkadaşım, kardeşim, hayatım. Sonsuza dek."

Kıvırcık saçları ve pembe pijamasıyla gülümsedi.

"Sen de *sonsuza dek.*"

Daha sonra motorlarımıza bindik ve demir kumsala gittik. Çok iyi hatırlıyorum çünkü o son oldu. Rüzgâr esiyordu, park yeri boştu. SR ve Quartz'ı oraya bıraktık, kayalardan aşağıya, fundalık patikadan aşağı indik. Koyda uçuşan, kanatlarını kuzey rüzgârının emrine bırakan martılardan başka kimse yoktu; uzakta Elba'ya doğru giden gemiler görünüyordu, ışık mükemmeldi.

Madenlere gittik. Sırt çantamdan Contax ve tripod dışında bir de yün battaniye çıkarttım. Beatrice'ye ayakkabılarını çıkarmasını söyledim; dediğimi yaptı çünkü kendini benim hayallerime bırakmaktan hoşlanıyordu. Benim fotoğrafçılardan daha üstün bir yanım olduğunu, daha kötü çektiğimi ama *gücü* dışarı vurmayı daha iyi bildiğimi söylüyordu. Onu arada sırada telleri ve yasakları delerek terk edilmiş bir fabrikanın, eski bir okulun içine sürükleyebildiğim sürece ben onu kendi Anna Karenina'm, kendi Madam Bovary'm, kendi Sonya Marmeladova'm yapabilirdim.

"Çoraplarını da çıkar" diye emrettim. Onu yeni doğmuş bebek gibi battaniyeye sardım. Saçlarını dağıttım, tükürükle ıslattığım parmağımla gözlerini boyadığı kara kalemi dağıttım, cenin pozisyonuna soktum. "Şimdi canını kurtarabilmiş tek kişiymişsin gibi ol" dedim.

"Nerede?"
"Çernobil'de, selde, gezegenin sonunda."
"Amma dramatiksin!"
Gülmeye başladı: özgürce, arsızca. Gülmesi bitmek bilmiyordu. Ve ben bütün o fotoğrafları bastırdım, tutkalla albüme yapıştırıp sakladım. Onlar da nesnelere özgü şekilde yaşlandılar: Parmak izleriyle, sürtünme suretiyle.

Motorlarımıza bindiğimizde öğlen olmuştu. Eve dönmek yerine Bucaniere'de yemek yemeye karar verdik. Babama telefonla haber verdik, umursamadı. O dönemde kesinlikle kendinde değildi; evde olup olmamamız onun için fark etmiyordu; hatta Beatrice'nin doğum gününü bile unutmuştu.

Ama yeniden düşündüğümde böyle yaşamanın güzel olduğunu da söyleyebilirim: Özgür ve unutulmuş.

Bir masaya ben ve o, iki yetişkin gibi karşılıklı oturduk. En ucuz şaraptan bir şişe, iki de margherita pizza ısmarladık. İkimiz için o kadar mutluydum ki tüm geçmişin –Biella'dan kopuşum, annemin saçmalıkları, onun annesinin ölümü– tek amacının bizim arkadaşlığımızı güçlendirme amacını taşıdığını düşünüyordum.

Ona gelecek hakkındaki görüşümü açıkladım: "Bologna'ya gideceğiz Bea" dedim.

Elindeki bardakla düşünceli bir şekilde tebessüm ederken şaşırdı.

"Lorenzo, Eylül'de oraya taşınacak" diye açıkladım. "Ama ben sensiz gidemem. Sen de gelmelisin, Bologna harika bir kent, biz ayrılamayız."

Beti benzi attı. Ama ona kendi planlarımı kabul ettirme gayretinde bunu fark etmedim. Fark etmek istememiştim. Büyümek konusunda son derece telaşlı ama çok da saftım. "Birlikte yaşarız üçümüz, derslere birlikte gideriz. Ben edebiyat fakültesine yazılacağım, ya sen? Karar verdin mi?"

Bakışları donmuştu. Sanki içindeki tüm sözler, hayaller, arzular boşalmıştı; ilkel dönem varoluş formuna gerilemiş gibiydi. Terk edilmiş bir bebek gibi sandalyesinde öne arkaya sallanmaya başladı. Yüzü içine kapandı, büyüleyici gözleri benim olmadığım, bu dünyaya ait olmayan bir şeye takıldı. "Hep soruyorsun bunu bana" diye mırıldandı, "büyüyünce ne yapmak istiyorsun, diye. Büyüyünce ne yapacaksın? Büyüyünce ne yapacaksın? Ben ne bileyim, sorma bunu bana bir daha. Çoban kız mı? Prenses mi? Ne yanıt vereyim istiyorsun?"

"Bea!" Korktum, elini tutmak ve onu buraya geri getirmek için elimi uzattım. Kendine geldi. Şaraptan bir yudum içti, umursamazca kaldırdı omuzlarını: "Ekonomi? Hukuk?"

Tabaklarımızı aldılar. Her zamanki gibi yarısından azını yemişti. Bir şeyleri bozmuştum: Az önceki samimi, tasasız atmosfer yok olmuştu. Tuvalete gitme bahanesiyle kalktım, pastaya benzeyen bir tatlıları var mıdır diye mutfağa başımı uzattım. Telafi etmek için ona bir sürpriz hazırladım.

Az sonra garson üzerinde on sekiz mum bulunan bir madalyon pastayla geldi. "Bir dilek tut" diye ısrar ettim. Bea bunu ciddiye aldı, sanki bu dilek benimle ilgiliymiş gibi uzun uzun yüzüme baktı.

Sonra üfledi, ben alkışladım, koşup öptüm onu. Yüzüne bir milim kala yalvardım: "Beraber gideceğimize söz ver."

"Daha bir yıl var."

"Yemin et. Bana ihanet edersen, senden bir ömür nefret ederim."

Gülümsedi. "Bunu beceremezsin."

\* \* \*

Babam işe gitmek dışında evden hiç çıkmıyordu. Sadece mühendislik fakültesinin kapısından düzgün bir şekilde girebilmek adına ütüsüz de olsa gömlek giymenin dışında üzerindeki dirsekleri ve dizleri eskimiş lekeli eşofmanların içinde çürüyordu. Genellikle üzerini değiştirmiyordu bile; hep pijamayla dolaşıyordu. Sakalı Usama Bin Ladin'inkini de geçti, tırnakları uzadı, renk değiştirdi. Üzerini yosunların ve sarmaşıkların sardığı terk edilmiş bir ev gibi babam da mahvoldu.

İlkbahar geldi, alakargalar döndü. Ama o Passat'ın bagajını doldurup her pazar günü başka bir doğa parkına gitmedi. Hatta dürbünü de attı, sadece çalışma odasına ve internete gömüyordu kendini. Sürekli "Demokrasileri internet kurtaracak, halkları cehaletten o koruyacak" türünden bir şeyler sayıklıyordu. Bea ve ben onun inceleme yaptığını, internet devrimi ve onun insanlığa yararları hakkında anıtsal bir araştırma yaptığını sanıyorduk. Hayır. Bir süre önce keşfettiğime göre meğer gece gündüz sohbetler ediyor, yeni insanlar, kadınlar tanımaya uğraşıyordu; boş yere annemin hayalinin peşinde koşuyordu.

Sonuç olarak bizle ilgilenmeyi bıraktı. Ben hepimiz için yemek pişiriyordum, Bea sofrayı kurup kaldırıyordu. İninden çıkıp gelip bizimle sofraya oturması için yüz kere çağırmamız gerekiyordu. Ve geldiğinde de tek söz etmiyordu. Genellikle tabağını çalışması gerektiği bahanesiyle yazı masasına götürüyordu. Bizi kandırıyordu. Şimdi ergen oydu ve evi idare etmek bize kalmıştı. Kirli giysilerini dört bir yana dağlar gibi yığıyordu. Sonra elli yaşında sigaraya başladı, bütün odaları pis kokuttu. Sonunda evi Amerika'da artmaya başlayan kişisel sayfalar ve blog platformuna çevirdi.

Bana internet devlerine reklam vermemi söylemeyin. Onların ihtiyacı yok. Kaldı ki buna değmezdi de: Buluşların çoğu 2004 yılında gerçekleşti ve 2019'da öldü, sadece web üzerinde olanların öldüğü şekilde: *tamamen*, kimsenin ruhunda iz bırakmadan. Eğer otobüsteki hanımlar ve rüyalarıma giren Erinyeler "Rossetti'nin görkemli başarısının arkasında gizlenen gizem nedir?" sorusuna yanıt arıyorlarsa en kolay yanıt suçlunun o platform ve babam olduğudur; babam altı ayda bir Beatrice'ye "arkadaşlık etmek, dünyaya açılmak, ufukları araştırmak" için yeni bir yöntem sağlıyordu.

Sonuç olarak o odaya biz de battık.

Beatrice bana hayır demeye başladı: Demir kumsala, eski kâğıt fabrikasına, inimize gitmek istemiyordu. Benim kahramanım rolünü de bıraktı. Çünkü artık fotoğraflar çok daha kolay yüklenebiliyordu ve onları yayınlayacak mecra çok genişlemişti. Kelimeler aksesuar işlevi kazanmışlardı ve sadece şu terimle sınırlıydı: "Çok havalı!"

Anlıyorum ki Beatrice için dönüm noktası o oldu.

Sayfasının fonu için dikkat çekici bir renk olarak pudra pembesini seçti; başlığı da tam bir çoksatara uygundu: "Liseli kızın gizli günlüğü". Elbette gizli saklı hiçbir şey yoktu. Benimle kafa yorup uydurduğu, kafadan attığı, iştah kabartıcı bir yığın palavraydı; şu anda anlatırken kullandığım dilin hınç yüklü olmasının nedeni, ikinci bloğun ansızın yankı uyandırmasının nedeni, ilk bloğun sonlandırılmış olmasıydı.

Bea&Eli mahkûm edildi. Sayfayı açtığımda sağ üst köşede minik bir maske çıkıyor ve şunu soruyordu: "Bloğunu iptal etmek mi istiyorsun?" İki de seçenek sunuyordu: Evet / hayır. Ama elbette Beatrice hemen yanıtı verdi ve bunu hemen yok etmek, iptal etmek istediğini belirtti. Bana sormadı bile, tıkladı ve bitti. Zaten ben hiçbir şey yazmıyordum, hiçbir değerim yoktu. Beni eledi. Ama çelişkiye rağmen ben bundan hiç hoşlanmadım.

Yeni blog gene sınırlı sayıda üyesi olsa da daha fazla izleniyordu. İtalya'nın kasaba evlerinde bile ADSL ile bağlanan cep telefonları artıyordu. Web'de görülmeye başlananlar artık orta yaşlı amatör yazarlar değil, gözünü başarıya dikmiş çok genç yazma heveslileriydi: Sayfalarında müzikle, kışkırtıcı edalarla, hatta sutyen ve külotla görünüyorlardı. Bea ötekilerin tepkilerini dikkate almaya başladı: Olumlu ya da olumsuz olması değildi önemli olan. Önemli olan internette gezerken onun sayfasına denk gelenlerin daha fazla gezmeyip orada kalmalarıydı. Elveda kara şallar, bozulan makyajlar, fütürizm ve fotoromanlar.

Artık başını ödevlerinden kaldırdığı anda bana şunu soruyordu: "Eli, iki fotoğraf çekelim mi?" Beni bir titreme alıyordu. Çünkü bu artık eğlence değil işkence halini almıştı. Yan odada zaten bir ölü yatıyordu ve şimdi beni de hasta etmeye başlamıştı. Hangi gülümsemenin, hangi ifadenin, yandan mı önden mi çekimin daha iyi çıktığını artık öğrenmişti. Tercihleri hesaplıyor, takipçileri izliyordu. Bu nedenle kesin mutluluk ve güzellik parametrelerine uyması, olanaksızı ortadan kaldıran özel bir netlik sağlaması gerekiyordu.

"Bea, çok yapmacık bu!" diye itiraz ediyordum.

"Bunlar işe yarıyor, senin artistik pozların değil."

Dramlar yerini hikâyesi olmayan gülüşlere, soğuk ışık hesaplarına, kombinasyon konusunda ciddi tartışmalara bırakmıştı. Karenina yerine Barbie vardı artık kameramın odağında. Beziyordum, canım çok sıkılıyordu. Ama o ısrar ediyordu. Peki ben? Onu seviyordum.

Bir süre sonra okulun önünde, kuaförde, dondurma yalarmış gibi yaptığı barda –ki onu sonra ben yiyordum– fotoğraflar çekmemi istedi. Contax yanımda yoksa, cep telefonunu kullanmamı istiyordu: Onun telefonuydu bu tabii, benimki taş devrinden kalmaydı. Bir salıncak görüyor, hemen oturuyor, "Bir resmimi çek" diyordu. Motosikletine biniyor, "Çek haydi!" diyordu. Bir kutu çiklet alıyor, bir su birikintisinin üzerinden atlıyor, saçma sapan bir şey yapıyor ve hemen fotoğraf çektiriyordu. Hayatını sistematik olarak dondurma pratiği onun takıntısı haline geldi.

Akşam yemekten sonra oturuyor, gece yarısına kadar yaşanan günün her bir imgesini inceliyordu. Sanki tanımadığı ve güvenmemesi gereken birini değerlendirirmiş gibi ele alıyordu. Sonra bana takıyordu: "Şurada alnında bir gölge var, nasıl fark etmedin?" "Burada dişlerinin arasına bir şey kalmış, neden görmedin!" Sözünü ettiği üçüncü şahıs kendisiydi ya da belki artık o da değildi.

Ben hastalığı ciddiyet kazanmadan boğmak yerine, bıraktım yayılsın. Daha da kötüsü, buna yardım ettim. Rossetti'nin nerede ve ne zaman olursa olsun, kendi ya da bir hayranının cep telefonunu kapıp onu kendine çevirip odak noktasını yakaladığı andaki üretkenliğini, milimetrik kesinliği gözünüzün önünde değil mi? Bileğin döndürülmesi, parmakların pozisyonu, çenenin yüksekliği, ışık, her bir unsur tek bir amaca yöneliktir: Beatrice efsanesi. Bunun için zorlu bir antrenman gerekir. Onun doğaçlamaları aslında benim kurallarımın sonucu. O benim yazılarım konusuna ciddiyetle eğilmişti, ben de bu iyiliğine böyle karşılık verdim.

Ama blogla ilgili bu kadar yüzeysel olmayan bir başka yanıt daha var ve bunu şimdi fark ediyorum. Pizzacıdaki yabancılaşma anıyla ilgili bu: "Büyüyünce ne yapmak istiyorsun? Büyüyünce ne yapmak istiyorsun? Ben ne bileyim?"

Bea ilk kez 17 Nisan'da bana ajandayı sordu.

\* \* \*

"Sana mı verdi?"

Buz kestim. Soru eksiltilmiş şekilde sorulmuştu ve özne o kadar uzun zamandan beri kullanılmamıştı ki artık *adı anılamayan* kişi olmuştu.

Belki gözlerimi açmışımdır, umarım yüzüm kireç gibi olmamıştır. Her ne olursa olsun Bea fark etti. "Saçma olduğunu biliyorum" diye devam etti. "Hepsini düşündüm. Evi altüst ettim Eli, kardeşlerime, babama, hatta Enzo'ya bile sordum. Yok oldu."

Sessizliğimin yapış yapış yoğunluğunu anımsıyorum.

"Gene de atmamış olduğundan eminim: İçinde akşam yemekleri, partiler, davetler, hediyeler sayesinde elde ettiği bütün bağlantılar, adresler, telefon numaraları vardı... *Bir ömür çabanın sonucuydu.*"

Turistik Punta Ala Limanı'nda iyi sonuç vermiş bir fotoğraf çekiminden henüz dönmüştük ve odamda PC'nin karşısında oturuyorduk. Demir atmış yatlardan biri bizimmiş gibi yapmıştı; Rus sahibi orada olmadığından tayfası bizi tekneye almış ve çekime yardımcı olmuştu.

"Şunu görüyor musun?" Ekranı işaret ediyordu. "Bu doğru insanların eline ulaşırsa yeniden defilelere dönebilirim. Sonra yarışmalar, reklamlar gelir ve yırtarım."

Kalbimin ödlekçe çarpışını, ağzımdaki kuruluğu, beklenmedik dürtüyü anımsıyorum: Söyleyeyim mi? İskemle alıp, oraya tırmanıp, ajandayı tozun içinde çıkartıp vereyim mi? Seni bağışlar o zaman Elisa, çok mutlu olur. Ne kaybedersin ki?

Hayır, diye gümbürdedi kalbim. Vicdan, belki korku. Gerilimden ellerim tutuldu, bir iki saçmalık geveledim. Sırtını sandalyenin arkasına dayamış o alçak kızı şimdi de görür gibiyim. Aslında artık eminim: İade etseydim, Bea bir iki defileye katılır, sonra da hiçbir şey olmazdı. Bir iki yerel gazeteye haber olur, taksitle aldığı normal bir evin salonuna güzellik kraliçesi kurdelesiyle fotoğrafını asardı. Ben sustum.

Beatrice adının *Black Star* olduğunu çok iyi hatırladığım teknenin burnunda verdiği pozu, pembe röfleli saçlarını, mini eteğini, beyaz-lacivert çizgili üstünü, çıplak ayaklarını ve hafif tebessümünü inceledi. Sonunda şöyle dedi: "Mutlu görünüyorum."

"Evet" diye atıldım onaylayarak. "Harika görünüyorsun."

"Bugün bir yıl oluyor."

Bir yıl mı? Anlamadım. Beatrice gözlerini yumdu, gözyaşlarını engellemeye çalıştı. *Ne bir yıl olmuştu?* Annesinin ölümünü ima ettiğini anladığımda, kendimden nefret ettim. Elini tuttum hemen; onunki sıcacıktı, benimki buz gibi.

"Ama mutlu görünüyorum değil mii?" Onaylatmak için dönüp bana baktı.

Şimdi gözleri yaşlara boğulmuştu. Artık gülümsemeye, olmamış gibi davranmaya çalışmıyordu. Gidip kendini yatağımın üstüne attı. Gözlerini tavanın sağ köşesine, tam sakladığım yerin tepesine dikti. Cenazeden sonra ilk kez, asla unutmadığım ve buraya bütünüyle aktarmaya çalışacağım bir konuşmayla Beatrice bana Ginevra'dan *söz etti*.

"Babamın kendisini aldattığını öğrenmesi, seni Sirena lokantasında tanımamdan önceydi. Ben orta üçteydim, Costanza lisede, Ludo da" diye hesapladı, "ilkokuldaydı. Biz üst katta oynuyorduk. Haziran ayıydı ama yağmur yağıyordu. Ludo *twister* oyununu çıkarttı çünkü atmak istiyordu, Costanza ise onun elinden kapmış, aptalca davranmaya başlamıştı. Hani şu ayaklarımızı kırmızı, mavi dairelere basmak için kıvrandığımız oyun, anladın değil mi? Derken acayip bir gürültü, çarpma sesleri, insanlık dışı haykırışlar duyduk. Bunun üzerine üçümüz birden aşağı koştuk ve annemi o halde bulduk..."

Kelimeyi bulamıyordu. "... terk edilmiş. Mutfakta yere yığılmıştı. Bacaklarını öyle bir kıvırmıştı ki kırıldı sandık. Elinde babamın cep telefonunu tutuyordu" diyerek gülümsedi. "Babam onu banyodaki dolabın üstünde unutmuştu. Annem hiç durmadan tekrarlıyordu: 'Biliyordum, biliyordum, biliyordum.' Kırık bir tabağın kenarı bacağını kesmişti. Naylon çorabında akan kan hâlâ gözümün önünde. Hani o siyah, Marylin Monroe'nunki gibi arkasında düz çizgisi olanlardan. Çirkindi."

Bunu söyledi ve sonra böyle münasebetsiz bir şeyi açıkladığını ağzından kaçırdığı için şaşırdı. Sonra düzeltti: "Annem hep çok şık giyinirdi, elli yaşında bile gençti. Ama sanki yaşlanmış gibiydi. Sanki yüzü, saçları, gücü ansızın... gerçeği söylemeye karar vermişti. Bizi gördü, örtünmek, saklanmak için bir şey yapmadı. Hatta yüzümüze bağırdı: 'Babanız beni bir yirmilikle aldatıyor! Anladınız mı? Gidip küçücük bir kızı beceriyor.' Sanki bizim kabahatimizmiş gibi bağırıyordu."

Beatrice olduğu yerde duramıyordu, oturdu. Odanın içinde kafese kapatılmış ve nereye gideceğini bilemeyen bir hayvan gibi yürümeye başladı.

"Tabii ki kendinde değildi. Yoksa annem *becermek* gibi bir kelimeyi asla söylemezdi. Öleceğimi hissettim; sanırım Costanza ve Ludo da öyle. Sanıyorum o sözcükten sonra hiçbirimiz artık aynı olmadık. Neyse. Annem ayrıntıları da gizlemedi bizden: oteller, öğle yemeği molaları, ağza almalar, orgazmlar. Ama biz onun çocuklarıydık: Bunları dinleyemezdik ama onu bırakamazdık da. O mesajların yirmi otuz tanesini okudu bize. Bence tümünü okudu. Ben şöyle düşünüyordum: *Yeter anne, bırak şu telefonu*. Ama şimdi anlıyorum: Bizden başka kimsesi yoktu. Ne arkadaşı ne kimsesi, bütün bir ömrünü ailesine adamıştı, üstelik biz ağza almanın ne olduğunu bile bilmiyorduk. Sadece bir felakete neden olduğunu anlıyorduk. Sonunda kalktı, telefonu duvara fırlattı, sonra lavaboya kustu. Süpürgeyi aldı ve yerleri süpürmeye başladı. Bunun üzerine Costanza ağlayarak çıktı, onun motosikletle uzaklaştığını duyduk, Ludo gidip odasına kapandı. Ben onunla kaldım."

Neden? diye sordum kendime. Neden özellikle sen kaldın? Ve neden bana anlatıyorsun bütün bunları? Ben annemin beni ekip sonra alkol kokan nefesiyle döndüğünü, deliye dönüp bedenimde yara izi bıraktığını anlatmamıştım. Ama Bea şakağını pencerenin pervazına dayamış, hiçbir şeye bakmadan dışarı bakıyordu.

"Ona sordum: Babamı terk etmek istiyor musun? Yerleri süpürmeyi henüz bitirmişti. Hemen cevap vermedi. Önce gidip saçını taradı, yeniden makyaj yaptı ve sonra neredeyse gençleşmiş olarak geri geldiğinde yanıtladı: 'Şaka mı yapıyorsun?' Gülümseyerek, aynadaki yansımasından söyledi. 'Boynuzlandım, hiçbir derginin kapağına çıkamadım, Miss Italia seçilmedim, eh: Çünkü o –en az– üç çocuk istiyordu. Ama kim bilirdi, kim şüphe ederdi ki Bea? Mercedes'le geziyoruz, değil mi? Tatilde Sardinya Adası'na gidiyoruz, orada bir aperitif *için* Billionaire'e bile gittik...' Rujunu sürdü, dudaklarını büzüştürüp hâlâ hatırladığım kocaman bir öpücük verdi ve şöyle dedi: 'Gerçekliğin en ufak bir önemi yok. Önemli olan, nasıl algılandığımızdır: Başkaları bizi nasıl görüyor, biz onların ne hayaller kurmalarına yardım ediyoruz. Ben mutlu görünüyorum, değil mi? Mutlu bir evlilik yapmış gibi. Ve sen de kimi zaman bana mükemmel bir kız çocuğu olarak görünüyorsun.'

Dönüp yeniden baktı bana. O güzel makyaj maskesi altında

canlı ve şekilsiz ıstırabı gördüm. Sandığımdan çok daha eskiydi, doğumundan önce doğasına işlemişti. Ellili yılların Latina'sından geliyordu; hani Luchino Visconti'nin çevirdiği ve Anna Magnani'nin oynadığı *Bellissima* filminden çıkmış gibiydi ve Meda'dan ve tüm zamanların gecesinden.

Beni hiç kabullenemedi Elisa." Uzaktan, umursamazca, kendi imgesini işaret etti. "Bunu onun yüzüne söyleyecek zamanı ve cesareti bulamadım ama öyle. Ancak benim fotoğrafımı çekerken, benden kımıldamamamı, susmamı, nefes almamamı, var olmamamı istediğinde kendimi *sevilmiş* hissediyordum. Ya da Noel gecelerinin, yaz tatillerinin fotoğraf albümlerini karıştırırken mest olmuş gibi şöyle derdi: 'Ah, ne kadar güzelsin!' Bana değil, o ötekine söylerdi. Ki, kimdi o?" diye sordu bana öfkeyle. "Bir hayalet mi? Kâğıda basılmış bir yanılsama mı? Ben değildim bu, o kesin. Ben onun gerçek, can sıkıcı, sivilceli, kıvırcık saçlı kızıydım. Oysa o fotoğraftaki ideal kızıydı, hep hayalini kurduğu kızı."

Sakinleşti, sanki ateşli bir havale geçirmiş gibiydi. Gözyaşlarını kuruladı, nerede olduğunu anlamak istercesine çevresine bakındı. Sonra dönüp yanıma oturdu, bir iki hareketle Black Star'da rüzgârın pembe saçlarını dalgalandırdığı fotoğrafı yayınladı.

Ben donup kalmıştım. Nefes alamıyordum, akciğerlerim genişleyemiyordu çünkü üzerinde onun bıraktığı değirmen taşı vardı. O ise, meydan okuyan bir yüz ifadesiyle ekrana bakıyordu. Dışarıdaki dünyanın fotoğrafın altında yorumlarıyla belirmelerini bekliyordu; sanki fareyle oynayan bir kediydi: Ağzı sulanıyordu ama uzak duruyordu.

Merleau-Ponty, *Görünür ve Görünmez* adlı kitabında "Gerçeklik kesinlikle hiçbir özel algıya ait değildir" diye yazar, "*daima* bu anlamda *en uzak* olandır."

Bir saat içinde onlarca hakaret geldi: "Kime verdin?", "Sadece cinsel organın var, beynin yok", "Zavallı narsist". Bea hiçbirini umursamıyordu: Ziyaretçisi artıyordu, onu kıskanıyorlardı. Bir tek bunun önemi vardı. Her kasabadan, her köyden, web'in henüz yeni olan esintileri onun hayallerini gerçekleştiriyordu, evren onun yalanları çevresinde toplanmaya başlıyordu ama gerçeklik *uzakta* kalıyordu.

O zamandan beri –bunu ne yazık ki şimdi anlıyorum– maske arkasına gizlenmekten, kendini yaratmaktan, kendini mumyalamaktan başka bir şey yapmadı. Kaldı ki yeni iletişim araçlarının ortaya çıkmasıyla yeni çağ bunu hepimizden bekler oldu. O sadece en iyisi oldu. Her bir fondöten katmanı, her bir yeni giysi ya da takı bir unutuş, oyalanmak, örtme tülüydü. Mührü vurmak için dikilen mezar taşıydı.

Söyleme cesareti bulamadığımız şey.

Sen söyle Elisa, mademki buradasın ve mademki onu bu kadar iyi tanıyorsun.

Ret.

## 22

## KASABA AŞKI

Bir süredir erkekleri ihmal ediyorum ve bu hiç de iyi değil. Psikanalistim üç ay önce bana, "Hayatınıza erkekleri dahil etmeniz gerekiyor Elisa" dedi, "Sizi engelleyen dişi figürler çevresinde bir vida gibi olduğunuz yerde dönüyorsunuz. Onlar sesinizi bastırıyorlar, *sizin* sesinizi. Onlardan kurtulmalısınız."

O kadar haklıydı ki bir daha gitmedim analize. Bunu kabul etmek istemediğim anda söylene söylene Zamboni Caddesi'nde yürüyordum: Erkekler hayatımda çok zarar yarattılar. Ve size verdiğim yüz avro doktor hanım, bana gerekiyor; ben Rossetti gibi milyonlar kazanmıyorum.

Sonra ne olduysa oldu, kendimi yazarken buldum. Genç bir kızken içimde büyüttüğüm edebi ihtirasları bir kenara bıraktım ve sadece acilen anlama ve karar alma baskısı altında yaptım bunu. Gece gündüz yazdığım bu satırların şurasına burasına baktığımda, farkına varıyorum: Beatrice, annesi, benim annem her yerdeler ve sarmaşık gibi ruhumun içinde yayılıyorlar. Bu çok korkunç. Erkekleri hemen dahil etmeliyim, onları bıraktığım yerden almalıyım: Bea ve ben Biella'dan *dönüp lise dörde başlamaya hazırlanırken yapmalıyım bunu.*

Vefasız elbette kendini ele vermedi: Cumartesi geceleri hiçbir şey olmamış gibi Gabriele'nin çatı katında kalmaya, onunla nişanlılık oynamaya başladı yeniden. Canı sıkıldığı zamanlarda ağabeyimle mesajlaşıyordu. Bunu biliyorum çünkü Bea duştayken gizlice okudum. Pornografi sınırında içerikler vardı: Sana şunu yapacağım, bunu yapacağım; ağabeyim hatalı dilbilgisiyle, Bea da blöfleriyle yazışıyorlardı. "Rüyamda seni gördüm..." Aşk ilanlarıyla karışık sansürlü sözler, çelişkili bu nedenle heyecan verici. Hatta sonra palavralar sıkmaya başladılar: "Yarı yolda, Parma ya da Floransa'da buluşalım" –coğrafya da bilmiyorlardı– "ve evlenelim."

Ama ağabeyim Biella'daydı, Bea T'de. Ağabeyim zaten avarenin tekiydi, alkollü araç sürdüğü için ehliyetini de almışlardı; Bea ise o zaman da bugün olduğu o hırslı kapitalistti. Birkaç ay içinde mesajlar seyreldi, telefon geceleri titremez oldu. Ağabeyim onu aradığında Bea *yüzüne kapatıyordu, esneyerek benim yorganımın altına giriyor, bana iyi geceler diliyordu. Ve ben de bundan hoşlanıyordum*: Niccolo sen benim yerimi alabileceğimi mi sanıyordun?

Bana gelince, 2004 Nisanı'nda hastaneye gittim ve kadın doğum uzmanından bana doğum kontrol hapı yazmasını istedim. On sekiz yaşım nihayet ama hiçbir fark yaratmadan gelmişti: Babamla yaşıyordum, okula gidiyordum, Lorenzo bana bir yüzük hediye etmişti. Şimdi yeni hayatıma ilaç kullanan bir feminist olarak başlıyordum ve aslında sevgilim olması feminizm konusundaki ısrarıma ters düşüyordu.

Hapın beni şişmanlatacağını, sağlığıma ciddi darbeler indireceğini düşünüyordum; böyle yaparsam, üniversite için buradan ayrılmadan önce onu vicdan azabıyla kendime kesin olarak bağlayabileceğimi sanıyordum. Bunu ona ilettim: Heyecanla her akşam ve asla unutmadan alacağım hapın, damarlarımda kan pıhtılaşması riskini yaratacağını söylediğimde tepki vermedi. Sadece artık prezervatif takmayacağı için ferahlama hissetti ve konuyu değiştirdi. Buradaki epik manayı anlayamadı: Bedenim artık tamamen ona teslim olmuştu. Bir keresinde Bologna'da kasabalı olmayan kızlarla çevrildiğinde beni aldatma arzusunu nasıl bastırdığını anlatmış ve onlara şöyle demişti: "Elisa hap kullanıyor, yapamam."

"İki haftada bir geleceğim" diye söz verdi.

Mayıs ayında, mezuniyet sınavları kapıya dayandığında sık sık ağlamaya ve yalvarmaya başladım: "Ama her hafta sonu gelemez misin? İki hafta çok fazla!" Çaresizce şöyle diyordum: "Liseyi bırakmak seninle gelmek istiyorum, sen derse gittiğinde ben de çalışırım."

"Eli" diyerek gülüyordu, "bazen çok aptal olduğunu düşünüyorum."

Bugün hâlâ T'ye döndüğümde ve Pascoli Lisesi'nde okumuş biriyle konuştuğumda Lorenzo kesinlikle "okulun yakışıklısı" olarak anılıyor. Yüzme şampiyonu, yüz üstünden yüzle mezun ama "hiç de inek değil", okul gazetesinde yayımlanan şiirleri, grevlerin tartışılmaz kralı, meydanların protestocusu, Brad Pitt gibi sarışın olduğu anımsanıyor. Peki bu çocuk Biella'lı ile mi çıkıyordu?

Ben dahil herkes için anlaşılmaz bir konuydu bu. Hak etmediğin biriyle birlikte olmak kadar berbat bir duygu yoktur. Diplomadan vazgeçmeye, sabahın dördünde uyanıp pazarda sebze boşaltmaya ya da Snai'de at yarışı kuponu doldurmaya, vardiyalar yüzünden eve bitkin dönmeye, gene de evi temizlemeye, yemek yapmaya ve mühendislik eğitiminden dönen erkeğimi layıkıyla karşılamaya hazırdım. Ninemin bile isyan edeceği böyle bir gelecek için ben ayaklarına kapanıyordum.

Hem ayrıca açıkça konuşalım, zaten neyi feda edecektim ki: Müthiş bir kariyeri mi? Yok canım. Ben hiçbir zaman Beatrice olmadım. Dünyanın dikkatini üzerime çekme telaşını hiç hissetmedim. Ben ütü yapmak üzere eve çekilseydim, insanlık hiçbir şey kaybetmezdi. Çamaşır makinesini doldurup boşaltma arasında biraz okuyabilmeye devam etmek bana yeterdi. Oysa Lorenzo beni yüreklendiriyordu. "Senin o az gelişmiş arkadaşın *Biri Bizi Gözetliyor*'da poposunu gösterecek, projektörler söndüğünde de zavallı bir alkolik olarak kalacak. Onun kafası sadece saçmalıklarla dolu, ayrıca memeleri de estetikli."

"Hayır, memeleri değil, burnu estetikli."

"Kimin umurunda. Beyin olan sensin Elisa. Cumhuriyetin ilk kadın cumhurbaşkanı olacaksın. Seninle ben parti kuracağız ve Marx ve Lenin gibi devrim yapacağız."

Hayaller bir yana, deli gibi ders çalışıyordu. Cumartesi dahil her gün öğleden sonra kütüphaneye kapanıyordu, ben de onunla. Öğle yemeği için eve dönmez olmuştum: Zaten beni bekleyen de yoktu. Babamın mumyası mı? Beni fotoğrafları yüzünden delirten Beatrice mumyası mı? İkisi de bütün gün internet karşısında fosilleşiyorlardı.

Lorenzo ve ben okuldan sonra Pisacane'deki kesme pizzacıya uğruyor, sonra saat üçten kapanış saatine kadar masa başında yan yana oturuyorduk. Ben dersimi daha önce bitirdiğim için gidip raflar arasında dolaşıyor, Marchi'nin tavsiye ettiği romanları arıyordum. İşte, ünlü olmak için ölmeyi beklemeyen yazarları keşfetmem o döneme rastlar: Roth, McCarthy ve özellikle de Agota Kristof.

K. *Kenti Üçlemesi*'ni okumaya başladığımda fazlasıyla aşina bir yere düştüğümü fark ettim. Anlatım birinci çoğul şahıstı. Sembiyoz, şehvetli ve ölümcül bileşim ele alınıyordu. Ona bu kanıtla geri gitsem, eski psikanalistim bayılırdı buna. O romanı bilmem kaç kez okudum çünkü aynı davranışları, aynı düşünceleri paylaşan ikizlerin marazi halleri beni büyülemişti ve ayrıldıkları sayfaya her gelişimde gözyaşlarına boğuluyordum. Hayır, ben ve Beatrice bunu asla yaşamayacağız. Biz birlikte yaşlanacağız, diye yineliyordum. Çünkü görüyorsunuz ya onu o zaman da eleştiriyordum, onun ilgi alanlarının –külotlar, allıklar– yani yok olmaya mahkûm her şey ve benim tutkularımın –insan ruhunun yazınsal araştırması– dünyanın yüksek bir değeri olduğunu biliyordum. Ama onun böyle bir gücü vardı: Pırıl pırıl parlıyor, bu gezegendeki her genç kızın arzulayacağı şekilde görünüyordu. Ve bunun yanı sıra sadece benim bildiğim, benimkiyle eşdeğer biçimde karanlık besliyordu içinde.

Aşırı okuma yazma hallerimiz akşama doğru bedenimizden taşıyordu. Ben ve Lorenzo aniden yerimizden kalkıyorduk, tuvalete gidip soyunuyorduk. T kütüphanesi evimizdi bizim. Toplumun unuttuğu, neredeyse kimsenin gelmediği, nadiren kulakları duymayan birkaç emeklinin gelip gazeteleri karıştırdığı bir yerdi. Sevişirken çığlık bile atabilirdik. 2004 Eylül'ünün benim zihnimdeki karşılığı kıyametti: T şehrinde Lorenzo'suz kalma düşüncesi beni yok ediyordu. Daracık, tatminsizliğe alışmış kasaba aşklarının hele hele uzaktan uzağa yaşanabileceğine inanmıyordum. Büyük şehir böyle bir aşkı içine alacak, sonra da süpürüp atacaktı. Ayrılık zamanı yaklaştıkça ben Lorenzo'yu tuvalete daha çok sürükler oldum, ona tutkumu yüz kızartıcı satırlarla ilettim. Başka bir şey düşünmez olmuştum, geri kalan her şeyi boş verdim ve sene sonunda ders ortalamam, Beatrice'nin ortalamasının altında kaldı.

Lorenzo'nun üç yazılı sınavına onunla gittim, saatlerce Pascoli Lisesi'nin önünde, yüzümü denize dönüp Quartz'ımın üstünde oturup bekledim; o olmadan hiçbir değerim olmayacağından emindim. Sözlü sınavına da katılıp dinledim: Felsefe ve tarih arasında komünizm konulu bir tezini parlak bir şekilde sundu. Tür ve sınıf gibi dış farkların ortadan kaldırılacağı, sadece yaratıcılığın üstün geleceği özgür ve adil toplum gerekliliği konusundaki görüşlerini açıklayan benim küçük Togliatti'mi gururla izledim. Siyaset de aşk gibi kasabalarda hassas ama saf bir şeydir. En yüksek notla liseden mezun oldu ve ben elbette sonuçların asıldığı gün de bir *first lady* gibi onun elini tutup yanında durdum. Sonra da önümüzde yaz mevsimi açıldı.

Bu birlikte geçireceğimiz son yazdı: Bundan emindim.

Gecemi gündüzümü ona hasrettim. Kumsalda, çamlıkta, her akşam çevredeki başka bir köyde: Sassetta, Suvereto. Zamanın büyük bölümünü güneş altında ne şemsiye ne krem koruması olarak geçirdiğimiz için benim her yerimi çiller sardı, sonra da soyuldum. Saçlarım her an tuzluydu. Artık uyumak için bile eve dönmüyordum. Domuz ağılına dönmüş olan Golf'ün koltuklarını yatırıyorduk, tarlaların ortasındaki bir kanalın kenarına çekiyorduk, sıcak yüzünden pencereleri aralıyorduk, gece birinin gelip bizi gözetlemesi, sivrisineklerin yemesi korkusu altında uyuyorduk. Şahane bir dönemdi bu.

Sonunda mayoyla yaşamaya başladık, üzerimizdeki üç parça giysiyi yıkamak için kamp yerlerine giriyor, turistlerin arasına karışıyor ve onların temizlik olanaklarından yararlanıyorduk. Sadece para almak, derinlemesine yıkanmak için uğruyorduk evlerimize. Bu gibi günlerde karnımızı doyurabileceğimiz şeyleri talan ediyorduk, çamaşır makinesini külotlarımızla dolduruyorduk. Karton kutularda yediğimiz pizzalarla, dondurmalarla, iki avroluk kırmızı şaraplarla yaşıyorduk. "Sadece bir yıl Elisa, ne olacak ki? Sonra geleceksin yanıma." Saturnia'nın *sıcak göllerinde geceleri yüzdük*, Cala Violina'da yandık. Arada sırada hapı almayı unutuyordum: Eylül ayında öldürecektim nasılsa kendimi, hapın bir önemi kalmamıştı.

30 Ağustos 2004 günü Lazio InterRail ve günde on avroluk benzin alarak Toscana turunu tamamladık; Lorenzo 1 Eylül günü

Bologna'ya gitmek üzere trene bindi. Ben de pestil gibi döndüm eve: Mayom delinmişti, yüzüm yanmıştı, yosun kaplamış bir kaya gibi kokuyordum. Kendimi duşun altına attım, üzerime temiz bir şeyler geçirdim. Sonra Beatrice babamla beni mutfağa çağırdı. Dikkatle yüzümüze baktı. Şık giyinmişti, yüksek topuklu ayakkabıları vardı, tırnaklarını ojelemiş, saçlarına fön çektirmişti. Babam ve bense iki enkazdık.

"Ben Gabriele ile yaşamaya gidiyorum" diye bildirdi. Gülümseyerek ekledi: "Artık reşit oldum, kimse bana engel olamaz."

\* \* \*

Öldüm. Babamın bize armağan ettiği taşınabilir bilgisayarı ve Contax'ı son bavuluna koyarken üzerine atıldım, omuzlarından tuttum; dövsem mi sarılsam mı bilmiyordum. Beni itti. Hazırladığı bir tekerlekli bavulu açtım, bir zamanlar anneme yaptığım gibi yatağın üzerine boşalttım.

"Beni terk edemezsin, beni terk edemezsin!" diye bağırdım gözyaşları içinde. "Sen de bırakamazsın beni!"

O gayet sakin bir sesle sordu: "Peki sen neredeydin? Mayıs, haziran, temmuz, ağustos aylarında neredeydin?" Parmaklarıyla yüzüme vurdu: Dört ay. "Ben her gün tek başıma denize indim. Senden her fotoğraf çekmeni istediğimde sen ona koşuyordun."

"Ama bu bizim son yazımızdı."

"Palavra. Senin yüzünden bütün paramı Barazzetti'ye kaptırdım (T'nin en ünlü fotoğrafçısı) ve şimdi beş parasızım. Kendi başıma fotoğraf çekmek zorunda kaldım, böyle oldu." Bana gösteriyordu: "Tümü eğri büğrü, odağı olmayan fotoğraflar yüklemek zorunda kaldım bloğa. Sana kalsa, kapatmam gerekirdi."

"Lorenzo üç yüz kilometre uzağa gitti ama."

"Tamam, ben dört beş kilometre uzağa gidiyorum."

Gerçekten taşındı. Babam ve babası öfkeden deliye döndüler. Onu yeniden düşünmeye ikna etmek için ellerinden geleni yaptılar: Londra'da eğitim tatili, yeni bilgisayar, şahane Canon. O hiçbirine yüz vermedi. Riccardo kendi evine ya da bize dönmesi karşılığında aylık harçlığını artırmayı önerdi. Ve bütün tekliflerin boşa çıkması sonunda artık ona bir avro bile vermemekle tehdit etti. Bütün bunlar benim ve babamın gözleri önünde oldu; babam onu aramış, kızının delirdiğini söylemiş ve hemen gelmesini istemişti. Riccardo onu kolundan tuttu, yeni doğan bebekleri susturacaklarını sanarak onları sarsan çığırından çıkmış anne babalar gibi sarsmaya başladı. "İşçinin teki o Tanrım! Onunla nasıl bir geleceğin olacağını sanıyorsun? Marihuana kokuyor, Afrikalıların bile kullanmadığı türden Renault 4 ile dolaşıyor. Seni görebilseydi keşke..." Sonunda ısrarları bıraktı ve küçümseyerek baktı: "Annenin utancı olacaktın."

Beatrice'nin, benim, babamın yüzü bir anda buz kesmiş gibi dondu. Odalar karla, buzla doldu, sessizliğe gömüldü. Birkaç dakika sonra egzozu patlak bir otomobilin sesi duyuldu: Gabriele *külüstürünü apartmanın önüne park ediyordu; sonra kapıları ve bagajı açtı.* Beatrice onu pencereden gördü, aceleyle valizlerini topladı. Kimseye, bana bile veda etmedi.

O cümleden sonra babasıyla tüm ilişkisini kesti.

Baba daha sonra arayı düzeltmeye çalıştı. Aylar boyunca ona cömert hediyeler gönderdi ama hepsi iade edildi; onu her Noel ve paskalyada, sevgilisini almadan aile yemeğine katılmaya çağırdı. Telefon etmeyi, hatta kokulu kâğıtlarla mektup yazmayı denedi. Beatrice Rossetti babasından bin kat daha zengin olduğunda ve avukat masrafı onun hayat tarzının yanında gülünç kalana kadar böyle sürdü. Artık akşam canı Ortadoğu yemekleri çektiği anda uçak tutup Abu Dabi'ye gidebilecek şekilde yaşıyor. Sanırım babası peşini bırakmıştır. Belki daha sonra basın ve medya karşısında susması ya da arandığında mutluluk hikâyeleri anlatması için kızı babasına para vermiştir. Bunlar hep benim varsayımlarım, abartıyor olabilirim.

Kesin olan 2004 sonbaharında Beatrice yoksul düştü, kendi seçimi nedeniyle son derece yoksullaştı. Zenginlik içinde doğmamış olsa bile ondan hiçbir şey esirgenmemişken artık bir çatı katındaki kira evinde Gabriele'nin maaşıyla yaşamak zorundaydı. Ağabey Salvatore sevgilisi Sabrina ile yaşamaya bir başka mahalleye gitmişti. Onlar şehrin romanlara layık en güzel ve en karmaşık yerindeki küflü ve köhne apartmanın daracık çatı katında, yemek kokuları ve binbir lehçe arasında baş başa kalmışlardı.

Beatrice görünürde çılgın bir karar almıştı. Ama onu biraz tanıyorsam, okulda sevgilisiyle yaşayan tek kız olma fikri, marka giysilerden daha fazla baştan çıkartıyordu onu.

Belki de içindeki o efsunlu derinlikte bunun gelecekte havalı görüneceğini hissediyordu. Birlikte çıktığımız ilk gün Scarlet Rose vitrininin önünde bu konuda yemin etmişti bana. Kırk metrekarelik evde, indirimleri kovalayarak alışveriş etmeye razıydı: Bunlar hep deneyimdi. Bir daha geri gelmedi.

Sonuç olarak lisedeki son yılım her bakımdan berbat başladı. Saat sekizde okula gidiyordum, Lorenzo yoktu. Gözlerim içgüdüsel biçimde hocaların park yerinde onun Golf arabasını, iç avluda onun attığı izmaritleri arıyordu, yangın merdiveninde yüzünü görebilecekmişim gibi hissediyordum. Bütün bina yabancı bir yoksunluk mekânına dönüştü.

Okula motosikletle ama yanımda Beatrice olmadan gitmek de üzüyordu. Onunla kahvaltı etmek, onunla tuvalete girmek, seyir terasının virajlarını, Orti Sokağı'ndaki yuvarlak binayı onunla aşmak alışkanlığı edinmiştim. Şimdi sıramda tek başıma oturuyordum. Beatrice daima geç geliyordu, üzerine dikilmiş bakışların arasında havalı bir şekilde yürüyor, yanımdaki yerine bana merhaba demeden oturuyordu. Arkadaşları onu kıskançlıkla süzüyordu, baştan aşağı inceleniyordu: İki kişilik bir yatakta uyuması, her gece sevgilisiyle sevişmesi yankılar uyandıran bir olaydı. Sanırım hepimiz kendimizi bebek gibi hissediyorduk. O dönemde mesafeleri de belirlemek için sınıfa tayyörle geliyordu; ben de artık parası olmadığı halde bu gösterişli ceketleri, bu aramakla bulunmaz pantolonları nereden alıyor diye merak ediyordum.

Söylemeyi unuttum, okulun ilk günü, önceki dört yılda olduğu üzere o gelip yanıma oturmuştu. Ve ben yaklaşırken sevinmiştim: Demek ki arkadaşız. Ona baktım. Bununla yetindim çünkü artık akıllanmıştım: Değişken yıldız beni defalarca yaralamıştı. Nitekim bakışlarıma karşılık vermedi, önüne baktı. Sırt çantasını yere bıraktı. Bana tek kelime etmedi. Ben de ona. *Zaten biriyle birlikte yaşıyorsun, daha ne adilik edeceksin*, diye düşündüm.

Ne o gün ne sonraki günlerde pes ettik. Hatta haftalar boyunca dirseklerimiz ve ayaklarımız değmesin diye özen gösterdik. Defterlerimizi denklemlerle, 20. yüzyıl edebiyatıyla, *Saf Aklın Eleştirisi*'yle, Yunancanın aoist fiilleriyle –hepsine lanet okuyordum– dolduruyorduk ve ilk arada hemen Nokia telefonlarımızı açıyorduk. O hangi niyetle bakıyordu bilmem. Ben Lorenzo yarımadanın öteki yakasından benim binbirinci mesajıma yanıt verdi mi diye bakıyordum.

İkimizin de aklı başka yerdeydi: Benimki Bologna'da, onunki bloğunu gözden geçirerek keşfettiğim üzere Milano moda haftasındaydı. Bunu ifşa etmek beni korkutuyor ama her gün yanımda oturup not tutuyordu, bedeninin yaydığı kokuyu duyuyordum, kaleminin kâğıt üstündeki sesini duyuyordum ama onun hakkında bilgi edinmek için internete bakmam gerekiyordu.

Okula *Glamour, Donna Moderna* dergileri getiriyor, teneffüslerde defileleri inceliyordu. Sonra akşamları bloğunda onun mankenlerle aynı şekilde giyindiğini görüyordum. Orada yer almak istiyordu: O dergide, o sayfalar arasında gezinmeyi hedefliyordu. Şimdi anlıyordum: Annesinin dergilerine abone olmuştu, annesinin onu günün birinde görmek istediği dergilerdi bunlar –Ginevra birkaç yıl içinde bütün gazete bayilerini kırıp geçireceğini bilmiyordu– ama şimdilik T'de başka yolu olmadığı için babamın hediye ettiği Contax ve Gabriele'yi bağlatmaya mecbur ettiği internet hattından yararlanarak kendi blog sayfasında yayınlıyordu fotoğraflarını.

Söylemeye gerek yok biliyorum ama dijital devrimin tam orta yerinde büyüme ezikliği yaşamasaydık bile belki gene K. Şehrinin ikizleri gibi ayrı düşecektik: Birimiz sınırı aşacak, diğerimiz geride kalacaktı. Ne var ki bu kadar travmatik yaşanmayacaktı bu durum. Belki bugün hâlâ arkadaş olacaktık; belki ergenlikteki kadar değil elbette ama arada sırada e-postayla yazışan, bir kahve içmek için buluşan arkadaşlardan. O Scarlet Rose tarzı bir mağazada çalışacaktı, blucin alırken bana biraz indirim yapacaktı, ben de ona güzel bir kitap verecektim. İki sıradan kadın, sakin bir hayat. Tabii o zaman bu konuda bir roman yazamazdım o başka.

\* \* \*

Ekim sonunda Marchi'yi durdurma cesaretini buldum: Okul çıkışında her zamanki aceleci adımlarıyla otomobiline doğru yürürken "Hocam özür dilerim" dedim. "Bana ait bir şeyleri okumanızı isteyebilir miyim?"

Durdu, beni şöyle bir süzdü. Bu cümleyi ayna önünde yüzlerce kez prova etmiştim. Yazımı defalarca gözden geçirmiş, isimleri ve fiilleri değiştirmiş, anlam ve anlamlı arasında onurlu bir uzlaşmaya varmaya çalışmış, "bazı sayfaları", "bazı bileşenleri", "görünür kılmaları", "şu konuda tavsiye istemeleri" elemiştim. Onun okuması fikri beni bir yandan çok korkutuyordu ama Lorenzo ve Beatrice'nin olmadığı bu acılı ve boş aylar boyunca bana yazmaktan başka bir şey kalmamıştı.

Marchi kaşlarını çattı: "*Bana ait bir şeyler* derken ne demek istiyorsun?"

Ellerimin arasında, A4 kâğıda, bilgisayarın Times New Roman puntosuyla yazdığım, tükenmeye yüz tutmuş kartuşuyla evde bastığım kâğıtlardan oluşan kabarık bir dosya tutuyordum. "Şiirler" dedim.

İçini çekti, bu sözcük bir günahı ve yanı sıra ölümcül can sıkıntısını içeriyormuş gibi içini çekti. Bu cüretimden o anda pişman oldum ve derin bir utanca gömüldüm. Ama sonra nazik bir tavırla "Tamam" dedi.

Elini bana uzattı: "Ver bana eserlerini. Akşam çevirilerinizi düzelttikten sonra okuyacağım."

Dosyamı ona teslim ederken "Teşekkür ederim" dedim. Titreyen ve umut dolu sesimle ekledim: "Yazdıklarımı ilk kez birine okutuyorum."

"Ah, güvenine layık olduğum için çok sevindim. Yarın görüşürüz."

Uzaklaştı, ben de bakışlarımla onu izledim. Turuncu Twingo'suna binişini, benim şiirlerimi arka koltuğa atışını seyrettim. Lorenzo iki değil üç haftada bir geliyordu. Sınırlı yirmi dört saatlik birlikteliğimizde bana toplumsal merkezlerde yaşanan akşamları, fakültede, işgal edilmiş sınıflarda, kitaplıklarda yaşanan destansı günleri övüyordu. "Elisa, bilemezsin! *Archiginnasio* kütüphanesinin tavanları freskli! Fresk-li! Ve neredeyse altı metre yüksekliğinde!" Peki ben? Onun bu hikâyelerine nasıl karşılık verebilirdim? T'de heyecan verici ne vardı ki? Martılar mı? Ne gibi yenilikler? Şimdi tek haberim ehliyet almış olmamdı ama tabii ki arabam yoktu. Bu nedenle ciddi anlamda bir yenilik sayılmazdı. Babam Passat'ını ödünç vermiyordu. Mutfakta iki başımıza yemek yemek *için* bir araya geldiğimizde Beatrice'nin yokluğunu hissediyorduk. Babam giderek saçmalayan çıkışlarıyla beni aşağılıyordu: "Sadece birkaç yıl sonra tek bir tıkla evden oy kullanabileceğiz. Her türlü bilgiye kolayca ulaşabileceğiz. Ansiklopedileri, filmleri indirebileceğiz, her türlü bilgi ücretsiz ve herkesin elinin altında olacak. Aynen Promotheus gibi internet bizi özgürleştirecek!" Ne yazık ki kirpi gibi sakalıyla, yıpranmış eşofmanıyla, ekranın mavi ışığı yüzünden yanmış kornealarıyla hapishane mahkûmu gibi görünüyordu. Gerçeklikten bütünüyle elini ayağını çekmişti, bunu ona söylemeye çalıştığımda beni "gelecekle" ilgilenmemekle, her zamanki gibi cephe gerisine saklanmakla suçluyordu. "Bir tek sen kalacaksın kâğıttan okuyan, haberleşmek için güvercinleri kullanan."

"Güvercin kullanmıyorum baba."

"Ama dünyada *chat* yapmayan, blog açmayan bir sen kaldın."

Bütünüyle felaket olan hayatımı değiştirmek için bütün güvenimi Alda Marchi'ye yüklediğim için o sabah o Twingo siluetinin köşeyi dönüp gözden kaybolmasına neden bakakaldığımı anlayabilirsiniz. Bloğum olmadan da bu dünyada yaşama hakkına sahip olup olmadığımı anlamaya ihtiyacım vardı.

Ertesi sabah Marchi beni görmezden geldi. 8 aldığım çevirimi teslim ederken gülümsemedi, manalı bir gözle bakmadı, "Okudum, hepsi olağanüstü!" ya da sadece "Arada bekliyorum, gel konuşalım" diye fısıldamadı.

Ondan hoşlanıyordum çünkü çok kültürlüydü. Kral Oedipus'u sanki şahsen tanımış, sanki duygusal çöküş anında onu kendi kollarıyla yerden kaldırmış gibi anlatıyordu. Bize öteki öğretmenler gibi Pirandello'yu değil biz yaştaki yeniyetmeler için sert ve asi DeLillo'nun *Underworld* kitabını okumamızı öneriyordu. T'de *Underworld* kitabını bulmak! Ancak Martiri Sokağı'ndaki Incontro kitapçısına sipariş verebilirdim ve işin acıklı tarafı kitap için en az on beş gün beklemek gerekirdi. Marchi ile bir kafede buluşup edebiyat konuşmak için neler vermezdim, keşke benim yeni en iyi arkadaşım o olsaydı, kendini mantolar ve yüksek topuklar dünyasında kaybeden eski en iyi arkadaşımın yerini o alsaydı. Oysa günler gelip geçiyor ve Marchi bana bir şey söylemiyordu. Sanki o şiirler odamdan hiç çıkmamış, sanki hiç yazılmamışlardı. Ayrıca Beatrice ve onun hoppalıklarını özlüyordum.

Artık telefonunu çaldırıp kapatmak da söz konusu değildi: banal kaçardı; cep telefonları artık çatal gibi, kürek gibi, fön gibi bir çekiciliği olmayan nesneler haline gelmişti. Elle yazılıp sıra altına bırakılmış mektup akla sığacak gibi değildi: fazlasıyla demode, sıradışı ve duygusal bir şeydi. Tabii onun bloğuna –benim!– bir yorum yazmam söz konusu olmazdı.

Tek bir seçenek kalıyordu: Quartz. Kasım ayında bir öğleden sonra, hava kararmadan, neredeyse Padella Meydanı'na kadar sürdüm, motosikletimi bir çöp kutusunun arkasına sakladım. İndim, kapılara ve otomobillere sürtünerek birkaç sokağı aştım, gidip Gabriele'nin evi önünde bir çamaşır askısının arkasına saklandım; çatı katının kepenklerini kapalı görünce şaşırdım, zaten SR de ortalıkla yoktu.

Beatrice de benim gibi ehliyet almıştı ama onun da otomobili yoktu; arada sırada o işe giderken almazsa Gabriele'ninkini kullanıyordu. Çevre sokaklarda, hatta daha uzaklarda, daracık sokak köşelerinde aradım motosikletini. *Aslında yapacak çok ödevimiz vardı,* diye geçirdim aklımdan. Mezuniyet sınavında yüz almak istiyorsak sene başından itibaren ciddi çalışmalıydık. Evde ders çalışıyor olabilir miydi?

Hayal kırıklığı içinde döndüm eve. Yanımda o olmadan mutfakta ışığı yakmak, kitabı açmak, satırların altını çizmek bende derin bir üzüntüye yol açıyordu. Öyle olunca ertesi gün Padella çevresindeki sokakları dolaşıp SR'yi aradım ve yine bulamadım. Hatta işi abartıp sesini duyduğum anda kaçmayı planlayarak zili bile çaldım ama kimse açmadı. On dakika sersem gibi boşa çalan zil sesiyle bekledim: Nereye kayboldun Beatrice?

Ertesi gün, fazla düşünmeden peşine düştüm. Okul çıkışında öğle yemeğini atladım, ona biraz avantaj tanıdım ve motorumla izlemeye başladım. Önce temkinli, sonra çaresizce. Her zamanki gibi füze hızıyla gidiyordu. Evine doğru değil, tam ters yöne gidiyordu. Defalarca atlattı beni ama gene trafiğin sıkışması sayesinde yakaladım onu. Kaskımın içinde atan kalbimin sesiyle, kamyonların arkasına sığınarak onu gözden kaçırmayayım diye dua ediyordum. Liman yoluna girdiği anda "Nereye gidiyor bu?" diye sordum kendime. Bea yolu aştı, küp apartmanlar mahallesini ve yeni alışveriş merkezini geçti. İlk banliyöye ulaştı. Hangarlar arasında dolaştı. Ben de peşinden. Bir kamyonun arkasına saklanacak zamanı ancak buldum. Beatrice bir deponun vitrini önüne park etti. Kaskını çıkarttı, SR selesine oturup bir paket kraker yedi. Bitirir bitirmez sanki geç kalmış gibi içeri koştu ve satıcı kızı selamladı.

Şaşkın bir şekilde yaklaştım. Vitrinde cansız mankenler ve payetli giysiler vardı. Biri hippi gömleği giymişti, biri de paçoz bir gelinlik. Bir başkasının üstünde de Beatrice'nin geçen gün okula giydiği, hatta bloğa resmini koyduğu seksenli yıllar modası siyah beyaz kareli tayyörü gördüm. O zaman bakışlarımı kaldırıp tabelayı okudum: KADIN, VINTAGE, diyordu, YENİ, KULLANILMIŞ, TÖREN. İçeriye şöyle bir göz attım; mağazadan çok pazar yerini andıran, tepeleme giysi dolu bir yerdi. Sonra Beatrice çıktı ortaya; saçlarını toplamıştı, üzerinde bir şeyler yazan yeşil bir yelek giymişti.

Burada çalıştığına inanamazdım.

Bütün bir öğleden sonramı oradaki hangarlar arasında açlıktan homurdanan midemin sesine aldırış etmeyerek ve şu ya da bu kutunun arkasına gizlenerek, şaşkınlık içinde geçirdim. Zaten gidip ders çalışamazdım, çalışsam da anlamazdım. Bir mankenin çoraplarını düzeltirken, ayakkabıları dizerken, müşterilere hizmet ederken, siparişleri alıp getirirken seyrettim onu. Donna Vintage mağazasında gayretle hizmet ettiği konusunda tanıklık edebilirdim. Kısa süre sonra vitrin düzenlenmesi de ona emanet edilecekti; o zamandan insanların dikkatini çekecek parıltıyı yaratmakta acayip bir yeteneği gelişmişti. Ve ardından broşürlerin reklamlarını da o hazırlayacaktı. Ama bunu sonradan öğrendim.

O gün akşam altıya kadar kaldım orada. Çevreyi araştırdım: Depo ve kamyonlar dışında başka toptan satış yerleri vardı; mobilya ve inşaat malzemelerinin yanı sıra bir de adı Nespolo olan ve çalışanların işleri bittikçe kalabalıklaşmaya başlayan bir de bar gördüm. Sonra Beatrice'nin işi bitti. Çıktı, gene motoruna atlayıp füze hızıyla gitti. Bu sefer eve döndü. Karanlıkta, çatı katının ışığının yandığını, siluetinin pencere arkasında bir görünüp bir kaybolduğunu gördüm. *Şimdi oturup ders çalışacaktır*, diye düşündüm. Sonra kendi ödevlerime başlamak ve buzdolabında ne bulursam onu yemek için kendi evime döndüm.

Aslında bu kadar erken pes etmeye niyetim yoktu.

Derken bir sabah sınıfta önemli bir konuda not tutarken kurşunkaleminin ucunun kütleştiğini ve onun çaresizce bir kalemtıraş aradığını görünce benimkini ödünç verme ihtiyacı duydum.

Bu anlamda Gabriele'yi kıskanıyordum. Lorenzo'nun uzaklığı, onu yitirme korkum beni kötü kalpli yapmıştı. Sonra neredeyse bir ay sonra bir cuma günü okul çıkışında Marchi şiir dosyamı bana iade etti ve hassas hayret tebessümüme karşılık şunları söyledi: "Cerruti, sen bilge, düzgün, dikkatli bir kızsın, beğendiğim bir inceleme ve eleştirme becerin var ve bunlar üniversitede kesinlikle işine yarayacaktır, seni önemli ve sorumluluk isteyen bir mesleğe yönlendirecektir. Ama yaratıcı yeteneklerin yok."

Ses tonu ifadesizdi. Onunki sıradan bir gözlemdi; kötü niyetli değil, nesneldi. "Üzgünüm ama yazdığın kompozisyonlar fazlasıyla vasat, özgünlükten yoksun. Örneğin "Bir Çınar" gri ve düz bir yazıydı ve orada Ungaretti'ye özenmiştin; bazen de sesini fazla yükseltiyorsun, bağırıyorsun, aynen o yavan aşk şiirindeki gibi sözel anlamda net ve etkin olamıyorsun. Bu satırlarda hiçbir şey söylemiyorsun Elisa. Sadece boş yere döktürülmüş bir narsisizm. Oysa bilgiye yönelik kompozisyonlarında üstün başarı gösteriyorsun." Şimdi anlayışlı bir tavırla gülümsüyor, hatta belki hafiften sırtımı sıvazlıyordu. "Biliyorsun ben boş umutlar veren biri değilim, güçlendirmeye çalışırım. Şimdi bu edebi hevesleri bir kenara bırak ve mezuniyete çalış."

Orospu.

Evde kalmış çirkin frijit.

Kimse becermiyor seni, besbelli.

İğrenç. Ezik.

Geber.

Elimden hiçbir şey gelmeden sessizce dururken zihnimin içinde yaratabildiğim en ağır ve cinsellik yüklü hakaretler gümbürdüyordu. Bunu şimdi anlayabiliyordum: O destekleyici roller, hor görülmeler, kırılmış hayaller geleneğinde, biz kadınları birbirimize karşı vahşetle silahlandıran o intikam duygusuna vıcık vıcık bulaşmıştım. Her bir satırı kalbimin içinde boğuk bir çan sesi gibi yankılandı, ben görünürde hâlâ yaşıyordum ve uysallıkla, efendilikle sözlerini onaylıyordum. Yutkundum, nefes aldım, dosyamı elime aldım. Terbiyeli bir şekilde veda ettim Marchi'ye: "Hoşça kalın hocam."

Marini Meydanı'ndaki öğrenciler dağılmıştı ama ben atom bombası tam üzerine düşmüş bir kazık gibi dikiliyordum. Hücrelerimin çekirdeğin özüne inene kadar tek tek parçalandığını hissediyordum.

Artık kimsenin kalmadığına emin olunca Quartz'a bindim ve şimdiye dek ağlamadığım kadar ağladım. Sonra motoru çalıştırdım, kaskımı takmadan, canımı tehlikeye atarak anayola çıktım; gözyaşlarım yüzünden zaten önümü göremiyordum ama bu halde Beatrice'ye ulaşana kadar sürdüm.

\* \* \*

Donna Vintage önünde durdum, bekledim.

Beş dakika geçti, beni gördü ve korktu. Ağlamaktan akan rimelim yüzünden yüzüm kapkara, gözlerim şişmiş olmalıydı. Patrondan izin istedi, "Sadece tek bir dakika" dercesine bana işaretparmağını salladı.

Telaşla dışarı koştu: "Baban mı? Ağabeyin mi? Öldü mü?"

"*Ben* öldüm!" diye bağırdım ve yeniden gözyaşlarına boğulurcasına ağladım.

Beatrice'nin yüz ifadesi değişti: "Sen yaşıyorsun aptal, benim de çalışmam gerekiyor." Hayal kırıklığına uğramış, sıkılmıştı: "Bana bir şey söylemen gerekiyorsa, saat altıya kadar bekle burada."

Hemen içeri girdi, patrondan çok çok özür diledi. Tekrar kazakları yerleştirmeye başladı. Yanımda param olsaydı kendime bir sutyen ya da fanila alma bahanesiyle girer, onun müşteriye nasıl davrandığını görmek isterdim. Ama yanımda sadece beş avro vardı ve her şeye rağmen karnım açtı. Nespolo'ya girdim, bir tost istedim.

Beatrice vardiyasını bitirip gelip karşıma oturana kadar kendimi attığım masada, başımı ellerimin arasına alıp oturdum.

"Artık arkadaş değiliz" diye azarladı beni, "krize girdin diye gelip beni aramamalısın. Bir psikoloğa gitsen daha iyi olur."

"Bir aydır motorla peşinden geliyorum."

"Biliyorum. Fark etmedim mi sanıyorsun?"

"Tabii ya, senin gibi haşmetmeaptan ne gizlenebilir ki?"

Kalktı, iki Negroni sipariş verdi, içi alkol ve buz dolu bardaklarla masaya döndü. Birini uzattı: "Söyle bakalım, neymiş bu trajedi?"

"Marchi bana şiirlerimin iğrenç olduğunu söyledi. Yazıya yeteneğim yokmuş, bittim ben, sıfırım."

"Marchi'nin önce kendini becerecek birini bulması gerekiyor, bunu herkes biliyor. Ayrıca yetenek neyine gerek?" İçti, bacak bacak üstüne attı. Barın müdavimleri ona bakıyorlar, süzüyorlar, onun hakkında fısıldaşıyorlardı. "Bu tayyör bak nasıl etki yaratıyor." Ceketin yakasına dokundu, dokumayı hissetti. "Kullanılmış bunlar, hiç değerleri yok, mağaza bana ödünç veriyor: Bir günlüğüne giyiyorum, fotoğraf çektiriyorum, sonra iade ediyorum. İşte işe yarayan bu: Çarpışmak, uyum sağlamak, cesur olmak. Bunu o günlüğünün bir yerine yaz, ben ikinci el giysi satarak başladım bu işe. Belki günün birinde işe yarar."

Hep haklı çıkmıştı.

"Ve şimdi bloğumun kaç takipçisi var, biliyor musun?" Gözlerinde bir ışıltı, yeşil bir alev gördüm. "Üç bin beş yüz altmış iki. Neredeyse *dört bin* Elisa."

Negroni'yi aldım, bir dikişte içtim, az daha kusacaktım. Kendimi tuttum. "Benim başarısızlığım ve senin sadece büyük başarılar elde ediyor olman bana hiç yardımcı olmuyor Bea, bunu sana söylemem gerekiyor."

Gözlerini kıstı: "Bu yaz sen benim ne çok canımı sıktın, bir bilsen."

"Beni bağışlayabilecek misin?"

"Sanmıyorum."

"Sana ihtiyacım var Bea. Her şeye yeni baştan başlayalım."

"Baştan mı? Peki. O halde çık şimdi, Negroni'yi ben öderim. Ama cep telefonunu açık tut."

Beni kalkmaya zorladı. Kasaya uğramadan beni dışarı çıkarttı. Hiçbir şey anlamadan motoruna bindim. Az sonra telefonum çaldı, ekranda adı yanıp sönüyordu.

Yanıt verdim: "Şimdi ne zırvalayacaksın?"

"Yarın benimle şehir merkezine gelir misin? Cumartesileri çalışmıyorum."

Gülmem geldi: "Geçen sefer, sonunda S Marina'ya blucin çalmaya gittiğimiz gün gibi mi?"

"Yok bu sefer ciddiyim."

"Peki sen ve ben ne yapacağız merkezde?"

"Gezineceğiz. Bütün normal kızların yaptığı gibi."

Kapattı. Döndüm, bardan çıkmıştı. Bedenim benden daha hızlı davrandı: kendimi tutamadım, savunmasızca ona doğru koştum. Gülümsüyordu: Kazanmayı ne çok seviyordu.

Birbirimizin kucağına öyle bir atıldık, öyle güçlü sarıldık ki bugün hâlâ kollarını üzerimde hissedebiliyorum.

## 23

## DÜNYANIN ECELERİ

Üzerinde düşünmeye değecek birkaç olay daha var. Sonra sevgili Elisa, sıra sana geliyor: Pascoli Lisesi'ne, içinde deniz olan penceresine, çevresinde deli gibi motosikletle dolaşmalara, kaçmak için can attığın hapishaneye elveda diyeceksin. Bunu zaten Morante de yazmıştı: "Senin dünyanın minicik bir noktası sandığın şey aslında her şeydi."

Genç kızlara daima "*Arturo'nun Adası*'nı okuyun" diye öğütlüyorum. "Gelecek eksilmelerle ilerliyor; özlem dışında hiçbir şey artmıyor." Görüyorum, kıkırdıyorlar, inanmıyorlar bana. Şöyle düşünüyor olmalılar: "Eziğin dediğine bak!" –aynen benim Marchi hakkında düşündüğüm gibi– "hayatta hiçbir şey becerememediği için böyle konuşuyor." Aslında bu satırları yazmaya başlayalı beri, aynaya her rastlayışımda karşımda eski İtalyanca, Latince, Antik Yunanca hocamı görüyorum. Hiç farkına varmadan onunla aynı biçimde ve yeşil renkte okuma gözlüğü seçmişim kendime.

Ama hiçbir şey beceremediğim doğru değil.

Güvene layık olmak için milyonlar kazanmak, imzalı külotlar giymek, günleri fotoğraf çektirmekle geçirmek gerektiği düşüncesini saçma buluyorum. Ben buzdolabı kapağında ceza fişlerini biriktiriyorum. Park etmeyi doğru dürüst beceremiyorum ve kurallara saygılı biri olsam da her park etme yasağına uymam beklenmemeli: Çok fazla sayıdalar. Saçlarımın bakıma ihtiyacı var ama kuaföre gidecek zamanı bulmak kolay değil. Çamaşır makinemi boşaltmam, üç makine daha yıkamam gerekiyor. Her sabah saat altıda uyanıyor, evin işini kabaca hallediyor ve işe gidiyorum. Çırpınıyorum. İşim bitince alışverişe koşuyorum. Şehrin yarısını hız sınırlarını aşarak geçiyorum, yedi günün dördünde antrenmanlara ve maçlara yetişmeye çalışıyorum. E-postalarımı sokak lambaları altında beklerken telefondan temizliyorum ki bundan da nefret ediyorum. Canım sıkılıyor. Annemi ve babamı arıyorum, onların yakınmalarını dinliyorum: İkisi de yaşlandılar, babamın şekeri, annemin depresyonu var, sanki tek çocukmuşum gibi sorumluluk sahibi kişi olarak ben görülüyorum. Kendime ancak yarım saat ayırabiliyorum: Kitapçıya, o en sevdiğime kapanmadan bir an önce yetişebilmek için kullanıyorum bunu; Saragozza Sokağı'nın köşesindeki kitapçı ve kitaplarla ilgilenen kişi de hiç fena sayılmaz. Gene de ona hiç danışmadım çünkü yeni romanların kokusunu havada kapıyorum. Tribünlerde, çevremdekiler ya avaz avaz bağırır ya cep telefonlarına bakar sayfaları dolaşır, okşarlarken ben Philipp Meyer'in kovboyu, Richard Ford'dan kaçan bir yetim olmaya bayılıyorum ve sırf bu nedenle kendimi züppe hissetmiyorum. Fancelli Sokağı'ndaki sahanın yanında yükselen bir bankta oturuyorum ve başkaları gibi kollarımı sıvamak yerine sakince kitabımı okuma hakkımı savunuyorum.

Benim şimdim kargaşa ve parıltılı değil. Beni partilere davet etmiyorlar, kulüplere üye değilim. Akşam yemeğinden sonra sofrayı toplama takatini zor buluyorum ve sonra divana seriliyorum: bu dönem öyle değil çünkü yazıyorum. Bu nedenle hayatımı *onurlu* addediyorum.

Kaldı ki iki bölüm sonra başıma geleceklerden sonra bu kadar bile toparlayabilmemi çok iyi olarak değerlendiriyorum.

Bir yanım hemen ölmek, ergenlikten hiç çıkmamak istiyor. Yalnız yaşayacağım ve şehir sıfatını hak eden bir şehirde yaşayarak istediğim eğitimi alacağım zaman her şeyi çözümleyebileceğimi sanıyordum. Meğer büyümek büyük bir aldatmacaymış.

Bugün pazartesi, saate bakıyorum: Sadece bir iki saatim var. O zaman ürkek pembe rujlu, sol şakağındaki birkaç tel saçı beyazlamış güncel Elisa'yı unutuyorum. Saat yedi buçuk olmadan eski Eli ve henüz ünlü olmamış Bea ile birlikte, 2004 yılının son mutluluk kaçamağında biraz daha oyalanmak istiyorum.

\* \* \*

Randevumuz saat üçte A. Meydanı'ndaki fenerdeydi.

Burada meydanın adını anmayacağım çünkü o kadar ünlü ki herkes T'nin hangi şehir olduğunu anlayabilir, sanki açıktan açığa ifşa etmişim gibi olur. Burası kayalıkların üzerine inşa edilmiş, rüzgârlı günlerde dalgaların yaladığı taş bankları olan, denize uzanan bir teras; karşıda dizilen takımadalar Giglio, Capraia ve Elba sanki elini uzatsan dokunabilecekmişsin gibi durur; burayı tanımlamam gerekiyor çünkü T'nin gençleri neden sevgili olmak için öbek öbek oraya gidiyorlar anlaşılmayabilir.

Yeri Bea belirlemişti, ciddi olduğunu anlamamı istemişti. Dört yıl boyunca benimle asla şehir merkezine inmemiş, benimle kimseye görünmemişti. Okul konusu ayrıydı: Klasik liseye zaten ezikler gidiyordu. Ama gerçek şehir insanlarının karşısına çıkmak başkaydı: Teknik lisenin yakışıklı erkekleri, üniversiteye giden ve hafta sonu dönen üniversiteli genç kızlar, annesinin ojesi ve fönlü saçları mükemmel arkadaşları arasında Biella'yı peşine takıp gezinmek küçük düşürücü bir durum olabilirdi.

Birkaç santim uzamıştı boyum, C ölçü sutyen hayatımı iyileştirmiş ama tam olarak kurtarmamıştı. Farklı, içekapanık, Incontro kitapçısına giden tek altmış yaş altı okurdum, ne güzel ne sevimli olduğumun utancı alnımda yazıyordu. Ve sanırım ben bundan asla kurtulamayacağım.

İşte, bu hikâyeyi sonuna kadar incelemek istiyorsak şunu da söyleyeyim; beni sonsuza dek seveceğine yemin eden Lorenzo da beni ayçiçeklerinin arasına park ettiği Golf arabasının arka koltuğuna atıyor, doğadaki çekirgelerden başka tanığımız olmayan yerlerde seviyordu ama Italia Caddesi'ne asla benimle çıkmıyordu. Gençlerin evlilik kararı aldıkları A Meydanı'nın banklarından uzak tutuyordu beni. Arkadaşları ve ailesiyle tanıştırmamıştı: Ben gizli tutulacak biriydim.

Gene de Bea –zamanı geldiğinde hatırlamamız gerekecek– her zaman Lorenzo'dan daha yürekli davrandı. 20 Kasım 2004 günü, topluma muzaffer girişimizi belirlemişti; ben öylesine heyecanlanmıştım ki on beş dakika önce oynaşmaya hazır çiftler arasında boş bulduğum tek banka yerleşmiştim bile: Nihayet güneş altında ortaya çıkarılmayı hak etmiştim. Ayrıca soluk bir cumartesiydi çünkü rüzgâr sert esiyordu. Elba Adası'nın neme bulanmış hatları neredeyse görülmüyordu. Eski şehrin surları, kiliseler, yapılar beyaz ve kasvetli bir göğün altındaki kabartma gibi görünüyordu. Hava tuz kokuyordu. İnsanların saçları, ceketleri, gazeteler, plastik poşetler şişerek ve buruşarak uçuşuyordu. İşte bu renksiz ve kıyameti anımsatan manzara karşısında saat tam üçte Bea belirdi.

Destanların Apollon'u gibi beliren silueti bir kilometre uzaktan tanınabilirdi, tüm bakışlar mıknatısa tutulmuş gibi ona dönüyordu.

İyice anlaşılsın: O da sevilmemeye devam ediyordu. O da bunu benim kadar büyük bir çaresizlikle arzuluyordu ama olduğundan daha antipatik ve kendini beğenmiş görünüyordu, üstüne üstlük öyle bir giyim tarzı vardı ki benimle onun arasında tek bir fark kalıyordu: O kendini gösteriyordu, ben göstermiyordum. Bea bir yerde belirdiği anda ortamın ısısı değişiyordu. Ben olduğum kişiden farklı olmak istiyordum, o ise daha o zamandan dünyanın benim dışımdaki bütün kızlarının gözünü kamaştırıyordu ve böbürlenmek istiyordu.

Nasıl bir göz kamaştırma? Fazla düşünmeden şunu söylemek geliyor içimden: Beğenilmek, güzellik ışınları saçmak. Ama Bea hiçbir zaman ortak görüş yaratamadı, tam tersine hep bölücü oldu. Sivilcelerini örterek ve birkaç rötuşla pek çok kişinin olabileceği kadar güzeldi. Peki neredeydi onun gücü? İşte şimdi ondan söz etmemize neden olandaydı: O başkalarının değerlendirmelerini hiç umursamıyordu, hepsini kulak ardı ediyordu, çözümlenemeyen bir gizem olduğu için merak uyandırıyor, çekim yaratıyordu.

Az önce "Dünyanın benim dışımdaki bütün kızlarının" yazdım.

Başımı bilgisayardan kaldırıyorum ve samimi davrandım mı diye soruyorum kendime.

O günkü halimi getiriyorum gözümün önüne: Kısa boyluydum, kapüşonumu başıma çekmiştim, üzerine ütüyle orak çekiç deseni yapıştırdığım eşofman üstümü, ayağıma Gazelle'leri, altıma da bol blucinimi giymiştim; popom fena sayılmasa da onu göstermeye cesaret edemiyordum. Ayrıca memelerimden de utanıyordum. Onlara sahip olmaktan utanıyordum. Sanki biraz yakası açık bir şeyler giysem, beni ahlak düşkünü olmakla suçlayacaklar gibi hissediyordum. Korkuyordum: Üzerime konacak ve beni yanlış değerlendirecek her türlü bakıştan korkuyordum. O zaman banka tünüyor, ağabeyimin koca ceketine sarınıyor, kendimi küçük, görünmez kılmaya çalışıyordum; oysa o her bir adımını devleştiriyordu. Anıtsal görünüyordu.

Beatrice bütün meydanı felç ederek bana doğru yürüyordu, sanki ona çevrilmiş bir projektör vardı, kameraların kordonları dört bir yandaydı. Tanrım, nasıl giyinmişti: Deri mini eteği sadece poposunu örtüyordu, siyah, ipek yarı saydam gömleğinin düğmeleri de açıktı ve sutyeni görünüyordu, hepsinin üzerine de ayaklarına kadar uzanan, önü elbette açık deve tüyü renginde bir kaftan giymişti; neme meydan okuyarak cesaretle düzleştirilmiş platin sarısı saçının şahane bir tutamı geniş kenarlı şapkanın altından görünüyordu.

Sanki bir Spaghetti Western filminden, *Playboy* dergisinden ya da okuldaki Karnaval partisinden çıkmış gibiydi. Aslında şimdiki gibi giyiniyordu. Ama şimdi söz ettiğim T otuz beş bin nüfuslu bir yerdi ve olay bundan on beş yıl önce geçiyordu. Deniz kenarındaki La Vecchia barın emeklileri ellerindeki iskambilleri masaya bıraktılar ve sıfat bulmaktan âciz bir şaşkınlıkla dönüp baktılar.

Yanıma oturur oturmaz "Abartmışsın" dedim.

"Sana da bir sonraki doğum gününde bir zırh hediye edeceğim."

"Hah hah" dedim gülermiş gibi yaparak.

Aslında bana giysilerini ödünç vermeyi, beni şıklaştırmayı denemişti ama sonrasında fazla ısrar etmemişti: Ben kayıp vaka olarak kalıyordum, öte yandan da bu koşullarımla onun değerini artırıyordum.

Rugan çizmeleri yüksek ve sivri topukluydu, hayranlıkla bakıyordu onlara: "İlk maaşım Eli, baksana nasıl iyi bir yatırım yaptım."

Son derece göz alıcıydılar. Ben bile hemen kesilen bir iştahla izledim onları. Bunlarla yürüyemezdim, bu şeylerle gülünç görünürdüm ama konu suçtu. Ben orada bir sembol değil bir ürün görüyordum. Sömürülen insanların kayıp zamanı, onların düşük ücretli emekleri, sermaye yani şer, her zaman daha fazlasını, sadece daha fazlasını istemeyi öğreten ve kaybetmeyi asla öğrenemediğin türden bir yalan. Bunlar da yetmezmiş gibi o imalı topuklar bana kadının erkek arzusuna boyun eğmesini, dünya nüfusunun yarısının binlerce yıldan beri süren esaretini düşündürüyordu.

Ben her zaman ağır biri oldum, biliyorum. Ama dünya da öyle.

"Yarı çıplaksın" diye çıkıştım, "nasıl oluyor da donmuyorsun?"

"Soğuk zihinsel bir durumdur." Beatrice kalktı, meydan okurcasına çevresine bakındı. "Bu şehre bizim ne mal olduğumuzu gösterelim."

O bir Sovyet ben de bir ezik gibi birlikte yürümeye başladık. O kendinden emin bir şekilde, bir ayağını ötekinin tam önüne atarken ben şaşkın biçimde, bakışlarımı yere eğmiş, kulaklarımı gülüşmeleri yakalamaya dikmiştim. Adrenalinim çoktan yok olmuş, gizli kalmakla şimdiye dek daha iyi yaptığımı düşünerek pişmanlığa kapılmıştım. Orada, mağazaların, yaşıtlarımızın arasında sanki gece yarısı bir ormanın derinliklerinde, kurtların arasında kalmışız gibi hissediyordum. Fen lisesinin erkekleri Lorenzo gibi uzun boyluydular, belli belirsiz sakalları vardı, blucinleri modanın buyurduğu üzere popolarından aşağı düşüyordu. Ben onları gözetliyordum, tanınmak ve alay konusu olmaktan son derece korkuyordum. Ancak şimdi idrak edebiliyordum: Sevilmeyi, özellikle de erkekler tarafından beğenilmeyi arzulayan, bu nedenle kendini cezalandıran ve erkek gibi giyinen kişiydim ben. Bea sadece tepki uyandırmaya, öteki kızların birbiri ardına ona benzeme hevesine kapılmalarına, onun varlığını hissetmelerine uğraşıyordu. Çünkü o daima ve her yerde bir savaştaydı. Ve o gün öğleden sonra ruhundaki tüm destan çağıldamaya başladı.

Şimdi tek başıma, anılarımla baş başa oturmayı deniyorum. Boş bir sinemanın tek seyircisi olarak İtalya Caddesi'ni arşınlayan biz ikimizin filmini başa sarıyorum. İki küçük kızız, biri *diva* kılığında, öteki sefilin teki. Dengesizce el ele tutuşmuşuz. O gururla önde, ben arkada. Şimdi o iki kıza karşı hissettiğim şefkati, hüzünlü ve anaç duygularımı bastıramıyorum. *Nereye gittiğinizi sanıyorsunuz?* diye sormak istiyorum. *Kızartmacının önünden geçmeyin*, diye uyarmak geliyor içimden, hıyarlar bekliyor orada. Kimse yüzümüze bakmazdı, Bea'ya bile: İstediği kadar güzel olsun öylesine yetim, öylesine kasabalı görünüyordu ki. Arnavut taşlarının üstünde ilerliyorduk. Bea oyun salonlarına –Avrupa'nın hâlâ ayakta olan son salonuydu–, insanların Topone –koca fare– diye ad taktıkları Top One dondurmacının, önemli kişilerin –güzel kız ve erkeklerin- oturduğu bankların önünden geçerken elimi daha da sıkıyordu. O da bakışların, sulanmaların farkındaydı. Ne var ki ben kaçma eğilimindeyken o heyecan duyuyordu. Bu ateşin provasıydı: burada bloğa koyduğu bir fotoğrafa gelen yorumlar yoktu, gerçek hayat vardı, suratına tükürmeler vardı, T'nin ergenleri sana hayran değillerdi, hepsi senden tiksiniyordu, herkesin önünde bunu yüzüne haykırıyorlardı.

Sonunda kızartmacının önüne geldik ve sataşmalar başladı.

"Popon yere yakın Barbie, boşuna kırıtma."

"Ah, şapkan da harikaymış. İyi de inekleri nereye bıraktın?"

"Merhaba Sivilceli."

Ellerinde kızarmış patates, minik pizzalarla dolu olan yağlı külahları tutuyorlardı, Kızılhaç'a ateş etmeye tereddüt ederek ona saldırıyorlardı. Ama aralarında bazıları iyice umursamazdı ve şöyle sesleniyordu: "Bu komünist dadıyı nereden buldun? Bergamo'da mı, Brescia'da mı?"

"Mısır lapasını mı demek istedin?"

"Yok Kızılderili o."

"Zavallı Muhteşem Lorenzo Bologna'da ona her gün başka boynuz takıyor."

Çektiğim acı yüzünden moralim yerle bir olmuştu, nefesimi tutmuş yediğim darbeleri savuşturmaya çalıştırıyordum, kalbim ve tükürük bezim kurumuştu, artık bir şey yutacak halim kalmamıştı. Çok gaddardılar. Şimdi bu uzak zaman diliminden bakınca kendimi onların yerine koymaya çalışıyorum: Kasaba hayatı çetindi, ne hırsları ne hayalleri olan gençlerdi. Aptal kızlar daha on sekiz yaşındayken sonsuza dek burada kalacaklarını, yanlış evliliklerle çürüyeceklerini, uyduruk işlerde çalışacaklarını, paralarının kısıtlı olacağını, üç yıkamadan sonra solacak giysiler giyeceklerini; üst kattaki akrabaların –hiçbir şey bilmeseler de– her şeye burunlarını sokup işlerine karışacaklarını, eleştireceklerini biliyorlardı. Her akşam vızıldayan çocuklarına yemek pişireceklerdi, canları ölesiye sıkılacaktı, kavgalar edilecekti, televizyondaki yarışmalar izlenecekti ve beklenmedik bir olay olup seni alıp uçuracak hiçbir şey olmayacaktı. İşte bu nedenle ben ve Bea gibi daha iyi bir kader yaratabileceğini sananları cezalandırıyorlardı.

O gün Gramsci Meydanı'nda yüzümüze karşı "Siz kendinizi ne sanıyorsunuz?" diye bağırdılar. "Defile yapmaya mı geldiniz buraya? Kimse sarkmaz size maymunlar, sirkinize dönün!"

Ben ölüyordum, Bea eğleniyordu. Scylla ve Charybdis duygusunun doruğuna ulaştığında bana göz kırptı ve kulağıma fısıldayarak "Onlara ellerini yedireceğim, göreceksin" dedi: Kızartmacı, patateslerin motorların kullanılmış yağında kızartıldığı söylenen yerdi. "Benim röportajlarımı okumak için gazete bayisine koştuklarında, televizyonu açıp tüm ekranlarda karşılarında beni gördüklerinde, *bütün gün oturup bloğuma mektup yazdıklarında* görecekler günlerini. Ah Eli, bu ne büyük bir tatmin bilsen."

Daha o zamandan, yıllar öncesinden kenarları pelerin gibi uzayan o üçüncü el mantosuyla bunun hazzını yaşıyordu. Bea daha hiç kimseyken bile kendini şöhretli hissediyordu. Çünkü sanal âlemde dört bin takipçisi ve T şehrini yerle bir etme, herkesten intikam – neyin intikamı bilmiyordum– alma hırsı vardı.

"Peki ben Bea?" Birden durdum ve ona açıkça sordum: "Sen televizyona çıktığında benim rolüm ne olacak?"

O da durdu. Defilesine ara verdi ve beni önemli bir insanmışım gibi hissettirecek şekilde büyük bir ciddiyetle dikkate aldı.

"Sen benim menajerim olacaksın Elisa. Bu hiç kimseye emanet edemeyeceğim bir sorumluluk. Para, iletişim, imaj yönetimi hepsi sende olacak, o kişiyi seninle birlikte yaratacağız. Bu bir sözdür: Gene şiir ve roman yazmak için zamanın olacak. Benim yazar menajerim olacaksın: Hiç görülmemiş bir durum olacak bu."

Ona inandım. Bir evlilik teklifinden, aşk ilanından daha fazlası olan bu teklifinin üzerine basarak yineledi, ben de inandım, emin oldum.

"Seni paraya boğacağım" diye coştu, "öyle zengin olacağız ki altımızda Ferrari ile T'ye geri geleceğiz ve gidip şuraya oturacağız." Caddenin en şık kafesi olan Bar Corallo'nun küçük bir masasını işaret ederken gözleri geleceği okur gibiydi. "Baştan ayağa Versace giyineceğiz, çantalarımız Prada olacak, Cristal şampanya ısmarlayacak, onu kılıçla açtıracağız. Sonra..." Flüt kadehi dudaklarına götürür gibi yaparak ekledi: "Herkesin karşısında içeceğiz, herkes fotoğrafımızı çekecek, hepsi adımızı seslenecek, hepsi kıskançlıktan geberecek, sen ve ben *dünyanın eceleri* olacağız."

Dondurmacı kuyruğunda sıramızı beklerken söyledi bunu, sonra ben fıstıklı ve kremalı bir külah dondurma aldım, o ise bir küçük şişe su. Kendimi ne Ferrari'de ne Cristal'i kılıçla açtırırken görebiliyordum ama bunlar işin ayrıntısıydı: Tek arzum sonsuza dek onun yaşantısında kalmaktı.

Bir kız kardeşten, bir kocadan, bir anneden daha fazlası olarak. Onun ışığının gizli kaynağı, sihirli aynası olmak istiyordum.

Daha kremalı dondurmamı henüz yalamıştım ki Bea bir yudum su içti, kapağını yeniden kapattı ve sanki o ana dek sadece şaka yapmışız gibi gözlerini bana dikerek şöyle dedi: "Şimdi" diyerek kapattı konuyu, "bir iki fotoğraf çekmeye gidiyoruz."

Beni çatı katına sürükledi. Komşuların gevezeliklerinden, omuz darbeleri, üç kuruşluk parfüm kokularından çoktan bezmişti. Konuşmayı arşive kaldırabilir ve kendini iyi hissettiren şeyi yapabilirdi yeniden: Kendini mumyalamak. Aceleyle gittik eve ve merkeze dönmedik bir daha.

Evine girdik. Bea çantasını yere bıraktı, çizmeleri havaya fırlattı, gömleğini çıkardı, ışığı kontrol etmek için pencere önünde durdu ama ışık azdı: Akşam iniyordu, güneş beyazdı ve nem içinde yüzüyordu.

"Neden soyundun?" diye sordum.

İçerisi soğuktu. Zihinsel durum bile değildi bu. Kaloriferleri yoktu, bir tek soba vardı ama o da sönüktü. Bea perdeleri kenarda toplayarak hazırlık yaptı. "Kaç zamandır aklımda bu çekim vardı, bir bilsen" dedi.

Yatak odasına gitti, elinde Contax ile geri geldi. "Hayır" diyerek içimi çektim, "yalvarırım sana." Taşınırken fotoğraf makinesini götürmesi beni memnun etmişti çünkü onu bir daha görmek, fotoğraf çekmek istemiyordum. Makine yeniden kucağıma düşünce geleceğin menajeri olarak şu anda kendimi aynı görevle baş başa buldum: destekçi, aksesuarcı. Şimdi yeniden malzemeci olmuştum.

Bea makyajını düzeltirken çevreme bakınma fırsatı buldum. Gabriele yoktu: Sevgilisinin Wi-Fi parasını ödeyebilmek için cumartesi ve pazar günleri dahil ölesiye çalışıyordu. Mutfak ve içinde bulunduğumuz sözde salonda bir kargaşa hüküm sürüyordu: Kolçaktan bir tanga sarkıyordu, ocağın iki gözünün üstünde kirli tencereler duruyordu, her yerde iki parmak toz vardı, yerde bir okul kitabıyla bir prezervatif yan yana duruyordu. Altı aydır aynı çarşafla yatan ağabeyimin yatağından beter haldeydi. Bea benim şaşkın bakışlarımı görmezden geldi ve kadraja almamı istediği kareyi toparladı.

Sutyeninin arkasını açtı.

"Ne yapıyorsun?"

Yeterli yanıtı verdi: "Görmüyor musun? Üstsüz bir fotoğraf."

"Delirdin iyice."

"Rahibe mi oldun sen?"

"Nasıl yargılayacaklar seni? Seni herkesin gördüğü ve tanıdığı internet sayfalarında üstsüz fotoğrafını görünce ne düşünecekler? Orospu olduğunu söyleyecekler!"

"Biliyor musun, hiç umurumda değil." Aşırı rahatlıkla gülümsedi.

"Memelerini gösteremezsin." Kızdım, Contax'ı masaya bıraktım. "Reddediyorum. Ben bu fotoğrafı çekmiyorum."

Bea'nın sabrı taştı, yanıma geldi ve şöyle dedi: "Hey, merak etme pavyonlara göz kırpmıyorum, ne sanıyorsun sen? Ben *fine* hissediyorum. Zaten kimseyle seks yapmak değil, para kazanmak istiyorum. Meme uçlarımı belli belirsiz göstereceksin. Hepsi zihnimde hazır: Siyah beyaz, odaklanma yok, hafiften bulanık. Kendimin ikonunu yapmak istiyorum."

"Seni gene de yargılayacaklar ve kötü olarak yaftalayacaklar."

"Ah yeter artık bu yargılama lafları Eli, yeter! Sen sürekli başkalarını düşünüyorsun. Kim bu başkaları ya? Hiç sordun mu kendine?"

Sustum.

"Sen herkesin mutlu, sevilen, kültürlü, filozof ve şahane ailelere sahip olduğunu mu sanıyorsun? Sahiden herkesin senden daha iyi yaşadığına mı inanıyorsun?"

Kendime rağmen fısıldadım: "Hayır."

"Hepimiz kötü durumdayız Eli, hepimiz aynı durumdayız." Kollarını iki yana açtı ve gülmeye başladı. "Aptal olduğumu mu söyleyecekler? Tamam. Orospu mu? Bırak desinler. Onların işine öylesi geliyorsa bunda ne kötülük var ki? Onlar benim özgürlüğümden korkuyorlar, beni kıskanıyorlar, bütün gerçek bu. Yırttığımı, biri olduğumu, onlara 11 Eylül gibi özel efektlerle anlattığım çılgın bir yaşantım olduğunu sanacaklar. Ben kendimi ortaya koyuyorum, bakın bana!" Bakışları alev aldı. "Buradayım, çıplağım. Kim bilir belki az önce seviştim, belki de bir kitap okudum. Kimim ben?" Gülümsedi. "İşte memelerim buna yarıyor. Hayal kurmaya. Var olmayan ama herkesin istediği bir hayatı fısıldamaya." Döndü, kancasından kurtulan perdeyi düzeltti. "Anlayacağın" dedi "mümkün olduğunca çabuk çekmelisin."

Onu, mutsuzluğunu net ve açık şekilde görebiliyordum. O anda ömrü boyunca onun mutsuzluğunu gizlemeye yardım edeceğimi anladım; Beatrice'nin ömür boyu yapacağı suları bulandırmak olacaktı. Başkalarının algısının arkasında kendini güvene alacaktı. Kendini tanınmaz kılacaktı.

"Bir anlamı var mı?" diye sordum.

Beni şöyle yanıtladı: "Neden birileri gerçeği öğrenmeli? Senden başka hiç kimse hak etmiyor bunu."

\* \* \*

Saat yedi buçuk: Gitmem gerekiyor. Derinlerden binbir zahmetle çıkartılmış bir anıyı yarıda kesmekten daha kötü bir şey yok ama Word'ü kapatıyorum, pencereden dışarı bakıyorum: Zifiri karanlık, yağmur yağıyor. Caddelerin trafiğini tahmin edebiliyorum. Yağmurluğumu, ayakkabılarımı giyip babamın 2005 yılında Bologna'ya daha sık gidip gelebilmem için –çünkü şehirle kasabanın bağlantısı çok kötü– armağan ettiği Peugeot 206 otomobilin anahtarını kapıyorum.

Kendimi sürücü koltuğuna bırakıyorum. Silecekler cam üzerinde gıcırdıyor, beş dakikada bir fren yapıyorum. Oyalanmak için radyoyu açıyorum, aslında hoşuma giden bir genç olan Sfera Ebbasta'nın paradan, Gucci'den, ottan söz eden şarkısı yüksek sesle çalmaya başlıyor; ona Marx ve Gramsci'nin birkaç kuramından söz etmeyi çok isterdim.

Cep telefonum çalıyor, telaşla hemen çıkartıyorum çantamdan. Sonra arayanın Rosanna olduğunu görüyorum. Sfera'nın sesini kısıp "Alo" diyorum.

"Elisa" diyor, "bugün sıranın sende olduğunu hatırlıyorsun değil mi?"

"Sen beni ne zannettin? Geliyorum, daha doğrusu aslında olduğum yerde duruyorum" diye yalan söylüyorum. "Sen aperatifinin tadını çıkart."

O gülüyor. "Ricanı yerine getiriyorum. Sen de arada sırada akşamları çıkmayı hak ediyorsun."

Onu rahatlatıyorum: "Sakin ol, nasıl yapıldığını bile hatırlamıyorum aslında."

Trafik duruyor. Sfera şöyle söylüyor: "Bizler hiçlikten geliyoruz / Paramızı her yerde hiçlikten kazanıyoruz." Bea ile çatı katında yaşadığımız o günü zihnimden çıkartamıyorum. O mükemmeldi ama ben on sekiz yaşımda çoktan çökmüştüm. Kendimi pek feminist addediyordum ama memeleri dışarıda bir kız görünce sinirim bozuluyordu ve onu hemen kötü diye yaftalıyordum. Aslında kendini Lorenzo için hiç kılan, bir kadın olmanın esrarını yönetmeyi, bağışlamayı bilmeyerek kendini cezalandıran, bohçalara sararak eziyet eden bendim.

"Siktir" diye söyleniyorum. Trafik ışığı yeşile dönüyor, gaza sonuna kadar basınca öndeki Citroen'in tamponuna vurmama ramak kalıyor. Bea haklıydı, *her konuda haklıydı*, memeler konusunda kesinlikle öyleydi. Ve o fotoğraf öyle güzel çıktı ki ölümsüz oldu.

Tam on dakika huşu içinde bilgisayar ekranındaki görüntüyü seyrettik, öyle ki ben *acaba onu şifreli bir dosyaya kaldırıp gizlesem mi yoksa bastırıp kasaya koyup onun şifresini unutsam mı*, diye düşünüyordum.

"Delisin sen!" dedi bana hemen. "Tabii ki yayınlıyoruz, hem de nasıl, kullanacağız bu fotoğrafı."

O fotoğrafın altına yazılan her bir ortaçağ hakaretine güldük, ekranın arkasında kollarımızı kavuşturmuş otururken kendimizi dünyadan daha güçlü hissettik. Çünkü yabancılar ağızlarına gelenleri Bea'nın memelerine kusuyor, takipçi sayısı ses hızına yaklaşarak artıyordu, internet bize doğru koşuyordu, Bea Beatrice oluyordu ve ben de değişiyordum.

O öğleden sonra ben de kendi bedenimde pantolonlar seçmeye, yakası daha açık tişörtler almaya başladım. Bedenimi bir mahkûm gibi peşimden sürüklemeyi kendime yasakladım ve ona olduğu gözle bakmaya karar verdim: O da dilimin ilk ya da ikinci olmayan bir çehresiydi.

Reflektörlerin gecenin karanlığını yararak çatılara vuran beyaz ışıklarını tanıyorum; geldim. Zaman kaybetmiyorum, canımın istediği gibi park ediyorum: Gene park yapılmaz yeri bulsam da kapımı kapatıp ıslak asfalt üstünde şemsiyesiz koşuyorum. Bir yandan da düşünüyorum: *İnternette ne çok görüntü bir ışık saçıyor ve sonra küle bile dönüşemeden yok oluyor? Ne çok hayal eriyor, yokken yok oluyor.* Oysa o topless fotoğraf kaldı: Arama motorlarına Rossetti yazınca bugün bile ilk görünenlerden biri o oluyor. Üç milyon beş yüz bin kişinin gördüğü ve sigara dumanından sararmış perdeler, kirli zemin, paslı sobadan oluşan dekordaki çekimim şimdi beni gururla gülümsetiyor çünkü onu Alfred Eisenstaedt değil ben çektim.

Doğruyu söylemek gerekirse Bea ünlü olmaya başlayınca tüm bloğuyla bu fotoğrafı da yok etmeyi denedi. Ama o görüntü –ağın gizemleri– silinmek istemedi. Binlerce gazete kullandı, bugün hâlâ gündemde. Rossetti soyunacak bir tip değil ama memelerinin en iyi göründüğü tek fotoğraf sanırım o. Ayrıca bu kadar da değil: O siyah beyaz çekim o kadar *gerçek* ki. Fondaki odanın her zamanki lüks süitlerden biri olmadığı, insanın kalbini titreten bir sadeliği yansıttığı seziliyor. Ve o güneş kadar güzel ama henüz küçültülmemiş, basitleştirilmemiş, maskeyle kaskatı kesilmemiş. O benim üzgün, öfkeli, donuk, sokak tezgâhından aldığı küpeyi takan, ödünç giysiler giyen arkadaşım.

Hâlâ canlı bir insan.

* * *

Ulaşıyorum, saçlarım sırılsıklam. Başkan kapıda dikiliyor, sanki beni bekliyor ve nitekim görür görmez şöyle diyor: "Hanımefendi, sizinle konuşmam gerekiyor."

Ne var ki bugün canım hiç istemiyor. Kaçıyorum: "Seve seve, bir dahaki sefere. Şimdi acil bir telefon görüşmem var, kusura bakmayın."

Yağmur artıyor ama bataklığa dönmüş sahada koşmayı sürdürüyorlar. Noel günü bir makine daha fazla çamaşır yıkanacağını ve bronşitlerin kapıyı çalacağını tahmin ediyorum. Tribünlerde boş ve tezahürattan uzak bir yer kestiriyorum gözüme. Kimse bana merhaba demiyor, buna alışığım. Kendimi kabul ettirmeyi daha öğrenemedim, korkmaktan da vazgeçmedim: Özellikle de öteki velilerden. Öte yandan futbolu hiç umursamıyorum ve oyunda neyin kuraldışı kabul edildiğini hâlâ anlamış değilim.

Bakışlarımla Valentino'yu arıyorum. O da sahanın ortasında duruyor ve beni arıyor. Sıranın bende olduğunu her zaman hatırlatan Rosanna değil Michele'in annesi oluyor. Acele bir tebessümden oluşan karşılıklı selamlaşmamızı da bitiriyoruz. Öyle cilveleşmeler, duyguları açmalar yok, Tanrı korusun.

Oğlumun ne düşündüğünü biliyorum: Annem futbolda ne kadar başarılı olduğumu idrak edemiyor. Gerçekten de öyle: Beni daha çok ilgilendiren okulda başarılı olması, kendi aklıyla düşünmeyi öğrenmesi. Hem zaten birinci lige bile çıksa ben buna kusur bulurum. Umarım olmaz öyle bir şey.

Sundurmanın altına sığınıyorum ve Elena Ferrante'nin *Yetişkinlerin Yalan Hayatı*'nı okumaya başlıyorum. Bunlar canımın istediğini okumaya zaman bulduğum nadir anlar. Arada bir başımı kaldırıyorum ve ona bakıyorum. O buna önem veriyor, belki de ona taktik veren, yol gösteren, onu coşturan bir babası olmasını isterdi. Ama sadece ben varım.

Sessizce şöyle diyorum ona: Daha beteri de olabilirdi. Anneannen gibi bir annen olsaydı, yanmıştın. Valentino rakibini geçiyor, kaleye atıyor topu ama gol olmuyor. Yeniden bana bakıyor, kollarını açıyor: Rahat. Ona öğretebildiğimden emin olduğum tek şey kaybetmek. Antrenörü Gino bana hiç durmadan onun yeteneğinin geliştirilmesi gerektiğini söylüyor; sanırım demin başkan da bana çocuğumun ümit vaat eden ama benim yardımcı olmadığım yeteneğinden söz edecekti. Ben her seferinde haftada üç antrenman ve bir maçın çok fazla, benim de çalışan bir anne olduğumu söylüyor ve çocukların akşamın sekiz buçuk, dokuzunda toplu taşımayla dönmesi mümkün olmadığı için öteki annelerle çocukları alma işini sıraya bindirmekte cambazlık etmek zorunda olduğumuzu ekliyorum. Yoksa biz mi fazla düşkünlük gösteriyoruz? On iki yaş ne oluyor? Bunlar çocuk mu sayılıyor, ergen mi?

Gino bir keresinde bana "İyi de bu oğlanın anneannesi, dedesi yok mu?" diye sormuştu ve benim tepemi attırmıştı: "Sadece ben varım, benimle idare etmek zorundasınız."

Maçın bitmesine on dakika var, kendi hayatıma ara veriyorum, Ferrante ile birlikte Napoli'ye gidiyorum, kelimelerin eşiğinin ötesine atlıyorum, her şeyin, hatta acının bile bir anlam kazandığı yerde eriyip gidiyorum. Ama bu arada düşünüyorum da: Rosanna ve birkaçımız dışında bizi hiç doğum günlerine davet etmiyorlar. Oysa Vale çok sosyal bir çocuk. Belki ben de annemin hatalarını yineliyorum. Belki de şimdi herkesin uzak durmaya çalıştığı anne, benim.

Antrenman bitiyor, tribünlerde oturup biraz daha okuyorum. Artık kendi başına duş yapacak, giyinecek ve çantasını toplayacak kadar büyüdü. Michele ile birlikte yanıma geldiğinde mis gibi şampuan kokuyor, saçları hâlâ biraz ıslak, içimden ona sıkı sıkı sarılmak, saçını iyi kurutmazsa kulak iltihabı olacağını söylemek geliyor. Kendimi tutuyorum. Artık sarılmaları, üstelik arkadaşının yanında kabullenme yaşı geçti.

Otomobile biniyoruz, Michele'in evine doğru yola çıkıyoruz. O ikisi hemen Sfera'yı açıyorlar ve aralarında konuşuyorlar. Ayrılırlarken kollarını göğüslerinde kavuşturuyorlar, yumruklarını göğüslerine vuruyorlar, bunların tümü vedalaşma anlamına geliyor olsa gerek ama ben anlayamıyorum çünkü benim zamanımda yoktu böyle bir şey.

Yalnız kaldığımızda Valentino bana akşama ne yemek olduğunu soruyor. "Off" diyorum. Buzdolabı bomboş, yazı beni öylesine içine aldı ki alışveriş yapmayı da unuttum. "Pizzaya ne dersin?"

Çok seviniyor ve bana Niccolo ile benim sırf patates kızartması olan öğünde ne kadar mutlu olduğumuzu anımsatıyor. Sonra düşüncelere dalıyor, elinin yanıyla buğulu cama benim anlayamayacağım hiyeroglifler çiziyor.

"Ya" diyor cesaretini toplayınca, "neden ben de seninle Biella'ya gelemiyorum Noel'de?"

"Çünkü karar verildi. Biz seninle yılbaşında birlikte olacağız."

"Çok sıkıcı" diye öflüyor ve yeniden deniyor, "Yılbaşını burada arkadaşlarımla kutlamak istiyordum, biliyorsun."

Elbette biliyorum çünkü bir aydır bundan başka bir şey konuşmuyor.

"Daha büyüdüğünde."

"Ama büyüdüm zaten."

Motoru kapatıyorum, radyoyu susturuyorum, anahtarı alıyorum. Otomobilin sarı ışığında onu inceliyorum ve belki de ilk kez idrak ediyorum: Büyüdü. Gene de Bologna'da üç dört gün tek başına kalacak kadar değil ama yüz hatları değişti: Çocukluktan çıktı. Ve benden on santim daha uzun boylu şimdi.

"Önümüzdeki yıl" diye söz veriyorum ve bırakıyorum benden nefret etsin.

Sokaktan aşağı bir nehir akıyor sanki, iniyor ve koşuyoruz. Fondazza Sokağı'nın köşesindeki gel-al pizzacıya girip siparişimizi veriyoruz. Beklerken ben camdan dışarıya, muson yağmuruna esir olmuş şehre bakıyorum, o da bir tabureye tünüyor ve cep telefonunu çıkartıyor.

Geçen ilkbahara kadar yasaklayabildim, hatta sosyal medyaya girmemesi için ikna etmeye çalıştım ama onun dört gözle beklediği buydu. Ekranı kaydırırken gizlice ona bakıyorum. Durdurmak isterdim. Onun da sanal dünyaya düşüşünü, burada yok oluşunu görüyorum ve yüreğim ağzımda şunu düşünüyorum: *Acaba oğlum da Beatrice'nin sayfasına bakıyor mu?*

## 24

## CENAZE TÖRENİ MODASI

Saat bir ve uyuyamıyorum. Noel'in yaklaşması keyfimi kaçırıyor, üstelik canım yazmak da istemiyor. Üniversitenin tümünün en korkuncu olan ilk yılını, bir sabah Canonica Sokağı'nda kaldırıma bitkin yığılışımı ve dizlerimi kanatışımı anlatma fikri bile beni durduruyor. Bu hikâyeyi anlatmayı hiç bitiremeyeceğim. Çünkü bana ait.

Divana gömülüyorum, kumandayı alıyorum ve sadece oyalanmak için kanaldan kanala atlıyorum. Uyku ilacı etkisi yapacağını düşündüğüm, Mısır Piramitleri konusunda bir belgesele rastlıyorum, duruyorum ve Valentino'yu uyandırmamak için sesini kısıyorum. Bir yıl öncesine kadar dinozorlarla dolu olan, şimdiyse sigara içen Sfera Ebbasta ve Massimo Pericolo'nun Baraccano konserinde çekilmiş posterleri asılı odasında uyuyor: O konsere gitmesini yasaklamıştım ama benim küçükken Babylonia posterleriyle yaşadığımı şimdi o yaşıyor. Arzularını böyle gerçekleştiriyor. Her zamanki gibi yatmadan cep telefonunu bana teslim etti. Kapattım ve benimkiyle birlikte mutfağa götürdüm; iki silahı kasamız olan dantel örtüye emanet ettim. Bari gecelerimiz saflığını yitirmesin. Şimdi esniyorum, zorluğunu hayal bile edemeden mezarların inşasını kesintisiz izliyorum, tam uykuya dalacak gibi olacakken görüntü ansızın Mısır'dan Toscana'ya değişiyor. Ve Baratti beliriyor karşımda.

Rüzgârın eğdiği gövdeleri ve boşluğu kucaklayan dallarıyla sahil çamları. Mükemmel bir yarım daire olan ve binlerce kez içine atladığımız koy. Populonia, kadim bir Etrüsk nöbetçisi gibi Tiren denizini avcumuzun içine alabilmek için tırmandığımız akropolis. Buca delle Fate kayalıkları, ağustos sıcağında sık pırnallar arasından tuz ve güneş bizi yakarken tırmanırken ölmeyi yeğlediğimiz o dik bayır. İşte bu manzaralar gözlerimin önünden kayıp gidiyor ve ben onları tanımakla kalmıyorum: Onlara aitim. Ağabeyime, babama, anneme ait olduğum gibi. Ve Beatrice'ye.

Yeniden oturup istemesem de anılara dalıyorum. Okul gezileri, tümülüsler, mağaralar. Bunlar son hafif ve aydınlık anılar. Mezuniyet sınavlarının sonucunu görmeye gittiğimiz o temmuz sonunda hâlâ 2005 yılındaydık. İkimiz de yüz ve takdirle mezun olduk, sadece bizim sınıfta değil, bütün okulda bu sonucu alan bir tek ikimizdik ve herkes bizden nefret etti: Sınıfın sonradan kim bilir nasıl berbat bir hayata sürüklenen üç erkeği ve anneleriyle gelen yılan kızları. Bea ve ben kucaklaşarak, zıplayarak haykırıyorduk, onların resmen yüzüne vuruyorduk. Bize eşlik eden kimse yoktu, biz birbirimize yetiyorduk. Zaten ötekileri bir daha görecek değildik. Bizler yetimdik ve birbirimizi evlat edinmiştik. Lise *sonsuza dek* bitmişti: Motorlarımıza atladık, üzerimizden elbiselerimizi çıkartarak bikiniyle nekropolise doğru sürdük. Bir kenara park ettik ve kendimizi denize attık. Gece kumsalda, sevgililerimizle birlikte mutluluktan ve içkiden sarhoş olmuş olarak uyuduk, battaniyelerin altındaydık ama gene de yan yanaydık. Nihayet özgürdük. Ya da öyle sanıyorduk.

Artık uyanığım. *Bari Noel arifesinde geç saatlere kadar uyuyabilme lüksünü ele geçirebilsem,* diye düşünüyorum. Bu noktaya geldikten sonra "roman" dosyamı açmamam mümkün olmayacak. Yazar değilim, başka bir işim var. Gerçekler ve hayaller asla buluşmuyor çünkü buluşamazlar. On üç yıldan beri bu arkadaşlığı siliyorum, tonlarca betonla üzerini örtüp mühürlüyorum ve sanki hiç olmamış gibi davranıyorum. Ölmüş olan ölmeye devam etmeli: Onu mezarından çıkarmanın, sözcüklerle canlandırıyormuşum gibi kendimi kandırmanın hiç anlamı yok.

İzlediğim belgesel ise tam da bu görevi üstlenmiş: Şurada oturmak yerine heyecandan yerimde duramıyorum. Şimdi konu demir ve MÖ 7. yüzyılda Populonia halkının metalürjik çalışmalara başlaması ele alınıyor; Elba Adası'ndan çıkartılan kütleler ve iki bin yıl sonra Etrüsk mezarlarına ulaşmak için sayısız mineral katmanının kazılması gerekliliği anlatılıyor. Ekran bütünüyle şöhretli San Cerbone nekropolisinin görüntüsüyle kaplanıyor. Mezuniyet sınavına hazırlık niteliğinde bir tez yazmaya hazırlık olsun diye ilkbahar başlarında sınıfça ve Marchi önderliğinde ziyaret etmiştik orayı. Gülümsüyorum: Benim tezimin başlığı *Siderurjinin Doğuşu* idi. Antikçağların sanayi bölgelerine, adalardaki madenlerin çıkartılmasına gerçekten hayran kalmıştım. Peki Bea? O hangi konuda yazmıştı? Anımsamıyorum. Yok yok anımsıyorum: Etrüsklerin ölülerini gömmeden önce mücevherlerle süslemelerini ele almıştı. Ne gülmüştük! Şimdi de Fondazza Sokağı'ndaki kira evimin salonunda tek başıma cidden gülüyorum. Marchi'nin tanımıyla *üzerinde çalışılmış bazı sahnelerin* gülünç çekimleri geliyor aklıma; cesetleri böyle giydirip süslemek için insanların deli olması gerekirdi.

Gülmeyi kesiyorum, kanım donuyor.

Mutfağa koşuyorum, dantel üstünde duran telefonumu alıyorum. Açıp internete bağlanıyorum ve Beatrice'nin resmi sayfasında son yayınladığı fotoğrafı arıyorum: Gösterişli bir şapka altında kıvırcık kumral saçlar, gözler kısık, baş hafifçe sola yatırılmış. Galerisine bakıyorum: Şapkayı çıkarttığı zaman bir öncekiyle aynı, altı ay öncesiyle aynı, iki yıl öncesiyle de aynı. 2013'e kadar geri gidiyorum: Bea hep aynı. Dolabında kuruttuğu gül gibi. Zihnim duruyor, kararıyor, kısa devre yapıyor, bir tık ve işte belleğimde, plastik bir zar içinde korunmuş olan araştırma yazısının ilk sayfası beliriyor. Başlık: "Cenaze Modası".

Hayal kırıklığına uğramış kendimi yeniden görüyorum. "Neden ama Bea?"

On dokuz yaşımızda, gençliğimizin baharında seçebileceğimiz ne çok konu vardı: Yunanlılar ve Fenikeliler arasındaki ticari alışverişler, din, yazı, freskler, ne çok hayat araştırılabilirdi?

"Neden özellikle ölüler?"

Ve o kütüphanede, efsunlanmış bakışlarıyla beni şöyle yanıtlamıştı: "Ne keşfettim biliyor musun Eli? Biliyor musun?"

Anı bir gayzer gibi fışkırıyor derinliklerden. Başımı sallıyorum, inanmıyorum: Nasıl oldu da bunca yıldır aklıma gelmedi bu? Böyle basit bir bağlantı: Hayat, ölüm. Salona gidiyorum, televizyonu kapatıyorum, odamın kapısını açıp abajurun ışığını yakıyorum, yazı masama, bilgisayarıma bakıyorum. Tanrım, yeniden yazmaya başlamam gerekiyor.

\* \* \*

Mart sonu, nisan başı olmalıydı. Nekropolise yaptığımız okul gezisinden sonra Bea tezini yazmak için bana geldi. Babam da bu olayın şerefine çevresine duvar ördüğü mağarasından başını uzattı, terliklerini sürüyerek mutfağa geldi ve kütüphaneden ödünç aldığımız kitaplarla oluşturduğumuz şahane kuleleri incelemeye girişirken buldu bizi.

"Bu Bin Sekiz Yüzler!" diye atıldı ve öksürmeye başladı.

Günde iki paket sigara içiyordu. Saatin dört buçuğunda pijamayla görmenin utancıyla babamın o dönemde kendini hırpalama ve tüketme konusunun zirvesine vardığını söylemeliyim. Bir de Catanzaro'lu Incoronata ile sözde nişanlanmıştı, onu hiç görmemişti ama çiçeği burnunda delikanlı gibi gecelerini onunla yazışarak geçiriyordu. "Baba" diye uyarmıştım bir keresinde, "hiç tanımadığın bir kadına âşık olamazsın." "Neden?" diye yanıtlamıştı beni sertçe. "Tanımak zaman ve uzam içinde bedenlerin birbirine yaklaşmasını mı buyuruyor?"

Gecenin ikisinde, üçünde tuvalete gitmek için uyanıyor ve onun kendi kendine gülerek tuşlara vuruşunu duyuyordum. Kraliçe babaannemin –annesine öyle diyordu– hayaleti onu hâlâ cezalandırıyordu sanıyorum, melodramatik hikâyelerden ve kâhin görünümlü ele geçmesi mümkün olmayan kadınların peşinden koşarak yaralarını sarmaya çalışıyordu. Sanırım son zamanlarda biraz iyileşti, hem artık altmış altı yaşına geldi hem de takıldığı hanım gerçekten, *Hayaller Tugayı* adlı amatör tiyatro kumpanyasının en iyi oyuncusu; babam onunla tiyatroya gidebilir ve en ön sıraya oturup onu alkışlayabilir.

Tezimizi yazdığımız o öğleden sonraya dönersek, babam ortaya çıktığında Bea kaşlarını çatarak onu inceledi, sanırım bir insanın yaşlandıkça onu Dostoyevski'ye benzeten böyle bir sakalı nasıl uzatabileceğini düşündü. Tabii bu arada –bunu da söylemeden edemeyeceğim– Incoronata'ya, Calabrese'li sevgilisine on yıl önceki sakalsız fotoğraflarını gönderiyordu; kadın ona webcam kullanmasını önerdiği zamansa bir bahane uyduruyordu.

"Kızlar, neden karıştırıyorsunuz bu kitapları?"

"Çünkü Etruria konusunda en önemli yazılar bunlarda" dedim sertçe ve ona kim olduğunu hatırlatmayı deneyerek şunu ekledim: "Üniversite profesörleri tarafından yazılmış."

"Peki ya Wikipedia? İndirebileceğiniz yüzlerce sayfa, film, belgesel, fotoğraf galerisi? Yazmanız gereken akademik bir tez değil, incelediğiniz o paçavralar T'nin dünyanın en acıklı kütüphanesinin süprüntüsü. Bugünlük size yerimi memnuniyetle bırakırım."

Beatrice ayağa fırladı: Babamın yepyeni Mac'ini kullanma fırsatını yakaladığına inanamıyordu. Peşinden odasına gitti, havalandırmak için pencereleri açtı, çöpteki izmarit yığınlarını boşalttı. Ben asık suratımla katıldım onlara. Kaynağı şüpheli, dilbilgisi yanlışıyla dolu sayfaların karşısında dirsek dirseğe oturup kendilerini kaybettiler. İyice tepem atmıştı: Çalışma odasına beni kesinlikle sokmuyordu, bir kere bile araştırmama yardım etmemişti, sonra Bea çıkageliyor ve işte birden coşuyor, ilgileniyordu.

"Mario Torelli'nin *Etrüsklerin Tarihi* kitabının bence daha derin bir inceleme olduğunu söyleyebilir miyim?"

"Ah Elisa, sen ve *kâğıt aşkın*" diye alay etti, "gezegenin tek dijital cahili sen kalacaksın!"

"Çok iyi" dedim, "dost olarak kendine kitap seçen beş altı ezikle birlikte bir tarikat kurarım." Onları bırakıp Torelli'ye döndüm: Laterza baskısı 1981 baskısı, sararmış sayfalarda canlanan arkeolojik bilgilere kendimi kaptırdım; onlar yandaki odada tıklıyorlar, kıkırdıyorlar, eğleniyorlardı. Bea ancak karanlık bastığında mutfağa döndü, gelip yanıma oturduğunda elinde bir öbek basılı kâğıt vardı. Heyecanla gösterdi bana: Bunların tümü mezarlara ait fotoğraflardı.

"Kadınlar aynalarla gömülüyormuş" diye anlattı bana, "güzel kokular, kremler, en değerli mücevherlerle birlikte, baksana" diye bir çift küpe gösterdi. "Şimdi bu küpelerin aynını bulmak, gözlerimi yumup yatmak, kollarımı göğsümde çaprazlamak istiyorum."

"Deliriyorsun."

"Şahane bir fotoğraf olacak: Beklenmedik, şaşırtıcı."
"Bea rica ediyorum, bilgi araştırmakla yetin."
O kolumu tuttu, sıktı. "Hiçbir şey anlamadın sen. Bloğumda sadece benimle ilgili bilgiler dikkat çekiyor.

On yıl sonra ülkenin en önemli günlük gazetelerinde şöyle bir inceleme okudum: "Gözlerden uzak ve teknolojik bakımdan rötarlı bir İtalyan kasabasında Rossetti tek başına internetin geleceğine yürüdü ve kendini onun merkezine yerleştirdi." Sonra: "İstatistik mezunu genç kadın, Palo Alto'nun beyinlerinden daha önce internetin yönünün bilgiye evrensel açılış olacağını sezinlemekle kalmadı aynı zamanda kendini kabul edilebilir tek bilgi olarak sundu." Keskin dilli bir eleştirmen ise aynen şöyle yazdı: "Artık egemen olan sosyal medya sapıklığını Rossetti herkesten önce yaşadı, hatta onun açılışını yaptı: Açılmanın yerine kapanma, buluşma yerine narsisizm, –sahte– kendi üzerine eğilme konusunda ilk ve hastalıklı tavır." Benim en beğendiğim cümleyse şu oldu: "Beatrice Rossetti, ölümcül algoritma."

Zaman içinde keserek biriktirdiğim tüm yazıları BR başlıklı bir dosyada biriktirdim. Çünkü tarihin ön odasında ben vardım ve Bea birkaç gün sonra yüzüne sürdüğü sivilce kapatıcı iki parmak fondötenle, kulaklarında iri plastik küpelerle, yanaklarında turuncu allıklarla ve çevrimiçi bir sayfadan öğrendiği cenaze makyajıyla bin birinci kez fotoğrafını çekmem için yalvarıyordu. Elbette bu durum bir skandal, bir vahşet, bir kızgınlık yaratarak sayfanın takipçi sayısını hızla artırdı.

Elimde Torelli ile oturarak onun ısırıklarından kurtulmaya çalışırken "Sen ne biçim bir bilgisin?" diye yüzüne vurmak isterdim. Senin giyinmen ve boyanman kimin ilgisini çeker ki? Etrüsklü bir odalık olabilirdin ama şimdilik genç bir kızsın, şimdilik olağanüstü bir şey becermişliğin yok. Lisede okuyorsun, ikinci el giysi mağazasında çalışıyorsun, ailen yok, acıklı bir hikâyesin.

Hınçla "Bari karnavalın sona erdiğini ve Etrüsklü kıyafetine girersen komik görüneceğini hatırlatabilir miyim sana?" dedim.

"Kendimi ikonik kılıyorum, sen ne öğrenmek istiyorsun?"

Tabii ya. Ben *Vogue* dergisine abone değildim, *America's Next Top Model* programını izlemiyordum. El Kaide, Bush, Putin ve dünyanın siyasi dengelerindeki tutarsızlığın beni bütün başka havailiklerden daha çok ilgilendirdiğini sanıyordum. Birbirine zıt iki ebeveyn tarafından büyütülmüştüm ama bende ortak bir payda yaratmışlardı: Estetik yoktu. Ve estetik olmak zorundaysa da içinde cilve, sorumsuzluk mu olmalıydı?

İkonik kelimesi moda sözlüğünde sık sık kullanılmaya başlamıştı ve benim kültüre kilitlenmiş zihnimde bu ifade tanrıların kutsal imgelerine, gömülmüş kişilerin hayaletlerine karşılık geliyordu. O dönemde çok uzun zamandan beri ölümden konuşuyorduk ve ben bunu ancak bu gece idrak ettim.

* * *

*Cenaze Modası* yazısını hazırlamak için Beatrice on gün kadar uğraştı, bu günler içinde mezarlıkların gösterişli yerleştirmeleri konusunda gereksiz ayrıntılarla beni yumuşatmaya çalıştı: "Bunlar evden de öte yerler Eli, ebedi konutlar." Ölünün özenle hazırlanarak yakıldığı yataklar için yorumu ise "Son derece rahat" şeklindeydi. Dokuz buçuk aldığını hatırlıyorum, benim *Siderurjinin Doğuşu* ödevimden bir not yüksek almıştı. Hatta gözü doymadığından konuyu derinleştirmek için benimle kütüphaneye de gelmişti. Sanırım annesinin yasını ele almak için yeni bir yöntem bulmuştu. Mezarlıkların ayrıntıları onda ciddi şaşkınlık yaratıyordu.

Nedenini şimdi anlıyorum: Öğreniyordu.

Sadece bir *simulakrum* mükemmel olabilirdi.

Hastalık, boşluk, acı olmadan.

Böylece Bea daha lisenin son sınıfında kimsenin dikkatini çekmeden kendini gömmeye başladı. O teziyle toprağa verme tekniklerini öğrendi ve tüm kariyeri boyunca sistematik olarak uyguladı. Rossetti saç rengini değiştiremez, makyajsız, ne bileyim terlikle, eşofmanla, alışveriş yaparken –*pardon* o alışveriş yapmaz– ya da salonunda canı sıkılırken fotoğraf çektirmez. Şişmanlayamaz, hükümetler, başkanlar konusunda uygun olmayan görüşünü bildirmez. Sadece ton üzeri ton kullanarak tek tema üzerinde varyasyonlar yapmaya cüret eder. Gerçekten asla değişmez.

Ama ben onu *canlı* gördüm.

Duştan sivilceli yüzüyle çıkarken. Ayna karşısında yüz ifadeleri denerken. Bana sevgiyle bakarken. Motordan düşerken. Çalarken. Ve benim için o bütün bu hareket halindeki, beceriksiz, kusurlu Beatrice'lerdir.

Ona on sekiz yaşında armağan ettiğim kitapta Anna Karenina ölür. Çaresizlik içinde, perişan. Ölür çünkü daha önce harika bir fırsat yakalamıştır: Hata yapma fırsatı. "İşte biz yaşamayı böyle biliyoruz: Yanılarak" demişti birileri. Beatrice kesinlikle yaşamak istemiyordu. Sadece kımıltısız kalacaktı, gülümseyecekti, karnını düzleştirmek için nefesini tutacaktı. Aynen Gin'in ona öğrettiği, zamanında Gin'e öğretildiği üzere. Kim bilir bu kuralı ilk belirleyen kimdi: Hangi enstantaneye uymak zorundaydı kadınlar?

Fotoğrafta yaşlanamazsın, konuşamazsın, annene isyan ve ihanet edemezsin. Fotoğraf albümlerinden nefret ediyorum; onları karıştırdığımda sadece yitirdiklerimi, artık olmayan kişileri, geri dönmesini hiç istemediğim anları, ikonlara yani hayaletlere göre kronik yetersizliğimi görüyorum ve aynı nedenle de sosyal medyadan nefret ediyorum: Çünkü bende mezar taşları arasında yürüme duygusu yaratıyor.

En sonunda ona "Bea, neden özellikle ölüler?" diye sorma cesaretini bulabildiğimde, kütüphanenin okuma salonunda, ortadaki ceviz masada yalnız başımıza oturuyorduk. Delirmiş gibi bakan gözlerini kaldırdı ve şöyle dedi: "Ne keşfettim biliyor musun Eli? Biliyor musun? *Temel bir şey.*"

"Bana da söyle o zaman."

"1857 yılında Adolphe Noel des Vergers ve Alessandro Françöis ilk kez Etrüsklü Saties Ailesi'nin mezarına giriyorlar, girişteki taşı deviriyorlar, içeriyi meşalelerle aydınlatıyorlar. Sahneyi gözünde canlandır." Sanki canlandırırmış gibi elini havanın içinden geçirdi. "Yirmi yüzyıldır süren mutlak karanlık ve sessizlik içine birdenbire giriyorlar ve kendilerini yataklarında aynen öldükleri andaki halleriyle yatan savaşçı cesetleriyle karşı karşıya buluyorlar: Renkler, giysiler, kumaşlar, her şey gömüldüğü andaki gibi *mükemmel* duruyor. Ve sonra" diyor ve sonra şaşkınlık içinde susuyor. "Tam bir dakika içinde dışarıdaki hava içeriye giriyor ve her şeyi, her şeyi mahvediyor! Sana o bölümü okuyorum: 'Bu geçmişe dalış

bir rüya kadar bile sürmedi, sahne aşağılık merakımızı cezalandırmak istercesine gözümüzün önünde yok oldu.' Ve şimdi işin güzel kısmı geliyor: 'O hassas cesetler havayla temas ettikleri anda kum gibi dağılırken atmosfer daha saydamlaşıyordu. O zaman kendimizi sanatçıların yarattığı başka bir savaşçı halk arasında bulduk.' Freskler! Ve işte bu görüntüler sayesinde bütün tarihi yarattılar Eli. Gerçeklik kırıntıya dönüşüyor ama imgeler hayır."
"Sanat" diye düzelttim onu, "yazı, resimler."
"İmgeler Elisa. O imgelerin bir tek tanesi senin sevdiğin sözcüklerden beş bin kat daha değerli. Eğer Etrüsklerin bir fotoğraf makinesi olsaydı, emin ol kullanırlardı onu."

\* \* \*

Bu sabah gerçekten Sala Borsa Kütüphanesi'ne gittim. Uykusuz bir geceden sonra, sersem çehremle saat tam onda kapıda oldum ve kütüphanenin açılmasını bekledim. Kitabın adını aramak için iki saatimi arşivde geçirdim: Tek hatırladığım yazarın adıydı: Jean-Paul Thuillier. Bulduğumda ateşim yükseldi. Ve delirmiş gibi karıştırırken en önemli noktaya rastlayıp "Lanet olsun, evet!" diye bağırdım. Kendimi tutamadım. Beatrice'nin havanın içinden geçen elini yeniden görür gibi oldum, iki bin yıllık cesetlerin bir iki saniye içinde küle dönmelerini anımsadım. Eğer kimse bakmasaydı onlara, kimse onların sırlarını açık etmeseydi...

Kütüphaneden çıkıyorum. 24 Aralık, eve koşup bu bölümü bitirmem gerekiyor. Hayır daha önce et suyunda pişirmek için *tortellini* almalı ve oğluma güzel bir Noel arifesi yemeği hazırlamalıyım. Maggiore Meydanı'nda sendeliyorum. Bir şeyleri gerçekten gizlemek istiyorsan asla tanınmayacağın şekilde yapmalısın bunu. Onu korumak istiyorsan seyircin olmamalı. Ve Beatrice sen bunca senedir bunu yapıyorsun. Annenin öldüğünü, bir mülteci gibi bizim evde yaşadığını, sonra Padella Meydanı'ndaki o çatı katındaki tek göz odaya taşındığını hiç açıklamadın; sivilcelerden çok çektiğini, burnunu yeniden yaptırmak zorunda kaldığını, lisede arkadaşın olmadığını gizledin. Tüm hikâyen, kim olduğun, senin anlattığın hikâyeyle yayıldı. En uygun olmayanı –ben– dahil tüm tanıkları sildin.

San Petronio önünde duruyorum: Şahane, sabahın parlak göğü altında beyaz ve pembe mermerleri pırıl pırıl parlıyor. Gülümsüyorum, belki de sağduyumu yitiriyorum. Ya da anlamaya başlıyorum.

Bea, ne kadar çılgınca görünürse görünsün, sen kendini her gün, her saat göstererek kendini gizlemekten başka bir şey yapmadın.

## 25

## MASCARELLA SOKAĞI

İki bin altı yılının Ocak ayının ilk günü Babylonia sonsuza dek kapandı. Niccolo işini yitirdi, punk tüm dünyada öldü, kasaba "bir şeylerin hayalini" konuk etmeye son verdi; efsanevi hangar Ponderano'nun hemen dışında hâlâ sisin ve tarlaların arasında süzülür gibi duruyor.

Kapanışla ilgili pek çok söylenti yayıldı ama gerçek neden hiçbir zaman öğrenilemedi. En sıkı müdavimlere bir veda mektubuyla ulaşıldı, on bir buçuk yıl boyunca bu efsaneye sadık kaldıkları için minnet duyguları iletildi. Bunun dışında Baby Vakfı da gizemini korudu.

Anlatılanlara göre 14 Mayıs '94 günü Radiohead konseriyle başlamıştı her şey. Düşünsenize: Radiohead, Biella'da. Ne var ki o konseri kimse izlemedi. Açabilmek için bir imza, bir mühür ve bazı belgeler gerekliydi: İtalyan bürokrasisi hayalleri hiç umursamaz. İşletmeciler korkunç bir ceza ödeme tehlikesiyle karşı karşıyaydılar ama Radiohead gelmişken gene de sahneye çıktı: Kapılar kapalıydı, on kadar mucizevi izleyici vardı ve her türlü kayıt kesinlikle yasaktı. Kuşkucular hâlâ sorarlar: "Thom York ve ötekileri Hotel Astoria'da kim görmüş?" "Onları Carisio'da kızarmış kurbağa yerken bastınız mı?" Ben her şeyin doğru olduğuna her zaman inandım. Tam da kanıtların ortada olmaması nedeniyle inandım.

Baby'nin sonunun çok daha geniş çaplı bir yok olmanın başlangıcı olacağını hemen anlamam gerekirdi; sanayinin, kültürün, siyasetin, Batı'nın ve de benim Beatrice ile arkadaşlığımın sonuydu bu. Haber bana ulaştığında ben dört aydan beri Bologna'da yaşıyordum, o kadar gururluydum ki zeminden bir metre havada yürüyordum: Yeni eğitim durumum geçmişimi kapatılıp arşivlenmiş bir başlık olarak görme hakkını veriyordu bana, artık *gerçek hayat* başlamıştı.

Üzüldüm, evet ama o eski kümes kimin umurundaydı artık. Yeniden düşününce ne kadar büyük bir nankörlük ettiğimi anlıyorum.

Çok yakın zamanlarda internete girerek orayla ilgili çarpık da olsa bir video parçacığı, bulanık bir anı, benimle sağa sola sallanmış birilerinin anısını bulmaya çalıştım. Pek bir şey bulamadım, *ça va sans dire*. 1994 ve 2005 yılları arasında İtalya'da sosyal medya yaygın değildi, kimse kendini ölümsüzleştirme arzusuyla çıkmıyordu evinden, kimsenin yaşarken yakalanmak gibi bir hevesi de yoktu. Kimi zaman Baby'nin de on yedinci doğum günümün sahil alakargası gibi bir hayal olduğunu düşünüyorum.

Tarihin ciddi biçimde değişmekte olduğunun bir başka ipucu da benim Quartz'ımın yüz avroya, elli avroya bile tek bir alıcı parçası bulamadığından belliydi. Sonunda T'nin otomobil söken gençleri tarafından parçası işe yarar umuduyla Donna Vintage mağazasına yakın bir yerde söküldü. Benim için küçük bir travma oldu, babamın on beş günde bir eve dönmem için satın aldığı yepyeni ve pırıl pırıl Peugeot 206 bile onun yerini tutamadı. Daha sonraki yıllarda A I otoyolunun Barberino ve Roncobilaccio arasındaki bölümünde saatlerce durmamı, kim bilir kaçıncı kaza yüzünden söylenmemi, insan adımı hızıyla ilerlememi ve de ön camın ardında, Apenin dağlarının doruklarında Bea&Eli hayaletinin –blog değil, bizim birlikteliğimizin büyüsü– ormanların ortasında özgür ve kayıp bir varlık olan motosiklet üzerinde dolaştığını hatırlıyorum.

Baby konusuna dönersek varlığı sona eren bir tek o değildi. Benim bağlandığımı hissettiğim o hüzünlü ve tozlu sığınağım olan Incontro kitapçısı da bir gün kepenk indirdi ve onun yerine cep telefonu kılıfı satan bir şube açıldı. Okula girmeden önce uğrayıp *Il Manifesto* gazetemi almaktan hoşlandığım Marina Meydanı'ndaki gazete bayisi de boşaltıldı, başka bir şeye dönüştürülmedi. Altı ay sonra Gabriele'nin çalıştığı fabrika, işçilerin yarısını eve gönderdi. Donna Vintage bile yok artık. Son on dört yıldır, T'ye her dönüşümde caddede şöyle bir dolaşıyorum, her seferinde bir dükkânın kapandığını, vitrine KİRALIK yazıldığını gördüm. Bitmek bilmeyen bir telef haliydi bu.

Sonra kayıtlar yetersiz kaldığı için Pascoli Lisesi kapandı. 2006'da değil, belki dört ya da beş yıl sonra. Yine internete girip onun hakkında bilgi aradım ve bulamadım. İnternet gerçeğe ilişkin hiçbir şeyi saklamıyorsa, kurtarmıyorsa, özen göstermiyorsa, sevmiyorsa neden internete bağlanacağız diye yırtınıyoruz diye düşünüyorum. Çocukluğumu ve ergenliğimi yaşadığım bütün hayata –sertçe biten asırlık dünyaya– ilişkin hiçbir şey kalmadı.

Tek bir şey dışında elbette. Devasa, muazzam bir şey.

Her şeyi yutup yok eden bir hidrofor.

Rossetti.

\* \* \*

2005 Eylülü'nün sonunda, derslerin başlamasına bir hafta kala Bologna'da, Mascarella Sokağı'nda ev bulduk; tipik bir kırmızı apartmanın ikinci katında, tavanı ahşap kirişli, zemini çini karolu bu eve ilk bakışta âşık oldum. Ben İtalyan Dili ve Edebiyatı, Beatrice de İstatistik Bilimleri derslerine devam etmek için yayan olarak sadece dört dakika harcıyorduk. Lorenzo'nun durumu daha kötüydü çünkü o Mühendislik Fakültesi'ne ulaşmak için yarım saatten fazla süren bir otobüs yolculuğu yapmak zorundaydı. Ama yakınmıyordu.

Başlangıçta mutluyduk.

Bu cümlenin ağırlığını ölçüyorum, sonranın sağduyusuyla baktığımda trajik sahteliğini hissediyorum. Ama o dönem heyecandan kör olmuş durumdaydım.

Ben üçümüzün aynı çatı altında, aynı mutfağa sıkışarak, aynı banyoyu nöbetleşe kullanarak yaşamasını istemiştim başlangıçta. Lorenzo'nun aşması gereken uzaklığı göz önünde tutmadan, semti ve daireyi ben seçmiştim. Bologna'ya T'den göçen yegâne öğrenciler olarak çok mutlu bir aile, kenetlenmiş bir ada, merkezde benim, iki yanda onların olduğu bir göbek olacağımızı düşündüm. Ezik görünen kişilerin egosundan kendinizi sakının çünkü onlarca yıl içine kapandıktan, olduğu yerde oturduktan sonra gün gelir fena patlarlar. Bea mecburen daha küçük ve her bakımdan daha kötü olan odaya yerleşmişti. Karanlıktı çünkü apartmanın ufku olmayan arka cephesine bakıyordu. Nemliydi çünkü evler arasında kalmış bir kanala açılıyordu; çiçekli duvar kâğıtları bile kendiliğinden buruşmuş ve sararmıştı. Mobilyası tek kişilik, demir bir yataktan, tahtakurdu yemiş bir komodinden, bacakları sallanan bir yazı masasından oluşuyordu: Kimse bana inanmayacaktır ama geçen yıl elli milyon avro fatura kesen, *Time* dergisine kapak olan Beatrice Rossetti 2005 Eylül'ünden 2006 Temmuz'una kadar Raskolnikov gibi yaşadı.

Lorenzo ve ben büyük odada uyuyorduk: Genişti, aydınlıktı, bizi bir şenliğin parçalarıymış gibi hissettiren öğrencilerin neşeli seslerinin geldiği penceresi vardı. King-size iki kişilik yatağımız, dört mevsimlik gardırobumuz vardı. Bizden önceki kiracıların olasılıkla çocukları yoktu; belki de küçük odayı depo olarak kullanmışlardı. Lorenzo ve benim bir kızımız vardı: Huysuz, suratsız, kimi zaman histerik, bütün gün odasına kapanıp internete bakan bir kızımız. Ayrıca zavallı Bea'nın o dönemde bloğu da büyük darbe yedi. Babamın bilgisayarı –artık çoktan kullanılmayan bir model olmuştu– onun tek dostuydu.

Zavallı mı yazdım? Neyin zavallısı? O ekonomik ve duygusal yoksunluk ayları ona sadece iyi geldi.

Her neyse, *ben* "arş-ı âlâ"da yaşıyordum. *Sanki* Lorenzo ve ben evliymişiz gibi davranıyordum, her gece birbirimize sarılarak, bacaklarımız ve saçlarımız birbirine karışarak uyuyorduk. Buna ek olarak akşamları eve tatmin olmuş, kendini gerçekleştirmiş, şu ya da bu hocanın dikkatini çekmiş, cesaretle elimi kaldırarak ve gösterişli bir soru sorarak olay yaratmış bir kişi olarak dönüyordum. O ikisi bana yan yan bakıyorlardı, ne diyeceklerin bilemiyorlardı, tabaklarındaki yemekleri karıştırıyorlardı.

Tanrım, nefret edilesi mi olmuştum? Kendimi aklamak için bir mazeretim var: Geçmişteki görünmezliğimi biraz olsun telafi etmek istiyordum, lisede biriktirdiğim tatminsizliğimi dışavuruyordum. Sonunda kendimi yuvamda hissediyordum: Fakülteye giriyordum ve henüz bir ay olmuşken beni herkes tanıyordu. Aslında Zamboni Sokak 33 numarada yaşar olmuştum; her derse katılıyordum, kapanış saatine kadar kütüphanede okuyordum. Pasolini, Moravia, Antonia Pozzi üzerine sınavlar veriyordum. Buna *ders çalışmak* denir miydi ki?

Lorenzo, matematikten, mekanikten, termodinamikten, akışkanların hareketinden nefret ediyordu ve gözü başka bir şey görmüyordu. Sözcükler çıkmıştı hayatından, sadece sayılar ve semboller, sadece yorgunluk, ailesine küfürler vardı ama onlara isyan etme cesaretini de bulamıyordu. Ağabeyine gelince –hepimizin orada bulunma gerekçesi– o da Amazon ormanlarını yok etme niyetinde olan çokuluslu şirketlerle mücadele etmek için Brezilya'ya dönmüştü ve bir daha ne zaman geri geleceği bilinmiyordu.

Beatrice de kitaplarını Lorenzo gibi nefretle açıyordu. Cebir, demografi, lineer modeller: Ancak bloğunun gelişmesiyle ilgili bağlantılar bulduğunda yüzü gülüyordu, bunlar takipçilerini incelemek, onları sınıflandırmak, arzularına daha iyi yanıt verebilmek ve onları görünür şekilde artırmak için kullanabileceği bilgilerdi. Geri kalan her şey ölesiye sıkıyordu canını. Gene de seçtiği bölüm –CV'si için Ekonomi ve İşletme– onun geleceğini yönetmesine yarayacaktı. Milyonlar neşe ve ruhu rehin vermeden kazanılmıyordu. Aynı şey Lorenzo için de geçerliydi; o da bugün Rossetti gibi özel jetlerde uçmasa da benim üç katım para kazanıyor. Ben bohem hayat yaşıyordum, akşamları edebiyat kahvelerinde geç saatlere kadar oturuyordum ama şimdi çırpınıyorum; bir de çocuğum olduğundan tasarruf için çabalıyorum. Tatilleri hep dedesinin yanında geçiriyor, 200 avroluk spor ayakkabılarına yetişemiyorum.

Ama o zamanlar, 2005 yılının son aylarında arsızca mutluydum.

Bologna revaklarının altında kayboluyordum; aslında konu kaybolmaksa bu hâlâ sürüyor. Yağmur bardaktan boşanırken ben korunaklı bir şekilde yürüyor, on adımda bir karşıma çıkan kilise, ortaçağ yapısı, fresk, merdiven, 600 yıllık kütüphane beni büyülüyordu. Böylesine müthiş bir güzelliğin aynı sokaklarda buluşmuş olması Beatrice için hiçbir anlam taşımıyordu. Hatta Zamboni Sokak'ta iki adım atması bile *tamamen* yanlış bir şehre geldiğini anlamasına yetiyordu.

Herkes bilir ki Bologna'da perdeye sarınıp çıksan bile kimse yargılamaz seni. Herkes ister terlikle ister pijamayla, en iyisinin hangisi olduğunu düşünüyorsa o şekilde gezebilir. Çünkü Batı'nın en kadim üniversitesi burada kurulmuştur ve öze bakılır: Nasıl konuşuyorsun, ne düşünüyorsun önemlidir ama giydiğin ayakkabının değeri yoktur. Beatrice'nin birkaç kez şöyle mırıldandığını duydum: "Mümkün değil Eli, *bu kadar* kötü giyinemezsin." Babamsa buralarda harika yaşardı, ona sürekli buraya taşınmasını söylüyorum, Vale'yi maçlara götürecek bir dede benim de işime gelirdi. Ne var ki Bologna'yı sevse bile inat ediyor. Ayrıca Iolanda'ya, Val di Cornia'daki turnelerine, elli plastik sandalyeli taşra tiyatrosuna ve oyundan sonra dağıtılan *bruschetta* ve içkiye bağlanmış durumda. Deniz kenarında el ele yürümelerini görmeniz lazım!

Her neyse, Bea Bologna'da ıstırap çekiyordu. T şehrinde ziyaret edebileceği ailesi zaten yoktu –Gabriele'den daha sonra söz edeceğim– cumartesi günleri dersi ya da buluşacağı yeni bir arkadaşı yoksa –İstatistik ona bir anlam ifade etmeyen *nerd* öğrencilerle doluydu– Farini Sokağı'na ve Hermes'e hac ziyareti yapardı. Yulaflı bir bar ile elma yer –öğle yemeği bu olurdu– ve büyük bir dikkatle mankenleri incelerdi. Bunu biliyorum çünkü birkaç kez gizlice onu takip ettim; içeriye girebilmek için bir ciğerini vermeye hazır olduğu belliydi. Gözleriyle zenginleri, Bologna'lı hanımefendileri, büyük saygıyla karşılanan, hizmet verilen, önlerinde iki büklüm olunan Japon turistleri ve onların kredi kartlarıyla şişmiş cüzdanlarını gözleriyle yiyordu çünkü onun elli kuruş bile parası yoktu; babası ona para vermeyi reddediyordu, kirayı ödemesine genellikle ben destek oluyordum.

Şimdi gözümün önüne geliyor: Saatlerce dikiliyordu orada. Ben yeni arkadaşlarımla kahve içiyordum, dönüyordum, onu hâlâ aynı pozisyonda dikilirken görüyordum: Sırtı dik, yüzünde okunan inatçılık ve mağazanın nasıl yerleştirilmiş olduğunu inceleme hali. Geleceğini öyle çok istiyordu, fal taşı gibi açılmış gözlerle ve ciddiyetle öyle hayaller kuruyordu ki gelecekte başarıya bir tank gibi muzaffer yürüyecekti. Modanın bilgeleri, onların iğnelemeleri ve snoplukları Bea'nın arzusunun coşkunluğunu nasıl yaralayacaktı bir düşünelim.

Son yıllarda onu Cannes ya da Met Gala'da pırlantalarla kaplı halde gördüğümde hoşuma gittiğini kabul etmeliyim. Onu çekiştirenler, kestirme yolları ve torpilleri kullandığı konusunda boşuna kalem oynatmasınlar: Bu doğru değil. Bea öksüzdü, yoksuldu, onu çok seven ama o dönemde –belki– aptalca davranan tek bir arkadaşı vardı. Ben tüketicilikten nefret ediyorum: Alışverişin mutluluk çıtasını bir milimetre bile yükseltebileceğine inanmıyorum. Gene de Beatrice'nin nasıl acı çektiğini biliyorum. Her ne kadar parasını okulları ve hastaneleri iyileştirmek için kullanmasını yeğlesem de bugün Farini Sokağı'na girse her şeyi, bütün Hermes'i satın alabileceğini ve siyah giysili satış danışmanlarının onu tanıdıkları anda düşüp bayılacaklarını biliyorum.

2005-2006 yılında Bea'nın alabileceği tek bir külotlu çorap bile yoktu. Gardırobu Montagnola'nın ikinci el tezgâhlarından oluşuyordu ve yaşamak yani yiyecek, su, ısıtma için gereken parayı da fuarlarda hosteslik, küçük bir ajans için fotoğrafçılık yaparak kazanıyordu. Her akşam paçavralarını yatağının üzerine sermesi ve bunlardan nasıl iyi bir takım oluşturabileceğini görmek için didinmesi içimi acıtıyordu. Her sabah beş avroluk blucinleri ve örgülü kazakları içinde ne kadar iyi göründüğüne şahit olmak beni şaşırtıyordu.

Bologna hakkında bilinen bir özellik daha vardır: Moda haftası bu kente uğramaz ama bütün dünyanın yazarlarının yolu düşer buraya. Bea yumruklarını sıkıp dayanırken ben hayallerimin içinde yüzüyordum. Aralık ayında bir akşamüstü tesadüfen bir kitapçının içinde toplanmış, edepli ve düzgün bir kalabalık dikkatimi çekti. Merakla girdim içeriye, rahatsız etmemek için küçük adımlarla ilerledim ve bilin bakalım sahnede kimi gördüm? Buz mavisi coşkun gözleriyle, derin sesiyle, dinleyicisini büyüleyerek İngilizce konuşan biriydi bu.

Derek Walcott! Bir Nobel Ödüllü. Bizzat. Karşımda.

İnanamıyordum. Hepsi bu değildi: Onunla konuşan profesör de bağlantım olan biriydi ve böylece akşam onlarla birlikte restorana davet edildiğim gibi bir de şaire ciddi bir tavırla "geleceğin edebiyatçısı" olarak tanıştırıldım; tabii bunu şimdi düşününce gülsem mi ağlasam mı bilemiyorum. Ne var ki Wallcott'un tam karşısında oturuyordum, esriklik hali içinde yiyor, içiyor, İngilizce bilirmişim gibi yapıyordum.

Gece yarısı, sarhoş ve sendeleyerek eve döndüğümde Bea'nın odasına girdim ve onu bilgisayarın mavi ışığı karşısında içine kapanmış, üzgün buldum. Sonra yazı masasının başında iki büklüm oturan Lorenzo'nun yanına gittim; birkaç saat sonra girmesi gereken sınav için çalışıyordu. Bir taş duyarsızlığı içinde onlara Nobelli bir yazarla yemek yediğimi söyledim, Nobelli, Nobelli diyorum!

T'nin sararmış cep kitaplarından başka bir şey satmayan kitapçısı çok geride kalmıştı, şimdi edebiyatın içinde yaşıyordum! Başımı nereye çevirsem Mucrone kadar büyük bir kitapçı, bir şiir okuma etkinliği, bir romanın tanıtımı vardı.

Oğlumun ifadesiyle, uçuyordum.

\* \* \*

2006 Ocak ayı sonunda, dans salonlarında, partilerde, pizzacılarda ve bayramlara bağlı olarak yaşanan tüm eğlencelerde çalışmaları sona erince annem Christian/Carmelo ile birlikte Bologna'ya beni görmeye geldi.

Sanki açlıktan ölüyormuşuz gibi elleri kolları yiyecek dolu geldiler: Çeşit çeşit peynirler, fındıklar, kurabiyeler ve bir değil birkaç Ratafia likörü getirmişlerdi. Şişelerin birini yeni hayatımı kutlamak için hemen açmayı önerdiler.

Lorenzo'nun annemi ilk görüşündeki yüz ifadesini hiç unutamıyorum. Üstelik annem o döneminde tam formundaydı. Belki kulağının arkasına çiçek takarak, yerleri süpüren bir etek giyerek ve tahta kolyeler takarak abartmıştı ama kesinlikle mutluydu. Christian da öyleydi, kendine yani gençliğine sadık kalmaya çalışıyordu, gene minicik bir atkuyrukla topladığı saçlarını boyuyordu, gömleği fuşya rengindeydi, parlak Nike giyiyordu; onu şimdi bir koltuğa mecbur olmuş, kolunda serumuyla ve yeşil parlak ayakkabılarıyla otururken hatırlıyorum; oğlum heyecanla boynuna atılmıştı: "Korkma dede!"

Lorenzo ilk on beş dakika boyunca sanki olan biteni anlayamaz gibi davrandı. Onlara hem anneme hem kocasına bakıyordu ve bir türlü bağdaştıramıyordu. Nasıl davranacağını, ne yapacağını bilemiyordu. Annem sandaletlerini çıkarıp divanda bağdaş kurduktan sonra içi marihuana dolu buz keseciklerinden birini çıkartınca beti benzi attı.

Christian onu işaret ederek "Hep ağabeyinin kabahati" diye bilgi verdi, "bu malı yığıyor bize ve annen de reddedemiyor."

"Tahmin edebiliyorum" diye mırıldandım. Ve tedirginlik içinde Lorenzo'ya baktım.

"Artık Baby kapandığı için" diye devam etti Christian "kendini ekim işine verdi. Graglia civarlarında kendi gibi dört sefille birlikte. Defalarca tekrarladım ona, değil mi Annabella? 'Niccolo bak tutuklarlar seni, koca sera kişisel kullanıma girmez, satışa girer' dedim." Ciddi bir bakışla önce beni sonra Lorenzo'yu süzdü. "Ama deli o."

Annem sardı, yaktı, otu gülümseyerek Lorenzo'ya verdi, sonra koluma girdi ve "Haydi evini göster bana" dedi.

Ot ve sürdürdüğü dağınık yaşam yüzünden –sabahın üçünden önce yatmıyordu– göz ve ağız çevresinde çizgileri artmıştı, teni sanki grileşmiş gibiydi, ama o buna karşın her zamankinden daha çocuksu görünüyordu, olur olmaz kahkaha atıyordu, ona ait olmayan dolapları açıp karıştırıyordu.

Ve o akşam beni çok şaşırtan olağanüstü bir şey oldu: Annemden utanmaktan vazgeçtim.

Orada, Bologna'da *benim* evimde –kirasını babam ödüyordu, o sözde geçici olarak gelmişti– yersiz şakaları, çocuksu davranışları, beni şimdiye dek öfkelendiren tüm davranışları şimdi beni neredeyse eğlendirir olmuştu. Bunlar onu ilgilendirirdi: ot, çiçek taç, güneş şeklinde küpeler. *Ben*, o değildim. Ve onu bağışlamak *istiyordum*.

Lorenzo beni bir köşeye çekebildiği anda "Annenin bu kadar... *müthiş* olduğunu söylememiştin" dedi, aslında ne diyeceğini bilemez gibiydi.

Müthiş mi? Şaka mı yapıyordu? Yeniden dilsizleşmişti. Sanırım bana şunu sormak istiyordu: Bu kadar uçuk bir insandan senin gibi düzenli, disiplinli, bütün hayatı ev ve kütüphane arasından geçen bir kız nasıl çıkar? Kendini tutuyordu ve biraz bozuluyordum çünkü ona o bu kadar sorumsuz bir anne olduğu için ben böyle gri bir insan olabildim demeyi çok isterdim.

Mutfağa döndük. Annem peynirleri küp küp kesmişti, bir şişe şarap açmıştı, Christian gitarını eline almış, "Siamo Soli" şarkısını tıngırdatmaya başlamıştı. Başladı söylemeye ama sonra durdu ve şöyle dedi: "Ne dersin Elisa, acaba Zocca'ya gitsem onunla karşılaşabilir miyim?"

"Kimle, Vasco'yla mı?"

"Evet, sence bana nerede oturduğunu söylerler mi? Sence ondan bir imza alabilir miyim? Rahatsızlık vermeden tabii. Ama ona sarılabilsem, inan gözyaşlarıyla ağlarım."

Ansızın Lorenzo karıştı söze ve şöyle dedi: "İstersen ben götürürüm seni oraya." Bir parça peynir aldı, umursamazca tadına baktı. "Yarın pazar, ders çalışmayacağım. Memnun olurum gerçekten."

Anlayamıyordum. Lorenzo sıkılgandı, hatta çekingendi. Devrimci geçinirdi ama aslında kentsoyluydu. Teatro Comunale'ye abone olmuştu ama hayatında hiçbir panayıra katıldığını görmemiştim. Şimdi o da onun çekimine kapılmıştı ve onu sevmişti; bense biraz mutlu, biraz kıskançtım.

Bir litre şarabı içince annem sandalyesini Lorenzo'ya çevirdi ve mesafeyi azalttı. Bir litre daha içtikten sonra arkasına geçip parmaklarını sarışın bukleleri arasında dolaştırdı. "Böyle taranınca Küçük Lord gibi görünüyorsun ama aslında çok şekersin..."

Sonra saçlarını karıştırmaya, ellerini lüleleri içinde dolaştırmaya ve bunu aşikâr bir mutlulukla yapmaya başladı; Lorenzo ise olasılıkla bu beklenmedik hareket yüzünden uysalca oturuyordu.

"Anne" diye araya girdim, "abartma: O benim sevgilim."

İşte o anda annem bana şaşkın gözlerle baktı: "Sahi mi? Beatrice'nin sevgilisi değil mi?"

Doğru ya, söylememiştim ona. Öte yandan hayatında bir kez bile dinlemiş miydi ki beni? Beni görmüş müydü, onun dikkatini çekebilmiş miydim? Kendi anlar sanmıştım. Benim gibi bir insanın bile sevgili bulabileceğini, berbat değil, güzel bir erkekle bir arada olabileceğini tahmin eder sanmıştım. Ama hayır. Yeniden sinir oldum ona. Boğmak geliyordu içimden. Ne bağışlaması ya? Sen beni daha dört yaşımdayken iki tanımadığın kütüphaneciye emanet etmiş kadındın.

Bunu yüzüne vuramadım çünkü tam o sırada Beatrice girdi içeri.

Pantolon ceket takım –kiralamıştı– bej rengi bir dekolte üst giymişti, mantosu kolundaydı, gayet makyajlı ve yorgundu. Fuarda sekiz saat ayakta durmuş, sadece "Merhaba", "İyi akşamlar, bilgi almak ister misiniz? B Kulesi mi? Buyurun bu yandan!" demişti. Yüzünden artık kimselere katlanamayacağı belliydi, insan türünden nefret ediyordu ve bir katliam yapma arzusu duyuyordu. Ne var ki Annabella'yı görmesiyle ifadesinin değişmesi bir oldu.

Birbirlerine doğru koştular, kucaklarına atıldılar ve bu bende yeniden kin ve nefret duygusu uyandırdı. O andan itibaren aralarında kaynaşma, çene çalma, samimiyet başladı ve bu yüksek sesle devam etti. İkisi de zahmetin, insanlarla uğraşmanın anlamını, onların bazen ne aşağılık olduklarını, bütün mutsuzluklarını, gamlarını sana yansıttıklarını, senin onları kabullenmek ve yutmak zorunda olduğunu çok iyi biliyorlardı, deneyimlemişlerdi. Çalışmak bu demekti. Oysa ben kâğıtlardan oluşan bir hava kabarcığının içinde yaşıyordum, kitaplar beni sereseme çevirmişti, gerçek hayata uyum sağlayamıyordum. Lorenzo'nun beni savunmak için araya girmesini isterdim ama o da anneme, onun kendini Christian'a hasredişine, Christian'ın gerçek Biella yöntemiyle ve getirdiği peynirle risotto yapışına, özgür ve çalgıcı hayatını anlatmasına kaptırmıştı kendini. "Yemin ediyorum, bir kez olsun Vasco'nun elini sıkmak yeter bana. Ondan sonra mutlu ölebilirim."

O gece Bea ışıkları artırarak, bacaklarını incelterek fotoğraflarını rötuşlarken, annem ve kocası iki genç izci gibi mutfakta kamp kurarak uyurlarken, Lorenzo beni gerçekliğe döndürmek için sırtıma vurdu. Canım sıkkın döndüm. Yan dönüp uzanmıştı, ben sadece okumaya devam etmek istiyordum.

"Eli" dedi bana, "çocukluğunda ne kadar büyük bir özgürlük tanımış olmalısın... Babanın nasıl biri olduğunu bilmiyorum ama o da biraz olsun annene benziyorsa tam bir özgürlük içinde büyümüş olmalısın."

*Sakin Kaos* romanımı komodine bıraktım. Şu andaki ruh halime en çok uyacak bu kitaptan bir adım sonrası *Öfke* adlı roman olurdu herhalde.

"Lorenzo" dedim *sakince*, "ben çocukluğumu sabahın köründe çıkıp bilmediğim bir yere giden ve gecenin ikisinde dönen annenin kızı olarak sadece iki dağı seyrederek geçirdim. Hastalandığımda da beni sevdiğinde de sekiz saat televizyon önünde oturturdu. Sevmediğinde ne olduğunu hiç anlatmayayım. Akşam yemeğimi ağabeyim verirdi. Pizza ve Fonzies yiyerek büyüdüm ben. Yıllar boyunca bunun farkına bile varmadan bir korkuluk gibi giyinerek gezdim ve herkesi ardımdan güldürdüm. Ama dur, sana asıl özgürlüğümü göstereyim."

Tişörtümü kaldırdım, sırtımın sol yanındaki sessiz ve beyaz yara izini gösterdim. "Bunlar yüzünden" diye gösterdim ona parmağımla, *"bunların pek çoğu yüzünden* Lorenzo, beni sosyal hizmetlerin almasına ramak kaldı."

Bakışlarını indirdi, doğrulup oturdu. Gözlerini yeniden bana çevirdiğinde gördüğüm o ciddi ifadeyi asla unutmadım. "Senin için kolay olmadığını anlıyorum Elisa. Ama belki günün birinde bir kitap yazarsın. Bense birlik içindeki ailemle, yaz tatillerinde yurtdışında eğitime giderek, her ne pahasına olursa olsun seçkin görünme uğruna büyüdüğüm için kim bilir hiç istemediğim kim olacağım."

*\*\*\**

İkinizi de anlayamadığım için sizden özür dilerim Lorenzo ve Beatrice.

Böyle bir cümle kurma noktasına geleceğimi hiç tahmin etmezdim ama iç dökmek buna yarıyor: İnsan farkına varıyor.

İlk sınav döneminde ben 30 ve takdir aldım, Beatrice 22, Lorenzo ise 23. Lorenzo ortalamada 26 yapmış oluyordu ki bu onun adına başarısızlık sayılıyordu: Mükemmel oğul eve böyle vasat bir not ortalamasıyla dönemezdi. Öte yandan devrimci şairin mühendislik okuması da olacak iş değildi. Moravia artık uzak bir anıydı. Ve ben arada sırada akıllandığımdan onu şöyle diyerek avutmaya çalışıyordum: "Eh, fizik, metalürji bunlar zor konular. Çağdaş şiir gibi kolay mı?"

"Biliyorum" diyordu buruk ifadesiyle.

"*Sonunda* şahane bir işin olacak, şahane maaş alacaksın" diyerek güldüm, "oysa ben işsiz kalacağım."

O hiç gülmedi.

Bea daha da az gülüyordu.

Sanıyorum 2006 yılının o ilk aylarında depresyon onu yerle bir etmişti. Karanlık odasına kendini gömmüş, solgun, suratsız, yağlı saçlarıyla oturuyordu: Bana babamı hatırlatmaya başlamıştı. Hatta öyle bir noktaya vardı ki fotoğrafların adını bile anmak istemedi. Eskileri değiştiriyor, her gün bir tane yayınlıyor ve kendini benim ezelden beri hissettiğim gibi hissediyordu: Dışlanmış.

Dışarı çıkmayı, benim yaptığım gibi kütüphanede başkalarıyla ders çalışmayı reddediyordu. Kimseyle tanışmak gibi bir hevesi yoktu. Üç haftada bir evine telefon ediyor, umursadığı tek yakını olan Ludovico'nun hatırını soruyordu; o da hiç iyi değildi, okulda sorunları vardı ve uyuşturucu kullanıyordu. Ablası Costanza ona selam bile söylemiyordu, babasının anısı üzerine, annesinin mezar taşından daha büyük bir taş yerleştirmişti. Dünyada tek başınaydı. Peki ben?

Onu görmek bile istemiyordum. Fazlasıyla mutluydum, şimdiye dek hep güzel, beğenilmiş, şanslı olan ikisi yüzünden yaşantımdaki şenliği bozmak istemiyordum. Üstelik onları sevdiğimi söylüyordum.

Seviyordum da.

Seviyorum da.

Ama artık sıra bende diye düşünüyordum. Şimdiye dek hep yutmuştum: Şimdi de biraz benim keyif sürme vaktim gelmişti. Üstelik galaksinin benden çok uzak bir noktasından bu lütuf döneminin sahte olduğunu ve pek de fazla sürmeyeceği hissini alıyordum. Her ne kadar Mascarella Sokağı'nın ikinci katının kraliçesi bensem de dışarıdaki dünya Beatrice için hazırlanıyordu. Henüz bunun bilincinde olmayabilirdim ama okyanusun ötesinde Mark Zuckerberg adında biri bir süredir bir çalışma peşindeydi ve eski en iyi kız arkadaşımın geleceğine uzanacak ferah ve düz yollar açmak için emek sarf ediyordu. *Suç ve Ceza* odasında katlanmak zorunda kaldığı çamur, kısıtlı para, ağlamakla geçen geceler aslında onun tek bir kez geçen başarı trenine daha da aç bir şekilde atlamasına neden oldu. Ve o dişleri arasında bıçak ve elinde makineli tüfeğiyle treni yakaladı; ah evet yakaladı.

Böyle birinin başarısız olması mümkün değildi. Nedenini sormayın bana ama belliydi, her kapitalistin hayalini kurduğu harikulade düz çizgisini kısa bir süre buruşturmuş olan dönemler vardır: Sonrası sonsuz bir tırmanıştır.

Dönemeç Bea'yı köşede bekliyordu ve 22 Şubat günü, yirminci doğum gününde kaçınılmaz biçimde karşısına çıktı; fırsatın adı genç bir öğretim üyesiydi, verdiği dersin adı da "Çevrimiçi Banka Kullanım İstatistikleri"ydi. Tiziana Sella adındaki bu hocayı, birkaç yıl önce içerek geçirdiğim öğleden sonranın hüzünlü, yağmurlu, kasvetli akşamında aramaya çıktım, onu İstatistik Bölümü'nün kapısında yakaladım ve onu hayatımı mahvetmekle suçladım.

Utanıyorum ama doğru.

Beatrice'nin Sella olsun olmasın eninde sonunda yolunu bulup gideceğinden emindim ama belki biraz daha fazla çaba göstermesi gerekecekti. Ama ben de insanım ve benim de bir günah keçisine ihtiyacım oldu.

Bea ve hocası arasında tam olarak ne geçtiğini bilmiyorum; bu öğretim üyesi aralarında moda firmalarının da bulunduğu sayısız şirkete danışmanlık veriyordu. Bea doğum günü sabahı son derece karamsar bir ruh haliyle uyandı. Kahvaltıda önüne koyduğum mumlu kruvasanı reddetti, dişlerini fırçalamak için banyoya doğru sürüklenirken "Devamlılık zorunluluğu olan bu lanet olası bölüm kahrolsun" diye söylendi. Giyinirken kapısına dayandığımda tuttuğum hediye yüzünden ellerim titriyordu –alabilmek için aylardan beri para biriktirdiğim olağanüstü bir armağandı– *gözleriyle bana dik dik baktı ve kötücüllük yüklü sesiyle şöyle dedi: "Kutlayacak hiçbir şey yok, hiçbir şey, anlıyor musun? Şimdi kaybol buradan"* diyerek beni pervazdan itti. *"Tek istediğim ölmek."*

Kapıyı vurarak, beni çaresizlik içinde öylece bırakarak gitti. Hediyemi minicik komodinin üstüne bıraktım. Kruvasanı alüminyum kâğıda sardım. O kadar üzülmüştüm ki çıkma arzumu yitirmiştim, ders çalışmak için odama gittim. Öğlen döner sanmıştım ama gelmedi. Tüm öğleden sonra boyunca onu bekledim: Ölmek istediğini söylemişti. Ciddi miydi yoksa sadece benmerkezci bir söz müydü? İntihar edecek bir tip miydi? Sanmıyordum ama belki evet. Belki de acısını küçümsemiştim. Belki de onu hiç tanımıyordum. Defalarca cep telefonundan aradım, ulaşılamıyordu. Lorenzo döndüğünde içimde bekleyen gerginlik yüzünden ağlamaya başladım ve gidip arayalım diye yalvardım. Nerede? Bilmiyordum. "Gene de bir şey yapmamız gerekiyor." Bunu söylerken de mantomu, çizmemi giyiyordum. Tam kapıyı açtığım anda döndü. Bambaşka biri olmuştu. Saçları kuaförden yeni çıktığını belli ediyordu, hiç görmediğim bir trençkot giymişti, son derece neşeliydi ve elinde pahalı bir köpüklü şarap vardı.

"Doğum günüm mü, değil mi? Hemen patlatalım bunu, tirbuşon var mı?"

Lorenzo ile donakalmıştık. Beatrice cep telefonunu çıkarttı, açtı, pizza ısmarladı; gelince kutusundan yedik, üniversite hayatının en mükemmel anı bu olabilirdi.

Ne oldu? diye sormak istiyordum. Ama çevresinde öylesine itici bir güç alanı oluşmuştu ki bunu engelliyordu. Pizzaların parasını ödedi ama şampanyayı o almış olamazdı. Saçları pırıl pırıl ve yeni bir renkle parlıyordu, yüzüne, göz rengine son derece yakışmıştı: O günkü sıcak çikolata kumralı bir daha hiç değişmeyecekti. Sadece bir gün evden uzak kalmıştı. Meraktan ölüyordum ama öğrenemeyeceğimi biliyordum. Bu parıltının altında bir çatlak var gibiydi. Aramızda açılmaya başlayan bir uçurum.

Sonra ansızın Bea bana şöyle dedi: "Bu sabah çok kaba davrandım Eli, özür dilerim: Bana hediyeni şimdi verebilir misini?"

Gidip aldım odasından. Mutfakta, lambadan yayılan tozlu ışığın altında uzattım; Lorenzo aklı bambaşka bir yerde sofrayı topluyordu. Beatrice kâğıdı yırttı, kutuyu açtı, içinden şarap rengi şapkayı çıkardı, çevirip çevirip baktı, uzun bir süre şaşkınlıktan dili tutulmuş gibiydi.

"Sahip olduğum en şık şey" dedi sonunda zar zor çıkan sesiyle.

Gururla "Saf keçe" diye yanıtladım, "annemden istedim, elleriyle yaptı. Şimdi kimsede yok çünkü Hermes'in önümüzdeki yılının en iyi modeli. Hepsi Cervo di Sagliano şapkacısında üretiliyor."

Bana sımsıkı sarıldı.

Ona vereceğim son armağan olduğunu biliyor muydum acaba?

Hayır. Tek bildiğim fabrika fiyatına da olsa bana acayip pahalıya patladığıydı. Onu sokaklarda, fotoğraflarda eskitir sanmıştım.

Oysa gerçeği söylemem gerekiyorsa, bir kere bile takmadı.

\* \* \*

Bankaların Çevrimiçi Kullanımı İstatistiği dersini bir kez bile kaçırmadı, Tiziana Sella'nın tüm kitaplarını ve makalelerini ezberledi, her gün onun tarafından davet ediliyordu. Sonra bu ikili barda bir aperatif için buluşmaya, akşam yemeklerini en iyi restoranlarda yemeye, geceleri de bilmem nereye gezmeye gitmeye başladılar. Tek bildiğim Bea o sınavdan 30 takdir aldı ve bir daha aynı olmadı.

Vahşi ve korku verici bir güçle yeniden tomurcuklandı, o sırtlanın ödünç verdiği –hediye ettiği? – renkleri son derece göz alıcı, pahalı giysiler giymeye başladı. Güzellik salonlarına, estetik uzmanlarına, kaplıcalara gitmeye başladı. Ajandası Gin'in en iyi zamanlarında olduğu gibi doluyudu.

Ama bir çiçeğin kendiliğinden açmasının tersine, onun uyanışı daha çok disiplinli bir şekilde hesaplanmış programdı ve benim anlayamadığım bazı hedeflere yönelikti.

Hiç evde yoktu artık. Bana ayıracak zamanı kalmamıştı.

Mart sonundan itibaren Tiziana Sella onu yanına alıp tüm kongrelere götürür oldu: Milano, Torino, Paris; üstelik bilet ve otel parasını da o ödüyordu. Bu kadar da değil. Onu yepyeni aygıtlarla donattı: Son model bilgisayar, fotoğraflar ve bağlantılar. Günün ve gecenin her saatinde birbirlerini arıyorlar, mesajlaşıyorlardı; yakınındaysam Bea gülüşlerini bastırmaya çalışıyordu, dudak hareketlerini okumayayım diye eliyle ağzını örtüyordu. Guru ve çömezini, Pygmalion ve Afrodit'i oynuyorlardı. Bu cadı bana düşecek menajerlik rolünü de kaptı.

Sonra olan oldu. Büyük efsanevi çıkış. Kesin olan. Buraya kadar anlattığım tarihöncesi çağ kapandı, herkesin bildiği tarih başladı. Beatrice Rossetti nisan sonunda bir gece odasına kapandı, bir gecede Bea&Eli sayfasına yaptığı gibi, hiç var olmamış gibi bloğunu yok etti ve şimdi bilinen, *New York Times*'ın hayal ettiği tirajı ezip geçen o ultra ünlü sayfasını başlattı; şimdi onun reklamını yaptığı bir ruj yirmi dört saat içinde tüm Çin'de tükeniyor.

İtiraf etmeliyim ki bu noktada anılarım bulanıklaşıyor. Bir pazartesi gecesi, mutfakta ders çalışırken Bea'nın gece yarısı eve dönüşünü, bana şöyle bir selam verişini ve banyoya kapanışını bir kırıntı halinde anımsıyorum. Bir başka Bea izmariti ise benim odamın kapısına gelip, "Bir pedin var mı?" diye sorması. O aylar içinde hep acelesi vardı. Hep çok güzeldi. Ben anlayamıyordum. İnterneti hâlâ küçümsüyordum. Kitaplara takılıp kalmıştım. Şimdi kabahatin bir kısmını kitaplara yüklüyorum. Çevrimiçinde ciddi anlamda Beatrice'den söz edilirken, Eski Dünya'da hâlâ tanınmayan bir insandı: Benim, Mascarella Sokağı'nda birlikte yaşadığım arkadaşımdı.

Onun uzaklaşma anını tam olarak gözümün önünde canlandıramıyorum.

## 26

## 9 TEMMUZ 2006

İşte sıra geldi en kötü bölüme.

Kişisel seçimim olduğundan değil, zorunluluktan benim *ben* olduğum bölüm bu.

Eski psikanalistime göre yeniden annemin bedeninin içine girmeyi, onun yokluğunda ise Beatrice'nin içine gizlenmeyi yeğlerdim: İlikleriyle kalbi arasına sıkışmak, orada organların çalışma, kalbin atma sesinin ninnisiyle kendimi güvende hissetmek, onun dokusuna nüfuz etmek ve asla doğmamak isterdim. Çünkü Doktor De Angelis Hanım'a göre gerçek hayat ancak "kendine ihanet etmemek için sevdiğin kişiye ihanet ettiğinde, olduğun kişi olmak için yoluna gittiğinde başlar. Ama siz bu ayrılıktan hep çok korkmuşsunuz Elisa. Bugün bile özgürlüğünüz söz konusu olduğunda derin bir korku hissediyorsunuz."

9 Temmuz 2006 günü yaşananları kimseye anlatmadım: De Angelis'e, anne ve babama, nerede kalmış kendime. Müthiş bir travma, bir *ayrılma* yaşandı ve olaylar –on üç yıl, beş ay on beş gün *sonra*– anlatmak zorunda bırakmasalardı, ben gene memnuniyetle içimde saklardım ve travmamı orada kronikleşmeye bırakırdım.

Bu sabah –öğleye sabah denebilirse– elimde 400 gram tortellini, bir paket et bulyonuyla eve dönüyorum ve Vale'yi üzerinde pijamasıyla Nintendo oynarken buluyorum; yanındaki paketten aldığı bisküvileri otomatik olarak dakikada bir ağzına atıyor, gözleri ekrana sabitlenmiş, belki de bu şekilde öğle yemeğini atlatabileceğini sanıyor. Tam ona çıkışmak üzereyken bu sahneyle bizim Trossi sokağında Niccolo ile tek başımıza divanda oturuşumuzun ne kadar benzeştiğini fark ediyorum. Dilimi ısırıyorum, ayakkabılarımı çıkartıyorum ve "Tortellini aldım" diye ilan ediyorum.

Vale yüzüme bile bakmıyor, sadece şu yanıtı veriyor: "Neredeydin sen." Soru işareti bile yok. İyi niyetlerim o anda buharlaşıyor: "Benimle böyle konuştuğun zaman hoşuma gitmiyor, sürekli beynini yakan şu alete yapışık yaşaman da hoşuma gitmiyor. Okumak, çıkmak, yürümek, başkalarıyla iletişime girmek iyi gelir insana. Video oyunları değil. Valentino, dinliyor musun beni?"

"Bugün Noel arifesi, daha ağaç bile kurmadık."

Bunu yüzüme vuracağını biliyordum: Çocuklar muhafazakâr olurlar. İçimi çekerek alışveriş torbasını yere bırakıyorum, mantomu bile çıkartmadan koltuğa yığılıyorum. O oynamaya ara vermiyor ve bu da beni delirtiyor. Sonra da beni suçluyor: "Bu dönemde sen hiç yoksun."

Gözlerimi yumuyorum. "Yapacak çok işim var, kusura bakma."

"Senin hep yapacak çok işin var."

Kendimi savunmaya çalışıyorum: "İş önemli ve temel olandır" ve işin kötüsü yalan söylüyorum çünkü aslında o cadı yüzünden işimi de ihmal ediyorum, "bir uğraşın, bir tutkun yoksa, özgür sayılmazsın, hiçbir şeyin yok sayılır."

"Benim zaten hiçbir şeyim yok."

Çocuklar aynı zamanda dramatik de oluyorlar. "Hiç de doğru değil: Futbol var, okul var, çok da arkadaşın var."

"Ama yılbaşında arkadaşlarımı görmeme izin yok."

"Zamanı gelince onları yılbaşlarında da göreceksin."

"İyi ama ailem de yok."

Şimdi kızıyorum. "Böyle bir şey söyleyemezsin, bir Noel ağacına bu kadar değer yükleyemezsin!" Sıcak gelmeye başlıyor, mantomu çıkartıyorum. "Seni çok seven anneannen ve deden bir de serseri olmasına rağmen seni seven bir dayın var ve..."

"Anne" diye kesiyor sözümü, "Bir haftadan beri aklın başında değil, bütün gece, bütün gündüz boyunca odana kapanıp yazı yazıyorsun, her şeyi unutuyorsun, buzdolabında yiyecek hiçbir şey yok."

Bir şey diyemiyorum çünkü haklı. Kendimi berbat bir anne gibi hissediyorum, hep öyle olduğumu biliyorum... Bir açıklamayı hak ediyor: O benim oğlum, on iki yaşında, aptal da değil, çocuk da sayılmaz artık.

"Önemli *bir şey* yazıyorum, bitirmem gerekiyor."
"Noel'de mi?"
"Mümkün olduğunca çabuk."
"Nedir bu, bir makale mi?"

Çocukların milimetrik bir isabetle parmaklarını tam da yaraya basmaları beni delirtiyor. "Ah, şimdiye dek işimle hiç ilgilenmedin ve tam da bugün ansızın umursamaya mı başladın? Haydi et suyunu kaynatmaya başlıyorum, saat bir oldu."

O ara verdiği maçına dönüyor, ben de mutfağa gidiyorum, tencereyi suyla dolduruyorum, içine bulyonu atıyorum, el alışkanlığıyla televizyonu açıyorum. Haberler var ama benim izleyecek zamanım yok, sofrayı kurmakla ve sabahı oğlumla Noel ağacı kurmak yerine kütüphanede Etrüsklerle ilgili bir kitap okumakla geçirdiğim için pişmanlık duymakla meşgulüm. Bir ömür annemi suçladım ve şimdi ondan beter oldum.

Et suyu kaynayınca tortelliniyi atıyorum ve o anda adını işitiyorum. Ansızın: *"Bum!"* Televizyondan ateş ediliyor. Göğsüme bir yumruk iniyor. Vurulmuş gibi ansızın dönüyorum. TG 2 haberlerinde bile ondan söz ediliyor, Tanrım. Bütün bir bölüm ona ayrılmış üstelik kültür ve spordan sonra değil, tam da haberlerin orta yerinde. Kepçeyi sımsıkı tutuyorum, ona tutunuyorum. Valentino elinde cep telefonuyla sürüklenerek geliyor, sofraya otururken oynamaya devam ediyor, sonra başını kaldırıyor, bütün ekranı kaplayan Beatrice'ye bakıyor: "Saçma bu hikâye, değil mi anne? Her yerde ondan söz ediliyor, T'den olduğuna göre sen onu tanıyor musun?"

Bakışlarımı yeniden ocağa çeviriyorum, fazla haşlanmasınlar diye özen gösteriyorum, soğuk terler döküyorum.

"Anladım" diye karşılık veriyor sessizliğime, "onun kim olduğunu bile bilmiyorsun, şu Rossetti'nin! Gene de bilesin, T'den, seninle yaşıt, büyük olasılıkla karşılaşmışsınızdır bir yerlerde." Ve böyle bir olasılığın saçmalığına gülüyor.

Oğluma yalan söylemek istemiyorum bu nedenle derin sessizliğe gömülüyorum, şu haberin bir an önce sonlanması için içimden dua ediyorum. Tortelliniyi tabaklara koyup onları sofraya getiriyorum. Öğle yemeğimizi yemeğe başladığımızda, haberler bitiyor, reklamlar boş boş oynuyor. Vale keyifle yiyor: Onun en sevdiği yemek bu. Derken karar veriyorum, dolu kaşığım havada asılı kalıyor ve ona söz veriyorum: "Bana sadece iki saat ver, daha fazla değil. Gerçekten o şeyi yazmayı bitirmem gerekiyor, önemli ve hayati bir durum. Sonra seninle bodruma ineceğiz, yemin ediyorum ve Noel ağacını alıp eve getireceğiz."

Yan yan bakıyor, telefonunu eline alıyor, birine yanıt yazıyormuş gibi yapıyor. "Noel ağacı ayın sekizinde kurulur, yirmi dördünde değil. Sen canının istediği kadar yaz."

Kaşığı bırakıyorum, derin bir soluk alıyorum. Bütün gerçekliği, oracığa, sofra örtüsüne dökmemeye gayret ediyorum.

Karşılaşmış olabilir miyim Rossetti'yle? *Karşılaştım mı?*

\* \* \*

11 Nisan 2006 günü Bea doğum günümü unuttu. Bu çok ciddi bir olay ve o akşam işlediği bir başka suça, kabahati kornerden dönüyor: Telefonda Gabriele'yi terk ediyor. Hatırlamadığım bir acil durum yüzünden T'ye dönmek zorunda kalan Lorenzo tarafından da unutulan ben, öfke yumağı olmuş, intikam duygusuyla dolmuş halde tüm konuşmasını dinledim.

Aslında aylardan, daha doğrusu Eylül'den beri birliktelik zoraki yürüyordu. Uzaklığı yönetebilecek bir çift değillerdi: Bedenin dışında aslında ortak hiçbir noktaları yoktu. Üstelik parasızdılar, tren bileti parasını denkleştirmekte zorlanıyorlardı, az ve keyifsiz görüşüyorlardı, hemen sevişiyorlar ardından bütün hafta sonu boyunca didişiyorlardı. Gabriele Bologna'ya geldiğinde burada kendini yersiz hissediyordu, Beatrice ise T'ye adımını atmamaya yeminliydi. Gabriele'nin *işini kaybettiği dönemle eşzamanlı olarak* Beatrice depresyona girdi. Bütün iyi niyetine rağmen Gabriele ona yardım eli uzatamazdı. Zaten kimse uzatamadı. Beatrice'nin toparlanması için üç bin avroluk bir Canon, her daim lanet ettiğim Sella'nın ona sağladığı her türlü döküntü gerekiyordu.

10 Nisan günü Beatrice Paris'ten dönmüştü, kendini tatmin olmuş ve heyecanlı bir ruh haliyle divana attı: "Ah, Tanrım nasıl bir güzellik: Hiç uyumadım!" Ayaklarında altın rengi bir çift Louboutin vardı ve bunları ona kimin armağan ettiğini sorduğumda öylesine fesat bir iç çekişle yanıtladı ki sinirlerim yerle bir oldu. Bana anlattığına göre kaldığı otel azımsanacak bir yer değildi çünkü "*Senin* Oscar Wilde'ının öldüğü otel" idi. Her akşam yemeğinde istiridye yemişti. "Dört istiridye elli avro Eli, inanabiliyor musun?" Bu seyahatin doğrudan sonucu olarak, ertesi akşam bana sadece hediye almayan değil, güzel bir sözle kutlamayan Bea daha önce söz ettiğim olayı gerçekleştirmek için telefonu aldı.

Kontörünün yetersiz olduğunu söyleyerek söze başladığı için doğrudan konuya girdi. Gabriele'yi ayağına bağ olmakla suçladı. Onun uçmasına, bütün dünyayı fethetmesine neden olan kişi olduğunu söyledi. "O boktan yere" dönmeye, zaman kaybetmeye, hafta sonlarını onun için ziyan etmeye hiç niyeti yoktu çünkü artık otellerde kalıyordu; Roma, Paris, Zürih caddelerinde tüm kapılar ona açılıyordu. Sadece vizyoner, zengin, özenli insanlarla görüşmesi gerekiyordu. Oysa o hırsı ve hedefi olmayan bir beş parasızdı. Bir fare deliğinde yaşayan, iki nefes ot, iki şişe bira, bir Miyazaki çizgi filmiyle mutlu olan biriydi. Şu dünyaya hafif de olsa bir iz bırakamadan kül olup gidecekti ama kendisi böyle değildi: Niyeti bir krater bırakmaktı.

Onu kıyım kıyım kıydı. Gabriele'nin savunma ya da karşı atak yapmasına o kadar izin vermedi, öylesine hesaplı bir hiddet ve soğukkanlılıkla konuştu ki ben defalarca saklandığım kapının arkasından çıkıp onun kapısını ardına kadar açmayı, bu kıyıma son vermesini söyleme arzusu duydum. Gabriele son derece iyi bir insandı –şimdi de öyle olduğundan eminim– ve böyle bir bombayı hak etmiyordu. Ama ben hangi hakla araya girebilirdim ki? Şans eseri ya da merhametten on dakika sonra kontörü bitti. O zaman kendini tek kişilik yatağına attığını, demir yatağın ve somyanın gıcırdadığını, Beatrice'nin bütün bir gece boyunca süren ağlamasını işittim.

Gene: Kaç kez kapısına vurma noktasına geldim? Ona şunu söylemek istiyordum: "Neden Bea? O senin ilk sevgilindi. Belki artık âşık olmayabilirsin ama gene de seviyorsun onu, ona düşkünsün, biliyorum, bundan eminim. Üstelik tam da bugün mü terk etmen gerekiyordu onu? Beni kutlamadın bile."

Bunu yapmak yerine sessizlik içinde yere oturdum, kulağımı kapının pervazına dayadım, yastığında boğduğu acısını, tesellisiz hıçkırıklarını dinledim. "Kendine ihanet etmemek için sevdiğine ihanet ettiğin zaman, sen olursun." Neden tıklatmadım kapısını?

Çünkü ayağına dolanan öteki bağın ben olduğumu biliyordum.

\* \* \*

Mayıs, geldi, haziran geldi. Artık pek çok kişinin bloğu olduğundan Bea ismi duyulmaya başladı ve o defileler ve fotoğraf çekimleri sayesinde Ginevra zamanındaki gibi iyi para kazanmaya başladı. Yola girmişti, saçlarının oturmuş rengi, Toscana aksanından temizlenmiş diliyle bugünkü Rossetti'ydi. Onun gerçekleşmesi için tek bir ayrıntı eksikti, tek ama belirleyici bir ayrıntı. Onu da edinmek için önce beni silkelemesi gerekiyordu.

Evde olabildiğince az zaman geçiriyordu: Bir duş, bir giysi değişimi. Bana hiçbir şey anlatmıyordu, hep dışarıdaydı, Artık önemli olan sadece dışarısıydı: Düşünceleri kimse göremezdi ama bedeni ve giysileri görülebilirdi. Bense Archiginnasio freskleri altında oturuyor, Yeni Latin dilleri derslerine giriyor, geleceğin anahtarlarını ellerimde tuttuğumu sanıyordum ve bir kez daha bunun beni Beatrice'den kaç kilometre uzaklaştırdığını göremiyor ya da görmek istemiyordum.

Günün birinde resmen yüzüme söyledi: "Neden fakülte değiştirmiyorsun Eli? 2020 yılında herkes internet başında olacak, artık kimse kitap okumayacak. Edebiyat çoktan *miadını doldurdu*, nasıl olur da bunu fark etmezsin?"

Neyse, ben şimdi başka bir şey anlatıyordum.

Mayıstı, hazirandı derken 9 Temmuz yaklaştı, Bea bir akşam ben tuvaletteyken içeri girdi. Kapıyı kilitledi, ben çiş yaparken küvetin kenarına oturdu, bana oklar fırlatan yeşil gözleriyle beni olduğum yere kilitledi.

"Bana ihanet ettin."

"Ne?"

"*Bu yıl sadece sevgilini önemsedin, asla beni değil. Eve her girdiğinde, bana dönüp bakmadan Lorenzo'ya koştun. Geçen gün benim yiyemeyeceğimi bildiğin halde gidip lazanya aldın ve oturup karşımda yediniz.*"

"Bea" diye sözünü kestim, "hiçbir zaman akşam yemeği saatinde olmuyorsun, ben nerden bilebilirdim?"

"Sen benim en iyi arkadaşımdın Elisa. Kardeşten, aileden öteydin. *Bendin.*"

"Öyleyim, hep öyle kalacağım."

"Hayır" diye başını salladı, "bu üçlü ortak yaşam senin fikrindi ve berbat bir fikirdi. Seni asla bağışlamayacağım."

Şimdi donumu bile çekmeden ayağa kalkışımı, deli gibi ağlayarak ona atılışımı, nakletmekte zorlandığım o çok acele sahne içinde bitkin düşene kadar şunu tekrarlayışımı yeniden görebiliyorum: "Yalvarırım bağışla beni, bir daha olmayacak, hata yaptım, gidip ikimiz bir ev tutalım, benim için en önemli kişi sensin. Lorenzo'yu bırak dersen, onu terk ederim."

Sen sakin ve çok güzeldin. Çoktan vermiştin kararını değil mi? Bu zemin hazırlamak için bir mizansendi. Ama bu seçeneği şimdi değerlendirebiliyorum, o zaman hiç anlamamıştım. Belki de çoktan kendine ev tutmuştun bile. Ve ben sana sıkı sıkı sarılıyor, sen sarılmama karşılık vermiyordun, ağırlığını hissetmiyordum, yoktun, sadece kalbinin çarpışını duyabiliyordum. "Olduğun kişi olmak istiyorsan..."

Çekip gitmen gerekir.

\* \* \*

Sanırım o yaz kimse İtalya'nın dünya kupasını kazanacağını tahmin etmiyordu. Büyük skandallar ve hayal kırıklıklarıyla dolu bir dönemdi: Barlarda yöneticilere ve futbolculara sayıyordu millet, hepsi hırsızdı; siyasilere ettiklerinden daha ağır sözleri ediyorlardı, ulusal takıma başlamadan bitmiş gözüyle bakılıyordu. Ve özellikle de bu nedenle, beklentilerden azade olan takım her maçı rakibini yenerek atlattı ve temmuz ayı geldiğinde herkesin ateşi yükselmişti.

Final akşamı biz de ulusal bayrağımızı pencereden aşağı sarkıttık. Partilere kesinlikle davet edilmeyen ben, bir parti düzenlemeyi göze aldım, bölümden en sevdiğim arkadaşlarımı çağırdım, süpermarkette ciddi alışveriş yaptım, sepeti ucuz şarapla, bol birayla, paketler dolusu patlamış mısırla, cipsle ve fındıkla doldurdum. Çünkü İtalya-Fransa tek başımıza izleyemeyeceğimiz bir tarih sayfasıydı.

Bea, Tiziana Sella dışında arkadaş edinemediği, Lorenzo mühendislerle bir ilişki kurmayı beceremediği için Mascarella Sokağı sorumsuz kılığına girmiş ineklerle, Gramsci gözlüklülerle, kefiyelilerle, bakımsız sakallılarla, kulak memelerinde devasa delik açan Afrika küpeleriyle, her türlü üniformaya nefret duyanlarla doldu; Bea da Lorenzo da bu tiplere hiç iyi gözlerle bakmadılar. Bense aptalca mutluydum, konukları alkole, boşalan kâseleri fındığa doyurmak için mutfakla salon arasında gidip geliyordum. Genel itibariyle şahane bir akşam oldu. Bütün Bologna'da hatta sanırım bütün İtalya'da, saat 20.30'dan sonra sinek uçmadı. Sıcak yüzünden ardına kadar açık olan pencerelerden tek bir motosiklet gürültüsü, revakların altında yürüyenlerin konuşmaları, adım sesleri duyulmuyordu; sadece tümü aynı kanala ayarlanmış televizyonların vızıltısı geliyordu. Böylesine olağanüstü bir olay Lorenzo'yu da yumuşattı ve o da içine gömdüğü kaçak şairi serbest bırakmaya karar verdi, sonra şarabın da gücüyle, benim arkadaşlarımı hor gören –Elba Adası'na giden Alman turistler gibi giyinmişlerdi, hatırlıyor musun?– Beatrice'ye karşı nazik davranmaya, benim çerez ve *prosecco* ikramlarıma yardım etmeye başladı. Başlangıç düdüğü çaldığında hepimiz sarhoştuk.

Maçın sonucu belli olduğundan konuyu uzatmayacağım: Noel arifesinde futbol maçı anlatmak için oğlumu ihmal etmeyeyim. Sadece o gün henüz doğmamış olanlar için, Zidane'ın yedinci dakikada, Materazzi'nin on dokuzuncu dakikada gol attıklarını, oyunun sonra sadece benim salonumdakilerin değil, tüm İtalyan evlerindeki kişilerin yüreklerini kıyacak şekilde 1-1 olarak devam ettiğini, herkesin terlemekten, küfretmekten ve içmekten başka bir şey yapmadığını söyleyeyim. Bizler yirmi yaşımızdaydık o gece ve belki de her birimiz Olimpiyat Stadyumu'na kendi geleceğimizi yansıtıyorduk. Beatrice'nin nasıl dikkatle izlediğini, artık kimseyi hakir görmediğini –kısmen– hatırlıyorum ve şunu anlıyorum: O akşam çoktan bizimle olmayı bırakmıştı. Lorenzo ise divanda sadece erkeklerin spor sayesinde bir dakika içinde aralarında kurabildikleri bir kardeş havasıyla ötekilerle birlikte kıvranıyordu. Herkesin en az dikkatlisi, yeni şarap getirme uğruna bir golü kaçırma riski taşıyan bendim. Ama eşikte durup baktığımda gördüğüm gösteri duygulandırıcıydı: Evim arkadaşlarımla doluydu, Bologna'da yaşıyordum, ilk yılın tüm derslerini vermiştim. Daha ne kazanabilirdim ki?

Dünya kupası zaman içinde savaşlarla aynı gidişata büründü: cephe, bitkinlik, yedekler. Artık dayanamıyorduk, yüz on dakika çok fazlaydı. İşte o anda olmayacak oldu: Zidane Materazzi'ye sert bir kafa darbesi attı ve kurallar tüm kalplerde yerle bir oldu. Tarih sayfası mükemmelden çılgına döndü, kimse evinde duramaz oldu. Daha derinlerden, atalardan gelen bir çağrı hepimizin çıkmasını, ötekileri bulmasını söylerken televizyon penaltı gollerine gidileceğini açıkladı ve Lorenzo divanın önüne atıldı ve "Biz de Maggiore Meydanı'na gidiyoruz!" dedi.

Tartışmadan, düşünmeden hepimiz cüzdanlarımızı, çantalarımızı, cep telefonlarımızı evde bırakarak çıktık. Hayvanlar gibi çıplak sokağa döküldük, geceyle bir olduk, Zamboni Sokak'ı geçtik; vardığımızda Maggiore Meydanı bir magmaya dönüşmüştü. Devasa ekran ortalığı gün gibi aydınlatmıştı, ortalık kol, bacak ve çığlık kaynıyordu.

Penaltı atışları başladı. Kalabalığın her vuruştan önce büründüğü korku veren sessizliğini ve hemen sonrasında atılan çığlıkları hatırlıyorum. Başka da bir şey hatırlamıyorum çünkü ufak tefek olduğumdan omuz ve baş duvarı arkasında pek bir şey göremiyordum. Sadece başımın döndüğünü, ötekilerin yaydığı kokuyu ve yoğunluğu hissediyordum. Tüm gücümü Bea, Lorenzo ve arkadaşlarımı kaybetmemeye harcıyordum. Şarap konusunda abartmışlardı ve bu yüzden pişmanlık duymaya başlamıştım, neredeyse korkmaya başlıyordum. Sonra Grosso koşmaya başladı ve büyük ekrandan "Goool! Goool! Ve şimdi hep beraber söyleyelim..." sesi geldi.

İtalya kazanmıştı. Olacak şey değildi, bu yıldızlı göğün altında bulunan, yaşayan bizlerin kaderinin bir işaretiydi.

"Dünya şampiyonuyuz, dünyanın şampiyonuyuz!" Ve benim ilk aradığım yüz Beatrice'ninki oldu. O da benimkini aradı. Zamanın dışında kırılgan bir an içinde birbirimize baktık.

"Birbirimize sıkı sıkı sarılalım, birbirimizi çok sevelim. Birbirimizi çok sevelim!" diye haykırıyordu spiker, "çünkü bu akşam hepimiz kazandık!"

Beatrice'nin gözleri ışıldıyordu. Şimdi onu görür gibiyim: O gol bütün İtalya'da sadece onun için atılmıştı. Ben onu öpmek için ulaşmaya çalışırken, o çoktan beden yığınından uzaklaşmıştı.

Şehir yerle bir oldu, alevler dört bir yanı sardı. Düşmemek, devrilmemek, ezilmemek, kırılan şişelerle, patlayan fişeklerle yaralanmamak için birbirimize sımsıkı tutunmak zorunda kaldık. Dumanlar, sirenler. Üstlerini çıkaran erkekler, sutyenli kadınlar. Rizzoli Sokağı'nda bir otobüsün durdurulduğunu, insanların ona tırmandığını, tepesine çıktığını hatırlıyorum. Adamın biri park yasağı tabelasına çıkmış, onu yumrukluyordu.

Savaş alanına dönmeye başlayan Maggiore Meydanı'ndan zar zor kaçabildik. Aslında medeniyetin elini ayağını çektiği tek bir sokak bile yoktu ama Verdi Meydanı'nda nefes alınabileceğini, *pub*'larda, barlarda içilebileceğini gördük. Ama hangi parayla? Beatrice bana döndü: "Eli sen gidip cüzdanları ve benim cep telefonumu getir: Kesinlikle bir fotoğraf çekmeliyiz!" dedi.

Belki birileri, belki Lorenzo benim yerime gitmeyi önerdi ama Bea benim gitmemde ısrar etti çünkü onun cüzdanını ve telefonunu tanıyordum ve daha çabuk gidebilirdim. Şöyle düşündüğümü anımsıyorum: "İyi de sen gidemez misin?" Ama söylemedim bunu. Çünkü dramatik bir şekilde çok uzun bir süredir Bea onun fotoğrafını çekmemi istemiyordu ve bu ayrıcalığı kazandığım için mutluydum.

Verdi Meydanı ve Mascarella Sokağı arası otuz beş metreydi, *otuz beş* anlıyor musunuz? Göz açıp kapayana, nefes alana kadar kısaydı ve ben koşmaya başladığımda olacaklardan habersizdim çünkü hayat seni sırtından vurmak için hep mutlu ve savunmasız olduğun anı bekler.

Koşarak paraları, telefonu almak için eve çıktım, cips kalıntıları, boş şişeler, zemine yayılmış şeritler arasında Bea'nın telefonunu aradım. Bir an için bir kez daha dünya dışarıda şenlik yaparken ben dört duvar arasındayım duygusuna kapıldım. Hayır diye düşündüm, gülümseyerek: Artık dışlanmıyorum.

Telefonunu, cüzdanları buldum, cebime soktum, açık bir şişeden bir yudum daha şarap içtim ve coşkuyla sokağa indim. Verdi meydanına ulaştığımda herkes çember halinde yere oturmuş bongo çalıyordu. Ve bu gösterinin merkezinde o ikisi vardı: Beatrice ve Lorenzo.

Onları gördüm. Şu anda da kalbim durmak üzere.

Beatrice onun yüzünü ellerinin arasına almıştı; dilini, dudaklarını, suratını Lorenzo'nun *ağzına sokuyordu.*

Lorenzo da onun memelerini, poposunu okşayarak bu müstehcen öpüşe karşılık veriyordu.

Kalbim durdu, kırıldı, yere düştü.

Akciğerlerim, midem, sinirlerim iflas etti.

Gözlerim kurudu, çatladı, giderek vahşileşen, sanki ben yokmuşum, hiç var olmamış gibi süren o öpüşme karşısında kapanamadı. Ve sonra –belki de sadece yanılsamaydı– saniyenin binde biri kadar bir süre içinde Beatrice'nin sol gözünü kocaman açtığını, gözbebeğini benim geleceğimi bildiği noktaya çevirdiğini, orada mıyım, onu görüyor muyum diye kontrol ettiğini gördüm. O cehennem yeşili göz önce beni süzdü ve sonra kapanmadan önce ışıldadı.

"Beni öpücüğüne göm."

\*\*\*

Ayaklarımın altında toprak yok oldu. Arkadaşlarım, çemberde bongo çalanlar, Teatro Comunale, Santa Cecilia Oratoryosu, San Giacomo Maggiore Bazilikası, şekiller, sesler yok oldu.

Yere çöküyorum, istenmeyen savunmasız çocuk halime geri dönüyorum, ateşi yükselmiş, aspirin verilmiş, sarıp sarmalanmış, kitaplarla dolu bir odaya atılmış o çocuk oluyorum. Yansın tutuşsun bütün kitaplar: Ne işime yaradınız ki?

Beni dikkate almadılar. Görüşüm puslanıyor, şehir çevremde dönüyor ama ben yokum. Herkes için yokum: Bu panik değil, bu onarılamayan bir yalnızlık duygusu. Arnavutkaldırımlı taş sokağa eğiliyorum. Zihnimden tek bir düşünce geçiyor: Artık dört yaşında değilsin Elisa, artık annene ihtiyacın yok.

Nefes almaya, kalbimi sakinleştirmeye zorluyorum kendimi. Yeniden ayağa kalkıyorum. Onlara doğru yürüyorum, yanlarına varıyorum, kollarımı açıyorum ve var gücümle onlara vuruyorum. Beatrice geriliyor, neredeyse korkuyla bakıyor ama bu sadece tek bir an. Kendine geliyor. Yüzünde –yemin ederim– okunamayan bir ifade var. Ve ondan nefret ediyorum. Kimselerden nefret etmediğim kadar. Giysilerini yırtmak, tırnaklarımla sivilceleri, damarları, kanı ortaya çıkana kadar makyajını yolmak istiyorum. Sen sadece bir blöfsün, beş para etmezsin. Gün gelecek herkes senin nasıl bir hiç olduğunu anlayacak. Ama o benim bakışlarım karşısında dikiliyor, bana meydan okuyor, bugün hâlâ zora sokan bir hareket yapıyor: Elini cebime sokuyor, telefonuyla cüzdanını alıyor. Bana bir şey söylüyor, tek bir kelime, sessizce, sadece dudak hareketiyle. Anlamadığım bir kelime.

Ve gidiyor.

Dönüyor, kalabalığın, dumanların, fişeklerin arasından sükûnetle, zarafetle görünmez oluyor ve ben onu tutmak için bir şey yapmıyorum.

Lorenzo ise kalıyor.

Utanıyor, üzülüyor, özür diliyor. Şöyle geçiyor içimden: Kalleş. Boş laflar geveliyor: "Çok içtim, ne oldu bana inan anlayamadım." Düşünüyorum: Alçak, çirkinle beraberdin ama hep güzeli istemiştin. O devam ediyor: "Dünya kupasını kazandık, ciddiye alamazsın..." Sözünü bitirmesine izin vermiyorum. Bir tokat atıyorum. İğreniyorum ondan. Bir kolundan tutuyor, sürüklüyorum, ilk yan sokağa sapıyorum: Trombetti Meydanı ve sonra bir sokağa daha, sonra daha karanlığına, daha gizlisine, San Sigismondo Sokağı'na. Onu bir kimsenin geçmeyeceği bir revakın altına, bir avlu girişine itiyorum. O kadar sarhoş ki karşı koyamıyor. Ona vurmaya başlıyorum ve bağırıyorum: "Neden?"

Neden, neden, neden? Bana yanıt veremiyor. Sokağa bakıyor,

geveliyor, eğlenceye dönmek, benden kurtulmak için bahane arıyor. Çünkü bu kuralların olmadığı bir gece ve bunu bir tek ben anlayamadım, sadece ben can sıkmaya devam ediyorum.

Cep telefonumu çıkartıyorum, eline tutuşturuyorum. Emrediyorum: "Haydi, benim bir fotoğrafımı çek, bir videomu çek!" Soyunmaya başlıyorum, savunmasız bir insanım ya da insandan geri kalan her neyse. Israr ediyorum: "Benim bir fotoğrafımı çek, haydi, sonra bunu internete koyacağım ki herkes beni görsün, yorum yapsın." Lorenzo telefonumu sıkı sıkı tutuyor, duvara fırlatıyor, paramparça oluyor. Bu belki de benimle ilgili son merhamet ya da sevgi davranışı oluyor.

Ama ben ölüyorum. Ona tutunuyorum çaresizce, kendimi rezil ediyorum. Onun blucinini, *boxer*'ını indiriyorum. Ona yalvarıyorum, onu sokakta, sütunun önünde iki köpek gibi yapmaya, içime boşalmaya kandırmaya çalışıyorum ama sonrası o kadar büyük bir utanç ki birbirimizin yüzüne bakamıyoruz.

Lorenzo sendeleyerek meydana doğru yürüyor. hâlâ ona bağırabiliyorum: "Şimdi ona gidebilirsin."

Dönüp bakmıyor, yere yığılıyorum. Giyiniyorum, deliler gibi ağlamaya başlıyorum. Akıntıya kapılmış bir ceset gibi sürükleniyorum, Petroni Sokağı'na çıkıyorum, Aldrovandi Meydanı'nda bir anafora kapılıyorum. Başıboş, avare. Nerede olduğumu bilmiyorum. Palazzina Piacenza var mı burada? Ya da Pascoli Lisesi? Peki ya Mucrone Dağı, Elba Adası? Gettoya ulaşıyorum, Canonica Sokağı'nda ayağım bir kaldırıma takılıyor, baygın düşüyorum, belki de uyuyakalıyorum.

Gözlerimi yeniden açtığımda güneş yağmalanmış şehrin üzerine doğmuş, boş şişelerin, fişeklerin, bayrakların pisliğine bulanmış.

Yeniden ayağa kalkıyorum.
Hayatım sona erdi.
*Özgürüm.*
Doğdum.

## (27)

## GERÇEKLİK ŞUNUN DA SÖYLENMESİNİ GEREKTİRİR: HAYAT DEVAM EDİYOR

Mascarella Sokağı'nda evimin kapısını yeniden açtığımda 10 Temmuz sabahı, saat dokuzdu. Sanki kasırga geçmiş gibi görünen boş odalar mağaraları andırıyordu. Yıkanmadan, kahvaltı etmeden, aynaya bile bakmadan, dolabın tepesindeki en büyük bavulu indirdim, giysilerimi, kitaplarımı titiz bir şekilde, dikkatimi yoğunlaştırarak doldurmaya başladım; kazaklarımı, sutyenlerimi, donlarımı yerleştirdim. Sadece Moravia ve Morante'ye sıra geldiğinde kontrolümü yitirip onu öfkeyle tıktım. Sonra onları yırtmamak, ağlamamak, haykırmamak için kapattım. İkinci bir küçük bavula çarşaflarımı, havlularımı, üçüncüye ilaçlarımı, kozmetiklerimi, başka kitaplarımı doldurdum.

Ansızın birisi girer diye korktum mu? Hayır, aklıma bile gelmedi. Onların şimdi birlikte, bir inde birbirlerine sarıldıklarını, aşklarını serbestçe yaşayabildiklerini düşünüyordum.

Bir daha karşıma çıkmaya cesaret edemeyeceklerini biliyordum, bu da bana yetiyordu. Böyle bir şey olursa da gözümü bile kırpmazdım. Onları görmez, onları tanımaz, onların seslerini duymazdım. Benim için artık ikisi de yoktu.

Bavullar tamamlanınca çanta ve torbalara geçtim. Evde bana ait bir kitap ayracı dahi kalmayana kadar her şeyimi aldım. Sabit telefonu açtım –artık cep telefonum yoktu– ev sahibinin –bütün İtalyanlar gibi o da bu sabah onda hâlâ uyuyordu– telesekreterine bir mesaj bıraktım. Ona dairesini o gün, o an iki yıl öncesinden boşalttığımı bildirdim, bu kontrat ihlali yüzünden ona ne borçlu olduğumu söylemesini rica ettim: Ani olmuştu, sözümü tutamamıştım. Telefonu kapattım, valizlerimi kapının dışına sürükledim, merdivenlerden indirdim, revaklara kadar hiç yorgunluk duymadan, hiçbir hisse kapılmadan taşıdım. Her şeyi Peugeot 206'nın bagajına, arka koltuğuna doldurdum, yeterince benzinim var mı diye baktım, sonra yola çıkmadan önce bir an mükemmel bir ışık altında uzanan Bologna'ya baktım.

Seninle ilgili değil, dedim ona, ama gitmem gerekiyor. Elveda, hoşça kal: Bilmiyordum bunu. Artık gelecek bile yoktu.

Anahtarı çevirdim, motoru çalıştırdım. Uyuyan apartmanlar arasından ıssız Stalingrado Caddesi boyunca geçtim, çevre yolunda sadece Romanya ve Polonya plakalı bir iki kamyon gördüm, onlar da yorgun argın sağ şeritten gidiyorlardı. Onları geçtim, A1 otoyoluna çıktım ve bir yol ayrımına geldim: Milano, Floransa. Bunun anlamı ya Biella ya da T, ya annen ya baban anlamına geliyordu, ya doğduğun ya terk edildiğin yer. Bana nedenini sormayın –artık neden kalmamıştı– T yönüne saptım.

Zamanda ve mekânda geriye yolculuk yaptım: Roncobilaccio, Barberino, Fi-Pi-Li, Collesalvetti, darbeyle sersemlemiş, unutmuştum. Tabelaları okuyordum: Rosignano, Cecina, saatte yüz otuz kilometre hızla, yavaşlamadan, durmadan. Her şeyini kaybetmiş, daha doğrusu asla sahip olmamış birinin hafifliğiyle ilerliyordum. Bir kez daha bir yerden yurtsuz, köksüz ayrılıyordum. De Angelis, on yıl sonra bunu "Kader travmayı yeniden yaşamak, hataları yinelemektir" diye yorumlayacaktı, "ta ki insan isyan edene kadar."

Cecina'dan sonra denizi gördüm. Çamlığın arkasında sakince ışıldıyordu. O kadar güzeldi ki ağlayasım geldi. Yerle bir olmuş belleğimde Morandi Köprüsü'nden geçen üçümüzün görüntüsü belirdi: Annem, Niccolo, ben, Alfasud'a doluşmuş, otu elden ele geçiriyorduk. Mağaraları, S Marinası'nı, Populonia akropolisini gördüm ve kendi kendime ilk kez, sevdiğimiz yerlerde bizden geriye ne kalır diye düşündüm, onca öpüşmeden, itiraftan, sevinçten hangisi canını kurtarıp yaşar çünkü hayatımız bir yerlerde kalmalı, öyle değil mi? Bizimle birlikte ölüyor olsa çok büyük israf olurdu.

En sonunda T'ye vardım, o bana kucağını açtı. Kin ve eleştiri duygusu olmadan beni arka sokaklardan, dokunulmadan kalmış kestirmelerden Bovio Sokağı 53 numaraya ulaştırdı. Mutfak balkonu altına park ettim, arabadan inip zili çaldım. Diyafonda babamın şaşkın ve sonra tedirgin bakışlarla holden bana baktığını gördüm. Ona açıklama yapamadım, sadece anneme döndüğümü söylemesini ve bavullarıma yardım etmesini söyledim. Peki dedi, kaldırım kiriyle kararmış, yaralanmış dizlerime baktı. Terlikle indi, bavullarımı aldı, bana bir şey sormaya cesaret edemedi.

Kendimi duşun altına attım, bir önceki geceyi bedenimden kazıdım: toz, plasenta, kir, amniyotik sıvı. Sonra yanaklarıma yapışmış, sular damlayan saçımla ayna karşısına geçtim, ağzımı açtım, dilimin orta yerindeki *piercing*'i çıkarttım. Onu birkaç dakika başparmağımla işaretparmağım arasında tuttum: Minicik, cerrahi çelikten, fosforlu yeşil, anlamsız bir nesneydi. Parmaklarımı ansızın açtım, lavabonun borusundan aşağı kaymasını seyrettim.

* * *

İki haftadan daha uzun bir süre boyunca konuşmadım. Sanki zihnim bütün sözcüklerden arınmıştı, sadece en önemli birkaçını tutmuştu: "Evet, hayır, çıkıyorum, geç dönerim, akşam balık yerim."

Kitaplarımı raflarıma yazar adlarına göre alfabetik dizerken babam beni merakla izliyordu: Elsa Morante, Alberto Moravia, Sandro Penna, Vittorio Sereni, her birini kendi mezarına gömüyordum çünkü bunları yeniden okumaya hiç niyetim yoktu. Babam önce ile sonrayı birbirinden ayıran sınırın –aşılması mümkün olmayan, dikenli, askeri bölge duvarı– gereksiz ve yüzeysel kıldığı eşyalardan kurtulmama yardım etti: Bildiğiniz kişilerin armağanları, mektupları, fotoğrafları. Her şeyi bakmadan içine atmam ve sıkıca kapatmam için kocaman kara torbalar getirdi. Ciddi bir şeyler yaşandığını ve şimdi bunu soruşturmanın zamanı olmadığını anladı. Böylece, her zaman incelikli bir şekilde sabahları uyanmama, kahvaltıda karnımı doymama, taranmayı ihmal etmememe, temiz pak görünmeme özen gösterdi; bu biraz ikimizin yalnız yaşamaya başladığı, birbirimize değmeden ama birbirimizi kollayarak ayrı odalarda ders çalıştığımız ilk zamanlar gibiydi. Sadece artık gerçek baba kız olmuştuk.

Peki o nasıldı, diye soracaksınız. Eh, benim Bologna'ya taşınmam onda sert bir sarsıntı yaşatmış olsa da o yaz T'ye dönüşüm kendini toplamasına yardım etti. Sözünü ettiğim günlerde hâlâ pijamayla yaşıyordu, sadece yiyecek, su ve acil ihtiyaçları temin etmek için çıkıyordu. Ama Incoronata ile ilişkisini sonlandırmayı başarmıştı. Bu da benim dürtmem sayesinde olmuştu, bunu kabul etmeliyim.

Sanıyorum birkaç ay önce onun odasına girip de aklını yitirmiş gibi internetten yazışan babamın sırtıyla yetinmek daha da kötüsü kapalı kapısıyla karşılaşmak zorunda kalınca bir gün onunla yüzleştim: "Baba, hayatında hiç görmediğin, üstelik seni bu hale sokan bir insanı sevdiğini zannediyor olamazsın." O da bana "Aşk ne zamandan beri görmekle ilgili olmuş?" dedi. "Her zamanki gibi materyalistsin! Bu ruhlar arasında bir diyalog, insanların samimi olabildikleri bir nokta."

"Büyük yalanların atıldığı demek istiyorsun herhalde. Lütfen bir uçağa bin ve gidip gör onu: Bir senedir bilgisayar başındasınız! Neden korkuyorsun?" Benim bu sözüm üzerine babam sandalyeden kalktı, ellerini saçlarına götürdü, sonra sakalını eliyle örttü: "Beş çocuğu var Incoronata'nın, hepsi erkek. Kocası on yıldan beri hapiste. Oraya gidersem, zile yaklaştığım anda vururlar beni!" Bunun üzerine gözlerimi fal taşı gibi açmıştım ve sanırım yüzümdeki ifade yetmişti. Ama bunun yeterli olmadığına karar vermiştim: "Sen ve mafya patronunun karısı, öyle mi baba? *Sana yakışır mı?*" diye sordum. "İnternet buna mı yarıyor?"

Babam sustu.

Şimdi Incoronata sahneden çekilmişti ve beni şaşırtacak bir şekilde internet kült nesneden tartışma nesnesine dönüşmüştü. İşte babamın algoritma ve arama motorlarına takması o dönemdeydi: "Hepimizi bir örnek yapmak istiyorlar Elisa, bizi parmaklarında oynatacaklar alçaklar! İçlerinde besledikleri şeytani amaçlar var, demokrasileri yok edecekler! İnternet, süpermarket olacak!" Kassandra gibi kehanetlerde bulunuyordu ve 2006 yılında elbette kimse alarm durumuna geçecek durumda değildi. "Bir cephe, bir kurtuluş olmalıydı ama... Tarihin en büyük ihaneti oldu."

İhanet konusunda anıtsal bir çalışma hazırlamak için yeniden Marx, Hegel ve Platon okumaya başladı. Her ne kadar hayal kırıklığı ve isyan duyguları içinde olsa da zehrini akıtmak için ara sıra sohbetlere takılıyordu; İtalya'nın iki yıl sonra içine düşeceği o ultra ünlü Amerikan sosyal medya ağına kesinlikle karşı koyamıyordu: "Elisa, düşmanı yerle bir etmek için onun evine yerleşmelisin." Bu arada, hayatındaki tek normal kadın olan Iolanda'yı İnternette değil, balıkçıda tanımıştı.

9 Temmuz 2006 gününü izleyen haftalar boyunca yeni bir cep telefonu almayı, e-postamı kontrol etmeyi, mektup kutusuna bakmayı reddettim. Bana yazmayacağını biliyordum ama gene de kendimi riske atıp boşlukla karşı karşıya gelmek istemiyordum: Doğrulanmış, vurgulanmış, yüzüme vurulmuş olacaktım. Öte yandan beni hiç aramasınlar istiyordum. Ne söyleyeceklerdi ki? Birbirlerini sevdiklerini mi? Bu düşünce karşısında, fiziksel olarak iki büklüm oluyordum. Bedenim buna artık katlanamazdı, kafamdan kovuyordum düşünceyi. Kitaplardan uzak duruyordum çünkü beni en azından şu anda iyileştiremezlerdi; gazeteler, filmler, bütün kültür hiç işime yaramazdı.

Sadece yürüyordum: Hedefsizce, amaçsızca, bir zamanlar Quartz'ımın tepesinde yaptığım gibi şimdi bir kazazede olarak yürüyordum. Akşamüstü beşte çıkıyordum, deniz kenarına iniyordum, kıyıda top oynayan çocukları seyretmek için duruyordum, mayolarıyla barlara tünemiş ve gülüşen kızlara, mutlu ailelere, sevilen çocuklara, ailelerine ait olamayacağım ötekilere bakıyordum. Calamoresca'ya, A meydanına ulaşıyor, adaları, bulutları, sandalları izliyordum; şiddetli bir fırtınada boğulma noktasına gelmişken dalgaların kıyıya attığı bir beden misali yeryüzü kabuğu bana konukseverlik gösteriyordu.

Saat sekize doğru dönüyordum, babamla yemek yiyordum, onun gizli ekonomik çıkarlara, şüpheli güçlere söylenmesini dinliyordum. Sofrayı toplamasına, bulaşıkları makineye koymasına yardım ediyor, sonra on dört yaşımdaki gibi odama kapanıyordum. Panjuru yukarı kaldırıyor, "gururlu, yapraklara bürünmüş, yalnız, kimsesiz" çınara bakıyordum. Gardırobun tavana yaklaşan sağ üst köşesine kaçamak bir bakış atıyordum. Lise yatağıma serilmek tatlı geliyordu.

On yedi günü daha böyle bir amip gibi geçirdim.
Sonra dönemeç belirdi.

\* \* \*

Günlüğüm 27 Temmuz 2006 diyor. Başka bir şey eklemiyor çünkü ondan önceki on dokuz gün gibi bembeyaz.

Mecburen belleğime güvenmek zorunda kalacağım ama engellerle karşılaşacağımı sanmıyorum: Kuzey rüzgârını, berrak gökyüzünü ve ayrıca içimi dondurmuş olan işe yaramazlık ve boşluk duygusunu çok iyi hatırlıyorum.

O gün Calamoresca yönünde yürüyordum. Söylemeyi unuttum, burası çakıllı bir koydu, banklarından Elba Adası'nın seyredildiği güzel bir seyir terasıydı, böğürtlenler, ardıçlar ve fundalar koya vuran rüzgârı mis gibi kokutuyordu. Her zamanki gibi herkesi görmezden gelerek beni tanıyacak ve hatırımı soracak eski bir okul arkadaşıma rastlamamak umuduyla yürürken, yokuşun en dik kısmında üzerime beklenmedik bir yorgunluk çöktü; daha önce hiç hissetmediğim bu duygu bacaklarımı büktü ve hemen oturmak ve bana ne olduğunu anlamak için sevgililerin oturmadığı boş bir bank arayışına girdim: Her yerdeydiler Tanrı'nın cezaları.

Adaya denizin öteki tarafından baktım: İsa'nın doğum sahnesi gibi ayrıntılı, duru manzarada Etrüsklerin iki bin yıl önce demir çıkarttıkları kara mağaralar, dağların gölgeli yamaçları, minik ev öbekleri görünüyordu. Kumsaldaki barların birinden yükselen şarkıyı anımsıyorum: "*Applausi, applausi per Fibra.*" Çocuklardan oluşan bir grup terk edilmiş evin altındaki en yüksek kayadan atlamaya hazırlanıyorlardı. Tam o anda hiç tanımadığım yabancı bir sancı saplandı karnıma. Midem değildi bu, daha önce hissetmediğim bir yer. Ve konuyla ilgili hiçbir bilgim ve deneyimim olmasa bile, anladım: Hemen anladım.

"Olamaz" dedim yüksek sesle.

Yalvarırım diye dua ettim tam ihtiyacım olan anda, bir yerlerde olması gereken Tanrı'ya. Hayır, bu olmasın, lütfen olmasın. O anda gözümün önüne içinde iki unutulmuş hap olan ambalaj belirdi, sonra ben geri zekâlı, durumu kurtarabileceğimi sanarak üç hapı birden yuttum. Zihnim kendiliğinden haftaları, günleri hesaplarken, ben kendi kendime karşı direnç gösteriyordum.

Hayır.

Üşümeye başladım. Orada, bankın üstünde uyumak arzumu bastırarak en yakındaki eczaneye giderken gergin ve alarma geçmiş bir haldeydim; karlı bir ormanda mahsur kalmış bir dişi geyik gibi hissediyordum kendimi ama aslında hava otuz sekiz dereceydi ve insanlar güneş yanığı tenleriyle, deniz terlikleriyle neşeyle yanımdan geçip gidiyorlardı. Eczacı sol parmağımda nikâh yüzüğü var mı diye bakarak istediğimi teslim etti, yüzüğüm yoktu tabii. Çıktım, göğsümde giderek yükselen taşikardime rağmen sersem bir şekilde deniz kenarında yürümeye devam ettim. Karşıma çıkan ilk barın tuvaletine kapandım, kendimi sonuca hazırlamak ya da sonucu yok edebileceğimi zannetmek için bir bardak şarap bile içmedim. Beyaz fayanslı holde acaba insan ilkinden on dokuz gün sonra bir kez daha ölür mü diye diye düşünürken yanıt testten geldi: "Evet, kesinlikle evet. İnsan sonsuza dek ölebilir Elisa."

Eve döndüğümde babam yemek pişiriyordu. Hıçkırıklarımı duyunca salona koştu, gidip kendimi attığım divana oturdu. Nihayet konuşuyordum ama anlamsız ve kopuk cümleler kuruyordum. Babam başımı elleri arasına aldı, tatlı bir sesle sakinleşmemi, yüzüne bakmamı, yetişkin olmamı söyledi.

"Ne oldu?"

"Bir trajedi."

"Söyle bana."

"Hamileyim."

Babam yanıtımın oluşmasını, sönmesini, yere yapışmasını bekledi. Altüst olmaktan çok şaşırmıştı çünkü gezegenin en bilinçsiz kızları arasında ben en az hafif ve düşüncesiz olandım. Kontrolünü kaybetmemeye çalışarak şu yorumu yaptı: "Ben bunu bir trajedi olarak yorumlamazdım ama..."

"Üniversitenin daha ilk yılındayım!" diye bağırdım. "Sınavlarımı vermem, mezun olmam gerekiyor, ölmek istiyorum."

"Hayat üzerine kafa yormak gerekir Elisa, onu göğüslemen ya da kendini ona kaptırman mümkün olmayabilir her zaman. Değerlendirmek, başka görüşleri dinlemek ve sanırım acilen Lorenzo'ya haber vermek gerekir.

Öfkeyle ona dönerek "Sakın anma onun adını!" diye bağırdım. Babam olayın çocukların dikkatsiz bir hareketinin ötesinde olduğunu anladı. "Peki o zaman Beatrice'yi arayıp buraya gelmesini söyleyeyim mi?"

Yanıt veremedim: Öylesine anlamsız bir çığlık attım, öylesine korkunç bir ifadeye büründüm ki babam sessizleşti. Kendimden geçiyordum. O ateşimin yükseldiğini anladı, beni yatağa sokup üzerimi örttü. Titriyordum, babam başka battaniye getirdi. Onun gidip geldiğini, ne yapacağını bilemediğini bulanık da olsa seçebiliyordum. Sonra bir karar verdi: Banyoya gidip tıraş oldu.

Dışarıda ağustosböcekleri öterken ve ben battaniyelerin altında titrerken banyodan gelen tıraş makinesi sesini dinledim. O uzun sakalı yüzünden temizlemesi ne kadar zaman aldı bilmiyorum; tek bildiğim pijamasını da çıkarttığıydı ve odamın kapısına geldiğinde kadife pantolonunu, ekose ve son düğmesine kadar iliklediği mavi gömleğini giymişti; kesinlikle ve şüphesizce yeniden Profesör Cerruti olmuştu.

"Hiç merak etme" diye rahatlatmaya çalıştı beni, "sana biz yardım ederiz."

Biz? diye düşündüm. Biz kim?

Babam cep telefonunu aldı, rehberden birinin adını aradı, kulağına götürdü ve açılmasını beklerken koridorda ileri geri yürümeye başladı; terliyordu, sürekli gözlüğünü, saçlarını düzeltiyordu. Durduğunda onun açık seçik bir şekilde, "Annabella evet, Elisa hâlâ burada. Hayır, pek iyi değil. Ateşi var ve ölmek istediğini söylüyor. Ve bir de hamile olduğunu" dediğini duydum. Sessizlik indi. Ağlamamaya çalıştım ama başaramadım. "Sanırım gelsen iyi olur. Bu kez tek başıma altından kalkabileceğimi sanmıyorum. Duruma anlayış gösterebilir mi diye kocana sor lütfen."

Hayır baba, hayır, böyle bir şey yapamazsın. Doğrulup oturmaya gayret ettim. Nereden de geldi bu aklına? Kalkmaya ve bu deliliği yarıda kesmeye niyet ettim ama gücüm yoktu. Bu telefon konuşmasının ona kaça mal olduğunu hayal ediyordum, evin bir ucundan ötekine yürüyen adımlarını duyuyordum; anne ve babamın yeniden benim yüzümden konuşmalarını dinliyordum. Yetişkinliğe bundan daha kötü bir şekilde adım atamazdım. Yetişkinliğimin kefaretini ödemeye ve onu gerçekleştirmeye sadece bir adım kalmıştı, tek bir adım.

Babam bütün geceyi alnıma ıslak bezler koymakla geçirdi ama benim bu derdime deva yoktu. Bir ara oyalanmak için bilgisayarını alıp odama geldi. Bir gözü bendeydi, bir yandan da sörf yapıyordu. Nereye? Neye doğru? Belki de ateş ve kız çocukların hatalarına karşı çare arıyordu. Ben Verdi Meydanı'nda dikiliyordum, gözlerim o öpüşmeye kilitlenmişti, uyumuyordum, uyuyamıyordum, terliyordum, üşüyordum.

Bekle de gelsin annem.

\* \* \*

Annem ertesi gün dört tren değiştirdi ve benim dağılan parçalarımı bir araya toplamak için saatlerce süren bir yolculuk yaptıktan sonra nefes alınamayan karanlık odamın kapısını açtı.

Abajuru yaktı, yanımda yere oturdu, kır saçlarını uzun iki örgüyle örmüş, kulağının arkasına bir ayçiçeği kondurmuştu. Burada olmasına, elimi tutmasına o kadar şaşırmıştım ki yüzümü yastığıma gömdüm. Beni okşadı, dudaklarını alnıma dayamak için yüzümü döndürmemi bekledi. "39 derece ateşin" dedi.

Bana merhaba demedi, soru sormadı. Sesinin tonundan şimdi onun konuşmaya ihtiyacı olduğunu anlamıştım. "Sen küçükken öğrenmiştim. Üç yaşına geldiğinde termometreye gerek kalmamıştı: Önce çizgi film seyrederken sandalyeye yayılırdın, gözlerin parlak, yanakların kırmızı olurdu. Ve ben her seferinde işi aramak yerine kendimi vurmak isterdim."

"Anne" diye fısıldadım, "ne olur hiçbir şey anlatma."

Kalktı, çıkıp babamla bir şeyler konuştu. Yarım bardak su ve parasetamolle geri geldi. Beni oturmaya zorladı, eskiden yaptığı gibi hapı dilimin üstüne koydu.

"Keşke bana yardım eden biri olsaydı" diye devam etti, "ne bileyim bir komşu, bir kardeş, bir kuzen, eminim çok daha iyi bir anne olurdum. Ama mecburen işi arardım ve..."

"Anne..." diye yalvardım.

"Yut o ilacı."

Pencereye gitti, açtı, ışığın ve temiz havanın girmesine izin verdi. Sonra ellerini beline koyup bana döndü: Bu sert pozu bana Tecla Nine'mi hatırlatmıştı.

"Elisa, evlat çok zordur. Ama yemin ederim ki sana yardımcı olacağım."

Evlat sözü üzerine ağlamaya başladım. Bu sözü duymaya dayanamazdım; beni siliyor, kalbimi paramparça ediyordu.

"Elisa" diye devam etti üzerimdeki yorganı kaldırırken, "sana yemin ediyorum, benim düştüğüm duruma düşmeyeceksin." Sustu. "Paolo özür dilerim" diye bağırdı sesini mutfağa duyurmak için, "seni eleştirmek için değil ama üstünü böyle örtersen, ateşi düşmez, yükselir."

Babam bocalayan ifadesiyle kapıda belirdi: "... Titriyordu, üşüyordu..." Annem battaniyeleri ona verdi. "Ve unutma: Ne olursa olsun, parasetamol daima verilmelidir. Öyle yapma suratını. Bilmiyordun, şimdi biliyorsun."

Evlat sözcüğü beni giderek daha yalnız hissettiriyordu, bütün bu yalnızlığım içinde savunmasızdım ve hayatımdaki en çaresiz halimdeydim. Hayal ettiğim, bağışlayamadığım geçmişimi silip süpürüyordu, kaçışı, çözümü olmayan bir haldeydim. Ve ayrıca bir de yüreğimi sızlatan bu durum vardı: Babam kollarında battaniye yığınıyla duruyor, anneme şaşkınlıkla bakıyordu; o da o sırada elini omzuma koyuyor ve şöyle diyordu: "Hepsini çözeceğiz, merak etme."

Annem tam olarak 2000 yılında beni bırakıp gittiği noktaya dönmüştü ve bu davranış hiçbir şeyi onarmıyordu ama belki de onarıyordu.

Parasetamol sayesinde hemen uyudum, sonra saatlerce, belki günlerce uyumaya devam ettim. Bir sabah saat on birde canlandım. Gücümü kazanmış ve acıkmış bir şekilde yataktan kalktım. Kapıyı araladım, annemle babamın mutfakta neşeyle sohbet ettiklerini duydum; bu benim için tuhaf, hatta *güzeldi*. Parmak ucunda koridora çıktım. Önce Niccolo'nun sonra Beatrice'nin olan odanın kapısı yıllar sonra yeniden açıktı. Başımı içeriye uzattım, annemin dağınık bavuluna, yatağın üzerinde katlı duran Liabel pijama ve eşofmanına baktım ve bu görüntü beni duygulandırdı.

Mutfağa girdim. Annemle babam sofra başına oturmuş kahve içiyorlardı. Bana baktılar, ben hiçbir şey bilmiyordum: Nasıl bir karar alacaktım, bir çocuk sahibi olmak ne anlama geliyordu? Ama onlar gülümsediler ve ben ne demek olduğunu anladım.

Bana da bir fincan kahve koydular, bisküvi paketini uzattılar, aralarında yerimi aldım, benim yerim, asıl yerim onların arasıydı.

Yeniden yemeye, düşünmeye başladım. O andan itibaren, o ikisi, profesör ve eski basçı beni bir daha yalnız bırakmadılar. Her muayeneye, her tahlile, her ultrasona benimle geldiler. 9 Temmuz'un yumuşatılmış versiyonunu dikkatle dinlediler. Biella turuna tek başına devam etmeyi iyi niyetle kabullenen Carmelo her akşam nasıl olduğumu sormak için telefon etti. Annem her akşamüstü benimle yürüyüşe çıktı, sık sık babam da bize katıldı. Ağustos ortasında bembeyaz ve giyinik olan bir tek bizdik. Hiçbir şey umurumuzda değildi. Böyle iyiydik: Bunu anlamıştık. Biz ancak bu hatalı, yamalı, tuhaf şekilde işliyorduk. *Başkaları* bize yan yan baksalar bile.

Hatta akşamın sekizinde otomobile binip demir plaja gitmemiz, kimseler görmezken gün batımında birlikte yüzmemiz, sonra yarı ıslak halimizle S Marina'ya pizza yemeye gitmemiz ve Scarlet Rose vitrinleri hâlâ ışıldarken anacaddede yürümemiz, tatlı alıp yememiz bile hayatımın en acılı o yazında yaşandı. Eylül başında üçümüz de boynumuza bir dürbün asarak San Quintino doğal parkına gittik. Alakargalar göç etmeye hazırlanıyorlardı. Olsun başka ortak ve değerli, normal ve önemli başka şeyler kalıyordu: martılar, sazlıklar, deniz, belki de ilk kez birlikte anne babalık yapan Paolo ve Annabella. Ve sanırım bu nedenle aldılar o kararı.

Onları yumuşatan, yeniden boyutlandıran, evcilleştiren, evlat sözcüğü oldu.

* * *

Ara vermem gerekiyor: İki saat geçti. Word'ü kapatıyorum, odamdan çıkıyorum ve Valentino'nun kapısını tıklatıyorum. "İzin var mı?" Kapıyı usulca açıyorum. Bilgisayarın başında bir şeyler yaparken sıkıntılı bir şekilde söyleniyor ama sevindiği belli oluyor: Sözümü tuttum.

"Haydi" diye dürtüyorum onu, "şu mübarek ağaçla ilgilenelim."

Gülüyor. Ve ben onun gülüşünü her görüşümde olduğu gibi bütün yorgunluğumu, yalnızlığımı, bilinçsizliğimi unutuyorum çünkü onu büyütmem hiç de kolay olmadı, tam tersine. 2006 yazında hayatı onunla birlikte kavrayamıyordum, oysa şimdi onu tanıyorum ve onun keskin bakışları, benim tam tersim olan neşeli ve dışadönük karakteri, şu sıralarda çatallanan sesi, altın rengi saçları olmasa hayatın hiçbir anlamı olmazdı.

Bodrum katına iniyoruz. Yapay ağacımız eski, bozulmuş ve küf kokuyor. Hatta bir iki dalı da kopmuş ama kimin umurunda. Vale süs kutularının durduğu daha yüksek raflara uzanıyor, yoluk ağacımızı sırtlanıyor, çıkıyoruz. Salonun orta yerine yüz kilo toz taşımış oluyoruz ama ben umursamıyorum, temizleme derdine düşmüyorum: Zaten ev günlerden beri acınacak halde. Matematik zekâsı yüksek olduğundan ışıkların ve süslemelerin yerleştirilmesini ona bırakıyorum, ben istediği renkleri, şeritleri, onun belki de anaokulunda yaptığı tuz hamuru süsleri uzatmakla yetiniyorum. Fon müziği olarak *Tha Supreme* adında birini çalıyor ve Sfera Ebbasta'yı hâlâ dinleyen ben bu şarkının ne dediğini hiç anlamıyorum. Ama Vale konsantre bir şekilde şarkıya eşlik ediyor, ben de artık benim zamanımın geçtiğini, onun zamanının geldiğini kabulleniyorum.

Bütün tahminlerime rağmen ağaç süslenince güzelleşiyor. Onun parlayışını görmek için salonun ışığını söndürüyoruz. "Haklıydın" diyorum, "onu bodrumda bırakmak çok yazık olacakmış."

Vale de onaylıyor, neşesi yerinde. O zaman dinlediği bu rapçiler arasında Fabri Fibra da var mı diye sormaya cesaret ediyorum. Ona 2006 yılında, ona hamileyken T'de bile, her yerde onun dinlendiğini, hatta CD'sini bile aldığımı söylüyorum. Vale ciddileşiyor. Fibra adının tartışılmaz olduğunu söylüyor: O daima "büyük biri". Konuyu genişletmek için bundan yararlanıyorum: "Peki İtalyanca hocanız tatilde okumak için hangi kitabı verdi?"

"*Zeno'nun Bilinci*."

"Ne? Orta ikide mi?" Gülesim geliyor, genellikle yapmıyorum bunu: Öğretmenler eleştirilmemeli. "2020 yılında bile okuru daha beşikteyken yok etmek istiyorlar. Bir arkadaşıma hak veresim geliyor."

"Ne yapayım o halde, okumayayım mı?"

"Yok, yok oku elbette. Benim kitaplığımda Sanguineti ve Gruppo 63 kitaplarına bak, şu Tha Supreme bana biraz onları hatırlatıyor."

Ona sarılıyorum, sarılmama izin veriyor. Pek sık olmuyor bu: Kaç kez kavga ediyoruz, ona nasıl davranacağımı bilmiyorum, çok kızdırıyor beni. Ama bunun biricik olduğunu kabullenerek bu anın tadını çıkartıyorum, hatta zil çalmadan önce ona bir öpücük de konduruyorum.

Ve diyafon çalıyor: Kaçınılmaz, tam zamanında.

Valentino saatine bakıyor: "Uf ya, saat yedi oldu bile."

Midem sıkışıyor ama doğru olanın bu olduğunu biliyorum ve ona şöyle diyorum: "Boş ver, önemli olan onunla değil, benimle daha çok eğlenmen."

"Noel'de seninle Biella'ya gelmeyi yeğlerdim."

"Kural böyle; bir yıl Piemonte, bir yıl Toscana. Üzülme: Çok sevdiğin yılbaşını benimle ve Paolo dedenle geçireceksin."

Vale bakışlarını gökyüzüne kaldırıyor, ben kapıyı açmaya gidiyorum.

Apartman kapısının gıcırdayarak açıldığını, kapandığını, onun öksürdüğünü, merdivenden çıkan adımlarını dinliyorum, bu asla kolay olmuyor, onun holde belirmesini, merhaba demesini, gülümsemesini görmek hep çok zor. "Merhaba, nasılsın?"

"Normal, sen?"

"Ben de *normal*."

Kenara çekiliyorum, Lorenzo giriyor. Paltosunu çıkartıyor, omzuma dokunuyor ya da belki atkısını çıkartırken oluşan havayı hissediyorum. Her zamanki gibi çok şık. Ceketinin kesimi, blucinin üzerine çıkarttığı gömleğinin kumaşı dikkatimi çekiyor, o anda bütün gün, günlerden beri yazmaktan başka bir şey yapmadığımı fark ediyorum. Fark etmemesini umarak aynaya uzanıyorum. Zaten bildiğim şeyi görüyorum: Lastikle toplanmış saçlar, bitkin yüz, evde giydiğim şekilsiz ve hatta delik kazak ve gerek olmasa da kızarıyorum.

Lorenzo yüzümü, giysilerimi fark etmiyor.

Bana sadece "Nerede Vale?" diye soruyor.

"Salonda."

Arkasından gidiyorum; eşikte duruyor, baba oğulun kucaklaşmalarını seyrediyorum. Bir anlığına bakıyorum, sonra çekiyorum gözlerimi. Onlarınki beni ilgilendirmeyen bir mahremiyet. Ayrıca hiç de kolay değil. Aradan yıllar geçmiş olsa ve onun her zaman ilgili bir baba olduğunu, her akşam aradığını, para ve armağanlar gönderdiğini, her bayram, doğum günü, boş hafta sonunda birlikte olmak için uçağa bindiğini, Valentino'yu her yaz dünyanın dört bir yanında gezdirdiğini, onu İsveç'te Kuzey Kutbu'nun birkaç kilometre yakınına, Çin'in ücra köylerine, hatta Mandelştan hapishanelerini göstermek için Sibirya'ya kadar götürdüğünü bilsem de otuz dört yaşındaki bu sarışın adam, benim için gene bir zamanlar Pascoli Lisesi'nin yangın merdivenlerinde gözetlediğim çocuk. O hep Lorenzo olarak kalıyor.

Valentino eşyalarını çantasına doldurmak için odasına koşuyor. Babası çok düşünceli bir şekilde salonda kalıp gözlerini ağaca dikiyor. "Güzel olmuş" diyor sonunda.

"Evet, şimdi yaptık!" diyorum.

"Arife günü mü?" Hayretle bakıyor bana.

Bana, kazağıma, saçıma değil. Öyle olmasını hiç istemesem de bacaklarımın üzerinde titriyorum, güvensizlik içindeyim. Yalan söylemeye zorluyorum kendimi.

"Çok çalışmam gerekiyordu."

"İyi ama değil mi?"

"Yazdım da üstelik" diye kaçırıyorum ağzımdan ve sonra pişman oluyorum.

"Ne yazıyorsun?" diye soruyor ilgiyle.

Bana bakmaya devam ediyor. Ben de acaba hangi kadını görüyor diye merak ediyorum. Oğlunun annesini mi, artık yaşlanmış çınarı seyreden beceriksiz kızı mı, Morante gibi yazmak isteyeni mi yoksa denemekten vazgeçtiği için hayatta hiçbir erkek bulamayacak olan eziği mi?

Daha iyi kıvırmaya gayret ediyorum: "Bir inceleme."

"Ne hakkında?" Şimdi beni gerçekten sorgularcasına süzüyor.

"Etrüskler üzerine" diyorum en yüzsüz halimle.

Lorenzo gülümsüyor: "Sahi mi? Alan mı değiştirdin?"

Tam o anda bunca zamandır hiç aklıma gelmeyen bir şey, gizli tuttuğum Word dosyasının suçu olan bir etki ya da yanılsama beliriyor zihnimde: Belki de Lorenzo'nun gördüğü kadın, düşündüğümden daha iyidir.

Valentino adını aldığı Pascoli şiirindeki gibi "yepyeni giyinmiş". Kolumu omzuna atıyorum, başlayan konuşmadan ya da şüpheden kaçmak için Lorenzo'ya dönüyorum: "Gidin şimdi yoksa trafiğe kalırsınız. Belki de A1 otoyolunda kar bile yağar, öyle diyorlar."

Doğru değil bu, on dört derece ısı, Puglia'da badem ağaçları çiçeklendi bile. Benim gibi hava tahminlerine bakan Lorenzo da bunu çok iyi biliyor. Alnını kırıştırıyor, gözlerini kısıyor: Sanki benim içimde beklenmedik bir şekilde vuku bulan şeyi yakalamış gibi. Ben bakışlarımı yere indiriyorum, ondan kaçmaya çalışıyorum ama on üç yıldan beri birlikte olmadığımızı, on üç yıldır farklı şehirlerde yaşadığımızı kabullenmem çok zor oluyor ama o hâlâ benim içimi okuyabiliyor.

"Mutlu Noeller Elisa" diyerek pes ediyor.

"Mutlu Noeller anne, 28'inde görüşürüz."

Bir anlığına Valentino'ya bakıyor ve düşünüyorum: Sen bir hayalin çocuğusun. Ruh ikizlerine kütüphanede rastlamayı binlerce kere hayal eden ve bunu gerçekleştiren bir on beşlikle, on dörtlüğün çocuğusun. Sonradan yaşanan gerçeklik o hayale layık olamasa da bir hayalin peşi asla bırakılmamalıdır. Senin doğacağın vardı.

"Yakında görüşmek üzere" diyerek vedalaşıyorum, "varınca bir mesaj atın bana."

Kapıyı kapatıyorum, kalbimin her seferinde yaşadığı sarsıntıyı nefesimi tutarak izliyorum. Şimdi bir engel olmadan, kendimi durdurmadan bütün gece yazabileceğimi fark ediyorum.

Senden yeniden kurtulabilirim Beatrice ve bunun bana nasıl bir coşku, nasıl bir adrenalin sağladığını bilemezsin.

## (28)

## ÇAMLIKTA YAĞMUR

Eylül sonunda annem, babam ve ben limanın kayalığına tırmandık ve en yüksek taşın üstüne oturup denize açılan gemileri seyrettik; onlar boyunlarına astıkları biralarını, ben de meyve suyumu yudumladık.

Babam bana "Ne karar verdin?" diye sordu.

Günlerden beri tartıştığımız üç seçenek vardı: T'de kalıp en yakın üniversiteye gidip gelmek; annemle Biella'ya dönüp Torino'da Edebiyat Fakültesi'ne yazılmak ve gidip gelmek ya da Bologna'da anne öğrencilere uygun bir düzen kurup Bologna'da devam etmek. Her durumda tek başıma altından kalkamayacaktım.

İkisinin arasında, rüzgâra karşı oturuyordum, üçüncü ayda olmama rağmen karnım dümdüzdü, üstelik bulantılarım ve kusmalarım yüzünden daha bile zayıftım. Son turistlerin Elba ve Korsika Adalarına gitmelerini izliyordum –dikkat çekiyorlardı çünkü terlikleriyle, şortlarıyla çok çirkin giyinmişlerdi– ve Beatrice hâlâ her yerdeydi: Bakışlarımda, manzarada, sürekli onu kovalıyordum. Beni bekleyenler hakkında en ufak bir düşüncem yoktu: Doğum sancıları, her ağladığında meme vermek, uykusuz geceler bana abartılmış konular gibi geliyordu. Sıcak rüzgârların gençliğime esişi, kıyı bekçisinin kulübesini turuncuya boyayan gün batımı, Portoferraio limanına giden Toremar gemisine eşlik eden martıların çığlıkları, cesaretle dolup taşan yüreğim: Hayır, Beatrice senin kazanmana izin vermeyeceğim.

"Bologna'ya dönüyorum" dedim.

Annem ve babam bir süre sessiz kaldılar. İlk annem konuştu: "Doğrusu bu, senin seçtiğin şehir oydu."

Aslında ben seçmemiştim; seçen hiç tanışmadığım Davide adında bir arkadaştı, şimdi ya Amerika yerlileriyle birlikte mücadeleye girişmişti ya da Petroni Sokağı'na kamp kurmuştu. Benimki derinlemesine düşünülüp alınmış bir karar değildi, saf arzuydu: Şimdi kendimi ilk kez doğru yerde olduğumu hissettiğim Zamboni Sokağı'na dönmek istiyordum; Archiginnasio'nun freskli kubbesi altında ders çalışmak, Verdi Meydanı'ndan geçmek, kendimi toparlamak ve o öpücüğe teslim olmamak niyetindeydim.

Annem, "Başlangıçta babanla ben nöbetleşe gider geliriz" dedi, "sonra bir bakıcı buluruz, bir yaşına gelince de kreşe verebilirsin. Öyle değil mi Paolo? Beni dinliyor musun?"

Babam düşüncelere dalmıştı, uzaklara bakarak içmeye devam ediyordu. Biraz üzülmüş gibiydi, onun üniversitesine yazılmamı yeğlerdi sanırım, sabahları birlikte trene binerdik, kendini yeni baştan yalnız hissetmezdi. Ama yanılıyordum.

Birasını bitirdi, şişeyi bıraktı ve bana sert baktı: "Bu kararda Lorenzo'nun ağırlığı ve rolü yokmuş gibi davranamazsın. Onu bu durumdan dışlayamazsın."

Kendimi savunmaya geçerek hemen "Onu bir daha görmek istemiyorum" dedim.

"Sen istemiyorsun. Ama bebek *sen* değilsin."

Annem araya girdi: "Paolo haklı, ona söylemen gerekiyor."

"Elisa, farkında mısın? Biz burada bebeğin nerede büyüyeceğini, ona kimin bakacağını konuşuyoruz ama babanın konudan hiç haberi yok!" Sanki dışlanmış baba kendisiymiş gibi üzgün konuşuyordu. "Bu sana doğru görünüyor mu? Lorenzo da seninle aynı haklara ve görevlere sahip ve bilmesi gerekiyor."

"Hayır, çünkü o boktan biri."

"Sen de olgunlaşmamış, bilinçsiz bir kızsın."

"Onu gördüğüm an gebertirim."

Babamın sabrı taştı. "Çocuğun yarım mı büyüsün istiyorsun? Babasını senin gibi on dört yaşına geldiğinde mi görsün? Cidden bizim yaptığımız hatanın aynısını mı yapmak istiyorsun?"

Yumruklarımı sıkıp sustum. Dilimin ucuna gelen yanıt o kadar cılızdı ki hemen yuttum. Annem içini çekti, sigara yaktı: "Eli, biraz aklını başına topla ve onu ara. Biz de bu yollardan geçtik, kin duygusuyla hiçbir yere varılmadığını gördük."

Benim de canım bira çekiyordu ya da bir şişe şarap ya da ot ama meyve suyumun son yudumuyla yetinmek zorunda kaldım; kalbim vahşiyken ağırlaştı, gelecek karmakarışık görünüyordu, Bologna'ya gitmeden Lorenzo ile görüşmek bir karabasandı. Beatrice *düşünce bile değildi* oysa. Adı anılmayan, cehennemi hak edecek düzeyde suçluydu. Bir kova suyu onun başında aşağı boca eden, dudağının ucunda "orospu" hakareti duran Valeria ben olmuştum şimdi. Bazı durumlarda hepimizin erkek yanlısı olabildiğimiz, üstlendiğimiz Havva yorumuyla hain büyücüye dönüşmemiz, erkeğin de onun tuzağına düşen temkinsiz olduğunu görmek gülünç oluyor. Ben Lorenzo'dan elbette nefret ediyordum ama Beatrice'den ölçüsüzce daha fazla nefret ediyordum.

*Çünkü sen bendin.*

Her şeydin, Bea: kendimi sorguladığım aynam, ezelden arzu ettiğim uyanık kız kardeşim, hırsızlık yapabilme olanağım, cumartesi günü İtalya Caddesi'ni büyük adımlarla yürüdüğüm, kaç avroluk blucin giyebildiğim. Bunun önemi yoktu. Sen o ağustos bayramında kumsalda beliren ışıltılı yıldızdın: ve ben seni bağışlamadan, asla bağışlamadan ama belki kabullenerek her şeyi anlatmak için zaman harcadım.

O gün T limanında derleyemediğim düşüncem, söyleyemediğim korkum senin Lorenzo'ya telefon etmen, onu dinlerken ona bağlanman, belki de bana gülmendi. Tek tek o kadar güzeldiniz ki birlikte harika olurdunuz. Araya giren davetsiz misafir olduğumu nasıl olmuştu da fark etmemiştim? Böylece seni yakaladım Bea, toprakla örtülü bir deliğe tıktım ve yazmayı bıraktım. Çünkü seni hatırladığım anda yaşayamıyordum.

Hava soğumuştu, güneş denizin üzerinde alçalmaya başladığında, pes ettim: "Tamam onu arayacağım. Ama ancak kendimi hazır hissettiğimde."

"Tamam" dedi annem.

"Fazla uzatma" diye vurguladı babam.

Rüzgâra, batıya doğru uzayan karanlığa rağmen orada öylece

oturduk. Kimsenin canı gitmek istemiyordu. Yazımız sona eriyordu, zor zamanlar Cerboli, Elba ve Korsika'nın buğulu ucunda yoğunlaşıyordu.

Bizi üzen, gerçekti: Birbirimizi yitirmek ve bir bebeği dünyaya bu kadar kötü getirmekti. Ama her şeye rağmen iyileşmiştik.

\* \* \*

Sonuçta gene Peugeot 206'ma binip Bologna'ya döndüm; 16 Eylül Pazartesi günü dersler başladı; yanıma sadece gerekli olan eşyalarımı almıştım: bir iki giysi, içinde öykümüz olan ama asla açmayacağım altı günlük, tılsımım *Yalan ve Büyü*.

Babam son dakikada bana Morgagni yurdunda bir oda ayarlayabilmişti; burası bebekleri olan anneler için "özel durumlar" mekânıydı. Fakülteye iki adım uzaklıktaydı, ne yazık ki San Sigismondo Sokağı'yla Verdi Meydanı arasındaydı; ama gelir gelmez gördüğüm üzere, pencere bunların ikisine de bakmıyordu. Mascarella'daki gibi tavan kirişleri açıkta olan bir daire değildi elbette ama banyosu işlevseldi, yazı masası iyi yerleştirilmişti, dolabı ve kütüphanesi yeterliydi. Yarı boş bavulumu bir köşeye koydum, yatağın kenarına oturup koridorlarda ve merdivenlerde dolaşan sesleri dinledim. Karnımın burada, öğrenciler arasında büyüyeceği düşüncesi nedense içimi rahatlattı. Hatta yüzümde bir gülümseme bile belirdi.

Nitekim karnımın tişörtümden belli olması, geleceğin mühendisleri ya da filozoflarıyla flört eden, birlikte olan, kütüphanede, ortak mutfaklarda ve geceleri birbirlerinin odalarına sızarak oynaşan, özgür ve düşüncesiz kızların arasında dikkat çekmeye başladı. Ben elbette bütün bunlardan uzaktım. Yavaş yavaş bir balona benzedikçe merak değil de ilgi nedeniyle yönelen bakışlar hem Morgagni'de hem dışarıda –kütüphanede, fakültede– çok çabuk sönüyordu. Zaten partilere, barlara takılmıyordum; hamileyken içemiyordum ve ayrıca sınavlarda başarılı olabilmek için çok çalışmam gerekiyordu; Valentino'nun doğumundan sonra saçımı yıkamaya, bir kitabın kapağını açmaya, kusmuklu tulumları yıkamak için sürekli çamaşır makinesi doldurmaya yetişemedim.

Aşk tüm olasılıklarımın dışında kaldı; daha doğrusu daha o zamandan dışında kalmıştı. Miş'li geçmiş zaman kullanmak isterdim ama gerçek şu ki ne bir sevgilim var ne biriyle yaşıyorum. Evet bir iki ilişkim oldu, hatta bir meslektaşımla varsayımsal bir aşk da yaşadım ama o hikâye de çoktan bitti. Bir çocuğu olan, üstelik çalışan bir kadının başkasına zamanı olmadığı gibi çekici gelmesi de pek olası değildir. Rossetti istediği kadar her şeyin mümkün olduğunu söylesin! Hayat seçimlerden ve vazgeçişlerden oluşuyor ve ben 2006 yılında hiçbir seçim yapmamış olsam da başımı derde sokmuştum. Hayat daha çok dertlerden oluşur.

Aralık ayında memelerim, göbeğin, kalçalarım öylesine büyümüştü ki ortamda en çabuk görülen kişi ben oluyordum: Derste, sınavda, Archiginnasio'ya girdiğimde dikkat çekiyordum, tüm bakışlar bana yöneliyordu, surat ifadeleri değişiyordu çünkü bu durumda olan bir tek bendim.

Fakültede geçen yıl ellerinin üzerinde taşıyan arkadaşlarım ve hocalarım beni soğuk bir ifadeyle ve hayal kırıklığıyla karşıladılar. Geleceğin akademik yıldızı yirmi yaşında hamile kalamazdı: Gerçekten de en yapılmayacak rezillikti bu. Çok bozuldum buna: Bebeği tuttuğum için pişman oldum. Sonra özellikle Verdi Meydanı'ndan geçerken içimdeki öfkenin büyüdüğünü hissediyordum ve zamanla bu öfke karara dönüştü: Derslerini çalışmalısın Elisa, zaman yitirmeden mezun olmalısın ve mutluluktan payına düşen ne varsa hepsini toplamalısın.

Morgagni yurdunda işler farklı gelişti. Burada Puglia'nın, Calabria'nın Abruzzo'nun ücra köylerinden gelen gençler kalıyordu; para kazanma gerekçeleriyle ve hayatlarının tek fırsatını kazanmak için buradaydılar. Onlarla ne sevgili olabilirdim ne akşamları çıkıp partiye gidebilirdim ama adrenalin ve çaresizlik paylaşabilirdim. Söylemem gereken şu ki hepsi bana müthiş destek oldular. Başka türlü yapamazdım. Belki Valentino da bu kadar sosyal bir çocuk olmazdı.

Hastaneden döndüğüm gün, onu gelip görmek için herkesin sıraya girdiğini hatırlıyorum. Onu kucaklarına almak, pusetiyle Maggiore Meydanı'nda gezdirmek Morgagni'nin elli ya da altmış öğrencisinin eninde sonunda denemesi gereken bir hobi haline geldi. Önce emeklemeye, sonra oturmaya başladığında, bunları onu alkışlayan seyirciler karşısında yaptı. San Vito dei Normanni'den gelen pancar otlarıyla, Nardo'nun beyaz kavunuyla, Catanzaro'nun sucukları ve mandalinalarıyla besledik onu. Babam ve annem, Lorenzo ailesiyle –bu ziyaretlerden söz etmek istemiyorum– birlikte Bologna'ya gelemediklerinde komşularım bebeğin ağlamasını duyduklarında gece bile olsa kapımı çalıyorlardı.

Vale kitapların arasında böyle bir karmaşada büyüdü ama hiçbir zaman kütüphaneye bırakılmadı. Eğer sınavım varsa arkadaşlarım ona nöbetleşe bakıyorlardı. Onu çalışma salonuna ya da PC odasına götürüyorlar, kendileri, kimya, tarih çalışırken bırakıyorlardı oğlan yerlerde emeklesin; Valentino daha üç yaşındayken metafizik, emperyalizm, muharebe, sodyum klorür gibi kelimeleri mükemmel telaffuz ediyordu. Bense, tam bir inek olarak hem üç yıllık lisansımı hem de uzmanlığımı firesiz tamamladım. Orada yaşadığımız beş yıl içinde bir kere bile bebek bakıcısı çağırmama gerek olmadı. Eğitim sona erdiğinde yurttan ayrılmak zorunda kaldık ve Valentino aylarca her gece ağladı. Bugün bile bir arkadaşıyla kavga ederse ya da kızın biri ona hayır derse bana o taraflara doğru uzanalım der. Öğrenciler de değişti, artık kimseyi tanımıyoruz ama mekânlarda gerçekten hiçbir şey ölmüyor.

Sonuç olarak bu benim değil Beatrice'nin romanı olduğu için onunla ilgili olmayan anılar üzerinde fazla durmayacağım. Şunu söyleyeceğim: Sekizinci ayımda babamın iyilikle değil –"Bana bak, yoksa ben arayacağım"– mecbur bırakmasıyla Lorenzo ile yüzleşmeye karar verdim; bilgisayar salonuna indim, internette adını aradım.

\* \* \*

Arama motorunda ilk kez adını yazmanın bende nasıl bir tuhaf etki yarattığını anımsıyorum: Beatrice boşluk Rossetti. Sanki Jean Jacques Rousseau, Giulio Andreotti, Raffaello Sanzio ya da Britney Spears gibi olmuştu. Blog anında ilk seçenek olarak belirdi, stratosfere uzanan rakamlar gördüm ve hiç de azımsanmayacak ölçüde şaşırdım.

2007 Şubat'ıydı. Fareyle "ara" tuşunu tıklamadan önce nefesimi tutmuştum, uzun uzun pencereden dışarıya, evet San Sigismondo Sokağı'na bakmış, babamınkinin bir zamanlar yaptığı üzere vızıldayan eski, ağır, gri PC'lerinin monitörleri üzerine yoğunlaşmış öteki öğrencilerin yüzlerine bakmıştım. Parmaklarımı titremesinler diye tuşlara demirlemiştim, böylesine yüceltilen ve eleştirilen ve bana yabancı olan bloğun sayfasını açma işkencesine katlanmak için korkumu bastırmıştım.

Ekranın tümünde gördüğüm anda kalbim durdu.

Artık kesinleşmiş olan ayrıntı da eklenmişti.

Beatrice kıvırcıktı.

Saçları kıvırcıktı, yapağı kıvırcığı değil, bugün bildiğiniz o olağanüstü mermerden oyulmuş gibi duran parlak ve görkemli kütleydi. Gene de evcilleşmemişti, vahşiydi.

İşte Rossetti. Benimle birlikte o son hassas noktasından da kurtulmuştu. Artık kendini evcilleştirmiyor, özgün doğasını bastırmıyordu. Kendinin bilincine varmıştı ve tamamlanmıştı. Artık onu kimse durduramazdı.

İlk fotoğraftan itibaren Bea'nın izini o sayfada bulamayacağımı anladım. Tek bir tane esmer vardı ve sonra dolaylı olarak *Esmer* olarak geçecekti, onun üzerindeki takılar ve giysiler o dönemin moda uzmanlarının beğenmeyeceği şeylerdi ama gene de artık okulda ya da A Meydanı'nda boy gösteren kız değildi.

Çarpıntımı, tuttuğum nefesi, göğsümün orta yerindeki deliği aştım. Kollarımı sıvadım, sanki arzın merkezine inecekmişim gibi bütün enerjimi topladım. Bu ruhla benim yokluğumda yayınladığı yüzlerce fotoğrafı inceledim. Tümünün altına yazdığı birbirinin aynı, klişe yorumları, hayatı ve dünyası hakkındaki son derece banal açıklamalarını okudum –Bea hiçbir zaman yazmayı öğrenemedi– ve biraz "günlük"ten biraz da fotoğraflarının fonunda sürekli yer alan Duomo Kilisesi sayesinde şimdi Milano'da yaşadığını çıkartabildim.

En sonunda da sen kazandın Gin, başardın, dedim içimden. Beatrice tüm karelerde bıkkınlık verecek benzerlikte, son derece acayip çanta ve aksesuarlarla, pahalı ayakkabılarla, vintage mantolarla görünüyordu ve neredeyse hep yalnızdı. Büyüterek, ayrıntılara inerek araştırdım. Şurada burada ikinci ya da üçüncü planda bir başkasını görebildim. Hepsi çok güzel kızlardı. Atletik yapılı zayıf erkekler. Bir süre sonra bulduğum bir fotoğrafta kesinlikle modellik yaptığı belli bir erkekle beraberdi, Gabriele ile benzerliği beni şaşırttı. Ama o tek bir örnekti ve aralarında arkadaşlık mı var yoksa daha başka bir şey mi anlaşılamıyordu.

Önemli olan Lorenzo yoktu.

Ne görüntülerde ne metinlerde, ne imalarda ona ilişkin bilgi yoktu. Fotoğrafların çekim yerleri teraslar, aşırı şık lokaller, ihtişamlı otel holleriydi: Lorenzo zaten bu türden yerlere gitmezdi. Öte yandan bu dört ay içinde Bologna'da ona hiç rastlamamıştım. Mühendislik Fakültesi Zamboni Sokağı'na uzaktı, ben edebiyat fakültesinden ileri gitmiyordum; bana rastlamamak onun da işine gelirdi. Peki. Neredeydi Lorenzo?

İnternette onu da aradım: Lorenzo Monteleone. Ne var ki ipucu verebilecek bir bilgi çıkmadı. Monteleone adındaki kişilerin hiçbiri o değildi. Az ve ilgisiz görüntülerde bilgi yoktu. Sosyal medyanın benim işime yarayacağı bir durumdu bu ama daha o zaman İtalya'da yoktu. İki saatlik boşuna aramadan sonra kalktım, hamile mantomu giydim ve çıktım.

Mümkün olduğunca hızlı Mascarella Sokağı'na yürüdüm. Şimdi onun izini bulmam acilen önemliydi. Zihnim koşuyor, karışıyordu çünkü o ikisi birlikte değillerse, o halde...

Ne değişir Elisa? Hiç. Belki her şey.

Dört yüz metre sonra ağrıyan bacaklarımla ve soluk soluğa eski daireme yöneldim. Bir an diyafonu çalacağım, Lorenzo'nun sesini duyacağım, onu bağışlayacağım, yazı sileceğim, cehennemi unutacağım ve merdivenlerden yukarı uçacağım, ona koşup sarılacağım gibi hissettim: Evlenelim haydi, bir bebeğimiz olacak! O ikisinin sevgili olmadıklarına o kadar rahatlamıştım ki kafam çalışmaz olmuştu. O öpüşmenin nedenini sorgulamıyordum artık. Onu silmiştim.

Gerçekliğe dönüp zili çaldım. Tanımadığım bir yaşlı kadın yanıtladı. Lorenzo Monteleone'yi sordum. Ses aceleyle burada hiçbir Monteleone'nin oturmadığını söyledi.

Kendime geldim. Gidip bir basamağa oturdum çünkü göbeğimin yerinde bir değirmen taşı vardı. Aptal, dedim kendime. Cep telefonumu çıkarttım, babamı aradım. "Baba, bana bir iyilik yap. Lorenzo hakkında bir bilgi edinebiliyor musun, bir bak. Neden? Sana ne? Sadece *birkaç şey* bilmek istiyorum: Nerede, neler karıştırıyor. Evet sonra yemin ederim onu arayacağım ama önce *kimi* aradığımı bilmek istiyorum."

Birkaç dakika boyunca felç inmiş gibi oturup bekledim. Sonra babam aradı ve gayet sıradan bir ses tonuyla, fazlasıyla anlamsız kelimelerle bana Lorenzo'nun Paris'te OECD'de eğitim aldığını söyledi.

Paris mi? OECD mi? Nefesim tutulmuştu.

"Kâğıt kalemin var mı?" diye sordu.

*Şaşkın şaşkın ceplerimi karıştırdım.* "Evet, var."

"Tamam o halde yaz numarayı. Fransız numarası bu."

Bütün isteksizliğime rağmen bana yazdırdı, ben de bir faturanın arkasına not ettim.

"Baba, nasıl bulabildin?"

"Telefon rehberini açtım, ailesini aradım."

*Çok kötü oldum.*

"Artık mazeretin kalmadı."

Büyük kapının önündeki basamaktan kalkamadım –neyse ki kimse açmadı– elimde, kesme pizzacının arkasına yazdığım, hiç tanımadığım 33 ile başlayan bir numara ve zihnimde bir tık sesiyle kalakaldım: Dünya kupası gecesi yaşanan, sadece sahnelenen bir oyun muydu? Peki ama ben bir yıl boyunca atamaz mıydım bu şüpheyi içimden, neden hep bastırdım? 2007 yılında yapamazdım. Bunu anlamam için on üç yıl ve dört yüz sayfa gerekiyordu.

O gün Mascarella Sokağı'nda Beatrice'nin Milano'da, Lorenzo'nun Paris'te yaşadığı gerçeğiyle yüz yüze geldim; üçümüzün kaderi bambaşka yollara uzanmıştı. Üstelik altı hafta sonra doğuracaktım ve Lorenzo'ya bunu söylemem gerekiyordu. Bu da bitirmem gereken bir hikâye, kurtulmam gereken bir ağırlıktı. Fransız numarasını çevirdim –Beatrice'nin Gabriele'ye ayrılmak istediğini söylediği o gün gibi– sadece beş avroluk kontörüm kaldığından hattın kısa sürede kapanacağına güvendim. Yüreğim ağzımda, gözlerim yumulu, akciğerlerim dormuş bir şekilde bekledim; açması çok çok uzun sürdü. Valentino tekmeliyordu, apartmandan birisi kapıyı açtı, en olmayacak anda, onun "Alo" dediğini duyduğumda apartmandan çıkan kişi bana kalkmamı söyledi.

Karşısında benim olduğumu bilemezdi. Yedi aydan beri konuşmuyorduk. O beni asla aramamıştı: Ne bir e-posta ne bir mektup. Derin bir soluk aldım, bir solukta şöyle dedim: "Merhaba, ben Elisa. Bir buçuk ay sonra, her şey yolunda giderse doğum yapacağım ve bebek senin. Durumun korkunç olduğunu biliyorum. Senden hiçbir şey istemiyorum, gerçekten. Paris'te misin? Kal orada. Sadece bilmenin doğru olacağını düşündüm."

Kapattım. O telefon görüşmesinin yirmi otuz saniyesi boyunca Lorenzo nefes bile alamamıştı. Hemen sonra aradı beni, sonra bir daha ama yeniyetmeliğimin külleri üzerinde oturan ben yanıtlayamadım.

\* \* \*

Bu noktaya, yani sona vardığıma göre kendime şunu soruyorum: Elisa, bunca yıl boyunca nasıl oldu da Beatrice'yi bir türlü unutamadın?

Lorenzo'yu geç, onunla bir çocuğun var. Ama Bea? Her küçük kız lise arkadaşına bağlanır ama sonra büyürken onu kaybeder. Bu zorunlu bir geçiştir. Kimse bunu varoluşsal bir dram haline getirmez.

Elbette, diye savunmaya çalışıyorum kendimi, ondan bir yıl sonra sosyal medya ortaya çıkmasaydı, ben yetişkin olurken dijital devrim yaşanmasaydı, belki ben de onu arkamda bırakabilirdim. Her gün, her an tüm mükemmelliğiyle karşımda belirmeseydi. Ama tarihin nasıl bir yol seçtiği biliniyor.

Kitapların kıymeti kalmadı, internet karşı konulmaz oldu.

Ben anne oldum, o şöhret.

2008, 2009, 2010 yıllarında kaç gecemi kucağımda ateşle boğuşarak ağlayan Valentino ile geçirdim; uzmanlığımı bitiremeyeceğim korkusuna kapılmıştım, bir daha asla âşık olmayacağıma yemin etmiştim ve neredeyse annemi de anlamıştım. Peki bu arada Rossetti neredeydi? Dubai uçağının *business class* bölümünde, baştan aşağı altınlarla kaplı olarak, kim bilir kaçıncı aktör ya da işadamı sevgilisiyle öpüşüyordu; egzotik yolculuklarını, litrelerce şampanya doldurulmuş havuz sefalarını ölümsüzleştiriyordu. Bir kere bile soğuk algınlığı geçirmedi, bir kere üşütmedi, önüne bir engel çıkmadı, dert olmadı. Sadece ışık, başarı ve neşe şelaleleri. İşin en kötüsü neydi? Şimdi ben oturmuş internette onu arıyordum. Aslında ne görmek ne de bilmek istiyordum ama direnemiyordum. Ve saatlerce onun fotoğrafları karşısında oturup kendimi mutlak bir hiç olarak hissediyordum.

Daha önce anlattıklarım nedeniyle Morgagni yurdunda geçen yıllarımın saadet dolu ya da en azından kolay olduğu sanılmasın çünkü kendimi paraladım. Tüm yardımlara karşın yirmi yaşında bir kızdım, önümde uzanan yıllar, yanımda küçük bir bebek vardı, büyük bir hata yapmıştım. Akşamları herkes Valentino'ya el sallıyor sonra eğlenmeye, sevişmeye gidiyordu ve ben mememe yapışmış bebekle odama kapanıyor, bebeğimin kaprislerine boyun eğerken, karnıma ağrılar girerken, Dante'nin dili üzerine çalışmaya çalışıyordum. Biriyle çıkmam, "Ama senin çocuğun var" lafını işitmem, yerlerde sürünen ruh haliyle odama dönmem ve sosyal medyayı açıp Beatrice'nin Maldivler'de biriyle öpüşmesini, Lorenzo'nun bir kızı öptüğünü görmem hiç kolay olmuyordu. Cehennemi yaşıyordum. Evet ne sanıyorsunuz, Lorenzo da iyiydi. O da Sorbonne fotoğraflarını yayınlıyordu. O da Les Invalides parkında yığınla arkadaşıyla birlikte keyif yapıyordu. Bunca yıl içinde iki yüz sevgili değiştirmişti.

İnternette arkadaş olmuştuk, *arkadaş*: Düşünebiliyor musunuz? Ama ben sahte isimle sahte profil açtığıma göre Lorenzo'nun arkadaş olduğu kişi kimdi? O platformda aramızda bir gram gerçeklik yoktu. Birbirimize bir şey demiyorduk, birbirimizi avutmuyorduk, birbirimizi tokatlamıyorduk. Ben sadece ve tek yönlü olarak onu gözetliyordum, onun yalanlar duvarına tosluyordum çünkü o da ne anlatıyordu ki? Bir oğlu doğduğunu mu? Bir ağabeyi olduğunu mu? Hayır. Peki böyle bir vitrinin arkasında ne türden bir arkadaşlık mümkündü? Bu sadece –en azından benim deneyimimde– bir can yakma yarışıydı.

İnternette Beatrice'yi, Lorenzo'yu arıyordum. Fotoğraflarına baktıkça kendimi daha çok yitiriyorum. Birlikte yaşadığımız anlar, çınar, Padella Meydanı, anılar soluklaşıyordu, sanki artık anıların hiç değeri kalmamıştı, şimdi o ikisi muhteşem hayatlar yaşıyorlardı: Biri nihayet ailenin başarılı oğlu, öteki de cidden, vaat ettiği üzere *dünyanın ecesi* olmuştu.

Ve ben, yeniden başlangıç noktasına iteklenen ben, asosyal kalmıştım, uydurma profillerimi ölçüsüzce ve anlamsızca kullanıyordum. Sadece geceleri, kitap sayfalarının altını çizmeyi bitirince ve Valentino'yu uyutunca yapabiliyordum bunu. Sergileyecek hiçbir şeyim yoktu, hatta ders çalışmaktan ve oğluma bakmaktan başka bir şey yapmıyordum ve kendimi rehin alınmış gibi hissediyordum. O zaman utana sıkıla ve neredeyse kendimden gizleyerek banyoya giriyor, ağır bir makyaj yapıyordum; sokağa asla çıkamayacağım kadar ağır bir makyaj oluyordu bu. Soyunuyordum, iç çamaşırımla kalıyordum, ayna karşısında cilveli hareketli yapıyor, kendi fotoğrafımı çekiyordum.

Kendimden kurtulma, kimlik değiştirme, kaçma oyunu oynuyordum.

Bütün bunları çevrimiçinde bulmanız mümkün değil. Geceleri hırsızlık yaparcasına açtığım bu sahte hesapları birkaç ay sonra kapatıyordum. Kendime en saçma isimleri takıyordum: Jessica Macchiavelli, Deborah Pozzi, Sharon Morante. Bunlar İtalyan Dili Edebiyatı bölümünde asla tanışamayacağım türden adamları tanımak için tuzak, baştan çıkarma alıştırmaları, kendimi kabul ettirme, var olma amacı taşıyordu. Çünkü gayet iyi biliyordum ki Morgagni yurdunun ikinci katındaki küçük odamdaki gerçekliğim kesinlikle yayınlanamazdı. Babam gibi sabahlara kadar *chat* yapar olmuştum. Yakışıksız fotoğraflar biriktiriyordum, kendime hiç yaşamadığım abartılı serüvenler uyduruyordum. Başıma ağrılar giriyor, kendimden nefret ediyordum, içim eskisinden de boş oluyordu.

Şimdi bıraktım. Uzun zamandır kendime teslim oldum ve artık beğenilmeme özgürlüğünü tanıdım kendime.

Bu arada Beatrice'nin çehresi de herkesin bildiği o maske olarak kaldı. Görünümü kendinden kesin olarak koptu, dünyanın hayran olduğu ya da hakaret ettiği o büyülü mevcudiyet içinde dondu. Daima aynı çikolata rengi bukleleri, kusursuz allığı, farı ve çenesinin eğimiyle, dünyanın arzu ettiği kadın. Son on üç yılının hikâyesini anlatamam ama bunun nedeni bir daha konuşmamış olmamız değil, onun fotoğraflarına bakılacak olursa yeni bir hikâye yaşamadığını düşünmemdendir.

# Üçüncü Bölüm

(2019-2020)

## TELEFON GÖRÜŞMESİ

Anlatımın ana fikrine vardık: 18 Aralık gecesi, saat ikide eski günlüklerimi tozun içinden çıkarttım, sabaha kadar hepsini okudum ve hemen sonra kendi kontrolümü kaybederek *bütün bunları* yazmaya başladım.

Bunu birkaç kez roman olarak adlandırdığımı biliyorum. Aslında öyle olmasını çok *isterdim* ama böyle nitelendirilebileceğinden emin değilim. Üstelik korkunç sansürü içimde taşıyorum çünkü böyle bir iç döküşü okuyan bunu anlayabilecektir.

Bugün Noel. Bu demektir ki 400 sayfayı tam bir haftada yazdım. Yüreğime sapladığım bıçağı, ruhumun içine sıkıştırıp dertop ettiğim ağırlığı bir düşünün. Verdi Meydanı'ndaki o geceden beri artık şiir, mektup, *kişisel* hiçbir şey yazmaz olmuştum.

Artık gitmem gerekiyor: Giyindim, boyandım, kapının yanına bavulumu, hediyeleri doldurduğum torbayı, panettone kekimi ve şampanyamı dizdim. Annem ve Niccolo beni birkaç saat içinde bekliyorlar ama ben hâlâ burada, Bologna'dayım. Yola çıktım mı diye aradılar. Valentino, dün gece yarısı bana sıradan bir mesaj yollamak yerine vardıklarını söylemek için aradı. Sonra bana yolculuklarının nasıl geçtiğini, yolda neler konuştuklarını anlatmak isteyen Lorenzo'yu verdi. O da şaşırttı beni: Genellikle fonda "Annene selamlarımı söyle" diyen sesini duymaya alışkındım.

Ama bugün başka bir gün, korktuğum telefon görüşmesini yapacağım. Her an çalabilecek olan cep telefonuma endişeli gözlerle

bakıp duruyorum ve bu sefer yanıtlamam gerekecek: Geçmişle değil, dış dünyayla yüzleşeceğim.
O zaman kapatacağım hesapları: Kim olduğumla ve işimle.
17 Aralık günü olanlarla.

\*\*\*

Aslında başlangıçta –sanıyorum artık iki hafta oldu– haberinin gösteri sayfasında kısacık bir not olarak geçtiğinden fark etmeyebilirdim bile.
"Beatrice Rossetti 48 saattir susuyor. İnternet merak içinde."
Başlık *Corriere* gazetesinin 40 ya da 41. sayfasının sol üst köşesindeydi; habere göre iki gündür hiçbir şey, tek bir fotoğraf bile yayınlamamıştın ve bu daha önce asla duyulmamış, yaşanmamış bir şeydi. Kahkahalarla güldüm. Ve kahvemi içmek, gazeteleri karıştırmak için uğradığım Baraccio'nun tezgâhı başında haberin tümünü okuduğumu fark ettim. Alaycı bir şekilde senin sahnelerden çekildiğini söylerken çevremden sesler yükseldi: "Nihayet!" "Çekildi ayak altından!" En sonunda şöyle dedim: "Peki, ne bu, haber mi?"
Sadece ben ve Davide değil, Baraccio'nun *tüm müdavimleri*. O Davide'den *söz ediyorum evet*; Lorenzo'nun *ağabeyi*. Bologna'ya kesin dönüş yaptı, Petroni Sokağı'nda bir bar açtı, burası özel bir mekân, Latin Amerika ve siyasi tarihiyle ve İtalyan partizanlarla ilgili kitaplarla, Palmiro Togliatti, Nilde Iotti ve Che Guevara'nın çerçevelenmiş fotoğraflarıyla dolu, böyle olunca da girdiğinde hangi yanda bulunduğunu anlıyorsun.
Seninle ne kadar alay ettiğimizi tahmin edebilirsin. Şu türden yorumlar yağıyordu: "Acaba iki sivilcesi mi çıktı?" "Yoksa dizanteri mi oldu, virüs dolaşıyordu ortada!" "Çocuklar sahi, neden konuşuyoruz biz?" "Tabii ya, kimin umurunda Rossetti!"
Sonra bizi ilgilendiren ciddi konulara geçtik: Çin'in ABD'yi geçişi, Amazonlar'daki çevre felaketi, Trump denen o ebleh ve bizim zavallı İtalya'mız.
Ertesi gün, gene Baraccio'da –her sabah işe gitmeden uğruyorum ve Davide ile benim basın incelememiz çok beklenen bir antasasızca *Corriere* gazetesini açtım ve biraz sonra seninle karşılaş-

tım. Ama bu sefer 44. sayfada gösteri dünyasında değil, 16. sayfadaki haberler arasındaydın.

"Fotoğrafsız 72 saat: Rossetti gizemi büyüyor."

Bu sefer daha az güldüm ve ne Davide ne barın müşterileriyle konuştum. Kimi öyle yaşlı ki sosyal medyanın ne olduğunu bile bilmiyor, ötekiler de ağabeyim gibi tipler, rasta saçları bellerine kadar iniyor. Senin şöhretin böyle bir mekânda önemsenmiyor. Ayrıca sadece üç gün geçmişti. Ay değil, gün. *Corriere* gazetesini bırakıp *Foglio*'yu okudum, sonra *Reppublica*'ya baktım. Verdi Meydanı'ndaki gazete bayisi hâlâ yerindeyse bunu bize borçlu. Sonra da her zamanki gibi işe gittim ve seni bir daha düşünmedim.

Dördüncü günün akşamüstü... bunu çok iyi anımsıyorum çünkü Valentino ile birlikte bir spor mağazasına gittik, gençlerin çok sevdikleri o çok korkunç fosforlu ayakkabılardan bir tane almak istiyordu; bu ayakkabılar bana artık üç yıldır var olmayan Carmelo'yu anımsatıyor. Ve yeniden, birdenbire radyoda senden söz etmeye başladılar.

Ayakkabıları deneyen oğlumun yanına oturmuştum, satıcı kızlardan birinin koşarak sesi yükselttiğini fark ettim; sonra bütün mağaza –müşteriler, çalışanlar– durdular ve sanki nükleer saldırı, dünyanın sonu gibi bir haber verilecekmişçesine dinlemeye geçtiler. Az sonra radyo haberlerinin bitiş müziği çalınca herkes gevşedi, hareket etti, nefes aldı. Ve o noktada herkes kendinde haberle ilgili bir yorum yapma hakkını buldu. Kimi senin bir pazarlama uzmanı olduğunu, ertesi gün elbette bütün dünyada on dakikada tükenecek olan yeni bir çift çorapla ortaya çıkacağını söyledi. Kimi de gözlerinde yaşlarla kaçırılmış olabileceğini dile getiriyordu çünkü "o hayranlarına asla ihanet etmez, o bizi bırakmaz". Ama beni en çok şaşırtan Valentino'nun ayağından Adidas'ları çıkartıp bana şöyle demesi oldu: "Anne, bunları alalım..." ama hemen sonra ekledi: "Şimdi bu ünlü Çin sosyal medyası var, çok iyi gidiyor. Çok yüksek düzeyde videoları var. Fotoğraflar durağan ve genellikle çok oynanmış, çok mükemmel. Rossetti de artık 'baydı'."

Kasaya vardığımızda banka kartımı çıkarttım ve fiyata bakmadan ödedim. Fazlasıyla sarsılmış, şaşırmıştım: Edebiyatın dönemi bitmişti, ben yapısal olarak *köhneydim*, bunu anlıyordum. Ama senin de öyle olma ihtimalin Beatrice, aklımın ucundan bile geçmezdi.

Beşinci gün nereye girersem gireyim, postane, bekleme salonu, otobüs ve hatta sokakta yürürken bile senin ortadan kaybolmandan başka bir şey konuşulmuyordu. Baraccio adındaki o mutlu ada dışında her yerde ağızdan ağıza dolaşıyordun, velilerin sohbet gruplarından, haberlere kadar. Saat geçtikçe internette olduğu gibi gazetelerde de sana ilişkin haberler artmaya başladı.

Carducci okulunun dışında Vale ve erkek arkadaşları bile –genellikle seninle ilgilenmeyen– senin "şeytani hareketinden" ya da bazı görüşlere göre "intiharından" konuşuyorlardı. Ben çoğunlukla kendi işime bakarım: Bir annenin arkadaş olma kavramını sağlıklı bulmam. Ne var ki bu durumda kendimi davaya davet edilmiş gibi hissettim ve işte o zaman senin *viral* olduğunu, her yere yayıldığını, Trump'ın çıkışlarını, Xİ Jinping'in ticari hareketlerini ve hatta şu pek ünlü Kardashian'ların yeni parfümlerini bile karartmıştın. Ama bana gene de onlar, on iki yaşında dijital ekonomiyi benden iyi bilen çocuklar, reklam vermeyerek ve hiçbir şey satmayarak ortadan kaybolmanın çift yönlü bir kumar olduğunu söylediler.

Malum, altıncı sessizlik günü geldi. Sosyal medya sayfaların saldırıya uğramıştı ve sorular, yakarmalar, hakaretler birbirini eziyordu; kalpler, nefret ve çaresizlik yayılmıştı; her an tüm ülkelerdeki takipçilerin görülmemiş bir takıntıyla sayfanı gözden geçiriyordu. Sayfalarsa hareketsiz ve sessizdi. Bir mezar taşı gibi.

Tam da o gün Michele okul çıkışında ders çalışmak için bize geldi. Kesinlikle zeki ama aynı zamanda içedönük bir çocuktu; Valentino'nun öteki arkadaşlarından farklı olarak futbol oynamanın ve rap dinlemenin dışında çok okuyan, resim yapan biri; onları ne zaman birlikte görsem çatışma ve simbiyoz tehlikesini aklıma getiriyorum.

Derken o gün öğleden sonra Valentino ve Michele ikindi kahvaltısı için odadan çıktılar, mutfakta oturdular, bir paket bisküviyi paylaşırlarken cep telefonlarından başkalarının işlerini kontrol ettiler. Kapıyı açık bırakmışlardı, ben koridorda az uzaklarındaydım çünkü kitaplıkta Cesare Garboli'nin bir kitabını arıyordum. Michele'in şöyle dediğini işittim: "Herkes onun hakkında her şeyi bildiğini sanıyordu ama şimdi onu nerede bulabileceklerini bile bilmiyorlar. Cesedin ortadan kaldırıldığı bir cinayet gibi saçma bir durum. Acaba bir beden hiç olmadı mı? Bence hayır."

Ansızın, tansiyonum düşmüş gibi portatif merdivenin üstüne çöktüm.

Ah, tabii ki vardı, bir beden vardı.

Garboli'yi aramam boşuna olacaktı: Birine ödünç vermiştim, geri gelmemişti. İşte o anda internette yok olduğundan beri benim hayatımda belirdiğini idrak ettim.

Nitekim çok uzun zamandan beri internette adını aramıyordum. Ben de büyüdüm, ne sanıyordun? Doğrusunu söylemek gerekirse biraz da usandırmıştın beni: Her zaman şık, her zaman mükemmel, her zaman mutlu. Benim büyütecek Valentino'm, ödenecek faturalarım, çabalamam gereken kariyerim vardı. Hikâyeler çelişkileriyle, olmazsa olmaz düşüşlerle, yeniden kalkma çabalarıyla, değişme zahmetleriyle ilgimi çekerdi ama sen hiç düşmüyor, hiç kavga etmiyor, sadece parıldıyordun, o kadar. Ama artık değişken de değildin. Zamanla değişken yıldız, sabit yıldıza dönüşmüştü. Giderek uzaklaşan ve soluklaşan.

İşte o 16 Aralık günü Valentino ve Michele odalarına dönerlerken ve oğlum arkadaşına "Annem çok acayiptir, takma" derken ben başımı Cassola'ya çevirmiş halde merdiven tepesinde duruyordum; onların saklanmalarını, odanın kapısını kilitlemelerini gözetliyordum ve senin bana donlarımızı indirmeyi önerdiğin günü hatırladım: Peki daha fazla dikkat, para ve şöhret kazanmak için bir strateji değilse bu? Ya *gerçek* bir şeyse?

Telaşla silkiniverdim: Neler geçiriyorsun aklından Elisa? Tanımıyor musun onu? Sen de mi düşmek istiyorsun Beatrice'nin tuzaklarına?

Nihayet seni bir kenara kaldırmayı başarmıştım ve senin bir reklam buluşun yüzünden o temele mayın döşemeye niyetim yoktu.

Siktir dedim sana.

Ve ertesi gün o kaçınılmaz, kesin darbe indi.

*\*\*\**

17 Aralık sabahı her zamanki gibi 6.30'da kalktım.

Kahveyi ateşe koydum, gece yıkanan çamaşırları astım, okula gitmesi için Valentino'yu uyandırdım.

Karşılıklı oturup kahvaltımızı ederken Radyo3 sesi kısık bir şekilde açıktı, yoksa rahatsız ediyordu. Oğlum keyifsizdi: Surat asıyordu, tek heceli yanıtlar bile değil sadece homurtularla yanıt veriyordu. Ona Michele'yi öğleden sonra yine davet etmesini önerdim, bakışlarıyla bana yolladığı yıldırımların nedeni yeni kavga etmiş olmalarıydı. Bir önceki akşam mesajlaşarak. Ben ona uyku saati geldi, telefonunu teslim et, demeden önce.

Maggiore Caddesi'nin bir kısmını sessizce beraber yürüdük. Otobüs durağında kulaklıklarını taktı, ceketin kapüşonunu başına geçirdi, beni az tanıyan biri gibi veda etti. Servi revakları altından yoluma yalnız devam ettim; sıkışıklık, korkunç bir çaresizlik duygusu bastırıyordu yüreğime. Aldrovandi Meydanı'nı geçerken küçüklüğümün karın ağrısı duygusunu hatırladım. Sonra Pietroni Sokağı'na vardım ve Baraccio'ya sığındım.

Sabahın sekizinde pek kimse yoktu. Üniversite bölgesinde geç uyanılır, bu bilinir. Davide tezgâha arkasını dönmüş, kahve makinesini temizliyordu. Benim girdiğimi duydu, döndü. Bilmem nasıl ama daima gelenin ben olduğumu anlardı.

"Günaydın yenge!" dedi. Yüzüme daha dikkatli baktı. "Ne oldu?"

"Her zamanki sorunlar."

Yasal olarak aramızda bir akrabalık yoktu. Ama Davide'nin de benim de Bologna'daki tek akrabamız birbirimizdik, mükemmel bir durumdu ama bar yüzünden Valentino'yu futbola götürmeme yardım edemiyordu.

"Yeğenim ne karıştırdı gene?"

"Suskun, suratsız" dedim mantomu çıkarıp karşısındaki bir tabureye tünerken, "sanırım en yakın arkadaşı onu yaraladı ya da tersi oldu. Merak ediyorum."

"Bırak hayatlarını yaşasınlar."

Belirtmem gerekiyor: Onun çocuğu yok.

"Belki bir kızda bulur tesselliyi, değil mi? Hem de ne iyi olur!"

Davide her zaman zayıf olmuştur, bir deri bir kemiktir ama

cömertçe önemli diye tanımlayacağım bir burnu, kara ve kıvırcık çalı gibi saçları vardır. Artık üzerinden yıllar geçmiş olan tanıştığımız gün beni karşılarken elimi sıkmış ve şöyle demişti: "Memnun oldum, ben çirkin kardeş. Bundan da gurur duyuyorum". Hemen arkadaş olmuştuk.

O salı günü bana her zamanki gibi duble kahvemi uzattı.

"Bu arada Lorenzo ile konuştum ve bana Valentino'yu Noel için T'ye götüreceğini söyledi."

"Evet, bu sene sıra onda. Sen gidiyor musun peki?"

"Şaka mı yapıyorsun?" Davide ellerini tezgâha dayadı, acı acı güldü. "Yirmi yıl oldu oraya ayak basmayalı."

Onu anlıyorum, ben de mümkün olduğunca az gidiyorum: Son gidişimde babama onun için alışveriş yapacağımı söyleyerek çıktım ve gidip derin düşüncelere dalarak şehri dolaştım; sonunda kendimi Lecci Sokağı'nın dibinde buldum. Beatrice'nin –star değil genç kız– karşıdan karşıya geçtiği sokak şeritlerini gördüğüm an gözlerim fal taşı gibi açıldı, az daha kalp krizi geçirecektim.

"Eh eninde sonunda barışmanız gerekecek" sözü kaçtı ağzımdan.

"Ben ve T mi? Sanmıyorum." Davide dışarıya, vitrinden öteye baktı. "Amazonlar'da, Haiti'de yaşadım, çok haksızlık gördüm. Bunları hep sosyal medyada anlatmaya çalıştım. İnanabiliyor musun en hıyarca yanıtlar bana hep T halkından geldi ve beni delirtti: 'Sub Comandante Davide!', 'Gel de buradakilere yardım et, İtalya halkı da yoksul!' 'Babanın parasıyla kahramanlık rahat mı?' Düşün ki o baba benle selamı kesmiş, nerede kalmış yardım parası yollayacak!"

Kapıdaki çıngırak sözümüzü böldü. Felsefe bölümünden tanıdığım iki profesör girdi, profesör oldukları için beni küçümsediler. Bir kahve istediler, Hegel ve bunun yanı sıra Conte hükümetinden söz etmeye başladılar. Onların varlığı beni geriyordu: Davide ile bizim meselelerimizden konuşmak istemiyordum. O sırada işte sen geldin aklıma.

Acaba bugün bir şey yayınlamış mıdır, diye düşündüm.

O güne kadar gayet başarılı gelmiştim. Sosyal medyanı açıp bakmamıştım.

Herkes yanıp tutuşuyor, didikliyorken benim umursamıyor

olmam hoşuma gidiyordu. Ama internet gevezelikleri başkaydı, gazete haberleri başka.

Hafif bir kalp çarpıntısıyla elimi Davide'nin *müşterileri için hazır bulundurduğu gazete yığınına uzattım*. Her zaman yaptığım gibi Corriere'yi alacağıma bu kez Il Manifesto'yu seçtim. Ergenlik dürtüm ele geçirdi beni. Kendimi yeniden kolumun altında bu gazeteyle sınıfa giren kız kadar evcilleşmemiş ve cesur hissettim. Aceleyle karıştırdım, dikkatimi Amazonlar'a ve sınır savaşlarına vermeye çalıştım. Ne yazık ki asıl aradığım sendin.

Ve sen yoktun, en azından baktığım kadarıyla hiçbir sayfada geçmiyordu adın.

O zaman rahatlıyor, soluk alabiliyordum.

Hafifliyor, neşeleniyordum.

Bu arada iki felsefeci gitti. Palto yakasına taktığı Anpi partizan rozetiyle Vito girdi. Oturdu. La Repubblica gazetesini eline almış ve hemen yüksek sesle doğal felaketler bültenini, sınırlardaki kıyımları, dilbilgisinden habersiz başkanların beyanlarını okuyan Davide'yi dinledi. Her şey yeniden normal akıyordu. Ben de kalkanlarımı indirdim.

*Corriere* gazetesini aldım.

Bakışlarım ilk sayfanın manşetine takıldı.

*İşte sanırım o zaman yüzüm bembeyaz oldu.*

"Hayır" dedim.

"Hayır, ne?" diye sordu Davide. "Bolsonari, Trump, Libya?"

Gazeteyi elimde sımsıkı tutarak "Bir hafta..." diye mırıldandım. "İlk sayfada, olacak iş değil."

"Ne o?" diye araya girdi Vito.

Corriere'yi bıraktım. *Şaşkınlık, öfke ve artık bastıramadığım endişe duygumla* «Beatrice» *dedim*.

"Kim?"

"Rossetti."

"Bağışla" dedi Davide hayretler içinde, "gene mi o yosma?"

Seksen iki yaşındaki Vito "Rossetti kim?" diye sordu.

Ona döndüm, ağzımı tam açmak üzereyken kapattım.

"Kim o?" Bu gerçekten iyi bir soruydu. Kendime rağmen gazeteyi yeniden elime aldım, seninle ilgili başlığı yeniden okudum:

"Bir hafta süren sessizlik. Beatrice Rossetti konusunda kaygı yükseliyor."

Davide öteki gazetelere de göz attı. "Gerçekten acınacak durum: Il *Manifesto* dışındaki tüm gazeteleri işgal etmiş haber."

"Peki ama kim o?" Vito öğrenmek istiyordu. Ben sustuğum için Davide yanıt verdi: "Çanta, külot falan satan biri... Hani eskiden kapı kapı dolaşanlar vardı ya, bu da internetten satıyor."

"Ha" dedi rahatlayan Vito.

Ben cılız sesimle "Tam olarak külot satmıyordu" dedim. Sonra daha yüksek sesle Davide'ye sordum: "Onun T'li olduğunu biliyor musun?"

"Bu beni hiç şaşırtmaz" dedi.

Bu sırada başka müşteriler girdi, o ciddi biçimde çalışmaya koyuldu. Ben önümde *Corriere* gazetesiyle donmuş gibi kaldım. Altbaşlık şöyleydi: "Pek çok ülkede meydanlarda toplaşan *hayranları merak içinde.*"

Okumak istemedikçe okuyordum: "Binlerce kişi dün sembolik yerlerde toplandı... Kaygı derecesi yüksek..." Merakımdan, öğrenme korkusundan kelimeleri atlıyordum. "Her gün, her iki, üç saatte bir kendini başkalarının bakışlarına sunan bütün bir yaşantı... 9 Aralık'tan beri durdu: Ne bir post ne bir fotoğraf. Ne bir açıklama ne bir veda. Beatrice Rossetti ansızın saklandı." Geri dönüyor, cümle parçacıklarını okuyordum, bakışlarım bulanıklaşıyordu. "... ama en çok korkulan kötü bir haber... Söylentiler dolaşıyor... Yayılıyor... Yabancı medyada da... Kazancı ona bağlı kişiler ciddi bir sessizliğe büründüler... Kaçırılma, intihar: Şu anda sadece varsayım... Paris'ten Pekin'e... Anlaşılmaz bir boşluk..."

*Corriere* gazetesini kapattığımda kalbimin infilak etmiş olduğunu anımsıyorum.

Bir hafta çok fazla, diye düşündüm.

Beatrice, bu hiç senlik bir iş değil.

Davide gazeteyi elimden kaptı: "Avustralya yanıyor, Akdeniz bir mezarlığa döndü ama biz Rossetti için mi üzülüyoruz? *Daha fazla don satmak için yeni bir buluş olmalı.*"

Bir an ona hak vermedim. Hatta rahatsız oldum ve şöyle yanıtlayasım geldi: Sadece don olsaydı konu, yanan ve eriyen dünya bunu konuşuyor olmazdı değil mi? Onu yargılama hakkını kim veriyor sana? Çok yüzeyselsin. Hepimizi ilgilendiriyor bu, anlamıyor musun?

    Ama tuttum kendimi. İşin şaşırtıcı yanı, Davide'nin aslında benimkilerden hiç de farklı olmayan görüşlerini dile getirmiş olmasıydı, gene de bir başkasının dudaklarından dökülünce bana hiç âdil görünmemişti.

    Saate baktım, dokuz buçuk olmuştu. Zaman kavramımı yitirmiştim. Aceleyle indim tabureden: "Davide, yarın görüşürüz. Herkese iyi günler." Ve koşarak uzaklaştım.

    Dışarıda güneş ışığı revakların altına ancak girebiliyordu, hava nisan başı gibi ılıktı. Verdi Meydanı'nı olabildiğince hızlı geçtim ve İtalyan Filolojisi basamaklarını ikişer ikişer tırmanırken kıyameti sezinledim: Toplumsal ve Özel.

    Çalışma odama uğramadan doğru derse yöneldim.

* * *

    III no'lu *sınıf dağınık saçlı, yana yatırılmış uzun kâküllü,* atkuyruklu, kıvırcık ve kasket kesim saçlı öğrencilerle doluydu. Yüzleri göremiyordum çünkü istisnasız hepsi başlarını cep telefonlarına eğmişler ve krize girmişler gibi onunla ilgileniyorlardı, alışık olmadığım üzere yüksek sesle ama birbirlerine bakmadan konuşuyorlar, dikkatlerini bir an bile kaybetmiyorlardı.

    Tamam, dedim ve girdim.

    Kapıları mümkün olduğunca gürültü çıkartarak kapattım ama nafile: Tek bir tanesi bile başını kaldırmadı, geldiğimi fark etmedi.

    Mantomu ve çantamı sandalyeme koydum. Her zamanki gibi bacak bacak üstüne atarak kürsüye oturdum. Ellerimi megafon yapmak için ağzımın iki kenarına dayadım ve olanca nefesimle, "Hey, buradayım!" diye bağırdım.

    Sonunda kızların başları birer birer kalktı, sakinleşti. Aslında öğrencilerin demeliydim. Edebiyat fakültesine erkekler kaydolmuyor değiller ama ciddi azınlık olarak uzun saçlı, kırmızı rujlu kızların arasında kayboluyorlar.

"Geç kaldığım için özür dilerim" dedim. Ve son seslerin de dinmesini beklerken mümkün olan en tehditkâr yüz ifadesini takınmaya çalıştım. Bilinçdışı mesajım şuydu: Gözünüz telefonda olursa, acımam size. Kızların hepsi biz ikimizin kavga ettiğimiz o trajik yaştaydılar ve açıkça sana benzemek için çırpındıklarını görebiliyordum. Sen saç bantlarını yeniden moda etmeye karar verdiğinde hepsi sınıfa saç bandıyla geldiler. Pantolonlarını senin gibi ayak bileği uzunluğunda giyiyorlar. Renklerde, pozlarda, hatta somurtmalarında bile seni taklit ediyorlar. Benim tarzımda yirmilikler de var tabii: bol *swetshirt*'ler, lastik çizmeler, güvensizliği gizlemeye yarayan *piercing*'ler. Sınav salonunda onların bakışlarıyla karşılaştığımda, en kolay soruları onlara verme eğilimimi bastırmak zorunda kalıyorum; çok iyi tanıdığım o dezavantajlı durumu dengelemek istiyorum. 17 Aralık sabahı üç yüz öğrencimi gözlemledim, onlar da beklenti içinde beni gözlemlediler. Başlamadan önce bu bir dakikalık sessizlik anını kullandık, sırtımızdaki dünyayı yere bıraktık ve alanda bir boşluk yarattık.

Ben yalnızca sözleşmeli araştırma görevlisiyim, 20. yüzyıl İtalyan edebiyatı okutuyorum ve maaşım elbette çok yüksek değil. Belki hiçbir zaman profesör olamayacağım ve bunu başarsam bile sana yetişemem. Gene de Beatrice, cidden şu sınıfı görmeni çok isterdim: Koyu renk ahşap ihtişamlı salon ışık ve beklenti dolu. Her sefer başlangıçta sesim titriyor biliyor musun?

Bilmiyorsun çünkü beni hiç aramadın. Öyle düşündüm o sabah. Bahse girerim ki bunca yıl boyunca bir kez bile bir rahatsızlık, bir hüzün hissetmedin. Aklına hiç şu gelmedi: "Bakalım şu bizim Elisa ne yapıyor? Ne iş yapıyor? Evlendi mi, çocuğu oldu mu acaba?"

Zaten bulamazdın. Fakültenin bölüm sayfasında hakkımda pek az bilgi var, fotoğraf yok; sadece yayımladığım uzmanlık makalelerim ve kısa denemelerimin listesi ile derste okuttuğum kitapların listesi var.

Sesim titriyor, diyorum sana çünkü her ders çabam aynı: Seni uzak tutmak. Sanguineti, Moravia, Cassola, Caproni en azından bu alan içinde ve iki saat boyunca senden daha çekici, ilginç ve seksi görünmeliler. Kızların ellerini sıranın altına uzatıp, telefonu alıp, senin sayfanı bulup, nerede olduğunu, ne yediğini görmelerini engellemek için inan bana her zaman elimden geleni yaptım. Zihinlerini senin giysilerinden daha anlamlı bir konuya çekebileyim, kalemlerini defterleri üzerinde koştursunlar diye boğazımı patlattım. Bu daima eşitlikten uzak ve haksız bir rekabet oldu ama sanırım çoğunlukla başardım: Görünmeyeni görünenin, kendimi senin üzerinde tuttum!

Ne var ki sen de görünmez olduğundan beri mücadelem olanaksız hal aldı.

O sabah programımda "Mektuplar" yani *Yalan ve Büyü*'nün altıncı bölümü vardı; artık yetişkin ve mutsuz evliliğin tükettiği Anna Massia di Corullo yoksulluk içinde yaşadığı iki göz odasında gece vakti kuzeni Edoardo'ymuş gibi kendi kendine mektuplar yazar. 19. yüzyıl sonu, Palermo'dayız, mevsim yaz. Anna yazı masasının önündeki pencereyi açık tutuyor. Kocası yok, trende gece mesaisinde. Uyuduğu sandığı kızı ise annesini gözetliyor. Anna, tifüsten ölmüş Edoardo'nun kulağına sevda sözcükleri fısıldadığını hayal ediyor, saçlarını açıyor, gülüyor, kendini koyuveriyor. Bu mektupları ertesi gün erkeğin onunla birlikte olmasına izin vermeyen annesine okuyor. İntikam almak için, çaresizlik yüzünden.

Ama daha da fazlası, hazzını yaşamak için.

Gerçekten de Anna hakkında konuşmaya başladım. Kızlarım aslında ona bayılırlar çünkü o da yoldan çıkmış bir kadındır: Mücevherlere bayılır, güzeldir, kibirlidir, kesinlikle dış güzellik meraklısıdır. "Sadece kızı ve kocası onu yeryüzünün en olağanüstü varlığı olarak görmeselerdi" dedim, "onu böyle anlatmasalardı, bu kadın ne olurdu?"

Ama sonra beni dinlemediklerini fark ettim.

Anna gibi şeytani bir ruh bile o anda bakışlarını iki dakikada bir bacakları arasında duran telefonlarına indirmelerini ve sen bir şey yayınladın mı diye bakmalarını engelleyemedi. Sinirlenmeye başladım. Boğazım karıncalandığı için boğazımı temizledim. Zaten son birkaç seferdir ders yapmak zorlaşmıştı ama artık bu kadarı da fazlaydı.

"Sadece onu böyle anlatmasalardı" diye başladım yeniden sabırla, "Anna zavallının teki olurdu, kendine mektuplar yazacak kadar acınacak halde. Anlatıcı Elisa bunları 'Düşük nitelikli düzyazılar' olarak niteliyor. Her ne pahasına olursa olsun, kabullenmelidir ki annesini kendinden geçiren erotik kaderin..." Kürsüden kitabı aldım ve "Metni okuyorum" dedim. "Yirmi kadar mektup, sıradan kâğıda uzun ve ayrıntılı biçimde yazılmış... Mürekkep kötü kalite..." Kâğıtları havada salladım ve bağırdım: "Gerçekler dayanılır gibi değildir, kızlar!"

İşte o anda öğrenciler beni dikkate aldılar. Gözlerinde ani bir ilgi gördüm. Neredeyse uçucu, zayıf bir destekti ama ben bütün gücümle buna tutunmalı, bunu kullanmalı, yararlanmalıydım.

Asla dağılmam, konu dışına çıkmam çünkü Lorenzo ya da benim yeğlediğim üzere, bir güvensizin diyeceği üzere can sıkıcı biriyimdir.

Ama bu sefer üzerine gitmeliydim. Biraz cesaretin peşine düşmeliydim: "Kurguda Anna hayattan intikamını alıyor. Ki bu hepimizin sürekli yapmaya çalıştığı şeydir, değil mi? Bir fotoğraf çektiğimiz ve onu güzel bir cümleyle yayınladığımız zaman."

Kürsüden indim, sıralar arasında dolaşmaya başladım.

"Üst katımdaki evi paylaşan üç komşum var. Benden birkaç yaş küçükler, biri ofiste biri süpermarkette çalışıyor, biri de sizin gibi eğitim görüyor. Onlara merhaba demek için her uğrayışımda hepsini eşofman ve terlikle, makyajsız ve keyifsiz görüyorum. Akşamları vardiyalardan sonra çok yorgun oldukları, para biriktirmeleri gerektiği ya da âşık olmaya değecek biriyle karşılaşma umudunu yitirdikleri için dışarı çıkmazlar. Kimi zaman da hayata tepki verirler. Boyanırlar, şık giyinirler, şehir merkezine gezmeye giderler, güzel bir lokale girerler, büyük gülümsemelerle kadehlerini havaya kaldırırlar ve bir fotoğraf çekerler. Ve elbette bu o anda internette paylaşılır. Bu eski sevgililere, onlara ihanet etmiş olan kız arkadaşlara, geldikleri kasabanın dedikoducularına atılmış bir taştır aslında. 'Görüyor musunuz nasıl da eğleniyoruz: Ne kadar mutlu görünüyoruz?'"

Ara verdim ve dudaklarımı ısırdım. *Claudia, Fabiana ve Debora haklarında böyle konuştuğumu duyarlarsa beni gebertirler*, diye düşündüm. Ben onlardan farklı olarak *kimi zaman* bile süslenip çıkmayı, biriyle tanışmayı, hayatımı değiştirmeyi hiç denemiyordum. En çok futbol antrenmanı tribünlerinde oturup kitap okuyordum ve bu da benim sosyalleşmem oluyordu.

Dinleyicilerim bir anda seni unutmuşlardı. Beş dakikalığına da olsa. Ve şimdi maçı iyi oynamam gerekiyordu.

"On yıl kadar önce biri bana edebiyatın döneminin kapanacağını söylemişti, eğer başkalarının hayatlarını hemen elinin altında izleyebiliyorsan, romanlara ne gerek var, demişti. Sanki bir çatlaktan içeri bakman, onu yakından izlemen, tanıdığını sanman hayali değil *gerçek* midir? Onların sana sundukları mutlu anların koleksiyonunu kıskanabilirsin, sen de kıskanılası benzer anlar yaratmak için gayret edebilirsin, kendi başına fotoğraflar çekebilirsin, Anna Massia di Corullo gibi kendine aşk mektupları yazabilirsin. Sanırım o arkadaşım haklıydı ama görüyorsunuz... Ne o ne bir başkası beni komşularımın internette paylaştıkları o üç fotoğrafın, aslında matah birileri olmadıklarına, kimseye benzemek, bir şey kazanmak istemedikleri hayatlarının öteki günlerinden, aylarından daha ilginç olduğuna inandıramaz." Derin bir nefes aldım, duygulanmamı engellemek için yutkundum. "Çünkü ben o görüntüleri sevemiyorum ama o kişilerin varlığını, onların gerçekliğini seviyorum, evet."

\* \* \*

Sonra kendime son derece kızmış olarak koşarak çalışma odama kapandım.

Marchi gibi oldun! diye söylendim kendime. Evde kalmış, ezik, otuz yaşındaki muşmula! İçini dökmek için ücretli dersini kullanıyorsun: Utanmıyor musun? Valentino'yu *düşündüm: Acaba Michele ile aynı sırada oturuyor mu yoksa ayrıldılar mı?*

Ansızın ilişkilerinin beni hiç ikna etmediğini kabulleniverdim çünkü bizimkini hatırlatıyordu. Ben bu yollardan geçtiğim, hatalı bir arkadaşlığın yıkıcı sonuçlarını bildiğim için oğlumu bunlardan sakınmak istiyorum. Sonra da Davide'nin sözünü hatırlıyorum: "Bırak hayatlarını yaşasınlar..." Bunu da kabullenmek zorunda kaldım: Hatalı bir arkadaşlık yaşamadan insan yaşamıyor, gelişemiyor.

İki paket krakerle yazı masamda öğle yemeğimi geçiştirdim:

İştahım olmamasının nedeni sensin. *Corriere*'deki haberi zihnimden kovma gerginliğine kapıldım. Bilgisayarımı açtım, internete bağlanmaktan kendini alıkoydum ve sol üst köşedeki dosyayı açtım, bütün dikkatimi ona yoğunlaştırmayı amaçladım.

Hikâyemizi yazmaya başlamadan önce aslında Elsa Morante'nin yapıtındaki kadın kahramanlara ılımlı umutlarımı yansıttığım bir proje üstünde çalışıyordum. O gün salıydı ve 14 ile 17.30 arası öğrencileri kabul ettiğim gündü ama az önceki histerik çıkışımdan sonra kimsenin kapımı çalmaya cesaret edebileceğini sanmıyordum ve bu nedenle –her zaman iyi bir uyuşturucu olduğunu unutmayalım– edebiyatın sıcak kucağına sığınmak için zamanım olacaktı.

Kendimi vererek çalışmış, doğru bir bakış yakalamıştım ama saat 13.55'ten itibaren resmi geçit başladı. Heyecanlı ya da dertli kız öğrenciler, can alıcı noktayı görüp şüpheye kapılan öğrenciler sıraya girdiler: Tümü gerçeklikle temsil arasındaki uyuşmazlığı derinleştirmek için başlangıç noktaları ve okumalar önermemi istediler. Schopenhauer'dan başladık adları derlemeye, Merleau-Ponty, Caproni'nin *Kevenhüller Kontu*, *Madame Bovary* ve hatta Ferrante'nin Napoli Dörtlemesi'ni de kattık. Benim zavallı çalışmam ekranda boynu bükük kaldı ama artık pek umurumda değildi çünkü o genç zihinleri ele geçirmeyi başarmıştım, içsel çatışmalarımın onların da içsel çatışmaları olduğunu keşfetmiştim ve bu bana bir tür coşku vermişti. Lorenzo gibi sarışın bir genç bana tezini bu konuya ayırmak istediğini bile söyledi. "Peki ama sizce edebiyatla sosyal medya birbirleriyle uyuşamazlar mı? İkisinden hangisi daha çok yalan söylüyor?" Önce dilimin ucuna geleni söyledim: "Elbette uyuşabilirler." Sonra bu atışımı düzelttim: "Belki gizli bir buluşma noktası vardır. Onu da sen bulmayı dene."

Keyfim yerine gelmişti, seni düşünmemeyi başarmıştım. Ama kapımı çalmayı bıraktıkları ve Guasto Sokağı'na bakan karanlık pencereli çalışma odamın dört duvarı arasında yalnız kalınca, Word imlecinin boş boş yanıp söndüğünü görünce kendimi yeniden o soruyu düşünür buldum.

Neredesin Beatrice?

Neden saklandın?

Kimsenin seni bulamıyor olması mümkün mü?

Hani bazı rüyalarda insan düştüğünü görür ve o düşmeyi engelleyemez ya. Ben de istemsizce Baraccio'da okuduğum haberin bütün cümlelerini hatırladım, bunca sessizliğin nasıl olur da haber hem de en önemli haber niteliği kazanabilirdi? Sessizlik, bir boşluktur, öyle değil mi? İçeriklerin mutlak yoksunluğu. Her zamanki gibi blöf yaptığını düşünebilseydim, içim öyle rahatlardı ki. Hatta zekice, bilinçli bir hareket yapmış olurdun. Hatta bunu sana ben bile önerebilirdim: On üç yıl sonra günde altı yedi adet ve hepsi sana ait fotoğraf sergileyerek devam edemezdin. Bıkkınlık yaratma riski vardı. Ama kendimi bir türlü ikna edemiyordum. Ve boğulacağımı hissediyordum.

Tamam yeter, her şeyi kapattım. Askıdan mantomu kaptım, masadan kitaplarımı, dosyaları, ciltli tezleri toplarken aklıma düşen bir varsayım kanımı dondurdu: Ya başına bir şey geldiyse?

Kötü bir şey?

Odamın kapısını kilitleyip koridorda yürürken midemin kasıldığını, endişemin yükseldiğini hissettim. Çünkü ortadan kaybolmak benim anaokulundan beri mükemmel sonuçlarla uyguladığım bir sanattı ama hatırladığım üzere sen işin neresinden başlayacağını bilemezdin.

Artık var olmaman korkusu sardı beni.

Sen. Sana öykünen ve hedefi asla tutturamayan ikonlar değil. Ama sen, anlatılamaz olan. S Marinası'na motosikletle giderken benim çıplak elimin üzerine konan senin elinin sıcaklığı ve özgül ağırlığı.

Babanı aramak geldi içimden. Hayır, durdum, bunun bir anlamı yoktu. İnternetten ve gazetelerden bildiğim kadarıyla hiç barışmadınız. Son zamanlarda birkaç kez birlikte fotoğrafını koyduğun Costanza daha iyi bir fikir olabilirdi. Ya da Ludovico: O kesinlikle bir şey biliyordur. Tam cep telefonumu çıkartırken kendime geldim: On beş senedir onları görmüyor, onlarla konuşmuyorsun. Senin hayatın bu. Onların hayatı seni ilgilendirmiyor.

Yeniden seni zihnimde uzaklaştırmaya çalışarak ilk kata indim. Evde birkaç gün önce boşuna arayıp bulamadığım Cesare Garboli'nin yazılarının derlemelerini bulmak için kütüphaneye girdim. Aradığımı buldum: *Gizli Oyun*. Holde karşılaştırmalı edebiyat bölümünden benim gibi araştırma görevlisi bir arkadaşa rastladım ve Fracci'nin olası emekliliğini konuştuk; bu bölüme kök salmış bir dinozordu. Artık bölüme çaktığı kazığı söküp yerini gençlere bırakması gerekiyordu.

Ona veda ettikten sonra beni bir grup kız öğrenci durdurdu ve yazarken ve fotoğraf paylaşırken, anlatım tarzında yalanın ve büyünün ne kadar yeri olduğu konusunu konuştuk. Kendimizin bir ikizini yaratmanın, kendimize dışarıdan bakmanın, en ufak bir nesnelliğin olanaksızlığının nasıl acı verici olduğuna da değindik. Ve böyle konuşurken sanki kontrolü yitirdikten sonra kendimi yumruklamışım, varlığımı iyi savunmuşum, normal ve sönük olsa da onu yeniden inşa etmek için çok uğraşmışım gibi hissettim.

Saat altı buçukta Zamboni Sokağı'na çıkabildiğimde *Valentino'yu görmek, ona yeniden sarılmak için can atıyordum. O kadar acelem vardı ki, dosyalar kaydı elimden. Ve her zaman olduğu üzere en münasebetsiz anda telefonum çaldı.*

* * *

*Odur*, diye düşündüm. Umarım iyidir, sesi üzgün değildir. Ellerim kollarım o kadar doluydu ki çantamı açmak için cambazlık yaptım. Telefon inatla çalmaya devam ediyordu. Bulabildiğimde arayanın Valentino olmadığını gördüm ve rahatladım.

Ekranda tanımadığım 340'lı bir numara vardı, belki de geçen cuma aradığım kalorifer tamircisiydi. Biraz sersemlemiş, biraz dalgın açtım: Kış günü saat altı buçukta, karanlık ve iliklerime işleyen nem yüzünden tek arzum eve dönebilmekti.

"Alo?"

"Elisa Cerruti?" Bir erkek sesiydi.

"Evet, kim arıyor?"

"İyi akşamlar, ben Corrado Rebora."

Sanki bu isimden sonra bir şey eklemesine gerek yokmuş gibi sustu. Ama ben telefonu kulağımla omzum arasında tutarken bir yandan yere düşmüş dosyalarımı topluyordum ve o sırada bir öğrencim gülümseyerek yanıma gelip yardım ederken ben "Buyurun?" dedim; ses tonumdan kim olduğu hakkında hiçbir fikrim olmadığını anlaması gerekirdi.

Bunun üzerine adını vurgulayarak, "Rebora, Corrado Rebora. Beatrice Rossetti'nin *Personal Manager*'ı."

Ellerimin arasında olan kitaplarım, dosyalarım ve az önce toplananlar yeniden kayıp gitti. Yerden almama yardım etmiş olan nazik çocuk başını sallayarak uzaklaştı.

Tek başıma öğrencilerle dolu revak altında kalakaldım.

"Sanırım neden aradığımı tahmin etmişsinizdir. Sizden her şeyden önce bu konuşmamızın içeriğini gizli tutmanızı rica edeceğim."

Buz kesmiştim. Daha büyük bir hayvan tarafından yutulmak ya da bir bıçak ya da tüfekle öldürülmek üzere olan bir hayvan gibi yavaş yavaş nefes alıyordum. Boğazımı yakan soru şuydu: "Yaşıyor mu?" Ama o anda tek bir sesli harf bile telaffuz etmem mümkün değildi.

Telefondaki ses devam etti: "Durum, herkesin ve sanırım sizin de bildiğiniz üzere kritik. Yüzlerce kişinin işini kaybetmesi, firmaların bir haftada iflas aşamasına gelmesi söz konusu. Eğer bir hafta daha böyle geçerse..."

Sözünü kestim: "Benimle ne ilgisi var?"

Corrado Rebora sustu. Belki de bana açıklayacağı bilginin ağırlığı yüzünden. Ben kaygı yumağına dönmüştüm. *Annen gibi kanser mi oldun*, diye düşündüm. Tümörler de hatalar, cezalar gibi kalıtsaldır. Belki hastadır, kemoterapi yüzünden saçı dökülmüştür ve bu durumda kendini göstermek istemiyordur çünkü insan onu ne kadar süslerse süslesin durum çirkindir, korkunçtur. Belki de çoktan ölmüştür.

"Sizin ilginiz var Elisa" dedi maalesef bir şairin soyadını taşıyan Rebora. "Beatrice bana sizinle görüşmek istediğini söyleme görevi verdi. Sizinle buluşana dek etkinliklerine yeniden başlamayacağını da ekledi."

Oturdum.

Daha doğrusu revakların altındaki granit zemine çöktüm, dosyalar ve kitaplar çevreme yayılmıştı. Gözlerimi yumdum, yaşıyor, diye düşündüm. Gülümsemiş olmaktan korktum. Kalbim yeniden çarpmaya, kanım dolaşmaya, oksijen taşımaya başladı. Gözlerimi yeniden açtığımda bakışlarım meydanın senin Lorenzo ile öpüştüğün noktasına düştü, senin dudak hareketinden anlamaya çalıştığım ama asla anlayamadığım o sözü düşündüm. Ve sonra sinirlendim.

"Beni ilgilendirmediğini söyleyin lütfen." Tekrar ayağa kalkarken, sesimi yükselttim. "On üç yıl sonra menajerine aratmak tam ona yakışan bir davranış ama ben bu oyuna gelmem ve kabul etmem."

Şu anda yazarken Rebora'nın hattın öteki tarafında yüzünün ne hal aldığını düşünüp gülesim geliyor. Hemen Elisa'dan Bayan Cerruti'ye geçti. "Affedersiniz, sanırım siz anlayamadınız."

"Tam tersine çok iyi anladım" dedim hevesle; bu arada yerdeki eşyalarımı bir daha düşürmemek üzere topluyordum. "İyi günler."

Korkuyla "Dinleyin beni" dedi.

"Gerçekten size yardımcı olabileceğimi sanmıyorum" dedim.

"Hanımefendi" sesi çatallanıyordu, "sizi temin ederim ki durum çok ciddi. Lütfen, birkaç gün düşünmenizi rica ediyorum."

"Hayır." Kendimi çok uzun bir süreden sonra canlı hissediyordum.

"Bu numarayı saklayabilirsiniz, kişisel numaramdır ve istediğiniz saatte arayabilirsiniz."

"Ayrıca benimle nerede, ne zaman buluşmak istiyormuş?"

"Eğer bana yetki verirseniz güvenli kanallardan mümkün olduğunca çabuk bilgilendirileceksiniz."

"Bakın benim bir oğlum, bir işim var, o parmaklarını şaklattığı anda Rossetti'ye koşamam, programlamam gerekir." İyi de neler diyordum ben? Bir gedik mi açıyordum?

"İyi düşünün, bir karar almadan değerlendirin lütfen. Hemen tepki vermeyin, aklınızı kullanın. Eğer önce siz aramazsanız ben sizi en fazla bir hafta içinde arayacağım."

"Bir hafta sonra Noel."

"Biz 365 gün, günde 24 saat çalışıyoruz. Lütfen bir gazeteyle temas kurmayın, arkadaşlarınıza, akrabalarınıza da söylemeyin" diye tembihledi yeniden.

Nakarat biter bitmez kapattım.

Telefonumu çantama tıktım. Dağınık kitap ve dosya yığınına sarılarak, ödünç aldığım kitaplara sahip çıkarak hızla yürümeye başladım. Kendimle gurur duyuyordum, keyfim yerindeydi, neşeliydim.

Sonra San Giacomo Maggiore Kilisesi önünde ansızın durdum ve idrak ettim.

Demek ki unutmamıştı beni.

Beni hâlâ hatırlıyorsun Bea.

# Bir Aile

Kilometrelerce kimseye rastlamadan ovayı aşıyorum, ıssız mola yerlerini, kapalı Vicolungo *outlet*'ini geçiyorum. Bariyerlerin ötesinde bir çan kulesi, bir okulu olan küçük köyler, tek tek çiftlikler, toprak yollar görüyorum: Duman tüten bacaların dışında manzara tümüyle devinimsiz.

Herkes sofradadır diye düşünüyorum, armağan değiş tokuşu yapmışlardır, şimdi hatıra fotoğrafı çektirmek için giydikleri şık giysileriyle uzak akrabaları arıyorlardır. Artık başkalarının Noel'i için kin duygusu gütmüyorum. Sanki bütün insanlık dünyayı iki uyumsuz olan biz ikimize bırakmak için elini ayağını çekmiş gibi geliyor bana.

Nerede olabileceğini tahmin etmeye çalışıyorum. Sanki yanımdaki koltukta sen oturuyormuşsun gibi cep telefonumu yan koltuğa koydum. Camdan çok uzaklarda dağlarımın siluetlerini görür gibi oluyorum. Dönüyorum çünkü Noel ve elbette bu anlatıyı oyunun başladığı yere bağlamadan bitiremem.

Carisio şatosunda çevre yolundan çıkıyorum, 230 sayılı yola giriyorum ve Mucrone Dağı karşımda beliriyor. Yarı yarıya karlı, doruğu bana küçükken meme başını anımsattığı şeklinde. Ona baktığımda kendimi güvene almak için Palazzina Piacenza'nın penceresinden gördüğüm dağa sarıldığımı düşündüğüm günkü hisse kapılırım hep. Sessiz, temel bir harfti o ve bütün harfler onu takip ediyordu.

Çünkü bu dağ benim annemdir.

Ve ben ona dönerken senin şimdi benim üzerimi örtenle aynı göğün altında annenin mezar taşına uzandığını, kulağını onun kalbini duymak için taşa dayadığını hayal ediyorum. O anda arabadan iniyorum çünkü Trossi Sokağı'na geldim.

Zili çalmamla kapının açılması bir oluyor. Beni nasıl beklediklerini anlıyorum, vicdan azabı duyuyorum, tedirginliğim artıyor. Asansörle çıkarken aynada kendime bakıyorum. Sahiden, diye soruyorum kendime, neredeyse otuz dört yaşında olan, saçları aynı kırmızı renkte, belli belirsiz makyajlı, vasat şıklıkta, küçük göğüslü ama eteğin altında sıkışan göbeği ve kalçası şişmanlamış –onları görmek için mantomun önünü açıyorum– yüz hatları sertleşmiş, yorgun bu kadın ben miyim?

Şu yansıma ne diyor benim hakkımda?

Zamanın geçtiğini.

Kapılar açılıyor, dönüyorum. Holde bir süredir boyanmayan annem sabahlığıyla kapıya dayanmış duruyor. Altmış bir yaşında ve bu bana hiç adil gelmiyor ama kendini bıraktığı için on yaş daha yaşlı duruyor. Ağız kenarı buruşuk, lekeli teni artık çilli değil, gri renkte. Onun dışında takıntılı bir şekilde sigara içiyor. Gerçek şu ki gülümsemeye çalışarak ona doğru yürürken aslında onu da tanıyamıyorum. Ve elbette lekeli eşofmanıyla, Rancid *sweatshirt*'üyle kapının arkasından çıkan ağabeyimi de tanıyamıyorum. Saçlarına ak düşmüş olsa da hâlâ onları tepesinde ibik gibi tarıyor, üs dudağında ve kaşında kırışıklıklarına rağmen *piercing* var. İkisine de sarılıyorum, annemin kemiklerinin ne kadar inceldiğini, Niccolo'nun ilaçlar yüzünden yeniden şiştiğini hissediyorum. Ah Bea, küçüklüğümüze dönmeyi ne çok isterdim, ikimiz de bakımsız, deli olabilirdik ama annemin bedeni bir kaya gibiydi ve bizi gıdıklamak için ikimizi bir anda havaya kaldırabilirdi.

Giriyorum, montumu ve hediyelerimi bırakıyorum, hüznümü gizliyorum. "Al" diyorum ağabeyime şampanyayı uzatırken, "koy buzdolabına". Mobilyaların yerleşimi, halılar, ayna, her şey ilkokuldan eve döndüğümdekiyle aynı. Ama zaman çok çalışmış, her şeyi yeniden boyutlandırmak, yalanlamak için uğraşmış, hatta giriş komodinin üstünde duran ve çevirince sentetik kar yağan Oropa cam küresi bile aynı. Ve ben sanki hayali ve güvenilir arkadaşımmışsın gibi seninle konuşmayı bırakmalıyım. Elbette.

Menajerine seni görmeye niyetim olmadığını söyleyeceğim. Olur da ısrar ederse gerçeği dile getireceğim: Senin sevgilimi elimden aldığını, Valentino'yu tek başıma büyütmek zorunda kaldığımı. Senin yüzünden.

\* \* \*

Saat bir buçuğu geçerken sofraya oturuyoruz. Bu sene diyorlar, hazır alınmış hiçbir şey yok. Niccolo makarnanın hamurunu açmış, rostoyu pişirmiş, *agnolotti* mantıya doldurmak için pancar yapraklarını haşlamış, annem de onları tek tek kapatmasına yardım etmiş. Yemekleri sunarken son derece gururlular. Ben şampanyayı açıyorum, kadehleri dolduruyorum. Daha bayram havası olsun, ev daha kalabalık görünsün diye televizyonu fonda kısık olarak açık tutuyoruz, aslında Noel çocuksuz kutlanmamalıdır ve biz dışarıdan bakınca oldukça dalgın görünen üç yetişkiniz. Bizi nasıl ezebileceklerini hayal edebiliyorum: Yasını atlatamayan bir dul kadın, bir erkekle çıkmayı beceremeyen bekâr anne, bir eski uyuşturucu satıcısı.

Ama aynı zamanda bir hikâyeyiz ya da *bir aile* denen şey. Bu nedenle onlara yemekler için iltifatlar ediyorum, daha iyi hissettiğini sezebilmek için annemin yüzüne daha dikkatli bakıyorum. Çatalıyla bir *agnolotti*'yi havaya kaldırıyor, gözleri parlayarak inceliyor: "Daha önce yemek yapmayı neden denemedim diye düşünüyorum, oysa şimdi o kadar seviyorum ki." Sonra hemen konuyu Carmelo'ya getiriyor: "Ona hayatı boyunca bir kere olsun düzgün bir yemek pişiremedim, ne kadar üzülüyorum şimdi."

Niccolo televizyonun sesini yükseltiyor. Annem anılara devam ediyor: Şenlikler, bazen gecenin üçünü bulan konser sonu yemekleri; mutfak çadırlarında onlar için daima iki sıcak tabak bekletirlermiş. Anneannem de geliyor aklına: "Pazar sabahları babam gazetesini okurken yapardı bu *agnolotti*lerden." Mutfak ölülerle doldu. Ben sanki görünmez zincirleri gevşetmek istermiş gibi sandalyemi çeviriyorum. Yeniden sana takıyorum kafayı çünkü beni bu yerden yeterince kurtaramadın.

Niccolo, sanıyorum bizi öte dünyadan bu tarafa çekebilmek için yeni bir sevgili bulduğunu, bu yeni Marina'nın DJ'lik yaptığını söylüyor. "Akşamüstüne doğru uğramasını istedim, sizinle tanıştırmak istiyorum." Annem seviniyor. Ben iğrenç düşüncemi bastıramıyorum: Herkes, ağabeyim bile eninde sonunda sevgili buluyor. Derken telefon çalıyor.

Benimki değil, evin sabit telefonu ama irkiliyorum. Annem kalkıyor, terliklerini sürüyerek hole yürüyor. "Alo?" Ben ve Niccolo çiğnemeyi kesip, çocukluğumuzdaki gibi kulak kabartıyoruz. "Ah Paolo merhaba. Nasılsın? Sana da iyi Noeller."

Uzun uzun konuşuyorlar. Annemin ses tonu giderek hafifliyor, çekici bir hal alıyor. Benim hamile kaldığım yaz ikisi de değişti. Ve sanıyorum ardından anneanne ve dede olmak da onları bir şekilde yakınlaştırdı; güvensizlik ve taşkınlık duygularından arındılar. Evlilik için uygun değillerdi ama sevginin daha anarşik formlarında uyuştular. Niccolo, sıra ona geldiğinde nezaketen Noel'ini kutluyor, kısa kesip telefonu bana uzatıyor. O ikisi bir bağlantı noktası bulamadılar ve bu fena oldu. Ahizeyi kulağıma dayıyorum: "Mutlu Noeller baba. Neler yapıyorsun?"

"Şimdi Cesari'den döndüm" diyor. "Iolanda oğullarıyla yemekte olduğundan ben de kendime iyi davranmak istedim. Senin doğum gününde oturduğumuz masada, aynı manzarayı seyrettim. On yedinci mi on sekizinci mi, hatırlamıyorum... Bir tabak harika midyeli makarna yedim."

"Sahi mi?" Noel'i hiç umursamayan babamı Tiren Denizi'ne bakan lokantada tek başına otururken görür gibi oluyorum. Ve nihayet ben de kendime mutlu olduğumu söyleyebiliyorum: O yaz T şehrine taşınmam, devamında yaşadığım travmalar ve kırgınlıklara rağmen bana bu adamı tanıma fırsatı verdi. Babamı.

"Işık olduğu sürece biraz kuş gözlemine gideceğim. Gerçi Valentino olmayınca pek eğlenemiyorum ama..."

Size söylemeyi unuttum, oğlum kuşlara tutku derecesinde ilgi duyuyor ve gizemli bir şekilde dedesine çekmiş: Hani şu bir kuşak atlayan yeteneklerden. Vale, T şehrine her gidişinde San Quintino doğal parkına götürülmek istiyor, hemen dürbününü arıyor: Benim ona veremediğim tatmin duygusunu tattırıyor babama.

"Bu akşam senin ve onun için odaları hazırlamaya başlayacağım, gelmenizi dört gözle bekliyorum."

"İki gün kaldı baba."

Kapattığım zaman fark ediyorum ki burada geçirecek 48 saatim var ve bunu boş boş geçirmem mümkün değil. Bana düşen, benim görevim bu saatleri doldurmak. Eğitim almış olan benim, onca kitabın hayatımı elbette güzelleştirmiş olması gerekiyor. Mutfağa dönüyorum, panettone paketini açıyorum, bir başka şampanya daha patlatıyorum ve kadeh kaldırmayı öneriyorum: "Bize ve geleceğe."

Pek inandırıcı gelmiyor ama ikinci şişede daha gönüllü gülüyoruz. Onu da bitiriyoruz, orada oturup sandalyede sallanmaya devam ediyoruz. Televizyon haberleri senden söz etmediği için minnettarım. Uzun bir miskinlik öğleden sonrası bekliyor bizi, kafayı bulmadık ama uyku bastırdı. Sofradan kalkıyor ve şöyle diyorum: "Siz salona gidip dinlenin, ben toplarım sofrayı."

Karşı koymadan kabulleniyorlar çünkü yorgun oldukları belli. Neyin yorgunu bilmem, artık çalışmıyorlar, eve şöyle bir hızlıca göz atıyorum, pek derli toplu da sayılmaz. Sanıyorum sabahları uyanmak ve aynı günleri yaşamaktan. Masa örtüsünü silkeliyorum, tabakları yıkıyorum, üşenmeyip fırını da pırıl pırıl yapıyorum. Sonunda mokaya kahveyi dolduruyorum, tepsiye güzel takımdan üç fincan diziyorum, en azından bu davranışın aramızı biraz düzelteceğine güveniyorum.

Oysa salona girdiğimde küçük ağacın ışıklarının bile takılmadan eciş bücüş durduğunu görüyorum; sadece ben geliyorum diye eski toplardan kalanları takmak için çabalamışlar. Ve altına da armağanlarımızı koymuşlar: Altı küçük, buruşuk paket. O ikisi kendilerini divanlara atmışlar, öylesine perişan bir halleri var ki bu kez dış görünüme büyük bir değer veresim geliyor. Ve kalbim sıkışıyor. Saksıda kurumuş bitki yüzünden. Noel günü yayınladıkları *Yedi Kardeşe Yedi Gelin* türünden o eski filmlerden birine ayarlanmış televizyon yüzünden. Çocukluğumuzdan kalan, toza bulanmış, çalışıp çalışmadığı belli olmayan DVD çalar ve VHS video kayıt makinesi yüzünden. Aslında şu anda aşamadığım kapı eşiğinde ayakta dururken gözlemlediğim, benim asansörde gördüğüm kendi yansımam.

Mümkün mü, diye soruyorum kendime, iyi olanın devri kapanmış olabilir mi? Yakında kendi yoluna gidecek olan ergenlik çağında bir oğlum olması, benim akşamları eve kapanıp 2006'da bitmiş bir aşkı, aynı yıl yitirdiğim bir arkadaşlığı, hiç yazmadığım şiirleri ve romanları, sürüp sürmeyeceği belli olmayan geçici kariyeri düşünecek olmam mümkün mü?

Bakışlarım video kayıt aletine takılıp kalıyor.

Kendimi yanıtlıyorum: Hayır lanet olası.

Eşiği aşıyorum. Divanın önünde duruyorum.

"Anne" diyorum tepsiyi demir sehpanın üstüne koyarken, o sehpanın ve içimde bir yangın çıktığını hissediyorum, "komodinin son çekmecesinde duran şu Violaneve VHS kasetlerinden birini alsam da birlikte seyretsek, ne dersin?"

Annemin beti benzi atıyor. Alnını kırıştırıyor, kaşlarını kaldırıyor, göz çevresi bir kırışık ve korku yumağına dönüşüyor. "Sen nereden biliyorsun?"

"Ekim'de mevsim değişiminde ben toplamıştım ya. Hatırlıyor musun?"

"Şimdi sırası mı onları ortaya çıkarmanın?" diye savunuyor kendini.

Niccolo bize şaşkın bakarken, başparmağıyla işaretparmağı arasındaki haşhaş topunu yumuşatıyor. Neden söz ettiğimizi anlamıyor. Ve ben annesinin yanından hiç ayrılmamış olan, kırk yıldır birlikte yaşayan ağabeyimin Violaneve macerasından habersiz olmasına şaşıyorum.

"Annem gençliğinde bir rock grubunda bas çalıyordu" diye açıklıyorum, "ve konser kayıtlarını saklamış."

Gözleri irileşiyor. Annem utançtan ellerini evirip çeviriyor.

"Onları olduğu yerde bırak" diye ısrar ediyor.

Pes etmeye niyetim yok. "Bence güzel bir şey olur" derken sesimi III no'lu sınıfta beni dinlemek istemediklerinde kullandığım tona ayarlıyorum "ezbere bildiğimiz şu film karşısında esnemek yerine bugün anlamı olan bir şey izlemek."

Annem kollarını kavuşturarak "Hayır" diyor. İçinden geçen duyguları yüzünden okuyabiliyorum: korku, özlem, heves. Kendi kendiyle mücadele edişini, gözlerinin ani patlamalarla parçalanan gökyüzüne benzeyişini seyrediyorum.

"Biz senin çocuklarınız" diye yüreklendiriyorum onu, "seni o orkestrada çalarken dinleyemedik. Bu sana adil görünüyor mu?" Daha da kaskatı oluyor. Ama sonra ansızın gevşetiyor kollarını. "Peki tamam" diyerek ayağa kalkıyor, sırtını doğrultuyor. "Ama konseri ben seçmek istiyorum."

* * *

VHS kasetin köşeleri kalkmış etiketinde şöyle yazıyor: GATTI-NARA, 17 Ağustos 1978. Annem bana uzatırken ve divana otururken "Bahse girerim hiçbir şey görünmeyecektir" diyor.

Videoyu açıyorum, kaseti uzatmamla içine çekmesi bir oluyor, bütün yüreğimle çalışması için dua ediyorum.

Az sonra ekran gri oluyor, karıncalanıyor. Gülümseyerek annemle ağabeyime bakıyorum ama onlar ne heyecanlarını ne beklentilerini ele veriyorlar: Niccolo otunu bitirmek üzere, annem bir Camel yakıyor. İki duvar. O zaman tereddüt ediyorum, pişman oluyorum: Ne yapmaya çalışıyorsun Elisa? Oda pis pis esrar kokuyor, beni hem rahatsız ediyor hem de Alfasud ile Morandi Köprüsü'nü geçişimizi anımsatıyor.

Kırmızı güç ışığı yanıyor, eski ve ağır makine çalışmaya, bobinleri takmaya, şeritleri sarmaya çalışır gibi görünüyor ve ben inat etmek istiyorum. Koşup ortamı karartmak için panjuru indiriyorum. Kasabalarda Noel kutlamak için sinemaya dönüştürülen çok amaçlı salonlara benziyor ortam. Kumandayı alıyorum, gidip altdudağını ısırmaya başlayan annemin yanına oturuyorum. Gerginliğini hissediyorum.

"Hiçbir şey görünmeyecek" diye yineliyor, belki umut ediyor.

*Play* tuşuna basıyorum, önce sarı sonra kırmızı bir leke beliriyor, dağılıyor, yok oluyor. Yeniden siyah ve gri oluyor. Hayal mi kurdum? Derken bir ses, sanki karışık bir konuşma sesi geliyor. Hayır, eski analog hışırtı bu. Bir yeşil kuyu görüntü olmaya çalışıyor. Bekliyorum, içimde bir ürperti var: Ağaç yaprakları bunlar evet, ağaçlar. Şans getirmesi için parmaklarımı üst üste bindiriyorum. Kalabalık insan başları, çarpık bir kadrajla beliriyor. Sonra objektif doğruluyor, duruyor ve sanki bir sihir yapılmış gibi işte net bir şekilde annem beliriyor.

Kırmızı saçları ve çilleri olmasa onu tanımazdım. Öteki üç kızla birlikte sahnede kordonları, amplifikatörleri ayarlıyor. Kamera onlara doğru yürüyor, ses yeniden şekilleniyor, gitarların akordunu, mikrofonların ıslık çalışını duyuyorum. Ani, heyecanlı bir *zoom* sonucunda ekranda basını omzuna asmış yirmi yaşındaki annem beliriyor.

Parlak renkli, çizgili bir etek, omuzlarını ve çıplak göğsünü açıkta bırakan atlet giymiş. Kamera ona yaklaşıyor, onu inceliyor, onunla oynuyor. Dış ses araya giriyor ve bağırıyor: "Annabella niye somurtuyorsun? Gül haydi!"

Annemin, yanımda oturan yaşlı kadının ağzından bir kıkırtı kaçıyor. Öteki, videodaki genç kız öyle çocuksu bir mimik yapıyor ki içimde yoğun bir merhamet duygusu beliriyor. Güzel bir fuşya ruj sürmüş; saçları sırtının ortasına kadar uzuyor, ortadan ayrık, yüzünün iki yanından dökülüyor. Alnında lila renkli bir bant, boynunda sayısız kolye var. Öteki cesur ve genç Violaneve kızlarıyla *prova yapıyorlar. Dış ses gene sesleniyor:* "Anna, bana bir öpücük gönder!" Ama o basını akort etmekle çok meşgul, arkasını dönüyor. Bunun üzerine belki de o zamanki sevgilisi alınıyor, sahnenin altında toplaşan kalabalığa dönüyor. Hepsi yirmili yaşlarında, çoğunun üstü çıplak, ellerinde sigaralar, biralar; sanki Gannitana değil Woodstock. Ama kamera en dibe kadar çevrildiğinde buranın sadece Vercelli'ye bağlı bir köy olduğu anlaşılıyor: Mutfak çadırları, çocukların ve yaşlıların *panissa* risottosu yedikleri tahta ve uzun masalar görüntüye giriyor.

Sonunda annemin sevgilisi aniden ona dönüyor. "Prova bitti mi artık?" diyor. Başka sesler de ona katılıyor ve "Viola-neve! Viola-neve!" diye bağırıyorlar. Güneş batmakta, ekranın bu tarafından bile nem ve sivrisinek dolu havayı, ter ve arzu yüklü bedenleri hissedebiliyorum.

Violaneve kızları başlama anı için bakışıyorlar. Birkaç dakika haykırışlar, kahkahalar oluyor. Sonra çalmaya başlıyorlar ve bunu öyle iyi, öyle kendilerinden emin bir şekilde yapıyorlar ki çınarların altına kurulmuş o büyük ama derme çatma tahta sahne birdenbire dünyanın merkezi oluveriyor.

Temkinli bir şekilde anneme bakıyorum ve onun sessizce ağlamaya başladığını görüyorum. Niccolo da sarsıldı, binbirinci sigarasını yakıyor. "Bu sahiden sen misin?" diyor.

Annem hareket etmiyor, dikkatini dağıtmıyor. Islak yanaklarıyla ekrana tebessüm ediyor ve inançlı bir şekilde "Evet, benim" diyor.

Kabul etmeliyim: Annabella Dafne Cioni sadece benim annem, o düşüncesiz, etkisiz, dağınık, her zaman ya çok üzgün ya da çok çılgın, bizi seven ve bin kere terk eden kadın değil. Nasıl ki ben de yalnızca Valentino'nun sandığı üzere çalışan ve onunla oturan kadın değilsem: Onun Beatrice hakkında hiçbir şey bilmemesi gibi ben de Violaneve'yi bilmeden büyüdüm.

Annem her şeyden önce ve belki de sonsuza dek şimdi sahnede enerjik bir şekilde çırpınan, beyaz ışık demeti özgür olan, başını vahşi bir ritimle sallayan, gülen ve yadsınamaz bir yeteneği olan şahane genç kız.

Peki ben, ben kimim?

Ansızın elimi sırtıma uzatıyor, kazağın altına sokuyorum. El yordamıyla yara izini buluyorum, parmağımla uzunluğu boyunca ilerliyorum ve Gattinara konserinden buraya, gene bu salona, 1991 yılının ilkbaharında pencerelerin ardına kadar açık, annemle ikimizin yalnız olduğumuz güne dönüyorum.

O kadar çok şey hatırladım ki son bir çabayla bunu da tamamlayabilir ve kabullenmeyi bitirebilirim.

Huzursuzdum o gün. Mutsuzdum, evde oturmaktan, hasta olmaktan bıkmıştım. Çok iyi anımsıyorum, beş yaşımdaydım ve annemi istiyordum. Onun kucağında olsam, kendimi okşatsam, onu öpsem diyordum. Onun temizlik yapmasını, televizyon seyretmesini, her işini engelliyordum çünkü o benimle, yalnızca benimle olmalıydı, her dakikasını benimle geçirmeliydi. Bu nedenle sızlanıyordum, onu sıkıştırıyor, boğuyordum. Derken ona bir telefon geldi.

Bir bacağının etrafına sarıldığım görüntü gözümün önünde: "Anne, anne, anne." O karşıdan gelen sözleri anlamaya, yanıtlamaya çalışıyordu, önemli bir görüşme olduğu belliydi. Ama ben telefonun kordonunu çekiştiriyordum, "Anne, anne" diye vızıldamaya devam ediyordum. Sonunda telefonu kapattığında salona bembeyaz ve müthiş endişeli bir yüzle döndü. Bense peşini bırakmıyordum: "Anne, anne." İşte o zaman başını çevirdi. Beni tanımıyormuş gibi yüzüme baktı. Sanki benden nefret edermiş gibi. Ben yine bedeninin bir kısmına yapışmıştım. Ve belleğimin iade etmeyi reddettiği "Geber!" gibi, "Şimdi seni pencereden aşağı atacağım!" gibi bir şey bağırdı, kolumdan tuttuğu gibi kendinden uzağa, olabildiğince uzağa fırlattı, ben de uçtum ve demir sehpanın köşesine çarptım.

Köşe sivriydi, keskindi; öylesine batmıştı ki etimin içine *sonrasında* diktirmek için acil servise koşmamız gerekmişti, daha da sonra hiçbir deterjanın çıkarmadığı kan lekesi yüzünden yerdeki halıyı da atmamız gerekmişti. Ama öncesinde köşenin sivri ucu derimi yırtarken, acı başlamamışken gözlerimi fal taşı gibi açıp annemin şaşkın gözlerine dikmiştim; orada benden ve her şeyden, uçsuz bucaksız bir bezginlik okudum, özgürleşmek, kaçmak, sırtından bu bitkin kadını atmak istiyordu çünkü iki çocuğu tek başına büyütüyor, vardiyalardan pestil gibi çıkan bir işçi olarak çalışıyordu ve hayatın ona diktiği deli gömleğinden kurtulup müzik yapmak istiyordu.

Sonra gözkapakları kapanmış, yeniden açılmış, kirpikleri birkaç kez kırpılmış, kanı beni ve o an bastıran acıyı fark etmişti.

"Tanrım, tanrım!" diye kekelemişti. "İstemiyordum. Bunu özellikle yapmadım, yemin ederim." Bana doğru atılmış, beni kolları arasına almış, öpücüklere boğmuştu. "Canım benim, özür dilerim, özür dilerim" diye tekrarlıyordu, yarama gazlı bez bastırıyordu ama banyoda yaptığı pansumanın yeterli olmayacağını anlayıp beni hızla giydirip otomobile oturtmuş ve hastaneye götürmüştü; ben koltukta iki büklüm, boşluğu hissetmenin şaşkınlığıyla ve inanmayan bakışlarla onu izliyordum.

Bütün bir öğleden sonra boyunca kaçmaya çalıştığım, onunla doldurmaya çalıştığım, onun varlığına ihtiyaç duyduğum boşluktu o. O boşluk ölçüsüzce genişlemişti, serbest düşüşe dönmüştü. Ama acil serviste bize bu yara hakkında sayısız soru sordular, bu sadece bir kaza mıydı diye ısrar ettiler ve ben her seferinde evet, evet, evet dedim çünkü beni ondan koparmaları tehlikesini sezmiştim.

Senin kabahatin değildi, diye düşünüyorum otuz sene sonra.

Benim de değildi.

Kimsenin kabahati değildi, ikimiz de o kadar yalnızdık ki.

Elini tutuyorum, sevgiyle sıkıyorum, parmakları tepki vererek benimkilere sarılıyor, sıkı sıkı tutuyor.

Niccolo kabul ediyor: "Evet ya, harikaymışsın. Babylonia olsa seni her gece çalmaya davet ederlerdi." Sesinde inceden bir pişmanlık var. Ama annem onu yanıtlamakta gecikmiyor. "Önemli değil Nic, gerçekten. Hep birlikte o kadar çok şey yaşadık ki."

Mahvolmuş ama minnettar gözlerle, bu yarı bozuk amatör filmi, bizden önce kimsenin görmediği, bir daha da görmeyeceği görüntüleri izlemeye devam ediyoruz.

Bu tek özel gösterim için sırrımız özel, mahrem ve ailevi. Birbirlerine hayatı zorlaştıran, birbirlerinin canını yakan ama şimdi burada bir arada bulunan üç yabancıyız, şimdi birbirimizi bağışlamamız gereken hiçbir şey olmadığını fark ediyorum. En sonunda bu hikâyenin içinde en önemli şeyin ne olduğuna ben karar veriyorum. Önemli olan birbirimize verdiğimiz iyilik.

Bas çalan annemi dinliyorum: Olmayı hayal ettiği kişi, hatta ünlü olamaması gerçekten yazık. Kaçırdığı kutlamaların, ruhunun derinliklerinde yanmaya devam eden bas aşkının bedeli şu yaşanmakta olan anın gerçekliğiyle biraz olsun ödenmiş olmasını diliyorum.

Ekranda, mikrofona yaklaşıyor, nakarata o da katılıyor:

"How I wish, how I wish you were here.
We're just two lost souls
Swimming in a fish bowl,
Year after year
Running over the same old ground.
What have we found?
The same old fears,
Wish you were here."

Seni düşünüyorum Bea.
Keşke burada olsaydın.

\* \* \*

Panjuru yeniden yukarı kaldırınca dışarının da karardığını görüyorum. Biella, dağların eteğine kurulmuş küçük bir İsa'nın doğum sahnesini andırıyor; T, babam ve Beatrice'yi tanımadan önce yaşadığım, trenlerin bile uğramadığı köye bakıyorum. Pencereleri ardına dek açıp temiz havanın girmesini sağlıyorum. Zil çalıyor, Niccolo ayağa fırlıyor: "Marina olmalı" diyor rahatlayarak ve açmak için koşuyor.

Az önce gözleri kızarmıştı, fark ettim. Sanırım film seyrederken gizlice ağladı. Kapının açıldığını duyduğumda Marina'nın harika bir zamanlaması olduğunu düşünüyorum. Onun salona girmesine, çekinerek kendini önce anneme sonra bana takdim etmesine, fuşya saçlarına, siyah rujuna, dövmeli boynuna ve aşağı yukarı elli yaşına bakıyorum. Ama bir daha kimseyi tüm hikâyesini dinlemeden, dış görünüşüyle yargılamayacağım.

Annem biraz kahve, amer likör ister mi diye soruyor o da "Amer lütfen" yanıtını veriyor. Birlikte içiyoruz, umursamadığım şeylerden konuşuyoruz, umursamıyorum çünkü şu anda kulaklarımda hâlâ Pink Floyd çalıyor, çevrede sivrisinekler uçuşuyor, burun deliklerimde *panissa risotto* kokusu var, amer de öldürücü darbeyi indiriyor. Niccolo ve Marina biraz dolaşmaya çıkmak üzere bize veda ediyorlar –25'i akşamı nereye belli olmaz– ben de banyoya çekilip makyajımı siliyorum, annemin dolabından rahat bir giysi buluyorum, sonra ayaklarımı dizlerine dayayarak divana uzanıyorum.

İkimizin yalnız kalması güzel. Gözlerimi yumuyorum, hediye paketlerimizi bile açmadığımızı düşünerek içimden gülüyorum. Kimin umurunda, daha şahane şeyler yaptık ve şimdi artık yatıp uyuyabilirim bile. Derken annem sanırım aramızdaki bu harikulade yakınlığı hissediyor ve bana sorma cesaretini buluyor: "Beatrice'nin ortadan kaybolduğunu duydum..." diyor tereddütle, "umarım başına bir iş gelmemiştir. Sen bir şey biliyor musun?"

O yaz senden söz etmemiştik. Onun da babam gibi seni internetten heyecanla izlediğini biliyordum ama tabii ki ona bir şey söyleyemezdim.

Bir kızgınlık, hoşnutsuzluk hissetmememe şaşırıyorum. Hatta ona neşeyle şu yanıtı veriyorum: "Ne olur ki anne? Bombalar bile öldüremez onu. Dünya patlasa, yıkılsa, meteor çarpsa emin ol gene o aynı pozda, alt edilemez olarak durur..."

"Ama sen son yayınladığı fotoğrafa iyice baktın mı?" diyerek kesiyor sözümü. "Yayınladığı son fotoğrafa."

"Neden?" Gülüyorum. "Öncekilerdeki gibi kıvırcık, şık, mükemmel değil miydi?"

Annem elini cep telefonuna uzatıyor, başını sallıyor: "Eh hayır tatlım, gel bir bak."

Oturup yaklaşıyorum. Annem senin sayfanı açıyor, 9 Aralık günü yayınladığın son fotoğrafını büyütüyor, işaretparmağını bana göstermek istediği ayrıntıya uzatıyor ve ben gözlerimi gerçekten fal taşı gibi açarak gülmeyi, eğlenmeyi kesiyorum. Nefesim kesiliyor: Nasıl da fark etmemiştim?

"Bunu tanıdın mı?"

Hermes, 2007 sonbahar/kış koleksiyonu. Şarap rengi. Saf keçe. Ona Mascarella Sokağı'nda verdiğim son doğum günü hediyem: Tabii ki tanıyorum. Hayatımda ilk kez o kadar çok para harcamıştım ve o bir kere bile takmaya gönül indirmemişti, unutur muydum?

"Hemen fark ettim" diyor annem, "anında. Çünkü bu şapkayı, Hermes'in bütün şapkalarını o kış ben takip etmiştim. Keçeden dikişe her bir aşamasını kontrol etmiştim."

Ne hissettiğimi anlamak için beni incelediğini fark ediyorum, bakışlarımı fotoğraftan, her zamanki gülümsemenden, mekânı, fonu, ortamı, o şapkanın şarap rengini gölgede bırakan ön planda oluşundan ayırmadan yüzümü gizliyorum; şapka objektifin öyle dikkatini çekmeye çalışıyor ki ilk anda nasıl fark etmediğime şaşırıyorum; bu son fotoğrafını bütün gazete ve televizyon haberlerinde gördüm oysa. Sonra da bu son yıllarda sende neyi gördüm acaba diye düşünüyorum.

"Bence bu sana bir mesaj Elisa, kesin öyle. Ortadan kaybolmadan önce bu şapkayı takmasının seninle doğrudan ilgisi var."

Başımı anneme doğru kaldırıyorum, haklı olduğunu düşünüyorum. Kendimi sarsılmış, heyecanlanmış hissediyorum; sanki lisedeyim, sanki Lorenzo bir duvara ELISA SENİ SEVİYORUM yazmış ya da radyoda bana bir şarkı hediye etmiş gibi. Dünyada kimse senin bu açıklamanı okuyamadıysa da sen bana bir açıklama yaptın Beatrice. Özellikle benim için ama toplum karşısında yaptın bunu.

"Saf keçeydi" diyor annem, "lüks bir süper şapka."

"Keçe nedir?" diye soruyorum.

Bilmiyorum ama o anda sanki bu şapkanın neden yapıldığını, nesnel gerçekliğini, malzemesini öğrenmem önemliymiş gibi geliyor.

"Gerçekten bilmek istiyor musun?" Annem kahkaha atıyor. "Bak bunu kimse sormaz..."

"Evet" diyorum, "söyle bana."

"Islatılıp sıkıştırılmış tavşan tüyü."

\* \* \*

Cep telefonu çaldığında –bu kez benimki– sakince kalkıyorum, bildiğim için kimin aradığına bakmıyorum ve mutfağa doğru uzaklaşıyorum.

Kapıyı arkamdan kapatıp balkona açılan camlı kapıya gidiyorum, demiryolunun ışıklarını, beton avluyu, çocukluğumun tümünü izleyerek yanıtlıyorum: "İyi akşamlar Rebora."

O da nezaketle "İyi akşamlar" diyor. "Ne karar verdiniz?"

Nihayet kendimden eminim. Ne yapacağımı biliyorum. Biella istasyonundan kalkıp siyah ve durgun vadiye doğru yola çıkan çevreci treni izliyorum ve bu enginliği aşan sesimi dinliyorum: "Evet, onunla buluşmak istiyorum. Ama tek şartım, bunu onun benden istemesi."

"Tamam" diyor Rebora, "hemen ileteceğim."

Hat kapanıyor. Camlı kapıda duruyorum, elimdeki telefonu sıkıyorum. Gökyüzü açık, yıldızlı.

Onları saymaya başlıyorum, yüze varamıyorum. Telefonum yeniden çalıyor.

"Bilinmeyen numara" yazıyor ekranda.

Ve bilinmeyen kişi sensin.

Hiç tereddüt etmediğini görüyorum.

Ama ben daha hazır değilim.

Aramayı kabul ediyorum, telefonu kulağıma yaklaştırıyorum,

benimle konuşan sesini yeniden duymaya kesinlikle hiç hazır değilim.

"Merhaba Eli."

Engellememe fırsat kalmadan bir hıçkırık boğuyor boğazımı. Onu bastırıyorum. Seni yanıtlıyorum. "Merhaba Bea."

"Dinle" diye devam ediyorsun; sesin aynı, sanki lise dörtten çıkmışsın, babamın evindeki sabit telefondan arıyorsun. Ama şimdi duruyorsun, biraz zaman kazanıyorsun ve bu gerçekten aradan yirmi yıl geçtiğini gösteriyor.

Nefes aldığını duyuyorum, ben alamıyorum. Sana da bana da zor geldiğini, hissediyorum, neyse ki tek tesellim beni görmüyor olman çünkü titriyorum.

"Dinle" diye yineliyorsun irtifa kazanmak için. Ama her zamanki sen olduğun için hemen yönünü kestiriyorsun, hemen tereddüdü bırakıyorsun, bombayı bırakıyorsun: "Yılbaşı'nda ne yapıyorsun?"

Kendimi savunmam gerekiyor ama ben farkına bile varmadan sen tüm silahlarımı alıyorsun. Çıplağım ve seni yanıtlıyorum: "Planım yok."

Aslında bu doğru sayılır çünkü beni yılbaşı gecesi bekleyen, babam ve Valentino ile birlikte tombala oynamak.

"Tamam, o halde sana bir önerim var: 31'i gecesi buluşalım ve yeni yılın gelişini sen ve ben birlikte karşılayalım."

Geçmiş yıllarda firavun şenliklerini Saint Moritz, Maldivler, Beverly Hills gibi yerlerde kutladığını, dergilerin sayfalarına yansıyan sayısız giysinle, davetlinle görür gibi oluyorum ve gülesim geliyor. "Yılın son gününü birlikte geçirelim mi istiyorsun, sen ve ben? Şaka mı yapıyorsun?"

"Hayır, hiç de değil" diyerek sakinleştiriyorsun beni huzursuzca. Sesindeki kopukluk öylesine belirgin ki bana haddimi bildiriyorsun, bana aradaki mesafeyi hatırlatıyorsun; sen Beatrice Rossetti'sin, sen dünyanın en ünlü kadınısın ama ben hiç kimseyim.

"Nerede olacak bu parti?" Ciddileşiyorum.

"İnde."

"İnde mi?"

"Orayı satmadılar, boşaltmadılar. Kapıdaki mührünü bile sökmediler. Aynen 2003 yılındaki gibi duruyor."

"T'desin o zaman?"

Yanıtlamıyor, konuyu kapatıyor: "İnde, saat dokuzda."

Kapatmadan bir an önce ekliyor: "Seni göreceğim için mutluyum."

Elimde telefon kalakalıyorum, ona bakıyor ve kendime şöyle diyorum: Aferin Elisa, kutlarım. On yıl boyunca ona karşı mücadele verdin, onun hayaletine karşı 400 sayfa döktürdün, ya sonra? Böyle mi teslim oldun?

Evet dedin hemen. Hemen, sanki başka bir şey beklemiyormuşsun gibi. İyi de intikam almayacak mıydın? Hesabı kapamayacak mıydın?

Cep telefonumu masanın üstüne bırakıyorum, evde kalmak gelmiyor içimden. "Seni göreceğim için mutluyum" sözleri zihnimde karıncalanıyor, dört bir yanı dolaşıyor. Bu acılı ama güzel bir uyarı.

Yadsıyamam: Mutluyum. Bu kadar numara yapmak yeter. On üç yıl içinde hangimiz daha çok rol yaptık? Umursamıyorum, bu bir yarış değil çünkü. Ne var ki sofra kurmak, yemek yapmak, bulaşık yıkamak gelmiyor içimden ve anneme bir öneride bulunuyorum: "Lucciola'ya gidip bir pizza yiyelim mii?"

Gülümsüyor, bir anlığına beni cumartesi akşamları pizza yemeye götüren genç kadın oluyor ve bu yanılsama bana yetiyor. Giyiniyoruz, boyanıyoruz, sanki bir yere gidermiş gibi topuklularımızı giyiyoruz. Sonra arabaya biniyoruz, ben kullanıyorum.

Çünkü artık büyüdüm.

## (31)

## YENİDEN YAKLAŞMA ALIŞTIRMALARI

Körfezin bu kısmında karayı adadan ayıran deniz olağanüstü, sanki henüz yaratılmış gibi göz kamaştırıcı.
Suyun mavisi derinlik yüzünden koyu görünüyor ama yüzeyi okşayan güneşle, onu yıkayan ışıkla nakşedilmiş gibi duruyor. Elba'nın ve anakaranın burunları birbirlerine bakıyor; o kadar yakın görünüyorlar ki sanki hemen buluşuvereceklermiş gibi. Korkuluktan sarkıyorum: Kaç kilometredir acaba? Üç, dört? Uzaklık sanki alay ediyor, sanki dolmak bilmiyor, sanki sahip olduğun hayatı arzuladığın hayattan ayırıyor.
A Meydanı'nda oturuyorum, kendimi şimdiye dek yazdıklarımla, gelecek arasında bir yerde hissediyorum. 31 Aralık sabahı saat dokuz, bu yılın son günü ama sanki tüm geçmişimin son günüymüş gibi hissediyorum. Valentino erken uyandı, üçümüzün birlikte "bir kerecik olsun" barda kahvaltı etmemiz için ısrar etti. Ona hayır diyemedim ama uyardım: "Benim önce bir işim var, sonra katılırım size." O babasına uğramak için bisikletini aldı, ben hafif bir vicdan azabıyla yürüyerek çıktım.
"Yapacak işim" aslında burada, lisede beni sinir eden sevgililerin buluşma banklarında oturmak, kanalı, geçen gemileri izlemekti. Etrüskleri, Marchi'nin bize destanlar saatinde anlattığı Homeros'u ve efsaneleri, Beatrice ile yatağa uzanıp onları çalıştığımız öğleden sonraları hatırlamama izin vermekti.
Büyümek ihanet, kabul ediyorum.
Bu manzaradan zor kopuyorum. Meydanı geçip İtalya Cadde-

si'nde yürüyorum. Arkasından deniz görünen bütün dar sokaklar, açılmış kepenkler bizi anımsatıyor. Buluşmayı kararlaştırdığımız Corallo barın kapısını açtığımda gözümün önüne ilk ve boş olan o masa takılıyor; henüz şöhret olmayan, yeri göğü sarsmayı hayal eden Bea'nın tahminlerine göre oturup oradakileri kılıçtan geçireceğimiz masaydı o; ben de menajeri olarak yanında olacaktım. Hemen Lorenzo ve Valentino'yu görüyorum, bana merhaba deyip gülümsüyorlar.

Karşılarına oturarak "İyi ki babanla az görüşmek istiyordun" diye şakalaşıyorum. Valentino'yu öpmek için uzanıyorum ama geri çekiliyor çünkü Lorenzo'nun yanında istemiyor bunu.

O daima göz alıcı: Yün ceket, blucin üstünde kadife gömlek; terbiyeli. Ellerini öne koyuyor: "Kabul etmek istemese de seni özledi" diyor. "Tekneyle çıktığımızı söyledi mi sana?"

Ben hiçbir zaman şık değilim ama her zaman terbiyeliyim: "Evet, büyük bir heyecanla anlattı." Aslında uyanık ve diplomatik ebeveyn olduğumuz için kendimizi tebrik etmem gerekiyor; yoksa içimdeki şeytana uysaydım bu sabah bir şişe votka alıp ona çınarın altında içme teklifinde bulunabilirdim.

Valentino bana bakıyor: "Aslında yakınmaya hakkın yok anne. Noel öncesindeki hafta evde buzdolabı bomboştu, ev iğrençti, sen yazmaktan, yazmaktan başka bir şey yapmıyordun. Geceleri bile klavye sesi duyuyordum. Massimo Pericolo konserine gitsem, sabahın altısında dönsem fark etmezdin."

"Bak sen, öyle mi?" diyor Lorenzo neşeyle. "Demek ki bizden sakladığın bir şeyler var. O akşam hemen anlamıştım eve geldiğimde..."

Kaskatı kesiliyorum. İmaları nasıl engelleyeceğimi bilmiyorum, bu nedenle tezgâha dönüp bakıyorum. "Siz ne yiyorsunuz?"

Kalkıyorum, tatlı vitrinine bakıyorum. Arkamdan onların gülüşerek ne yediklerini ve benim bilgisayarımda ne olabileceği varsayımlarını duyuyorum. Kruvasanlara, minik elmalı tartlara dikiyorum gözlerimi. Valentino'nun az önceki sözünü düşünüyorum bir yandan da: Sitem yoktu ama gene de minik bir ok fırlatmıştı bana. "Beni ihmal ettin" demişti fazla da satır arasına saklamadan. Ve o artık beş değil on üç yaşında, Pericolo dinleyen biri. Ama evlat böyledir: Onlar gitmek, uzaklaşmak zorundadırlar, sen bir milimetre bile gidemezsin.

Barista yaklaşıyor, ona brioşları gösteriyorum, iki kahve ve bir portakal suyu ekliyorum. O anda idrak ediyorum ki aslında tüm ömrü boyunca ilk kez kendimi oğlumdan daha fazla önemsedim. Evet yapacak çok daha önemli bir işim vardı. Ve bu daha kelimesi şimdi bana canavarlık gibi görünüyor.

Violaneve'nin VHS kasetini düşünüyorum, onların sahnede çıldırmalarını yeniden görür gibi oluyorum.

Onu sivri bir köşeye fırlatma aşamasına gelmesem de kaç kez sıkıntı, hatta öfke hissettim Valentino'ya karşı? Neden, boyunduruk takıldığını, boğulduğumu hissediyordum? Neden reddediyordum? Ve neyi?

Bu yanıtın ne kadar korku yüklü olduğunu düşünerek alıyorum tepsimi.

\* \* \*

Kahvaltımızı bitirince, Lorenzo yürüyüş yapmayı öneriyor. "Şahane bir gün, yararlanmalıyız bundan." Beni oldu bittiye getiriyor ve birkaç saat önce oğlumla konuşurken olduğu üzere mazeret uyduramıyorum. Onlarla birlikte caddeye çıkıyorum, sanki gerçek bir aileymişiz gibi birlikte yürüyoruz ama öyle olmadığımız aşikâr; bizi tanıyan birileri yan yan bakabilir: Herhangi bir tanıma dahil olmamak her zaman skandaldır.

Ara sokaklara giriyoruz. T'ye ilk gelişimde beni çok heyecanlandıran balıkçıların taş yapılarını incelemek üzere geride kalıyorum. Blucinlerin, çorapların, çarşafların bayrak gibi sallandığı balkonlar; balkonlarda tek bir cep telefonu çevresinde toplaşıp oyun oynayan çocuk yumakları. Geride kalıyorum. Bakışlarımı yeniden sokağa çevirdiğimde Lorenzo ve Valentino'nun bayağı ilerlediklerini görüyorum. Sanki ikisi aynı gibi görünüyor gözüme.

Sarışınlıkları aynı, boyları, geniş omuzları, yürüyüşleri de. Aralarındaki yakınlığı, iki erkek arasındaki anlaşmayı fark ediyorum. Kendimi dışlanmış gibi hissetmiyorum. Lorenzo Paris'te yaşayan, uzakta da olsa var olan, kolaylıkla idealize edilebilecek bir baba. Bense can sıkıcı, sürekli emir veren anneyim. Onun surat asmalarına, edepsiz laflarına, yüzüme vurulan kapılara katlanan. Ama kendimi onun gözleriyle gördüğümde de gülmem geliyor. Benim hakkımda ne kadar yanılıyorsun, demek istiyorum.

Marina Meydanı'nda bir araya geliyoruz gene. Farkına vardığım anda sanki onu kaybetmekten korkarmışım gibi Pascoli'ye dönüyorum. *Oysa hep orada duruyor: Sert havaya ve terk edilmişliğe yenik düşmüş bir harabe.* Lorenzo bana gösteriyor ve gülmeye başlıyor: "Elisa, hatırlıyor musun?"

Soruya bak! Bir mimikle yanıtlıyorum onu.

"Arka çamurluğunda ortaparmağını kaldıran çıkartmasıyla senin *Quartz'ı görür gibiyim.*"

Motosiklet parkının ıssızlığı yüzünden istemesem de içim özlemle doluyor. Valentino bizimle alay ediyor, Quartz'ın ne olduğunu bile bilmiyor o. Sen bizim şu okulda geçen gençliğimizi hayal bile edemezsin. Otuz yaşını henüz geçmiş bile olsak onun gözünde hiçbir şeyden anlamayan, geçen yüzyıldan kalma iki dinozoruz. O, minik limana doğru yürüyor, bizi yalnız bırakıyor. Ben başımı kaldırıyorum, birinci kat pencereleri arasında sınıfımı arıyorum.

Kendimi engelleyemiyorum ve Lorenzo'ya şöyle diyorum: "Bir yazar olamadım, doğru. Ama biliyor musun belki de..." Ürperiyorum çünkü haddimi aşıyorum. "Belki de bir şeyler yazdım."

"Bir şeyler mi?" diye soruyor yaklaşarak. "Yani hep istediğin romanını mı?"

Birbirimize çok yakınız ama gerilemiyorum. Bütün bu yıllar içinde onunla bir yakınlığa girmeyi kendime yasakladım, onunla aramdaki mesafeyi kontrol etmeyi hiç bırakmadım. Ne var ki artık canım istemiyor, ihtiyaç duymuyorum.

"Roman büyük bir kelime. İçimi döktüm diyelim, bu doğru çünkü yazmak bana özgürleşme sağladı."

"Neden?"

Tereddüt ediyorum çünkü ben de pek net bilmiyorum. Valentino'nun nerede olduğunu görmek için dönüyoruz. Bir bankta oturmuş, ağlara bakıyor, bir balıkçıyla sohbet etmeye uğraşıyor. Onun yanına iniyorum, Lorenzo da benimle geliyor. Bugün tatil, 2019 yılının son günü ve minik liman yavaş yavaş bizim gibi güneşte gezmek isteyen insanlarla kalabalıklaşıyor. Balıkçı onu başından savmıyor, hatta Valentino'yu sandalına binmeye davet ediyor, ona meslek aletlerini gösteriyor. Çağırmamaya karar veriyorum. Onun yerine insanları izliyorum: Nasıl sakin ve yavaş yürüyorlar; ceketlerini ya bellerine bağlamışlar ya omuzlarına almışlar çünkü hava kış olmasına rağmen ılık, derken esmer, çok uzun boylu, aşina bir çehre görür gibi oluyorum. Sakal bırakmış, bir kızın elinden tutuyor, ötekiyle içinde iki yaşında bir kız olan puseti itiyor, yanında da pek büyük olmayan bir oğlan çocuk sıçrıyor.

Ansızın kollarımı açıyorum: "Gabriele!"

O da duruyor, gözlerini kısarak bakıyor. Sonra beni tanıyor ve gülümsüyor. Belki ona söylemem gerekiyor ama onu hatırladığım neşeli ve hafif hallerinin hiç değişmediğini, bir aile kurduğunu söylüyorum. Demek Bea, hayat sensiz de yürüyormuş.

Birbirimize sarılıyoruz.

"Elisa, aynısın!"

"Sen de pek değişmiş görünmüyorsun!"

Birbirimize yalan söylüyoruz çünkü artık o çatı katındaki delişmenler değiliz. Lorenzo yanımıza geliyor ve birbirlerinin sırtına vuruyorlar. Gabriele bizimle karısı Gisella'yı tanıştırıyor. Adlarını anımsamadığım çocukları onlara çok benziyor. Şimdi Coop'ta çalıştığını, gene şehrin tarihi kısmında yaşadığını söylüyor, "ama Padella Meydanı'nda değilim artık" diyor ve bana imalarla yüklü uzun bir bakışla bakıyor. Fesat ama temiz, suçlamalardan ve özlemlerden kesinlikle uzak bir bakış.

Seni çoktan unutmuş Bea, hemen anlıyorum. Adını anmıyoruz, hiçbir anlamı olmaz bunun. Buradayız, kendi normal hayatımızın içinde, öyle böyle, bir şekilde başardık. İşlerden, tatillerden, çocuklardan konuşuyoruz. Sen bu konulardan ne anlarsın? Geçen gün televizyonda yalandan kalbinin kırık olduğunu söyleyen saçları yapılı manken genç ne anlar? Bir süre daha küçük limanda oyalanıyoruz. Ona uzaktan Valentino'yu gösteriyorum, bu arada başka balıkçılarla başka bir sandala binmiş, keşif yapıyor ve bana genç Odysseus gibi görünüyor.

Gabriele'ye rastlamamın bir işaret olduğunu düşünüyorum. T'ye defalarca döndüm ama ona hiç rastlamamıştım. Bundan önceleri Marina Meydanı'nı ve anacaddeyi *sırf seni hatırlatırlar diye es geçiyordum.*

Çevreme bakınıyorum: Güneş yükseliyor, eski şehir denizin üzerine uzanmış parlıyor, Pascoli vuran güneşle sanki yeniden boyanmış gibi görünüyor. Doğru: Bir yanım bu şehirden hiç çıkmadı. Ama artık değişmenin zamanı geldiğini hissediyorum.

*  *  *

Daha sonra Lorenzo ile sandallar, teknelerde uyuklayan kediler arasında yürüyoruz, çoğunlukla sessizliğimizi koruyoruz ya da o sırada bizi görmezden gelen ve sürekli bakış açımızdan çıkan Valentino'dan söz ediyoruz.

Onu kendi haline bırakıyoruz.

Öğle saatleri gelmiş ve babam bizi yemeğe bekliyor olsa bile rıhtımda oyalanıyorum; Lorenzo ile dolaşmak tuhaf olsa ve beni rahat hissettirmese de eve dönesim yok. Sanırım zaman benim eski odamda donmuş. Saatin dokuz olmasını bekliyor.

Yemekten sonranın, üzerime ne giyeceğim sorunuyla karşılaşmanın korkusu çöküyor üzerime. Stil kraliçesiyle buluşurken nasıl bir giysi seçmeliyim? Onun karşısına nasıl çıkabilirsin? Pantolonla mı, etekle mi? Yoksa son anda kendime şık bir elbise mi almalıyım? Evet sonra şöyle düşünür: Bak sen, kendine hiç uygun olmayan payetli bir dar etek almış çünkü kendine güveni yok. Ya da her zamanki gibi giyinip gitsem: İyi de insan yirmi yıl sonra aynı kazağı mı giyer? Şu moda konusundan nefret ediyorum çünkü giysilerim beni açıklamıyorlar, beni anlatmıyorlar. Ben yalnızca yazmalıyım, giyinmek benim işim değil.

Sokaktan geçen bir otomobil stereo müziği sonuna kadar açmış; kırmızı ışıkta duruyor. Yarı açık camından "Sally" şarkısının bir bölümünü net olarak duyuyorum ve endişelerimden sıyrılıyorum.

Lorenzo'ya bakıyorum, belli ki aynı şeyi anımsamışız, bir an sonra bana şunu soruyor: "Belki de ölümden sonra verilen sözlerin hükmü kalmaz. Ne dersin?"

"Ne gibi sözler?" Yürümeye devam ediyorum.

"Christian. Biz Mascarella Sokağı'ndayken annenle gelişini hatırlıyor musun; ona Vasco Rossi'yi aramak için Zocca'ya birlikte gitmeyi önermiştim."

Duruyorum. "Tabii, benim tepemin attığı akşam. Ertesi sabah çıkıp gittiniz ama annemle ben kendi çatışmamızla o kadar meşguldük ki size bir şey sormadık."

Lorenzo gülümsüyor. Ne yazık ki aynı güzelliğini koruyor ve güzellik kaçışı olmayan bir yalan. "Neler olduğunu öğrenmek istiyor musun?"

"Yoksa gördünüz mü sahiden?"

"Zocca mahallesini karış karış aradık, tabii ki büyük bir yer sayılmaz ama bir saatimizi bunun için harcadık ve Christian..."

"Carmelo de ona."

"Carmelo her önüne gelene, 'Vasco nerede oturuyor biliyor musunuz?' diye sordu. 'Hangi bara takılır?' Belli ki işin peşini bırakmamız gerekiyordu. Ama sana yemin ediyorum, tam arabasına binmek üzere dönüyorduk ki gördük onu."

"Şaka mı yapıyorsun?"

"Bunca yıl sonra sana her şeyi anlatamam. Sanki bir mucize gibi otoparkın bir köşesinde belirdi ve yürümeye başladı. Ve ben yemin ediyorum sana, hiçbir insanın bu kadar heyecanlandığını görmedim. Carmelo ona sarıldı, ellerini sıkarak kim bilir neler söyledi. Fazlasıyla mahremiyet içeren bir sahne olduğu için geride kaldım. Ve sonra, otomobilime bindiğimiz zaman bana bunun çok büyük bir armağan olduğunu ve tam şu anda mutluluk içinde ölebileceğini söyledi. Sanıyorum hasta olduğunu biliyordu zaten. Bunu kimseye söylememem için söz verdirdi bana çünkü bu kadar önemli bir şey mutlaka gizli kalmalıydı."

Bir çılgınlık gibi görünse de Lorenzo'ya sarılmak geliyor içimden o anda. Elini tutuyorum. Bana bakıyor. Bir anlamda saçma olduğunu düşünüyorum. Birlikte bir çocuk yaptık, çınarın altında birbirimizin bekâretini aldık, o başımı tutmak için doğumhaneye girmek istedi. Ama şimdi utandığım için elimi çekiyorum.

"Baksana, neden bugünlerde birlikte bir kahve içmiyoruz? Sen ve ben baş başa yani, belki bana ne yazdığını anlatırsın."

Daha önce olsa bunu düşünemezdim bile, hemen hayır derdim. Çalışmam gerekiyor, babamı doktora götüreceğim. Ne var ki şimdi bir an düşünüyorum ve ona şöyle diyorum: "Tamam. Ama öncesinde bana bir iyilik yapmalısın."

Lorenzo kabul ediyor. "Ne istersen."

"Bu akşam Valentino seninle birlikte olsun. Ve babamla birlikte, kabul edersen, böylece yalnız kalmamış olur."

Bana şaşkınlıkla bakıyor, öyle ki yanıt bile veremiyor.

"Yılbaşı gecesini birlikte geçirebilir misiniz?" diye ısrar ediyorum.

"Evet, bir akşam yemeğine davetliydim ama iptal edebilirim, sorun değil. Senin ne yapman gerekiyor?"

Sanki bir hırsızlık hatta devrim yaparken yakalanmışım gibi adrenalin yükleniyorum.

"Sana söyleyemem. Bir sır."

## 32

## SONSUZA DEK SÜREN ARKADAŞLIK

İn dediğimiz yeri, annesinin Beatrice'nin bana gelmesini engellemek için motorunu kullanmasını yasakladığı bir gün Lecci Sokağı'nda ileri geri yürürken, taflanların arasına dalarken rastlantıyla bulmuştuk.

Quartz'ı kimse görmesin diye iki sokak arkaya park etmiştim, o da dışarı süzülmek için *jogging* yapacağı bahanesini uydurmuştu. Villaları, inşaatı süren on kadar villayı geçmiştik, sonra fundalık kaplı dikdörtgen bir arsa çıkmıştı karşımıza ve tam ortasında bir çimento harcı karıştırıcı.

Sonra da onu fark etmiştik: Şantiye yüzünden yarı yarıya gizli eski, terk edilmiş bu ev, Lecci Sokağı'na topraksız daracık bir yolla bağlanıyordu. Konuşmadan anlaşmış gibi ona doğru yürümüştük. Oraya varınca ormana dönmüş bahçesini ve mühürlü kapısını görmek için çitin önünde parmaklarımızın ucuna yükselmiştik.

Hemen içeri girmemiz gerektiğini düşündük. O dönem –2002 ilkbahar sonları– arkadaşlığımız yayılma, kolonileşme hevesiyle yükselmişti. Ama sonra Bea, Gabriele'yi aramaya karar vermiş ve her şeyi bozmuştu.

Gin'in hastalığı ilerleyince daha az görüşür olmuşlardı, yakınlarda buluşabilecekleri bir in işlerine yarardı. Ama *benim arkadaşımın* böyle bir sığınağı bir başkasıyla paylaşmasını kabul edememiştim ve kıyameti koparmıştım. "Onu dışarıda tut" diye tehdit etmiştim. "Burası bizim sırrımız olacak çünkü arkadaşlığımızın asla bozulmayacağının kanıtı sayılacak." Çok iyi hatırlıyorum, o sadist bir tatmin duygusuyla gülümsemişti. "Peki sen karşılığında ne vereceksin bana?"

Düşünmüş ve ciddiyetle yanıtlamıştım: "İlk önce ben atlıyorum bahçeye." Sonra vaadimi yükseltmiştim: "Taşla camı kırıp pencereden içeri giriyorum."

"Eğer burada oturmaya karar verirsek" diye eklemiştim en son koz olarak –çünkü pek ikna olmuşa benzemiyordu– "evi ben temizlerim."

Ancak şimdi, Peugeot'nun farları yan yana dizilmiş ve karanlıkta birbirinin aynısı olan villaları aydınlatınca, aşağı yukarı bizim yaşımızda bile olsalar şimdiden eskidiklerini fark ediyorum. O anda o harabeye girişimi, örümcek ağlarına dolanmamı, her gıcırtıda kalbimin yerinden hoplamasını anımsıyorum ve bunun şimdiye dek yerine getirdiğim en abartılı sevgi davranışı olduğunu düşünüyorum. Çukurlardan sakınmak için yavaşça toprak yola giriyorum ve birisi fark edebilir diye farlarımı söndürüyorum: Çocuk oyununa benzeyen bir tuhaflık ama gene de temkinli davranıyorum. Parmaklığın önüne park ediyorum ama motoru kapatma cesaretini bulamıyorum.

*İn sessizlik içinde uyuyor. Tüm dünya seni ararken senin gerçekten burada olmana inanamıyorum.*

Bunun da blucin gibi bir şaka olduğunu düşünüyorum: Yaparsın sen. Ay öyle ince bir hilal ki ne kırları ne evi aydınlatıyor. Dikkatle duvarları, pencereleri incelerken sarımsı bir ışığın titreştiğini fark ediyorum; demek ki içeride fener, mum var. Demek ki sen oradasın.

Anahtarı çeviriyor, motoru kapatıyorum. Camın ardındaki boşluğu süzüyor ve "Merhaba, Bea" diyorum. Sesim ciddi, adeta cenaze makamında çıkıyor. O virgül fazlasıyla belirgin bir es verdiriyor, iyi olmuyor. Savaşa geldiğimi ilk andan anlamamalısın.

"Merhaba, Bea!" Yeniden deniyorum ve bu kez çok fazla gülümsüyorum, ünlem işareti abartılı çınlıyor. İşe yarayacağı zaman rol yapmayı bir türlü bilemiyorum. Birkaç deneme daha yapıyorum, senin için günlerden hatta belki yıllardan beri özenle yedekte tuttuğum cümleyi de ekliyorum. Ama bu arada saat 20.57 oluyor. Bu kadar aptallık yeter. Araba içindeki ışığı yakıyorum, aynada kendime son kez bakıyorum: Gözümü hem rimelledim hem kalem çektim, hatta bana öğrettiğin gibi far bile sürdüm. Hayatımda hiç bu kadar çok makyaj yapmamıştım.

Otomobilden iniyorum. Buz gibi bir rüzgâr beni kendime yetiriyor. Elimde iki hediye var: Biri cebime uygun bulabildiğim en pahalı şampanya, öteki de Valentino'nun doğum gününde ısmarladığım türden minik pizzalar, çeşitli tuzlular.

Demir kapı açık, giriyorum. Topraktaki ayak seslerimi dinliyorum, belki sen de dinliyorsun. Bizi birbirimizden ayıran kapıya vardığımda içime bir kuşku düşüyor: Minik pizzalar akşam yemeği olarak biraz gülünç kaçacaklar ve Cuvee Brut da senin genellikle içtiklerine oranla pek iyi sayılmaz.

Zihnimden nasıl giyindiğimi de kontrol ediyorum: Açık yakalı siyah kazak, dar blucin. Nefes alıyorum. Topuklarını münasip bulduğum için giydiğim kırmızı ayakkabılarıma bakıyorum. Kendi beklentimi bastırmak için çevreme bakıyorum, bu evde kalan anılarımı karanlıkta bulmaya çalışıyorum. Dallar arasında esen kuzey rüzgârı, yabani bitki ve pas kokusu bana seni burada son görüşümü anımsatıyor. Eşofmanla, spor ayakkabıyla, makyajsız, saçlarının arasındaki o tek beyazla, annenin acısı yüzünden mahvolmuş halinle. Ve kalbim pes ediyor.

Bu şekilde bir aydan beri kayıpsan eminim trajik bir nedeni vardır: Depresyon, uyuşturucu, korkunç bir teşhis. Aslında içten içe seni hâlâ sevdiğimi düşünüyorum. Sana gerçekten yardım edebilmek için –ilaç değil edebiyat– araçlara sahip olduğumu düşünüyorum. Kendimi daha güçlü hissediyorum. Bu büyük, çok büyük hatayı yapıyorum.

Kapı ihanet edercesine açılıyor ama açan sen değilsin.

Beatrice Rossetti burada.

O kadar da değil: Karşımda duran gerçek kişi, bana yirmi santim tepeden bakan, ışık yayarak bakan kişi sıradan bir Rossetti değil, onun en iyi versiyonu, Met Gala, Cannes gibi büyük olayların Rossetti'si. Fotoğraf görüntüsü değil, canlı. Gerçek büyüklükte. Uzun kirpikler, gergin yüz hatları, o pek şöhretli tebessümle yayılan ağız karşısında küçüldüğümü, ezildiğimi hissediyorum; tam o sırada sesin dahil oluyor: "Elisa, seni yeniden görmek ne kadar güzel."

Sağlam durmakta zorlanıyorum.
Elimdeki torbaları sıkı sıkı tutuyorum.
Beatrice ses tonunu yumuşatıyor: "Üşüme, içeri gel."
Giriyorum, kapıyı kapatıyorum. Mutfak olduğunu hatırladığım odada ilerlerken sanki lunaparkların cadı evlerindeki yürüyen yollar üzerindeymişim gibi hissediyorum: Sanki kayıp gideceğim. Yaygın bir aydınlık, ısıtmayan bir sıcaklık hissediyorum, hiçbir ayrıntıyı tam olarak göremiyorum çünkü benim bakışlarım ona takılıp kalmış.

Istırap neymiş, depresyon neymiş? İçten içe bunları umut etmiştin değil mi Elisa? Bak nasıl da kandırdım seni. Kim bilir kaçıncı sefer.

O da beni süzüyor. Eski çözümlenmesi zor tebessümüne bürünüyor. Ona bir şey söylemem gerekiyor sanırım, kendimi kurtarmak için bir adım atmalıyım. Ama yapamıyorum, donup kalıyorum. Böyle bir gösteriyi canlı canlı seyretmemiştim.

*  *  *

Şimdi size nasıl giyinmiş olduğunu anlatayım. Daha doğrusu nasıl gizlendiğini. Ya da kendini görünür kıldığını. İlkbaharda göz alan o çiçekler gibi. Ya da ansızın pençelerini, azıdişlerini gösteren, tüylerini kabartan, kuyruğunu yükselten yırtıcı hayvanlar gibi. Ve ben burada söz konusu olanın güzellik mi şiddet mi olduğunu seçemiyorum.

Kumral kıvırcık lüle şelalesi omuzlarına ve tamamen çıplak olan sırtına dökülüyor. Rossetti asla üşümez, kış ortasında terk edilmiş bir evde bile. Ben mantoma sarınırken onun kolları gevşek, biri yanında düşüyor, öteki divana dayanıyor; çalışılmış gibi.

Yüzü bir sanat eseri. Makyaj demek hor görmek olur. Sanki Venedik karnavalının sahnesi kuvvetli bir maskesi, sanki incecik bir porselen bebek, bir zamanlar içinde arada sırada çakan o büyülü yaratığın şimdi tamamlanmış bir ışığa dönüşmüş hali. Altın farlar. Elmacıkkemiklerinde pırlanta tozu. Kıpkırmızı ruj. Bana sadece var olmayan edebiyat kahramanlarını anımsatan bir ateş ve gölge, letafet ve kudret tezatlığı içinde karşımda.

Ve sonra giysisi. Ne giysi ama. Nasıl tanımlayabilirim ki? Işıl ışıl. Sanki güneşin ve suyun yaktığı bir denizkızı pulundan yapılmış ve bedeni üzerine ikinci bir deri gibi işlenmiş; gözlerinin zümrüdüyle aynı renkte. Bir yırtmaç onun zaten uzun olan görünümünü daha da uzatıyor. Bir kırmızı halıda olsak, tam bir abartı sayılırdı. Nerede kalmış in. Ayakkabıları kristal. Elbette sözcüğün tam anlamıyla kristal olmayabilir ama yarattığı izlenim öyle, iğne topukları benimkilerin üç katı; bu nedenle o baloya katılan Külkedisi'ni tam olarak temsil ediyor, bense kısa kırmızı topuklumla kasırganın fırlatıp attığı küçük Dorothy Gale'im.

"Dikkat çekici değil mi? Biliyorum. Bunu sosyal medyada paylaşamamam yazık oluyor, üç dört bin arası 'like' alırdı." Tebessümünün anlaşılmazlığı artıyor, sanki tüm dişlerinin bembeyaz parladığını görüyorum. "Ama bu kıyafeti başkaları için seçmedim, senin için giydim."

Kendime her türlü, sıradan bir tepki vermeyi yasaklıyorum.

Mantomun hâlâ üstümde, torbaların elimde olduğunu fark ediyorum ve bunları bırakacak bir yer arıyorum. Ama o benden erken davranıyor: "Masanın üstüne bırakabilirsin, teşekkürler." Bu yapmacık kibar ton beni sıyırıp geçiyor.

Üzerindekiler benim bir yıllık maaşım olmalı ama hâlâ ağzımdan tek söz çıkmadı. Üniversitede ders veriyorsun, diyorum kendime, mücadele bile etmeden böyle dikilemezsin. Köpüklü şarabı masaya koyuyorum, minik pizza karışımını da bırakıyorum ve işte tam o anda babamın bizim ilk buluşmamızda –zaten sorunlu olan– ikindi kahvaltımız için aldığı o sorunlu tuzluları getirmiş olduğumu idrak ediyorum. Mantomu çıkartıyorum, kibarca konuşuyorum: "Çok güzelsin Beatrice. Ama benim giysilere değil, başka şeylere önem verdiğimi biliyorsun."

Gülümsemesi alev alıyor: "Ama sen de süslenmişsin bu akşam. Gözlerine, gözkapaklarının iç kısmına bile far sürmeyi denemişsin. Sana öğrettiğim o günü hatırlıyor musun? Buluşmaya gitmeden önce gizlice bana uğramıştın."

Böyle bir şeyi nasıl hatırlıyor? Odanın büyüklüğünü ölçerek, yönümü saptamaya çalışarak kendime bir yer arıyorum. Masaya dikkat ediyorum: 2002'deki sunta masa ama birileri –bizzat Rossetti olduğunu hayal etmekte zorlanıyorum- sandalye eklemiş. Ve sofra hem orta karar hem abartılı olarak donatılmış. Peçeteler kâğıt ama örtü ham keten. Tabaklar plastik ama kadehler billur. Benim pizzacıklarımın yanında bir tepsi hayatımda hiç tadına bakmadığım ve Lorenzo ile Valentino'nun bu nedenle benimle alay ettikleri suşi var. Buz kovasındaki şişenin etiketinde "Dom Perignon 2000 Rose" yazıyor.

Mutfağın olduğu gibi durduğunu fark ediyorum: Fayanslar kırık, divan çökük ama bazı yastıklar ve duvarlara resimler eklenmiş. Şuraya buraya serpiştirilmiş ayaklı lambaları, kızgın elektrikli kaloriferi, onların kordonlarının ilerleyişini ve fırının yanına yerleştirilen jeneratöre bağlanışını inceliyorum.

Elimi benim Cuvee'ye uzatıyorum, Dom Perignon'u görünce onu saklayasım geliyor. O düşüncemi okuyor: "Soğuması için pencerenin dışına koyabilirsin." Bana banyodan görülen pencereyi, buraya girmek için ilk kırdığım camı gösteriyor. Camın yerine kaplanan naylon duruyor ama onun ardından gece, parlayan Venüs, görünüyor, oysa mutfak pencereleri kartonla karartılmış.

"Beatrice" diye soruyorum şaşkınlık içinde, "gerçekten kaçak bir mafya patronu gibi burada mı saklanıyorsun?"

Kahkahalara boğuluyor. Getirdiğim pakete yaklaşıyor, kutunun bir kenarındaki kapağı kaldırıyor. "Sadece senin aklına gelirdi bu tuzluları getirmek" dercesine iç çekiyor. Sonra bana bakıyor, son derece sakin bir şekilde yanıtlıyor. "Gün içinde geliyorum. Burası beni rahatlatan, düşünmeme yardım eden bir yer. Daha oturabilir bir hale sokmak için biraz döşedim ama orijinal ruhuna ihanet etmedim" derken göz kırpıyor. "Burada elektrik bağlantısı yok, o nedenle geceleri bizimkilerle kalıyorum, gençlik yatağımda uyuyorum. Kim derdi ki?"

"Babanla mı yaşıyorsun?"

"Geçici olarak. Hasta, bir tümörü var. Costanza haber verdiği zaman, ateşkes yapmak için gelmem gerektiğini düşündüm." Yüzü bir anlığına kararıyor. "Gene de dönmemin nedeni o değil. On gün öncesine kadar Umman'da şahane bir otelde sıcacık oturuyordum."

"Baban için üzüldüm."

Daha ne ekleyebileceğimi bilemediğim için uzaklaşıyorum, köpüklü şarabı banyo camının denizliğine bırakıyorum. Umman, tümör ve in sözlerinin tek bir cümlede bir araya gelmeleri beni sarsıyor. Geldiğim için pişmanlık duymaya başlıyorum. Benim bu kişiyle paylaşacak hiçbir şeyim yok, hiç tanışmadık. Gene de iki haftadır yazdıklarımdan sonra bana bir açıklama borçlu. O zaman rahatlamış olarak mutfağa geri geliyorum. Şampanyayı açmaya uğraştığını görüyorum.

Dom Perignon'u sıkı tutmak için dizlerinin arasına koyuyor. Şişe giysinin dokusuyla –metalik mi; kolaysa anla bu giysinin neden yapıldığını– kayıyor. Az daha düşecek gibi oluyor. Bea neşeli bir edayla yüzüne düşen saçı üflüyor.

"Belki de bunu gece yarısı için saklamalıyız" diyesim geliyor.

"Bir tane daha var, merak etme."

"Evet ama bu 2000 yılının."

Beatrice bana bakıyor: "Aferin, ayrıntıları yakalamakta hâlâ iyisin."

Mantara bastırıyor ama şimdiye dek şampanyalarını hep başkalarının açtığı belli oluyor. Beceriksizliği o kadar hoşluk yüklü ki sinirleniyorum. Bir şeyi yapmayı başaramadığında bile gene güzelliğini koruyor. Sükûnetini, alaycılığını yitirmiyor. O kadar sinir oluyorum ki, yanına gidiyorum, bu komediye son vermek ve nihayet ihtiyacım olan o içkiyi içmek için yardım etmeye çalışıyorum.

Ne var ki bedenine yakın olmayı küçümsemişim. Birbirimize değecek yakınlıktayız, ikimiz de şişenin boynuna asılmışız, parmaklarımız birbirine geçmiş ve bu temas ansızın fazla ve aşina geliyor. Tıpa fırlıyor, şampanya taşıyor, ayaklarımızı ıslatıyor. Kırmızı süet ayakkabılarım gitti. Ama patlamamın nedeni bu değil.

Ne işim var benim burada? Şunun tarafından alay konusu olmaya mı geldim? Dünyanın en güzelinin, en zengininin, en ünlüsünün o olduğunu yüzüme vuran bu kadının karşısına?

"Neden çağırdın beni Beatrice?"

Sesim çok sert çıkıyor.

Kımıldamadan duruyorum ama o kadar gerginim ki bu şekilde bin parçaya bölünebilirim.

İstifini bozmuyor. Şampanyayı kadehlere boşaltıyor, ağzına kadar dolu bir tanesini bana uzatıyor. Bana süngeri meydana çıkmış divanı işaret ediyor: "Elisa, bu yılbaşı gecesi... Önce oturalım ve içelim."

Bana fırlattığı bakışı şöyle yorumluyorum: "Oyunu kendinin yöneteceğini mi sandın yoksa?" Ve bacak bacak üstüne atıyor.

*  *  *

Bir sandalye kapıyorum –şu ara pek moda olan şeffaf pleksiglas– ve biraz mesafe bırakarak karşısına oturuyorum. Kızgınım. Ona ve kendime; onu görmeyi kabullendiğime, onun yüzünden oğlumu ihmal ettiğime ve yazarken onu anlama, onu muhabbetle anma noktasına gelmiş olmama. Özellikle de ilk kitabımın konusu olarak onu seçmeme.

Kadeh kaldırmıyoruz, sadece içiyoruz: Biz Ağustos Yortusu'nda kumsalda tanışırken olgunlaşmaya başlamış üzümlerden uzun bir yudum alıyoruz.

Sonra Beatrice bakışlarını kadehten kaldırıyor: "Biliyor musun? Bu yıllar içinde seni defalarca aradım ama bir türlü bulamadım, bir grup fotoğrafında bile rastlamadım."

"Demek aradın beni!" Öylesine şaşırıyorum ki kendimi kontrol edemiyorum. Ve hemen ardından böyle düşüncesizlik ettiğim için kendimden nefret ediyorum.

Beatrice umursamazlıkla silkiyor omuzlarını. "Arada bir kendine bir site, bir sayfa açtın mı diye bakıyordum. Araştırma görevlisi olduğundan beri senden hiç haber almadım. Tabii üniversitedeki profiline bir fotoğrafını koyabilirdin. Ama en azından derslerinin kitap listesini okuyabildim: Fizik ve matematik derslerinde sıra altında gizlice okuduğun kitapları seçmişsin."

Bitirdiğim ilk kadehim yüzünden olsa gerek, gardımın biraz daha düştüğünü hissediyorum: Gerçeklik, benim tahmin ettiğimden ne kadar uzakmış.

"Sonra" diye devam ediyor, "üst lige çıkınca Bologna futbol sayfasında oğlunu bulabildim. Onu hemen tanıdım: Lore'nin birebir aynısı."

Lore. Kadehimi bırakıyorum. Bir öfke yükselmesi kaskatı kesilmeme neden oluyor. "Bir oğlum olduğunu kim söyledi?"

Çok normalmiş gibi "Lorenzo" diyor. Onun adını anışındaki rahatlıktan nefret ediyorum. "Doğduktan birkaç hafta sonra bana mesaj attı. İlk zamanlarda bir süre temasta kaldık. Sonra kaybettik birbirimizi."

Öfkem artıyor, boğazıma basınç yapıyor, patlamak istiyor. On üç yılın kin duygusu birikmiş haliyle ortaya çıkıyor ve ben ona egemen olmak istemiyorum, hatta odamdaki ayna karşısında ve demin arabamda defalarca prova ettiğim sözleri üzerine kusmak istiyorum.

"Hayatımı mahvettin Beatrice."

Söyledim bunu. Ses tonum hatalı çıktı, kelimelerim gülünçtü.

"Doğru değil bu" diye karşı çıkıyor: "Üniversitede ders veriyorsun, harika bir oğlun var."

"Ama biz bir aile olabilirdik" diye sözünü kesiyorum. "Bir çocuğu tek başına büyütmenin, bu nedenle bir şeylerden vazgeçmenin ne kadar zor olduğunu bilemezsin. Sen sadece daha fazlasını yapmayı amaçlayan parlak hayatında her gün daha mükemmel olma derdindesin. Peki ya senin sorunların ne? O gece sen onu öpmeseydin!" diye hatırlatmak zorunda kalmak beni çileden çıkartıyor, "ikiniz birden bana o şekilde ihanet etmeseydiniz..." Kalkıyorum, sandalyenin üzerine attığım mantoma, masadaki şampanyaya bakıyorum. Şişeyi kapıyor, kendime biraz daha koyuyorum. "Hayır, seni bağışlamam mümkün değil."

Bu sefer Beatrice kalkıyor, Dom Perignon'u tatlılıkla elimden alıyor, o da kadehini dolduruyor. Şişe boşalıyor, inanamadığı için sallıyor. Gözlerini komik bir şekilde çeviriyor: "İtiraz yoksa gidip senin getirdiğini alacağım. Böyle bir gecede içmeye ihtiyacımız var, sence de öyle değil mii?"

Sanki ona önemli bir şey söylememişim gibi neşeyle önümden geçiyor. Bense üzerine atlamak, saçlarını ve derisini yolmak, o gece Verdi Meydanı'nda cesaret bulamadığımı şimdi yapmak istiyorum.

Ama yerime oturuyorum yeniden. İçiyorum, içmeye devam ediyorum. Beatrice benim Cuvee ile banyodan döndüğünde neredeyse sendeliyor. Bir sandalyeye tutunuyor, gülüyor. Bense bir şeye gülmüyorum. Ama ikimizin de boş mideye bir şişe yuvarladığımızı anlıyorum. Düşüncelerim zihnimde kaynaşmaya başlıyor. Bir şeyler yemem gerekiyor, zihnim geç olmadan durulmalı.

    Beatrice de benimle aynı şekilde düşünmüş olmalı ki suşi paketini açıyor. Yeniden ayağa kalktığımda bir anlığına başım dönüyor. Tuzluları paketten çıkarıyorum. Açık büfe gibi alıyoruz masadan. Plastik tabakları doldururken birbirimizden daha çocukmuşuz gibi görünüyoruz. Onun sosisli pizzacık yediğini görmek beni biraz yumuşatıyor, çünkü o gün benim evimde nasıl tıkındığını hatırlıyorum. Ama öfkem dinmiyor: Yanıtlarımı bekliyorum.

    Beatrice ağzına bir minik pizza atarken sıranın ona geldiğine karar veriyor.

    "Bologna'da mutlu olan tek kişi sendin" diyerek soğutuyor beni. Ses tonu hep sakin ama inceden bir gerginlik seziliyor. "Ne var ki bunu anlamıyordun, bizi umursamıyordun. Bunu hem ben hem Lorenzo binbir şekilde söylemeye çalıştık, yollarımız seninkinden farklıydı, ama sen bize kulak vermiyordun." Bir domates damlası düşüyor, giysisini lekeliyor. Umursamıyor.

    "O öpüşme anlık bir olaydı, o anda aklıma geliveren bir şey. Benim tek bildiğim, artık o evde kalamayacak olmamdı, Mascarella Sokağı'ndaki odamdan her şeyden daha çok nefret ediyordum."

    "Benimle konuşabilirdiniz."

    Cuvee şişesini kapıyor, bu kez daha güvenli bir şekilde açıyor. "Konuşamazdık çünkü sen bir duvardın. Ben ağzımı açıp Milano ya da Roma demeye çalıştığım an dinlemeyi kesiyordun. O sene nefret ettim senden." Kadehleri dolduruyor, yüzünü buruşturuyor ve söyleniyor: "Ya bundan söz ettiğimize inanamıyorum. Kaç yıllık olay. Yirmi mi?"

    Tam olarak sayıyı biliyorum ama susuyorum.

    Külkedisi sandaletlerini çıkartarak divana rahatça yerleşirken "Her neyse" diye sonlandırıyor sözünü, "Lorenzo güzel bir çocuktu ama kesinlikle tipim değildi. Bizim birlikte olabileceğimize nasıl inandın bilmem. O senin aşkındı, benim değil."

    Bana bakıyor. "Benim aşkım sendin."

    Donuyorum. Oturuyorum. Ve içiyorum.

    "Dünya Kupası akşamı, gitmeden önce kulağıma ne fısıldamıştın?"

Neden söz ettiğimi anlamıyor.

"Tek bir sözdü. Arkanı dönmeden söylemiştin."

Beatrice dikkatini topluyor, benim için temel, onun için ikincil bir ayrıntı olan o sözü düşünüyor. "Elveda, dedim sana. Çünkü seni terk ettiğimi biliyordum."

"Peki nereye gittin sonra? Onunla mı gittin?"

"Hâlâ mı Lorenzo?" Fal taşı gibi açıyor gözlerini şaşkınlıkla. "O andan itibaren bir daha görmedim ki ben Lorenzo'yu. Sadece arada sırada sosyal medyadan yazıştık. O akşam Tiziana'ya gittim, hatırlıyor musun? Tiziana Sella."

"Nasıl unutabilirim cadıyı. Arada sırada Zamboni Sokağı'nda rastlıyorum da."

"Birkaç gece onda kaldım. Yeni bir düzen kurmama, ihtiyaçlarıma daha uygun bir eğitim bulmama ve işimi başlatmama yardım etti."

Bana bu işinden, muzaffer fetih yürüyüşünden söz ediyor. Saatime bakıyorum: Neredeyse on bir. İki saattir buradayız. Benim gibi birine dijital ekonomi bilgileri satan bu Beatrice kim? Onda benim eski arkadaşımın soluk bir gölgesi bile yok. Arkadaşlığımızla ilgili hiçbir şey umurunda değil. Gitmek, bu hikâyeyi kapatmak istiyorum.

"Beni neden aradığını söylemedin daha."

"Ortadan kaybolmamla aynı nedenle."

"Neden?" diye ısrar ediyorum.

"Sana anlatmak istiyorum, inan bana. Ama acelem yok."

Uzaklardan havai fişek patlamaları duyuyoruz.

"Ama benim var."

"Emin misin?"

Ayağa kalkıyor, dolaba gidiyor, bir çekmeceyi çekiyor, bir şeyler alıyor. Yanıma geliyor, önümdeki masaya bırakıyor.

"Çünkü ikimizin arasında ihanet eden biri olduysa, o da sendin."

\* \* \*

Yıkıldığımı hissediyorum.

O şeye bakmak gözlerimi yakıyor, beni boğuyor.

"Bunu tanıdın mı? Annemin ajandası."

Konuşamıyorum, kımıldayamıyorum.

"Sana bir sürpriz yaptım, görüyorum. Aşağılık Bea, bencil Bea, sadece başarıyı, sadece giysileri düşünen ve sevgilileri ayıran Bea. Ve sona gelindiğinde ortaya çıkan şu ki, aşağılık olan hep senmişsin."

"Senin iyiliğin için yaptım" diye geveliyorum. Bana bile yapmacık geliyor sesim.

"Güldürme beni." Oturmuyor, ayakta duruyor. Bir kadeh daha içiyor ve soğukkanlılıkla saldırıyor. "Annemi aldın benden. Bunu yaparak geleceğime karar verdin, geleceğimi çaldın benden. Onun ajandasını daha önce okuyabilseydim belki... Bağışlamayan biri varsa, o da benim."

Ağladığımı duyuyorum.

Kendimi solucan gibi hissediyorum.

"Kapağını bile açmadım o ajandanın" derken sözlerime gözyaşlarım ve utanç karışıyor, sesim tiz ve ağlamaklı çıkıyor. "İnanmalısın bana. Korkaklık ettim ve senden özür diliyorum ama onun özel bir günlük olduğunu bilmiyordum..." Sonra zihnimde bir şey tık ediyor. Ben de kalkıyorum ayağa. Şarap her türlü utancımı yok ediyor. "Bea, hangi geleceğini çaldım senin? Akşamları köpek gibi yapayalnız mutfakta, elinde telefonuyla oturan benim. Senin havuz kenarlarında, Faraglioni adasında, sonsuz mutluluğunun keyfini sürüşünü izleyen benim. Hayatın öteki tarafında olmanın ne anlama geldiğini bilemezsin."

Yumuşamıyor, yüzü gergin. "Şimdi soruyorum sana: Neden?"

Bakışlarımı dik, onunkilere karşı sağlam tutmaya gayret ediyorum. "Çünkü seni yitirmek istemiyordum." Bana inanmasını istiyorum. "Çünkü sen sadece annenin hayali ol istemiyordum."

Beatrice kadehini alıyor, boşaltıyor.

Kızıyor.

"İnek öğrenci kılığında girmiş kıskanç bir aşağılıksın Elisa."

Bukleleri yüzüne dökülüyor, rahatsızlık veriyor. Cuvee'nin mantarının telini alıp saçını bağlamak için kullanıyor. Ruju dağılmış, elmacıkkemiklerindeki parlaklık sönmüş, öfke gözyaşları, gözlerinin kenarlarında titriyor. Maskesi sallanıyor, düşsün istiyorum ve bütün kozlarımı oynuyorum.

"Sende daha başka şeyler de vardı. Görüyordum. Bizi birbirimize benzeten şeyler."

Öfkeyle bakıyor: "Hayatımda asıl neyin önemli olduğunu öğretmeye kalkma bana, paralarım seni."

"Nasıl buldun onu?" diye soruyorum ajandayı göstererek.

Yüzü aydınlanıyor biraz. "Baban."

Göz çevresindeki kalemi eriten gözyaşlarını siliyor. "Badana yapılırken mobilyaları çekmiş ve bunu bulmuş. Açmış, neyin söz konusu olduğunu anlayınca Corrado'nun adresine, yani sitedeki adrese yazmış." Gülüyor. "Ah, o e-posta bir başyapıttı. Corrado anında iletti çünkü *benim* için olduğunu ve Paolo Cerruti'nin beni iyi tanıdığını o anda anladı."

Babama minnet hissediyorum, onu yeniden kıskanıyorum.

"Bir otomobil yollattım ve o akşam T'ye gittim. Kasım sonuydu. Senin evine dönmek, babanla yemek yemek çok güzeldi. Bana fırında çipura yapmıştı, tadını hâlâ hatırlıyorum..." Gülümsemeyi kesiyor. "Sonra günlüğü okudum. Annemin bilmemi istemediği şeyleri öğrendim. Annemin Latina'dayken defilelere çıkabilmek için adamlarla yatmak zorunda kaldığını, babamla hatalı bir evlilik yaptığını, ilk günden itibaren aldatıldığını okudum. Derken belli bir noktada, benimle ilgili ve beni korkutacak kadar ayrıntılı bir tanım okudum. Nasıl olduğumla değil, büyüyünce nasıl olacağımla ilgiliydi: *Vogue* dergisinin kapağında kırmızı bir giysiyle tasvir etmişti beni ve gerçekten ilk kapak için benzer bir giysi giymiştim..."

Üzerindeki giysi sıkmaya başlayınca yan fermuarını açıyor. Kendini öylece bir sandalyeye bırakıyor, kadehini eline alıyor.

"Her şeyi öngörmüştü" diye devam ediyor, "reklam kampanyalarını, televizyonu. Onun daha önceden yazdığı her hedefe ulaştım. Günlüğü okuduğumun ertesi sabahında bir reklam filmi çekecektim, iptal ettim. Bir işimi ilk iptalimdi bu. Sonraki günlerde randevularıma gittim, normal hayatıma döndüm ama yapamıyordum. Sanki her şey sonsuza dek değişmiş gibiydi. Demek istediğim şu" derken gülmeye çalışıyor ama başaramıyor, "onun her arzusunu harfi harfine yerine getirmişim. Bana sürekli 'büyüyünce ne yapmak istiyorsun?' diye sorardı. Sanki seçimim varmış gibi."

Duruyor, gözlerini bana dikiyor.

"Çok özledim seni Eli. Lise dönemimizi, motosikletle demir kumsala gidişimizi, yaptığımız delilikleri." Göğüs kafesini işaret ederek "Şuramda bir delik hissettim hep" diyor, "Yakıcı bir boşluk. Bunun üzerine 9 Aralık günü, bodruma indim, eski taşınma kutularını açtım, bana hediye ettiğin şapkayı aradım. Tozlu bir selofana sarılı olarak bulduğumda şaşırdım. Bu kadar güzel olduğunu hatırlamıyordum. Taktım, bir resmimi çektim, paylaştım. Sonra Corrado'yu aradım ve biraz ara vereceğimi bildirdim."

Şimdi patlamaları net olarak duyuyoruz. Kalabalığın haykırışlarını, T'nin her balkonundan, her sokağından, bahçesinden yükselen eğlence çığlıklarını, A meydanında, fenerin altındaki rıhtımdan patlatılan havai fişeklerin sesi geliyor.

Bea ile bakışıyoruz. Atom bombası sığınağı, partizanların gizli yuvasını andıran bir odada kapalı olan sadece ikimiziz. Dışarıdaki dünyanın tümü kutlama yapıyor ve olasılıkla şu anda hiç kimse Beatrice Rossetti'nin nerede olduğunu merak etmiyor.

Dengemizi yitirme riskine rağmen birbirimize doğru yürüyoruz.

Ne yapacağımı bilemiyorum, belki sen de bilmiyorsun. Kendimi beceriksiz, kararsız hissediyorum. Tek bildiğim bu savaşı daha fazla sürdüremeyeceğim.

Birbirimizin üzerine devriliyoruz ve kucaklaşıyoruz.

Hangi yanak rast gelirse öpüşüyoruz, birbirimize dolanıyoruz, sonunda dudak dudağa öpüşüyoruz. Ve çok acayip, utanç ama aynı zamanda mutluluk verici bu an çünkü artık küçük kızlar değiliz.

"Mutlu yıllar Eli."

"Mutlu yıllar Bea."

"Dur bekle..." Pencereye gidiyorsun, denizlikten üçüncü şişeyi almak için açıyorsun. Bu bir Dom Perignon 1986, doğum yılımız. "İnde bile olsak, olayı ciddiye almayı severim."

"Bana bunun kaç para olduğunu söyleme sakın."

Kim bilir neye kadeh kaldırıyoruz. Sadece kadehleri birbirine vuruyoruz.

"Yılbaşından hep nefret ettim" diyorsun artık dilin dolanarak, "Noel'den de elbette. Annem öleli beri en azından kadife etek giyip şömine önünde poz vermiyorum. Yanıma güzel bir sevgili alıp kayağa gidiyorum. Yılbaşında ise yapacak hiçbir şey olmuyor, beni çok hüzünlendiriyor."

Patlayan ve denize düşen havai fişekleri pencereden seyrediyoruz.

"Nasıl yani?" diye karşı çıkıyorum. "Destansı partiler düzenliyorsun hep."

"Evet ama onlar hep üzerinde çalışılmış stratejiler."

"Neyin stratejisi?"

"Kendime korktuğumu söylemek zorunda kalmamanın."

"Neden?"

Bir yudum daha içiyorsun, bana bunu söyleyebilmenin ağırlığını ölçüyorsun.

"Değişikliklerin, geleceğin."

Ben de ayakkabılarımı, kazağımı çıkarıyorum, sandalyeye dönüyorum. Yeniliklerden hepimizin korktuğunu söylemek istiyorum sana ama dudaklarımı ısırıyorum. Çünkü aslında ben her 1 Ocak günü değişmeyi umut ediyorum. Ve geleceğin, geçmişten daha iyi olmasını. Kendime daha fazla benzememeyi.

Patlamalar hafifleyince, cesaretimi topluyorum: "Şimdi ne yapacaksın?"

"Güzel soru!"

Soyunuyorsun, o elbiseyi artık ihtiyacın olmayan bir deri gibi yere bırakıyorsun. Banyodan aldığın bol bir tişörtü giyiyorsun. Oda fırın gibi oldu, camlar buğulandı. Divana oturuyor, başını arkaya atıyor ve anlatıyorsun. "Bunca yıl boyunca aynı kalmaktan başka bir şey yapmadım. Bir kilo daha alma, saçını kesme ya da rengini değiştirme, fotojenik olmayan mimik yapma, Birinci Ligde ya da filmde oynamayan sevgili bulma! Peki neden bütün bunlar? Bir anda bitebilir Eli, her an bitebilir. Paris'ten T'ye, bir anda. Ne kalır bana?"

Kadehi zor tutuyorsun, yarısı dökülüyor.

"Gerçeği bilmek istiyor musun?" İçini çekiyorsun. "Aynı fotoğrafları çektirmekten bıktım usandım. Avustralya alevler içinde yanıyor, Amazonlar'ın *sözünü bile etmeyelim. Suriye bitmeyen bir savaş.* Trump Meksika sınırında anaları oğullarından ayırıyor. Buzlar dönüşü olmayacak şekilde eriyor. Bir adı bile olmayan, sanki hiç var olmamış insanlar denizi aşma amacıyla boğuluyorlar. Ben de önemsiyorum bunları, ne sanıyorsun? Gazeteleri okuyorum elbette. Ve *âfetler* birbirini izlerken ben kameralara gülümsüyorum... Bu artık yetmiyor bana."

"Davide senin böyle konuştuğunu duysa, inanamazdı..." Ya ateşim çıkıyor ya çok sarhoş oldum. "Politika yapmalısın Bea."

"Deli misin sen?" Sen benden daha sarhoşsun. "Politika bölücüdür, hayranlarımı yitiririm."

"Ne önemi var ki? Canının istediğini yap."

Banyo penceresine dönüyorsun, bir tutam yıldız görünüyor. Değişken, yanıp sönen. "Sana sormuştum, hatırlıyor musun? Okulun yangın merdiveninde. Kabuğundan çıkmanı, biraz cesaretlenmeni istediğimde. Sen ne istiyorsun? Başkalarının senden ne bekledikleri, senin hakkındaki düşünceleri değil, senin hakkında ne düşünülsün istersin? Peki sen, sen hayatında ne arzu ediyorsun?"

Beni inceliyorsun, itiraf ederken yüzün çıplak: "Ne istediğimi bilmiyorum. Annemin bakışlarının, fotoğraflarının dışında, ben kim olduğumu bilmiyorum."

\* \* \*

T sessizleşti. Saat artık bir olmalı. İn, hayallerde yaratılmış bir yer gibi karanlıkta yüzüyor.

Sendeleyerek divana geliyorum. Senin yanına oturuyorum. Birbirimize o kadar yakınız ki bacaklarımız birbirine karışıyor, kalçalarımız değiyor, artık yetişkinsek ve tek bir şeye geri dönemesek bile.

"Buna zamanla karar verirsin; zamanla, öyle değil mi? Kim olduğuna." Sözler ağzımdan kendi bildikleri gibi dökülüyor artık. "Deneyerek, hatalar yaparak ilerlersin, herkesin yaptığı gibi sen de hatalar yaparsın. Fikir değiştirebilir, kendi içinde tartışabilirsin." Kabul ediyorum: "Sence ben biliyor muyum? Araştırma görevlisiyim, evde kalmış bir kızım, her zamanki ineğim. Ama öyle mi?"

Yarı yarıya soyunmuşuz, darmadağınız, perişanız ve gerçek açıklamayı yapmak istiyorum: Ben bir roman yazdım. Senden, bizden bahsediyor. Aynen lisedeki gibi, Lorenzo'ya yazdığım o mektupta olduğu gibi senin itici gücün, senin eleştirilerin, senin gerçekliğin olmasaydı, yazamazdım. Sana söylemeyi çok istiyorum, belki de ben hep bu arzuydum.

Ama sen benden önce davranıyorsun, bilmem nereden cep telefonunu çıkartıyorsun. "Haydi bir fotoğraf çekelim."

Kolunu uzatıyorsun, bileğini eğiyorsun, kesin bir açı belirliyorsun ve tam bizi ortaya alacak şekilde ekranı ayarlıyorsun. Bir ömürdür, kameralı telefonlar icat edileli beri yapmayı en iyi bildiğin iş bu. Çekiyorsun, flaş gözümü kör ediyor.

Fotoğrafa bakmak için ikimiz de eğildiğimizde benim yüzümün tuhaf bir mimik yaptığını, senin ilk kez çirkin göründüğünü anlıyoruz.

Başını sallıyorsun. "Gördün mü bak? Arkadaşlık fotoğrafta iyi çıkmıyor."

Çok uzaktaki son bir patlamayı dinliyoruz, bin avroluk şampanyanın son yudumunu içiyoruz. Dışarıda herkes geleceği düşünürken biz burada on üç yıllık konularda yüzleşerek geçirdiğimiz akşamın sonunda bitkin ve sarhoşuz.

Mümkün mü bu? diye soruyorum kendime. Gülünç değil mi?

Belki sen de aynı şeyi düşünüyorsun, gözlerini yumup, süngere kıvrılmadan önce bana son bir tebessümle bakıyorsun: Benzeri olmayan, belki biraz acılı bir tebessüm. Benim de artık bir şeyleri düzeltmeye ne takatim ne arzum kaldı. Ama bir an daha direniyorum. Sana bakmak için.

Koluna dayadığın yüzün, aralık dudakların, düzenli soluğun, ağzının kenarındaki incecik tükürük. Ben de öteki kolçağa başımı dayamadan, kendimi yastıklarla senin arana sıkıştırmaya çalışarak uzanmadan önce, *kim olduğumuz, her ne pahasına olursa olsun benzemeye çalıştığımız şeyden çok daha ilginç ve dokunaklı,* diye düşünüyorum.

# Bir Arkadaşlık

T, 2 Ocak 2020

Bu başlığın belgisiz *sıfatı bir üzerine düşünüyorum: Bir arkadaşlık*. Bir geçicilik ifade ettiği doğru ama bence önemli bir işlevi de var. Benimle Beatrice arasında yaşananın sadece "arkadaşlık" olduğuna inanmıyorum. Başka türlüsü değil de böylesi gerektiği için olan, belgili bir arkadaşlık. Bizim sadece ve mutlaka inekle ilahe, kazananla görünmeyen olmamız gerekmiyordu. Dahası da var: Şimdi artık biliyorum ki biz asla tek bir kelime olmadık.

Dün, 1 Ocak günü, öğleye doğru uyandığımızda ve suşilerle minik pizzaların arta kalanlarıyla kahvaltı ettiğimizde, divanda geçirdiğimiz gece yüzünden tutulan boynumuzla ve belimizle kıvranırken Bea bir anlığına telefonunu açtı, şu yorumu yaptı: "Al işte, manşet olmaktan çıkmışım." Ve kahkahalarla güldü.

"Sahi üzülmüyor musun buna?" diye soruyorum.

"Hayır" diyor bir somon parçasını ısırırken, "Bu benim en büyük korkumdu, çöküşün köşenin hemen arkasında beni beklediği korkusuyla uyku uyuyamıyordum ama şimdi bak: Oldu, burada seninle beraberim ve hâlâ hayattayım."

*İlk kez farklı gördüm onu. Daha doğrusu yeni.* Beatrice artık en iyi arkadaşım değil, hatta Rossetti de değil. Ben bile, bu artıklar sofrasında, hazırlamak için ısrar edip yaktığı berbat kahveyi yudumlarken kendimi bir başkası gibi hissettim. Hafiftim, sanki yeni doğmuştum. Ya da sınırları ve boşlukları kabul ederek büyüyen herhangi biri gibi. İşte o anda şu ana dek yaşadığımızın sadece olası arkadaşlıklardan biri olduğunu idrak ettim. Olgunlaşmamış bir çöküş, üstüne üstlük hatalarla dolu. Ama başka türlülerini deneyebilirdik.

Şimdi, değiştik.

Birbirimize veda ettikten sonra Beatrice bir an eşikte durdu, uykuluydu, çıplak ayağıyla bir kuru yaprağı dürtüyordu; sanki gülümsüyor gibi geldi bana.

Kim bilir ne yapacaktı yarından sonra.

Bana gelince, şimdi eski odamda, romantik kızlar için imal edilmiş dört mevsimlik beyaz dolabımın yanında, Latince ve Antik Yunanca çalıştığım eski masamda oturuyorum. Belki de diye geliyor aklıma, yetişkin olmak sandığım gibi bir kayıp değildir. Tam tersine bir kurtuluştur.

İçeriden, salondan babamla oğlumun sesleri geliyor. Kalabalıklaşmaya başlayan şu Çin işi sosyal medyadan söz ediyorlar. Valentino ona övgüler düzüyor, babam onun da modasının geçeceğini, her şey gibi iz bırakmadan sona ereceğini söylüyor. Ben de burada artık yazacak bir şeyim kalmasa bile klavyenin tuşlarına basıyorum ve nihayetinde geriye kalan ve dayanan tek şeyin içinde bir anlam barındıran sözler olduğunu düşünüyorum. Hayatı başka türlü tutmanın tek yolu bu.

Bakışlarımı kaldırıp avlunun orta yerindeki çınara bakıyorum. Hep aynı: Issız, yaşlı. Bana göz kırptığını hayal ediyorum: İşte karanlığın dibinden sonra onu aştın ve onun sadece bir sandık odası olduğunu gördükten sonra hayalini gerçekleştirdin, bir roman yazdın.

*Öyle. Ama şimdi ne yapmamın doğru olacağını düşünüyorum.*

Yayımlamalı mıyım? Herkesi ben ve Beatrice hakkında bilgilendirmeli miyim? Öykümüzün elde ele dolaşmasını, yargılanmasını, saptırılmasını, tehlikelerle yüzleşmesini istiyor muyum? Yoksa bu sırrı saklamalı, yazmış olmakla yetinmeli miyim?

Hayat, var olmak için gerçekten anlatılmaya ihtiyaç duyar mı?

Michele Rossi ve Arianna Curci'ye teşekkürlerimle.

**Silvia Avallone** 1984 yılında Biella'da doğdu. Romancı ve şair olan Avallone ilk şiir kitabını 2007 yılında yayımladı. İlk romanı *Bakarsın Bulutlar* gider 2010'da yayımlandı. Birçok dile çevrildi, dünyanın farklı yerlerinde binlerce okura ulaştı. 2012 yılında filme uyarlandı. Diğer kitapları *La Lince* [Vaşak], *Da döve la vita è perfetta* [Mükemmel Hayat] ile *Marina Belezza*'dır.